倚马可待
在现场
——高山新闻讲座及作品选

高山 著

中原出版传媒集团
大地传媒

大象出版社
·郑州·

图书在版编目(CIP)数据

倚马可待在现场：高山新闻讲座及作品选/高山著.—郑州：大象出版社，2015.2
ISBN 978-7-5347-8258-9

Ⅰ.①倚… Ⅱ.①高… Ⅲ.①新闻报道—作品集—中国—当代 ②新闻工作—中国—文集 Ⅳ.①I253 ②G219.2-53

中国版本图书馆CIP数据核字(2015)第005155号

倚马可待在现场
——高山新闻讲座及作品选

高　山　著

出 版 人	王刘纯
责任编辑	李亚楠　石更新
责任校对	安德华　倪玉秀　牛志远　裴红燕
装帧设计	付锬锬

出版发行	大象出版社(郑州市开元路16号　邮政编码450044)
	发行科 0371-63863551　总编室 0371-65597936
网　　址	www.daxiang.cn
印　　刷	河南省瑞光印务股份有限公司
经　　销	各地新华书店经销
开　　本	787mm×1092mm　1/16
印　　张	28.5
字　　数	461千字
版　　次	2015年2月第1版　2015年2月第1次印刷
定　　价	68.00元

若发现印、装质量问题，影响阅读，请与承印厂联系调换。
印厂地址　郑州市二环支路35号
邮政编码　450012　　　电话 0371-63956290

自 序

过了花甲之年，回首往事，"倚马可待在现场"确是我近30年新闻生涯中，包括"急难险重"采写工作在内的工作常态。

那是20世纪80年代初，没有电脑或电脑初现的时代，所写报道都是我靠一支笔、一双脚板在现场采访后写成的。

当时大多时间，报纸只有4个版、8个版或12个版，稿源甚多，几乎全据稿件的新闻价值决定取舍。

往往10分钟左右一条消息，一个小时左右一篇场记、特写、人物专访、评论……都是按照报纸的要求，应时写出。

支撑我的是信仰：当一名合格的符合党和人民要求的记者。其工作的准则正如一位新闻界老领导所言："导向是灵魂，真实是生命，以人民为中心。"

没想到，退休近5年时，又奉命打了一场"倚马可待"的"遭遇战"：在一无大纲、二无教材，备课时间极其紧张的情况下，自成体系，赴大学给新闻学子开设20余个学时、12万字左右讲稿的系列新闻讲座。一些业界人士曾好心相告：这几乎是一项不可能完成的任务，既没有很好的经济效益，又"出力不落好"。

而且是在大病初愈，婉辞未获批准之后。心中的压力陡生。

2013年10月13日我才看到上级的有关文件。几天后，河南日报报业集团领导开会询问了我系列讲座的内容，10月23日赴洛阳师范学院文学与传媒学院与学界人士商谈自拟的6个系列讲座题目，得到双方的认可后，开始撰写讲稿。10月31日按文件要求上岗讲课，至12月12日6个系列讲座的授课完成，前后正好历时两个月。

有人说:"你又是'倚马可待'。"我沉默不语。这两个月,梳理观点、理念和内容,查找案例……一天只有5个小时左右质量不高的睡眠,殚心竭力,甘苦寸心知。

事不避难,义不逃责。我在想,这次在大学开设系列讲座的准备时间短、任务重,政治上的要求、理论上的阐述、讲实践的分寸等极不好把握。"语失"的可能性是存在的。万一"语失"了怎么办?向智者讨教,进行纠正。

实干兴教。我相信自己的基本政治和业务素质,既干,就"把心窝子掏出来",坚持学术品格,坦坦荡荡地和大学师生们进行一次思想和业务上的沟通和交流,接受他们的检验。事业的薪火相传高于个人的荣辱得失。

令人欣慰的是,系列讲座在师生们心中产生了共鸣和肯定。

"高山老师的系列讲座内容源于实践,联系实际,把自己的采编体会和见解上升为理论,不仅为同学们系统阐述了新闻学原理、基本概念和框架,而且为学生树立了明确的新闻价值观和高尚的职业精神。"

"高山老师根据自己多年的从业经历和对《河南日报》新进新闻人才的考察,提出了'以全社会新闻人才需求为导向,以专业基础课程和学生新闻实践为主体,以课上与课下交流和对话互动为手段,以学生实践作品为评价体系'的卓越新闻传播人才培养模式。"

"根据高山老师授课内容安排实践题目,提交实践作品,分析和点评学生作业,形成了课堂教学与学生实践技能素养建设相结合的双重教学体系。"

"您这次讲课的标题是'新闻文化与职业道德'。在课后,您给我印象最深刻的6个词也是您在课中反复强调的,它们是祖国、人民、中国共产党、信仰、诚信、真实。这6个词语概括了本讲座的内容和主旨,同时我也明白您不仅是一名优秀的共产党员,更是一名爱祖国、爱人民的好记者。"

"高老师给我留下太多太多的东西,不仅有专业方面的知识,从他身上我还学到了人最可贵的本真,这让我的精神层面有了更大的提升。感谢命运让我在大学时期遇到了这样一位好老师。"

"如今已经是大三了,对于新闻传播的学习我依然很迷茫,得不到有效的学习方法,怨天尤人……我很庆幸教育部、中宣部实施卓越新闻传播人才教育培养的计划。《河南日报》高山老师的到来让我在迷茫中看到了些许希望。伴随着一场场讲座的进行，我又回到了最初对于新闻的那份狂热，干劲儿十足。"

我在课堂上和师生们进行了本色沟通和互动，其中选题及背景、采写过程、效果和见解的讲述，使他们感受到了新闻专业的内涵、生机与活力，兴趣盎然。

"问渠那得清如许，为有源头活水来。"正如新闻学界智者所言："新闻教育智慧源头之水在生机勃勃的新闻实践之中。过去和当今中国的新闻实践是中国新闻教育的最生动、最深刻、最实用的教科书。"业界人士系统讲授的专业课程具有全面性、连续性、深入性，而不是零碎的、截面的、随机的。

新闻实践在新闻学子心中绽开了求知的魅力之花。

老师和学生们的评价让我如释重负，有了一种将系列新闻讲座和讲座中涉及的我的各种题材和体裁的作品融为一体，理论联系实际，出一本书的冲动。在大学开设讲座期间，我了解到学子们有既听讲座又课后看原作的迫切要求。

出这本书也引起了我对新闻人本质的思考。我以为真正的中国新闻工作者是那种生命属于信仰，拿作品说话，大写的人。

他们的信仰是追求和践行马克思主义新闻观，实事求是，一切从实际出发，与时俱进，从而指导自己的新闻采编实践。

和人民站在一起，"勿忘人民"，为人民鼓与呼，把人民的冷暖、愿望和要求放在心上，和时代同行，弘扬正气。这是他们的灵魂所在。

他们一生追求真理，忠于事实，不避风险，力图揭示新闻真相，做到"铁肩担道义，妙手著文章"。这个"道义"就是国家富强、人民幸福、民族复兴，就是社会的公正和良心；这个"文章"就是弘扬人间的真善美。

他们爱祖国，爱人民，勤奋工作，开拓创新，是时代的瞭望者。他们"敢担当，有能力，真实干"，不愧是"中国的脊梁"。

大学新闻学子们要想成为真正的新闻工作者，就要把他们的灵魂和人格融化在自己的血液中。

出这本书还溅起了我对大学新闻教育改革思索的浪花。

大学新闻教育事业是新闻事业后继有人、持续发展的重要根基所在。和大学其他专业的学生一样，新闻学子们理应在大学这段人生最宝贵的青春岁月里接受优质教育，掌握真才实学。这是事业的要求，也是含辛茹苦供养他们的父母、亲人所期望的。更何况他们当中的许多人也在勤工俭学。

只有"真才实学"才能让大学生们毕业后人尽其才，就业生存，创业起航；只有"真才实学"才能拓宽他们人生上升的渠道。其核心是在潜移默化的学习和生活中，对大学生们进行核心价值观的培育和人生的引领。扪心自问，现在的大学教育，尤其是包括新闻在内的文科教育能够肩负起培养大学生真才实学的重担吗？

有关部门及其领导应和新闻院校、新闻界一起对大学新闻教育负起责任，对这次卓越新闻传播人才培养计划善始善终，善作善成，联手改革新闻实务教学体系，联手打造实践教学基地，建立寒门学子奖学金乃重中之重。

他们应该以学生为中心，权为学生所用，情为学生所系，利为学生所谋，用心搭起一座学业路上和学生们沟通交流的桥梁。

他们应该切合实际，想学生之所想，完善对学生人文，尤其是奖、助学金政策上的关怀，而不应该敏感于"政绩"……

一位智者说："所谓大学者，非谓有大楼之谓也，有大师之谓也。"大学新闻教育和其他专业一样，要适应时代和社会的需求，在培养和引进名师方面求贤若渴，下大功夫。

"师如春风化雨，我如桃李芬芳。"教师的最高境界是"青出于蓝而胜于蓝"，学生们能成为社会栋梁之才和合格的劳动者、建设者，教师们岂不欣慰、快哉！

为此，教师应该"学为人师，行为世范"，"传道、授业、解惑"，"兰风梅骨"，爱生如子。教师对学生的爱是不能打折扣的。学生们对你有人格、风骨、知识、素养上的折服，有一种对亲人一样的信任和依恋，那么你为学生开启的人生之路将会通向远方。

教师是流泪的红烛，教育是心与心沟通的艺术。教师的心血、汗水和真知灼见应该融入教材的精写和精编之中，点亮学生们的心智之光。

理论需要联系实际，不断创新。实践证明，卓越新闻传播人才培养计划项目的实施乃开明之举，项目的探索是有益的。

"为天地立心，为生民立命，为往圣继绝学，为万世开太平。"大学生要成为英才，就应该"自强不息，厚德载物"，从先贤们为人处世的情怀中汲取精神力量，德智体全面发展。

教育要面向现代化，面向世界，面向未来。大学是一个独立思考、追求真知的场所，而真知的得来在于发现。大学生们应该静下心，坐下来，钻进去，这样你就会发现，知识就是力量。它的思想和潜能会让你的人生燃烧起来。

大学的寒门学子是幸运的。因为党和政府"不让一个大学生失学"的有关政策，给了你们求学的基本机会。你们不会孤独前行。

如果换个角度，你们不怨天尤人，因贫寒而激起奋发图强之志，以坚韧不拔的毅力刻苦学习，那么人生成功的路上，你们也会独辟蹊径，脱颖而出。

清代的一位智者有一副自勉对联：有志者，事竟成，破釜沉舟，百二秦关终属楚；苦心人，天不负，卧薪尝胆，三千越甲可吞吴。这应该对你们有所启示。

"艰难困苦，玉汝于成。"有时含泪播种的人，才能含笑收获。

大学新闻专业所涉知识面广，是一门实践性很强的学科。要培养大学生们终身"纳八方之学"的潜质，那么他们是会干出来、悟出来的。

这本书顺应时代要求而生，尽管其中的系列讲座是即兴"毛坯"式的讲稿，但它来自记者生涯，渗透了作者的心血和感悟，是质朴和真实的。这本书讲座和作品融合，独特的内容和见解也许对新闻学子的成长和新闻从业者、爱好者的工作有所帮助。

我以为，自己虽已步入晚年，但还要有生活的信念和意境。何不保持一颗"童心"，在追逐夕阳的担当和投入中，感受其诗情画意呢？生命的天空仍是如此的蔚蓝和寥阔。

这本书的推出，首先应该感谢当前圆中国梦，全面深化改革创新的时代。上级下发的《关于加强高校新闻传播院系师资队伍建设 实施卓越新闻传播人才教育培养计划的意见》为大学新闻教育的改革、创新和完善做出了顶层设计，为这本书的创意和写作指明了方向，搭建了平台。

作为一个新闻工作者对上级的顶层设计在基层进行探索互动，尽其心力，乃分内之事，责无旁贷。

还要感谢中共河南省委宣传部领导、河南日报报业集团领导和同事以及洛阳师范学院文学与传媒学院师生们对我的信任和支持，尤其要对洛阳师范学院文学与传媒学院的张凌江、刘绍武、王建国、蒋琳、于正凯、黄靖逢老师以及河南日报报业集团王珂、李中华、高超、杜蒙恩、杨晓琰同志由衷地表示谢意，他们在"卓越新闻传播人才教育培养计划"项目的实施中付出了许多心血。

19年前曾支持我出版长篇纪实文学《邓亚萍》一书,并推荐该书参评、获中宣部"五个一工程"奖的大象出版社(原河南教育出版社)承担了这本书的编辑出版工作,显示出其社会责任感和前瞻目光。

由于是讲座及技术原因,文中一些人名和资料出处未标出,但确有出处。作者从内心里向这些智者一并致谢!为新闻学子们做善事,他们也会欣慰的。

苦心一片,相知谁人?但愿这本书能在大学新闻专业师生和新闻从业者、爱好者中找到更多的知音。

高山
2014年10月9日

目　录

上编　高山新闻讲座

引　言……………………………………………………………003

第一讲　血脉与核心价值观
　　　　——新闻文化与职业道德……………………………005

　　第一节　新闻文化：新闻、信仰与文化…………………006
　　第二节　新闻职业道德……………………………………015

第二讲　导向是灵魂
　　　　——坚持正确的舆论导向………………………………024

　　第一节　正面宣传导向……………………………………025
　　第二节　舆论监督的导向…………………………………032

第三节　突发事件的舆论导向……………………………………036

第三讲　敏感与发现齐飞
　　　　——新闻敏感与新闻价值……………………………………040

第一节　新闻敏感……………………………………………………040
第二节　新闻价值……………………………………………………049

第四讲　彰显业绩　阅读心灵
　　　　——关于人物典型的采写………………………………………054

第一节　通讯的采访与写作…………………………………………055
第二节　报告文学和人物专访的采访与写作………………………071

第五讲　涉水深处得蛟龙
　　　　——关于深度报道采写…………………………………………076

第六讲　创新开发意识，优化配置资源
　　　　——新闻报道策划与程序管理…………………………………093

文学与传媒学院刘绍武副院长在全部讲座结束时的讲话……………105

临别寄语………………………………………………………………107

下编　高山作品选

一、人物通讯……………………………………………………………111

奉献拼搏蕴人性之光

共产党人的高风亮节
　　——向叶洪才同志学习 ·············· 111
高尚的白衣天使
　　——记郑州市第三人民医院骨髓移植组的护士们 ·············· 114
"春蚕到死丝方尽"
　　——记巫兰英 ·············· 116
邓亚萍，河南的骄傲！ ·············· 117
拼搏，为了祖国的荣誉
　　——记乒坛骁将邓亚萍 ·············· 119
搏向巅峰
　　——记奥运英豪邓亚萍 ·············· 124
"世纪之星"邓亚萍 ·············· 129

二、报告文学 ·············· 135

中原巾帼建华夏丰功

河南女将 ·············· 135

三、人物专访 ·············· 144

星汉灿烂纳体坛俊杰

深情厚望寄乡亲
　　——访张蓉芳 ·············· 144
"智多星"畅谈体育热
　　——访徐寅生 ·············· 145
一席肺腑语　满腔报国情

——访全国泳协副主席、国家游泳队教练穆祥雄…………146

她仍在执著追求
　　——访宋晓波………………………………………148

永远进击的奥运会冠军
　　——访许海峰………………………………………150

东方棋坛的一代天骄
　　——访聂卫平………………………………………151

失利后的思索
　　——访中国乒乓球队副总教练张燮林………………152

久有凌云志
　　——访李华华………………………………………153

小光，你好！加油！………………………………………154

直挂云帆济沧海
　　——访六运会航海模型冠军王勇……………………156

献上女儿的爱
　　——亚运前夕访邓亚萍………………………………157

更有青山在前头
　　——访李金豹………………………………………158

谈武论道　寄望中原
　　——访中国武术协会主席徐才………………………159

四、场记、特写…………………………………………161

青春绽放显运动之美

田埂上飞起的乳燕
　　——青运会女子甲组3000米冠军诞生记……………161

一拼到底气如虹
　　——我省女选手刘燕夺标记…………………………162

气势恢宏　风姿绰约

　　——国家奥林匹克体育中心巡礼 ·· 163

沧海横流方显本色

　　——邓亚萍夺隘记 ·· 164

让希望之星升起

　　——省七运会开幕式大型文体表演侧记 ······································ 166

奔向光辉灿烂的未来

　　——省七运会平顶山赛区开幕式团体操写意 ······························· 167

杨斌勇挑大梁

　　——东亚运动会首枚金牌诞生记 ·· 169

骁勇异常　实力不凡

　　——中国女篮胜朝鲜女篮记 ·· 170

斗志旺　打硬仗

　　——中国女羽东亚运动会上问鼎记 ·· 171

龙腾虎跃

　　——记东亚运动会田径首场决战 ·· 172

靶场新秀一小丫 ·· 174

敢拼善搏捷报传

　　——张新东飞碟夺冠速写 ··· 174

冷静搏杀进四强

　　——记河南女乒力挫江苏之战 ··· 175

骐骥奋蹄领风骚

　　——洪波七运会 5000 米夺魁记 ·· 176

"远南"报春花

　　——第一枚金牌诞生记 ··· 177

英雄泪　师生情 ·· 178

向奥运会进击

　　——记侯占静 ··· 179

男儿当自强
　　——记"远南"运动会铁饼冠军王文彦 ················ 180
豪气冲天缚苍龙
　　——世乒赛男团夺冠记 ·································· 181
凯旋之后话拼搏 ··· 182
民族团结的画卷
　　——民运会开幕式侧记 ·································· 183
点球之争　扣人心弦
　　——民运会木球赛豫队力克湘队记 ···················· 185
石锁翻花健身乐 ··· 186
拉力赛的魅力 ·· 187

五、概貌通讯 ··· 189

巴蜀京都携浦江风云

上海云生霞
　　——采访东亚运动会见闻 ································ 189
上海之石　可以攻玉
　　——采访东亚运动会见闻 ································ 190
协办七运　巴蜀机遇
　　——七运会四川赛区走笔之一 ·························· 191
蓝天竞翔　一比高下
　　——七运会四川赛区走笔之二 ·························· 192
憧憬和企盼希望
　　——七运会四川赛区走笔之三 ·························· 193
人杰地灵　才俊辈出
　　——七运会四川赛区走笔之四 ·························· 194

由老队员担纲想到的……
　　——七运会四川赛区走笔之五·················195

报捷声中的思考
　　——七运会四川赛区走笔之九·················196

火炬·七运会·奥运会
　　——京都纪行之一·························197

沙场秋点兵
　　——京都纪行之二·························199

五星邀五环
　　——京都纪行之三·························200

"海外兵团"及其他
　　——京都纪行之七·························202

亚萍，辛苦了！
　　——京都纪行之十二·······················203

七运成功　众盼奥运
　　——京都纪行之十四·······················204

角逐上海谁风流
　　——浦江八运速写之一·····················205

中原健儿当力搏
　　——浦江八运速写之二·····················207

新思路　大手笔
　　——浦江八运速写之三·····················209

祖国万岁
　　——浦江八运速写之四·····················210

胆气豪　心如水
　　——浦江八运速写之五·····················212

党和人民心中有杆秤
　　——浦江八运速写之六·····················213

汗水孕育着金秋
　　——浦江八运速写之七·················215

挫而不馁真英雄
　　——浦江八运速写之八·················216

乒坛扬雄的思考
　　——浦江八运速写之九·················218

公正竞赛　以诚相待
　　——浦江八运速写之十·················219

不坠青云之志
　　——浦江八运速写之十一················221

艰难困苦　玉汝于成
　　——浦江八运速写之十二················222

健康发展　走向奥运
　　——浦江八运速写之十三················224

中流击水争上游
　　——浦江八运速写之十四················225

自豪吧，中原健儿
　　——浦江八运速写之十五················227

乒坛劲旅开津门鏖战

新老相拼好戏多
　　——亚乒赛观战记之一·················229

从库戴尔上场看"一招鲜"
　　——亚乒赛观战记之二·················230

中国乒坛现状不容乐观
　　——亚乒赛观战记之三·················231

邓亚萍的大将风度
　　——亚乒赛观战记之四·················233

前程广阔的刘国梁

　　——亚乒赛观战记之五……………………………………234

大幕将启话乒乓

　　——天津世乒赛风云录之一…………………………………235

群英竞逐谁争先?

　　——天津世乒赛风云录之二…………………………………236

团体赛胜负难料

　　——天津世乒赛风云录之三…………………………………238

抢先与应变

　　——天津世乒赛风云录之四…………………………………239

用实力铸就胜利之剑

　　——天津世乒赛风云录之五…………………………………241

巾帼力战捧杯还

　　——天津世乒赛风云录之六…………………………………242

归来兮，斯韦思林杯!

　　——天津世乒赛风云录之七…………………………………243

重要在于参与

　　——天津世乒赛风云录之八…………………………………244

虽败犹荣亦风流

　　——天津世乒赛风云录之九…………………………………246

"旧瓶"装"新酒"

　　——天津世乒赛风云录之十…………………………………247

王者风范邓亚萍

　　——天津世乒赛风云录之十一………………………………248

曼谷亚运看健儿风流

先睹亚运村………………………………………………………250

幸会冯建中………………………………………………………251

泰国，向亚洲人民展示自己……………………………………252

准备不足出意外
　——亚运首日射击比赛侧记……………………………254

放手搏出精气神……………………………………………255

挫而奋起……………………………………………………256

自我超越扛大梁……………………………………………257

"目标，瞄准奥运会"
　——记丁红萍………………………………………………258

"老枪"的追求
　——记张冰…………………………………………………259

乒坛巾帼仍风流……………………………………………260

雪耻之后不居安……………………………………………262

正是橙黄橘绿时……………………………………………263

泰国"亚运热"的反差………………………………………265

自强不息的进击者…………………………………………266

田径角逐有看头……………………………………………266

"大意失荆州"………………………………………………267

芝麻开花节节高
　——记亚洲男飞人伊东浩司……………………………268

基本接班　还须努力
　——亚运会女乒比赛观感………………………………269

强攻不强，二传仍弱………………………………………271

男足铩羽话实力……………………………………………272

时不我待　一致对外
　——亚运会女子中长跑项目失利的思考………………273

中原健儿任重道远…………………………………………274

悉尼奥运展华夏风采

五环梦想
　　——遥看悉尼（一）……………………………………276

莫急躁　放胆搏
　　——遥看悉尼（二）……………………………………277

巾帼不让须眉
　　——遥看悉尼（三）……………………………………279

我爱你，中国
　　——遥看悉尼（四）……………………………………281

坚韧不拔真英雄
　　——遥看悉尼（五）……………………………………282

玫瑰绽放待来年
　　——遥看悉尼（六）……………………………………284

拼出锐气和才华
　　——遥看悉尼（七）……………………………………285

奥运卫冕　从"0"开始
　　——遥看悉尼（八）……………………………………287

复出是需要勇气的
　　——遥看悉尼（九）……………………………………288

刘国梁为何三连败？
　　——遥看悉尼（十）……………………………………289

"国球"奥运逞英豪
　　——遥看悉尼（十一）…………………………………291

向命运挑战的强者
　　——遥看悉尼（十二）…………………………………293

女排，已没有退路
　　——遥看悉尼（十三）…………………………………294

队有一老　胜似一宝

　　——遥看悉尼（十四） ………………………………… 296

教练礼赞

　　——遥看悉尼（十五） ………………………………… 297

举起胜利的酒杯

　　——遥看悉尼（十六） ………………………………… 299

高扬奥林匹克旗帜

　　——遥看悉尼（十七） ………………………………… 301

中部崛起立改革潮头

大江东去唱浩歌

　　——中部发展走笔之一（湖北） ……………………… 303

"郡县治，天下安！"

　　——中部发展走笔之二（湖北） ……………………… 305

启动的武汉城市圈

　　——中部发展走笔之三（武汉） ……………………… 308

软环境见证着硬道理

　　——中部发展走笔之四（武汉） ……………………… 310

"芙蓉国"里看发展

　　——中部发展走笔之五（湖南） ……………………… 312

文化产业写风流

　　——中部发展走笔之六（湖南） ……………………… 315

"暂作牛尾"　蓄势后发

　　——中部发展走笔之七（江西） ……………………… 317

人杰地灵"红土地"

　　——中部发展走笔之八（江西） ……………………… 319

六、风貌通讯 322

白山黑水牵戈壁奇观

冰·雪·火 322

冬亚会与开放潮 323

雪山仙态亚布力 324

干打垒·场馆群·新大庆 326

万里征战胆气豪
——省男篮访哈萨克斯坦散记之一 327

"初生牛犊"不怕虎
——省男篮访哈萨克斯坦散记之二 329

赢得友谊和尊重
——省男篮访哈萨克斯坦散记之三 330

七、工作通讯 332

榜样示范导崛起之路

星火灿烂
——密县第二耐火材料厂腾飞记 332

体育产业天地宽
——新乡市体育中心改革纪实 336

八、事件通讯 343

峥嵘岁月录时代新闻

情比海深
——抢救"6·18"食物中毒大学生纪实 343

坚忍图成
　　——河南建业足球队两度重返甲B的思考·················349

九、舆论监督··355

激浊扬清举公平正义

一颗盲目施工的苦果
　　——郑州市黄河饭店工程调查报告·······················355
全国赛车场自行车冠军赛河南队全军覆没·······················360
以"河南足球"的名义，我们呼吁：为河南足球留下"火种"·······361
水能载舟，亦能覆舟···364

十、社论、评论、述评、随笔·································366

理性见解融浪漫情怀

从李开景夺魁说开去···366
奋勇拼搏　再展宏图
　　——热烈祝贺省六运会开幕····························367
河南体育代表团能进前十五名吗？
　　——六运会决赛的回顾与展望························368
赞"中原硬汉"精神···370
立志振兴中原···371
敢拼善搏　后来居上
　　——我省健儿参加全国第三届大运会述评···············372
播科技之火　兴四化大业·····································374
奥运赛场竞风流
　　——为中国奥运健儿壮行····························376

坚持改革　振兴体育
　　——祝贺省七运会隆重开幕··················377
还有青山在前头··················378
煮熟鸭子飞了的断想··················379
找个明白　从头再干··················380
一柱难擎天··················381
河南人民的骄傲··················382
谱写振兴河南的新篇章··················383
关于人道和爱的断想··················384
开拓者的光荣··················385
浩然之气··················386
呼唤英雄··················387
悲壮的美··················388
"小花"未开的思考··················388
多米诺骨牌现象析··················389
举坛三赞··················390
挫而奋起真英雄··················391
找差距图超越··················392
小将挑大梁··················393
竞争·执法·活力··················393
坚忍不拔的象征··················394
锲而不舍凌绝顶··················395
向邓亚萍学习··················396
误判及其他··················397
乒坛雄风扬··················398
拼搏生辉··················398
赢要赢得公正··················399
权力与权威··················400

百折不回勇争胜……401

冷门爆得好……402

雏凤清于老凤声……403

一座新的里程碑……404

解不开的"乡土情结"
　　——中原绿茵球市话题之一……405

慧眼识得足球美
　　——中原绿茵球市话题之二……407

我们的队伍向太阳
　　——中原绿茵球市话题之三……408

融入"晨光"　强健体魄……410

光荣啊，中国乒坛健儿……411

母校不老　永远年轻……417

高扬时代主旋律
　　——跟踪采访邓亚萍的回忆与思考……420

诚信与制度
　　——关于职业体育俱乐部的思考……424

敢拼善搏，一切皆有可能
　　——关于竞技体育的思考 +427

上编

高山新闻讲座

引 言

　　为了推行培养卓越新闻传播人才的"千人计划",2013年6月,教育部和中宣部出台《关于加强高校新闻传播院系师资队伍建设 实施卓越新闻传播人才教育培养计划的意见》,在全国各省市遴选优秀的高校新闻传播专业教师和优秀的电视台报社一线记者1000人在新闻媒介和高校之间互聘。教师到电视台和报社从事采编工作,电视台和报社的优秀记者结合自己的新闻实践到高校进行授课。这是一个人才培养的创新模式。

　　河南省积极响应国家教育部的号召,第一批从郑州大学、河南大学和河南日报报业集团等单位遴选6位传媒业界人士和高校教授。到我们学校来讲学的是河南日报社高级记者高山老师,我们深感荣幸,也特别珍惜这样一个学习交流的机会。

　　高山老师是湖南人,高中毕业以后适逢"文革",没有机会参加高考,于是上山下乡,做工务农。粉碎"四人帮"以后,1978年考入大学。所以他既是"老三届"又是"新三届"。

　　高山老师是非常优秀的传媒人才,从郑州大学中文系毕业以后,就进入河南日报社工作。高山老师从事新闻工作近30年,撰写过百万字以上的新闻稿,成绩斐然,获得了许多大奖。他曾任中国电视体育奖评委、全国日报体育新闻学会常务理事、省体育记协执行秘书长等,是未来要从事新闻工作的学子的榜样和标杆。

　　1993年1月,高山老师创办河南日报社每天一期的体育新闻版面,非常受欢迎。他撰写的由时任国际奥委会主席萨马兰奇作序,20余万字、百幅照片的长篇纪实文学《邓亚萍》一书，获得1996年中宣部全国"五个一工程"奖；他还主编和撰写了44万字的《搏向巅峰》一书。其作品曾获得"世乒赛好新闻奖""亚运会好新闻奖""全国首届财政好新闻一等奖""全国日报体育好新闻一等奖""全国日报体育优秀论文一等奖""河南好新闻通讯类一等奖""《人民日报》（海外版）纪实文学征文一等奖"以及"河南日报报告文学一等奖"等。另外，高老师对我们河南的世界冠军邓亚萍做了很好的报道，2002年获得国家体育总局乒羽中心中国乒协颁发的"中国乒乓球运动贡献奖"。他还曾被河南省体育代表团记功一次，获中共河南省委宣传部嘉奖令一次，获河南省教委、河南省体委、团省委嘉奖令一次，获河南日报社编委会通报表彰和突出贡献奖四次。因为在新闻报道方面的成就，1999年他获得中共河南省委宣传部、省记协颁发的"河南省优秀新闻工作者"称号，2009年获得中国体育记协颁发的"成就奖"和"金奖"。

他获得如此多的奖项、取得这么多的成就，令我们高山仰止。

高老师不仅是新闻高手，而且是新闻快手。他可以用通讯、场记、随笔、评论等形式快速地撰写新闻稿件，有时候急需见报的新闻报道和评论，他很快就能着笔写下，可以说是立等可取。这是一位优秀新闻记者必须具备的素质。

高老师今年64岁，老骥伏枥，志在千里，志在培养未来优秀的新闻人才。对高山老师的高风亮节和对新闻事业崇高的责任感，我们表示由衷的感谢和敬仰。高老师从事新闻工作几十年，积累了大量的新闻传播经验，曾被省市有关部门、媒体单位、高校聘请讲学，受到广泛关注。我们一定要珍惜这样一个机会，聆听高老师对新闻工作深刻精到的见解。

高老师要讲的课，与我们在校老师讲的课全然不同。因为高老师讲课，没有指定的教材，甚至没有现成的大纲，他要讲的东西都在他的头脑里，是他几十年新闻实践积累的精华，是宝贵的财富，对我们求知若渴的新闻学子来说弥足珍贵。希望大家认真听讲，做好笔记，认真领会，勇于交流，提高自己的动手能力，为将来参加工作打下坚实的基础。

洛阳师范学院文学与传媒学院院长、教授　张凌江

2013年10月31日

第一讲　血脉与核心价值观

——新闻文化与职业道德

我是一个在河南日报社从业近 30 年的编辑、记者，父母也曾是教师。今天，我奉命站到洛阳师范学院这个"学为人师，行为世范"，如今又是培养复合型人才的讲台上，将和新闻系师生们进行新闻业务上的沟通和交流。一种感动和感慨之情油然而生。

我感动的是，命运眷顾我，让青春不再的我和青春再一次聚会。看到学子们年轻而又充满朝气的脸庞，我仿佛又回到那葱茏的青春岁月。正如作家王蒙在《青春万岁》一书序诗中所写：

所有的日子，所有的日子都来吧，

让我编织你们，用青春的金线，

和幸福的璎珞，编织你们……

我们有时间，有力量，有燃烧的信念，

我们渴望生活，渴望在天上飞……

在生活中我快乐地向前，

多沉重的担子我不会发软，

多严峻的战斗我不会丢脸……

正如《勘探队员之歌》所唱：

是那山谷的风吹动了我们的红旗，

是那狂暴的雨洗刷了我们的帐篷……

正是青春不再才使我如此深切地感受到青春是多么美好而又珍贵。热情、单纯、勤奋、向上是不同时代年轻人青春气质的主流，我们的气息曾经相通。

但是，我还要告诉你们，有时青春是和年龄没有关系的。青春是一种生命的苏醒，当机遇来临时，你要能够把握住它。只有悟得人生之真谛，才知道如何欢唱自己的青春之歌。

国家造就青年，青年也造就国家。你们对国家的未来、民族的复兴负有责任，所以要学习，要奋斗，澎湃自己的生命激情，把自己的青春融入中华民族的复兴之梦中，与祖国共进，与时代同行。

实现中华民族复兴之梦，活力就在于青春的个性绽放，充满想象力和创造力，带着勇气、责任和担当，在自我挑战、自我超越中砥砺前行。国家和人民需要一批有狮子般的雄心和气吞山河之志、执著追求、敢做善成的青年才俊们。

你们来大学做什么？要自律，掌握时间和学习的主动权，为未来打下一个成功的知识基础。"国学根基，西学视野，当今问题，未来前瞻"，智者的治学理念应该有所借鉴。要有胸襟和目光，这是你们前行的基本力量。

我感慨的是，光阴如梭，岁月的皱纹已爬上额头，连豪放的诗人李白也发出"君不见黄河之水天上来，奔流到海不复回。君不见高堂明镜悲白发，朝如青丝暮成雪"的感叹。

"少年易老学难成，一寸光阴不可轻"，你要想圆自己的梦，就要珍惜自己的时间。谁丢失了时间，自己的梦就会冬眠。"少壮不努力，老大徒伤悲"，惜时的感慨应该发人深省。

其实刚才我讲的就是我对青春和校园文化的一些感悟和感慨。年轻的学子们，你们是否从我的感动和感慨中悟出了一些什么呢？

感动和感慨之后，切入今天沟通和交流的正题——"新闻文化与职业道德"。

第一节　新闻文化：新闻、信仰与文化

文化是什么？翻开《辞海》看看，文化的概念玄妙而又繁多。我以为，从规范的概念来讲，文化是人类社会发展过程中所创造的物质财富和精神财富的

总和，也特指精神财富，如文学、艺术、教育、科学、新闻等。更简洁地讲，文化就是人的生活和工作方式，都有其载体，是可以感受得到的。

有一句话概括得更形象：民族的血脉是文化，文化的血脉是核心价值观。核心价值观包括世界观、人生观、价值观、理想、信仰、道德等。

2000年10月，我去欧洲采访，考察了法国、英国、荷兰、意大利、比利时等国家的职业足球俱乐部和一些足球比赛。给我印象最深的是平时这些国家的高速路上不堵车，但是一有足球比赛，通往足球赛场的路上的汽车便排起了长龙。比赛前后，许多球迷都在餐厅或酒吧喝啤酒，有的还载歌载舞。在观看比赛时，很多人都站那儿近两个小时，为自己支持的球队呐喊助威。不管最后的胜负，他们一直都是这样。球场上的许多座号都是世袭的"套票"。爷爷曾经的位子，现在孙子仍在那儿看比赛。可以说，百余年来，足球队已成了欧洲许多国家城市的文化代表，足球运动已成为当地人们的一种生活方式，一种文化追求。

我曾经去哈萨克斯坦采访，那儿的人们能歌善舞。一次中哈双方的联欢会上，我们河南男篮的一个教练，他拿手的节目是《莫斯科郊外的晚上》。他一开唱，我就发现餐厅的外面，一位四五十岁的大婶把扫把放下来，眼睛里闪着泪光，也跟着唱起来。哈萨克斯坦以前是苏联的加盟共和国。这应该是来自俄罗斯的大婶，她正激动而出神地吟唱。由此可见，体育、音乐等文化的认同是对民族国家割不断的情结。

中华民族五千年来绵延不断的文化，也给我们每一个炎黄子孙留下了不可磨灭的生命和文化记忆。大概上个月，中央电视台采访王蒙的时候，让其谈谈中国文化。王蒙说了一句："唐诗是我的心，中国料理是我的腹。我对中华民族文化的感情是心腹感情。"

因此，我们认为"民族的血脉是文化"这个观点一点也不过分。在中华民族的历史中，中华传统文化的支柱是儒家文化、道家文化，中国共产党成立以后创立了新民主主义文化、新中国文化，改革开放以后逐渐形成有中国特色的社会主义文化，如"八荣八耻"等。从甲骨文、青铜器、农作物的播种技术、畜牧业、手工业以及四大发明到新中国的工业体系，包括改革开放以后的载人航天飞船，中华民族创造了举世瞩目的物质文明。中华民族一脉相承，创造了光辉灿烂的炎黄文化。大家知道你们学校所在地洛阳是九朝古都，洛阳的魅力除了新中国的工业制造基地外，九朝古都是很重要的一个文化基因。洛阳名声在外，九朝古都功不可没。

以上是文化这个概念和我的体会，希望能够加深同学们对文化的理解。

站在"新闻就是一种社会文化"的高度去诠释新闻的内涵，就会绽放出绚丽的物质文明和精神文明之花。

切入新闻文化这个主题，我觉得告诉大家文化这个大背景，有助于大家对新闻文化的理解。新闻传媒业是现代社会的神经和血液，新闻工作者采写的一篇篇报道，拍摄的一个个影像和镜头，播出的一段段电台之声，上传到互联网上的海量信息，都在向世界传播出人类生存和发展的有用知识和信息，揭示着大千世界的许多真相，也在向世界传递出一种大爱和是非认知，从而推动人类历史和社会的发展。

人们经常能在新闻传播中感受到时代脉搏的跳动。在采访一个个新闻事件的时候，我的心弦一次次地被触动。这就是新闻行业的魅力。你能走到别人到不了的地方，见到别人见不到的人和事物。这个大千世界最光明的有时你能看得到，最黑暗的有时你也能看得到。

新闻本身就是一种文化，而且是各种文化的交汇点。新闻记者的报道涵盖政治、经济、文化、科技、教育、体育、卫生、文化、艺术等社会各个行业，如果再具体一些，像茶文化、酒文化、饮食文化等都在新闻报道的范围之内。

刚才已经讲了文化包括理想、信仰、道德这些很重要的因素，现在我跟大家主要谈一下信仰问题。什么是信仰？我觉得信仰就是一个人或一个政党、一个团体对人生观、价值观和世界观的持有，就是历史的自觉、心中的理想。人活着就要有信仰，有方向感，这是一个做什么人的问题。你朝什么方向走，你就想做什么人。

正确的信仰能帮助人们找到人生的方向、奋斗的目标和通向成功、幸福的路径。方向、目标与路径，是每一个青年人生中都要遇到的问题。从历史、现实和长远的趋势看，那种认为共产主义一定会实现的世界观，那种能为自己的生存和发展，同时也为他人、社会、国家承担责任的人生观、价值观，是实现自我价值和奉献于集体、社会的统一，都值得称道和尊重。

冰心老人说过："如果春天里没有花，人间里没有爱，那还成什么世界？"

更具体点讲，信仰不仅仅是一种人生追求，也是一种大爱，爱父母，爱祖国，爱人民，爱常常在你心上。一个人找到了自己正确的信仰，人生就有了归宿，就像给自己的心灵找到了一个温暖的家，就会化成一种情怀，一种力量，一种行为。

不管时代和新闻媒介形式如何变化，它都需要信仰和核心价值观的指引。

我讲一个例子。2011年凤凰网转载《武汉晨报》的一篇报道，题目是"我们缺失信仰"。这篇报道记录了优秀篮球运动员姚明在亚洲博鳌论坛上的一段讲话，他说："当我拿到第一张NBA10万美金的支票时，我确实很幸福。但是幸福之后，你会有无止境的欲望，所以更重要的是要控制自己的欲望。信仰是我们现在缺失的东西，信仰中包含道德。在某个时候我需要某些依靠，但是在我的文化背景里找不到。"姚明很坦率地承认在某个时期自己部分信仰的淡化或者缺失。可以说，一个人如果只有钱而没有信仰，他也会很空虚。

昨天中央电视台报道，北京举办了"非公企业家理想信念道德追求"这么一个座谈会。中共中央政治局常委、全国政协主席俞正声出席，讲这个问题。包括联想集团的柳传志、农夫山泉的老板等一些大企业家也去了。为什么企业家要参加理想信念道德追求的座谈会？就是他要考虑他富了以后人生导向和路径该怎么确定。

文化内化于心，外化于行。历史告诉我们，一个人要成才，一个企业要成功，一个民族、一个国家要强大，不仅要有强大的经济力量，更要有强大的文化和道德力量，硬件和软件都要有。中华民族的伟大复兴，归根结底是文化的复兴。传承和创新中华民族的优秀文化，青年人责无旁贷。

翻开近代以来的新闻史我们就会看到，在中国新闻界，有许多坚持真理、光明磊落、饱学而又有胆有识有为之士，取得了彪炳千秋的业绩。他们的生命属于信仰。中国新闻界的巨子范长江就是其中最杰出的一位。他一生都在风云变幻的历史环境中不避艰险地努力探索真理，坚持真理。

1935年，26岁的范长江带着"红军长征到达陕北的问题和西部地区的抗日军事问题"，只身万里到西北地区采访，足迹达川、陕、甘、青、内蒙古等广大区域。他所带的两个问题都是事关"中国向何处去"的焦点问题。为了采访到真正的新闻和事实的真相，他可以说是置个人安危于不顾，到过人迹罕至的原始森林、空气稀薄的崇山峻岭、狂风怒号的戈壁沙漠、炮火纷飞的战场前线，获得了确切、生动、丰富的第一手材料，首次公开报道中国工农红军的二万五千里长征，在全国引起了极大的震动。

他以几十万字的《中国的西北角》和《塞上行》两本新闻集，令人信服地回答了他采访前带去的全国爱国志士所关心的"中国向何处去"的问题。

他先以国内"特约通讯员"，后以国内大报记者的身份，第一个从白区进入陕北根据地采访，第一个向"国统区"人民报道了西安事变的真相……

他在报道中真实而巧妙地"透露"了红军长征大量的实况，敢写国民党军队的失败，敢写红军的胜利，这些通讯都在天津《大公报》发出。这需要何等的大智、大勇、大德！

和范长江齐名的早期新闻工作者邹韬奋，在抗日战争、解放战争和新中国社会主义建设中出类拔萃的新闻记者邓拓、魏巍、穆青等，还有在改革开放后涌现出来的中国新闻界"范长江奖"和"韬奋奖"获得者、"百佳新闻工作者"等前赴后继，灿若群星。他们的共同特点就是坚持信仰和真理，忠于事实。

改革开放以来，我们依然可以看到，不管是充满风险的政治和经济焦点，还是在战争、烈火、天灾面前，都有中国记者的身影。他们为了坚持正义，捍卫真理，及时客观而又公正地记录和报道历史，经常不顾个人安危。

这不由使我想到了1999年5月7日北约发动科索沃战争，轰炸我国大使馆，邵云环、许杏虎、朱颖三名中国记者壮烈殉国的往事。他们都是在南斯拉夫局势十分紧张时，仍坚持在那儿工作的。战火爆发以后，他们三人置个人生死于不顾，夜以继日，拼命工作，各自发回几十篇战地报道，揭露战争暴行，为和平正义而呼喊，直到生命的最后一刻。

有资料显示，包括这次殉难的新华社女记者邵云环在内，成立于1931年的中国新华社在68年间，就有百余名记者沙场捐躯。这些在枪林弹雨中穿行的战地记者为了真理视死如归，因为他们的生命属于信仰。

我记得很清楚，当专机把邵云环、许杏虎、朱颖这三名记者的骨灰运回北京的时候，天安门广场下半旗致哀，党和国家领导人亲自参加他们的追悼会，给予他们表彰，授予革命烈士称号。这是他们的信仰绽放出来的生命华彩。

还有《人民日报》记者吕岩松，他当时也在南斯拉夫大使馆工作。三年任职期满，本来在科索沃战争爆发之前他和夫人可以回国。但是战争一爆发，他们就自告奋勇地推迟了归期，在战火中拼搏了56天。我看过他在《人民日报》发的照片和写的许多战地文章，都是冒着生命危险采写出来的。大使馆遭轰炸以后，他是唯一幸存的中国记者。当爆炸余波未息，使馆烈火熊熊、浓烟滚滚时，他第一个反应过来，用满是鲜血的双手抓起照相机和摄影包，冲到楼下。在爆炸发生后的15分钟内，向《人民日报》发出中国大使馆被炸的消息。《人民日报》迅速将此消息汇报到党中央。当时，外交部还没收到有关消息。发出消息之后，他又帮助救人，并克制满腔悲愤，迅速拍下我三位牺牲记者被抬出楼时的原始照片和受伤者照片以及被炸大楼的各种角度照片并及时发回报社，有力地揭露了施暴者践踏我国主权的罪行。

为了国家、党和人民的利益，中国真正的记者，最有责任心，最勇于冒风险。我们为他们而自豪，他们的的确确是中国的脊梁。

生命属于信仰。在大写的人身上，我悟出，一个人的精、气、神，别人是帮不了你的。你要有坚定的信仰，有正确的世界观、人生观、价值观并为之终身学习，不懈追求，要"纳八方之学"，挫而不败，奋勇前行。

讲到自己，我的信仰就是当好一名合格的记者，也为此付出了一定的艰辛和努力，做出了一些成绩。但是，养家糊口占据了自己一定的精力，往往考虑的是自己的工作对得起自己的工资和奖金就行了。先公后私，不讲条件，敢打硬仗的时候也有，但远远没有达到以上前辈记者、优秀同行的那种生命属于信仰的境界。所以，我得向他们学习。不管从哪个角度看，对于中国的新闻传媒从业者来说，理想和信仰是其灵魂。

中国新闻工作者的信仰是追求和践行马克思主义新闻观，实事求是，一切从实际出发，从而指导自己的新闻采编实践，追求真理，忠于事实，力图揭示新闻事实真相，做到铁肩担道义，妙手著文章。这个"道义"就是国家的富强、人民的幸福、民族的复兴、社会的公正和良心，这个"文章"就是弘扬人间的真善美。这个理论联系实际的标准，是马克思主义新闻观的主要标准。

马克思主义新闻观的主要内涵是什么呢？这个庞大的命题有专家终生在研究，可以开一门课。我的粗浅体会是，马克思主义新闻观认为：事实第一性，新闻第二性，变化才产生新闻。要学会用马克思主义新闻观的立场、观点和方法，做好采编工作。新闻这个活儿要纳八方之学，是一个要终身去学习、终身去实践、终身去思考的行业。孔子说过"学而不思则罔，思而不学则殆"，就是这个道理。

要很好地践行马克思主义新闻观，需要把握好以下几点：

（1）明确新闻传媒是党和人民喉舌的定位。不管哪个国家，哪个大的或小的传媒，它背后都有一个政治集团或利益财团在支持，都有它的倾向性。有时它不将其说出来，但在其新闻报道中会表现出来。我们应该明确新闻传媒是党和人民喉舌的定位，党性和人民性不是对立的，而是统一的，因为共产党代表了人民的最高利益。

这一点我有个看法，就是看个人也好，社会也好，政党也好，第一，我觉得要懂他们的历史，从历史的角度看，看其是否推动历史前行；第二，要从经济角度看，你这个政权是不是在发展经济，是不是能让人民过上比以前更好的日子；第三，从你的政治体制和政治文明这方面看民主法制做得怎么样。

从这三方面看，在我们这么大一个国家，中国共产党是不可替代的。当今时代，中国共产党带领中华民族一步一步走向复兴的业绩，是没人可以替代的，也是被历史证明了的。至于其错误，我们也都清楚地看到其自我纠错的能力。

别一天到晚这也不是，那也不是。冷静地考虑一下，还是国家稳定好。从中国历史、经济、政治这些变化来看，中国政府的组织能力，组织发展经济的能力，改革开放向前推进的能力，自我纠错的能力，目前还没有一种力量可以替代。

当然，在改革开放，建设社会主义市场经济的社会转型期，贪污腐败的现象滋生，在有些领域、有些地方甚至很严重，关系到国家的兴衰。党的十八大以来党中央提出实施密切联系群众的活动，反"四风"的活动，"老虎苍蝇一起打"的反贪污腐败活动……是在动真格的。还会有更有效的办法，值得信任。所以，新闻工作者要把宣传党的方针政策和反映人民的呼声结合起来，要把对上级负责和对人民负责结合起来。

（2）坚持党性原则，坚持党的领导，坚持政治家办报的原则，是中国新闻工作者之基本。对此，我们要有政治意识、大局意识和责任意识。

（3）把握正确的党性，首先是要解决好对新闻真实性的认识问题。我们所做的新闻首先要真实，同时还要看相关人和事是否具有共性，是否能够反映人和事的本质、主流和发展趋势。个别的真实和本质的真实统一，才叫新闻的真实。所以，一个真正的、成熟的新闻工作者，要有全面、客观的分析能力，要分清主流和支流、点和面的关系，不能一叶障目，不见泰山，更不能抓住一点而不顾其余。在坚持新闻真实性的前提下，首先要把握好政治导向，坚持"五个有利于"的标准。这就是有利于进一步改革开放，建立社会主义市场经济体制，发展社会生产力；有利于加强社会主义精神文明建设和民主法制建设；有利于鼓舞和激励人们为国家富强、人民幸福和社会进步而艰苦创业、开拓创新；有利于人们分清是非，坚持真善美，抵制假恶丑；有利于国家统一、民族团结、人民心情舒畅、社会政治稳定。

（4）坚持正面宣传为主，搞好舆论监督，把握好时、效、度的新闻宣传艺术。

（5）遵守宣传纪律，在法律和纪律范围内进行采编活动。

（6）深入实际采访，报实情、讲真话，不到现场不动笔。我当记者那个时代，没电脑，只有一支笔，每一个数据，每一个细节，每一个人物，"五个W"都是亲自采访落实后才敢写到新闻稿件当中。每一篇稿件都是原创，不管语言、形式还是结构，都是自己的，是一个整体，富有生命力。现在有了电脑，有的人在网上摘一些，拼凑粘贴很方便的。有的人打电话问问，不出门就可以写稿子。但是往往你的稿件出来，即使不出错，也是很苍白的。不是你原创的，不是一个整体。所以忠告大家，不到现场不动笔。

在马克思主义新闻观的指导下，中国新闻工作者警醒于政治，厚积于文化，薄发于新闻，总是发出时代的最强音，形成了中国新闻的气派和风格。这是一个因果关系。新华社原社长穆青、《人民日报》原总编辑范敬宜等堪称大家。我之所以称他们为大家，下面列举事实大家可以判断。我不是因为他们的地位而称他们为大家，确实是他们的人品、作品让我折服。

穆青一辈子身体力行，在领导新华社这么一个大的国际通讯社的同时，还写出了中国共产党员十个典型人物的通讯，并合成《十个共产党员》一书。他报道的这些典型反映了一个时代，影响深远。其中，《县委书记的榜样——焦裕禄》是1966年发表的传世经典之作。在那个阶级斗争天天讲、月月讲的岁月，那么大一个整版，将近一万字的通讯，他实事求是，没写一个字的阶级斗争，写的是党带领人民群众和自然灾害作斗争这个主要矛盾，写的是正确与错误思想的矛盾，写的是战胜自然灾害取得的胜利。在当时阶级斗争天天讲、月月讲、年年讲的大环境下，他表现出了一个真正的党和人民的记者实事求是的政治品质。通讯展现的焦裕禄关心人民疾苦、领导群众抗灾和艰苦奋斗的人民公仆形象感人至深。快50年了，他的影响随着岁月的流逝而历久弥新，越来越散发出可敬、可亲、可学的个性魅力。

通过对这些典型的采访和报道，穆青由衷地从内心发出"勿忘人民"的呐喊。他在《穆青散文选》后记中写道："我们幅员辽阔而又苦难深重的祖国，除去悠久的历史、丰富的资源，还有什么是她最宝贵的财富呢？我认为，这就是我们的人民，就是我们人民那种百折不挠，勇于为民族、为国家、为革命事业大无畏献身的精神。作为一个职业的宣传工作者，就有义不容辞的责任，把我们人民的这种精神风貌展现在全世界面前。"他还认为："人民群众应当成为我们报道的主体。我们的新闻人物是指那些在平凡的岗位上经年累月地做出了不同凡响的成绩，值得人们学习和敬仰，堪为楷模的人物。"

这使我想起歌唱家彭丽媛在中央电视台一台晚会上唱《父老乡亲》这首歌的情景。她唱道："我住过不少小山村，到处有我的父老乡亲，小米饭把我养大，风雨中教我做人……"唱到"啊，父老乡亲……树高千尺也忘不了根"时，她情不自禁地跪在舞台上，饱含深情。

电视画面推到台下，一排排老将军、老战士唰地站立，庄严行军礼。这是向人民行军礼。他们没有忘记战争年代"最后一把米用来充军粮，最后一尺布用来做军装，最后的亲骨肉含泪送战场……"的父老乡亲。

陈毅元帅说："淮海战役的胜利是人民群众用小车推出来的。"

和人民血肉相连是中国共产党和人民军队的政治本色、力量源泉。

我认为，永远和人民站在一起，为人民鼓与呼也应该是中国真正的新闻工作者的政治本色。要永远把人民放在心上。

穆青的新闻观最接地气，最能通过报道典型宣传共产党员及干部的政治本色，最能反映人民的呼声，代表了中国新闻人最主流的新闻观，已渗透于中国新闻人的思想深处，并越来越多地转化为"三贴近""走转改"的实际行动。

1993年，已逾花甲的范敬宜调任《人民日报》总编辑。他1951年从事新闻工作，26岁时被错划为右派，经历坎坷。然而他不消沉，在全家下放到一个十分落后的山村的日子里,白天和社员一起下地劳动,晚上仍坚持油灯下写作,并用笔名在报纸上发表了不少文章。右派纠正后,他的才华被发现,先后调任《辽宁日报》副总编辑、《经济日报》总编辑、《人民日报》总编辑。他勤于笔耕,《总编辑手记》《范敬宜文集》《敬宜笔记》《敬宜笔记续篇》《马克思主义新闻观十五讲》等大部头专著一本本推出。他最令同行敬佩和称道的拍板,是将"人民来信"放在报纸一版头条刊登。其心系人民的情怀可见一斑。

他在同行眼里留下儒雅博学和为人真诚的极好形象。有人评价,范敬宜的口碑不是他的地位决定,而是由他的文品、人品决定的。他在晚年时发出肺腑之言,一是不论社会环境怎样变化,作为一名新闻工作者,其社会责任感是永远不能改变和丢弃的。二是如果有来生,还要做记者。三是离基层越近,离真理越近。四是年轻人要放眼天下。五是新闻工作者最重要的是要有责任心,而责任心来源于对国家和人民的深深了解和热爱。唯有如此,才能在采编中用心观察,用心思考,用心做文章。六是当代媒体的浮躁是因为缺少文化。文化缺失,就只能靠炒、造来"制作"新闻,这超出了道德底线。正如他在《满江红·赠人》一词中所云:"平生愿,唯报国,征途远,肩宁息?到峰巅仍自朝乾夕惕。当日闻鸡争起舞,今宵抚剑犹望月。念白云深处万千家,情难抑。"这正是他追求真理的精神和大爱情怀的写照。

新闻中有文化,新闻人中有文化。真正新闻人的报道中所表现出来的人品和作品是有灵魂的。这个灵魂就是时代和人民、公道与正气。

从文化和信仰的角度对二位新闻界大家、学者型的记者进行一番粗略的梳理,意在让同学们对新闻文化有一个了解,对真正新闻人的德、才、学、识有一个了解,解决好"为了谁、依靠谁、我是谁"的问题,从而在机会凸显时,抓住时机,建立功业。但愿能对大家有所帮助。

第二节　新闻职业道德

一位学者曾经提出:"道德是真理最后的环节,世界最高的权威,一经提出,就再无商讨斟酌的余地。"道德这一概念怎么解释呢?有这样一种描述:道德是调节人与人之间社会关系的一种体系。它以是非、善恶、荣辱等观念来评价人们行为的尺度和正确处理人与人间关系的行为规范。也就是说，当个人的利益同整体的、他人的利益发生冲突时，这种冲突使人们意识到并需要加以调整时，道德就发生了。

今天我们搞社会主义市场经济，一个基本前提就是，承认人们追求正当利益的合理性和合法性。你致富可以，但是前提必须是阳光下的财富。袁隆平就是买飞机也没人仇他的富，他的财富是用科技为人类造福得来的。而有的人呢？

道德是全社会各行业的从业者都应遵循的具有共性内容的规范，而职业道德在具有道德共性的基础上，还有本行业鲜明的个性。什么是职业道德呢？每一个行业的道德就是职业道德。具体来说，一是它调整职业内部的关系，要求同一职业的从业者为了同一目标和正当利益和谐地劳动；二是协调某一职业与其他社会成员之间的关系，要求职业工作者急社会之所需，全心全意为人民服务。

记者这一行业的从业人员也是公民。你只能在宪法范围内活动，你没有什么特殊性。中国公民"爱国守法、明礼诚信、团结友善、勤俭自强、敬业奉献"的公民道德你要遵守。

这里面最重要的一点就是爱国守法。我说这个"国"是祖国。祖国是什么？祖国就是生你养你的热土和生活在这片热土上的父老乡亲以及在这片热土上产生的生生不息的文化。祖国是永恒的，爱祖国是永恒的主题。

1955年，那是我很小的时候，可能刚上小学。在听到音乐老师唱歌曲《我的祖国》时，觉得非常动听。这首歌为什么几十年经久不衰？就是因为它的情在流，爱在淌，反映出了爱国情怀。它的每一句歌词经过你的大脑，你的脑海中就会显现出一幅幅祖国的美丽画面。它的魅力就是对祖国的爱。稍微懂一点历史的人都知道，我们祖国五千年的历史是阻不断的，它有浓浓的乡情，也有淡淡的乡愁。爱祖国爱家乡，就是一种眷恋，一种儿女对母亲砍不断的情结。

我出国的时候，偶尔在收音机里调到中央人民广播电台，听到它的呼号，就有一种感情的植入、莫名的激动。思乡啊！这是刻到骨子里的情感。

讲到爱国，我们就不得不讲到我们老一辈的科学家、"两弹一星"的功臣钱学森、邓稼先、赵九章、郭永怀等。如果没有这些放弃国外优厚待遇回国的科学家，我们国家有没有这么安定的发展环境？如果没有"两弹一星"的震慑，你们能不能安静地坐在教室里学习？他们是怎样工作的？在戈壁滩无人区，缺水缺粮，甚至要挖野菜充饥，科学家在那里一待就是十余年。这些爱国的科学家心中有一句格言：艰苦奋斗干惊天动地事，为国奉献做隐姓埋名人。他们深知科学无国界，但科学家有自己的祖国。这不是一句空话，祖国就是他们的力量源泉和精神支柱。中国第一个航天英雄杨利伟在笔记本里写道："为了全人类的和平进步，中国人来到太空了。这是中华民族的梦想，今天终于实现了。我为自己是个中国人而感到骄傲和自豪。"

这是为了祖国的利益敢于牺牲自己一切的赤子之心。他所袒露的爱国情怀，让亿万人油然而生敬意。

中国公民道德规范中还有一个重要的精神，那就是敬业奉献。中华民族历来就有敬业乐群、忠于职守的好传统。实践证明，三百六十行，行行出状元。无论哪一个行业的状元都有爱岗敬业的精神。他们对所从事的行业都有自己的认识。

我们不能把职业仅当作谋生的手段，更应把它当作一项伟大的事业而不懈追求，甚至奉献自己，自觉提高自己的敬业境界。这就是做事业，不仅仅当职业去做。所以，敬业和奉献往往联系在一起。奉献包含着在需要的时候为他人和国家利益牺牲自己，克己奉公，先人后己，是不求回报的付出。奉献者的付出在他人身上延伸更有价值，更有人性的光辉，奉献者也往往在精神上得到快乐和满足。"赠人玫瑰，手留余香"嘛。每个人都经常是奉献者的精神受惠者，那么每个人在自己受惠时也应该实实在在地付出，这样做才是有道德的。不要只知道接受人家的奉献，你自己向别人奉献没有啊？"我为人人，人人为我"啊！

每一项运动，每一项工作，包括我们采访的每一篇报道都有时代的局限性。有时候你这个工作、这个主题顺应时代的潮流了，那种影响是巨大的。比如乒乓球，它是中国顺应时代潮流打开国门的第一个项目。1959年，容国团荣获中国第一个世界冠军，对于在帝国主义封锁下的中国人民是多大的鼓舞！1961年，北京举办第26届世乒赛，那时候没有电视，在大喇叭底下，全国人民都在听。农村一个初中的操场上，我当时就在那儿听中央人民广播电台张之做的现场直播。第26届北京世乒赛，那真是万人空巷的事件啊！在这个时候，体育就承担了一个为国争光、展示中国形象的特殊作用，这是时代赋予它的使命。

20世纪90年代，在北京亚运会上，邓亚萍接受采访时很有感触地说："其实作为一个中国人我很骄傲。我打球是为了报效祖国。我常想我才17岁，但我在国家队主力位置上出力也不过短短的几年时间，说不定什么时候比我优秀的选手就会出现了。如果我不珍惜在这个位置上的机会，把握每一秒的时间，将来我会后悔的。在亚运会上只要一上场我就会自觉或不自觉地产生这样一种念头，好好打，报效祖国。在亚运会上，我之所以敢打敢拼，就是我心中牢牢地记住一句话：报国就在今日。"

这个我有很深的体会，当时我就在北京工人体育馆采访。那时候是国庆节期间，中国男队输给朝鲜队了，连决赛都没进。当时民族情绪确实比较高涨。我看到体育馆看台上悬挂着几米高的标语，上面写着：邓亚萍，此时不搏，更待何时？其实那时候大家都知道她是主力了，但她还不是太出名。1989年，她拿了世界双打冠军。此时，人们爱国的情绪山呼海啸。邓亚萍确实不负众望，在这个比赛中，单打她拿了两分，双打时乔红输一分她拿一分，最后，把乔红的劲儿也提起来了，3比2拿下韩国女队。真是这样，爱国是实实在在的行动，绝对不是一句空话。

现在我讲讲新闻工作者的职业道德准则。一百多年来，世界上许多国家和地区的报业组织和记者协会根据自己的情况制定了新闻工作者的道德规范，以此作为约束和评价新闻工作者在职业活动中的道德行为的基本原则。新闻记者是时代的瞭望者，记者只有不断地提高综合素质，提高遵守准则的道德素养，才能面对这个伟大时代而不辱使命。

更具体地讲，新闻是涉及生产力和生产关系各个领域，与全社会、全世界打交道的行业。所以，作为一个中国新闻工作者，在新闻采编的过程中，坚持全心全意为人民服务、从实际出发、实事求是的原则，知荣辱，辨善恶，把内因与外因、知与行、动机和效果统一起来，自觉遵守新闻职业道德，这是最基本的要求。概括为一句话就是坚持真理，忠于事实。这是我们新闻工作者职业道德的基本内涵。

当前，在我们正处于改革开放和全面建设有中国特色社会主义的时期，要求大家面对这个现实，实事求是，全心全意为人民服务。习近平总书记在十八届一中全会结束后的中外记者会上强调：人民群众是我们力量的源泉。人民对美好生活的向往，就是我们的奋斗目标。我们一定要始终与人民心心相印，与人民同甘共苦，与人民团结奋斗。这更激励中国新闻工作者更好、更努力地为人民服务。

全心全意为人民服务有一个新的表达形式，就是以正面宣传为主，就是要使党和政府的政策及时、准确、广泛地与群众见面。作为新闻工作者，我们要为人民群众提供参与政治经济文化等社会活动以及了解世界所需要的新闻信息，还要宣传他们建设社会主义的创造和奉献精神，准确反映他们的愿望、呼声和要求。全心全意为人民服务是我们新闻工作者职业道德准则的第一条要求，它包含两个方面：正面宣传和舆论监督。

中国共产党的宗旨本来就是为真理和正义而斗争，因而主张新闻工作者应始终坚持真理和正义，在报道新闻时必须讲真话，维护新闻真实性原则。这是以中国共产党党性原则和人民根本利益为出发点的新闻工作者最大的职业道德。我们老一辈的新闻工作者，像范长江、穆青、范敬宜等，他们都是坚持真理和正义的新闻大家。战地记者魏巍也是大家，他写的《谁是最可爱的人》，大家都在教科书上读过，那在20世纪50年代影响多大啊，这篇通讯可以当成报告文学来读，当中大段的议论意蕴深远，至今仍有重要的现实意义。

在全心全意为人民服务这方面，我觉得中国新闻记者展现了一种形象，这就是智者概括的赤子的情怀、竹子的品格、钉子的精神和轮子般的工作状态。赤子的情怀，就是要忠诚于党的事业，牵挂民生冷暖。竹子的品格，就是要"铁肩担道义，妙手著文章"，不论何时何地，说实话，讲真理，有理有节。我们优秀的新闻工作者，一辈子只知道明规则，不知道潜规则；只知道有什么说什么，不知道见人说人话，见鬼说鬼话。钉子的精神，就是勤学习、擅采访，咬定青山不放松。轮子般的工作状态，就是当日做新闻，做当日新闻。睁开眼就要搞新闻，不是在采访新闻就是在采访新闻的路上。

我的前辈告诉我：你要搞新闻，睁开眼就要有新闻的思维，你要有抢新闻的意识；你刚睁开眼睛就要很快进入工作状态，在采访的路上，在新闻发生的现场。

所以，做新闻的人要不为时尚所惑，不为权势所屈，不为浮名所累；做新闻的人要把新闻当成事业来做，将自身的价值融入事业之中；做新闻的人要敢讲真话，力求进入一种坦荡正直的境界；做新闻的人还要以读者认可和推崇的报道、合格的职业道德，赢得社会的尊重。盯着名利做新闻的人，路走不远。

与时代同行，与人民同在，这绝不是一句空话。所以我们搞新闻的要靠人品和实力说话。我们的骄傲，要靠一个字一个字地写出来。一个人的能力有大小，但是要勤于笔耕。如果你用你的勤奋写出作品流传后世，能给后人一些学习和思考的东西，那是很令人欣慰的一件事情。用作品说话也是新闻工作者最起码的职业道德。让我们用充满正能量的新闻报道向我们这个伟大的时代和人民致敬！让我们用新闻报道揭示生活的价值、历史的轨迹。

在近30年的新闻工作实践中，我采编了数百案例，也有几部小书。如果说那些大家是一条条奔腾的大河的话，那么像我及和我一样的普通记者就是一条条清澈见底的小溪，在新闻史上也曾欢快地流过，也有其存在的价值。我采访了不同行业的一些典型，我觉得弘扬他们的精神和业绩是在为人民和社会服务。没有这个我坚持不下来。

有时候新闻这个活累死人。大型的采访，不管体育也好，地域性的采访也好，先进典型采访也好，都是这样的。在全运会、奥运会上，我每天一篇两千多字的新闻速写或随笔，每天报纸留给你版面你要写成，还得符合质量要求，这不是一个轻松的活儿。奥运会17天我写17篇随笔，人家报社派人在我家楼下，坐在车里等稿。奥运会我还有过连续写16篇评论的经历。曼谷亚运会时，我也是一个人在异国他乡，一天几千字，一干就是20天。

有时晚上9点了，领导说你这个稿子要配评论。9点钟，赶紧拿起笔，那时候也没有电脑，坐到总编夜班室里配评论，认真完成任务。10分钟左右一条消息，一个小时左右一个人物专访、场记特写你得拿出来。做这些，除你个人的技能外，动力在哪儿？在你的信仰和职业道德。

新闻就是我的信仰，我就要当一个合格的新闻记者。

当一个记者，一定要在第一时间写出最好的报道。所以，我当年采访报道邓亚萍，最后把她的青少年时代写成了一本传记。将来人物典型这一讲，我再一篇篇地讲。今天我大概告诉你们，跟踪采访报道邓亚萍十余年，我写了数十万字的消息、通讯、专访、报告文学、长篇纪实文学等作品。为什么要写？因为她的运动业绩，获得120余个世界冠军、奥运冠军、亚洲冠军、全国冠军，成为20世纪华夏体坛第一女杰（1999年她被中国奥委会评为中国女运动员中唯一的"世纪之星"）。我的动力就是做一个好的新闻记者。

再一个，也是一种幸运，碰上那么一个一生难求的采访对象。著名的乒乓球运动员邓亚萍由于个子太矮，在竞技体育这个领域内，她的先天条件是非常不足的。打败全省冠军后省队不要她，个子太矮，胳膊太短，没有培养前途；打败全国冠军和世界冠军后，国家队前两次也不要她，这个小丫头就有一股劲儿：我打败你一次不行，我就多打败你几次，这样国家队还是会要我的。我被她那种不服输的气质折服了。因此，我给她定位了，1990年亚运会，在赛场上，我跟河南老乡、国家队女乒教练张立谈到邓亚萍时，我就定位了：邓亚萍不是天才，将来要成为天才。这样，她的新闻效应是显而易见的。

为什么现在很多人羡慕她？《邓亚萍》一书出来之后，北京、天津还有西南好多省份的研究生来信跟我要书，一天打几次电话。他们开班会就要以它为主题，探讨怎样学习邓亚萍精神，怎样才能成才立业。一个医学老教授拿到我的书，连看了三天把书看完。不是我写得好，而是我报道的这个人物自身运动生涯有魅力，能给人以启迪。她的成长也经历了"昨夜西风凋碧树，独上高楼，望断天涯路""衣带渐宽终不悔，为伊消得人憔悴""众里寻他千百度，蓦然回首，那人却在灯火阑珊处"，经历了茫然、追求、成功这三种境界。

我采访过许多人，很多人说关于邓亚萍的一个细节采访把握得好。1990年，亚运会结束后，在省体委招待所，我采访了邓亚萍。可能是因为我跟她父亲是球友的关系，她刚开始没有说话，脱下鞋，伸出脚掌，此刻，她的两只大眼睛亦是泪水盈盈。那是双满是血泡和磨成铜钱厚的紫色茧子的少女的脚板。我捕捉到这个细节。当时，我想起了冰心老人的一句名言："成功的花儿，人们只惊羡它现时的明艳，然而当初它的芽儿浸透了奋斗的泪泉，洒遍了牺牲的血雨。"这是对邓亚萍的成功最形象的描述和概括。

全心全意为人民服务的第二个层面是舆论监督，我举一个例子。舆论监督是需要有一定方法的。1998年，我写了一篇《水能载舟，亦能覆舟》的评论，这是为报道省足协"声明"的一篇通讯配发的评论。其中写道："是什么力量在搞不公平竞争，给中国足球改革抹黑？有关部门应该进行监督，司法部门应该介入，一切有道德和良知的知情人应该提供证据，把一切不正常现象的内幕置于光天化日之下。"13年后，中国足协两位领导和有关的数十人全被抓了起来。有人说你真敢写，预见性太强了。

新闻职业道德准则的第二条是要搞好舆论监督，将来专门讲。第三条是要遵纪守法，预防侵权。当记者的要专门学习掌握有关侵权的法律条文。这一章专门请有律师资格的记者来讲。准则第四条是要维护新闻的真实性，真实是新闻的生命。应注意以下几点：

（1）新闻的几个要素必须真实。

（2）新闻反映的事实和条件、过程和细节、语言和动作等必须真实。

（3）新闻的各种资料必须确切无误。

（4）新闻中涉及的思想必须是当事人所述。

（5）讲究分寸，就是客观全面。

这里要特别注意，当前的新闻采访手段比较完善，时效性增强，但也出现了一些不好的现象。有的记者不去采访，在办公室内的电脑上进行拼凑粘贴，或者干脆复制原创，抹去别人的名字，署上自己的名字。这不正是客里空式的人物吗？

此外，关于舆论监督的稿件也要遵循真实性原则。你的稿件须准确无误，你批评谁，稿件还要给他看。如果他不承认这个事实，而你有充分的证据，也可发表。但是，要让被批评人知道，这也是一个程序。记者要对批评稿件的内容负责，编辑要在政策的把握上负责。

错了要敢于认错，敢于承担责任。我曾在一篇通讯中把嘉峪关误写为山海关，这让我悔恨一辈子。山海关在起点，嘉峪关在尽头，夜里写稿，脑子在极度疲劳时一糊涂就出了错。怎么办？我只能认错，错了马上更正，没什么可讲的，更正了才不丢面子。

新闻职业道德准则第五条，保证清正廉洁的作风。这是记者的公众形象和职业性质所决定的，也是记者的必备品质。正如一位新闻界老前辈所说：记者笔下有财产万千，记者笔下有人命关天，记者笔下有是非曲直，记者笔下有毁誉忠奸。在这方面，我要告诫大家，要坚决反对不正之风，抵制有偿新闻等。新闻工作者不能接受被采访对象的钱物等。这是个是非问题，一定要记住。新闻记者常驻足于社会各阶层，常要面对种种利益，诱惑甚多，稍不留意就会跌入陷阱。

有偿新闻就是权钱交易，形式就是有偿提供新闻版面，用新闻形式传播广告，发偏袒一方的不实报道等。某些记者拿过别人的金砖，最终把自己的单位钉在耻辱柱上。《新快报》记者陈永洲据说收人家50万块钱，发有倾向性的稿子，介入两家企业之争，结果受到有关部门的调查。要在日常工作中坚持践行职业道德操守，形成习惯。

第六个准则，发扬团结协作精神。在一些重大采访中，团结就是力量这句话，让人体会最深。我在全国七运会系列采访报道中倡导参加报道的记者把资料放在一起，大家共享。为什么这样讲呢？这样能实现共赢效果，大家都写好新闻，做好成果。信息来源多得很，采访和编辑的角度不同，大家拼素质和敏感写出独家新闻才是正道。

在新闻工作中，我们也要注意人际关系的处理。同行之间，打击别人，抬高自己，不择手段，损人利己，败坏同行声誉的恶劣做法，是真正的新闻工作者所不齿的。如果新闻工作者在处理同行关系时不实事求是，你从同行身上得到的好处只是一时的，终将会吞下苦果。如果你想在困难时得到同行帮助，你就应该随时关心你周围的同事。生活的辩证法就是如此，以诚为本。诚信和善良应该是新闻工作者不倒的人格。

法国文学家雨果曾说过一段耐人寻味的话："世界最宽阔的是海洋，比海洋更宽阔的是天空，比天空更宽阔的是人的胸怀。"我想，同行之间应和睦相处，互帮互助，至于一般性的工作矛盾，如果对方真有对不住你的地方，你就尽快忘掉不愉快的事情，不必斤斤计较，耿耿于怀。如果同行在你困难时为你主持公道，帮助过你，就要永远记住，并报答他。和而不同，理而包容，工作和生活中要相互帮助，相互理解，与人合作你会其乐无穷。要知道这个道理。另外，要尊重作者的著作权，反对抄袭、剽窃他人劳动成果。

这六条新闻职业道德准则，希望大家可以找来相关资料看看，仔细研读后相信有更加深刻的体会。新闻工作者要培养健全的心智和家国情怀，养成终生学习的态度和习惯。

我想，以马克思主义新闻观为内涵的新闻文化，应该是中国新闻工作者的灵魂，而衡量中国新闻工作者职业道德和人生重量的，应该是其作品和读者心中那杆秤。

2013年10月31日于洛阳师范学院

第二讲　导向是灵魂

——坚持正确的舆论导向

　　培养卓越新闻人才这个计划，是我和你们这八周课共同的主题，是我们的共同责任。它是一种探索，一种新的模式。说实话，接了这个任务以后，我得把文件精神先弄明白。因为没有教学大纲，也没有教材，我 6 天要写出来一个讲座，还要自成体系，可以说，这是很着急的事情。接到任务以后，我每天工作 12 个小时以上。睁开眼睛想的就是这件事，百分之九十的时间都用在选择和查找有关的重要案例。剩下的对理念的诠释、案例的串讲，包括一些观点的思考，是我即兴给大家交的一次作业。所以讲课过程中的不当之处，肯定会有。我希望这一学期，同学们能认真地与我进行沟通和交流。每一次讲课结束后师生们对讲课内容都要进行点评，提出建议，便于我进一步完善讲稿，改进工作。以后每一次课件我都争取讲课之前做好，因为最初的时间太仓促，准备课件的时间太少。这是我跟大家讲的几句心里话。

　　今天讲的是坚持正确的舆论导向。简而言之，舆论就是一种群众的议论、群众的意见，是一种社会思潮，一种民意。舆论是针对大千世界中出现的一些与民生、时局有关，有是非曲直，有争论的社会问题而言。它表达人心向背、公论的是非。它褒扬真善美，揭发假恶丑，对社会有一种监督和督促作用。它往往是行动和革命的前奏。我记得毛泽东同志曾经说过，凡是要推翻一个政权，总要先造成舆论，总要先做意识形态方面的工作。革命的阶级是这样，反革命的阶级也是这样。但舆论不是一成不变的，随着形势的发展和力量对比的变化而变化，关键在于引导。先进的阶级和政党都要在社会发展的主流方向上形成一种正确的、有利于群众、社会进步的舆论共识。

在建设有中国特色社会主义阶段，什么是正确的舆论导向呢？那就是要有政治意识、大局意识、责任意识，在新闻报道中弘扬爱国主义、集体主义、社会主义的主旋律，动员、团结各族人民投身到建设祖国、振兴中华的伟大事业中来。那就是要坚持以科学的理论武装人，以正确的理论引导人，以高尚的精神塑造人，以优秀的作品鼓舞人。要做到坚持正确的舆论导向，新闻工作者就要打好五个功底。哪五个功底呢？理论路线功底、政策法律纪律功底、群众观点功底、知识功底、新闻业务功底。这五个功底是新闻工作者把握正确舆论导向所必备的基本素养。要想具备这个基本素养，就要树立终身学习的观念，不断更新知识。

具体来讲，舆论导向要把社会效益放在第一位。在这个前提下，实现社会效益与经济效益统一。分三个层面，要正确把握：一是正面宣传导向；二是舆论监督导向；三是突发事件导向。

第一节　正面宣传导向

正面宣传的导向就是充分反映和宣传党的方针政策，充分反映和宣传我们的国家在各个方面不断取得的成就，引导人民分清是非，坚持真善美，抵制假恶丑。我举一个实例。1992年1月18日下午，《深圳特区报》记者陈锡添接到通知，1月19号与深圳市领导一起跟随刚来深圳的邓小平采访。他对邓小平的讲话十分留心，在什么场合下讲什么话都做着记录，几乎是一字不落。无奈的是，当时小平同志有指示，他视察深圳，不报道，不接见，不题词。但是，第二天香港的报纸登出了小平同志在深圳视察的消息。只是报道得很乱，内容多有出入。后来《珠海特区报》也刊登了小平同志视察的报道，内容很简单。

其实，虽然当时不让报道，但陈锡添一直在琢磨写作和发表的时机。不久党内以中央文件的形式将邓小平同志视察南方发表的一系列讲话作了传达。在这种态势下，经过一段时间的考虑，他请示领导批准，于3月22日至24日深夜突击写出《东方风来满眼春》这11000字活灵活现展现邓小平言谈举止的通讯，3月26日在《深圳特区报》整版发表。过了4天，到3月30日晚，新华社转发了这篇通讯。全国报刊和其他媒体争相转载或刊播，在全国掀起了一个宣传贯彻邓小平南方视察讲话的热潮。而通讯中出现的邓小平南方谈话的内容回答了中国继续改革开放的一系列事关中国前途的重大问题。陈锡添作为一个记者，用自己手中的笔，形象、生动、准确地完成了一次重大时事报道，为正面宣传党的方针政策，加强正确舆论导向起了巨大的作用，也越来越被历史所证明。在这篇报道中，陈锡添的政治意识、大局意识、责任意识可谓是很强的。

将来你们要当记者就必须要明确，作为记者，有很多机会跟随领导采访。你们应该在跟随领导的工作实践和谈话中发现有指导全面工作的，特别是事关方向性的方针政策、重大新闻，而且把握住程序和时机把这些重大新闻报道出来。这是很重要、很具体、导向正确的正面宣传。这一点，下一讲中我还会讲到。后来有一首流传很广的歌《春天的故事》就是以邓小平南方视察为背景的。邓小平南方视察拉开了中国改革开放的又一轮大幕。当时，起了重要传播作用的就是记者陈锡添。《东方风来满眼春》这篇报道你们从网上查查，好好研读。

1989年，在科技体制改革的形势下我深入到省科学院进行采访，在实验室里向科技人员请教，与他们谈心。一个月内写出《省化学所科研与生产紧密结合》《黄腐酸系列产品开始造福绿色田野》《省科学院面向经济建设，深化科技改革》三篇分量较重且具有改革方向的消息。两篇被作为《河南日报》头版头条，一篇在一版显要位置发出。这三篇报道是在国家科技改革政策出台一段时间后，经过深入采访写出来的，对全省科技工作具有正确的导向作用。这三篇报道，一篇写科学院，一篇写省化学所，一篇写重要科研成果。一个月来，上两个头版头条、一个显著位置。不知道你们看报纸不看，科技报道一年也上不了几个头条，上头版的科技消息极少。科技报道是个难点，不好写，专业性太强。所以，我一上手搞科技报道，全处开会，大家褒奖我，很吃惊我怎么想的。我说："关键是要深入采访，七分采访三分写。在采访中要提炼出和时代契合的主题。"搞科技报道，需要内在的逻辑联系，数据一定要准确，脉络一定要清晰。这使我体会到宣传工作中的先进典型也是一种正确的导向。

1999年3月，河南建业足球队从甲B队降为乙级队，主场设在新乡体育中心。

而八一队的甲B主场也设在新乡体育中心。在这种情况下，当时新乡体育中心的领导，包括很多球迷都很迷惘，这球怎么看？是支持建业队，还是支持八一队？这个赛季怎么看球？

因为足球也是一种文化，也是大家的一种生活方式，所以我连续写出《解不开的乡土情结》《慧眼识得足球美》《我们的队伍向太阳》三篇有关继续支持河南建业队，欢迎八一足球队，发现足球胜负以外美的内涵，引导球市正确导向的述评，连续三天在《河南日报》发表，被《新乡日报》转载。这三篇文章，第一篇述评继续支持建业队，为什么要支持建业队？解不开的乡土情结，我在这篇文章中讲得很明白。关键是第二篇，发现足球胜负以外的美，从美学角度谈如何观球，从精神文明角度谈如何观赛。最后一篇《我们的队伍向太阳》，分析子弟兵的性质，八一队的实力和光荣历史，应该支持八一队的理由。

新闻报道中别小看文化体育中的导向问题，媒体有责任去正确引导。我的体会是，正面宣传导向，还要主动、有效地宣传党的方针政策和取得的成就，要善于抓带方向性的典型，引导人们的认识和观念朝正确的方向发展。

下面我再谈一下工作导向的报道。2008年2月26日、27日、28日，《河南日报》以"家乡是个大舞台"为标题连续推出9个农民工返乡创业的典型，用了3个整版。"曾几何时，他们抛家别口，南下北上，成为汹涌的农民务工潮里的一员。时光荏苒，如今这些昔日的农民工回来了，带着技术，带着资金，带着满脑子见识和全新的观念，他们回到家乡这片广阔而亲切的热土上创业。"农民工创业的意义非常重大，他们创业的成功对解决当地农村剩余劳动力就业、加快农民脱贫致富步伐、更新农民工观念、改善农村经济结构、推动地方经济的可持续发展都起到了强力的带动作用。

这是一种趋势，也是一种导向。报道这一趋势、这一导向在经济工作中起到了很大的作用。这9个典型是各行各业的典型，有创办牧场核桃园的典型，有机床铸造的典型，有鱼肉制品系列的典型，有肉鸽饲养的典型，有针织企业的典型，有农副产品精深加工的典型，有起重机械的典型，有耳机齿环加工的典型，有布鞋制造的典型。

2008年3月5日，《河南日报》又推出了河南农民工返乡创业的故事。故事的题目其实就是一种理性与感性的双重选择，农民工为什么要背井离乡？他们创业成功靠什么？面临的困难和问题是什么？这篇报道回答了返乡创业者需要解决的问题。这是一种服务，是一种导向，也给各级政府提出了一些支持农民工返乡创业的建议。这在经济工作当中，导向是正确的。

我们的改革开放，中心工作是要发展经济，100年不动摇。为了这个主旋律，媒体积极主动组织这一类型的报道。2006年7月27日，《河南日报》策划、组织了记者进京采写在京创业的河南人的新闻活动。《河南日报》记者和清华大学新闻与传播学院的学生合作采写了大量新闻，并由专家学者和领导对其作了精辟的点评。其实河南日报社早就和清华大学新闻与传播学院进行了合作。清华大学李希光教授明确地说：大学时代要对新闻系学生打下一个基础知识的基石。进入新闻行业这个平台后，你才开始做新闻事业，而这个新闻工作是一个实践性很强的工作，是干出来的、悟出来的。你有很好的学习成绩，不等于你将来是一个好记者。

在报社，英雄不问出处。清华的也好，北大的也好，人大的也好，对不起，拿作品出来。新闻记者的骄傲是靠一个字一个字写出来的，不靠别的。你学校期间成绩好，只能说明你学习成绩不错，但是是否方向对头，是否勤奋，是否有一个正确的人生观、世界观、价值观，是否对国家和人民敢担当，要看实践。这是一个好记者最基本的条件。你见到困难绕着走，见到危险绕着走，一天到晚就是从自己的利益出发，不替他人着想，不为国家、民族担当，能当好一个记者吗？

所以，这组报道开篇题目就是"京城里的河南鲁班——记外出务工创业人员的杰出代表周国允"。

周国允，22年前是滑县高平乡周潭村一个高考落榜青年。2006年的时候，他已经成为"中国十大杰出外来务工青年"，拥有了自己的施工队伍，而且是一支在京城建筑界赫赫有名的王牌团队。记者采访的感言是：在北京你可以不知道周国允是谁，但你一定知道他参与建设的工程：首都机场的航站楼、远洋大厦、中华世纪坛、国家大剧院，以及小汤山"非典"医院，包括正在建设的2008年北京奥运会主会场鸟巢和国家体育馆。北京这些年几乎所有的国人以及世人瞩目的重点工程，他的队伍都作为主力军参与建设，有不少得了长城杯和鲁班奖。这些奖都是建筑行业的大奖。

与周国允的"楼品"同样受人称赞的是周国允的人品。一个是他关键时刻不掉链子，就是接到急活儿、很难做的活儿，他加班加点想办法也要按时完成。具体做法我就不讲了，你们可以看看报道。再一个是，干不好活儿他不要钱。他做这个承诺，我先干你再给我钱，看质量。有一个企业老板，很挑剔，周国允就说我干了再说吧，就敢承诺我干不好你别给我钱。

周国允也碰到过很多苦恼的事。一次他参加项目竞标，甲方明确表示不用河南人。周国允笑了笑，嘱咐手下，干活儿的时候谁也不允许露出河南口音。等工程干下来，甲方对工程进度、质量非常满意的时候，周国允才在饭桌上说，我们是岳飞的老乡。因为他是滑县人，和岳飞的老家汤阴是挨着的。甲方这才明白，敬佩之心油然而生，说只要和老周一打交道就不可能再说河南人不好。

还有人家评价说：见过厚道的，没见过这么厚道的。这就是说周国允碰到甲方违约了，但是他没跟甲方打官司，因为最后他知道甲方干工程赔了，无力履行合约。周国允认为，不跟他索赔，我失去了一些钱，但是我赢得了无价的品牌。现在按惯例，包建筑工程甲方要乙方承建方的抵押金，几十万的抵押金。现在周国允在北京包工程，从来没人要他的抵押金，都非常相信他。

从这个典型报道，我们可以看到导向就是给所有河南人看，我们从周国允身上学到了什么，河南人如何在外乡创业，如何在外乡做人。这篇关于周国允的报道就是活生生的导向，将来大家可以看原文。所以对这篇报道，北京的专家是这样点评的："通过关于周国允的这篇报道，在京创业的河南人赢得了人们对河南人的敬重。而他们所求的，也仅仅是用一个平常人的正常的心态去对待他们。"专家点评还说："河南人在关键时刻不掉链子，他们使我们懂得了厚德的内涵。河南人特别能吃苦，特别能吃亏，特别能干活儿，用行为来证明自己，改变别人。诚信、淳朴、善良、宽容、坚韧就是中原大地哺育出来的子弟为什么能够在艰难复杂的竞争中站稳脚跟的根本原因。"这组报道策划很精细，文风也好，我建议同学们一定要看看。

刚才讲了新闻报道在党的重大方针政策宣传中的导向、在科技工作中的导向、在经济生活中的导向、在如何做好一个河南人时的导向。下面我讲一下在优秀的传统文化方面，如何做好正确的导向宣传。《河南日报》在2005年7月15日一版打头两个半版，发了一个大通讯。这两个半版是什么概念呢？将近

25000字，这么大的通讯此前我还没看到过。5000字以上的通讯就很难发稿。25000字，这是一个观念的转变，内容决定形式，内容为王。题目是"和你在一起——记当代孝子张尚昀"。从引子到"那个只有一棵白菜的春节""有妈妈就有家""擦干泪去打工""妈妈的孩子在天涯""骑上三轮车带妈走""长春　常春""拉他一把可以改变一个人的人生""娘俩的长征""美丽的心灵感动世人"，这些小标题很形象、很简洁。

通讯当中说："张尚昀的家在许昌市襄城县，高中毕业考上了长春税务学院。家里姥姥的生活、他上学的费用，全靠每月300块工资的妈妈支撑。不承想他上大学不到一学期，妈妈出车祸造成重度脑部残疾，他只好边学习边打工，靠自己挣钱坚持学业，并养活亲人。"

他什么活都干，每学期的最后一个月在学校集中上课和复习，其他时间还要去打工。结果不仅像正常上学的同学们那样考过了一门门功课，而且在班里40多名同学当中第一个通过计算机等级考试，第一批通过英语四六级考试。在前6个学期中，有5个学期凭学习成绩拿到奖学金。

"2003年3月，妈妈的病更重了，唯一能照顾妈妈的姥姥又去世了，他便决定把妈妈带在身边，边打工边求学边给妈妈治病。他骑三轮车拉着母亲从襄城县到郑州，后又冒着寒冬凛冽蹬车拉着妈妈从长春到唐山，到处求医问药。他打工或在图书馆看书，都要把妈妈安置在身边。有时妈妈脑子不清醒而走失，又要到处找。就这样，他靠打工让妈妈的病不断有所好转，自己的学业也没有荒废。去年11月报考公务员，在报考开封市国税局的1000多名考生中，他取得了笔试、面试综合第一名的好成绩。"

报道刊出以后，张尚昀大义至孝及他们母子面对逆境表现出来的自强自立精神和高尚人格令无数读者感到震撼，称张尚昀这样的人是我们中华民族的骄傲，"生子当如张尚昀"。共青团河南省委发出通知，号召全省青年向张尚昀学习。郑州大学组织座谈会表示学习张尚昀志存高远、自立自强的精神。河南大学把他的背母打工的故事搬上舞台。《河南日报》的评论员文章称，张尚昀是苦难的，但他是刚强的、乐观善良的，又是至真至纯至孝的。他穷且益坚不坠青云之志，箪食瓢饮不改颜回之乐，踏平生活中的坎坷走向德业俱进、身心完善的人生境界。张尚昀的故事之所以深深打动千千万万的人，是因为他既继承了大义至孝的传统美德，又赋予自立自强、自尊自爱的时代精神。张尚昀的故事也告诉每一个人，感恩无贵贱，尽孝要趁早。只有孝敬父母才会热爱生活，努力工作。如果每个人都学习张尚昀的优秀道德品质，构建和谐社会就有了强大的精神支撑，文明之风就会吹遍中原大地。

中宣部为此还做了阅评。中宣部阅评员认为读张尚昀的事迹报道有一种不胜欣喜的感觉。我们中华民族很多传统美德在市场经济条件下显得尤为可贵，孝敬父母就是其中之一。但我们在新形势下宣传得还不够，构建和谐社会还有很多工作要做。然而家庭是社会的细胞，家庭和谐了社会才会和谐，敬老爱幼是家庭和谐的保证。从这个意义上说，媒体宣传张尚昀这个典型，既宣传了传统美德又有很强的时代特色和现实意义。它代表了我们党倡导的一种文化，需要锲而不舍地抓住不放，不断放大。

的确，这篇报道我是一口气看完的，其中的主要作者就是报社曾和我在一起采访的人大毕业的一名大学生。在看这篇通讯的过程中我几次潸然泪下，中华孝文化在当代孝子张尚昀身上显现出动人心弦的美。这篇文章鲜明的向善主题、感人的细节、精巧的结构、真诚的语言、深深的思索，显出作者深厚的功力。你愿意自立自强、孝敬父母吗？那请你好好读读这篇文章。

真的！我现在会想到我自己，当时不管是为了工作也好，其他原因也好，对父母孝敬不够，留下一辈子愧疚。子欲养而亲不待的时候那是非常痛苦的。你们在这儿上学，有的家庭条件好，有的是父母汗珠子摔八瓣儿去打工、去种地供你，你该不该闲暇时写封信通个电话，给他们一个安慰呢？

紧接着，2005年9月6日，《河南日报》又发了一篇文章，《谢延信大孝至爱》。这个故事我在这里告诉你们一个梗概。谢延信是焦作市的一个矿工，他结婚一年妻子就撒手人寰。此后他伺候瘫痪的岳父18年、多病的岳母和呆傻的妻弟32年。青丝熬成白发，孝心不改，守诺依旧。

他爱人去世的时候，他们只有一年多的夫妻情分。他爱人弥留之时对他说："当初俺家找你做女婿就图你人老实，心眼儿好。拜托你看在咱俩夫妻一场的分儿上，帮我照料照料俺那可怜的爹娘和弟弟吧。我起不了身给你磕头，九泉之下也会感激你的。"当时在场的人无不动容变色，谢延信更是泪流满面，泣不成声。

安葬了妻子之后，谢延信扑通一声跪倒在岳父面前。他的妻子叫兰娥。他说："爹、娘，兰娥在，我是你们的女婿。兰娥走了，我就是你们的儿。你们有病我伺候，百年之后我送终。"他答应了兰娥的事一定要做到。后来，他干脆把岳母和内弟接到自己家里精心照料，并找来证人立下誓言。为让二老相信自己的诚意，他原来叫刘延信，改成谢延信。我手中就是他给岳母梳头的照片。

谢延信无言的行动揭示了很多做人的真谛。他对信义的坚持来自内心深处的挚爱，爱老人，爱妻子，爱孩子，爱兄弟，大爱至孝，大爱无边。因为有爱，苦难更见真情的温暖，贫贱涌现人格的高尚。通过读这两篇稿件，我觉得，如果你要做好人，一定要好好阅读和理解报道内容，体会人间的真情。

说到这儿，我联想到今年《大河报》以多篇数万字的长篇篇幅，两三个版，有时候甚至四个版推出的"河南好人系列"。文中的主人公都是普通人，显现出当今社会老百姓中还是好人多，做好人是对青年人做人的基本要求。媒体对好人的报道引导人们向好人学习，善莫大焉！

由此，我们要思考文化是什么。文化就是人的一种生活和工作方式，就是对世界、对人生的一种看法。我们建设有中国特色的社会主义，物质文明精神文明两手都要抓。经济基础决定上层建筑，上层建筑又反过来对经济基础起到一个非常积极的推动作用。因此，我们要重视文化底蕴，要继承中华民族优秀的文化传统！这是我们的根啊！正面宣传报道我就讲这么多。从党的方针政策、文化、经济、好人这些角度，在导向上向大家做了一些解释、沟通和交流。

第二节　舆论监督的导向

记得朱镕基同志1998年10月7日专门与中央电视台《焦点访谈》节目组人员座谈并赠言16个字：舆论监督，群众喉舌，政府镜鉴，改革尖兵。这句赠言是对新闻舆论监督积极作用的肯定。15年前，《焦点访谈》栏目刚刚创立的时候，是非常鲜明，非常朝气蓬勃的。那个时候《焦点访谈》播出的收视率很高，很多老百姓都坐在电视机前看。朱镕基是每次的《焦点访谈》必看。通过《焦点访谈》，他可以了解到基层的各种现象，了解到新闻对各种丑恶问题的揭露和鞭笞。这表明，新闻媒介在形成社会舆论、引导社会舆论、实行舆论监督方面起着十分重要的作用。

有专家剖析，舆论监督是社会主义民主建设的推动力，是人民群众参政议政的重要方式，是社会主义民主建设的重要内容，是决策民主化、科学化的有效途径，是揭露腐败、反对官僚主义的有力武器。《焦点访谈》栏目的成功更印证了新闻媒介舆论监督在建设有中国特色社会主义中的地位。

舆论监督本质上就是人民的权利，是人民监督的表现形式之一。记者的舆论监督表达了这一点。我要和大家澄清一个概念，你不管做正面报道也好，做舆论监督报道也好，你不但代表你个人去报道，而且还代表人民，代表党和政府的政策，代表你这个媒体去报道。你应该站在什么立场，你应该用什么态度去报道，应该好好想想。

历代封建君王对人民采取的都是封闭信息、桎梏心灵的愚民政策。把思想的权利还给人民，这是近代中国革命先驱始终为之奋斗的一个目标，任何人都不能压制和剥夺。新闻记者要搞好舆论监督，出发点就是要坚持党性原则，国家和人民的根本利益高于一切，公正坦荡，遵纪守法，全面客观，调查研究，斗智斗勇，证据确凿，以求事实和真相大白于天下。要勇于对党和政府明令禁止、人民群众深恶痛绝的不良社会现象予以批评揭露，为人民的利益敢于承担风险和压力，进行有效的舆论监督。说老实话，正面宣传为主但并不是说舆论监督不重要，而是非常重要的任务。

1983年，我刚刚大学毕业一年。那时候是初生牛犊不怕虎，确实有一种不怕触犯有权势的人物的精神。在一个多月里，多次爬上12层高，只有水泥框架，已风吹日晒停工几年的郑州黄河饭店进行调查。采写的《一颗盲目施工的苦果》《基本建设战线亟需整顿改革》的调查报告和记者来信，先后被《人民日报》、中央人民广播电台、《河南日报》刊播，还配发评论。结果国务院有关部门过问，省市政府派调查组调查，促进了基本建设战线的整顿。

昨天，我花了三个小时找出来这篇报道。这篇报道在《人民日报》发表的篇幅不小，大概有2000字。这个二版头条题目是"一颗盲目施工的苦果——郑州市黄河饭店工程调查报告"。新闻发表以后，《人民日报》二版有个记者来信。这是我一个人署名的，因为本来这个事就是我一个人调查的。信中披露了施工单位、设计单位、建设单位的责任，这些单位都在报上认错了。然后接受批评吸取教训，郑州市人民政府办公室公开在《人民日报》认错。

效果怎么样呢？我读一下这个《人民日报》编者按：5月21日，本报刊登《一颗盲目施工的苦果》一文，批评了河南省郑州市的黄河饭店工程。对此，郑州市有关部门立即着手研究解决问题的办法，这种态度是可取的。但是，提高认识，端正态度，仅仅是解决问题的开始，真正解决问题还要有一个过程。造成黄河饭店这颗"苦果"的有关方面今后如何动作，如何尽快把"苦果"变成"甜果"，还要拭目以待。在郑州，黄河饭店那样的"苦果"，不是个别的；其他地方，也并不是没有。希望各地以此为鉴，对基本建设战线及时地进行整顿和改革，开创一个新局面。

做这条报道我苦得很，连着一个多月进行采写。但是发表以后老百姓高兴，政府很多部门也高兴。

我还告诉大家一个技术方面的问题。搞舆论监督更要学习，在专业基础上对监督对象有一个基本了解。为此，我看了几本建筑基本程序、施工的有关书籍。从工长的施工记录开始调查，搞清胡子工程的症结所在，搞清甲、乙、丙和施工监理等各方责任所在，才能监督得准确。再一个，话说得留有余地，让被监督方无话可说。我掌握十分材料但只写了七八分，稿子中不提任何具体的责任人，因为我认为那是一种监督艺术。如果你要提到具体人你就要调查有关人员，得有证据，这是专业性很强、很浩繁的一项工作。问题提出来，需要有关职能部门去做。记者有时力所不能及，也不能包打天下。就像我们搞司法报道，记者不能搞媒介审判，在法官没有判决之前记者不能影响司法独立。稿子发出以后有人说我胆子真大，有人说我做了一件大好事。

这里还要讲一下，党报的监督是很有力的。2005年10月19日，《河南日报》发表了一篇本报记者写的调查报告《边监管边经营》，报道的是商丘市道路运输管理处亦官亦商进退自如的事件，这就提出了一个权力寻租的问题，其开办汽车销售公司并迫使用户购买汽车的做法本质上是一种权力寻租。你这个部门是管理部门，是职能部门，应政企分开，可事实并非这样。它利用手中的权力搞权力寻租。你看，报道中这样写道："今年以来，负责对道路旅客运输经营、道路货物运输经营以及道路运输和相关业务经营进行管理，对运输市场质量、经营秩序、价格执行及使用证、照、牌、单、票等进行监督检查的商丘市道路运输管理处，却在它的办公楼下面开着一个注册资本为1000万元的汽车销售公司。"把这个问题提出来是非常需要勇气的，因为触犯的是他们的既得利益，但是记者还是对此事做了勇敢的揭露报道。

我告诉大家搞舆论监督要按照什么程序去做。1998年经中央同意发布执行的《新闻改革座谈会纪要》认为，批评是严肃的事情，应该负责任，有些还应该负法律责任。记者采写或根据读者投诉调查的批评稿件由新闻单位与记者或投诉人共同负责，编辑部只负责对政策的把握这个问题，对事实记者要负责任。特别重要问题的批评稿件要事先征求领导机关和被批评者本人的意见，受批评的组织和个人应在合理期限内做出明确答复。有的人很牛气，他不答复怎么办呢？编辑部可根据事实和答复情况决定是否刊登并对自己的决定负责。这一段话希望大家记住，你们去采访，别以为监督那么好玩，它是极负责任的事情，是很有风险的事情。有一个老记者，《羊城晚报》的微音，原名叫许实，他的监督实践我们可以很好地学习一下。

改革开放以来，从1980年起，一位61岁的老报人，《羊城晚报》复刊的主要策划人之一许实创办了一个署名微音的新闻评论专栏《街谈巷议》。直至2003年4月底，这位老报人已84岁高龄，才不再主笔。这个新闻评论专栏在他已处人生黄昏的23年间，为党立言，为民立言，疾恶如仇，针砭时弊，激浊扬清，讲了许多老百姓要讲的话和老百姓想讲又不敢讲的话。

刘荣钧一家五口住在广州半地窖似的侨房里。1980年11月，粪水倒灌入侨房，深及足踝一月余。呼救无门的刘荣钧无奈投诉微音。事隔一天，微音即上门调查。第二天，投诉信与微音的《街谈巷议》便在《羊城晚报》头版显著位置刊出。微音在文中秉笔直言："刘家这样的情况，为什么还不能打动一下我们人民公仆的心？""试问易地而处又将如何？"文章见报的第二天，区委书记和广州市委书记上门道歉。三天之后，问题便得到解决。

微音经常到各行各业和老百姓中间调查研究，倾听呼声。他称赞广州健民药店25年坚持夜间服务，写下《长夜里不灭的灯光》。他的《学雷锋有感》《敬礼，梁克成》等许多《街谈巷议》都是循循善诱，弘扬正气。调查到有不法商户将发酸变质牛奶掺碱中和，冒充好奶出售时，他在《街谈巷议》中义正词严：处罚尤应从严，要罚到他们痛入骨髓，罚到他们哇哇叫！见原本要分给拆迁户的搬迁房被以权谋私的人瓜分,他又疾呼:"公理何在?政策何在?"在抨击某地方官员受到威胁时,他在《街谈巷议》中公开回答:"至于要收买烂仔,教训微音云云,敝人岂有不知?现下有一万元就可以收买一条胳膊的。不过,你烂命一条,鄙人也老命一条。忆当年,我老微参加革命是提着脑袋的。这回,我决心豁出去了!民不畏死,奈何以死惧之?"一位1941年入党的老革命、老新闻工作者敢爱敢恨,炽热的胆魄豪气溢于言表。

他自谦微音是个人微弱的声音,而广大读者都称赞他为"微言藏大义"。他的《街谈巷议》经常在社会上引起振聋发聩的反响。他在舆论监督中表现出来的那种匡扶正义、除恶祛邪的新闻职业道德和人格堪称一代新闻工作者的典范。听到这个老革命、老新闻工作者的事迹之后,大家是否应该想一下:新闻工作者应该有什么样的人格和骨气?

第三节　突发事件的舆论导向

突发事件包括突然发生的重大政治社会事件(恶性事件、涉外事件、涉港澳台事件、宗教民族事件)、军事事件以及其他灾难性事件。突发事件报道的内容、口径和审稿程序,上级部门都有具体的规定。正确导向应该是既要客观、全面、真实、及时地报道突发事件情况,又要注意维护国家形象、当地形象和局面的稳定,达到引导舆论、稳定人心的作用。

1992年6月18日中午,河南省财税高等专科学校不幸发生一起涉及700余名大学生和其他人的食物中毒事件。我知道以后,当天下午4点就去采访。刚到抢救学生的医院现场,见到了省政府、卫生厅、卫生局、医院有关领导,还有公安人员。有领导说:高山,你带头回去,现在不让采访。我说:什么时候让采访?领导说让采访时会告诉你。记者还有一条要守纪律,于是我就回去了。

三天之后,报社总编辑、处长到处找我。那天下午我正好出去,脚穿凉鞋,被钉子扎破了脚。找到我时已经5点了。我当时有点儿小脾气,我说三天前不让我采访,我现在脚伤了,换人吧!这个时候,平常关系很好的领导也不客气:你的脑子管用不管用?脑子管用你就要去。当时,省委书记马上要去医院看学生。7个医院都住满了学生,楼道里都是。我就马上去了。

当时省里有关领导考虑，700个学生中毒报道出来，那上千名家长都要跑过来，省会郑州就乱了，会产生诸多负面影响。但是，上级处理突发事件的有关政策，使新华社和有关地方新闻单位已在第一时间发稿。国外有的媒体则借此发难……三天之后的采访已经是这个背景下。但我觉得这是个偶发事件，不是经常的事件，因此，我做了淡化处理，发了一个简单的四五百字的一个消息。消息送审时我才知道，进现场采访的记者只有我一个。河南其他所有主流媒体，包括电台、电视台等用的应该都是这个送审的稿件。

消息发出来以后，我又接到指示，三天之内要我写一个反映这个事情概况的通讯。我急了。这个事情涉及许多单位，公安、防疫、卫生、教育，甚至还有省委、省政府。每一个省委常委都去看学生了，国务院总理李鹏做批示了，国务委员、国家教委主任做批示了，财政部长做批示了，卫生部长做批示了。这三天让我怎么写？涉及这么广，怎么评价这个事情？怎么理清这个脉络？

我看了这几天所有的简报，也听取了各方面的意见。我和几十个人谈话、调查，从事情发展的经过到中央领导批示、各级领导看望学生情况，到中毒人员治疗的情况，我都做了全面的了解，还要跑有关现场，采访有关人。最后我理了理头绪。累呀，真是累呀。我天天喝酸奶，面条我都吃不进去。我急呀，嘴都起泡。最后，三天写了7000字一个概貌式的通讯，就是《抢救"6·18"食物中毒大学生纪实》。后来就按照我的思路，第一段小标题是"食物中毒事件发生以后"，把学生中毒事件什么时间发生、发生时什么情况写得清清楚楚。第二段小标题是"抚平创伤的春风"，把总理和国务院有关部委领导的批示关怀，把省委常委以及各级领导去看望学生、和学生对话的情景如实做了报道。第三段小标题是"一片冰心在玉壶"，就是写医护人员怎么抢救的及他们那种大爱。稿子写出来以后送审，没想到顺利通过，见报。见报后的那一天，当时的省委、省政府主要领导拿着这个报纸去中央汇报。这是我亲身经历的事儿。

另外一个要谈到的是突发事件的引导，比如矿难事件的报道。《南方日报》这十几篇稿子我好不容易找到的，你们听我念念标题，自己揣摩揣摩。2005年8月8日，《南方日报》头版头条主标题"兴宁煤矿透水102人被困"，副标题"胡锦涛温家宝黄菊张德江指示全力以赴抢救被困矿工"。黄华华省长连夜率领部门领导和专家赶赴现场组织救援工作。这是第一篇标题，内容回来你们可以看。

第二篇，引题是"矿主发财，矿工遇难，政府买单。我们不能再这样下去了。张德江痛斥监管不力行为"。张德江是当时的广东省委书记，中共中央政治局委员。链接："被困井下矿工何时归？"

第三篇，温家宝主持国务院常务会议，要求尽最大努力抢救被困人员。主标题是：只要有一线生机就绝不轻言放弃，这个是12号的报道《水位缓降，矿工生还希望日渐渺茫》，下面链接了很多情况。都是一版啊。

第四篇，"三位副市长带督察组分赴三市严查安全生产死角，广东不再批煤矿项目"。链接的是被困矿工家属开始采集DNA、矿井水位反复、抽水进展艰难、外地矿工返家等信息。报纸的三版还有整版的报道……

这种突发事件怎么做？它的程序是什么？你报什么？不报什么？这上面清清楚楚。所以，遇到突发事件我个人体会是一定要把各种复杂因素考虑到。

我现在再讲一下公共事件的报道，就是非典。2003年2月9日，春节后上班的第二天，《羊城晚报》的电话热线大增，内容是有人全家发热，忽冷忽热，广东流传传染性很强的肺炎。中山三附院已有二三十名医护人员被感染，还有广州流行无名病毒的爆料、咨询等。《羊城晚报》就在9日下午2点将热线电话内容情况汇总，写成情况反映上交省领导，就是内参。有些问题拿不定能不能公开报道的时候，就写成内参上报。

情况反映上报后，省领导当即批示并连夜采取行动。10日上午发出第一份疫情公告，《羊城晚报》当天第一时间刊出公告。这是广东媒体独家最早有关非典型性肺炎的报道。当天，《羊城晚报》一上街就被抢购一空。《羊城晚报》面对这种突发事件，迅即反应，无论是内参还是公开报道都应对得当。2月11日上午10点半，广州市政府召开新闻发布会，《羊城晚报》又抢在当天刊载了发布会的内容，对平息群众恐慌心理发挥了较好的作用。2月12日，《羊城晚报》又在头版刊登了中央领导高度关注广东疫情的报道，并从医院、药店、物价等各个层面刊发十余篇有关报道，进一步稳定了人心。

2月12日，《羊城晚报》的热线电话又被打爆，从非典型性肺炎联想到伊拉克战事，谣言满天飞。广东近10个地市出现了抢购食盐、大米的风潮。食盐卖到50元一包，大米卖到100元一袋，等等。又一波社会恐慌情绪不期而至。《羊城晚报》汇总这些情况后，又在2月13日上午、下午、傍晚连续向省领导速递三次情况反映也就是内参。省领导再次就内参做出了批示。2月13日，政府、传媒紧急辟谣，并展开对哄抬物价不法商贩的打击行动。《羊城晚报》派出5名记者和实习生跟踪采访。13日下午1点半，头版大写标题为"放心，广州备有百日盐、半年粮"的《羊城晚报》一到售报亭，读者就争先购买。抢购风潮很快得到及时遏制。

　　2月14号，《羊城晚报》记者一篇反映百名白衣天使冒死救一人的独家新闻见报，首次报道了医护人员冒死抢救一名传染性特强的重症非典肺炎病人。之后，从2月15日开始，《羊城晚报》又开始了策划，一连数天用整版篇幅刊登非典和抢购两大事件引起的传播话题、心理话题、商德话题、公共卫生机制话题等，引起了社会理性的思考，将应付突发事件的经验教训转化为社会的宝贵财富。

　　广东省委领导对《羊城晚报》等广州主流媒体在突发事件中的作用给予高度评价，认为强势媒体发挥了威力。这说明什么呢？面对突发事件，媒体一是要迅捷反应，准确报道；二是要牢牢把握正确的舆论导向。不仅对老百姓关注的热点问题要积极反映和公开报道，维护人民利益，还要维护政府的权威，让政府的声音经常负责任地在媒体上出现，以达到平息谣言、稳定局势、促使问题更好解决的目的。因为传谣止于理解和信任，恐慌止于公开主流媒体信息。

　　刚才我讲了突发事件报道应该注意哪些事情和媒体处理比较好的突发事件报道，像食物中毒，像矿难，像非典这样的公共卫生事件，等等。新闻媒体应该怎么做，我想大家应该有了深入认识。今天和大家共同交流，可能大家对如何把握如何坚持正确的舆论导向有了一定的认识。在这里我要说明一点，就是搞好新闻报道，一个重要的前提就是坚持正确的舆论导向。这就需要有清醒的新闻与文化的自觉，不惧风险，敢于担当，挺身而出，甚至是殉道。一篇报道如果没有正确的舆论导向，什么也不是。坚持正确的导向，勤奋、敬业是必备素质。大家看看搞这些报道的记者是怎样进行工作的。由此我联想到晋商的一句话：天地生人，有一人应有一人之业；人生在世，生一日当尽一日之勤。我想用这句话和大家共勉，谢谢！

2013年11月7日于洛阳师范学院

第三讲　敏感与发现齐飞

——新闻敏感与新闻价值

第一节　新闻敏感

一、新闻敏感的内涵

大千世界，日新月异。人类在这种变化中发现自然科学与社会科学、信息技术、现代百业、精神文化诸方面新的气象、新的成就、新的规律，并对其进行传播，推动了社会进步、历史前进。

新闻媒介是社会各行各业、各种文化、各种变化的交汇点和传播平台。大千世界日新月异的变化本身就是新闻，而把这些新闻传播出去的前提就是新闻工作者要发现这些新闻。可以说是先有发现才有新闻采编和传播。因此，在探讨如何发现新闻自有意义和价值之前，我觉得有必要弄明白什么是新闻。

按照教科书上的概念，新闻是对新近发生的有社会意义并引起公众兴趣的事实的报道，有开启民智、警示风险的作用。它包括何时、何地、何人、何因、何果这五个要素。它是个性和共性的统一，本质真实的典型事实，具有时效性、真实性、重要性、相关性、知识性和可读性的特征。简单地讲，其中个性就是分类事实典型化，共性就是重要、有用，而且能够引起广泛的注意和导向正确。

从新闻的概念我们可以悟出：在人类追寻宇宙本源和人生意义的今天，负荷大千世界的新闻是多么浩瀚的海洋！可以用"日月之行，若出其中；星汉灿烂，若出其里"来形容。我深知我干了几十年新闻工作，还只是在新闻大海岸边弄潮，远远没有到达大海的中央。所以对待新闻事业的态度，只能是活到老，学到老，干到老，悟到老。要在做采编工作之前，先把承载于社会各界的新闻事实搞清楚，才能在新闻传播中向公众发出真实、客观、公正的信号。如果搞不清楚，你怎么发信号？

下面我就要接触到这一次讲座的主题：新闻敏感。一位智者说过：感觉永远比思想重要。因为感觉到了，你才去思考，你的感觉比思想更敏锐、更丰富。因此新闻敏感是我们发现新闻、采编新闻的前提所在。有了新闻敏感，才有新闻被发现、被采写、被传播。

那么什么是新闻敏感呢？新闻敏感就是一种素养。它是新闻工作者对新近发生的事实中新闻价值的发现和辨别能力，是其政治水平和业务水平的集中体现。从心理学的角度看，新闻敏感又是新闻工作者对新闻事实及其反映的事物的直觉和悟性。这种直觉和悟性从哪里来？它们是在长期积累的知识和经验的基础上对新闻及其反映的事物产生联想而产生的。看起来是"妙手偶得"，实则是"厚积薄发"。

在特定的条件下，由于联想而产生了形象思维，新闻敏感和文学灵感有相通之处。现实的给予，或心智的启迪，会使高素养的新闻工作者产生一种由于新闻敏感而预测新闻前景的真知灼见，眼前出现色彩鲜明的画面。

此时，他的精神愉悦是难以言喻的，就好像在黑暗的隧道里看到了一抹亮光，心里充满光明和希望。

二、有关新闻敏感的案例

下面我举几个实例。在日常报道中，新闻敏感就是要善于从别人注意不到的地方挖出新闻来。1987年10月，河南省体育代表团在广州的全国六运会上的全国排名为第13位，较以前有较大进步，但有些项目的队员在后来的赛事中有了松懈情绪。1988年5月24日，在郑州结束的全国自行车冠军赛中，曾经数十次跻身全国前三名的河南自行车队一项名次也没有获得，到场的很多新闻记者看到河南队的成绩不好便走了。当时我脑子一动，进行了反向思维，我想这么有优势的项目居然没有一个进入前三名，这恰恰是一条新闻。当时看台上只有我一个新闻记者孤零零地坐在那儿，但我坚持看完比赛。比赛结束之后，看到赛会成绩单，河南果真没有一个项目进入比赛前三名。我的第一反应就是河南没有录取一个名次反倒是一条大新闻。

于是我发了一条河南队全军覆没的消息，并分析失利原因。因为当时还没有体育版，这篇400字的消息本属于报纸边角料的稿子，可是报社的值班编辑和总编辑独具慧眼，把该消息拿到报纸一版的显著位置发表。发表以后，在省体委、省体工大队引起震动，在体育界引起震动。特别是省体工大队，分析失利原因，也结合自己项目的实际进行了讨论，对自行车项目的领队进行了调整，改进了工作。省人大领导也关注了这条消息，在开会的时候就问省体委的领导是怎么回事。在全国五运会上河南省的总成绩和金牌数居于第24位，而1987年六运会则升为第13位，提高了11个名次是很不简单的，他们那时正是兴高采烈的时候。全运会刚刚结束，你就发了这么一条消息。说实话是为了给他们敲警钟，希望他们不要骄傲，不要松懈，不进则退。省体委领导当时恼火，后来也表示理解。

这条新闻获得了当年的省好新闻奖。体育新闻想获综合好新闻奖是很难的，有的人一辈子也拿不了一个省好新闻奖。因为河南省好新闻奖是综合性的，一般获奖作品的题材是重大政治事件、工业、农业、教育、科技等行业，体育类报道很难上，但是这一篇却获得了好新闻奖。这应该说得益于记者的新闻敏感，还要抓住时机，并且你发的报道要经得起时间和历史的考验。

10年以后的1998年，全国足球甲B联赛中，河南建业足球队受极不公平比赛之害而降级。作为严肃的省报记者，虽然我们感受到了这种不公平，但是由于在比赛判罚标准等专业上拿不准而没有轻易发言。你说不公平，为什么不公平？你拿出你的依据，这是很必要的，特别是在技术上。

1998年10月21日，我得知省足协向中国足协传过去一个声明，反映全国足球甲B联赛最后几轮比赛中出现了不正常现象，使河南建业足球队深受其害。此事引起了省体委等有关部门和广大群众的关注。作为专业部门，省足协说不公平，肯定有依据。

我心里就急了，马上组织并参与采写了一篇河南建业足球队在后几轮比赛中深受其害的通讯并与省足协的声明一起发表。在晚上9点多看稿排版时，又深感意犹未尽,我临时又写了一篇评论,题目是"水能载舟,亦能覆舟"。当天晚上,体育版通讯的题目是"为河南足球留下火种",这篇通讯是以河南足球的名义发表的。河南省足协关于河南建业足球队受到不公正待遇的声明和我临时配的评论也一起发表了。

当时这个评论是一气呵成,用了55分钟。晚上嘛,没有时间啊。当时不是电脑排版,最晚11点要截稿,所以我赶着写了这篇评论。怎么写的呢?我念上三小段。"热心足球的企业,热爱足球的广大观众和球迷犹如深深的江河湖海,载浮着中国足球改革之船鸣笛起航。他们用企业的资金、自己的工资和一颗颗真诚的心托起了兴旺的球市,他们那一双双雪亮的眼睛是对绿茵场公平竞争的最好监督。因此,他们的意志和呼声,他们用心血、汗水和泪水所表达的对中国足球崛起的纯情寄托,理应受到珍视和尊重。民心不可违,任何一个无视他们的愿望、践踏他们的尊严的人,尽管权势显赫,最终都会陷入灭顶之灾。每一个理智的足球圈人士对此都应该有一个清楚的认识。"还有一段是这样写的:"这是极不公平的。当足球改革作为中国体育改革的突破口,刚向纵深发展的时候,是什么人、什么力量在搞不公平竞争,给中国足球改革抹黑?有关部门应该进行监督,司法部门应该介入,一切有道德和良知的知情人应该提供证据,把一切不正常现象的内幕置于光天化日之下。"最后还指出:"因此,有关方面应该亡羊补牢,从善如流,用公平、公正竞赛原则的春风吹散绿茵场上空的乌云,再现朗朗晴空。若是,中国足球幸甚。否则企业萌生退意,球迷离开看台,那局面,有关部门才不可收拾呢。"写这篇评论,当时我是心中有观点,脑海里也有画面感的。

这篇稿子发出去之后反响非常强烈。第二天我们办公室的电话铃声不断。读者对本报的报道表示支持和声援,还有很多读者告诉我,他们都剪报了,把这篇评论贴到他们的剪报本上。不久之后,我和河南省社科院副院长、经济学家杨承训,还有德国科隆体育学院的一位女博士,我们三个给省体委开体育事业讲座。杨承训告诉我:《河南日报》前几天那篇《水能载舟,亦能覆舟》的评论写得非常好,我剪贴保存下来了。

我们这篇报道经不经得起历史的检验呢?四年之后,2003年春节前一天,一名黑哨因受贿30万元,被判了10年刑。2011年,大家都知道,中国足球运动管理中心的主任，中国足协的两位常务副主席、中层干部、工作人员，一些裁判和一些俱乐部老总，还有一些国字号球员都被判刑入狱了。原因都是行贿受贿、假球、赌球、黑哨。这些就是足球界不公平竞争的源头所在。

后来有人就跟我说，高山，你还真敢写，1998年你就敢让司法介入。当时很多人看完这篇评论就替我担心，但也认为这篇评论写得深刻，很有见地。就是话说得太刚直了，怕出问题。但是历史证明我没错。这得益于什么呢？这就得益于你的新闻敏感，得益于你对足球这项运动的背景和历史现状的了解，甚至对它的技术、比赛规则的了解，对它的性质，对足球文化巨大的社会意义有所了解，你才能写出这篇东西来。写评论要情动于衷。跟着采访写评论和配评论是两个味道，今后你们要注意。如果有条件的话，最好是跟着去采访这个题材，那写出来的评论才有真情实感，才有真知灼见。评论有时候也是采访出来的。

再举一篇报道实例。在采访的全过程中，你始终都要绷紧新闻敏感这根弦。不到总编辑签版样发表，什么情况都有可能发生。下面就是一个例子。

1999年4月23日，我们去采访全省中学生晨光体育活动现场会。没想到，这个活动引来了省领导亲自参加。他非常倡导开展这项活动，当时我跟着采访。现场会后，我们还参观了一些先进学校的活动。我觉得这种体育活动在义务教育中是非常重要的问题。许多中小学生近视，体质不好，像豆芽菜，这是一个大问题。所以，我就觉得要把这个新闻做足、做透。

我根据当天几个先进学校晨光活动开展的情况，计划在一版发一条消息，在体育版上专门发一篇通讯《晨光孕育希望》。有关领导认为，在一版发一条消息、体育版上发一篇通讯已经很不错了。

我们当然要服从编委会的意见，任务完成我就回家了。9点半钟，没想到电话铃就响了。值班总编辑用很急迫的口气跟我说："请你赶快到夜班室来，给你在一版的消息配评论。"我当时一下子就懵了。我带了一支笔就去了。在配评论之前，在写消息和通讯的时候我就在想，晨光体育活动的本质是什么？应该怎样开展？怎样组织？它的现实意义是什么？今后该怎么做？我的脑子里思考过这些问题。我调侃值班编辑：我当时问你们要不要评论，你们说不要，现在都9点半了，你把我喊过来，你让我变魔术啊？当时他说了：别说了，这是省里有关领导来的电话，必须配。

牢骚归牢骚，工作还要干，所以才有了这一篇评论的产生。一个小时后，值班总编辑把我配的评论传给了省里的有关领导，省里有关领导非常欣赏这篇评论。其实这是一篇急就章。下面我简单地给大家读一段。"当代中学生是跨世纪的一代，国家的未来，民族的希望。当此世纪之交，把一个什么样的中国教育带入21世纪，把一代具备怎样素质的青少年带入21世纪，历史要求我们做出无愧于民族和后人的回答。"接着对长期以来，由于受应试教育影响，一些学校片面追求升学率，轻视德育忽视体育的情况作了一个描述。下面这一段对晨光活动的效果进行了评述，我这样写道："最近，我们欣慰地看到，河南省中学生'晨光'体育活动的启动和开展，使中学运动场上又出现了龙腾虎跃的身影。校园文化升华出集体主义美的风采，一阵阵清新健康而又朝气蓬勃的气息扑面而来。"晨光体育活动好在什么方面？我这样写道："'晨光'体育活动好就好在使青少年学生在潜移默化中有了体育意识，学会自己喜爱的体育项目的科学锻炼方法，终身受益；'晨光'体育活动好就好在让青少年学生'野蛮其体魄，文明其精神'，克服惰性和软弱，在困难和挫折面前挺起胸膛，自强不息，迎接人生的挑战！把'晨光'体育活动广泛、深入、持久地开展下去，必将使中原人以文明、强健、进取的姿态挺立于华夏大地，中原大地也必将出现科技进步、兴旺发达的崭新景象。"

900余字的评论，当时能随即写出来，就得益于我的新闻敏感。作为一个记者，在报纸没有签付版样之前，随时都有情况发生。所以你要用心，要时刻铭记你采访的主题和目的，要烂熟于心。这样当突发情况出现时，你才能应付下来。所以在整个采访活动结束之前，在你供职的媒体截稿之前，一定要绷紧新闻敏感这根弦。

最后，我还要讲一个有关新闻敏感的最重要的一个内在素质，就是政治敏感，就是要学会政治家办报。

我举一个例子。新华社1978年11月15日电，中共北京市委宣布：1976年天安门事件完全是革命行动。这篇电稿大概有200来字。新华社一发通稿，全国，包括国外的媒体都争相刊载，引起很大轰动。为什么呢？就是因为在1976年4月5日的时候，在天安门纪念周恩来总理的行动被定为反革命事件，抓了很多人，花圈全部被运走。"文革"结束以后，这个事件成为很多人关注的一个社会问题。

现在看来，天安门事件的平反，应该说是政治上的一个分水岭。

这则消息是怎么来的呢？是从前一天北京有关媒体几千字的一个北京市委常委会议消息当中摘出来的。这次北京市委常委会议主要讨论的是北京进行现代化建设中的问题。这200多字的消息就淹没在这几千字的新闻当中，发出来以后没多少反响。新华社把它单拎出来，而且在标题中提出一直被某些人讳莫如深的"天安门事件"这五个字，明确提出它的性质完全是革命行动。当时是新华社社长穆青拍的板。新华社编辑和领导的勇气和胆识，确实令人佩服。

这条消息，拨乱反正，明辨了是非，为人们洗雪了冤情，出了气，恢复了历史的本来面目。此举在当时中国的政治局势中所起的积极作用已被历史所证明。这就是政治敏感。为什么北京有关媒体比新华社早一天发，但用几千字的大版面把这200来字的内容淹没在里面？新华社为什么有这个敏锐的眼光，慧眼识新闻，把它从几千字的篇幅中拎出来，而且加上这样的标题单发？这就是政治上的新闻敏感。

我刚才讲了政治敏感的一个重要内容就是政治家办报，用政治家的眼光观察问题，搞好报道。我和我的同事，还有我们报社的领导在这方面做过一些有益的探索。

第三届女足世界杯赛北京时间1999年7月11日凌晨在美国洛杉矶玫瑰碗体育场结束，中国女足在吸引世界数亿观众目光的决赛中，虽以点球失败，但其出色的技艺和顽强的斗志却令观众和世界传媒为之倾倒，全国上下也为之振奋。

当时河南省输送的能攻善守的中国女足后卫范运杰在决赛加时赛中有一个飒爽英姿的冲顶，实际上据录像立体分析，这个球已经顶进门了，但是裁判没有判进门。如果裁判判决了，我们就是世界杯的冠军了。显而易见，报道中国女足范运杰具有重大的新闻价值。

7月18日范运杰抵郑，我和省有关领导及体育界人士去机场迎接她。7月19日，《河南日报》报道了省会各界到机场欢迎范运杰的消息，这是现场感很强的消息。7月20日，省委省政府召开向范运杰学习大会，省领导接见范运杰。以此为切入点，7月21日，《河南日报》刊发了四篇本报记者采写的消息，还有介绍范运杰的4000余字的通讯。四条消息发了以后还觉得意犹未尽，分量不够。

也是由于新闻敏感，我们事先采访过范运杰及她的省队和启蒙教练，看世界杯的时候就搜集了范运杰的很多材料。1998年曼谷亚运会的时候，当时我在采访亚运会，就是因为范运杰顶进去一个金球，中国女足拿了亚运会的冠军。我记得，因为我是河南记者，所以当时我也光彩了好几天，很高兴。范运杰虽然是后卫，但她在守好本位的同时，经常找机会插到门前冲顶，这次世界杯就是这样。所以我们又赶写出一篇通讯《是玫瑰总是要开花的——记女足姑娘范运杰》，因为当时国人对女足的一个最高评价是铿锵玫瑰。当时还有一首歌《铿锵玫瑰》，是田震演唱的，就是唱的女足姑娘。新闻敏感要靠平时的积累，因此我们写了这篇通讯。

我们为什么要做这么密集的报道呢？主要是这些报道策划、分析、采写都比较有讲政治的眼光。因为在第三届女足世界杯比赛期间，中国女足姑娘在决赛前曾来回四次横穿美国大陆，行程达17000公里，但仍力克前世界冠军挪威等五支劲旅。据此，法新社称中国女足在未来一段时间，将成为世界女足的领头羊；路透社认为中国女足犹如水银泻地般的进攻让人无法招架；美联社评论中国女足打法最成型、战术最成熟。五场比赛，我都看转播了，中国女足的拼搏精神、她们优秀的球技，倾倒了美国人。每场几万美国人喊"中国""中国"，为中国女足加油。连时任美国总统克林顿也在决赛后来到中国女足休息室对中国女足给予高度评价，说范运杰加时赛的头球让美国人出了一身冷汗。

在此之前，中国驻南斯拉夫大使馆被炸，美国一些人受本国宣传的误导，中美关系几乎处于冰点，是中国女足以精湛的技艺和生气勃勃的面貌，从一个侧面让美国人民和世界人民了解到自信自立的中国人民和开拓进取的新中国。中国女足起到了一种推动中美人民友好的积极作用，这是符合国家最高利益的政治。

江泽民总书记在7月10日世界杯中美女足决赛前夕出乎意料地打电话慰问与勉励中国女足姑娘。你翻翻中国体育史，有哪一项比赛有我们总书记亲自打电话进行鼓劲，进行赛前动员？而且让她们放包袱说打出水平、打出精神面貌就行？总书记的这种做法自然是出于政治家的眼光。因为他看到中国女足在美国的转播，知道中国女足当时在美国的影响。

中国女足虽然拿到的是亚军，但那是因为那个顶进门的球没判嘛！所以，中国女足一回国就受到了以江泽民为核心的党中央领导集体接见。哪一个项目能让政治局所有常委出来接见？为什么这样做？不言而喻。

正常地考虑，范运杰不过是女足集体中的一员，但是她一回国，回到故乡，省党政领导接见并召开大会，并为她颁发省政府嘉奖令，都是意在弘扬中国女足精神，激励各行各业的人们向女足姑娘学习。各界领导这样做也意在提倡一种正确的人生价值观，增强民族凝聚力。所以，我当时试图从讲政治的高度和眼光去采访和驾驭这个典型题材，把报道这个典型和当时国际形势、国家大局联系起来，制订这个报道计划。很快这个计划就得到了报社领导的重视，给版面哪，当时说得很慷慨，你写多少我发多少。一天5条消息和4000字的通讯，就是六七千字啊，这是多大的工作量！记者的新闻敏感促使我们推出了这个典型，既有深度又有广度，满足了读者对中国女足姑娘加深了解的愿望。这就说明记者的新闻敏感促成了体育重大典型报道，从而起到一种无可替代的政治宣传作用。

当然说老实话，那天晚上我一晚上没睡，真是累得够呛。工作就是这样。我们发了以后当时有人议论，这么大的版面，为什么？后来我才知道，有些兄弟报纸比我们还厉害。这是《中国青年报》的版面，你看，整个报纸的报眼、头题全是女足，看见没有。还有当时政治局常委集体接见女足的场面，一版头条就是一个女足评论，评论女足精神是一笔财富。然后是消息《女足庆祝会在京举行》。这种规格在一个体育报道中我真是第一次看见，我觉得《中国青年报》新闻敏感是极强的，出类拔萃的。敢于出这样的版面，而且评论写得非常好，有着犀利的眼光。这篇评论发表了非常有深度的见解。

还有《羊城晚报》，在女足决赛以后，头版头条引题是"中国队表现上佳，战足两小时，美国队大难不死熬完加时赛"，主题是"女足今晨点球，决出冠亚军"，副题是"屈居世界杯亚军，但已实现历史性突破，中国姑娘明晚凯旋"。而且爱憎分明的老记者微音专门写了一篇几百字的评论：《贺女足的辉煌成果》。我想他并不是非常热爱看足球，他七八十了，老革命，也被女足姑娘的业绩和精神感动，写了一篇非常好的评论。

通过上述案例，我们可以总结出新闻敏感的形成有四个原因：

（1）新闻工作者对现存事实有着深刻的研究和了解。你要有广博的文化知识面；要警醒于政治，厚积于文化，薄发于新闻。新闻敏感和新闻价值往往都是连在一起的。

（2）对现存事实是否能出现新信息进行有规律的探索。

（3）把精力用在最容易发生新闻的时刻和最容易发生新闻的地方。

（4）善于总结积累你的经验。记者的经验在新闻敏感的形成中也经常有关键性作用。

我能捕捉到这些新闻，有这些新闻敏感，除我的知识和文化面外，还有一个东西，就是我的阅历和经验，这也是一个重要原因。

正如一位新闻学家所述，一个不善于辨别色彩的人不能成为画家，一个不懂得和谐的人不能成为音乐家，一个没有新闻敏感的人也不能成为一个新闻记者。

第二节　新闻价值

什么是新闻价值？新闻价值是指新闻报道的事实所发挥的作用和影响。这种作用可以概括为新近发生的有用新闻事实的传播沟通作用，先进典型事迹和思想的榜样激励作用，干预生活、服务人民的导向作用，传播知识、启迪民智的教育作用，抨击时弊、弘扬真善美的作用，未来信息的前瞻作用等。要识别某个线索或事件的新闻价值，可以从新鲜性、重要性、接近性、关联性、知识性、趣味性、可读性等多种要素去判断，但关键是重要性。

举一个实例。2006年1月29日，《河南日报》农村版发表了一则本报通讯员、老农民乔成祖的来信。这篇稿子的题目是"一个老农的年账"。我念一下开头，他是这样写的："日子似流水，一转眼又是一年。年末岁尾，我把平常的开支账目加到一块，欢笑的算盘珠子竟然呈现出5211.1元。每年的660元农业税款已悄悄消失。2005年我家的总开支共有274笔，分类归纳为10个科目，其中化肥、农药、种子投资1801.1元，机耕、收割费172元，播种小麦费46元，抗旱浇地电费133.3元，订阅报纸花了146.46元（不包括公费），烧蜂窝煤费372元，固定电话费196元（不包括手机费），有线电视费93元，春节压岁钱455元，生活零花销1796.24元。除上述开支外，逢年过节，大多数生活用品，诸如猪肉、牛羊肉、鸡、鱼、鸡蛋、食用油、水果之类都是儿女从市里送回来的，就连一年四季吃饭、换装衣服也是儿女掏的钱。如果全部自己掏腰包，一年至少要开支8000元以上。我把这些情况和一些村民说了以后，他们并不感到惊讶，反而十分坦然地说，现在家家户户开支几乎都是这个水平。如今党的好政策使群众走上了致富路，过上了甜甜蜜蜜的日子，自然花钱就和过去不一样。俗话说，钱是人胆。这话千真万确。没有那么高的收入就不可能有那么大的支出能力。回想起来我家的一年开支是几年前的几倍甚至十几倍。真是富民政策条条好，幸福生活日日舒。"

你看，他的年账，就这一个400多字的小稿子，它在一版发了。这个农民版的编辑很有新闻敏感，加了个小评论《喜看农民写总结》。这篇400多字的消息说明了什么呢？评论就说，乔老汉看着他列出的这些数字，一点都不枯燥，好像是幻化的音符。因为啥？因为它反映了农民生活一天天变好的事实，用数字、用事实来说话。从他的账本里我们读出了农民的生活实实在在发生了变化，一天天好起来；从这个账本中我们读出了党的农业政策——660元的农业税免了；读出了农民对科技信息、文化信息和个人信息的需求。他订报花了100多块钱，还不包括公费，自费就花了这么多。所以说，农民欢快的算盘珠子把这些数字摆出来，就是当前农村的一个典型和缩影，大部分农民的一个缩影。这篇小稿被很多报刊报道过，网站转载，网友分析了很多。一个网友这样说：这个农民家庭的开支账是对生活变化的最权威的评价。

一滴水能映出太阳的光辉，一个农民账本上的数字也正是我们生活在变化、社会在变化的缩影，所以这篇农民通讯员来稿的新闻价值和重要性是不言而喻的。由于这个稿子发了以后反响比较强烈，《河南日报》农村版引申出对这个稿件的延伸报道。

2月6日，《河南日报》农村版在头版头条又发出一篇报道《乔老汉的新年预算》。还有一篇头条新闻，题目是"沉甸甸的收获——2005年全体农民的收入账"，还加了一个评论《从乔老汉的年账看农村市场》，1500多字，还有网友的热议、乔老汉晒年账的照片，差不多弄了一个整版。

编辑以极敏锐的新闻敏感从来稿中发现了这篇具有重要新闻价值的来稿，并策划出使其新闻价值得到延伸的新闻稿件、评论，确实独具匠心。但其本源是这篇农民来稿具有重大的新闻价值。它的价值是以小见大，从多方面得到显现，从新鲜性、重要性、关联性等多方面得到总结。从一个老农的年账和一系列后续稿件，我们可以形象地具体判断什么是新闻价值。

还有一个案例，也来源于《河南日报》农村版。2005年12月27日，《河南日报》农村版一个栏题是2005年十件实事回眸，省委省政府承诺办的十件实事。题目是"村村有路才有出路"。这个标题本身就很有冲击力，让人觉得它很有新闻价值。"村村有路才有出路"，把路的重要性、新闻价值点出来。我把这篇报道的关键部分念一下，你们再分析一下。"省委书记代表省委省政府郑重承诺的关系人民群众切身利益的十件实事里，有一件牵一发而动全身的事，那就是村村通。对很多农民兄弟来说，正是行路难造成了就业难、致富难、上学难。当省委省政府决定用三年时间在全省行政村实行村村通时，蕴藏在老百姓心中的巨大渴望变成巨大力量，中原大地再现"誓把河山重安排"的壮丽场面。一时间万民铺路，捷报频传：焦作三年任务一年完成，济源三年任务两年完成。截至目前，全省完成新、改建农村公路里程20295公里，通达行政村5800个，超过原定计划——中原大地百分之六十以上的行政村已经是一路春风一路歌。"

第二段开头是这样说的：没有路，别说发展经济，"命都差点保不住"。济源市大峪镇王拐村支部书记李发展说。2003年9月，一村民突发重病，十多人冒雨抬了四个多小时才赶到最近的医院，险些耽误病情。真是要命的路。所以当筑路的大军开进深山，愚公的子孙们无不斗志昂扬：今年，该村不仅按规划通上了水泥路，还一口气把路修到了小浪底库区。更为关键的是，修了一条路，换来新思路。村里老百姓说，愚公当年要知道修路，就不用移山。移了山就没有了资源。今天有了路，我们还能靠山、吃山、保护山、开发山。这不，发展网箱养鱼的来了，搞旅游开发的来了，发展特色农业的科技人员来了……山区的幸福日子来了。村支书李发展的胃口更是惊人：路通了，我们正在申报国家级渔港码头，建立大型水产品批发市场……农民兄弟如此强烈的发展意识，好像一夜之间因为一条路而点燃，真是给点阳光就灿烂，给条路就灿烂。路使农民的发展思路变了。济源市交通局的同志做了总结：看看这满山自发护路、养路的人，就知道咱这条路真是修到了群众的心坎里。这一篇稿子的新闻价值就是以小见大，从路这个角度告诉了人们发展才是硬道理，发展要靠实实在在在地抓住关键问题。真是村村有路才有出路。

这两篇稿子,《一个老农的年账》和《村村有路才有出路》,引起我的一个回忆。2004年,在采访中部崛起时,我写了一篇稿子,也是写农民,也是写发展思路变了,发展成果来了。由这种变化,我最后得出一个结论,我写了两句话:在中国,农村富了才是真正的富;农民小康了,才是真正的小康。文章发表以后,很多人给我打电话,说你写这篇稿子很有气势,很有气魄,很切中农村的实际,很给农民兄弟提劲。我觉得和这个思路差不多。

从以上两个例子,我们可以看出新闻价值就像一种矿藏,存在于某些新近发生的事实中。新闻工作者的责任就是探明其所在,并设法把它开采出来。而开采出来新闻价值后,其新的事实、新的信息及社会和人们对其关注的普遍兴趣,这三要素便显现出来。刚才那两篇稿子,《一个老农的年账》和《村村有路才有出路》就说明了这个道理。无疑,新闻价值是新闻工作者选择事实和材料的重要标准。

还有,新闻价值是客观存在,其价值大小由社会认可后以其社会效果来定。也就是说,实践是检验新闻价值的唯一标准,真正的好新闻要能经得起实践和历史的考验。社会效果也由党和政府、人民来评定,其评定标准应该是看其对党和人民的事业发展是否有利,对民族的振兴和社会生产的发展是否有利,对培育和弘扬社会主义精神文明是否有利。

最后,还要和大家谈一点我的体会。著名新闻界人士李普曼说一条新闻的价值往往不在文字多么优美,写作上多么高明,而在于谁先发现它、报道它。也就是说记者和编辑应该敏感地抓住一刹那间打动你的东西,把它写出来,发出去。新闻不要啰唆,一个场面,一个特写,发出去,可能只是因为新闻价值就成为好新闻,一点儿也不要拖拉。

认真思考一下就会发现,当人们面对人类社会和自然界这大千世界时,不断更新的万象和岁月常常留下一些使人怦然心动、令人有所感悟的问题,这些心动和感悟往往是思维出新和创造的动力。一定要精力聚焦,专注地抓住这些令人心动和感悟的问题,把它的主题升华,做到底,而且不可跳跃思维、半途而废。因为往往心动和心有感悟时,你会有一种敏感而清晰的思路,有一种似乎看到结局的使命感。如果有越来越多的人能够抓住让自己怦然心动和有所感悟的问题不放过，那么我们社会多出成果、快出成果的局面就会形成。

从本质上看，怦然心动和感悟往往是一种生命的激情，是一种新闻敏感，我们要认真地对待它，不要让它从你身边溜走。一次怦然心动，一种感觉，往往是一个机会出现在你面前，如果浑然不觉，错过去就是一个很大的失误。关键时候这个失误可能让你错过一个时代。

比如说我当时在工厂当过十年工人，如果我不是高中毕业12年以后复习那么一大摞的语文、地理、历史、外语、数学、物理、化学等，我不付出那半年的努力，我就错过了一个时代，我就不可能上大学，我的命运就不能改变，干我喜欢干的事。你可以错过一次机会，但是你不能错过一个时代。

所以，敏感和灵感，怦然心动的感觉和生命的激情，是非常重要的东西，你要珍惜，要认真地对待它。既有较强的新闻敏感，又能准确判断新闻价值是新闻工作者的基本素质，期待大家在今后的学习和实践中巩固和强化这种素质，不断进步。

2013年11月14日于洛阳师范学院

第四讲　彰显业绩　阅读心灵

——关于人物典型的采写

记得有一首歌很形象地唱道：都说咱老百姓是那无边的海，大浪淘沙托起巨轮行。这个巨轮就是民族和国家的巨轮，是历史前行的巨轮。"人是万物之灵，由无数的个人组成的人民是推动历史前行的动力。一个国家、一个地区、一个集体的历史往往是这片土地上人民的历史。"这是一个基本的观念。新闻，无论其表现还是本质都是人，所服务和关注的对象也是人。所以，新闻一刻也不能远离对人的关怀、对人类生存和命运的关怀。

新闻来自人民、服务人民，这是马克思主义新闻观的基本要素之一。天下的英雄都来自人民，树高千尺也离不了根。为了反映社会变化、当代变迁，新闻工作者深入实际、深入群众去采访，和人民共呼吸、和时代共命运，发现、挖掘和传播从人民中走出的具有英雄气质的杰出人物以及平凡、善良、厚道的平凡好人，这是新闻工作者的天职所在。

我们的报道对象是谁？在20世纪80年代中期以前，中国深度报道关注的是具有英雄气质的杰出人物。但是20世纪80年代中期以后，随着改革开放的深入，社会更加多元化，中国新闻媒体报道的对象除英雄人物、杰出人物外，也开始关注普通百姓、草根人物，甚至是被谴责的人物。

《大河报》办了一个系列报道，标题是"河南好人"，在这些报道中平凡的草根人物报道占据了很大版面，有时候甚至一次就有二到三个版面。过去平凡人哪能上这么大的版面啊？现在上了。《郑州日报》也开设了一个栏目叫"中原之子"，里面报道的也有很多是草根人物。它把杰出人物和草根人物放到一起。

当然，除杰出人物和老百姓中的好人外，那些在历史上逆潮流而动的丑恶人物，也在新闻工作者的报道鞭笞之列。这种报道可能比较少，但是那些应该受谴责的人物也开始出现在我们的媒体报道中了。比如，《南方日报》曾经刊载的《和三个服刑人员的对话》就是这一类典型。

到底哪些人是值得关注的？我们应该怎样去采访他们？在写报道的时候我们又将如何再现他们呢？这就是我们今天沟通和交流的题目——"人物典型的采写"。人物报道的体裁主要是通讯、报告文学和人物专访。

第一节　通讯的采访与写作

相对消息而言，通讯更形象、更生动，也能够更系统地报道新闻人物的工作和生活、思想和感情。通讯既可以用来展现关乎时代风云的重大题材，也可以报道反映人间真善美的凡人小事，但是通讯所写的必须是真人真事，这也是新闻真实性的一个基本要求。

在坚持分类事实典型化的采访和写作的原则下，通讯以记叙为主，同时也可以进行精到的描写、抒情，甚至画龙点睛式的议论。

20世纪60年代中期，新华社记者采写的通讯《县委书记的榜样——焦裕禄》，我曾认真看过数遍，那确确实实是经典之作。我们作为新闻系的学生，要认认真真地读原作。这个作品，它作为经典，其一在于选择了县这个省管一级行政区最基层政权的重大题材。全国有一千多个县，河南省有88个县，所以这是事关国家政权巩固的极其重要的一环。不但如此，县还是直接和各乡镇居民生产生活联系最直接、最紧密的一环。县级政权的主政者执政的成败，事关人民的冷暖疾苦和国家的兴亡。过去有句话叫"郡县治，天下安"，这应该是历代执政者治理国家的深切体会。

执政者对于地方的发展所起的作用也是很大的。大家看一下历史唯物主义和辩证唯物主义这些书，就会明白英雄创造历史和人民创造历史之间的辩证关系。毛泽东同志说："指导伟大的革命，要有伟大的党，要有许多最好的干部……

我们党的组织要向全国发展，要自觉地造就成万数的干部，要有几百个最好的群众领袖。这些干部和领袖懂得马克思列宁主义，有政治远见，有工作能力，富于牺牲精神，能独立解决问题，在困难中不动摇，忠心耿耿地为民族、为阶级、为党而工作。党依靠着这些人而联系党员和群众，依靠着这些人对于群众的坚强领导而达到打倒敌人之目的。"毛泽东同志提出了造就群众领袖以及群众领袖的内涵问题，而通讯《县委书记的榜样——焦裕禄》恰恰对什么是群众领袖做出了最形象、准确的诠释。选择和驾驭如此重大的题材，是这篇通讯取得巨大成功、成为经典作品的首要原因。因此，通讯的选材和主题是成功的基础。

《县委书记的榜样——焦裕禄》成为经典作品的原因之二，在于这篇通讯的作者心中有大局观。20 世纪 50 年代末 60 年代初，全国遭受重大自然灾害，在内忧外患的背景下，通讯写出了焦裕禄带领全县干部和群众自力更生，艰苦奋斗，战胜水涝、风沙、盐碱等自然灾害，终于改变兰考县面貌的先进事迹，给全国党的干部树立了榜样，对全国的工作都有示范和指导作用。通讯总结了基层人民群众抗灾的精神和经验。哪个同学知道通讯所总结的兰考人民抗灾的四句话经验？这四句话是韩村的精神，秦寨的决心，赵垛楼的干劲，双杨树的道路。焦裕禄总结了不少可贵的经验，群众的智慧使他更加坚定了战胜灾害的决心。

四个典型经验为：第一，韩村是一个只有 27 户人家的生产队。1962 年秋天遭受了毁灭性的涝灾，每人只分了 12 两红高粱穗。在这样严重的困难面前，生产队和贫下中农提出不向国家伸手，不要救济粮款，自己割草卖草来养活自己。他们说，摇钱树，人人有，全靠自己一双手。就在这年冬天，他们割了 27 万斤草，养活了全体社员，养活了 8 头牲口，还修理了农具，买了 7 辆架子车。第二，秦寨大队的贫下中农社员在盐碱地上刮掉一层皮，从下面深翻出好土，盖在上面。他们大干的时候，正是最困难的 1963 年夏季。他们说："不能干一天就干半天，不能翻一锹就翻半锹，用蚕吃桑叶的办法，一口口啃，也要把这碱地啃翻个个儿。"第三，赵垛楼的贫下中农在七季基本绝收以后，冒着倾盆大雨挖排水管，同暴雨灾害搏斗。1963 年秋天，这里一连 9 天暴雨，他们却夺得了好收成，卖了 8 万斤余粮。第四，双杨树的贫下中农在农作物基本绝收的情况下，雷打不散，社员们兑鸡蛋、卖猪，买牲口、买种子，坚持走集体经济自力更生的道路，社员们说："穷，咱穷到一块；富，咱也富到一块。"

韩村、秦寨、赵垛楼、双杨树广大贫下中农自力更生的革命精神，使焦裕禄十分感动。他总结了四句话：韩村的精神，秦寨的决心，赵垛楼的干劲，双杨树的道路。他说这是兰考的新道路！他号召全县人民学习这四个样板，发扬他们的革命精神，在全县范围内锁住风沙，制服洪水，向"三害"展开英勇的斗争。

什么叫从群众中来到群众中去？这就是很形象的群众工作方法。这四句话也反映了人民群众艰苦奋斗、自力更生的呼声和风貌。所以，这篇通讯的推出，引起了党和国家领导人、无数党的干部和人民群众的共鸣。通讯之所以产生巨大的影响，是因为找到了党和人民共同愿望和心声的结合点，而记者也正是在这个结合点上做足了文章。我们今后的报道也要找到这个结合点——党和政府以及人民的共同愿望和心声。

《县委书记的榜样——焦裕禄》成为经典作品的原因之三，是通讯在矛盾中写出了焦裕禄对党的事业无限忠诚、忘我工作、关心同志、廉洁自律等高尚风范和深入调查研究，从群众中来到群众中去，密切联系群众，及其卓有成效的工作方法。这个矛盾是什么矛盾呢？这个矛盾就是焦裕禄领导人民和自然灾害作斗争，和工作中一些人的错误思想作斗争，和自己的疾病作斗争。一些同志要盖办公楼，焦裕禄坚决不同意。和一些错误思想作斗争，还包括他廉洁自律。他的小孩去看戏，人家问你是谁，小孩说我是焦裕禄的儿子，人家不要票就让进去了。焦裕禄为此把儿子狠狠批评了一顿。在会议上他提出来，干部的儿子不能白看戏，不能搞特殊。

采访中经过筛选的材料围绕矛盾展开，揭示了焦裕禄的性格和报道主题，使文章波澜起伏、引人入胜，在矛盾中展开，与自然作斗争，与人的错误思想作斗争，和自己的疾病作斗争。焦裕禄在这个时候已经得了肝病，每天疼得汗珠子往下淌。他肝痛的时候，经常用一根硬东西顶在右边的椅靠上，最后把椅子顶了一个洞。

他查风口、探流沙，雨中看洪水走势，要把兰考县1800平方公里土地上的自然情况摸透，亲自掂一掂兰考的"三害"究竟有多大分量。"吃别人嚼过的馍没味道"，"共产党员应该在群众最困难的时候出现在群众面前"，焦裕禄的这些肺腑之言为我们塑造了一个完全彻底为人民服务的公仆典范。

党的十八大召开以后，我们全党现在所开展的一系列理想、信念教育和密切联系群众的实践活动，更彰显了这篇通讯超越时空的魅力。我们要经常回顾一下，继承优良传统，向焦裕禄学习，因为"忘记过去就意味着背叛"。

《县委书记的榜样——焦裕禄》成为经典作品的原因之四，是建立在真实性基础上的坚强党性。真正的新闻工作者忠于事实，其新闻作品也因其真实而获得巨大成功。通讯《县委书记的榜样——焦裕禄》的开头，就真实地再现了兰考县严峻的灾荒："1962年冬天，正是豫东兰考县遭受内涝、风沙、盐碱三害最严重的时刻。这一年，春天风沙打毁了20万亩麦子，秋天淹坏了30多万亩庄稼，盐碱地上有10万亩禾苗碱死，全县的粮食产量下降到了历史的最低水平。就在这样的关口，党派焦裕禄来到了兰考。展现在焦裕禄面前的兰考大地，是一幅多么严重的灾荒的景象啊！横贯全境的两条黄河故道，是一眼看不到边的黄沙；片片内涝的洼窝里，结着青色的冰凌；白茫茫的盐碱地上，枯草在寒风中抖动。"这些描写真实的荒凉凄切之景，更衬托了焦裕禄勇于带领干部群众抗灾救灾的伟大精神。之后的情节，也只是真实地写了抗灾与畏难情绪、先进与落后的斗争，而没有写阶级斗争。

在20世纪60年代，大氛围是讲阶级斗争。阶级斗争要天天讲、月月讲、年年讲，但作者一个字都没有写，他认为当时干部群众与自然灾害的斗争是主要矛盾。这在那个以阶级斗争为纲的年代是很不容易的。这显示了穆青作为真正的党的新闻工作者实事求是的政治品质。这显示了党的新闻工作者不惧风险、光明磊落的大家风范。这篇通讯成为一个时代的力作，绝非偶然。

《县委书记的榜样——焦裕禄》成为经典作品的原因之五，是这篇通讯中振聋发聩的哲理性思考。最后有两段议论很经典，我建议大家把这篇文章仔细看一下。这三个从战争年代走出来的新华社记者，从延安走出来的记者，写这篇东西历时半年，其间多次到兰考去，写出来的文章确实很让人震撼。

和《县委书记的榜样——焦裕禄》交相辉映的又一重大人物典型通讯是《中国村魂——追忆河南省新乡县刘庄村原党委书记史来贺》（以下简称《中国村魂》）。这篇报道于2013年9月27日在《河南日报》第一版开始以三个半版进行刊载，气势恢宏，反响强烈。这个榜样的力量，历时50年，随着历史的变迁，更显示了其超越时空的魅力。这部作品成功的原因之一还是选材——选择重大题材。

"题好文一半"，这篇报道既有《县委书记的榜样——焦裕禄》一样的经典意义，还有更大的时间跨度。《县委书记的榜样——焦裕禄》只写了焦裕禄在兰考不到两年的工作经历，而《中国村魂》写了50年的跨度，写了50年的时代变迁在一个人身上的体现，所以这篇报道更富有时代感。刚才讲到焦裕禄给上千个县委书记树立了榜样，而史来贺给全国千百万个村支部书记树立了榜样。

原因之二在于老典型写出新意，具有时代感，有强烈的现实意义。

中组部曾经在20世纪80年代推荐了5个在群众中享有崇高威望的共产党员：雷锋、焦裕禄、王进喜、钱学森和史来贺。

史来贺1952年当选党支部书记，2002年去世，当了整整50年的支部书记。实际上20世纪60年代他就是新乡地委副书记了，但是他不离村。他的荣誉很多……这些是老的新闻背景，还有一些新的新闻背景。比如2009年4月3日，习近平同志视察刘庄，他握着现任村党委书记史世领的手说："你父亲的名字我很熟悉，他的事迹我也很熟悉。一个50年代的老典型，不断地与时俱进，使我产生了很浓厚的兴趣，要研究怎么做到的与时俱进。老支书的楷模作用，这次来看一看，我也是慕名已久，了却心愿啊！"在2013年开展的群众路线教育实践活动中，习近平总书记又做出重要批示："史来贺的事迹和精神很感人。在这次教育实践活动中，可集中宣传一批各类党员干部正面典型人物，使大家学有榜样，行有示范。"这就是老典型新的背景和新的新闻价值。他的分量大家掂一下，他这面红旗50年不倒是一个奇迹。

史来贺青年时的起步恰与新中国起点重合，一路穿越土改、合作化、人民公社、"文化大革命"、改革开放时代。曾与他齐头并肩的一批全国农村知名典型，眼看着载沉载浮，一时有人飞黄腾达，一时有人犯罪落马，一时有人昙花一现，而他，成为一个善始善终的典型。这在人们心中成了一个谜。解开这个谜、找到谜底，就是这篇报道的新闻价值。

时代的变迁不断赋予史来贺新的面孔和新的新闻价值。看这篇文章你就知道了，在各个历史的关口，史来贺是怎样把握方向、怎样掌舵的。刚才讲背景有很多新的东西，这篇报道的细节上也有很多新的东西。细节主要是为了表现人物的性格。文中有这样一个细节，采访杨丽时，她刚当上药厂职工食堂伙房组长。"1999年九月初四，她在县医院剖腹产下一对龙凤胎后，大出血昏迷，医生站在血泊中抢救。医院血库告罄，急需输入A型血。老史从闻讯那一刻起，彻夜抱着电话，为了一位普通村民的生命，调动的阵势真是壮观。史世领带人最先赶到新乡血站，第一个撸起袖子抽血。汽车把刘庄人马一批批运到血站，终于从两人身上找到了A型血，汩汩输入到杨丽体内。杨丽的公公又端来几袋血，说是老史托人从其他医院找来的。杨丽输血4000cc，几乎把全身的血液换个遍。从老杨庄赶来准备献血的娘家人感动得流泪，医生和病友也赞叹：'社会主义好，刘庄集体好，有史来贺这样的支书，刘庄人还怕什么？'……老史见到一对龙凤胎时，小儿女已在花园中蹒跚学步，奶声奶气争着喊老史'老史爷爷'。他无比满足地连声答应：'啊，可好，可好！'他去世时杨丽的婆婆拦着灵车哭喊：'老书记，俺们不让你走啊！'"

还有个细节。"直到去世前，他最踏实最幸福的时光，是在傍晚下班路上，随处捡个马路牙子，脱了布鞋往屁股下面一垫坐下，男女老少偎过来，说说笑笑一片融洽。村民们说，老史见过恁多大官儿还平易近人，见了男娃喊小名，见了闺女喊妞，全村1600多口人，他至少能叫出1000多个名字。问问老人，逗逗孩子，夕阳下，晚霞里，那是他笑容最灿烂的一刻……他是为刘庄人民而活的，这是他的一种生存意志、一种生存意义。"

还有一个典型细节："他直到逝世前去住院时，还催促村干部：'我想来想去，全村只可能数老王家日子最差，你去看看他有啥困难没有。'腿有残疾的王伟民早年从安徽逃荒落户刘庄。村干部看了回来说，老王家小院可干净了，床上新被子，老伴也体贴，他还亲口说有几万元存款。老史长舒一口气：'只要他还能存几万块钱，村里所有人的生活就不成问题，这我就放心了……'"所以，咱们选典型细节的时候，可以看看怎么选取。像这样的典型细节，在这三个半版的通讯当中，比比皆是。

还有个细节也是典型细节："对接班人的问题，他态度很鲜明：刘庄产生干部，不能个人指定，要集体培养、大家选举。谁能让群众生活富裕，谁能让集体经济壮大，就选举谁。"这体现了一个共产党人的胸怀和坚持党性的精神。

除了背景新、细节新,这篇文章还有一个创新就是它的议论。确切地说,它的议论写得很劲道。在《风骨》这段的最后,写了这么一句议论:"小村庄的马列主义,诠释得风生水起,群众信了;小村庄的群众路线,发挥得淋漓尽致,群众服了——50年已入大化之境,炉火纯青。"用老史的话议论,非常劲道。"有次村干部会上谈到孩子,他问大家想给孩子置下点什么。有说房子,有说汽车,他说:我看,置这置那,不如给孩子置个好思想。所以,'我一生就干了两件事,把群众带到富路上,把群众带到正路上'。"

下面是作者的议论:"他说的是路上,刘庄的一条康庄大道还在延伸,理想还在远方,为了长治久安,他不仅创下了一笔财富,更留下了一代新人。人,才是刘庄最牢稳的基业,才是未来最可靠的保证。正如一位外国政治家所言:'人即城,人即垣,人即池。'从精神而言,刘庄就是一座没有围墙的城池。它的核心'五个坚持':坚持共产党领导,坚持社会主义道路,坚持发展集体经济,坚持合理差别共同富裕,坚持改革发展成果由人民共享——这是刘庄世代感悟凝成的基石。"

因为要给你们讲课,我就把这些都翻出来。我觉得,这个老典型写出了时代感,有强烈的现实意义,能够指导全面工作。我觉得这篇通讯在具备《县委书记的榜样——焦裕禄》五个经典的基本要素之外,还有创新。报道背景新、事迹新、细节新、议论新,有新的思想。这是这篇通讯除题材外获得成功的第二个原因。

这篇通讯之所以能够给人留下深刻印象、引起强烈反响,还在于它结构上的创新。这是其获得成功的第三个原因。

通讯的结构方式通常有两种:一种是按照事物的发展顺序来安排材料;另一种是根据内容的要求,把同类性质的问题加以集中归纳,展现人物或事件的不同方面。各个方面组合在一起即可成为一个整体,体现一个通讯的主题。《中国村魂》就属于后一种结构。

《中国村魂》这篇通讯是通过逐一展现史来贺一生四个不同方面,对史来贺的人格魅力进行全面的凸现。

比如它的第一部分,小标题是"忠魂",标题就是观点。"忠魂"这部分主要讲在信仰的统领之下,史来贺身不离农村,心不离群众,手不离劳动的一生事迹。史来贺说："1949年8月6日，我在刘庄第一批入党，是在镰刀锤头的党旗下立过誓的，当时没见到统一的誓词，我掏心窝子说过：'为了刘庄父老乡亲有饭吃、有衣穿、有房住，都过上好日子，我自愿加入中国共产党，不怕死，不怕苦，不怕吃亏，跟党走一辈子不变心，死不回头。'"这是他的信仰，是他发自肺腑的誓言。

第二个小标题是"风骨"，它记录了史来贺的一些话和行动："刘庄干部有个习惯，无论啥事都爱用刘庄实际这把尺子量量"，"他始终处理好中央路线、方针、政策与实际的关系，对上级负责与对群众负责的关系，有主心骨与不断创新的关系"，"他的成功说来简单，就是坚持'两个一'：一切从刘庄的实际出发，一切从维护和发展刘庄百姓的利益出发"。所以，他在许多历史的关口，能不跟风、有主见、实事求是，与时俱进，阔步前行。

不容易呀！史来贺是农民，是个村支书，但他的的确确称得上农民政治家。看看史来贺，想想你的人生，在风云变幻的时候，在人生的岔路口，你依据什么样的思想观点来选择你的人生？有时候，人生就是一种选择。

第三部分标题是"梦想"，主要讲的是：集体空，没人听；群众富，走的才是社会主义路。史来贺的梦想实现了，刘庄奏响三部曲："在（20世纪）60年代末，实现粮棉双高产，成为全国最早一批解决温饱的先进村；80年代初，依靠集体工副业，成为农村'中原首富'；进入21世纪，以生物药业为龙头，稳居全国农村前列。"

第四部分标题是"光芒"。其观点就是"共产党的光芒是每个党员、每个党员干部发出的光的总和"。正如史来贺所说："我一生就干了两件事，把群众带到富路上，把群众带到正路上。"这就是他的人生光芒，已延伸到刘庄的后辈身上，继续发光。

它的结构创新，四个部分分类叙述，从不同侧面展现主人公的形象，就形成了"中国村魂"这个主题。结构上的创新也是写好通讯的重要条件。

《中国村魂》成功的原因之四，是展示了建设有中国特色社会主义新农村的底色，走发展集体经济、共同富裕的现代化新农村之路。在改革前行的路上，理论自信、道路自信、制度自信，已在刘庄得到生动的印证。

以上是我研读和学习这两篇经典人物通讯的粗浅体会。

我刚才讲，被中组部誉为在群众中享有崇高威望的五个共产党员的代表中，焦裕禄和史来贺是在河南建功立业的优秀代表。河南历史悠久，在历史上就是星汉灿烂，而他们两位就是当代星空中最明亮的两颗。每个河南人、中国人都应该为他们感到自豪，都应以其为榜样，奋发有为，无愧人生。面对他们，年轻的学子们是否应该反躬自问，再精确地校正一下你人生的坐标呢？

穆青作为新闻界的大家，大家已熟知。我还要告诉大家，《中国村魂》的作者是河南日报社的两位记者。他们还有《英雄不老》等多篇大作。我是一口气看完《中国村魂》这篇通讯的，看完以后对他们能驾驭如此庞大题材的时代力作感到震撼，震撼之余是感叹。让我感到震撼和感叹的是这篇写老典型的新作，其立意是如此的高远，采访深入，具有时代感；通讯的语言是如此的形象，接地气；故事的讲述是如此的跌宕起伏；诠释的主题是如此的宏大而深刻，令人欲罢不能，凝神长思。

通讯《中国村魂》发表于《河南日报》，很值得一读。读后大家可能会有所感悟，会思考《河南日报》值不值得看。讲实话，在岗时我每天要看十余份报纸。我觉得，新闻专业的大学生、专业的新闻工作者以及文化知识水平比较高的党员、干部、工人、农民、知识分子，还是应该看一看我们党的机关报，比如《河南日报》《人民日报》等。大家可以做一下鉴别比较，看哪个报纸的文章值得你动剪子，当资料保存。

下棋找高手，弄斧到班门。我知道跟大家的经典之作相比，自己还有很大的差距，但是我还是想谈一下自己采访邓亚萍的经过和体会。

我采访邓亚萍前后大概有15年的时间。从她13岁还是个无名少女开始，一直到1999年，她成为中国奥委会评选的20世纪"世纪之星"中国最佳女运动员。15年，我写了大概有几十万字吧，最后写成了一本书。

在采访邓亚萍的过程中，我深深感到，可能我一生也难遇到第二个像邓亚萍这样人生经历如此丰富的采访对象。能够遇到这样一个采访对象是我的幸运。

在新闻敏感那个讲座中我讲过，具有新闻敏感是采访成功的关键。对一个记者来说，重要的是你要让新闻敏感的火花燃烧起来。在采访邓亚萍的过程中，我的新闻敏感一燃烧就是15年。我以亲身经历告诉大家，机遇偏爱有准备的人。

1986年，我开始对邓亚萍进行采访。这是一种缘分，同时也是新闻敏感使然。

1986年5月下旬的一天，我听说河南乒乓球队从湖南怀化参加全国"乒协杯"赛回来，成绩很不错。其中有一条信息是：曾在1983年被河南女乒原主教练拒之门外的郑州姑娘、13岁的邓亚萍，这次被河南女乒新任主教练借回，在团体赛中充当主力并击败了世界冠军戴丽丽。我凭新闻敏感判断其中有文章可做，邓亚萍才13岁，靠实力打回省队，而且又打败了世界冠军，多了不起啊！于是我和省体工大队领导一起到车站去接队员，并对邓亚萍进行了采访。这次采访当中我了解到，她在被河南队退回的近三年中，砥砺自奋，付出了比别人更多的汗水，才取得了现在的成绩。我在我的笔记本上留下了邓亚萍的采访档案，我在拭目以待，静观其发展。

　　就在这年秋天，13岁的邓亚萍又作为河南女乒的第一主力，在全国锦标赛中先后击败了耿丽娟、李惠芬、陈静、乔红等世界冠军和全国名将，为河南女队夺得全国锦标赛乒乓球团体冠军立了大功。于是，我在采写现场新闻稿后，开始收集有关邓亚萍的资料，注意她的行踪，并研究她的技术风格和世界乒乓球技术发展潮流。

　　这种观察和积累使我在日后采访报道邓亚萍时受益匪浅。新闻敏感也是厚积薄发。从那时起开始的对邓亚萍的不断观察，使我形成了一个较辩证的思想方法，也就是既看邓亚萍在重大比赛中的技战术和打法，又看其个性、风格和内心世界，把邓亚萍放在世界乒乓球运动发展态势的大背景下去思考，大胆做出预测。

　　在1990年北京亚运会上，当我看到中国男团半决赛失利，女团决赛乔红先失一盘、形势岌岌可危的情况下，邓亚萍临危不惧、力挽狂澜、连胜两盘那令人荡气回肠的搏杀时，脑子里便出现了一个今后将在世界乒坛上叱咤风云的巾帼英雄形象。新闻敏感油然而生。邓亚萍属于"正手快、反手怪、步伐好、善变线"的技术风格和打法，我觉得她在打法上已经领先于世界乒乓球技术发展。对她的综合了解和全方位分析，以及在北京亚运会决赛这一特定场合产生的新闻敏感，使我对她的认识产生了一个质的飞跃。我相信，她今后在世界乒坛上的前途不可限量。

　　于是，在这种新闻敏感的驱使下，我在北京亚运会采访中发出她夺得三金一银的五篇消息、场记和特写稿件后，又几乎通宵未眠，赶写出《是玫瑰，总是要开花的》（编辑改标题为"邓亚萍，河南的骄傲"）这一篇 1600 余字的人物通讯。这篇通讯在邓亚萍夺冠后的第二天，1990 年 10 月 4 日在《河南日报》的头版头条刊出，向热切关心她的读者介绍了她的崛起之路。这篇通讯后来被评为"河南省好新闻"通讯类一等奖。而我赛前对她的专访《献上女儿的爱》，也获得亚组委"亚运好新闻"奖。

讲到这儿，我要重点讲一下人物专访《献上女儿的爱》和人物通讯《邓亚萍，河南的骄傲》的采写经过。采写此类报道，我的心得是：要快。

大家都问，怎么采访到这些人呢？《献上女儿的爱》这篇专访是我在 1990 年 9 月 17 日刚到北京参加亚运会采访，还没拿到记者证的情况下，一下火车就打电话和邓亚萍联系采访的成果。当晚 8 点，在国家体委训练局的传达室里，她接受了我十分钟的采访。我只问了三个问题。入选中国队团体主力，你现在的心态和训练状态如何？这是第一个问题。第二个问题，你对亚运会女子乒乓球这一世界最高水平的比赛各队实力分析和自己的对策。第三个问题，你对家乡父老有什么话想说？她在这十分钟内回答了我这三个问题，然后就回队开会。第二天她便进入亚运村，任何记者在亚运会之前都见不到邓亚萍了。

所以我们要抓住机会。有时候机会稍纵即逝，抓不住，你的采访对象就没了。十分钟采访结束，我立即回宾馆，用不到一个小时写了这篇 800 字的人物专访，第二天就见报了。

专访一般要对采访对象的形象、神态以及采访场景有所描写。我用了这样一段话对邓亚萍的形象进行描写：一双明亮机灵的眼睛，一头扎着小刷子的乌发，走近亚萍，便感到一股蓬勃向上的青春气息扑面而来。发完稿之后，第二天到新闻中心，我看到一个亚运好新闻的投稿箱。我就把这个底稿复印了一份投到投稿箱内，后来这个事就忘了。亚运会结束快三个月了，我们人事处长和一个主任到中国人民大学招应届毕业生。在省政府驻京办事处，办事处的同志问他们说："你们那儿有个高山记者？"他们说："有。"驻京办事处的同志说："亚运会总结大会通知我们去一趟，我们很高兴。我们以为是亚运接待工作做得好，受表扬得奖了，谁知道是替你们那个高山记者领了个亚运好新闻奖。"当时他们给我带回来获奖证书和一个大熊猫。回来以后，我们人事处长告诉我这件事，我很吃惊，还有这事？当时人事处处长对我说：你还迷迷糊糊啊，你得的是大奖啊。

我特意把这个800字的人物采访经过告诉大家，是因为我有一个体会：人物专访就是通讯中的轻武器。如果你能抓住时机，有针对性地采访新闻人物，一挥而就，往往有意想不到的效果。

《邓亚萍，河南的骄傲》这篇通讯的写作过程是怎样的呢？我刚才讲了，一般来说，比赛结束，我发了五篇消息和场记、特写稿件之后应该累得人困马乏，该休息了，因为比赛已经结束了。但是，新闻敏感促使我一直在思考邓亚萍在亚运会上拿到三金一银的成绩。当时场场直播，全国大街小巷都是有关她的新闻。我觉得大家还是会关心：这个小丫头17岁，怎么会有这么好的精神状态和竞技状态？她的崛起之路是怎么走过来的？我觉得她是河南走出的运动员，我有责任给读者一个交代。于是，在发完所有的稿件之后，我的脑子仍然很兴奋。根据平时的积累和亚运会比赛的情况，我凝思以后就奋笔疾书，写下了这篇通讯。10月3日发回报社，10月4日在《河南日报》一版头条发表，并配发了照片。

稿子发表后有人说你高山牛啊，你这"本报记者"的字号都要比别的大几号。我回来以后，夜班室有个处长对我说：有没有人从北京给你打电话？我们正在准备给你打电话传达省委书记让大力宣传邓亚萍事迹、精神的指示，让你写稿子时，你的稿子便传过来了，写得很及时很精彩，也很出奇。这是《河南日报》的独家新闻，全国第一份，后来中宣部对此也做了点评，给了较好的评价。我当时实事求是地说："我确实没接到任何人的电话，也没有人指示我，只不过我觉得很有必要写这篇稿子，巧合而已。"

现在看来，这篇稿子确实写得有新闻性和可读性，没什么废话；结构写得还算精巧，信息量很大。其实写新闻在"5W"的基础上，你完全可以用散文笔调写。人家讲写文章要虎头豹尾熊腰。这篇文章的开头这样写道："一位诗人曾写道：青春的魅力，应该教枯枝结出鲜果，沙漠布满森林……在群英荟萃、具有世界水平的亚运会女乒赛场上，中国队17岁的小将邓亚萍遇险不乱，处变不惊，挥动球拍，像一团青春的火焰在球台前欢腾跳跃。她以大智大勇，奋力拼搏，胜利夺得亚运乒乓球项目三金一银。"有很多读者告诉我，你开头一下抓住了读者，要一直读下去。在后面，就是很大的信息量，有中国乒乓球队几位比较权威的教练和观众对邓亚萍的评价的信息，披露了她从少年体校、郑州队到国家队充满坎坷、挫而不馁的成才之路，以及极有个性、勤于动脑、努力创新的风格和舍我其谁的霸气。通讯披露了许多读者和观众急于想知道的邓亚萍的信息。

这个开头，有个行家这样评论，他说："这则通讯以赞美青春的诗句开头，加上对她夺冠用文学语言进行形象化的描述，流动着激情，显得很有感染力。这种描述可以把体育运动美具体展现给读者，有助于读者展开想象的翅膀加深对文章的理解。"

这篇稿子写完以后回来了应该休息休息吧？没有，我脑子里还在想邓亚萍这个文章应该怎么做。因为北京亚运会比赛以后她就参加访欧比赛，到欧洲参加12项比赛她拿回11枚金牌。怎样跟踪采访？我告诉大家，你要让新闻敏感的火花燃烧起来。

邓亚萍的系列报道并没有因为亚运会的结束而停止。从赛中和赛后中央号召各行各业学习亚运会精神中，我领悟到以前关于邓亚萍的报道基本上是训练和比赛，要进一步了解她的坎坷成才之路，探索她的内心世界，剖析她拼搏精神的实质及反响。这些念头一直在我脑海里出现，有意犹未尽之感。

亚运会后就投入访欧一系列公开赛的邓亚萍，3月6日要从巴黎返回北京。听到这一消息，我觉得事不宜迟，便立刻赶到北京，并到机场迎接了她。当晚在宿舍里看到观众给她的来信、拍来的电报，有500多封。这些都是最原始的采访材料，从材料中我们能看到社会对这些杰出人物的原始评价，那是最珍贵的。

3月7日我便同邓亚萍和送她回家探亲并参加郑州市人民政府庆功会的中国女乒主教练张燮林、教练张立一起坐火车返郑。这又是一次采访的好机会。在火车上，我和邓亚萍还有这两名教练进行了较充分的交谈，获取了大量的素材。8日中午到郑州，我赶写出关于车站欢迎仪式、省长接见和庆功会的综合消息，又配发了《奋发进取，建功立业》的评论。

邓亚萍回郑6天，天天都有社会活动，每次活动我都跟随采访。我很快对她为国争光的内心世界以及拼搏精神所产生的巨大社会效应有了全面的认识，于是我又赶写了《拼搏，为了祖国的荣誉》这篇以爱国主义为主题、内容详细的5000字通讯，并在《河南日报》一版发表。这篇通讯向人们展示了新一代青年人的拼搏和奋斗历程，把读者的视野引向振兴中华民族的大业，同时也让人们对邓亚萍的成才之路和爱国情怀有了更加深刻的理解。

这篇通讯我分了三个部分来写，第一部分的标题是"踏平坎坷是坦途"，第二部分的标题是"祖国就在我心中"，第三部分的标题是"好样的，中国人"。

这三个部分中最让我觉得自豪、觉得有底气的是社会对她的评价，因为用最原始的材料来印证的评价是最有说服力的。第三部分是这样写的：

12年执著的追求，12年力量的凝聚，使她的生命之光在北京亚运赛场上发出耀眼的光芒。近600封祝捷电报、信函向她飞来。

打开上海市华东计算技术研究所的一封信，只见一页信笺上赫然写着6个大字："好样的，中国人！"打开温州的一封电报："冠军属于您，伟大属于中国。"打开郑州的一封电报："你的胜利是中国人民的自豪！"

这深情、简洁、滚烫的文字，是人民对运动员的最高褒奖，包含着多么丰富的潜台词！如果我不连夜去北京机场接她，不连夜看她都没看过的读者来信，我怎么能知道这些最原始的材料？又怎会把这些最有说服力的材料写进自己的报道中？

当然，有了新闻敏感并不表示采访一定会成功，还要锲而不舍地对邓亚萍进行长期的跟踪采访，不吝辛勤与汗水尽其所能去做，要情动于衷，有责任感，将这样的系列报道当成神圣的使命去完成。所以，从政治上讲，记者的责任感、使命感有时比新闻敏感还要重要。如果你没有这个责任感、使命感，你想到了，但你怕累、怕风险，你就做不到。做到了这些，才能在系列报道中写出邓亚萍坎坷的经历、对人生执着的追求以及她高尚的人格和思想力量，并以此打动读者，激起一种人生奋起超越的力量。

后来，她的比赛我几乎每场都到。在北京亚运会之后，全国锦标赛、全运会、亚洲锦标赛、世锦赛、国家乒乓球训练基地、河北正定国家乒乓球队训练基地，我多次采访邓亚萍。正是因为有了扎实深入的采访，所以《拼搏，为了祖国的荣誉》《搏向巅峰》《河南姑娘》《亚萍，辛苦了》《王者风范邓亚萍》《世纪之星——邓亚萍》等11篇数万字的通讯、报告文学、评论从我的笔端流出。

1995年5月，世界妇女大会在北京召开。邓亚萍作为妇女代表参加了此次大会。中共河南省委宣传部让我写《邓亚萍》这本书，并定为"五个一工程"选题。我用了三个月的时间，找了一个合作者在宾馆集中精力写作，把我将近十年累积的资料拿出来，赶写了这本书。原计划我一人用10个月的时间写成此书。我们6月份开写，9月份写成到北京开新闻发布会，包括全国政协、中宣部、新闻出版署、文化部、国家体委等十几个单位的领导和上百名中外记者来参加此次新闻发布会。有首都记者说："高山，你牛啊，一本书搞出这么大阵势。"我说："天知道，我才不知道会是这样子。"

此外，我觉得一分耕耘一分收获。1995年写的这本书，1996年就拿到了全国"五个一工程"奖，而且是国际奥委会主席萨马兰奇作的序。这是他第一次为中国人写的书作序。你说，是运气吗？也可能是运气，大家想想是怎么回事。

1997年全国八运会后，邓亚萍退役。我给她提了三点建议：第一，不要做官，不要经商，上学去，你的文化知识积淀得还太少。第二，学好汉语、英语、国际关系这三门课程，要准备在国际体育交流方面做点事。第三，把之前两件事做好再考虑自己的事。她听从了我的建议，在清华大学上本科，在诺丁汉大学读硕士，到剑桥读博士。当时我还跟她开玩笑，你小学毕业是怎么读的硕士和博士？她说，我真是努力了。

1997年她退役后我去她家，她的床头、饭桌、沙发甚至厕所都放了一本本英语书，因为她之前英语基础不好，拼命学习，她确实又下功夫了。她获得世纪之星奖的时候，我又写了一篇5000余字的通讯《世纪之星——邓亚萍》，在《河南日报》刊发。

上面就是我的一些采写经历。

结合我的采写经历我有这样一些体会：

第一，要和采访对象交朋友，以诚相待，以心换心。在开掘采访对象成长史时，也需要注意写出其心灵史。

第二，要珍惜你怦然心动的感觉，并立即行动，把采访中最吸引你的东西尽快展示给读者。

第三，要把好选题、立意这道关，思想要立起来。寻找党和政府及人民群众共同关注的结合点，让记者的报道产生社会共鸣。表达主题，角度要新，选材要严，抓住特点，步步深入。

第四，要以独特的角度，开掘新闻报道作品丰富的思想内涵，叙述典型的背景、故事和细节，在矛盾中展开故事冲突，展现新闻人物的个性，自然而然地流露出你报道的主题和思想观点，感染你自己的同时也感染读者。

第五，哲理性思考要从报道对象出发，情动于衷，有感而发。

第六，选择典型细节是否到位，往往能决定作品的成败。有时由于你选了几个生动的细节，你报道的人物便栩栩如生。

随着时代的发展，对于人物典型，我们不再像20世纪80年代中期以前那样，只关注英雄人物或者先进模范，现在的人物典型采访有三类：第一类是具有英雄气质的杰出人物；第二类是草根人物中的好人，或是弱势群体当中的代表；第三类是该谴责的那些人，也不能说是坏人。

1998年12月13日，《河南日报》一版头题刊发《新一代产业工人的榜样——记平煤集团田庄选煤厂优秀工人张玮》，这是一篇7000余字的通讯。其实，劳动光荣，工人伟大，是永恒的时代命题。不过，在建设有中国特色社会主义现代化的今天，造就一支有文化科学知识、高素质的工人队伍和普通劳动者队伍，更是国家兴旺的根本所在。

打开这篇文章，大家看一下，它第一部分的标题"海阔凭鱼跃"：在知识的海洋里，他忘情遨游，如痴如醉，写出了这位技术工人求知若渴的痴迷和勤奋。第二部分标题"天高任鸟飞"：在技术的天空中他展翅奋飞，度越关山，写出了他刻苦钻研，攻克难关，最终练就精湛的技术。第三部分标题"敬业爱岗是劳动者的本色"：在艰苦危险的环境中他总是站出来打头阵，写出了不惧困难、不怕艰险、勇挑重担又善于管理的优秀技术工人的胆量和追求。第四部分标题"当工人并不低人一等"：在精神家园里，他是一个快乐的富足者，写出了他作为优秀技术工人克己奉公、有情有义的道德情操和思想境界。

四个小标题和所选择的分类材料，树立了新一代产业工人的榜样，这是这篇通讯的时代主题。结构上，和《中国村魂》有相似之处，就是用观点统领材料，表达主题。《新一代产业工人的榜样》这篇通讯为一个在平凡的岗位上作出不平凡业绩的工人做了宣传，给产业工人树立了榜样，新闻价值和政治价值是不言而喻的。这篇通讯在选题、立意和选材行文上使人耳目一新，开拓了报道领域，也值得一读。

2011年10月17日，《河南日报》一版刊登了9000余字的通讯《守望精神家园的太行人》，副题是"红旗渠精神当代传奇"。人物典型采访包括人物个体典型和群体典型，这篇通讯写的是一个群体典型。由于时间关系，我把它放到下一讲的深度报道当中来讲。我写的一篇8000余字的《为田野播撒科技甘霖的人们》，写的是河南农科院的科技人员群体典型。我还写了一篇《高尚的白衣天使——记郑州市第三人民医院骨髓移植组的护士们》，这篇通讯写了护士这个群体。这篇千余字的通讯，也获得了好新闻奖。它写护士们在课题组中以自己救死扶伤的精神和强烈的责任感，取得了护理上的突破。该课题组成功进行了河南省第一例骨髓移植手术。她们所在的郑州市第三人民医院是一个市级医院，比它大的省级医院多得是，但她们终于最先做到了。

她们的设备很差，没有无菌的空气层流室，护士们就靠手进行严格的消毒，靠耐心和细致的护理，达到了高科技设备才能达到的无菌效果。写这篇通讯，也需要责任感。当时，癌症病房都是奄奄一息的绝症患者，我去采访了三次，一待就是半天，看她们操作，看他们诊断，看他们治疗。没点责任感就在癌症病房待不下去，害怕啊。那里有死者抬出去是经常的事。但这是你的工作，你要去做。

关于通讯，五篇5000多字的我没讲，我只讲了我那1600多字的人物通讯，也许能给大家一些有益的启示吧。讲的这些，既有我的学习体会，也有我自己的采写体会和对作品的分析体会。

第二节　报告文学和人物专访的采访与写作

本节我讲报告文学和人物专访。报告文学和通讯在本质上是相同的。不同的是，报告文学比通讯容量更大，它从大量的材料中提炼出丰富的典型事例，准确生动地向读者报道事情的来龙去脉，形象而又生动地揭示出所报道人物的信仰、追求和精神面貌。它的结构多样，寓新闻性、文学性、哲理性和美学欣赏于一体，比通讯有更多的描写、抒情和议论等文学手法，大开大合，也有较强的时效性。

1991年7月6日，我在《河南日报》三版发表了8000余字的报告文学《河南姑娘》。其由头是：1991年4月，在日本千叶县举行的第41届世界乒乓球锦标赛上，邓亚萍第一次夺得女子单打冠军。我突发奇想，产生一个创意后写下了这篇报告文学。什么创意呢？我发现，在1971年至1991年的20年间，河南省培养并输送到国家队的三名女将张立、葛新爱、邓亚萍在12次世锦赛中6次作为国家队的主力参赛，夺得10枚金牌，战绩赫赫，占据了中国队的半壁江山。以此为由头，把她们三人作为整体，以报告文学的形式，浓墨重彩地进行报道，既有新闻价值，又有可读性，振奋人心，岂不快哉！这算不算新闻？整合起来就是大新闻了。

《河南姑娘》以"巾帼豪杰——张立""乒坛奇葩——葛新爱""少年英雄——邓亚萍"作为三个段落标题，写了三位姑娘训练成才和征战之路。作品刊发后，各方都反映这是一篇别具一格、引人入胜、发人深省的报告文学，对树立河南人奋发向上、聪明智慧、吃苦耐劳、勇攀高峰的正面形象起到了独特的作用。北京的同事看到这篇文章后说："你们河南人是绝顶聪明，绝对霸气。"我觉得这篇报告文学有一个特点，就是它富于创意，从整体上构思出了新闻价值。

我觉得这是我与合作者写报告文学心情最舒畅的一次，因为这篇报告文学在议论和哲理性思考方面用形象的文学语言进行了阐述，每一个人物最后都有一段哲理性思考。写张立的这一段是：今天的张立已经年逾不惑，然而眉宇间和谈笑里依旧透出当年的虎虎生气与豪情。人们从取得了巨大成功的厂长那里能看到这种生气，从经受了战火洗礼的士兵那里能看到这种豪情，一个无愧于生活的人才能有这种风采。交谈中，她又忆起了我国乒坛名将容国团的那句豪言："人生能有几回搏！"是的，短暂的人生中通过全力拼搏而获取重大成就的时刻并不多。在这些时刻，你若怯懦而退缩，将会抱憾终生；你若无畏而进击，将会光彩照人。也正是在这些时刻，才最容易区分懦夫与豪杰。张立无疑是一位豪杰，她是一位令人尊敬的巾帼豪杰。

写葛新爱的那一段议论和哲理性思考是：这就是葛新爱，近视镜片后面的两道目光明朗而又审慎。她注视着人生之路上每一个可供选择的路口，每一段应当警觉的坎坷。她在白日里能够长驱直进，在黑夜里也能摸索前行。她充分相信自身的韧性，又极力发挥个人的潜能，终于走过了一段辉煌的历程。这就是她——一个世界冠军带给我们的思索和启迪。

关于邓亚萍的议论和哲理性思考是：她有过令人眩目的战绩，也有过刻骨铭心的失败，还有过失败后的奋起，奋起中的胜利。她在人生的大海上，有时能在晴空丽日、碧波万里的海面上扬帆疾驶，却也会遇到电闪雷鸣、惊涛骇浪而在波峰浪谷间颠簸。正是这些，构成了其胜利与失败交织、欣喜与悲伤更替的人生交响曲。她还很年轻，似乳虎，如朝阳，活力充沛，前程似锦。今天，我们发现，第41届世锦赛的悲喜她都已深埋心底，又开始卧薪尝胆，砥砺自奋，从零开始了。她不服输的炯炯目光依然那么富有穿透力，仿佛看到了明年巴塞罗那奥运会的风云，后年第42届世锦赛的硝烟……那就聚力蓄势，再搏几回吧！愿人民钟爱的好女儿，在不断进取中创造更加辉煌的人生！

报告文学能这么畅快地抒发自己的情怀，一辈子也很难遇到。我想，这种议论和哲理性思考体现出来的思想树立起了报告文学的骨架，加上三个人物典型细节组成故事的叙述，有血有肉，人物的生动形象便跃然纸上。

下面，我讲一下人物专访。人物专访在广义上还算人物通讯的范畴。从20世纪80年代以来，人物专访以一种独立文体出现在媒体上，很受读者欢迎。

人物专访的对象应该是当前受众所关注的新闻人物，是新闻事件或热门事件的关键人物，还有受众感兴趣的有某种特定背景的人物。体坛豪杰在挑战生命极限和传播体育文化美中，常常迸发出人生壮美的乐章，受人关注、崇敬和爱戴。他们的奋斗精神，往往在潜移默化中从赛场走进人们心灵深处。除报道他们的训练和比赛外，报道他们的生活、见解、喜好和近况等以及退役后的追求，也能让读者爱读，给读者以正能量。但是，名人，也包括体坛名人，由于性格和做人方式的壁垒，往往不好采访，甚至不接受采访。在这方面，我也做了一些尝试。

1985年，全国首届青运会在河南省举行。为此，1984年，不少全国顶尖的体育界名人到郑州参加各种比赛和活动。我抓紧时间，调动各种关系，抓住各种机会，采访了当时国家体委副主任徐寅生、徐才、刘吉，中国女排主教练袁伟民，国家游泳队教练、三次改写过百米蛙泳世界纪录的穆祥雄，中国女乒主教练张燮林，中国围棋"棋圣"聂卫平，中国第一个奥运冠军许海峰，中国女排原队长张蓉芳，中国女篮原队长宋晓波，中日围棋擂台上的中国围棋猛将刘小光，世界航模冠军王勇，亚洲击剑冠军李华华等。在一年之内我写了十几个专访，都在《河南日报》一版刊发。

1984年12月6日，《河南日报》发表了我写的关于张蓉芳的专访《深情厚望寄乡亲》。当时，我通过体育界朋友的介绍采访了她。对她的形神描写，我只用了60多个字："在球场上，张蓉芳被誉为'灵巧得像山野里的一只猴，勇猛得如丛林中的一只虎'。此刻，坐在这间普通客房里，她却举止安详，和蔼亲切，和球场上判若两人。"然后，我有针对性地提出几个问题，一个就是她刚刚退役的感受；第二个请她谈谈中国女排要保持高水平，应该采取什么举措；第三是对今后的学习和工作有什么想法，去向如何。她都一一作答。她还主动透露了一个秘密，她是河南新蔡县人，希望通过《河南日报》对河南父老乡亲致以深情问候，并对家乡发展寄予厚望。这篇人物专访发表以后，读者很关注，给予很多好评。

我觉得，要写好专访，还有这样一个要求：文章的开头要言简意赅，开门见山。这篇专访的开头是："真是喜出望外，我面前就坐着全国人民熟悉的巾帼英雄——国家女排原队长张蓉芳。4日晚从电视屏幕上得知她刚光荣离队，昨天上午来到郑州，我有幸第一个采访了她。作为一个记者，我为自己、为读者感到高兴。"下面就是她的形神描写，个把小时就把这篇专访写出来了。

除人物专访外，还有问题专访、事件专访等多种类型，但是人物专访最有读者缘。我认为，写人物专访首先要利用各种关系和渠道，捕捉新闻人物的细节。张蓉芳退役，这个细节我是从电视上看到的，后来知道她到郑州来了。然后用各种方式接触到采访对象，诚挚地说明采访意图，表达你的善意，请他接受采访。再就是要做好采访前的准备，有针对性地提出采访问题，请他作答。三是仔细观察采访现场场景、背景，将采访对象的言谈举止、神采风貌进行白描，精当地穿插到人物专访行文之中。人物专访写好了令人赏心悦目，能够很好地赢得读者。

无论是有英雄气质的杰出人物，还是草根好人，还是该谴责的人，我觉得当代人物典型的采访要扩大领域。不管是这三类人中的哪一类，都要把他们当作"人"来写，不要拔高，也不要贬低。这样的人物典型才有工作和生活的真实性，才有新闻人物的魅力。

另外，还要注意在选好题材和主题的基础上，在结构上运用正叙、倒叙、插叙，甚至是电影蒙太奇的手法等多种叙述方法。对人物对话、细节、形象、场景的描写，也可用各种文学手法，但须保持其真实性。当然，你可以展开联想，在通讯中画龙点睛，在报告文学中敞开胸怀，阐述自己迸发出来的思想火花。在通讯和报告文学的采写中，要有社会责任感，真实是其生命。同时，既要有理性思考，又要有浪漫主义情怀，要先能感动自己，才能感动读者。总之，对人物典型的采访要写好，是要花费一定力气的。今天的讲座到此为止，谢谢大家！

2013 年 11 月 28 日于洛阳师范学院

第五讲　涉水深处得蛟龙

——关于深度报道采写

常规新闻报道（比如消息），告知人们是谁（who），发生什么事情（what），在什么时间（when）、地点（where），深度报道则重点叙述如何发生（how），挖掘背后原因（why），并分析阐释其意义。

深度报道的概念来自西方新闻学。在中国新闻学消息与通讯两大分类的视野下，我们认为深度报道主要指通讯体裁，具体包括事件通讯、工作通讯、概貌通讯、人物群体通讯等。此外，深度评论，针对重大题材配发评论，亦可归类为广义的深度报道。

在全球信息化、经济全球化和世界多极化竞争加剧的大趋势下，世界已呈现出一种多元多变的环境状态。这种环境状态表现在各个国家、地区的地域概念被拉近，有人说世界现在正成为一个村庄，世界村的联系更加紧密。这个比喻有一定的道理。这就意味着，一个局部地区或者一个行业所发生的任何一个新的政治经济变化、一项新的科学技术成果和建设成就，甚至一场自然灾害、瘟疫等重大事件，都会超出发生地和行业的范围，甚至有可能影响到整个社会、国家和世界。

2003年的非典事件，不止咱们国家搞得很惶恐、很不安，周边的国家和地区也如惊弓之鸟啊！每一个地方只要发现一个非典病人，病人所在的那个小区就要按规定进行隔离。这是什么概念！一个地方发生的事，影响会超出它的范围，涉及整个国家，甚至更远。这样一个大的社会环境下，对新闻报道也提出新的时代要求。

新闻报道关于新闻事实的直接报道，已不能完全适应当代受众的要求。深度报道便应运而生。关于新闻事实的直接报道，这叫简单报道，只报道发生了什么事情、结果、在哪里发生的，完了。深度报道不一样，它要把事情发生的原因讲清楚，主题新闻发生的背景讲清楚，现状讲清楚，未来趋势讲清楚，甚至你的见解也得讲清楚，反映主题新闻中人和事的最新动态，告诉人们主题新闻的来龙去脉，反映主题新闻内外环境的复杂作用。

深度报道的理念，要求记者必须考察重大主题新闻生成的背景和环境，由此揭示出主题新闻背后的真相和发展趋势。深度报道的题材中有一类是发现新闻主题背后的原因及实质的调查性报道。有的人说调查性报道就是揭黑的报道，那只是其中之一。它包括事件通讯、工作通讯、概貌通讯、人物群体通讯等。

再者，就是在调查性报道的基础上，做出解释性和分析性报道。比如说非典事件报道，什么是非典？它的背景是什么？你要解释清楚。这叫解释性报道。还有一种是你对政策的解读，这种报道也叫解释性报道。对党的十八大报告的解读，也是这样，你要有正确的解读。比如说转基因这些报道，你要把前因后果讲清楚。航天工程报道，你也得讲清楚航天工程怎么回事，它的主体、它的高新技术成就、它的用途等。例如我写的《黄腐酸系列产品开始造福绿色田野》那个报道，虽然是消息，也是深度报道，1500字。什么叫黄腐酸？它是化学方面一种新的有机的营养物质，你得把这个讲清楚。深度报道的题材有事件性消息、分析性消息，还有刚刚讲的各类通讯等。

深度报道的领域和对象大概有以下几个方面：

第一个方面，是社会政治、经济、文化、社会文明在宏观和微观上所发生的与时俱进的重大变化。如刚才讲到的各类通讯。1997年12月30日，我在《河南日报》八版上发表了5000余字的工作通讯《体育产业天地宽》。这篇通讯反映了当时事业单位转型的新情况、新办法、新经验和新趋势。新乡市体育中心刚上任的几位领导为了争取将河南建业足球队参加全国足球甲B联赛的主赛场移到新乡市体育中心，到郑州找我咨询，我就问："你们承办足球甲B联赛有什么条件啊？"他们就把这个刚成立不久的体育中心的体制、机制、硬件、软件、员工的情况都告诉我了。我一听，便意识到这是一个新东西。

因为这个体育中心是市政府领导下的一个独立的事业单位，一把手是从社会招聘过来的。他干过钢铁营销员、物资营销员和钢铁公司经理，实践经验和能力都很强。虽然是事业单位，但它完全是按照企业管理做的。一般来讲，体育场都归省市的体育局管，恰恰这个变了，它不归体育局管。这是科学的，管办必须分开啊！管办不分开，要出问题的。你既管企业，又办企业，这哪成啊！

所以我就到新乡实地采访了两天。第二天晚上通宵未眠，写到早上6点钟，写出这篇通讯。用"更新观念　理顺体制""体育为主　多种经营""转换机制　现代管理"这三个不同角度的小标题，聚拢了典型的人或事，立起了这篇通讯的主题。这篇通讯的许多场景和细节都是我在深入采访中得到的。比如，体育中心的主任，人家也是处级干部了，拿起焊枪就焊体育中心的铁门；体育中心的中层干部照样清理场地，干杂活；办公场所干干净净，各项工作科学有序，都是我亲眼所见。

我1997年12月29日发稿，30日见报。通讯最后写道："面对新乡市体育中心的发展，那些具备条件，迟早也要向经营型、企业型转变的事业单位，是不是也要在理顺体制、转换机制、深化改革上解放思想、更新观念、有所作为呢？"为什么我这样发问呢？也许看了我写的编者按，你就会明白了。

编者按：当前如何深化体育改革，使原来适应计划经济的体育逐步转移到与社会主义市场经济相适应、符合现代体育运动规律的轨道上来，这个新的课题已经摆在人们面前。长期以来，许多地方花费巨资建设的大型体育场馆，大部分时间闲置不用，不仅收不回成本，而且还要继续较大投入进行维修，造成极大资源浪费。令人欣慰的是，新乡市委、市政府正确决策，使1996年建成、耗巨资1.5亿元、占地183亩的新乡市体育中心理顺体制、转换机制，走上了体育为主、多种经营的体育产业之路，在两个文明建设中发挥着越来越重要的作用。今天，我们推出新乡市体育中心改革纪实，意在给已建成或即将建成的大型体育场馆的改革提供一个示范，促进体育改革健康发展。

这是背景。一些地方政府的领导，建体育场馆时很积极，向财政要钱，办一次大的比赛后就闲置不管，体育场馆一年办不了几个赛事，还养那么多人，都是事业经费。而且还高高在上，除专业训练几次外，门都关着，不向老百姓开放，造成资源浪费。我认为，建了就要用，不能长期闲置，天天锁门。

所以，这个东西写出来以后，反响很大，吸引了不同行业的事业单位领导到新乡市体育中心去学习事业单位改制、企业管理的经验。安阳市市长还专门让安阳市体委的领导们带人到新乡市体育中心去学习改革经验。新乡市体育中心也借此增强改革和管理力度，取得了1998年和1999年全国足球甲级B组联赛河南建业队、八一足球队主场的主办权，并获得了全国足球最佳赛区的称号。这篇工作通讯还获得了全国日报体育好新闻二等奖。

应该提到的是，写这篇通讯之前，要有全国体育产业政策和经验的积累、外地体育产业改革经验的积累。因为我去上海采访了全国八运会，我住的地方就是上海体育中心。该中心是由东亚集团管理的，不归上海体育局管，属于独立运转、自主经营的体育产业。我当时对他们进行采访，积累了这些经验，还有现代企业管理机制体制和经验的积累。我在企业干过，知道它是怎么回事，有各方面知识的积累。此外还要对新乡市体育中心这个新闻主体的背景和环境进行深入细致的实地考察，否则这样的深度报道是写不出来的。写深度报道吃功夫，就是要吃你的经验和知识功夫。全国体育好新闻评委这样说："通讯中作者对国家体育产业政策是如此的熟悉，对新乡市体育中心的现状和背景是如此的熟悉，还有脉络清晰的企业管理知识，实属难能可贵。"

给大家说一个写工厂工作的实例。如果将来大家成为我的同行了，恐怕很多人都要搞经济报道。我曾写了《星火灿烂》这篇3600字的工作通讯，1989年9月5日在《河南日报》第三版刊发，副标题是"密县第二耐火材料厂腾飞记"。通讯先交代了密县第二耐火材料厂的荣誉。它的荣誉，简单地说就是，总理、副总理、人大常委会副委员长给颁过奖，全国这种企业只有16家，这是唯一受奖的河南企业。

通讯先交代了这个背景，然后从人才领先、科学管理、星火燎原这三个角度，叙述了密县第二耐火材料厂的兴厂之路。我简单地告诉你们，人才领先的关键是它的文化技术讲座，人才培养经常化、制度化，提高了全体员工的文化技术素质；把有潜力的员工送到大专院校深造；不拘一格地选拔有能力、有技术的人才到技术和生产领导管理岗位等。

通讯中有几个典型。年轻的技术工人周四辈参加了设备技术维修班以后，因为技术精湛，被任命为车间主任；24岁的朱明亮，自学机械制图、材料力学等大专教材，是获得省科技进步三等奖的"机立窑内衬设计"项目的4名主要设计人之一；36岁的副厂长文清连原是一名临时工，但他在设备的多次拆装和检修中表现出管理者的良好素质，党委书记朱国平慧眼识人，上下呼吁，不拘一格地把他提为副厂长。这几个例子有一个共性，就是不拘一格用人才，谁有能力谁上。

密县第二耐火材料厂有"生产一代，研究一代，预研一代"的新产品研发体系，有"用户就是王，质量就是命，制度就是法，工厂就是家"的办厂宗旨。全厂以全面质量管理为中心的科学生产管理体系、在同类企业中推广科研成果等在这篇通讯中都得到比较充分的展现。典型人、典型事、典型细节、典型环境，使这个工厂的先进典型看得见、摸得着，形象而有说服力。

我是从省科委获得的线索，到这个厂进行了三天的深度采访。这三天，我从车间到仓库，从木模到铸造设备等一个工序一个工序看，不懂就问。在采访中，不断获得新线索，又找新的信息源，再采访，找资料看，对全厂兴起之路的立体背景和发展趋势可以说是了然于胸，三天后我写起来也就得心应手了。当然，我当了十年工人的背景在这个通讯写作中也起了很大作用。这篇通讯后来获得了省科技好新闻奖，也被国家科委的期刊转载。

我再讲一篇工作通讯。这篇是《河南日报》2007年7月25日第一版推出的《土坯房背后的故事》。这四篇走进卢氏县委土坯房的系列报道，我介绍一下梗概，大家还要看原文。这四篇的题目分别为"土坯房背后的故事""有钱先尽老百姓""贫困县的发展观""百姓心中有杆秤"，是四篇弘扬党的艰苦奋斗优良传统的通讯。该通讯揭示的忧患意识、公仆意识、节俭意识，发扬厉行节约的好作风，坚持执政为民的理念，把有限的财力用于发展，用在为人民办好事、办实事上面的意识，令人耳目一新，对全局的工作有很强的指导意义。

这是2007年的事情。联想一下现在，党的十八大结束后推出密切联系群众活动，为什么要这样做？因为一些地方官员存在着不密切联系群众的作风，有的村盖的办公大楼我都瞠目结舌。有的乡镇县办公楼一个比一个豪华。人家的县委办公大楼还是50年代的土坯房，为什么？这就是一个观念问题，一个党的好传统要不要继承的问题。有个县衙有这样一副对联：得一官不荣，失一官不辱,勿说一官无用,地方全靠一官;吃百姓之饭,穿百姓之衣,莫道百姓可欺,自己也是百姓。做官就要办事,地方全靠一官。不要欺负老百姓,你自己就是老百姓,你是人民的公仆,不是做老爷的。封建社会的官僚尚知如此,你是共产党官员,更应该知道如何做。所以这组系列工作通讯报道,我觉得意义很深远,很有现实指导意义,可以作为一个典型。

下面举一个事件通讯典型案例。1999年10月20日,我在《河南日报》刊发了5000余字的事件通讯《坚忍图成》。主题一是反映了河南建业足球队在1998年从甲B足球联赛降入乙级联赛后坚忍图成,拼搏进取,1999年该队便夺得全国乙级联赛冠军,又打回甲B联赛这样艰辛的过程和不屈的精神与韧性,展示了河南人愈挫愈奋、自强不息的气质;二是写出了河南建业足球队在职业化道路上改革创新的探索,写出了河南各界对河南建业足球队不离不弃的支持。

提示一下,事件通讯就是要深入报道社会发生的有重大影响的新闻事件。对于有一亿人口的河南来说,只有建业俱乐部这么一个职业足球队。足球运动是世界第一运动,影响力巨大。每到建业队的主场,人都坐得满满的,观众掏钱买票看比赛。现在有多少文体项目有这样的吸引力?所以它是有影响的。这个足球队的沉浮牵动了很多球迷和观众的心。所以,河南建业足球队从降级到升级的事件就是有重大影响的新闻事件,有报道价值。

那时每年我都跟踪、观看和采访河南建业足球队的比赛。1999年又到天津观看了其升级的决战阶段比赛。我曾应邀在动员会上给全队做赛前的分析和思想鼓劲。我享受了这么一个特殊待遇。一般记者你进都不让你进球队的驻地。我为什么能参加呢?也许因为我年龄大一点,也许我写的东西他们认可,等等吧,反正很多因素。我从一个很客观的角度为他们鼓劲。所以,我对河南建业足球队的降级和升级的背景了解得比较清楚,有的细节可以说我是独家的。平时有积累,所以在决赛获胜的当晚,我就返回郑州调集平时的积累,潜心写作,用两天时间写出了《坚忍图成》这篇通讯。

《河南日报》当天用半个版发这篇稿子。体育报道在机关报往往是边角料,我不服气,咱们还是拿新闻价值和稿件质量说话。人家领导还是识货的,你有新闻价值的东西还是可以发出来的。说到这里,我说一句题外话。就是有一位同学给我交作业写体会的时候,写了自己的经历。最后,他说"有志者事竟成"。

我在这里告诉这位同学，这句话出自一位清代智者的一副自勉对联：有志者，事竟成，破釜沉舟，百二秦关终属楚；苦心人，天不负，卧薪尝胆，三千越甲可吞吴。我在《坚忍图成》这篇工作通讯中就引用了这副自勉联。

该篇通讯结构上采用了电影蒙太奇的手法，针对分类细节的选择和转换，写了"挫折是一种财富""在改革创新中前行""众人拾柴火焰高"这三个段落，坚忍图成之路便跃然而出。

电影都有剧本，都要剪辑，它通过一个个近景、远景、特写这些镜头的剪辑，来形成电影的整个故事情节。但是你细看一下，它所有的剪辑都围绕一条主线。它可以按事物发展的顺序走，这是单结构的蒙太奇。也可以是双结构的蒙太奇，两种分类的线索平行走。你仔细揣摩一下电影，它一个一个的画面，它的剪辑，都有着必然联系。我们写事件通讯也好，工作通讯也好，都可以借鉴这个结构方法。

对事件通讯的写作体会，就是你要写就写有重大影响的事件。在新闻事件通讯写作中，要深入采访，把新闻事件发生的前因后果、详细过程、矛盾冲突以及有关人物和细节写清楚，要把对新闻事件进行独立思考后的见解写出来。记者要有强烈的现场意识，要有在现场搜集资料的意识和对各方收集的资料的真实性进行辨别的责任感。这是事件通讯写作要注意的。

刚才有一点关于工作通讯的体会忘了跟大家说了。写工作通讯，心中要有全局，站在全局的高度上去选择报道典型、提炼报道主题。采访要深入，切合实际，贴近群众，贴近生活。在采访现场，用生活典型事例和话语，写出工作中活的经验，也要写出工作中遇到的问题。心中还要有人，有群众，从群众的角度写出其内心世界和工作热情。要善于发现工作典型中体现的新思想和新观念，以指导和推动全局的工作。

下面讲概貌通讯，这是经常使用的通讯体裁。何谓概貌通讯？即记者在采访某地或某行业的单个或一系列报道中，以一斑而窥全豹，反映某地或某行业的巨大变化和重大事件，对社会产生巨大影响而又有可读性的通讯。它的特点是以文学的语言，以形象化的描述和联想写事叙理，引发人们的思考，从而揭示事物变化的全貌和哲理。

从 2000 年 9 月 15 日开始，我一天写 1300 余字奥运随笔，连写 17 天，较全面地反映了中国运动员在悉尼奥运会上的全貌以及有关奥运会的联想，弘扬了奥运精神和中华体育健儿的爱国主义、集体主义和革命英雄主义精神，吸引读者关注这届奥运会并有所启发。

总编辑留了版面，你就得一篇一篇去写。每天时间的鞭子都在抽打我，要按时发稿。我简单地讲一下这17篇随笔的题目：9月16日的《五环梦想》，9月17日的《莫急躁　放胆搏》，9月18日的《巾帼不让须眉》，9月19日的《我爱你，中国》，9月20日的《坚韧不拔真英雄》，9月21日的《玫瑰绽放待来年》，9月22日的《拼出锐气和才华》，9月23日的《奥运卫冕　从"0"开始》，9月24日的《复出是需要勇气的》，9月25日的《刘国梁为何三连败？》，9月26日的《"国球"奥运逞英豪》，9月27日的《向命运挑战的强者》，9月28日的《女排，已没有退路》，9月29日的《队有一老　胜似一宝》，9月30日的《教练礼赞》，10月1日的《举起胜利的酒杯》，10月2日的《高扬奥林匹克旗帜》。

现在讲它的由来。专栏第17天结束的时候编者按是这样写的：

"悉尼奥运会圣火熄灭了。平原先生的专栏'遥望悉尼'发出最后一篇。十几天来，平原先生用激昂的情感为我们呈现了一个优美的'文字化奥运'，时而令读者兴奋，时而令读者伤心。许多读者好奇地问：谁是平原？今天是揭开平原先生神秘面纱的时候了。

"平原其实不是'平原'，他的真名叫高山。目前，高山先生在河南日报报业集团新闻管理部工作，系我省著名资深体育记者。他从事新闻工作近20年，有逾百万字的新闻、报告文学、长篇纪实作品发表，曾多次获全国、省好新闻、报告文学奖。"

这是我写这篇稿子的由来。

为什么我要用化名呢？这里有个特殊的原因。当时我已经不做体育记者，到新闻管理部工作了。因为当时我已经52岁，跑不动了。但是奥运会开始以后，许多媒体没忘记我。我们集团的三家报纸邀请我开专栏。《城市早报》是河南日报报业集团才创办不久的一家新报，他们的领导班子集体找到我，非常诚恳地说："高老师，请你给我们写专栏文章。"

他们想的，我很明白。他们想通过这次奥运报道，打他们的品牌。做一次奥运专版，他们要花本钱。我答应了，我受不了年轻人那恳求的眼神。这一答应就像给你们写这20余个小时的讲座稿一样，全身心地投入。每天要看比赛，要写，还要赶时间。写了第一篇后，网站就开始转载了。那两个影响大得多的主流媒体找我了，让我给他们写，写特稿写评论。我这人好说话，不想得罪任何一个人，只能对不起我自己。但是我有我的原则。最后我给这个权威的媒体写了两篇评论后停止了，不能写了，精力不够用。我做事讲先后，谁先找我先给谁写。我不看报纸权威和影响大小，这是一个做人的原则问题。我最后还是把《城市早报》的17篇随笔写到底。

写随笔也很花费工夫，一天一篇，都是当天发生的新闻。我告诉你们一些我的体会。第一，这是一个大的系列报道，这些奥运随笔是一个整体。这个整体就是弘扬奥运精神和中国体育健儿叱咤风云的风貌和精神，用整体报道这条红线串起中国体育健儿一幅幅拼搏的画面、一个个感人的细节，展现出中国体育健儿的精神，还有记者夹叙夹议的感悟。可以用写散文的手法，形散而神不散，可以夹叙夹议。这17篇奥运随笔是一个整体，但是每一篇都有自己的主题。

第二，放宽视野、高处立意、写出气势。这个系列的首篇是《五环梦想》，写出奥运的历程、被社会各界争相效仿的奥运会"公平、公正、公开"竞赛的原则、奥运真善美的体育文化和奥运会存在的缺陷（比如兴奋剂），有一定的张力。结尾文章是《高扬奥林匹克旗帜》，对本届奥运会进行了总结，对奥运精神进行了诠释，对本届奥运会在生态、科技、商业运作上的创新进行了肯定，展现了奥运会旺盛的生命力。

第三，统揽全局，突出重点。"更快更高更强""和平友谊发展""重在参与"，这些都是奥运精神报道的永恒主题。在这个主题下，要处理好重点项目与一般项目的关系。一般来讲，一名记者写奥运随笔就要抓住重点项目和重要运动员、教练员，不可能面面俱到，要盯紧中国代表团的主要项目。

第四，要用平实、形象而有激情的文字，挖掘典型背景和细节，把着力点用在写人上。专业术语和技巧是为写人服务的。你别卖弄你的专业技巧，你要为写人服务。有时候你就拿有些典型人的言行话语把他的观点表现出来。

奥运射击冠军陶璐娜曾说："昨天队友没打好，我不受影响，认为自己有实力取胜。比赛中有人打出好成绩，观众鼓掌，我也充耳不闻，我只想跟自己比，闷着头打。"这展现了她的冠军气质和心态。有时候在生活中你不也是这样吗？你不要受外界干扰，往往自己战胜自己就是一种超越。《我爱你，中国》这样写道："（中国体操队总教练）黄玉斌和队员在接受中央电视台采访时说：'今年是新千年。我们一定要在悉尼奥运会上夺得男团冠军，完成中国体操界几代人的夙愿。我们决不能把奥运男团夺冠的任务带到下一个千年。'"随笔用这段话，体现了中国体育健儿为祖国荣誉而搏的崇高信念。系列奥运随笔在写运动员及其精神的报道中，找到了很多和读者产生思想共鸣的结合点。

第五，用充满哲理性思考的语言增强奥运系列随笔的感染力。我在奥运系列随笔之十六《举起胜利的酒杯》的开头中这样写道："一位诗人写道：'生活真像这样的浓酒，不经三番五次的提炼呵，就不会这样可口！'"中国运动员田亮在最后一个项目拿到第28枚金牌，中国奥运代表团金牌数第一次跻身前三名，我很激动。解放前，张学良赞助百米运动员参加奥运会，第一轮就被淘汰；1984年许海峰拿到奥运会第一枚金牌，这一次是28枚金牌，进入前三。被称为"东亚病夫"的中国人在世纪之交有这么大的一个质变，令人欢欣，令人振奋。

我在最后这样写道："'谁不爱自己的母亲，用那闪亮的美妙青春……'中国运动健儿在悉尼奥运会上奋力夺魁，让五星红旗在赛场上一次又一次地升起，在领奖台上一次又一次地高唱国歌，向祖国母亲献上他们的一片赤诚。这片赤诚就是一面爱国主义旗帜，将永远飘荡在每一个中国人的心中。让我们与中国体育健儿同行，一起去迎接21世纪祖国阳光明媚的清晨。"开头、结尾我这样写，的确带有自己的感情，内心好像有一股热流在涌动。后来，一些同行和读者说，他们也常为奥运系列随笔中的语言所感染。

2004年9月，我突然接到本报总编辑之命，让我去武汉参加中部六省关于"中部崛起"的采访团。到省委宣传部集结以后，我们主流媒体《河南日报》、河南电视台、河南人民广播电台一行人即起程到武汉。临行之前，只有发稿篇目和有关字数的要求。一句话，背景都没告诉我们。什么叫"中部崛起"？走之前一无所知。

到武汉以后，湖北省委宣传部的同志把一本厚厚的《"中部崛起"采访集》放到我们面前，湖北的主流媒体已先行采访了中部六省。后来我才得知，当时的湖北省委书记俞正声（就是现在的中共中央政治局常委、全国政协主席）在湖北提出"中部崛起"。当时东部有沿海改革开放政策，东北有东北振兴的政策，西部有西部开发的政策。只有中部六省河南、山西、湖北、湖南、江西、安徽，不沿边不沿海，没有政策。我们这次采访就等于说舆论先行，向中央要政策。后来中央出台了"中部崛起"的政策。我才知道是这么一个背景，意识到要打一场遭遇战。当时六省主流媒体很多都是年轻人，其中我的年龄最大，职称最高。第二天我就应邀把我对这个报道整体的构思，每天从哪些方面着手，粗略地描述了一下。一家省电台的记者把我说的发言思路都录了下来。那些年轻人都很努力，都很聪明。

这是全方位的报道，一天要采访八九个点。湖北省采访一遍，包括各行各业。写什么？你得选择，找特点出来。我这一个月足迹遍布湖北、湖南、江西三省，写出了每篇1800字的8篇通讯。这个通讯跟写专题的、奥运会的不一样，题材太广泛了，全方位的、全社会的，太复杂，所以思路都放得很开。

我是怎么切入的呢？《大江东去唱浩歌》是中部发展走笔之一；中部走笔之二还是写湖北，《"郡县治，天下安！"》；《启动的武汉城市圈》是中部发展走笔之三，《软环境见证着硬道理》是中部发展走笔之四，都是写武汉，这个是副省级城市；《"芙蓉国"里看发展》是中部发展走笔之五，《文化产业写风流》是中部发展走笔之六，写的是湖南省；《"暂作牛尾" 蓄势后发》是中部发展走笔之七，《人杰地灵"红土地"》是中部发展走笔之八，写的是江西省。

我做下简单的提示。怎么采访？怎样提炼主题？我那个月跑了上百个单位，视野自然就放开了。走笔之一《大江东去唱浩歌》第一句话这样写道："2000多年前，楚国诗人屈原长吟'魂兮，归来'，他是为他的国家和人民呼唤一种精神力量的回归。中部大省湖北省曾是新中国重要的工业基地之一。然而，在改革开放的新型工业化进程中，湖北各项经济指标在全国的位次不容乐观。重整雄风争朝夕。在当前中国崛起的机遇面前，湖北上上下下更新观念，开放带动和培植内源性经济增长的举措并举，一种自信和自强的精神力量勃然而生。"由此引出来"体制创新显活力""结构调整出效益"等几个段落，提炼出"大江东去唱浩歌"这一主题。这8篇系列走笔的写作，实际上采访和报道的是中部六省的优势、劣势条件。你看，刚才第一篇的开头，我就用简单的100多字写湖北的历史和现状，湖北振兴的这种态势。采访中报道中部六省的优势条件、各省的发展思路和举措，这是宏观角度。从微观角度上来看，根据采访对象硬件和软件上的创新特色，把分类事实进行典型化的筛选，提炼出每篇报道的主题。这是我驾驭大的报道题材且又是打遭遇战的体会。走笔之二，我写的是县域经济。我这个题目读者看得很明白。"郡县治，天下安！"这是封建社会的官员得出的体会。只要县域经济搞好了，老百姓有饭吃，社会不动荡，国家就安定了。我在这个题目下写了县域经济发展的几种模式。最后，我写有两句话："在中国，在中部，农民富了才是真正的富，农村小康了才是真正的小康。"这走笔第二篇一个题目和一个结尾，我选取这些典型事例。第二天就接了好多电话，祝贺我，说文章写得好，有气势。写文章讲形、势、情、理，这个势很重要，气势得足，立意要高远。

这8篇通讯，我建议大家拷贝一下。可能教材当中不好找这些东西。

下面讲一下风貌通讯。1994年5月，河南男篮到哈萨克斯坦参加"共和国"杯国际男篮邀请赛，有四国八支球队参赛。我有幸随团去采访，后来我才知道我是河南省第一个随团出国采访的体育记者。由于当时发稿电讯手段的限制，我采取了归来后立即写三篇散记报道的方式。散记在题材上属于风貌通讯一类。

什么是风貌通讯？它是以采访者见闻的视角，写出采访途中要采访的事件和风土人情见闻、自然风光的一种通讯。风貌通讯可以让采访者畅怀抒写所见的感性素材，又能将写景、言情、纪实的文学手法涵盖其中，写起来很是洒脱。

在这三篇散记中，我调动自己的文学和体育单项比赛知识的积累，将山水游记和体育比赛融为一体，使报道有科学性和可读性，这是我写风貌通讯所追求的一种风格。这三篇散记的题目分别是"万里征战胆气豪""'初生牛犊'不怕虎""赢得友谊和尊重"。第二、三篇我都是在写体育比赛，第一篇好像是在写游记。请看：

古长城尽头遗址的一段段残墙颓垣映入眼帘，人们在浩叹万里长城的雄奇时，一股"羌笛何须怨杨柳，春风不度玉门关"的苍凉之感不由袭上心头。经费短缺，队员们在旅途中，吃自带的方便面、黄瓜和火腿肠，倒无怨言。只是坐两天火车后，夜里旅途沉闷孤寂的重压使人们焦躁得胸腔好像憋闷得透不过气来。难熬之夜过去后，人们时而看到"飞鸟不敢来"幻如魔境的十余米高剥蚀戈壁一望无际，面目狰狞；时而看到辽阔的冲积戈壁上，风卷黄沙如倚天之柱冲天而起，长长的河流消失在无尽的荒漠之中。还有那落日、晚霞、响沙……构成了"大漠孤烟直，长河落日圆"那一幅幅奇丽壮美的塞外自然景观画卷，令人的胸怀好像也宽广起来。坐三天三夜的火车后，全团抵达乌鲁木齐。仅休整一晚，便又坐20多个小时的汽车，在良田、雪山、戈壁……中穿行。路况甚差，山崩、雪崩的痕迹依稀可见，人们经常被掀起来，头碰车顶，又重重地跌下去。团长张建勋座席的角钢被颠撞断，主教练李国卿颠起后门牙折断……来回汽车三次爆胎，一次坏发动机，半夜截过路车，回想起来令人不寒而栗。然而沿路看到那些数百里的林带环绕着一片片雪水灌溉的良田，人们不禁对那些五六十年代就在新疆屯垦戍边的解放军战士、知识青年报以无限的敬意。至于被人称为"奇绝仙境"而又蜿蜒起伏、道路艰险的果子沟，和雪山相依、海拔2073米、面积450平方公里的赛里木湖，都使人赏心悦目。那"牛羊散漫落日下，野草生香乳酪甜"的景象在天山牧场随处可见。

最后讲一篇群体通讯。群体通讯，也是深度报道题材中的一种。2011年10月17日，《河南日报》第一版刊出了万字通讯，题目是"守望精神家园的太行人"。这是新华社社长李从军带着新华社几个精兵强将写的，通过写林州人民的当代创业史，从而提炼出"红旗渠精神当代传奇"这一主题。

该通讯以五个小标题统领五个典型分类事实的段落。第一个小标题"太行之梦——一个永不坠落的理想"，写出了现任林州市委书记郑中华和林州人的理想。什么理想呢？林州要由交通末梢向三省通衢转变，由三省边缘向区域中心转变。写石板岩乡大垴村党支部书记许存山，带领村民两年通电，五年通路，三年通水，十年之中大植树，二十年兴科技。

第二个小标题是"太行之气——一派正大沛然的气概"，写林州市钢铁大王李广元把企业做大的"红旗渠"脾气，写承包荒山大沟、让荒山一片翠绿的农村妇女郭变花的"红旗渠"脾气。他们诠释的"红旗渠"脾气是九个字：干得苦，看得远，想得大，就像一个湖南作家总结的湖南人的脾气："吃得苦，霸得蛮，耐得烦"，霸得蛮就是有股霸气。要能吃得苦，耐得烦，得有韧性，得会包容，胸怀要开阔。

第三个小标题是"太行之力———一种滴水穿石的坚韧"。这一段的人物有丈夫牺牲了，又把13岁的儿子送上修渠工地的坚强的太行女人；有丈夫为探寻发展旅游之路，因公殉职，继承丈夫遗志开桃花面馆的桃花嫂子；有为企业置之死地而后生放胆一搏的民族企业家。他们身上都有一种太行人的坚韧。

第四个小标题是"太行之爱———一首奉献当代的颂歌"。这一段的人物有当了52年村支书，带领村民劈山修路，打井取水，植树造林，发展旅游，谱写创业四部曲的一只眼睛失明的72岁老人张福根；有捐献善款一千万元被称为"林州好人"的林州企业家万福生；有在2011年林州市慈善颁奖晚会上短短数小时便捐出上千万捐款的无数林州好人。这是太行人俯仰无愧于天地，不求回报的大情大爱。

第五个小标题为"太行之魂———一曲民族精神的咏叹"。这一段写20世纪60年代开红旗渠的林县县委书记和现在重修红旗渠的林州市市委书记在中直管理局有关红旗渠的讲演，是一次沿着历史痕迹的采访，也是面向历史的发问和面向未来的回答。大家一起去看看这五个题目，见功夫不见功夫，真让人叹服。

这五段写到的英雄群体是林州人的代表，从他们身上提炼出闪耀着中华民族之光的红旗渠精神。那是什么精神呢？难而不惧，在理想召唤下排除千难万险；富而不惑，在物质大潮中坚守精神家园；自强不已，在激烈竞争中壮大发展，不断超越；奋斗不息，在复兴道路上奋力拼搏，永不停步。简单地说，就是"难而不惧、富而不惑、自强不已、奋斗不息"这16个字。

你们有机会可以去红旗渠看看那环山渠是怎么修的。那是什么年代？20世纪60年代，那是吃不饱肚子的灾荒年代。林县人能吃一碗面条都是好饭。你们看一下就知道什么是红旗渠精神。这篇通讯立意高远，主题撼人，值得拜读。

一个国家真正的财富，不仅在于拥有一定的物质力量，从某种意义上说更在于所拥有的无形的精神力量。经济的发达可以为一个国家贴上强大的标签，而唯有精神的力量足以让这个国家扛得起"伟大"这个字眼。

深度报道的第二个方面，是报道宣传各级党委政府作出的重大决策。我要从一篇社论和两条消息说起。

首先我讲一下社论。社论和评论是报纸的旗帜，各级党的领导机关经常借助主流报纸社论和评论的形式，对所管辖范围内的重大问题发表指导性意见，宣传党的方针政策，提出解决问题的事项和措施，指出今后的任务和奋斗的方向。

1993年10月14日，河南省委省政府为参加全国七运会进入全国前六名的河南体育健儿召开庆功大会，四大领导班子都参加了。省长讲完话以后，上级有关领导从台上走下来，走到我跟前，要求今天大会的消息要配社论，要和学习红旗渠精神联系起来写，下午送审。当时我就说：我马上汇报给总编。他就一句话：别汇报，就你写。我心里就嘀咕了，这咋办？但记者生涯告诉我，这时候不允许你讨价还价，也不允许你推脱。老老实实学习省长的讲话，调动一些自己专业的素质和自己的理解。因为当时全省都在学习红旗渠精神，好在实质上与体育健儿豪情壮志的拼搏精神是相通的。

咱们河南，有四种精神：一种是古代岳飞的精忠报国的精神，一种是愚公移山精神，一种是人民公仆焦裕禄精神，一种就是红旗渠精神。想通以后，我就写出来了。从胜利来之不易启迪发人深省，胜利的桂冠同样是由荆棘编成，人心齐泰山移、团结就是力量这几个角度写出了千余字的社论。这篇稿件我写了三个多小时。按时送审通过见报。

1991年12月5日下午4时许，我奉命参加全省科技宣传工作会议。按过去的规格，这种行业的宣传工作会，厅局长参加就可以了。谁知道大会快要开始的时候，时任省委书记等八位省级领导来到会场就座，省委副书记、省委宣传部长、副省长都讲话。我脑子就动了。今天是怎么回事啊？

我在洗耳恭听领导讲话时，上级有关领导告诉我，会后领导还要视察王码电脑公司。今天的活动发两个消息、一个评论，消息不可少于2000字。这个评论也在2000字左右。

采访完之后，6点半我回到报社。那时候的脑子高速运转，两个消息大约2500字，用了不到一个半小时就完成了。因为我在采访王码公司之前就想好了怎么写。写完消息，会议精神也领悟得差不多了，就着手写评论。用了一个半小时把评论写出来，9点多钟跑到省委送审，还是一遍过。

我刚才给你们讲了怎样出新。你一个人去采访，怎样别出心裁？角度，角度，还是角度。所以这个评论阐述了科学技术在当代社会对国家产生的巨大作用，解读了邓小平同志提出的"科学技术是第一生产力"的论断及其对马克思主义关于生产力学说的丰富。两个消息，一个评论，第二天在第一版的显著位置刊发。从上到下，反响还算好。

社论和评论是深度报道的高难度工作，没有过硬的专业和综合素养，有可能完不成任务。为此，记者要在平时养成学习和敬业的习惯。

深度报道的第三个方面，就是对社会运行的缺陷和应该谴责的人进行报道。有英雄气质的人要报道，草根的好人要报道，有些领域应该谴责的人也要报道。不好定义是好人还是坏人，就不要简单地判断。

我从《南方日报》找这个典型，找了三个小时。这是一个什么典型呢？你看一下《高墙内的对话》系列报道。不论是老百姓还是党员干部，遵纪守法都是现代社会要求的法则。党员干部更要树立正确的权力观、价值观，用法制规范自己的行为，慎用自己的权力。从无数案例中可以发现，法纪观念淡薄与违纪违法行为通常是相伴的。因此导致的后果，除了公共利益的损害、生命财产的损失，还包括个人幸福的终止和家庭的破裂。《南方日报》记者在省司法厅、省监狱局及全省各大监狱的协助下，走进监狱高墙，对话服刑人员，揭示诱发犯罪心理的动机，倾听他们对往事的忏悔，为公众搭起现身说法的讲台。

这三个人物，一个是原来改革开放的功臣，曾任南山区委书记，深圳市委常委、组织部长的虞德海。虞德海属于高级领导干部，从领导干部到罪犯，他现身说法，讲述了他犯罪时的心理过程和忏悔。

还有一个讲了原来广东爱多电器有限公司的掌门人、中央电视台的广告标王胡志林，因为不懂法，后来变成罪犯的过程。

还有一个开锁大王欧阳云飞现身说法。他在犯罪之前有办法把所有锁都打开，进了监狱之后，他发明了一个一般人打不开的锁。他的心理活动很有教育意义。

第四个领域，就是突发事件。由于时间的关系，我把突发事件的报道放到下一讲。突发事件的报道在以前的讲座中也提到过，舆论导向里就有突发事件的导向。

正如一位智者所言：深度报道"以今日之事态，核对昨日之背景，从而说明明日之意义，揭示新闻背后的本质和规律，给读者提供了思考的空间，对社会产生影响力"。它抓住新闻报道事实、现象、问题等关键之处，进行纵向和横向相关要素的分析比较，呈现出传播新知和思想撞击的火花。它由此及彼、由表入里、由现象到本质的开掘，启迪了读者的心智，开阔了读者的视野。

今天讲的内容，涵盖了深度报道的四个领域，延伸到很多题材。我希望大家看看原文，然后自己分析一下，自己体会。

2013年12月5日于洛阳师范学院

第六讲　创新开发意识，优化配置资源

——新闻报道策划与程序管理

从概念上看，新闻报道策划，就是在确定新闻报道主题后对其新闻资源进行优化开发和配置，从而以新的创意和创造性的工作实现最佳的传播效果，特别是对一些重要的事件、重大典型、重大选题进行集中的系列报道，取得新闻报道上的规模集聚效应。当前，对多家媒体关注的同一新闻事件，要让读者认同，独树一帜，新闻报道策划已成为媒体竞争的杀手锏，因为不同媒体的读者、观众、听众更关注的是其对新闻的切入角度、表现风格和通过报道表现的独特工作观点和视野。

这里，我重点提出新闻报道策划的原则：这里的策划，不是策划事实，因为新闻的本源是客观事实，不能策划。策划，应该是也只能是对报道的策划。而这种策划是在不违背客观事实的前提下，导向正确，对新闻报道有意识的策划设计，使报道更加有针对性，起到强化和超前的作用。

我以为，从类型上分，新闻报道策划有以下三类：

第一类，是独家新闻报道策划。比如，我长达15年的关于邓亚萍的新闻报道就是独家的策划。独家新闻报道首先要有独家的信息源。独家信息往往是独家新闻，用独特的切入角度、独特的主体背景处理、独特的见解来体现你的独家。虽然要获取独家信息源很难，但是也不是没有可能。比如，从1986年开始，关于邓亚萍的每个节点的报道，都是其父兄、启蒙教练、郑州市队教练、省队教练、国家队教练、相关队友以及她本人给我提供可靠的独家信息源。当然，15年来国内举行的各类大赛的现场和平时在训练基地，我都以独特视角进行采访，获得了许多独家信息和见解。这个是要下功夫的，具体的过程我在人物典型写作时也讲过。这些独家信息和独特性见解，经过有针对性的不同题材和体裁的策划，让新闻敏感的火花燃烧起来，形成独家系列主题构成的独家系列报道，以正能量赢得广泛的社会影响和广大的读者。

独家信息源形成的关键，是要以心换心，和采访对象及其周围的人交朋友。这关键一点体现在方方面面。从一开始就要策划，就要建立多种渠道的独家信息源。不客气地讲，在国内采访乒乓球赛的时候，我一到，包括中央级媒体都要找我。我有独家的信息源，他们有时是很难找到有关信息的。我和采访对象有独特的联系办法。

第二类，可预见性的新闻报道策划，是指对能够提前获知的事件性新闻和非事件性新闻的报道策划。许多重要会议、重大事件、重要节日的报道都是可以预见的。比如，香港、澳门回归，2008年的奥运会，都是可预见的事件，都可以搞新闻策划，包括4年一届的全运会。

我讲一下我自己做的策划。从1992年年底开始，经报社编委会批准，《河南日报》开设了一周七期的体育版面。作为创办体育版面的负责人，我被报社编委会授予了"管人、管思想、管报道"的权限，即体育版的办报宗旨、报道计划和策划、稿件采写和编辑、版样的签发都由我一人负责。所以逼得我不仅要写稿，还得编稿，签发版样。别人看一遍，我看三遍，我就怕出错。这种信任给了我压力，但是也给了我施展拳脚、大展自己新闻报道策划能力的极大动力。新闻报道策划有一个非常大的特点，就是你要说了算，你说了不算怎么策划？

全国七运会的报道，我是这样策划的。因为四年一届，全国都很关注。那是1993年，正是中国体育热的高峰期，因为1993年我们要申办2000年奥运会，七运会后中国申奥代表团出发，就是这么一个背景。所以，对七运会报道策划我首先把报道宗旨确定下来，就是把奥运会那些基本原则"更快、更高、更强""和平、友谊、发展"和"重在参与"赋予中国特色，这就是我的报道宗旨。

我在策划当中确定，既报道那些冠军和奖牌获得者，揭示他们立志拼搏、求实奉献的奋斗人生，又报道奋斗者的失败、成功者的遗憾，挖掘出体育更深刻的内涵，揭示更丰富的人生哲理。报道策划还要求，在全国七运会赛前要做好足够的赛前采访，收集足够的新闻人物和他们的背景材料。加上平时的积累，进行横向和纵向的比较，对全国七运会各代表团实力的对比，以及全国新闻界的姿态有一个清醒的认识。

新闻报道计划按程序上报经领导批准以后，报道策划就是在批准的版面上，精心地设置各种栏目。我当时策划的栏目有《火线传真》，报道全运会当时的比赛动态；《精彩瞬间》栏目，发一些短小精悍的场地特写；《老将新秀》栏目，发一些对著名运动员和破土而出的新苗的专访；报道全国七运会概貌的《四川赛区走笔》《京都纪行》等23篇系列通讯，大受读者欢迎；还有有针对性的言论和赛场花絮。这种策划也使全国七运会《河南日报》（体育版）更生动、耐看。

应该特别提到的是，策划报道要求大家要团结。我们报道组四川3个人，北京5个人。在北京赛区的时候，赛前各人所准备的所有资料都放在记者康克的房间，大家可以各取所需。每天不管采访回来多晚，凌晨发完稿以后，大家都要聚在一起，讨论一下昨日采写的不足，完善今日的采访策划创意。为什么我说今日呢？因为我们在一起研究的时候已经都是凌晨了。

有了这些策划，一些精彩的报道就出来了。比如记者康克写的两篇特写《跑道上滚动着一团火》《天边那一簇云霞》，就形象地描写了全国七运会最响亮的破世界纪录的两位田径世界冠军王军霞和曲云霞，她们算巨星了。她们的夺冠新闻，两个特写写得都很精彩。

女记者赵红是第一次出来采访，她很努力，10月7日写出了《黄庚：能跳多远》，10月8日写黄庚夺冠。先是吸引观众的注意力，后写出其夺冠，写得很巧，也写得很好。

全国七运会后，中国申办奥运会。经过策划，我在系列概貌通讯"京都纪行之一"《火炬·七运会·奥运会》中，点出了北京承办全国七运会过程中所表现的北京申办奥运会的热望。接着又在"京都纪行之三"《五星邀五环》中这样描述开幕式的场景：朝霞中，巨大的五星红旗变幻出巨大的奥林匹克五环。在"京都纪行之十四"《七运成功　众盼奥运》这篇报道中总结全国七运会和河南体育健儿取得的战绩，礼赞其精神后又展开想象：当七运会闭幕式上，上千名少年儿童组成巨大的五环，为中国申办奥运代表团送行的时候，笔者在遐想，奥林匹克姑娘终会垂青亚洲东方的巨龙。到那时，世界五大洲的朋友们在古老而又年轻的北京聚会，那将是一个多么霞飞云涌的吉日良辰。策划以后所采写出来的重大新闻，被同行称赞为"极有创意的生花之笔"。正是这三篇，把奥运元素都点出来了。

因为当时不到比赛结束谁也不知道本代表团的金牌总数在全国排第几，这是不确定的。在这个不断变化的采写过程中，最后一天晚上快11点，当我们知道河南代表团已经稳居全国金牌榜的第6名、总成绩第10名这样一个历史上最好成绩的时候，马上策划，在比赛结束的当天赶写出《河南体育代表团跻身全国十强》这一头版头条消息的同时，又即兴配发《河南人民的骄傲》这一评论，这在全国省报和河南新闻界独树一帜。

此后，在省委省政府为河南省体育健儿举行颁奖会的当天，也是在赶写出头版头条消息后，又抓紧写出重头社论《谱写振兴河南的新篇章》，将省委省政府号召全省人民学习体育健儿拼搏精神的要求传达贯彻到全省各行各业。省委省政府领导多次对《河南日报》的七运会报道给予表扬和称赞。反响最强烈的是读者，报纸被争相传看，因为消息来得快，新闻也来得快。

传播效果怎么样呢？我们报社新闻研究所的一篇评价较为客观：本报报道北京主赛场一是及时迅速，既有竞争激烈的河南运动员报道，又有入木三分的整体赛况分析，多种形态动态报道把参赛的河南选手的实力较详细地介绍给读者，使人们既为运动员取得的佳绩兴奋不已，又为他们拼搏自强的精神感到自豪。报道事实新，时效快，角度新，能激发读者注意。二是形式丰富多样。新闻报道突破了以往消息、通讯、言论老三样的常规，报道形式丰富多样，像专访、速写、随笔、点评、手记、赛况公布、照片、花絮、金牌榜，百花齐放，不一而足，把比赛过程清楚地报告给读者，对人们所关心的热点赛事进行了恰当的分析，很有说服力。如手记"京都纪行"系列《海外兵团及其他》《辉煌与辉煌的背后》《一柱难擎天》等文，文笔轻松，议论在理，使读者阅读后对赛场内外的情况有了较为全面的了解。尤其是作者报道分析赛事的同时写下了自己的见闻与感受，缩短了作者与读者的感情距离，为人们所接受。文中说，总之，七运会报道不仅在数量上而且在质量上向读者展示了报道者的采访水平，这是值得称道的。这就是新闻策划的传播效果。

应该说，全国七运会赛前的整体策划和赛中不断完善的策划，是其报道成功的关键。这是我第一次尝试策划的例子。这两个赛区十余万字的稿子全部由我编辑签发，而且我自己写出了23篇纪行和走笔中的11篇，还有13篇消息、通讯、场记、评论、特写、社论等。

新闻报道策划需要从实际出发。1997年在上海举行的全国八运会，由于环境、形势的不同，其策划尤显重要。其背景是，全国七运会成绩好，有关部门领导尾巴翘上天了。所以当省会新闻界写了对省体育界几篇批评稿以后，他们当中的一些人出馊主意，要求封杀写批评报道的记者，其中就包括我，还有省会一家主要媒体的体育部主要的记者。后来我才知道，八运会的采访报名表一直没有给我们。

面对这种情况，我向有关领导表态，我的报道真实，导向没问题，属于正常舆论监督范围。公道自在人心。上级领导和有关部门明察是非，给了我坚定的支持。报社党委经过艰苦努力，最后一天把报名表送到了我手里。我们报社表态非常直接，全国八运会报道高山是体育版负责人，这次他不仅去，而且还是他带队。但省会那家主要媒体的主要记者缺席了这次重要报道。

我拿到报名表时，离开赛没几天了，我就仓促地准备了一下，提前三天去上海采访。在火车上进行的策划，这是突发的情况。我个人在策划中承担了一天两千字、15天的"浦江速写"系列报道的任务。领导这么支持你，你不拼命干你对得起谁？我自己在心里这么想。在这个背景下，上海的比赛我们策划的角度与全国七运会完全不一样。

了解情况以后，我们认为本届运动会不但是一次体育比赛，更是展现中国改革开放的重大成果的盛会。体育竞赛的报道，要有全面的观念和政治高度，有时候要跳出体育看体育、报道体育。赛前所写的3篇"浦江速写"就体现出这种大局观，特别是"浦江速写"之三《新思路　大手笔》介绍和分析了上海在承办八运会过程中体育产业的许多思路、做法和成就，使读者从承办八运会的角度看到了上海全面改革开放的强劲势头。因为当时上海浦东开发已经进入了崭新阶段，远远大于深圳开发的规模、劲头。这篇文章立意新、有力度、有深度，与同日《人民日报》一版的系列文章不谋而合，角度、主题、内容很多方面都相同，很多人都看到了这一点。

这次八运会报道策划不是写很多单个人，而是把游泳、乒乓球、武术、拳击等项目从整体现状和深层次发展方面进行了深入的思考。"浦江速写"《党和人民心中有杆秤》称赞了默默无闻的基层群体工作者。在难以预测、临时起意的整体策划和动态完善中，优化配置新闻资源，使上海八运会报道角度独特，不同于北京七运会。视野的开阔，经验的积累，创意的独特，都是《河南日报》八运会报道成功的重要因素。据统计，全国八运会《河南日报》的前方记者共在第一版发稿14篇、照片14幅，专版发稿128篇、照片12幅，总计12万余字。

整个比赛结束后，省体委主动向《河南日报》发来传真表示感谢，对15篇"浦江速写"给予很高评价，认为层次高、立意新、容量大，给人一种宏大、新颖、真实的感觉。省航空运动学校发来传真，这样写道："《河南日报》记者不辞辛苦，奔波于赛场第一线，有时一天往返几个赛场，路程在一百公里以上，每天工作近二十个小时。他们的敬业精神激励着运动员在赛场拼搏，应该向他们学习。"省体工大队发来传真："这次《河南日报》不仅报道好，而且记者很辛苦，也和队员一样在场上拼。《河南日报》的报道确实下了很大功夫，宣传力度大，付出了辛勤和汗水，这次报道对体育界鼓舞很大。河南体育代表团金牌、总分进前十名有你们的一份功劳。男排、田径、自行车等运动员和教练员都希望以后多接触像《河南日报》这样的大报。"他们普遍认为，全省新闻界对八运会的报道最全面的就是《河南日报》。所以希望大家不管在什么条件下都要坚持新闻报道策划，要在动态中进行完善，报道好，取得好的效果，对读者负责，对上级领导机关负责。这是我们最起码的职业道德。

在我当体育版负责人期间，像奥运会、世界杯足球赛、世乒赛、亚乒赛、世界体操锦标赛、东亚运动会、远东及南太平洋地区残疾人运动会、全国少数民族运动会、群众体育报道系列等，我都策划和写出少则6至7篇，多则10余篇甚至20余篇的一天一个主题的系列报道，有规模，有深度，有气势。前提就是从实际出发，做好采访，采写前搞好整体策划，在变化中不断完善策划。

他山之石，可以攻玉。我还要举两个很有说服力的例子。这些例子为学界人士在一次讲座中提及。有些媒体2008年北京奥运会申办成功后特刊的策划很精彩。《北京青年报》的策划主打现场报道和组合报道。北京奥运会申办成功当天的报纸特刊第一版除照片外，有当日12个版的主题提要，第二版是《昨夜莫斯科最激动》，第三版是《昨夜世纪坛最热烈》，第五版是《昨夜天安门最奔放》，这些现场报道很有视角和感情冲击力。这是现场报道。接着又讲人和故事的组合报道。第六版是《昨夜故事最动人》，第七版是《昨夜人群最痛快》，第十版是《昨夜中国最高兴》。这一天《北京青年报》的24个版中17个版是围绕申奥来做的，全面展示了其策划创意、采写编辑和经济实力。因为它还有派往国外的记者，没经济实力，你是派不出去的。这是《北京青年报》，策划能力很强的一个报纸。

《京华时报》在北京刚刚创刊不到2个月，论当时采编人员的实力和内部管理能力都不是太强。但是申奥成功的那天，它的报道却因出众的策划而出彩。《京华时报》创刊时32个版启动。申奥成功这一天，只有7个版跟申奥有关。但是，这天的报纸卖得特别好，加印了10万份都卖光了。为什么呢？因为他们策划了48个奥运金版，卖的就是奥运金版。奥运金版分为A、B两叠。第一叠，以凯旋的北京为引题，从1993年申奥、竞技乐园、千年北京、时尚北京、艺术北京、建筑北京等不同角度推出不同主题，展示了大量的图片、资料，图文并茂，不是以现场报道为主，而是以资料索引为主。它的第二叠"百年奥运"，用奥运这个主题做24个版，内容有奥运会的金牌、奥运圣火、奥运之美、冬季奥运会、奥运会的仪式、奥运会的丑闻及若干主题，是寓知识性和历史性为一体的奥运大全，读者认为很有保存价值。大家可以看一下，《京华时报》的策划角度、创意和《北京青年报》完全不同，但是，在当天的报纸中很有竞争力。这是在策划中出奇制胜的例子。两个报纸关于同一种重大题材的策划创意和手段各有所长，给人以启示。

再举一个例子，是《河南日报》对俄罗斯总统普京探访少林寺的报道和策划。2006年3月23日，《河南日报》用第一、二、三、十三等四个版面，浓墨重彩地对普京探访少林寺进行了全方位的立体报道，有消息、侧记、述评、深度报道，相关图片13幅。河南报业网同步发表消息20条，2000余字，图片40多幅，视频12条；同时通过有效途径向《中国日报》《解放日报》《南方都市报》《上海青年报》《福建日报》《中国日报》新闻图片网等媒体和新浪、搜狐、网易、新华网、人民网、天涯社区、凯迪网络等国内各大网站、论坛提供大量资讯。

看完少林寺武僧的表演后，俄罗斯总统普京称赞说："少林功夫真精彩！"

而通过《河南日报》等媒体迅速有力的宣传报道,"普京探访少林寺"这一活动引起了广大读者的高度关注。河南又一次成为世界瞩目的焦点。网友评价:"《河南日报》策划的这一套宣传报道,组合拳打得与少林功夫同样精彩。"

这个系列报道有两个特点:第一个特点是整合资源,策划有力。普京是世界政治舞台上的重要人物,他喜欢武术,精通柔道,有很强的个人魅力。这样一个全球媒体关注的人物和少林功夫及河南联系在一起,不得不说是河南吸引全球的天赐良机。所以,河南日报报业集团全方位出动,全媒体进行报道,而且向上述那些新媒体进行了广泛的传播。这需要强有力的策划和资源整合能力。从报道内容、传播方式等方面,统筹调配,周密策划,调遣精兵强将组成了10余人的报道组,从采访、发稿、版面安排、报网互动、扩大影响等方面做了周密的安排。文字记者进行了大量的资料搜集,摄影记者事先到现场踩点,仔细研究拍摄角度,网络记者做好了视频报道的各项准备。

第二个特点是主题突出,安排得当。第一版主打新闻事件,消息是《怀着对少林文化的浓厚兴趣,俄罗斯总统普京到河南访问》,体现了高端、厚重和友好。通栏标题又配发了省委书记、省长与普京会谈和普京参观少林寺的两张照片。侧记《普京零距离接触少林功夫,盛赞少林功夫真精彩》,内容既充实又保证了相当多的独家性,处理也突破常规。"普京肩扛小沙弥与武僧合影"的照片,突出"普京肩扛小沙弥"这一富有人情味的瞬间,极大地增强了报道的冲击力和感染力。

看见没有,普京把那个小和尚扛在肩膀上和大家一起合影。这张照片得来很不容易。当时新华社发稿目录中有这张照片,夜班室值班编辑和总编急得团团转,马上打电话给报道少林寺的摄影记者,问他们拍到照片没有。当得知《河南日报》记者已经拍到这张照片的时候,他们高兴得跳起来欢呼,因为这张照片太珍贵了。所以拿到这张照片,在第一版这样处理,这也是策划后的突出效果。

第二版安排了"图说中原"《普京,普京,看少林》,从上百幅照片中挑选了10幅,最大限度地满足了读者的要求。第三版的"天下评说"栏目发表了《少林功夫:"打"动世界的中国元素》这篇评论,点明了普京访豫的重要意义,体现了《河南日报》同质化新闻处理上的思想高度。它把很多政要访问少林寺的情况,在评说当中都点出来了,突出了少林功夫的影响。同时刊发普京游少林的花絮，最大限度地利用了新闻资源。"新闻视点"专版，以普京访豫为由头，写"少林文化的国际力量"。"普京访问少林寺"，增强了世界各国人民对中华文化的认同，扩大了河南的影响。这个整体的报道，有如此好的传播效果，就是因为它有一个好的整体策划，并且在动态中完善了这种整体策划。

再举一个实例。2007年《河南日报》新年特别策划"新形势、新任务、新目标、新机遇、新起点、新跨越"，在内容和形式上有所创新。1月4日，新年上班的第一天，人物版用两个彩版的篇幅，图文并茂地刊发了我省18个省辖市换届后市委书记的新年感言和市委领导的人员名单。《河南日报》这一创新的策划在广大读者中引起普遍关注。因为2006年年底我省18个省辖市市委换届工作结束，市委书记作为地方党委的一把手，面对新形势、新任务、新目标，可谓重任在肩。对他们进行专题报道，不仅仅是展示新一届党委的形象和决心，更是让普通群众了解一个地区的规划和目标，鼓舞人心，增强士气，同时也增强了普通百姓参政议政和监督的意识。

新年特别策划在节后的第一天向全省人民提供了新形势、新任务、新目标、新机遇、新起点、新跨越这样一个高端信息，赢得了群众的认可和领导的重视。特别策划是成功的，使我们进一步认识到创新思维在策划报道中是何等重要。18个市委书记全在报纸上亮相，你是刚换届的市委书记，你准备在这一任期怎么办，你讲清。讲清楚以后，你就向全省人民做了承诺了。你怎么干，大家要看着。所以这种策划是务实的，是老百姓欢迎的。这个新年新策划就体现了创新意识。

还有，2013年4月26日，《河南日报》第一、三版关于全省产业集聚区的报道策划，很值得大家关注研究；2013年5月3日，专版第五、六版，也是关于产业集聚区的报道；从4月份开始的关于郑州航空港的报道，一直到现在还没有停止。这都是系列策划、整体策划。大家注意，河南经济腾飞有两大举措，第一就是各地的产业集聚区，产业集聚区这是经济增长点，一个强有力的经济增长点；第二就是郑州航空港，郑州航空港的意义就是把河南和世界紧紧连在一起。郑州有保税区了，许多世界五百强企业都落户到郑州航空港。大家将来有意的话可以翻一下产业集聚区和郑州航空港这两组系列报道，因为这两组报道还远远没有结束，还正在进行中，所以我提醒大家要关注一下。

第三类，是不可预见性的报道策划。

这类报道以突发性事件报道和灾难性事件报道居多。而且这类报道读者比较关注，策划好了更具有吸引人眼球的轰动效应和极有影响的传播效果。《河南日报》2007年6月21日开始的有关"6·15九江断桥拦车救人英雄"的系列报道，就是加强报道策划，协调多方，整合新闻资源所取得的一个成功案例。这有什么背景呢？6月20日晚10时左右，《河南日报》值班编辑在新华社电稿中发现了一篇题为"九江大桥断桥后十分钟——两位河南老人舍命拦住了8辆车"的稿子，讲述了九江大桥坍塌后10分钟，两位河南老人舍命拦车救人的动人事迹。大家敏感地注意到稿子的新闻价值，所以总值班和值班主任，还有部分夜班编辑初步商定意见以后，向总编辑报告。总编辑立即赶到夜班办公室，一同研究稿件，决定在一版头题位置突出处理，并配发今日社评和相关图片，《焦点网谈》也辅助报道。

　　这个报道策划，一开始就体现了认识上的到位。因为《河南日报》把一篇社会新闻以突破常规的处理方式放在一版头题，当时看来很大胆，现在看来很合适，取得了很好的社会效果。关键在于这篇稿子的新闻价值和主题好，河南人又一次在危急时刻挺身而出，舍命救人，体现了中华民族的传统美德，展示了人性的光辉，展示了河南人的善良和淳朴。这样的社会新闻符合社会舆论的主旋律，符合主流价值观，与树立河南人形象的报道思想是一致的。而且这个稿子写得也很好，没有刻意拔高和过分渲染，细节很生动翔实，文风朴实感人，真实可信。《河南日报》的策划处理，好就好在发出独家的声音。它除了报网联动，在一个整版链接《焦点网谈》上发出的网友的声音，还配发自己的评论。11点半把评论部主任叫到办公室，写出来《向正直善良的心灵致敬》这篇评论。字不多，六七百字，但是11点半到那儿，把它写出来也是很不容易的。《焦点网谈》整版都是网友评论。所以这种策划处理展示了一种策划高度。

　　接下来，当天晚上就派特派记者，一个摄影记者，一个文字记者，到广东进行现场采访，这才有了后来的连续报道、跟踪策划，高潮迭起。两位拾破烂的老人得到广东见义勇为基金会的25000元奖金后把钱都捐给家乡办学。报社接两位老人到郑州举行座谈会，各界人士都来参加，学习弘扬他们的这种精神。整个系列报道都体现了弘扬主流社会价值观和同城媒体不一样的策划，效果非常好。整个报道过程中，从选题确立到记者出击，从版面处理到组织座谈，无不是强力策划的结果。这个策划好就好在观念创新，通过策划达到最佳的传播效果。

《河南日报》2007年7月30日刊发的"陕县7·29淹井事件系列报道"，也是个不可预见性报道，是进行策划并不断完善的成功案例。以前我们讲的那个广东矿难，《南方日报》报道了它的进展、责任人、事故原因和事故处理等。那次矿难最后救助失败。陕县的矿难最后抢救成功了，大概用了72小时，就把69个矿工全部救了出来。这是一个不可预料但是结果很好的报道，从7月30日到8月14日，持续了半个月时间。

讲完了三类新闻报道策划，我的体会是：要树立一种对重大报道必须做策划，策划好了奖励，不策划追究责任的制度管理意识。你不要糟蹋题材，好的题材你不做策划，达不到最佳的效果，你就是对公众不负责任。要树立这样一种意识。现在报社就是这样，好的新闻题材你就是要策划，及时报告领导。策划好了，传播效果好了，就要奖励。你错过了好题材，你不策划，就要追究你的责任。但是策划也必须要有自己的原则和底线：

第一个原则，新闻报道策划以其真实性为生命，对读者和社会负责。

第二个原则，把创新贯彻到新闻报道策划的始终。要有独家占有新闻资源后的选题，包括新闻主题和背景，独家的切入角度，独家的题材表现形式，独家的版面设计，独家的见解，都要与众不同。

第三个原则，在新闻报道的动态变化中审时度势，适时应变，完善策划。

第四个原则，求真务实，追求最佳的传播效果，要把社会效益放在第一位，以社会效益带动经济效益。这一点我多说一句。有的新闻单位，进市场的报刊，往往是新闻报道与广告宣传和经营连在一起，包括有的电视台也是一样，你看看现在植入新闻的广告有多少。有些做法也不能说完全不对，但是你要把社会效益放在第一位。

第五是可操作性原则，要量力而行。你做这个策划方案的时候，要考虑自己的采编实力、版面和经济实力。这个不考虑不行。有时一个大的策划方案，比如你做体育报道策划，派人出去是要经费的。你出国采访，是要一大笔钱的。你要考虑经济实力，要考虑你的采访通讯设备，能否适应你的策划要求。

还有一个体会，就是把握好新闻报道的本质和分寸，坚决反对新闻炒作。

所谓新闻炒作，就是为了一些政治和经济利益，小题大做，夸大其词，虚构内容，偏袒一方，丧失了公正、客观、真实的原则，有的甚至是有意参与策划实施，进行操作，影响极坏。比如，《新快报》记者陈永洲收受贿赂，进行偏袒一方的虚假新闻炒作，造成一方经济和名誉的巨大损失。这是犯罪的事件。陈永洲被抓起来了，这就是一个从新闻炒作发展到刑事犯罪的很恶劣的例子。

所以，要坚决反对新闻炒作，要坚守职业道德。关于新闻报道策划的制度和程序，还是按采编人员的稿件的管理制度和程序去办。不过，为了保证策划实施，要有专人负责拍板，不可推脱而延误时机。这一点我深有体会。我作为体育版负责人，那8年报社赋予我那么大的权力。我后来做了很多好的策划报道，都和有权拍板有关系。策划往往要在各级领导授权下进行，这样才能有深度，执行才有力。

关于采编人员的管理制度和程序，你们的教材上应该有。而且，以后还要请有律师资格的记者来讲新闻侵权讲座，也会涉及这些。其实，我也涉及了，在坚持正确舆论导向当中，我也讲了记者的发稿程序问题、写批评稿件及其发稿程序问题、各自的责任问题等。记者要对稿件的新闻事实负责，而编辑部只在政策把关上对政策负责。记者的事实错了，要负相应的责任。你写批评稿件，要先给被批评者看，不让被批评者看就发表，那有可能要出错的。这个程序，你们书本上也会有。

2013年12月12日于洛阳师范学院

文学与传媒学院刘绍武副院长在全部讲座结束时的讲话

由高山老师主讲的新闻学讲座已经开了六讲。到今天为止，高山老师系列讲座暂告一个段落，从下周开始，我们将改由其他专家开讲另外两个主题。在此，我代表洛阳师范学院，代表文学与传媒学院向高山老师的辛勤付出表示衷心的感谢。高山老师在教学过程中所表现出的爱心、责任心、事业心和敬业精神，我们深表钦佩。他对自己提出严格要求，不给任何老师、学生添麻烦。他当天来，当天走，不在这里吃住，甚至连我们给他提供的临时休息场所也不要，让我们心存感慨。车票自己亲自买，还不让我们报销，让我们心生感动。

刚才，于老师在讲座开始时说：高老师的讲座是高山流水，高端讲座。我觉得讲得很好。高老师有着敏锐的新闻嗅觉，有着丰富的新闻实践，而且有着骄人的新闻业绩。他是我们学习的榜样，也是我们追赶的目标。我们为能够结识这样一个长者、智者深感自豪和骄傲。

这段时间，我们都忙，我也是事情比较多，所以讲了六讲，我只听了两讲——开头和最后一讲。从这两讲的情况看，我自己觉得很长见识，很开眼界，很有收获。我相信，同学们也有着同样的体会、同样的感受。他用丰富的案例、大量的图片，来讲述自己从业的经验和体会。我相信，会对我们从事新闻工作有所启发，有所借鉴，有所帮助。这是我们宝贵的财富。

目前进行的这个活动的名称，我在一开始讲了，它的全称叫卓越新闻传播人才培养教育计划。这个计划是由中宣部和教育部共同发起，由中共河南省委宣传部和河南省教育厅共同组织，由河南日报报业集团和洛阳师范学院文学与传媒学院共同实施。它的目的就是探索新的人才培养模式，培育优秀新闻人才。这个活动目前仅仅是开始，之后，我们将和高山老师一道来建立学生实践平台，申报省级"新闻卓越人才培养基地"。我们还要出版我们学生的习作集、名家作品点评集等。我们还要在我们的学生当中来发现、培育有新闻潜力的新闻人才。我们将为他们在将来的就业、成长成才方面，提供支持，提供帮助，争取将来让他们能够在河南省新闻界崭露头角、脱颖而出。这是我们最终的目标，最终的目的。我们期待这一天的到来。最后，让我们再次用掌声来感谢高老师。

临别寄语

今天，20余学时的6个讲座结束了。这是我近30年新闻生涯理论和实践经验及教训的体会，用心捧给大家。因水平有限，时间仓促，难免有谬误，还望师生们指正。

从10月13日在中共河南省委宣传部开会，看到教育部、中宣部关于实施这次计划的文件后，我就感受到了自己肩上培养中国新闻传播卓越人才担子的分量。从10月31日起至今，40余天，我在洛阳师范学院文学与传媒学院新闻系开设20余学时、12万余字的系列讲座，看了上百篇同学们的作业，虽有抽筋折骨、极度疲倦之累，但是内心充实，十分愉快。尤其是现在长吁一口气，有什么比年过花甲之年，还有所专长，受人尊重，被人需要而令人畅怀的呢！生命有尽头，事业无止境。只有培养后人，提携后学，才能使中国新闻界薪火相传。对此，我还将负重前行。我感谢中共河南省委宣传部、河南日报报业集团的领导和同志们，洛阳师范学院以及文学与传媒学院各级领导和师生们对我的信任和支持，让老年的我心灵有了新的归宿。

张凌江院长不仅牵头对整个讲座计划的制订进行运筹策划和拍板，还亲临课堂，把我介绍给师生们，替我撑场；刘绍武副院长、王建国副院长也到讲座现场讲话，给我鼓励和支持。新闻教研室主任蒋琳老师从头到尾参与策划和组织了这次活动，其学养、敏锐、干练和敬业给我留下了深刻的印象；有复旦大学新闻学博士学位的于正凯老师，也参加了这次策划和组织工作，相信在这次活动的后期工作中还会发挥重要的作用；感谢黄靖逢老师，工作上踏踏实实，他在这次活动策划和组织中身体力行，也发挥了重要的作用。还有宋晨宇、汤志华、刘思瑶老师，是他们和我共同担起了这副重担。

同学们相信我，在作业中谈起父母的艰辛，人生的挫折，谈理想、谈人生、谈学习、谈命运……吐露心声。对此，在即将告别的时刻，我也送你们几句心里话。

人生要有信仰和理想，要爱祖国、爱人民，勇敢地去实现自己人生的价值。要在平时就注重培养自己"无故加之而不怒，猝然临之而不惊"的气质。遇事不慌张，不气馁，用冷静和智慧去克服困难。记住，要靠人品立身，要用实力说话。

同学们要在学习和工作实践中，锻炼自己的坚韧和自信，让自己的一双眼睛能在黑暗中看到光明。那么，你就有可能在看来绝望的山上砍下希望的石头。

有的同学觉得自己是平民家庭出身，在自己的成长中遇到许多困惑，那么，你就摆脱冷气，奋发向上，独辟蹊径，走出你人生的成功之路。

我希望你们坚持体育锻炼，"野蛮其体魄，文明其精神"，去勇敢地接受人生的挑战，否则，受挫时，你有可能会崩溃。

我希望你们树立正确的奋斗目标，围绕目标，精力聚焦，做好人生这篇大文章。不可为琐事所扰。在事业上要勇于创新，开疆拓土。

我希望你们慎独，坚守自己的人生底线，走正路，做好人。要约束自己，做到不三不四的人不交，稀里糊涂的事不干，不明不白的钱不拿，从而规避一些人生的风险。

还要感谢全体参加讲座、沟通与交流的同学们。你们认真听课，记笔记，互动提问，完成作业，使这个系列讲座课堂充满了勃勃生机。王玉娇、陈露的聪慧勤奋，张继厚、郑亚鹏的踏实肯干，马双双、李玉莹的灵动和才气，任红亮、王培九的清澈爽朗，梁孟婷、周凤菊的真诚善良……一张张青春飞扬的脸庞，一双双求知若渴的眼神，你们全体同学都将留在我的记忆中。

讲座结束了，这是我用心对你们说的告白。我走了，还会牵挂你们的。

老师、同学们，祝你们身体健康，教学相长，有所建树，天天快乐！

谢谢大家！

2013年12月12日于洛阳师范学院

下编

高山作品选

一、人物通讯

奉献拼搏蕴人性之光

共产党人的高风亮节
——向叶洪才同志学习

短评：本报 3 月 14 日以"老红军的晚年"、《郑州晚报》3 月 26 日以"晚年的光辉"为题发表了叶洪才同志的事迹。今天我们又在这里发表了三篇通讯，从几个侧面对叶洪才同志的事迹做了进一步报道。叶洪才同志虽然已经因病离开了人世，但他生前所表现出的共产党人所特有的高风亮节，却永远留在人们的记忆中，成为我们学习的榜样。

"鞠躬尽瘁，为人民服务到底"，是叶洪才同志高尚品质的具体体现。他身体力行，为人民的利益奋斗到生命的最后一息。一个老同志兢兢业业工作几十年，离休之后，他想到的不是过舒适一些的生活，他更多地想到的是国家的困难、人民的利益。他怀着一颗公仆的心，甘当义务售货员，六年分文不取；一颗公仆心，爱护、关怀青年人，教育他们献身"四化"大业；一颗公仆心，心中装着群众疾苦，唯独没有自己；一颗公仆心，始终严格要求自己和子女，不搞半点特殊。他用自己的劳动与民同乐，为民解忧，用勤勤恳恳为人民服务到底的行动，说明了一个共产党人所应该具有的崇高品德和革命情操。

在开创现代化建设新局面的今天，离退休老干部肩负着极其光荣的任务，最重要的就是把党的光荣传统和优良作风，把自己多年工作中积累起来的宝贵经验，传给年轻的同志，传给下一代，这对于保证党的路线、方针、政策的贯彻执行，对于尽快实现党风和社会风气的根本好转，都具有重要意义。因此，每个老同志都应当像叶洪才同志那样，牢记党的宗旨，保持革命晚节，把"余热"无私地献给人民。年轻的同志要把前辈的革命精神继承下来，发扬光大，代代相传，使我们的事业兴旺发达，为两个文明建设做出更多贡献。

为人民服务到底

叶洪才同志1974年年逾花甲、因病离开工作岗位后，亲人们劝说他在家种种花、养养鱼安度晚年，他拒绝了。他心里想的是要为人民多干点实事。1975年他请求到碧沙岗蔬菜商店当一名义务营业员。从进店第一天到最后一病不起的6年中，除了犯病，他从来没有因私事而耽误上班，从来没有在星期天休息过。每天早出晚归，中午还要留下来帮别人顶班，有时店里要关门开会，他提出自己留下来值班，好照顾双职工买菜。

店里同志们说：平时，叶洪才言语很少，但他默默干着一切力所能及的事，处处关心着我们每一个人。每当身患心脏病的老曲面色发乌的时候，每当患高血压的老周脸色发红的时候，他就赶紧让他们坐下来休息，照顾得无微不至。他对店里的青年更是寄以厚爱，给他们讲革命传统，讲一个革命者的理想，要青年人树立起全心全意为人民服务的思想。门市部副主任吴保平是才从部队下来的青年人，工作积极但业务不熟悉，叶洪才同志就主动给他出主意，帮他把商店搞好。有的年轻人对顾客态度急躁，他就耐心劝说，青年营业员吴春保、张雁等都曾得到他的教诲。叶洪才同志逝世后，他们得知这位平时沉默寡言的长者竟是当年万里长征娄山关战斗中第一个冲上关口的红军英雄的时候，对这位革命长辈更加崇敬，不少同志专门写了怀念短文，说叶洪才使他们真正懂得了人生的意义，懂得了怎样做一个真正的人，有益于人民的人。

为民解忧　与民同乐

叶洪才处处、事事关心他人的困难和疾苦。在家属院，他被公认为"热心肠"。他当了几十年的官，却没有一点官气，上点岁数的人称他"老叶"，小青年叫他"叶伯伯"，有人随口唤他"老头儿"，他都乐于接受，谁家有困难他就主动相帮。

离他家不远，住着年届九旬的姜老太太，儿子在外地工作，孙子常出差在外，孙媳妇是个医生，工作忙起来没有个点。老太太常颠着小脚上街买菜，遇到刮风下雨可就作了大难。叶洪才发现后，就主动当了老太太的"采买"，每天买菜给她送去。1980年春节前夕，风雪砭骨，叶洪才的哮喘病又犯了，从菜店到家几百米的路都要歇上几歇。回家后，他又想到姜老太太的年货不知办齐了没有，得去看看，便挣扎着站起来，深一脚浅一脚地向姜家走去。姜老太太心疼地拉着他的手，流着泪说："早知你病成这个样，我就是一辈子不吃菜，也不能让你遭这个罪呀！"

工作之余，叶洪才在自家屋外的窗下开了一个小菜园，每当番茄、黄瓜、豆角收摘的时候，他就把鲜菜东家一把、西家一把地送过去，让大家尝尝鲜。1971年他的女婿给装了台电视机。当时这还是个稀罕玩意儿，一到晚上，他便门户大开，把楼上楼下的邻居都让进屋里，把好位子留给他们，有人问："你家里整天晚上像个电影院烦不烦？"他笑着说："一个人是看，十个人也是看，独乐不如同乐嘛！"

严于律己好家风

叶洪才同志严于律己，严于教子，人们称赞他表现了一个共产党人高尚的革命情操。

他在门市部整整6年，从来不利用在菜店工作的方便，买好菜和紧缺蔬菜。按商店规定给老红军上门送菜，他说店里人手紧，不要给我家送，连每年的冬储菜也不让送。他总是用中午休息的时间，借商店的架子车让儿女们把菜运回家。商店发电影票他从来不要，1981年发给他一个围裙，他上班用，脏了带回家让老伴洗，不占公家一点便宜。1981年市里组织老干部外出参观，为了节省开支，他放弃应有的待遇，坐车不坐软卧，住宿不住单间。在上海治病期间，他去看望老战友，公家派车被他谢绝，自己花了14元钱雇车前往。

他的大儿子和大女儿服从分配当了工人。老三、老四、老五中学毕业时，正赶上上山下乡，有位老战友劝他把小女儿留在身边也不算过分，他却说："干部子弟不能特殊，孩子们的路要由他们自己去走，咱们出来当红军那会儿，不才十几岁吗？"就这样，一个老红军的三个孩子和千百万老百姓的孩子一样，告别了他们的爹娘，去开拓自己的人生之路。

叶洪才从来不允许孩子们用他老红军的名义去办事。大女儿在国棉三厂当挡车工，一个班顶下来，常常累得腰酸腿疼，便私下托人准备调出纱厂。叶洪才发现后，立即批评女儿："一个人就要像颗螺丝钉一样，放在哪里都要派上用场。你还年轻，要好好干工作，不能怕苦。"并语重心长地规劝孩子们："路要靠自己走，不能靠父亲的功劳为自己铺路。"女儿从此放弃了调动工作的念头，安心工作，苦练技术，后来成为车间里的操作能手。

（原载1983年5月3日《河南日报》）

高尚的白衣天使
——记郑州市第三人民医院骨髓移植组的护士们

最近，医学科学的发展，使人们看到了攻克癌症的战斗显现出希望的曙光。

两年来，郑州市第三人民医院在简陋的条件下，运用骨髓移植这一当代治疗白血病（血癌）最先进的方法，以连做8例移植术均获成功的佳绩在全国名列前茅。然而，外地专家参观后却无不感慨地说，护士科学和创造性的工作、忘我的奉献精神，是移植术成功的关键之一。

骨髓移植术最近只在北京、天津等大医院获得成功。那里有专家、教授和足够的护理人员，有恒温、恒湿、无菌、无噪声的空气层流室病房、精密的化验设备、超低温冰箱……而三院骨髓移植课题组仅由主治医生侯天德和护士长谷锦棉，护士赛娅、郭巧玲、胥允琳组成，设备和条件简陋，还要管理12个白血病人的日常治疗。

骨髓移植术的首要条件是移植室内的空气、人和一切物品都要做到无菌。怎么办？具有高度责任感的护士们要把条件创造出来。她们用高浓度药液浸泡的抹布一天数次擦拭室内物品和墙壁，跪着一片片地擦地板。往往几间房子擦过，纤弱的护士姑娘们便腰酸腿疼，大汗淋漓。接着还要每隔2小时用药物喷洒一次房间、用紫外线照射、甲醛混过锰酸钾熏蒸灭菌……移植室的无菌条件达到了，姑娘们却被过锰酸钾等药物的气味呛得眼流泪、皮肤起反应，呼吸道都处于一种极度难受的状态之中。之后，她们每次进移植室都是用苦涩的洗必泰药水含漱、洗鼻、洗耳、做自身无菌处理，为工作默默地承受着身体上的不适。血癌病人口腔溃烂奇臭，病菌甚多。她们在病人移植术后观察到这些后，坚持用科学的态度，对 8 例移植病人做口、咽腔拭干培养 135 次，发现绿脓杆菌反复发生的规律，从而坚持指导病人用 5 种药液含漱，有效地阻断了感染从口入的途径。她们严谨而又科学的态度证明了护理在医疗中的价值。省科委有关人士认为这是一项科研成果，应该总结、鉴定、推广。

血癌，人们谈虎色变，而这 4 位白衣天使却和病人朝夕相处，倾其爱心，周到护理，唤醒了濒于绝望的病人对生活的向往和留恋，使病人鼓起了与病魔斗争的勇气。

做一次骨髓移植术需要 20 至 30 天的时间。术后，病人各种感染和并发症随时都有可能发生。每一天都是捍卫生命的战斗！护士们除了做别处主治医生才能做的抽髓术，观察、消毒、打针、吃药、化验、擦屎尿和呕吐物等都要全包下来。人手不足就自觉加班加点。一次，护士长谷锦棉为了抢救病人，曾 4 天 4 夜坚持工作，以至昏倒在病人床前。赛娅、郭巧玲、胥允琳这三位 20 岁左右、在家里还要父母照顾的娇姑娘，对病人却是那样体贴。化疗后，有的病人反应大，有时甚至 10 分钟一次上吐下泻，文静的赛娅和同伴们则不厌其烦地帮助清理污物、粪便，冲洗会阴，消毒肛门，更换灭菌物品。聪慧的郭巧玲观察病情十分认真，口腔内细菌发生的规律就是她首先发现的。分来较晚的胥允琳在第 1 例采髓时，从准备到采髓、护理，36 小时不离病房，认真学习全过程，很快就能独立工作。护士们对病人高尚的爱获得病人家属的交口称誉。病人李静的母亲由衷地说："护士们对病人比亲人还亲，真是少见的好姑娘！"

护士们坦率地告诉记者，刚来时，和垂死的人打交道，心里有恐惧感。但是现在，她们认为自己是在为攻克癌症、造福人类贡献青春，感到无比自豪。她们深情地说，护士工作很苦，但是和侯医生一起，将 5 名患上过去称为不治之症的白血病的病人治疗康复时，心中又充满了幸福和甘甜。

(原载 1989 年 5 月 16 日《河南日报》)

"春蚕到死丝方尽"

——记巫兰英

9月30日上午11时许,巫兰英在女子个人双向飞碟比赛的最后一组,打出了25中的"满贯",但还是比场上最好成绩差了一中。下场时,她脸上带着一丝遗憾,不过很快就换上微笑。朝鲜、日本、菲律宾等许多国家的选手和观众拥上前去和她握手,请她签名、合影……人们尊敬这位曾为提高飞碟运动水平做出过杰出贡献的老运动员。

16年前,巫兰英选择了飞碟这项极其艰苦的运动项目。寒风烈日下,一天托枪、举枪、瞄准上千次,一站几个小时的大运动量训练,她挺住了;成年累月,数万次单调重复动作那种寂寞甚至孤独的心理重压,她战胜了;长跑、托举等身体及专项训练,她更是超标准完成。艰辛的汗水,无数的心血,化成显赫的战绩。1978年,当时全国射击锦标赛没设女子飞碟项目,她跻身男子组比赛,巾帼不让须眉,力克全部男选手,夺得全国冠军,成为射坛佳话;1980年,她在菲律宾举行的首届亚洲射击锦标赛上,为祖国夺得第一个飞碟亚洲冠军;1981年,她显威于在阿根廷图库曼举行的第42届世界飞碟射击锦标赛,和队友们一起荣获我国射击史上第一个团体世界冠军并夺得个人世界冠军。鲜花、金牌、欢呼声,多少次簇拥着这位具有传奇色彩的射坛骄子。

然而岁月不饶人,按照体育年龄,她早该退役了。更何况十几年大运动量训练,腰肌劳损,腰椎、颈椎变形的病痛,时时缠绕着她。但是,她以报效祖国为己任,荣辱得失皆置于度外,她真诚地吐露心声说:"国家还不富裕,培养一个射击运动员不容易。有了成绩,见好就收,对自己固然好,但对国家是一个损失。我要干到成绩实在上不去的时候,再退下来,哪怕结局不那么好。"结婚后,她坚持训练,而立之年才要孩子。娇儿才几个月,就狠心断了奶,重返射击场,1989年9月在意大利再次获得飞碟世界冠军,并创造了一项新的世界纪录。这次她又远别孩子参加亚运会集训和比赛,竭尽全力,和同伴们一起夺得团体冠军。至于个人项目,她豁出去和同伴们比着打。她说,我带头冲,可以使参赛的年轻选手有压力,鼓舞她们奋力竞争。我冲不上去,也为年轻选手们夺冠做出应有的贡献。

22岁的队友张山夺冠了,她上前衷心地表示祝贺,动情地说:"长江后浪推前浪,年轻选手的崛起,是我国飞碟事业兴旺发达的希望。"我蓦地想起"春蚕到死丝方尽,蜡炬成灰泪始干"的名句,这正是她人格的写照!

(原载1990年10月2日《河南日报》)

邓亚萍,河南的骄傲!

一位诗人曾写道:青春的魅力,应该教枯枝结出鲜果,沙漠布满森林……

在群英荟萃、具有世界水平的亚运会女乒赛场上,中国队17岁的小将邓亚萍遇险不乱,处变不惊,挥动球拍,像一团青春的火焰在球台前欢腾跳跃。她以大智大勇,奋力拼搏,胜利夺得亚运乒乓球项目三金一银。

"邓亚萍的精神状态在关键时刻起了重要作用!"中国乒乓球队总教练许绍发如是说。"邓亚萍在比赛中表现非常出色。"一向出言谨慎的中国女乒主教练张燮林高兴地说。"中国男队缺乏邓亚萍那样扭转局势的人物。"中国男乒主教练郗恩庭感慨地说。"从她身上,人们寻回了久违的中国乒坛宿将们沉着冷静、敢打敢拼、叱咤风云的气度……"为之倾倒的观众兴奋地说。

邓亚萍,不愧是河南的骄傲!

身高不足1.50米,曾不被人看中的"丑小鸭",是如何变成中国乒坛的"白天鹅"的呢?

夫志当存高远。

她是"门里出身"。父亲邓大松当年挥拍征战,曾获得中南五省乒乓球单打冠军;哥哥邓建平也夺得过河南男子单打第3名。他们后来都成为乒乓球教练。当邓亚萍还蹒跚学步的时候,父兄便经常带她出入离家较近的河南省工人文化宫乒乓球室,接受熏陶。

乒乓球是一项消耗体力的高技术运动。在家里,父兄用线吊起球,让她跳起打；球台旁，给她脚下垫上小凳子陪她练。6岁的邓亚萍，就身穿沙背心，腿上绑沙袋，跑步、跳跃、攻球。父亲还给她讲容国团的故事，让她牢记"人生能有几回搏"的格言。

经过严格的启蒙训练，横握球拍的邓亚萍在9岁时便夺得全省五运会儿童组第3名。但因手臂短、个子矮，省队没有接收她。这是幼小的她遭受的第一个挫折。先天不足后天补，只要有扎实的基本功和特长，何愁不能脱颖而出！父亲及时勉励她。适逢其时，1982年，郑州市成立乒乓球队，她被选中。主教练李凤朝针对她身材矮、反应快、球感好的特点，为她制定了一整套完整系统的身体和专项训练方案。从那时起，她懂得了"勤能补拙"的道理，养成了节假日也加班训练的习惯。施足"底肥"的幼苗，终于茁壮成长。1986年6月，无锡全国少年乒乓球赛，她夺得单打亚军。接着全国"乒协杯"赛，她以2：0战胜世界冠军戴丽丽。11月，郑州全国乒乓球锦标赛，她更是初生牛犊不怕虎，李惠芬、耿丽娟、乔红、陈静等老将新秀皆败在她的拍下。国家队教练慧眼识英才，带走了这名具有极大潜力的少年。

进入国家队后，在名师张燮林等的严格要求和指点下，她更加发愤苦练。大运动量训练，有时一天下来要打十几筐球，她挥汗如雨顶过来了；长跑、蛙跳、举哑铃等，她都全力完成。细心的教练发现，在训练馆里只有她放了两双球鞋，头天训练湿透一双，第二天去训练时穿另一双。当有的运动员大运动量训练坚持不下来时，她却是早来晚走加班练。有时，晚上加班实在找不到练球伙伴时，她便一人练发球。加班耽误吃饭，她便煮方便面凑合。主管教练张燮林只好为她送去鸡蛋，并不得不"勒令"她休息。许绍发颇有所感地说，中国队员都像她这样就好了。

邓亚萍是一位极有个性、勤于动脑、努力创新的运动员。她练就正、反手高抛，半高抛和低抛这几种发球形式，能发出上下旋、不转、急球等。得到发球权，她能紧紧抓住发球直接得分和抢攻得分的机会。她拉、扣、拨、推、磕，样样都行，且别有奥妙。加上灵活的步伐，无怪她在场上得心应手。她打球特别认真，有一股子拼到底的劲头。无论是训练比赛还是国内外重大比赛，她都一律咬紧牙关，怒目圆睁，能赢多少就赢多少。若是输给了谁，她必定要琢磨一番，找教练求教一番，再去战胜对手。国家队领队姚振绪形象地说："一提跟邓亚萍比赛，对手就害怕，她一上场就像要'咬'人一口。"

一分耕耘，一分收获。她先后夺得全国冠军、亚洲冠军、世界女子双打冠军。特别是第十一届北京亚运会，当男队在半决赛中被淘汰，女队面临险境时，她充分展示了豪气和才华，挽狂澜于既倒，捍卫了"国球"的尊严。她血气方刚，满怀信心地说："亚运冠军不是我的最终目标。我要以新的技术面貌和精神状态出现在将要到来的世界锦标赛上。"

（原载 1990 年 10 月 4 日《河南日报》）

拼搏，为了祖国的荣誉
——记乒坛骁将邓亚萍

一球连着万人心。北京亚运赛场上，邓亚萍敢拼善搏、力挽狂澜的精神，产生出巨大的能量，拨动着亿万人的心弦。人们赞赏她夺得三金一银的赫赫战绩，更为她在比赛中所表现出来的强烈自信心而激动。她的拼搏精神如何形成？她崛起于乒坛的奥秘何在？这些都是许多读者想知道的。元旦前夕，她参加欧亚大赛归来，返郑 6 天探亲，记者几次采访，拾得珠贝，以飨读者。

踏平坎坷是坦途

"在前进的道路上，磨砺出不向命运低头、克服困难、有所作为的拼搏精神，比什么都重要。"她刚从法国回到北京，为了调整时差，没有睡觉，和记者神聊时，若有所思地说。回忆 12 年的乒坛生涯，她确实走过了曲折坎坷的道路。公园里的鲜花绿茵，游乐场的嬉笑欢闹，小伙伴们的跳皮筋、捉迷藏等对她也曾有过巨大的诱惑力。但是严父关于只有苦练才有出路的训诫，使她舍弃了这些。先天不足，也曾使她多次在专业队门外徘徊。但是她没有退缩。星星可以做证，上小学后，6 岁多的她像一架准时的小钟，不管寒冬酷暑、风霜雨雪，早上 6 点钟，便随父兄、教练出现在晨练的操场上。练步伐、做操、跑步……只练得热汗流淌。下午放学后，又到乒乓球室里进行 3 个小时训练，直到暮色降临。郑州队的教练和队友们可以做证，在石棉瓦为顶的简陋球房里训练，盛夏，室内温度 40 摄氏度以上，她挥汗如雨地击球。寒冬，室内冷得像冰窖，她右手冻裂张着血口，左手冻肿得像馒头，仍是挥拍不止。国家体委训练局的教练和食堂的师傅们可以做证，她是练得最苦、进食堂最晚的一个。还有在郑州队时睡地铺、2元钱一天的伙食费……艰苦的环境和苦练造就了她异乎寻常的忍耐力和拼搏精神。她终于以出类拔萃的实力闯进国家队神圣的殿堂，登上省、全国、亚洲、世界冠军的领奖台。

"我也有斗志松懈、停滞不前的时候。"她解剖自己，也很坦率。1987年，她进中国青年队后，由于内部比赛总是打第一，练得不是那么苦了。于是1988年在全国青年锦标赛中输给对手，使郑州队没进前8名。响鼓要用重槌敲。郑州队主教练李凤朝向她吼道，这样下去，离卷铺盖回家的日子不远了。还有一个多月就是全国锦标赛，她蓦地产生危机感，又开始加班加点，发愤苦练了。这一个月，她脑子里只有球。训练时，不管对方击出力量多大、角度多刁的球，她总要竭尽全力救起来，还特别注意练反手怪球和体会手感。她只有一个信念：全国锦标赛只能打好，不能打坏。果然，有针对性的苦练见效果，在全国锦标赛上，她战胜了乔红、胡小新等国家队名将，夺得女双冠军、女单亚军。事后，她经常告诫自己，一是不能目光短浅，满足中国青年队的第一，要冲向国家队，盯住世界冠军的目标；二是挫而不馁，知难而进，苦练闯关。

善于总结经验教训，使她的头脑变得越来越冷静。她说，夺冠军难，保冠军更难。从领奖台上一下来，就应该从"0"开始，向前看，发愤练。特别是检查自己不足的地方，即使自己全盘胜了，但也有输的几分球，输在哪里？要研究。她知道现在她已成为"众矢之的"，大家都在研究自己。但她认为自己还不是世界女子单打冠军，没有什么可保的。只有保持旺盛的斗志，技术上更要有创新，才能迎接新的挑战。

中国女乒世界"九连冠"的主教练张燮林、教练张立对她的崛起，欣慰不已。在送她回郑探亲的火车上，两位教练说，当初进国家队时，她的基本功并不十分好，但我们喜欢她的苦练和拼劲。她目前的出色战绩是与平时付出的心血和汗水成正比的。她十分珍惜并牢牢抓住自己运动生涯中的每一个机会。这次访欧比赛，她在水土不服的情况下，连打20多场，有时下场时胳膊累得抬不起来，但是一上场便左手握拳举起来挥动，斗志昂扬，攻势始终锐不可当。1990年日本世界杯团体赛、北京亚运会、韩国世界杯双打比赛、欧洲三个国际比赛这四大任务全压在她肩上。好样的，没压垮，她勇敢地拼了出来，更加成熟了。她成了女队的核心，把全队的士气都带起来了。我们对她寄予厚望。

在亚运会结束后的中外记者新闻发布会上，中国代表团团长袁伟民答记者问时说："亚运会上，中国女运动员水平高，拿金牌多，有其社会、文化、训练水平等诸多方面的原因，但最基本的一条也许是中国女子比男子更能吃苦……"这段话是她成功的最好注解。

祖国就在我心中

为祖国和人民打球，已成为她赛场拼搏的巨大精神力量。她真诚地说："小时候，为国争光，我感到是很遥远的事情。现在我感到为国争光就体现在自己训练、比赛一板一板的击球声中。亚运会上，我登上领奖台，听奏国歌、看升国旗时，眼里总是含着激动的泪花。看台上巨大的五星红旗、万余名观众亲切的呐喊，至今仍历历在目，耳边轰响，令人难忘。"她已把打球和祖国荣誉紧紧地联系在一起。

她强调为国争光要靠苦练出实力。这样最硬气，也最能赢得朋友。1988年，15岁的她第一次代表中国队参加亚洲杯乒乓球赛便连连过关斩将，夺得单打冠军，外电惊呼"中国乒坛又杀出一匹小黑马"。1989年，她又是第一次参加世界锦标赛便问鼎女子双打桂冠。1990年5月，她还是第一次参加首届世界杯团体赛，便场场获胜，为中国队夺得世界团体冠军立了功。她被大会评为最佳运动员。她在北京亚运会赛场上的飒爽英姿，通过卫星在许多国家进行了转播。她受到了当今乒乓强国的关注和尊敬。亚运会后，韩国乒协几次电函邀请她到韩国参加世界杯女子双打比赛。她到韩国一下飞机，海关人员便认出她，向她表示热烈欢迎；走进商店，老板一眼认出她，马上拿出一些商品送给她作纪念，以示敬意。第二天，世界杯赛组委会专门为她一人举行记者招待会，连当今男子世界单打冠军、瑞典的瓦尔德内尔也没享受到这种殊荣……接着，征战欧洲，在苏联、南斯拉夫、法国三大国际比赛中所向无敌，巴托菲、赫拉霍娃、内梅斯等欧洲冠军和名将都被她快速多变的凌厉攻势打得不知所措。她摘取全部12枚金牌中的11枚。

当她访欧回来出现在北京机场时，那装存十几个奖杯的箱子令接她的国家乒乓球男队的队员们也连声惊叹："真硬气，了不起！"争相为她搬运行李。千锤锋利刃，百战建奇功，她赢得了朋友和人们的尊重。

"取得这样的成绩，首先要感谢家乡人民对我的鼓励，感谢全国人民对我的关怀和支持。"这是她的肺腑之言。在省会为她组织的庆功和报告会上，她激动地向省市各级领导和家乡人民深深地鞠躬致谢。她忘不了，母亲节衣缩食把热腾腾的饭菜送到训练场上，父兄对她悉心指导和陪练所付出的心血和汗水；她忘不了，郑州队教练李凤朝腿骨折，拄着拐杖去球房指导她训练；她忘不了，国家女队主教练张燮林对技术上的精雕细刻，生活上慈父般的关心；她忘不了，原省委书记韩劲草对她和河南体育的亲切关怀；她更忘不了，亚运会期间，成千上万名观众为她动情的呐喊……

"谁言寸草心，报得三春晖。"她又是个知恩图报，柔情似水的姑娘。训练之暇，她抽空为父母织了厚厚的毛衣，为艰苦一生的父母带来温馨和慰藉。她每次探亲，总要带上表达自己心意的礼物去李凤朝教练家里探望。她以苦练和骄人的战绩报答恩师张燮林。载誉归来，她登门拜访了已从领导岗位退下来的老前辈韩劲草，去郑州国棉四厂整理车间看望了和她母亲一起工作过的叔叔、伯伯、阿姨们。她和观众更是情结情、心连心。她把亚运领奖台上得来的花束，当场送给看台上北京理工大学的文明啦啦队。大学生们争相亲吻和传递这束充满人间美好情谊的祖国荣誉之花。

几年来，为11亿人打球的信念，已融进她的训练、比赛和生活中。无论何时何地，她身上都能迸发出奋力搏杀的神奇力量，其中最重要的一条原因是：祖国就在她心中。

好样的，中国人

12年执著的追求，12年力量的凝聚，使她的生命之光在北京亚运赛场上发出耀眼的光芒。近600封祝捷电报、信函向她飞来。

打开上海市华东计算技术研究所的一封信，只见一页信笺上赫然写着6个大字："好样的！中国人！"打开温州的一封电报："冠军属于您，伟大属于中国。"打开郑州的一封电报："你的胜利是中国人民的自豪！"这深情、简洁、滚烫的文字，是人民对运动员的最高褒奖，包含着多么丰富的潜台词！因为她坚韧不拔、一往无前的气质，"泰山崩于前而色不变"的风范，长时间在世界乒坛独领风骚的能力，她被誉为中国人的代表。她为此感到无比欣慰和骄傲！

驻山西、山东、云南的解放军和武警战士来信写道："我们整个连队的战友都端坐在电视机前收看实况转播。你夺得团体赛最后胜利时，战士们欢呼雀跃。你的拼搏精神，征服了亿万观众。你为国争光的壮举将激励我们握紧枪杆，保卫祖国。我们给你致以庄严的军礼！"

亚运会期间，正值秋收、犁地大忙季节，河南孟县一位年轻农民抓紧吃晚饭的时间，看报和收听广播后来信写道："你没有辜负家乡亲人的厚望，你的事迹将激励我在人生道路上不断进取。"

江苏江阴澄西造船厂的一位工人来信写道："你在亚运赛场上的表现给我留下美好的印象。你为国争光，我感到中国人民站起来了。全国人民同心同德，学习你刻苦耐劳、奋发进取的精神，中国前途光明，大有希望。"

北京科技大学的博士研究生和郑州工学院、西南政法学院的大学生们来信写道："你倔傲顽强的面容和凌厉扣杀的身影总在我们心头晃动。乒乓球是中国国球，男团失利后，女子团体金牌的分量是很重的。你拿下团体赛定乾坤的一盘，同学们都为你欢呼，为祖国欢呼，达到忘我的境界。我们领悟到了，要学习你的顽强意志和拼搏精神，在学习和科研领域更多地闯关夺隘。"

湖南汨罗市民政局一名归国华侨来信写道："亚运赛场上，你观察对方的炯炯目光和凛然之气，与其说是竞力较智，不如说是通神致胜！你获胜了，我们扬眉吐气了好久，好久！"

北京一名71岁的退休干部，郑州一位68岁的卖报老人来信祝贺她为国家立了大功，盛赞她是"国人学习的楷模"，卖报老人还把《河南日报》有关她的报道以及和老伴10天卖报所得的105元钱寄给她和河南籍的亚运健儿们。

连大墙内的囚犯也为她的精神所震撼。山西祁县一所监狱的10余名犯人来信写道："你在亚运会上为国争光的拼搏精神，也使我们更加深刻地认识自己过去耻辱的犯罪行为，从而认真服刑改造，早日成为对祖国有用的新人。"

"一石激起千层浪。"这四面八方的来信，表达了全国人民学习她的拼搏精神，重振雄风，振兴中华的强烈愿望。她也为自己的奋斗能产生扬国威、振民心的巨大反响而感到喜悦。她无法一一回信，一再叮嘱记者，希望通过本报向所有关心她、热情给她写信的人们,致以她深切的感谢和问候。

绽芳于欧亚乒坛,香飘在中原大地。家乡人民把她的出色战绩引以为荣。探亲假期间,她来到郑州国棉四厂工人中间,工人们围住她,表示向她学习,多纺纱,多织布;她来到具有光荣革命传统的郑铁机务南段,工人们表示向她学习,安全正点,多拉快跑,当好"四化"建设火车头;她来到郑州高炮学院,解放军干部战士向她行以军礼,表示向她学习,建设现代化的万里长城;她来到紫荆山百货大楼,职工们为她热情服务,表示向她学习,搞好商品流通……一些工厂企业争相聘她为名誉职工,为的是留住她的拼搏精神。4年来,她没在家过一次春节,这难得的6天休假,又奉献给了家乡人民。

是雄鹰就要搏击万里长空。探亲结束,她含着和家乡人民依依惜别的泪水,登上返回北京的火车,又踏上拼搏的征程。今年第41届世界锦标赛、明年第25届奥运会,广阔的世界乒坛,还待她叱咤风云,再展英姿。她才17岁,恰如早上八九点钟的太阳,充满活力,前程似锦。愿她为了祖国的荣誉而继续拼搏,再攀高峰!

中原父老期待着,全国人民期待着。

(原载1991年1月11日《河南日报》)

搏向巅峰
——记奥运英豪邓亚萍

在举世瞩目的巴塞罗那第25届奥运会上,河南姑娘邓亚萍面对群英荟萃的世界乒乓劲旅,一路呼啸,迎头搏击,终于摘取了奥运金牌这颗体育运动皇冠上的明珠,登上了风光无限的险峰。

凯旋归国后,她胸佩两枚金牌,在中南海怀仁堂、人民大会堂向祖国亲人娓娓道出她夺冠的艰辛和胜利的欢乐。那悠悠思绪又飞向为奥运夺冠的拼搏岁月……

一切为了祖国荣誉

1991年在日本举行的第41届世界乒乓球锦标赛上,由于裁判对邓亚萍正手发球不尽合理的连续判罚和朝鲜"黑马"俞顺福的超水平发挥,邓亚萍在女子团体决赛第一盘比赛中以1∶2的结果输掉。虽然她在团体决赛中还赢得了双打和另一场单打两盘,可是由于另一位中国选手单打两盘皆负,中国女队终于丧失了保持16年之久的考比伦杯。尽管紧接着她又夺得女子单打冠军和女子双打亚军,但她严于自责,仍感到一种刻骨铭心般的痛楚,因为在她心目中祖国荣誉高于一切。

回国后,邓亚萍把胜利的欢乐与失败的痛苦深深埋在心底,为迎接第25届奥运会,又开始砥砺自奋了。

训练是异常艰苦的。在冬训中,一天要有6个小时的强化训练。两个陪练陪她练全台单面功,她腿绑沙袋,一练就是两个多小时。练多球训练,要腿绑沙袋一口气打上千个球。超负荷的训练使她的双脚磨出了血泡,她让队医将其挑破裹上几层绷带再练。后来血泡感染,她一咬牙把脓血挤干净上点药继续练。有时训练完,她的鞋袜被血汗浸透,坐在地上好久才能站起来。时间一长,她的脚掌上老茧累累。即使这样,奥运会前队里进行长跑训练,她也不愿落后,总想跑在前面。她认为,一个人如果先天不足,就要拼命弥补它,结果不足就变成长处。

一个人要在精神上战胜自我,比在体力上战胜自我,不知要难多少倍。在奥运会前,邓亚萍输过几场球。上海的唐薇依、北京的王晨都曾击败过她。这一段,她觉得越打越不顺手,心里急得直冒火,心想,奥运会上如果这么打,就太可怕了。有人安慰她说,国内输几场球没关系,只要对外能战就行。她却说,国内输球说明自己状态不好,调整好状态,谁的球都能打。她认为应该把国内比赛作为衡量自己的一个重要标准。于是,她琢磨自己失利的原因,有针对性地发奋苦练。不久,她便冲出困境,在奥运会前的队内循环赛中,又夺得第一名。赛前一个月,训练馆里放噪音,进行干扰训练,她全身心地投入,如入无人之境。她每天苦心研究自己将在奥运会上碰到的主要对手的打法,特别是对双打赢过她和乔红4次的韩国的玄静和、洪次玉这对选手下的功夫最大。

日复一日，含辛茹苦。体能、技术、意志……在她身上凝聚成巨大的能量，在第 25 届奥运会上出现石破天惊般的爆发。

金戈铁马度关山

第 25 届奥运会是一个有 169 个国家和地区参加的世界奥林匹克家庭"大团圆"的盛会。邓亚萍追求"更快、更高、更强"的奥林匹克精神，以和高手竞争闯关夺隘为快事，渴望在奥运会上为祖国建功立业。中国奥运代表团副团长袁伟民在对新闻界发表预测时，把她列为中国代表团最有希望拿金牌的 3 名选手之一。这是信任和鞭策，她深深感到自己肩上担子的分量。

第 25 届奥运会抽签结果一公布，人们发现邓亚萍夺冠的形势十分险恶。她在双打中将碰到韩国名将玄静和、洪次玉等高手；她在单打中将与欧洲冠军巴托菲、朝鲜"黑马"俞顺福、韩国悍将玄静和等对阵。

各队一到巴塞罗那，就都在一个训练馆里训练，气氛紧张。张燮林分析了韩国、朝鲜队都拿牌心切、压力很大的微妙局势后说："我们中国队的技术是一流的。我不担心技术，只担心思想。思想领导技术，关键看临场发挥。"这位运筹帷幄、功勋卓著的老教练的一番话，的确减轻了邓亚萍的心理压力。她轻装上阵，开始驰骋奥运赛场。

平时异乎寻常的苦练和追求，此时得到了升华。人们很快发现，邓亚萍对巴塞罗那的美丽风光、奥运村内新颖有趣的游乐设施、别人夺得的一枚枚金牌……显得都不在意，只是有规律地睡觉、练习、看对手比赛，一门心思琢磨制胜之道。特别是她的赛前练习，一练就是对攻、打多球，近一个小时便汗流浃背，衣服湿透。这时，她的全身活动开，竞技状态达到兴奋点，换上一件干衣服就上场正式比赛，如猛虎下山，势不可当。

邓亚萍和乔红在女子双打中一路过关斩将闯进前 4 名。半决赛的对手是玄静和、洪次玉，对于这两位曾经胜过自己 4 次的对手，邓亚萍和乔红做了详尽的准备，包括落后情况下，紧紧咬住，打满五局，反败为胜的准备，横下一条心要有所突破。邓亚萍给乔红鼓劲说，奥运会女双进前 4 名不容易，再累再困难也要顶住。关键要赢球，不要有丝毫的怯懦而留下终生的遗憾。果然在半决赛中，乔红的脑子特别清楚，二人配合默契。第一局由于邓亚萍和乔红失误较多，本来领先的球反倒输了。但是她们二人都发现对方球软，相信只要稳扎稳打，就可打赢。

第二局，她们错开了接发球的位置，接发球后逼正手，突然变线反手，轮番向对方发起猛烈攻击。邓亚萍的快攻、乔红的弧圈球打得对手难以招架，以21：17扳回一局。第三、四局她们二人更是攻防有节，抠紧比分，连胜两局，以3：1获胜。此时，另一对中国选手陈子荷、高军也战胜对手。两对中国选手进入决赛，她们高兴地说："咱们提前会师井冈山了。"女双决赛虽是两对中国选手对垒，但是真刀真枪，各施绝技，小球在蓝色的球台上飞曳。最后，还是邓亚萍和乔红技高一筹，夺得了女子双打冠军。

说真的，由于奥运会气氛紧张，拿了双打金牌后，邓亚萍确实感到有点累了。她觉得奥运会比赛太艰苦，就是拿了铜牌，也非常了不起。然而，张燮林教练分析了单打的复杂形势后，又下了军令："单打这块金牌要拿下来，怎么也要拿下来！"压力反倒使邓亚萍的劲又鼓了起来。巴托菲是欧洲冠军，高抛球发得好，发球抢攻时，正手弧圈拉得又凶又转。过去两次交手，邓亚萍都是险胜。这次邓亚萍抓住巴托菲打相持球不好的弱点，展开对攻。同时也逼反手限制她发球抢攻的长处，以3：0拿了下来。紧接着和朝鲜队曾胜过她的"黑马"俞顺福相遇，她以快对快，以攻对攻，尽量多起板，早起板。霹雳电闪，又以3：0再下一城。这时，她的斗志被激发起来，气如长虹。在迎战韩国选手玄静和时，她打得快捷洒脱，第一局只让对手得了6分。第二局，玄静和的直板正胶，正手攻球打得又快又准又重。而邓亚萍的打法是正手快、反手怪，对付玄静和有优势，比分虽咬得很紧，最后还是以21：19获胜。第三局，她的攻势之猛使对手很难有还手之力，很快败下阵来。乔红也在另一条线上一路冲杀，进入决赛和邓亚萍会师。8月5日，她和乔红在单打决赛中又演出一场龙虎斗。她在前两局如有神助，以21：6、21：8先声夺人。乔红不愧为世界2号选手，第三局抢先上手猛冲她的正手，以21：15扳回一局。第四局，二人打得难解难分，最后关键一球，她把握机会，毫不手软，对攻中一记猛烈回头球，变为主动。接着又是几个回合变线攻杀，她以23：21取得最后胜利。

继女子双打夺冠后，经过力搏，邓亚萍又站在女子单打冠军的领奖台上。她望着冉冉升起的五星红旗，耳听激昂雄壮的国歌，那晶莹的泪花不禁夺眶而出。

这是战胜自我、勇敢搏击的英雄泪，是报效祖国、如愿以偿的幸福泪。满头银丝的国际奥委会主席萨马兰奇高兴地践一年前之约来给她颁奖，在奥运会上被传为佳话。

赢得赞誉的魅力

一个杰出的运动员除了要有健全的体魄、高超的技艺，还要有一种强烈的敢拼善搏不服输的气质。邓亚萍的魅力就在于此。国际奥委会主席萨马兰奇对她伸出大拇指，称她体现了奥林匹克精神，代表了优秀运动员的风貌。

党和国家领导人也称赞邓亚萍的拼搏精神。江泽民总书记在接见奥运健儿的招待会上问邓亚萍："打乒乓球到底是个子高好，还是个子低好？"邓亚萍回答："个矮比个高付出的代价要大一些。"江总书记说："从你身上看到了勤学苦练的精神。"李鹏总理高兴地和邓亚萍及其父亲合影留念，评价她一人拿两块奥运会金牌真不简单。李瑞环同志称赞邓亚萍的父亲、启蒙教练邓大松为国家培养了一个好女儿。

西班牙、法国、日本等国家和中国香港、台湾地区的一些报刊对邓亚萍连夺奥运会两枚金牌都用醒目的标题和较大篇幅给以报道，在海外引起强烈反响。中央电视台奥运乒乓球实况直播，新华社、《人民日报》等新闻单位赴巴塞罗那记者团发回大量图文并茂的报道更使全国人民欢欣鼓舞。给邓亚萍的贺信、贺电飞向巴塞罗那、北京、郑州。湖北省蒲圻市一位干部在给她的信中写道，你这虎虎抖擞的生气，横扫球台的豪气，敢于压倒一切的勇气，不拼到底决不服输的脾气，使你战胜了自我，超越了自我，过关斩将，勇冠三军，赢得了亿万颗心的尊敬。黑龙江一位老共产党员给她来信，盛赞她是改革开放时代造就的巾帼英模！是特殊材料铸成的人！焦作市一位16岁的少女在信中告诉邓亚萍："这里连老头、老太太也能叫出你的名字。家乡父老乡亲为有你这样一位英雄而感到自豪。"台中市一位台湾同胞在给她寄来的明信片上写道："我不能和你一样，卓然自信地代表中国人站在最前方，但是让中国人的心驰骋，让中国人的光荣飞扬、超越巅峰的梦想，真的和你一样。"

一封封来信表达着学习邓亚萍拼搏精神、振兴中华的爱国之情。

邓亚萍凯旋后，就急切盼望着回来看望父母和乡亲。她参加完庆功会后，征尘未洗，23日便赶回郑州。她作为紫荆山百货大楼、郑州国棉四厂、郑州二砂等企业的名誉职工，归来后即登门去汇报工作。这些企业的职工们燃起喜庆的鞭炮，放起欢快的乐曲迎接英雄荣归。那一张张充满热情的笑脸，那一句句深情钟爱的语言，使她内心感到极大的安慰。她和这些企业的职工们相约，自己在比赛中多夺金牌，大家在工业和商业战线也争拿经济效益的金牌，共同为振兴河南贡献力量。

真正的强者应该不断征服一个又一个新的高峰。邓亚萍知道，体育竞争是永无止境的。在北京奥运健儿报道会上，她的话掷地有声："我的梦想，是在所有的奖杯上都留下中国人的名字。"

邓亚萍，祝愿您奋斗不息，再创奇迹！

（原载1992年8月27日《河南日报》）

"世纪之星"邓亚萍

和其他领域卓有建树的杰出人物一样，体育明星在社会崇拜英雄的聚焦点上也放射出灿烂的光辉，具有特殊的魅力。

1999年12月18日，在广东省南沙会展中心举行的新中国体育"世纪之星"颁奖仪式上传来一条喜讯，中原人民的骄傲，夺得120余个全国冠军、亚洲冠军、世界冠军、奥运冠军的邓亚萍，众望所归，获此殊荣，成为世纪华夏体坛第一女杰。

两天前，由于交通方面的原因，正在英国求学的邓亚萍错过了18日中午举行的"世纪之星"颁奖仪式。18日傍晚，她飞抵广州，参加中国奥委会、霍英东基金会、中国体育记协特意为她补办的颁奖仪式后，和记者通了电话。她对自己获得中国体育"世纪之星"称号感到特别高兴和荣幸，认为特别有意义。她说，这个称号里有个人的奋斗，更有大家，特别是中原父老乡亲的关心和支持。她请记者通过本报祝家乡经济更快发展，人民幸福安康。

记者曾经对邓亚萍进行过十余年的跟踪采访，目睹过她那艰苦的训练和残酷的赛场厮杀，深切地感受到她自立自强撼人心魄的精神力量。在得知邓亚萍荣获中国体坛"世纪之星"称号后，不禁触动思绪，那一幕幕历史的镜头和感怀又浮现在脑海和心头……

爱国拼搏赤子心

现代意识的精髓是竞争。每一个中国人都应该在爱国主义的旗帜下，增强竞争意识，要有危机感。邓亚萍之所以获得成功，一个重要因素和动力是她的强烈报国意识和危机感。1990年，17岁的邓亚萍作为中国女队的主力，在北京亚运会上夺得三金一银。赛后，她曾祖露心迹："作为一个中国人我是很自豪的。我打球是为了报效祖国。我常想，我在国家队主力这个位置上为国出力，不过也只有短短几年的时间。因为说不定什么时候，更优秀的选手就会取代我。如果我不珍惜在这个位置上的每一个机会，将来我会后悔的。所以，只要一上场，我就不自觉产生这样的念头：好好打，报效祖国。"她的这种报国意识和危机感随着战绩的日益显赫而愈加强烈。

1992年，她勇摘巴塞罗那第25届奥运会女单、女双两枚金牌。在省政府为河南奥运健儿举行的庆功会上，她将5万元人民币交给范钦臣副省长，为"希望工程"献上一片爱心，从而成为中国奥运健儿向社会公益事业捐款的第一人，也是数目最多的一个人。她在那次会上通过新闻媒体呼吁，希望海内外中华儿女、各界人士都一起向失学儿童伸出援助之手，让他们早日返回课堂。之后，她又结对帮助了数名失学儿童，为国家体委对口支持的山西省繁峙县"邓亚萍"希望小学捐款……然而记者知道，能使河南省数百名失学儿童重返课堂的5万元捐款，却是她预支的比赛奖金。当时，她手头并不太宽裕。出身于运动员和工人家庭的她知道，是祖国母亲和人民哺育了自己，心中有一种解不开的赤子情结。

1995年，当她又在第43届世界乒乓球锦标赛上夺得三金一银，国内外许多报酬优厚的机会频频向她招手时，她又通过新闻媒介表明态度：现在，祖国还需要我，我还要继续报效祖国。我今后不管干什么，绝不会忘记祖国母亲，绝不会忘记自己是中国人，绝不干有损国格、人格的事。一个运动员只有把自己的事业和祖国联系在一起，人生才会有一条明亮的轨迹。她绝不讲空话，更加刻苦训练，于是又有了1996年第26届奥运会力拼两枚金牌，1997年第44届世乒赛摘取3金，1997年全国八运会两捧金杯的新高峰。

她拿到了世界大赛所有乒乓球女子项目的冠军后很平静地抒怀："作为一个运动员，平时你就应该刻苦训练，比赛就应该挺身而出，奋力争胜。特别像我这样的运动员，承担着打团体，为国争光的重任。教练和陪练为我付出的心血也大。所以自己理所应当地去冲锋陷阵，夺取胜利，为国争光。"古希腊神话中英雄安泰的母亲对儿子说："在战斗中当你受伤和没有力气的时候，只要你脚不离开地面，母亲就会给你力量和勇气。"邓亚萍是祖国母亲的女儿，当她脚踏祖国的大地，背负着民族的荣誉在训练场和比赛场上搏杀时，一种勇往直前的报国力量便油然而生。爱国拼搏的意识是她成长的强大精神支柱，铸就了她血肉之躯百战不殆的脊梁。

不断超越创一流

如果说是热爱把邓亚萍领进了乒乓球王国，那么，敢想敢干，不断超越的执著追求则吹响了她夺取一枚又一枚金牌的进军号角。她在训练和比赛中都有一种"舍我其谁"的"王者之气"，所定下的目标就是打败所有的对手，夺取冠军。

8岁时，邓亚萍混沌初开，当父亲邓大松给她讲中国第一个世界冠军容国团"人生能有几回搏"的故事时，她便瞪大明亮的眼睛，脱口而出："长大我也要当世界冠军！"她兑现了自己的诺言，10岁便获得全国业余体校团体和单打冠军。作为郑州队的选手，她不到两年便奋力打败河南省队的选手，进入省队。13岁，她便以河南队第一主力的身份在全国锦标赛上两次击败世界冠军、数名国手，夺得团体冠军，成为乒乓球运动史上最年轻的运动健将。继而，她又多次打败全国和世界冠军，靠实力硬闯入国家队，16岁便拿到了世界双打冠军。于是，她又树立起"让所有奖杯都刻上中国人的名字，都刻上邓亚萍的名字"的目标。令人赞叹的是，她1993年便集全国少年冠军、全国青年冠军、全国冠军、亚洲冠军、世界杯冠军、世锦赛冠军、奥运会冠军于一身，成为名副其实的"大满贯"得主，让自己的誓言和目标变成了现实。截止到1997年第44届世锦赛，她一共夺得18个世界和奥运冠军，堪为中国之最。她懂得，一个人追求的目标越高，他的才能就发展得越快。她的青春在理想之火中燃烧，格外壮丽，分外妖娆。

夺取冠军，为国争光不是一句空话，要靠实力说话。而实力要用智慧和汗水，苦练加创新，不断磨砺意志才能形成。邓亚萍10岁进郑州队时，就以大运动量苦练而为圈内人称道。进国家队后，她深知自己1米49的身高在竞技体育的残酷竞争中所处的极其不利地位。于是，她在完成别人不易完成的大运动量训练后，还要天天加班加点，超额训练。她一堂训练课汗湿几套衣服，汗透两双鞋，最后一个离开训练馆，在国家体委训练局已成为美谈。1990年亚运会后，她在接受采访时曾脱下鞋袜，展现在记者面前的竟是一双布满血泡的磨成铜钱厚老茧的脚板。1995年，记者到国家体委正定训练基地去采访冬训，目睹了她两天封闭训练。此时的她从脖颈、腰背到膝盖、脚踝都有严重的伤病，整日被疼痛困扰着。但她一上场便精神抖擞，一天练6个小时，打到底。近乎极限的多球全台跑动训练，一筐球200多个，她一天要打十几筐，不到半个小时便气喘吁吁，汗如雨下。训练快结束时，她面色苍白，人困马乏，仍然坚持做体力消耗极大的打高球练习。真是一天击球数千板，板板认真不松懈。而且当训练结束时，有几十张球台的训练大厅又只有她和一个队友在加班练。每天训练结束后，她必须接受1个多小时的按摩治疗，有时电疗会使她疼得喊出声来。主教练张燮林感慨地说："对邓亚萍，我只有常常'勒令'她休息，否则真怕她练过了头。"观看她的训练，不由使人想起冰心老人的名言："成功的花儿，人们只惊羡它现时的明艳，然而当初它的芽儿，浸透了奋斗的泪泉，洒遍了牺牲的血雨。"

有人曾评价邓亚萍是一个不是天才而成为天才的杰出选手。必胜的刚强、制胜的智慧与挫折而发奋的坚韧，造就了她勇往直前的强者风格。她在困难和挫折面前总是挺起了胸膛。

邓亚萍在乒坛赛场上纵横驰骋时，虽有"常胜将军"的美誉，但在"东有东亚劲旅，西有欧洲骁将，外有海外兵团，内有新老队友"的态势下，她也有"马失前蹄"的时候。她的过人之处就是在输给对手后完全没有失利造成的心理上的阴影，而是及时总结经验，再遇则战而胜之。而且一般是"事不过二"。第41届世乒赛女团决赛输给朝鲜队的俞顺福后，单打比赛3∶0干脆利落地拿下对手。第42届世锦赛单打比赛意外负于新加坡选手井峻泓，再遇则没有给对手多少机会。她在技术上也勇于创新，主教练对她的指导也是点到为止。她横板正手反胶，反手长胶攻球不仅快别人半拍，而且发球和战术的变化都有过人之处。特别是反手长胶在能推、能磕、能挡、能拱的同时，还能发力快打，使对手感到别扭和防不胜防。加上她顽强的斗志、强烈的求胜欲望和稳定的心理状态，常奏凯歌就是必然的事情了。中国第一个女子乒乓球世界冠军邱钟惠评价邓亚萍说："她不仅是特殊材料创造出特殊打法的典型，而且是一个作风顽强、善于用头脑打球的优秀运动员。"

学海无涯苦作舟

从小就进运动队的邓亚萍，平时十分爱看书，汲取文化知识的乳汁。能上大学去学习深造是她梦寐以求的。1996年亚特兰大奥运会后，她被录取为清华大学的学生。她在兴奋之余，郑重地告诉记者，除训练备战1997年第44届世锦赛和八运会外，要"闭门谢客"潜心读书了，并要拿出打球的劲头，专心学习，要学就学好。

她在1996年至1997年，获得了双丰收，既完成了阶段学习任务，又摘取了世锦赛和八运会共5枚金牌。1997年八运会后，她虽没有宣布退役，但已从训练场和赛场上消失，到清华大学读书去了。记者在1997年年底曾经到她北京的寓所里小坐，只见英语等教科书已整整齐齐摆在她的枕边和案头。国家体委的翻译夸奖她按照清华大学老师安排的进度，经常学习到深夜。经过文化知识测试，清华大学给她创造了非常好的学习条件，在开设的语文、历史、英语、国际关系等课程中，有教授和优秀教师一对一辅导教学。她知道自己文化底子差，除了把自己的睡眠时间压缩到最低限度，连走路、吃饭时都在看书。她做作业与完成训练课一样，绝对是今日事今日毕，毫不含糊。谈起她的刻苦学习精神，辅导过她的老师及学友都深表叹服。

今年3月的一天，记者应在郑小憩三天的邓亚萍之邀，到尖岗水库钓鱼。交谈中她说，八运会后在清华大学潜心读书4个月，于1998年2月底从北京前往英国剑桥大学读书。在剑桥大学的语言学校，她学习了三个多月，还到国际奥委会参加了运动员委员会会议，并用英语发言和交流。在英国剑桥大学这段日子里，她每天早上8点多从住地赶往学校上课。中午休息吃饭一个小时。下午3点半下课后，她又到学院的学习中心学习，听磁带，直到晚上8点钟学习中心关门后才回住地。在住地，仍要坚持做作业和预习功课到深夜。4个月后，她已能用英语和房东交谈，和剑桥大学乒乓球队队员打球聊天。握别不久，她便又受教育部公派到英国诺丁汉大学留学一年到一年半。她说，今年再去英国留学，就是力争完全通过"语言关"，然后再选一个合适的专业。她计划30岁前，拿到一个硕士学位。

学海无涯苦作舟。人们有理由相信，不断超越、勇攀高峰的邓亚萍一定会学有所成，报效祖国。

（原载1999年12月22日《河南日报》）

二、报告文学

中原巾帼建华夏丰功

河南女将

红地毯，蓝球台，一只黄莹莹的小球像个快乐的精灵在蹦跳旋转……

1991年樱花开放的4月。日本千叶县。

第41届世界乒乓球锦标赛给观众的眼睛以双重享受：红黄蓝三原色的巧妙搭配；各国乒乓健儿的精彩表演。

乐声响起，中国女子乒乓球队一名个子最低的运动员登上了女子单打比赛的最高领奖台。

她真幸运！德高望重的国际奥委会主席萨马兰奇走上前去，给她挂上了一枚金灿灿的奖牌，并轻轻地吻了她的双颊。中国在历届世锦赛中曾出现9名女单冠军，唯有她享此殊荣。

赛场上响起激奋昂扬的《义勇军进行曲》，她手持鲜花，挺胸肃立，仰望五星红旗冉冉升起，眼眶里晶莹的泪花在闪动……

她就是本届世乒赛女子单打冠军邓亚萍。

人们也许没有注意到，自1971年至今20年间12次世乒赛中，有3名来自河南的女将充当了其中6次征战的主力军，她们就是：

参加过5次世界锦标赛，夺得3次团体冠军的张立；参加过3次世界锦标赛，夺得过3次团体冠军，在一次世界锦标赛中获得3块金牌、1块银牌，创空前纪录的葛新爱；参加过2次世界锦标赛，1次世界杯团体赛，16岁便荣获世界双打冠军，成为世界锦标赛中最年轻的世界冠军的邓亚萍。

3000年前殷商王朝，河南曾出现一员东征西杀、威震四方的女将妇好，但她的征战范围不过是中原及其周边地区。而今日河南乒坛三女杰，却早已冲出亚洲，称雄世界。

巾帼豪杰——张立

1962年，新乡市少年体校乒乓球队来了一个左手握拍的小丫头。这就是张立，一个家境艰难的工人的女儿。月薪只有45元的父亲要养活她姐弟五六人。踏出家门的她似乎再也没有退路。所幸的是她深深地爱上了这项运动，那小小银球磁石般地吸引着她那双明亮、机灵的大眼睛。也许是60年代中期我国体育界处于日本排球教练大松博文的"极限训练"和解放军郭兴福"三从一大"教学法的氛围之中，她日复一日、年复一年练得昏天黑地。一天训练下来，累得连宿舍楼都爬不上去。如今回想起来，她感慨地说："那时没有奖金，苦练的动力就是祖国的荣誉、运动员的良心。"今天，奖金在国内外比赛和训练乃至整个社会生活中，自有其魅力与合理性。然而，我们绝不能忘记老一辈运动员的良心和至高无上的信念，那就是：祖国的荣誉高于一切。他们坚韧不拔、百折不挠、奋勇拼搏的爱国主义精神，应该成为永恒的国魂而留传后人，激励一代又一代中华民族的子孙，为祖国的繁荣昌盛而忘我奋斗，无私奉献。

终于，苦练收获了报偿。3年间，张立便走完了从业余体校到省队再到国家青年队的路程。1965年12月，她来到北京。

不幸的是，半年之后，"文化大革命"席卷全国。于是，谁要再去练球，谁就是走"白专"道路。年轻的张立一度陷入迷惘。然而，为国争光的责任感驱散了她眼前的迷雾。她焦急地说："不练球，和洋人打非输臭了不可。"于是，她和郑怀颖、黄锡萍这些年轻的队友，衣服里都夹只球拍，从铺天盖地的大字报的夹缝中匆匆走过，来到日渐冷落的训练房偷偷练球。

不管是风平浪静，还是倒海翻江，她心中总有一盏航标灯，始终闪亮……

执著的追求，艰苦的磨炼，使张立的球艺日渐炉火纯青。她在1973—1975年几十场国际比赛中保持不败，可谓"打遍天下无敌手"。有人说看她打球是一种享受。那旋转多变的高抛发球，那迅如闪电的抢拉抢攻，那变幻莫测的大角度推挡，都令观众击节赞叹。而她那开朗、豁达、豪爽的气质，又使她能在关键时刻挺身而出，冲锋陷阵。参加第34届世乒赛时，27岁的张立雄风犹在，宝刀不老。对韩国队的一场团体赛最为艰险。中国代表团团长徐寅生问她："排你打头阵，你敢不敢上？"她斩钉截铁地说："你敢排，我就敢打！"她挥拍上阵，与不久前战胜过自己，素以攻杀凶狠而闻名国际乒坛的猛将李艾莉萨交锋。她心不慌，手不软，频频发动攻势，以 2：0 战胜对手，为中国队夺取团体冠军立了头功。不料几天之后，这两个冤家又在单打比赛中狭路相逢。为报团体赛中的"一箭之仇"，李艾莉萨一开场便劲头十足，干脆利索地先胜两局。张立尽管久经沙场，此时心中也难免紧张得如同重槌擂鼓。赛前，日本乒坛元戎荻村伊智郎曾经这样评断："这两名选手不是比技术，而是比思想，比意志。""置之死地而后生。"她豁出去了！只见她正反手发出一个个旋转莫测的上旋球和下旋球，抓住时机就是一板重扣。对方回球低，她便拉起台面上的"小弧圈"，照样凌厉突击。她气势如虹，连扳两局。在决胜局激烈的对攻中，在比分落后的情况下，她追成 20 平。可后来她却总是落后一个球。就是在这种危如累卵的局面中，她咬紧牙关，穷追不舍，与对手打成 21 平、22 平、23 平，终以两分之差，打败了李艾莉萨。20 多年后她回顾当时的情景时说："下场后 40 分钟心跳仍是每分钟 100 多次。"是的，如果没有坚强的意志，是难以承受那巨大的精神压力的。敢与强手争高下的气质，使她屡屡闯关夺隘，建勋立功。

前后参加 5 届世乒赛的张立，曾经夺得 3 次团体冠军、1 次双打冠军和 2 次单打亚军。更值得一书的是，她在 3 次世锦赛单打比赛中，在凭借实力极有可能夺取冠军的情况下，为了当时国内外大局的需要，却敬陪对手 2 次站在亚军、1 次站在季军的领奖台上。对此，人们不会忘记，也没有忘记。对于张立的球艺和人格，中国乒乓球界至今有口皆碑。她没有获得过世界单打冠军，但在人们的心目中她始终就是一位世界单打冠军。谈起此事，她犹如轻风拂面地说："作为运动员，我当然想拿世界单打冠军。但是，国家培养了我，在特定历史条件下，我要服从大局。"

1979 年，29 岁的张立终于退役了。经过几年大学深造，她成为中国乒乓球队的女教练。担任教练，就意味着常年随队，东征西杀，这要牺牲多少天伦之乐！为此，她把独生女李楠从 9 岁起便送到北京什刹海体校，一星期才接回家一次。她把更多的爱给予了她的队员们。她曾是一名优秀运动员，也是一名优秀教练员。她曾到朝鲜执教一年，便使朝鲜乒乓球女队赢得世界大赛团体亚军。她回到中国乒乓球队之后，又和其他教练一起，培养出全国青年冠军唐薇依，全国冠军刘伟、应荣辉，世界杯、亚运会团体冠军高军等精兵强将，为中国乒乓球事业做出了新的贡献。

今天的张立已经年逾不惑，然而眉宇间和谈笑里依旧透出当年的虎虎生气与豪情。人们从取得了巨大成功的厂长那里能看到这种生气，从经受了战火洗礼的士兵那里能看到这种豪情，每一个无愧于生活的人才能有这种风采。交谈中，她又忆起了我国乒坛名将容国团的那句豪言："人生能有几回搏！"是的，短暂的人生中通过全力拼搏而获取重大成就的时刻并不多。在这些时刻，你若怯懦而退缩，将会抱憾终生；你若无畏而进击，将会光彩照人。也正是在这些时刻，才最容易区分懦夫与豪杰。张立无疑是一位豪杰，她是一位令人尊敬的巾帼豪杰。

乒坛奇葩——葛新爱

这就是葛新爱吗？鼻梁上架一副近视镜，文静，稳重，训练之余往往手中捧一本书，一副少年老成的模样。当年有的教练说，无论从体型和气质上说，她都不是一个运动员。她也确曾面临被淘汰出专业队的危险。

就是这个葛新爱，不仅成了运动员，而且继邱钟惠、林慧卿、胡玉兰之后，第 4 次把世界女子单打冠军的奖杯带回了中国。

与张立的起步相比，葛新爱更为不幸。她 1966 年在郑州业余体校练球时，人们忙于斗争，连训练房也封了，她和另外 3 个小女孩不得不从窗户爬进去练球。1970 年，她进入恢复训练的省队。这个手持横板打削球的小丫头，头脑清醒，善思好学，而且有一股韧劲。省体工大队的华惠敏教练，着意让她从本身条件出发，改打直板削球，并且专程进京向直板削球老前辈姜永宁请教，很快练就了一套适合自身特点的打法。她的削球富于变化，往往使对手摸不着头脑。她的攻球堪称一绝，被中国乒乓女队主教练张燮林誉为"两面三攻"：不仅能以正手、反手用球板的正面攻球，而且能以反手用球板的背面攻球，这一招往往打得对手猝不及防，望球兴叹。她由此而被称为"怪球手"。"反手背面攻"其实是河南省队一名男队员发明的，不过是为了在对打中临时应付或者玩玩而已。而她却借用了去，经过反复试验，终于练成一种独特而有效的打法。这正如走路，眼前仿佛有路但模模糊糊，别人都转向现成的路，她却在一条被杂草湮没的小径上踩出了一条平坦的通途。

葛新爱被誉为"乒坛奇葩"。然而这朵"奇葩"并不是一开始就被人们赏识的。她1970年进入河南省队之后的几年间，一直是"板凳队员"，在省队有识之士力荐下，她第一次参加1973年在武汉举行的全国乒乓球锦标赛，竟获得女子单打第3名，可谓"奇葩初放"。张燮林当即把她召至麾下，对她的技术进行精雕细刻，使她的削球更加稳健，重现自己当年"海底捞月"的风采，同时，还使她近台的抽杀、推挡和拱球等新招法更加精美，比自己以稳守为主的打法前进了一步。这朵被精心修剪的"乒坛奇葩"，作为中国女队的奇兵，第一次参加世界大赛便攻城掠地，捷报频传。到了这时，人们终于看到"奇葩怒放"了。

这是1975年第33届世锦赛，葛新爱与张立联手，挑起了女子团体决赛的大梁，敲响了中国女子乒乓球队在世锦赛中"八连冠"的开场锣鼓。对方是第32届世锦赛女子团体冠军韩国队。第一盘张立胜李艾莉萨之后，首次参加世锦赛的葛新爱在第二盘中以2∶1的比分击败实力雄厚的削球手郑贤淑。不料风云突变，韩国队在第三盘、第四盘的双打和单打中连扳两盘，使总比分成为2∶2。这便演出了由葛新爱在决胜的第五盘中迎战李艾莉萨的一幕。韩国的第一主力李艾莉萨起初似乎并没有把对手放在眼里，一上场便频频拉起旋转强烈的弧圈球。不料对方轻轻一挡，她便再也拉不起来了。她这才意识到对手绝非等闲之辈，只得改打搓球。哪知对手在飘忽不定的对搓中频频起板猛攻，竟打得她不知所措。不多时，她就以悬殊的比分败下阵来。葛新爱大显神威，赢得两盘，使中国女队在时隔8年之后又一次夺回了考比伦杯。外电纷纷报道："默默无闻的葛新爱在中国的胜利中起了主要作用。"然而，从默默无闻到世界冠军队的主要角色，她曾在那崎岖小道上的艰难跋涉中，洒下多少奋进的汗水！

张立和葛新爱这两员河南女将并肩作战，在第33—35届这3届世锦赛中，作为中国女队的主力队员，连续3次夺得团体冠军。更令人瞩目的是，在第35届世锦赛中，葛新爱还夺得了女子单打冠军、混合双打冠军和女子双打亚军，为自己的乒坛生涯演奏出壮丽的尾声。

1979年4月的平壤，葛新爱扶病前来参加第35届世锦赛，进行她告别乒坛的最后一搏。在团体、女子单打、女子双打和混合双打比赛中，她一面打针吃药，一面挥拍上阵，从一场又一场的奋战中，夺取一次又一次的胜利。到了5月6日，在食不甘味、满嘴起泡的情况下，她意想不到地进入了女子单打决赛。对手是以能攻善守连胜法国贝尔热雷、匈牙利马戈斯和中国张立、张德英等欧亚名将的朝鲜横板骁将李松淑。这是一场艰苦卓绝的拼搏。能容纳4万名观众的平壤体育馆座无虚席，李松淑每打出一个球都引来雷鸣般的掌声和呐喊声。此时的葛新爱头脑冷静，一上场便出其不意，以拉中突击、结合短吊的进攻姿态，使得李松淑前后奔跑，左右招架，削不稳，守不住，不多时便连负两局。第3局两人打得难解难分，有时一个球竟要经过30多个回合才见分晓。终于，葛新爱以21：19的比分拿下了这一局，登上了世界女子单打冠军的宝座。有人统计，她在10天内抱病打了82局，最多的一天激战27局，创造了历届世锦赛个人场次最高纪录，并被大会评为"最佳运动员"。然而，最后她是在队友的搀扶下走下场的。她以三金一银的赫赫战绩向世界表明，最顽强的运动员属于中国！

1979年，她退役了。这位名播四海的世界冠军纯情、朴实，没有忘记生养她的河南大地，没有忘记培育她的河南父老，无条件地回到河南贡献力量。不久，她惊闻自己的启蒙者——郑州工人新村第一小学体育教师李联清去世，便约请了当年一起学球的小伙伴，抬着花圈去悼念李老师并慰问其家人。李老师九泉下有知，也应笑慰了。

葛新爱打心眼里没有把自己看作什么名人，一有兴致便跑到儿时伙伴的工厂里去玩耍一天，饿了，就掂起饭碗到职工食堂啃馒头，喝玉米面糊糊。不久，她与相爱数载的一位记者举行了婚礼，这位世界冠军的新房，简直还不如"汤姆叔叔的小屋"宽敞、亮堂。她的蜜月没度几天，就告别郎君搬进了省体工大队的宿舍。为了迎接第四届全运会，她带队投入了紧张的集训。

葛新爱也走过了一条从运动员到教练员的道路。她在河南省乒乓球队任教期间，兢兢业业地带出了李琦、曾志英等国手。她去朝鲜执教，备受欢迎。而鲜为人知的是，她还能写出一手好文章。她颇具文采和哲理性的议论文《谈急躁》被《体育报》摘引后，委实引起了人们的赞叹。

这就是葛新爱，近视镜镜片后面的两道目光明朗而又审慎。她注视着人生之路上每一个可供选择的路口，每一段应当警觉的坎坷。她在白日里能长驱直进，在黑夜里也能摸索前行。她充分相信自身的韧性，又极力发挥个人的潜能，终于走过了一段辉煌的历程。这就是她——一个世界冠军带给我们的思索和启迪。

少年英雄——邓亚萍

这是掌声迭起的中央电视台1991年春节体育联欢会。这台节目通过中央电视台的转播，成了亿万观众注视的中心。

人们感到惊异，邓亚萍这个4岁开始打球，13岁夺取全国冠军，15岁赢得亚洲冠军，16岁荣获世界双打冠军，几年间带回数十座奖杯和奖牌的乒坛俊杰，又成了这台文艺晚会的明星。带着在北京亚运会上夺得"三金一银"的喜悦，她登台表演，妙语连珠，载歌载舞，潇洒自如。舞台下和电视机前的无数观众都被她感染了。

作为一名乒乓球运动员，她除了个子低是个缺陷，无论是速度、灵敏度，还是手感、爆发力，都有超越他人之处。最为可贵的是她的拼搏精神，尤其是成名之后的拼搏。今年年初，国家乒乓球队就开赴国家体委黄石乒乓球训练基地，投入了长达一个半月的封闭式集训。亚运会之后被毫无争议地确认为女队第一主力的邓亚萍，一如既往，仍然是训练时间最长、最刻苦的一个。全国各甲级队教练到黄石基地观摩训练，看到邓亚萍是唯一的身穿沙背心腿绑沙袋进行训练的队员。国家女队主教练张燮林无可奈何地说："限令她每天下午练到6点，她还是练到7点。"

坚持不懈的苦练，使邓亚萍的球艺和竞技水平长期处于良好状态。因而，她在这次集训之后连续举行的黄石公开赛、苏州热身赛和上海精英赛中夺得的冠军最多。当然，球场如战场，并没有什么常胜将军，她也不是每赛必胜，落后、被动的局面也不时光顾她。在上海精英赛中，她就有几十次处于这种境地，但没有一次被逆境所征服。她奋力扭转颓势，终于反败为胜。

4月中旬的北京，春意盎然，杨絮在和风中纷纷飘坠，阳光下的草坪正在泛青，紫槿尚未吐叶，紫红色的繁花却已抢先缀满枝条。国家体委训练局乒乓球馆是一座米黄色的大楼，其外观给人以柔和静谧之感，大楼里却充溢着紧张迎战第41届世锦赛的气氛。训练大厅里挂着一条醒目的标语："没有杀不死的球，没有防不住的球，必须苦练！"八九张球台一字摆开，国家女队的队员们捉对厮杀，正练得热闹，乒乒乓乓的击球声不绝于耳，橘黄色的小球滚落满地。邓亚萍正在进行有针对性的发球抢攻等战术训练。看那劲头，真有点"拼命三郎"的味道。

上午9点30分，曾传强教练喊了一声"休息3分钟"，队员们纷纷离开球台，喝水休息，有的走出大厅。唯有邓亚萍的那张球台，训练仍在进行。她并不是不疲劳，也不是没有伤，这样拼命，是因为她深深知道前程艰险，责任重大。

邓亚萍也期待着与队友的合作。在中国乒乓球队赴日本参加第41届世锦赛前夕，记者问她对于这次大赛的想法，她说："我将尽全力打好这次大赛，特别是团体赛。这需要我和队友的密切配合，我们每一场胜利都是集体智慧的结晶。"当时主教练张燮林对这次大赛并不乐观，他说："排阵相当困难。邓亚萍是第一主力，这是改变不了的。其他队员如何替她分挑重担，这是中国女队的重大问题。"主教练深知，一个运动员的巅峰状态不可能永久存在，于是便问其他3名主力队员："世锦赛上假如邓亚萍状态不好，你们谁打第一主力？"不料姑娘们却回答："她的状态不好，你也得用她。我们谁也没有她那种气势。"事实证明，姑娘们的这种精神状态，给中国女队夺冠平添一层心理上的压力。果然，在团体赛决赛中，邓亚萍背着沉重的精神负担上场，便不再是平日的邓亚萍了。而朝鲜联队在调兵遣将方面则有更多的选择余地。他们排出了新老结合的凶阵，派18岁的"黑马"俞顺福打头阵。这员小将确有一股初生牛犊不怕虎的气势，超水平地发挥了技术和战术，以总分2：1、小分赢两分的结局战胜了邓亚萍。

接着高军失利，中国队连输两盘，而双打的第一局再次告负。于是有人开始预测中国队将以0：3败下阵来。邓亚萍却在这时开始卸去精神负担，进入"角色"，她与高军拿下第三盘双打之后，又乘势打败了实力雄厚的名将玄静和。然而，在决胜的第五盘高军再次失利，中国女队最终失去了保持16年之久的考比伦杯。战功赫赫的邓亚萍遭遇了人生途中的重大挫折。

有人认为："中国队的失利是由于邓亚萍没有打好开局。"此言极有道理。然而，亲爱的读者，在我队并无明显优势的决赛中，她背着第一号主力要胜两盘的重负上阵迎敌，对此不应给她以宽容和理解吗？体育运动的最高境界是既崇高辉煌又宽松洒脱的。运动员能为推动某项运动做出一定的贡献，则应是"胜固可喜，败亦欣然"了。更何况，她在这场决赛中还赢得1分半。然而，一柱难擎天。中国女队的失利就在于只有这一根擎天柱。

胜负是运动场上的永恒主题。优秀运动员也不会像人们所期望的那样"每赛必克"。优秀运动员的标志，不仅在于取得了多少次胜利，更重要的是能够迅速从失败中爬起来去搏取新的胜利。邓亚萍说过："能从失败中爬起来的选手是最可怕的选手。"她就是这样的选手。对于团体赛的失利，她怀着深深的歉意。然而她明白，最要紧的是迅速调整情绪，在单项比赛中奋力拼搏，为国争光。

在女子单打、女子双打、混合双打三项比赛中，人们看到她全无失败后的懊丧与萎靡，犹如一匹矫健的战马纵横驰骋。她在混合双打比赛中与韦晴光配对，打掉了许多外国选手，为我国选手刘伟、王涛最后夺冠扫除了障碍。她与乔红配对参加女子双打比赛并获得亚军。在决赛结束之后举行的女子双打项目颁奖仪式上，8位中国姑娘站满了领奖台，要属邓亚萍笑得最舒心。她为中国女队重新显示实力而感到欣慰，这是强烈的集体荣誉感的自然流露啊！在单打比赛中，她一路过关斩将，连下7城，在第3轮中战胜了曾在团体决赛中赢过她的俞顺福，最后在决赛中与上届世锦赛女子单打亚军、朝鲜名将李粉姬相遇。她动如脱兔，攻如狂飙，简直如同秋风扫落叶，打得对手往往只有招架之功。她没费太大力气便以3∶0漂亮地结束了战斗。主教练张燮林赛前布置的正手快、反手怪、多起板、早起板的战术被她发挥得淋漓尽致。以"严"著称的中国乒乓球代表团副团长李富荣，也盛赞这是整个世锦赛中她打得最出色的一场球。继去年在日本举行的首届世界杯团体赛她夺冠被评为最佳运动员后，这次大会又评选她为唯一的最佳运动员。整个世锦赛及日本再次刮起了"邓亚萍旋风"。

这就是邓亚萍。她有过令人眩目的战绩，也有过刻骨铭心的失败，还有过失败后的奋起，奋起中的胜利。她在人生的大海上，有时能在晴空丽日、碧波万里的海面上扬帆疾驶，却也会遇到电闪雷鸣、惊涛骇浪而在波峰浪谷间颠簸。正是这些，构成了其胜利与失败交织、欣喜与悲伤更替的人生交响曲。她还很年轻，似乳虎，如朝阳，活力充沛，前程似锦。今天，我们发现，第41届世锦赛的悲喜她都已深埋心底，又开始卧薪尝胆，砥砺自奋，从零开始了。她不服输的炯炯目光依然那么富有穿透力，仿佛看到了明年巴塞罗那奥运会的风云、后年第42届世锦赛的硝烟……那就聚力蓄势，再搏几回吧！愿人民钟爱的好女儿，在不断进取中创造更加辉煌的人生！

（原载1991年7月6日《河南日报》，和刘福智合作）

三、人物专访

星汉灿烂纳体坛俊杰

深情厚望寄乡亲
——访张蓉芳

真是喜出望外,我面前就坐着全国人民熟悉的巾帼英雄、国家女排原队长张蓉芳。4日晚从电视屏幕上得知她刚光荣离队,昨天上午张蓉芳来到郑州,我有幸第一个采访了她。作为一名记者,我为自己、为读者感到高兴。

在球场上,张蓉芳被誉为"灵巧得像山野里的一只猴,勇猛得如丛林中的一只虎"。此刻,坐在这间普通客房里,她却举止安详,和蔼亲切,和球场上判若两人。

"我刚下火车几个小时,便有许多同志来看我,使我深切感受到河南人民对中国女排的情谊。7年未来过郑州了,宽阔的火车站广场,高大的沿街楼房,宽敞干净的大道,上得很快的体育设施,郑州的变化真大呀。看来,郑州将是今后国家的一个重要训练和比赛基地。眼下,1984年全国男排甲级联赛正在这里举行,能见到许多老教练、老朋友,久别重逢,畅谈一番,真是令人愉快。"噢,张蓉芳到底是张蓉芳,说起话来像打球那样爽快。

张蓉芳球艺高超,威震四海,为中国女排"三连冠"做出了巨大的贡献,对她的离队,许多人深感惋惜。谈及此,她说:"我在中国女排这个团结、友爱、蓬勃向上的集体里生活了8年。离开它,从感情上来讲确实是依依难舍的。但我的离开,是排球事业发展的需要,是合乎新陈代谢规律的。长江后浪推前浪,我相信新组建的国家女排一定会超过我们这批老队员的水平。"说到这里,她加重了语气:"中国女排要保持荣誉,最重要的是后备力量问题。要像我国乒乓球运动那样,后备力量雄厚。我希望在基层广泛开展排球运动,使排球界不断发现苗子，培养出新秀，那么，中国女排一定会长久地立于不败之地，继续为国争光。"人虽解甲，心系排坛，胸怀祖国。我从心底涌出了敬意。

"您对今后的工作和学习有什么想法？去向如何？"我直截了当地问她。她略为思索一下，说："我是党和人民培养成才的，我的工作要服从组织上的安排。我虽已经27岁了，但上学深造是我盼望已久的事，组织上正在考虑我的愿望。"

张蓉芳透露了一个少有人知的消息。她说："我是河南新蔡县人，所以，来到河南，备感亲切。父亲曾几次让我到家乡看看，但因为紧张的训练和比赛，未能如愿。"张蓉芳希望通过本报向家乡父老致以亲切的问候，并深情地说："河南是个大省，省委、省政府对体育工作十分重视。希望河南体育早日在全国名列前茅，更希望家乡面貌日新月异，在'四化'建设中取得更大的成就。"

握别之后，心情仍久久不能平静。乡亲们也一定会祝愿她——昔日的女排健将在今后事业的攀登中，取得新的成就！

(原载1984年12月6日《河南日报》)

"智多星"畅谈体育热
——访徐寅生

世界乒坛宿将、体坛的"智多星"、现任国家体委副主任徐寅生，日前来郑州参加正在召开的全国体育竞赛工作会议，我趁空访问了他。

徐寅生已经46岁了，仍然风度翩翩，宽阔的前额，深邃的目光，使人一下子就回想起他那篇充满辩证法思想的关于如何打好乒乓球的文章。

话题就从"体育热"开始。

他说："近年来，随着我国运动员在国际比赛中取得优异成绩，中国大地上出现了'体育热'，从'发展体育，振兴中华'的口号中，这股爱国主义的热流，已经变成建设'四化'的强大动力。"这番高屋建瓴的言谈，一下子吸引住我。

"现在全国各行各业都在改革，体育界对此如何反应？"我提出了问题。

他说："体育系统的重大改革就是体育社会化，光靠体委办体育是不行的。我们的政策是大家都来办。当然体育界内部实行责、权、利相结合的管理也是十分重要的。"接着,他深情而自豪地说:"最近,党中央《关于进一步发展体育运动的通知》,更使各级领导和有识之士把发展全民族体育运动的热情,变成兴建体育设施、赞助体育竞赛、训练体育人才等的具体行动。我国跻身于世界体育强国之林,大有希望。"

谈到明年全国首届青少年运动会,作为大会的筹委会副主任,他格外有劲:"首届青少年运动会是我国为参加亚运会和奥运会选拔人才的盛会,但更重要的是通过青少年运动会对青少年进行爱国主义、集体主义和社会主义精神文明的教育;从这个意义上讲,已经远远超出体育的范围。"接着,他又爽朗地说:"首届青运会为什么选址河南?首先是河南省委、省政府领导重视体育。其次,河南培养出葛新爱、张立、巫兰英等世界冠军,为我国体育事业做出贡献。当然,河南地处中原,交通方便,物产丰富,体育设施初具规模也是重要因素。河南人民是有荣誉感的,通过青运会,各项工作水平一定会有一个大的提高。我衷心希望河南省体育代表团能在青少年运动会上取得好成绩。"

采访结束的时候,徐寅生同志说,体育离不开宣传,宣传离不开体育。他希望《河南日报》能多报道些体育新闻,广大群众一定会欢迎的。

(原载 1984 年 12 月 12 日《河南日报》)

一席肺腑语　满腔报国情
——访全国泳协副主席、国家游泳队教练穆祥雄

8 月 24 日晚,一个凉爽的周末之夜。

轻轻敲开省体委运动员接待站一个普通房间的门,一位两鬓微霜的中年教练员,出现在我的面前。中等个头,宽宽的肩膀,高高隆起的胸肌,那棱角分明、黑里透红的脸膛上,岁月刻下了深深的皱纹。他就是泳坛宿将穆祥雄,在游泳史上,三次改写过百米蛙泳世界纪录的人。

他很客气地把我让进房间。接着,便同我聊起了中国泳坛的过去、现在和未来……

创业者对创业史自然记忆犹新，穆教练深沉地回首起往事来——

解放前，我国只有津、沪、穗很少人参加游泳训练，水平很低，全运会冠军多为马来西亚、新加坡的华侨夺得。1953年国家游泳队成立，1954年旧中国所有的游泳纪录均被打破，泳坛开始现出生机。随着出国学习和新技术、新训练方法的采用，我们一踏上国际泳坛便崭露头角。1955年7月，莫斯科中苏游泳对抗赛，我100米蛙泳游出了1分11秒8的好成绩，令苏联游泳界感到震惊。当晚，塔斯社向全世界播发了这一新闻。又经过几年努力，1958年、1959年我三次打破100米蛙泳世界纪录，加上戚烈云和莫国雄，我们共五次打破世界纪录。当时，在100米蛙泳世界前十名中，我国占五名；其他如蝶泳、短距离自由泳也排在世界前十名左右。应该说，那时是我国游泳史上的黄金时代。

他顿了一下，不无惋惜地说："正当我们全面攀登世界游泳高峰的时候，开始了'十年内乱'，我国游泳运动停止训练，一线、二线队伍全垮掉了。而这十年，国外由于采用先进科技和训练方法，成绩简直是突飞猛进。这一上一下，把我们甩得好远！1975年四届全运会，我们破纪录的成绩，排在世界一百名以后，怎不令人痛心？"

谈到现状，穆教练面露喜色。他认为这两年我国的游泳成绩大有进步。尤其是1985年，各个项目都有所突破，有的运动员已进入世界前三十名的行列。一批条件较好的青少年运动员雄踞泳坛，英姿勃勃。他是胸有成竹的。经他训练才两年多的16岁运动员黄晓敏，最近在全国游泳锦标赛上，接连打破由"女蛙王"梁伟芬保持4年之久的全国纪录。

话题转到首届青运会上，他显得更加兴奋。他说，举行青运会，是发现和培养青少年运动员的一项创举。我国游泳运动要赶超世界水平，希望就在青少年运动员身上。关于青少年运动员的训练，他认为光在水里练不行。一是要花一定时间提高身体素质，特别是训练柔韧性和腕、膝、胯等各个关节的灵活性。他打比喻说，鱼没尾巴游不动，脚腕等于鱼的尾巴，不灵活，怎么能游得快？二是切忌训练粗疏。要抓一些如蹬腿、夹腿、脚腕、划水角度等看来很小的技术动作。这个50岁的人，躺在床上做示范动作，用腕关节打开角度影响脚掌接触水面大小为例来说明其观点。我心里一阵感动。三是科学训练，掌握适当的训练强度。他语重心长地说："选才是基础，但训练是关键啊！"

这时，河南队领队兼教练李忠友走了进来，和我们一起聊天。当李教练说到河南游泳队甲组只有3人参加比赛时，穆祥雄激动起来。他说："从河南可以看到全国。在美国登记从事正规游泳训练的运动员有上百万人，而我们全国还不到一万人。我国正规场地少，参加正规训练的人更少，这和运动项目总的布局、人力、财力、物力分配不当有关。要知道，奥运会游泳有32块金牌，是可以'安天下'的项目啊！可我们在奥运会上一块奖牌也没有拿到，能不使人忧心如焚吗？"他把话锋转向我，诚恳地希望舆论界为游泳运动呼吁，引起各级领导和全社会的重视！

最后，他还希望通过报界向培养青少年运动员的业余体校教练员表示敬意。他认为，启蒙教练是"无名英雄"，所付出的心血是巨大的，应当宣传他们，制定和落实对他们的奖励政策。他诚恳地希望启蒙教练帮青少年运动员全面打好基础，不要急于出成绩。

一席肺腑语，满腔报国情。愿这位泳坛宿将多培桃李，再立新功！

（原载1985年8月26日《河南日报》）

她仍在执著追求

——访宋晓波

中国女篮原队长宋晓波已经退役近一年了，但在体育爱好者心目中仍是一颗明星。人们一如既往，关心着她的近况。

带着读者们的问候，不久前的一天，在国家体委郑州篮球训练基地，记者和她进行了一次愉快的交谈。

她已经27岁了。颀长的身材，白皙清秀的脸，一双闪着聪慧光芒的大眼睛，浑身透出灵气和活力，依然是当年当运动员时的洒脱风采。

"看来，我这一辈子和篮球结下了不解之缘。"宋晓波不胜感慨。说真的，宋晓波的篮球生涯，确实带有一定的传奇色彩。从17岁南征香港参加亚洲女篮锦标赛在队里挑大梁开始，10年来，作为中国女篮的场上"灵魂"，她冷静的头脑，顽强的作风，准确的跳投，机警的突破，打出一个个恰到好处的"聪明球"，给人留下了多么美好的记忆啊！至今她仍然是入选《篮球世界》最佳阵容的唯一中国运动员。

谈到近况，宋晓波说，由于身体、年龄诸方面的原因，1984年年底她结束了运动员生涯，留队当助理教练。她把这看作是领导和同志们的信任，下定决心干好。她诙谐地说："脑力劳动很艰苦，又当教练，又上学，我都觉得自己老多了。"一年来，她白天训练，晚上上北京体院函授班，还抽时间赴美考察，日程满满的，像一张拉满弦的弓。

近几年，中国女篮在几次关键性比赛中，输给了韩国。有人评论，韩国队像顶门杠似的，阻挡中国女篮走向世界。对此，宋晓波说："几次输给韩国的事实说明，中国女篮思想、技术水平都不稳定，战术单调，变化少，有时死打高中锋，遇到进攻受阻时，又没有其他成熟的阵容来应变，整体防守意识差，常常出现漏洞；打法上没有形成自己的风格。"她沉思了一会儿又说："现在世界女篮发展趋势是身材越来越高，身体素质越来越好，战术变化也越来越多，特别是移动进攻，个人攻击力很强。美国2米多的女篮队员能跳起扣篮，趋于男子化的打法。这就要求我们教练在训练上必须另辟蹊径，走出一条适合中国情况的训练路子，临场指挥水平也要提高。"

"要想达到世界先进水平，中国女篮最重要的是抓哪几项工作？"记者问。

宋晓波认为，首先是全队上下有很强的上进心，团结一致拼命干。技术战术上，在加强个人和整体攻击力的同时，要突出抓防守，从最基本的抓起，提高全场的防守能力。此外要加强配合意识，特别是要在配合的连续性上下功夫。

关于新建立的国家体委郑州篮球训练基地，宋晓波表示基本满意。她说，河南人民热情好客，郑州又地处中原，这里训练、比赛、生活设施配套，篮球基地放在这里是会越办越好的。她希望基地今后要设立图书室、文娱室、医务室、小卖部，特别是应在饭菜的烹调上下一些功夫，真正办成运动员之家。

告别这位篮坛宿将，我深深为她呕心沥血、孜孜以求的精神所感动。祝愿她和中国女篮的教练们密切合作，为中国女篮走向世界闯出一条新路。

（原载1986年1月24日《河南日报》）

永远进击的奥运会冠军

——访许海峰

这就是一枪打破"0"的纪录，威震环球的中华民族第一位奥运会冠军许海峰吗？黑红的脸庞，挺拔健壮的身姿，宽宽的前额下一双清澈明亮的眼睛。全国射击冠军大赛前夕，他来到郑州，在省体委运动员接待站接受了记者的采访。

话题当然是从奥运会第一块金牌说起。他谦逊地笑道："国家花很大代价培养我，理所当然，我应尽最大努力去争取好成绩。这是运动员的本分。"话说得简单，但含义很深。

谁都知道，许海峰当过知青，在县供销社干过又脏又累的化肥营业员，后来自费参加射击集训……正规训练则是25岁之后，距参加奥运会仅有两年时间。他在困难的条件下，用汗水和毅力叩开了理想之门。他说，夺得奥运会金牌，不仅仅是个人的奋斗成绩，更重要的是党和国家、教练员和科研人员呕心沥血培养的结果。一个人背靠国家和集体，即使身处逆境也不可怕，把握好机会，持之以恒地干下去，就一定会达到自己的奋斗目标。

奥运会之后，许海峰仍坚持苦练：盛夏的骄阳，隆冬的寒风，一个动作成千上万次地单调重复，精神高度集中而又必须经受住沉闷的重压……这两年，他仍以练手枪慢射、气手枪为主，为了锻炼自控能力，又加上了转轮手枪、标准手枪的练习，训练基本正常，成绩仍稳定在奥运会冠军的水平上。

"听说你已经建立了一个幸福美满的小家庭，你将如何摆平事业和家庭呢？"记者饶有兴趣地发问。他微笑着说："我爱人是在首钢搞经济管理工作的。婚后，她十分理解和支持我，家里的事她全包了，是个好内助。虽然我已经29岁了，还没考虑结束运动员生涯的问题。我还要打下去，直到年轻运动员超过我。"

最后，他很高兴地说：河南省射击场的设施，特别是气枪馆和飞碟靶场在全国都是第一流的。这可以看得出省政府和有关部门领导对射击运动很重视。河南省优秀运动员巫兰英、冯梅梅、邵伟萍、李莉等在国际比赛中多次获得世界冠军，为我国射击运动立了大功。他希望河南射击运动员今后为国家做出更大的贡献。

(原载 1986 年 6 月 6 日《河南日报》)

东方棋坛的一代天骄
——访聂卫平

9月27日,中日棋坛的两位巨星聂卫平、藤泽秀行又相约在黄河之滨的古老城市郑州行兵布阵,精彩对弈,引起了中州围棋爱好者的关注。

尽地主之谊,怀崇敬之情,我如约来到聂卫平下榻的一间普通房间内。"欢迎你。不过还有20分钟就要进赛场了,我们两个都抓紧时间。"他说着,敦厚的脸上露出诚挚的微笑。

"去年,中日围棋擂台赛,中国队取胜,实现了我国围棋历史性的突破,我国围棋活动近况如何?"他略一沉思,很快地说:"去年擂台赛取胜后,我国围棋活动出现热潮,下围棋的人起码比以前翻一番。国运盛,棋运盛。围棋能达到今天这个水平,是陈老总、方毅等各级领导同志的关怀,中国围棋界几代人努力的结果。目前,我们的围棋水平已可和日本争胜负,但还有差距,有时能胜一场,不能说是并驾齐驱。"

聂卫平是东方棋坛上尽人皆知、带有传奇色彩的人物。24年前,他才10岁,便在全国棋坛上初露头角。在陈老总的指示下,他从师于我国围棋界一代宗师雷溥华、棋坛泰斗过惕生。从此,他兼收并蓄,逐渐以"骁勇搏杀而布局细腻"的风格,独步于围棋天地。1976年,他初次东渡扶桑,以锐不可当的气势,战胜了日本天元战冠军藤泽秀行和本因坊战冠军石田芳夫,以七战六胜一负的战绩在日本列岛刮起了强劲的"聂旋风",宣告了中日围棋对抗时代的开始。1985年,他作为中日围棋擂台赛的中方擂主,临场吸着氧气搏战,终于力克日本三员"超一流"棋手,完成了陈老总"十年内赶超日本"的嘱托,全国人民精神为之一振,围棋爱好者更是欢呼雀跃。

"你对今后围棋活动的开展以及河南的围棋活动有何见解?"我和读者都想听一下这位足智多谋的棋王的高见。他侃侃而谈:"首先要搞好普及,各级有关领导要为围棋振兴办实事，把普及和提高有机地衔接起来。70年代，河南围棋发展很快，刘小光、汪见虹、丰芸等就是那时培养出来的。我当时是下乡知青，北大荒人，还在郑州学过半年多棋呢！最近几年，河南的步子迈得不太快。虽说现在仍是全国棋坛前三名的劲旅，但后备力量有些青黄不接。听说，河南棋社的房子快让占光了。我相信，有较好围棋基础的河南围棋界，只要领导重视，会更上一层楼。"

愿这位俯视棋坛群雄的强者为中国围棋继续纹枰对弈，使围棋这一中国古老的绝技重新焕发出异彩！

（原载 1986 年 9 月 28 日《河南日报》）

失利后的思索

——访中国乒乓球队副总教练张燮林

中国乒乓球队副总教练张燮林 10 月 28 日上午 11 点半下火车，下午 2 点已稳坐在全国乒乓球锦标赛的中心赛场——郑州市体育馆的看台上了。

在第 26、27、28、31 届世界乒乓球锦标赛上，他以魔术般的旋转变化，挫败众多世界骁将，被誉为"削球大师"；退役后，仍在墨绿色的球台旁默默地耕耘，以主教练的身份，率领中国乒乓球女队，夺得世界乒乓球锦标赛"六连冠"的赫赫战绩。对于中国乒乓球运动，他应该是有发言权的。

记者同他谈起我国乒乓球队最近在第一届亚欧对抗赛和第十届亚运会上接连失利的情况，他认为原因是多方面的。首先是技术上创新不够。我们的运动员清一色打近台快攻，不会以巧取胜，而韩国、朝鲜的运动员经过强化训练，水平上得很快，既能打近台快攻，又能在中台打相持球，抓住机会顺手反攻，节奏掌握得好。我们靠高抛发球抢攻和接发球抢攻，早已不是绝技了，人家把我们的技术学过去，发得也很好。我们发明的反手攻球，被人家拿过去打我们，而我们自己的这项技术却近于失传。他还强调了队员的心理训练问题，提出要请心理学专家来进行这项工作，认为这不是一般政治思想工作所能替代的。

"中国乒坛的后备力量如何？"记者提出人们关心的问题。他坦白地回答：

"我们的主力队员都已经二十几岁了,青黄不接啊。"他认为,有关领导要赶快从乒乓球是优势项目的陶醉中清醒过来,抓紧从项目布局、力量配备方面,实实在在地解决一些问题,给业余体校、省市代表队创造一个较好的训练条件。他希望贯彻"百花齐放"的方针,培养各种类型和打法的选手,提倡技战术上有独创精神。业余体校学省队、省队学国家队的模式要打破。他说:"乒乓球已定为奥运会项目,而全国青运会竟没有设置乒乓球项目,这是说不过去的。"

谈到河南乒乓球近年来的沉寂,他沉吟道:"这是葛新爱、张立、黄亮退役后暂时出现的'马鞍形'。今年河南少年女队又夺得全国少年赛团体冠军,势头不错。"

(原载 1986 年 11 月 1 日《河南日报》)

久有凌云志
——访李华华

一位娟秀、刚毅的中原姑娘——李华华,在汉城举行的第十届亚运会上,持三尺利剑,所向披靡,先扫日本等外国骁将,又克全国冠军朱庆元、奥运会冠军栾菊杰,摘取了亚运会女子个人金牌。她的雄风,助长了中原儿女创一流业绩的志向。

也真够难为她了。自从 1980 年省队解散后,她就没有教练,只身一人背着剑袋,出省学艺。"环境何曾困志士,艰难到底助英雄",华华极富中原人不屈不挠、顽强进取的个性。她憋着一股劲,无人对练就对着墙和被子刺,教练顾不上她,她就边看别人训练,边揣摩、模仿别人的战术和动作。靠奋发图强,1982 年她夺得全国冠军。

"应该感谢文国刚教练,1985 年 4 月国家击剑队正式成立后,他调我去集训。在这一年,思想、心理和技术上都有了新的突破,为冲出亚洲做了准备。"李华华不胜感慨地说。靠实力,她成为亚运会中国击剑队的主力队员。赛前,一位记者问她是否想拿冠军。她的回答是:栾菊杰、朱庆元比我实力强,但我还是要一拼到底,有机会夺冠军,就决不放过。

"你身高 1 米 65，身体素质也一般，却取得了成功，诀窍何在？"我问她。她微笑着说："哪有什么诀窍。运动员想取得成功，首先要相信自己，热爱本行，横下心来。既然干了，就要动脑筋、洒汗水，干出个名堂，不能混。在苦练基本功的同时，得瞄准赶超目标，练一些'绝招'。上场要敢拼，因为思想和心理上的优势往往能弥补技术上的不足。还要有不服输的劲头，失败了爬起来再干，直至战胜失败，获得成功。"是呀！这不仅是华华的成功之道，干各行各业，不都是这样吗？

谈及今后的路，她十分清醒。作为中国队的中坚，她将到明年世界击剑锦标赛、世界大学生运动会、全国六运会和 1988 年奥运会上去搏杀。她想通过本报告诉中原父老，自己将竭尽全力，把握向世界高峰攀登的最后几次机会，力争再有所突破！

"休言女子非英物，夜夜龙泉壁上鸣。"中原儿女在期待着，中原父老在期待着！

(原载 1986 年 11 月 16 日《河南日报》)

小光，你好！加油！

8 月 11 日，在新乡市振动机械公司四分厂同省围棋队联办的签字仪式上，记者有幸见到了从北京赶来的棋坛上"一条威猛的好汉"——刘小光八段。在今年举行的第三届中日擂台赛中，他驱散了心中前两届擂台赛接连失利留下的阴影，以狮虎之勇，连克日方四员大将，足可告慰"江东父老"了。

我问及第三届中日擂台赛连胜四场的原因，他答曰，技术上有准备，但主要还是心理因素，有信心。6 月 10 日，他在成都先以硬碰硬，中盘力克"怪刀"宫泽吾郎七段。6 月 12 日，他又以顽强的意志奋力扭杀，于中盘绝处逢生，使一向魄力过人、计算准确、攻防有章的石井邦生九段以一又四分之一子的劣势败下阵来。两战连捷，他如释重负，觉得还清了前两届比赛失利欠下的账，斗志奇旺，大有欲罢不能之势。果然，7 月 21 日，他东渡日本守擂，执黑与上届五连胜、给中国队造成巨大威胁的日方骁将小林觉八段对阵,攻杀自如,得心应手,又是中盘取胜。接着,他闭门不出,养精蓄锐,7月23日和日方九段工藤纪夫展开了长达9小时20分钟的鏖战,直杀得天昏地暗。在中盘处于劣势、险象环生的情况下,他头脑冷静,临危不乱,巧妙地利用自己体力好、反应快的优势,大打持久战。这一招真奏效。工藤纪夫在最后读秒时间,连出败着,而他则一着妙似一着,终于以1目半的微弱优势,反败为胜。他的棋风、他的毅力,令多少棋迷倾倒!

然而我们的小光并未陶醉在胜利里。欣喜之余,他认真反思了四盘胜棋中的失误之处。比如形势好了一些,就一味硬杀,下了过分的棋,以致出现险情……他从中悟出个道理:审时度势,见好就收,是一个棋手应具备的素养。他感谢国家围棋队的决策者们,在前两届中日擂台赛他寸功未建的情况下,敢于再度起用他并委以重任;他感激聂卫平等队友们在精神上和技术上给予的支持和启示。

瞻望第三届中日擂台赛下一阶段的形势,小光认为,总的说,我们现在是5:1领先,还有八名选手和日方四名选手相抗,但仍不能过于乐观,对方都是超一流的九段高手。本月22日在哈尔滨迎战日方大平修三九段,小光表示要全力以赴,他要和队友们一起,积极为聂主帅分重担,夺取最后胜利。看来,小光这把尖刀,经过淬火,刚柔相济,更加锋利了。

长年奔波东征西战的游子,对家乡总是充满眷恋。他深情地说:"我生长在河南,是河南人民养育我成才。无论在我胜利还是失败的时候,一回到家乡,总是置身于宽厚、理解和支持的温暖氛围之中。这次在新乡,四分厂工人兄弟们一幅标语'小光您好,加油,努力'在我胸中注入了无限激情。我要永远记住家乡父老的情谊,打好六运会决赛和中日擂台赛,为家乡争荣,为国争光!"

祝小光勇猛精进,挟四连胜之雄风再建奇功。

(原载1987年8月13日《河南日报》)

直挂云帆济沧海

——访六运会航海模型冠军王勇

他又一次成功了，站在全国六运会航海模型决赛高高的冠军领奖台上，平静的脸上露出胜利的微笑。

10月底，南国肇庆星湖赛场上，27轮险象环生的激烈拼搏，使他刚毅、自信的气质进一步升华，要不怎会显得这么深沉，这么神态自若呢？

他是怎样闯过险滩，到达胜利的彼岸呢？记者访问了这位河南队的优秀队员。

在集中体现竞争这一现代意识的体育赛场上，他夺得过一次世界冠军、五次全国冠军，是当之无愧的佼佼者。谈到这次六运会夺冠，这位平时喜怒不形于色的运动员感叹地说："太艰苦了！"他操纵的帆船模型经历了多次船底挂草减速、裁判误判、几艘对手船只夹击等接踵而至的困难，到最后两轮时，夺冠几乎无望。关键时刻，他镇定自若，帆船快速起航，漂亮绕标，灵巧调整航向，鼓帆疾进，奇迹般地夺得最后两轮的第一名，终于以0.3分的优势挫败一直领先但最后一轮心理负担过重而失常的上海队员，蟾宫折桂。教练和队友们对他这种自我控制能力极为推崇。他们说，王勇干什么都有个倔劲。平时，他聚精会神地进行帆船制作，进入角色后干到深夜甚至通宵是常有的事儿，在队里有"拼命三郎"之称。近年来，他年龄渐大，但仍是全队完成训练计划最好的一个。搞身体训练，打篮球，踢足球，打乒乓球，他都力争获胜。"凡事预则立，不预则废。"正是平时形成的坚强实力和竞争意识，使他在比赛中能处变不惊，化险为夷，发挥高水平。"这一轮落后了，下一轮再赶上去"成了他比赛中的座右铭。

帆船模型有几百个零件，要求强度好，精度高，重量轻，由运动员自己设计、制作。掌握这一综合技术，对于只有初中文化程度的王勇来说，无疑要付出艰辛的劳动。在教练的指导下，他抱着材料力学、空气动力学、结构力学、无线电工程等有关学科书籍，如饥似渴地自学。什么铣床、刨床、磨床、擦床样样通，钳工、木工的活儿也都会。他加工出来的零件，连八级老技工也叹服。他自豪地说："现在连缝纫机我都会踩，船上的帆就是我自己缝制的。"这次六运会决赛，他和伙伴们根据风浪大小，制作了六条吃水深度不同的红色帆船模型。他说："我喜欢红色，它催人奋进。"

"乘风破浪会有时，直挂云帆济沧海。"浓缩现代技术的航海模型是科学与智慧的和谐统一、美与工艺的结晶。王勇和他的队友们在制作和操纵过程中，倾注了他们的青春和激情，扬起了美好理想的风帆。

(原载1987年11月8日《河南日报》)

献上女儿的爱
——亚运前夕访邓亚萍

据悉，17日国家乒乓球队要进驻亚运村，于是记者便在16日晚抓住一个偶然的机会，采访了乒坛女杰邓亚萍。

一双明亮机灵的眼睛，一头扎着小刷子的乌发，走近亚萍，便感到一股蓬勃向上的青春气息扑面而来。只有17岁，她却已经连续摘取了全国少年冠军、全国青年冠军、全国冠军、亚洲杯冠军、世界冠军五顶桂冠，据行家说，这在中国乒坛还是第一个。谈起这次入选参加亚运会，她显得有些兴奋，眼睛里流露出强烈的求战欲望。她说："能在北京捍卫世界乒乓球锦标赛'八连冠'的中国女队的荣誉，这是我梦寐以求的事情。我将竭尽全力，首先打好团体赛，为国增光。"为此，她付出了巨大的代价。一天6个多小时的大运动量的训练，她挥汗如雨顶下来了；一星期三次的3000多米的长跑训练，她竭力冲向前。

亚运会女子乒乓球比赛是世界最高水平的比赛，朝鲜、韩国、中国香港等队都是中国队的劲敌。亚萍说：朝鲜队的李粉姬、韩国队的玄静和等名将比我参加国际比赛的经验多，名气也都比我大。我没有什么可保的。论水平，这几个队属于一个级别，谁的关键球处理得好谁就能取胜。我一定胜不骄，败不馁，特别是身处逆境时，要拿出韧劲，利用发球抢攻和相持中起板快的优势一分一分往回扳。"不是冤家不聚头。"这次她又和去年在第40届世界乒乓球锦标赛上战胜过自己的朝鲜名将李粉姬以及韩国新秀李泰照分在一个小区。对此,她的回答是,要从第一轮开始,每一场都认真打。

"谁言寸草心,报得三春晖。"她深情地说,是河南人民把她养育大的,能作为河南选手代表国家参加亚运会,她感到光荣和自豪。她通过本报告诉家乡父老乡亲们,她一定奋力拼搏,夺取胜利,向家乡和祖国献上女儿的忠诚和爱。

(原载1990年9月18日《河南日报》)

更有青山在前头

——访李金豹

李金豹站在男子自选手枪慢射60发项目的团体冠军和个人亚军领奖台上,脸上显得很平静。经过这次实力检验,他估计自己过两天可能还要承担新的比赛项目。大赛前后,他向来很平静。

27岁的李金豹是近几年我国射坛上迅速升起的一颗新星。1987年,在全国大行政区赛上,他以577环的成绩夺得手枪慢射第一名,创造新的全国纪录,至今尚无人突破;在全国第六届运动会上,他一人夺得手枪慢射和气手枪两枚金牌;1988年世界杯射击比赛,他又获得手枪慢射第一名和气手枪第二名……可谓战果累累。

谈及亚运集训和比赛成绩,他说自己竭尽了全力。来国家队近两年了,每天都要进行近6个小时的艰苦训练,今年春节都没回去过。练长跑他总是奋力争先;练臂力,托重物,手臂肿胀了,仍咬牙坚持;亚运集训练得过猛,出现肩伤,胳膊发软,对比赛十分不利,但他早做了艰苦恶战、在逆境下力挽狂澜的准备。所以,在这次比赛一组10发只打92环的情况下,他屡次沉思,调整动作,打出一组97环的高潮。特别是在决赛中,他神态自若,果断击发,连续打出5个10环,赢得满堂喝彩。他深情地说,首先是全力打好团体赛,对射出的每一发子弹都要负全责,因为这关系到升国旗、唱国歌,祖国的荣誉高于一切。他坦诚地说,在国家队,和许海峰、王义夫这样的著名国手一起训练、比赛、竞争,他觉得视野开阔,有益进取。今天的比赛成绩,他基本满意,但并不满足。

他那明亮的眼睛好像在说，更有青山在前头。

（原载 1990 年 9 月 26 日《河南日报》）

谈武论道　寄望中原
——访中国武术协会主席徐才

"少林"与"太极"，这两颗源于中原、历经千百年而不衰的武术明珠，为何当今仍有令世界武林倾倒的魅力？在 1991 年中国郑州国际少林武术节开幕之前，记者在北京中国武术研究院采访了亚洲武术联合会主席、中国武术协会主席徐才。行家谈武论道，令人受益匪浅。

这是一位温文尔雅、具有学者风范的长者，虽已年过花甲，但是思路开阔，娓娓而谈中透出许多精辟的见解。他盛赞河南省、郑州市人民政府，"慧眼"识"真金"，站在弘扬中华民族文化的高度，举办 1991 年中国郑州国际少林武术节，拉开"武术搭台，经贸唱戏"的大幕，乃是极有远见之举。他对此举将在中原人民经济、文化生活中所产生的重大影响，深信不疑。他说，武术乃中华民族文化宝库的瑰宝，是一个受中国和世界人民喜爱的运动项目，凝结着中华民族的祖先在人体文化上的智慧，社会化和国际化势在必然。武术有着丰富的内涵。它讲究内外合一，动静结合，形神兼备，在某种程度上体现了中国古代哲学的真谛；它和宗教关系密切，少林寺就是中国佛教的禅宗祖庭；它和中医也有不解之缘，许多拳师就是名中医，大多懂正骨，会按摩、推拿。他还列举了文学艺术领域中的武侠小说、电影电视系列中的武打片、戏曲中的武打戏以及它的防身、健身、怡情、养德的价值……他旁征博引，如数家珍，好像给人展示出武术"博大精深，奥妙无穷"的历史画卷。武术的确从一个侧面，折射出中华民族文化的灿烂光芒。

"那么，您对河南武术有何评价呢？"记者看他谈锋甚健，再作讨教。他肯定地说，少林武术与陈式太极拳对中国武术文化做出了极大的贡献。无疑，河南和郑州是中国武术的发源地、发展地之一。他说，黄河是中华民族的摇篮，有着 5000 年的文化，太丰富了。谈及此，他对黄河文化充满深情和向往，不胜感慨之至。他强调，少林武术、陈式太极拳是瑰宝，关键是如何把它们更好地挖掘、整理，推向世界。他欣慰地告诉记者，海外许多国家的武术爱好者言中国武术必谈少林寺。特别是电影《少林寺》在海内外引起轰动后，有近20个国家的数千名武术爱好者到少林寺及陈家沟习武交流。美国、瑞士、日本、新加坡等一些国家的武术团体和爱好者还到少林寺归山寻师问祖，立碑纪念。少林寺、陈家沟已成为世界武术的圣地。作为一个中国人，他也引以自豪。

最后，他谈到了武德。过去习武的道德规范是讲礼貌，不伤人，主持正义，互相尊重。当代武林道德又有了更崇高的内涵。这就是争取和平，传播友谊。他幽默地以象形字为据解释："止戈为武"嘛。他希望五洲四海的武林朋友在1991年中国郑州国际少林武术节上喜相逢，互相学习，交流技艺，增进友谊，让少林武术、中国武术为造福人类做出更大的贡献。

（原载1991年9月3日《河南日报》）

四、场记、特写

青春绽放显运动之美

田埂上飞起的乳燕
——青运会女子甲组 3000 米冠军诞生记

昨日下午，田径场起跑线上，17 位姑娘犹如骏马脱缰，飞奔向前。片刻，两位背心上有"河南"字样的姑娘超群而出。

争先恐后的姑娘中，有早为人熟悉的全国女子 5000 米纪录保持者李秀霞和 10000 米冠军王华碧，但河南这两位运动员姓甚名谁却鲜为人知。

1000 米，2000 米，只剩最后 200 米了……看台上，人们"呼"地一下站起来，齐声为她俩加油。其中的一位，终于以一米多的优势夺得女子甲组 3000 米冠军。

这位冠军姑娘是郑州四十四中高一学生侯菊花，那位获得第四名的姑娘是她的同班同学王红霞。她俩今年都刚满 17 岁，是郑州郊区关虎屯的农家少女。5 年前，在郊区一次小学田径运动会上，省体委科研所副研究员孙贤慧眼识人，相中了这俩 12 岁的小丫头，当下便和孩子们的启蒙教师李银群、郊区体委副主任李治平商定，孙贤任技术指导，他们任执行教练，和其他科研、医务人员一起组成课题组，下功夫把这两个女孩子带出来。

良好的成绩来自科学的训练。课题组参阅国内大量资料，根据人体发育规律和中长跑特点，制订了长达 12 年的从打基础做起的训练计划。第一阶段 4 年是通过练越野跑提高心肺功能。科研人员通过仪器遥测心率来控制训练程度，要求心率从 60 次下降到规定指标。第二阶段 4 年是解决步长。第三阶段攻专项。每个阶段都制订有详细的实施计划。科研人员和医务人员密切结合，常是顶风冒雪到训练现场，进行现场监测，取得第一手资料。孙贤曾经风趣地说："我尊重数据。对医务科研工作者的意见也是言必听，计必从。"由于科学训练，5 年来运动量控制得好，侯菊花、王红霞基本上没出现过运动损伤。这和许多单靠经验训练，致使许多运动员不是运动量不够，成绩上不去，就是运动量过大，把运动员练伤的传统方法形成了明显的对比。

两只雏燕的翅膀一天天硬起来了，她们的成绩不断提升。1982年至1985年，她们连续4年相继获得河南女子越野跑冠军。1984年，在南京举行的全国田径运动会上，她们获得了女子5000米第四、第六名，10000米第三、第四名的好成绩。

她俩即将一块儿出征南京参加全国田径冠军赛。菊花自信地说："我争取创出更好的成绩，为河南人民争光！"

（原载1985年10月16日《河南日报》）

一拼到底气如虹
——我省女选手刘燕夺标记

"嗬，刘燕，那是个平时练不垮，比赛豁得出，倔强、聪明的发挥型运动员。"国家现代五项运动队老领队温仲玉的评价是准确的。在巾帼荟萃的全国六运会女子现代五项决赛中，我省运动员刘燕一路闯关，奋力夺标，给老领队的评价做了精彩的注解。

击剑克强手　游泳占鳌头

14日下午，战幕拉开。北京体院灯火辉煌的击剑厅里，剑光闪闪，喊声震耳。参加决赛的23名女选手捉对格斗。刘燕与解放军名将毕晓宏对阵，不急不躁。在时间快到时，她瞄准对方破绽，一个冲刺，快速弓步出剑，好！显示器红灯闪光，击中对方。此后刘燕又力克众巾帼，以1000分的战绩，名列第三。

游泳是刘燕的强项。15日下午，刘燕充满信心地走上出发台。发令枪响，她一个鱼跃跳入水中，在七米左右浮出水面，接着用漂亮的自由泳姿势，两臂交替快速划水，一路领先，身后翻卷起雪白的浪花。终于她夺得游泳甲项第一名，总分也上升到第二位。

射击列前茅　越野挽狂澜

16日上午，北京国家射击场。刘燕胸有成竹地走到靶位，提枪速射。她打出了20发子弹，命中192环。但是解放军队毕晓宏打得更为出色，中195环，总分领先172分，形势严峻。

当天下午，圆明园越野赛开始时，小雨淅淅沥沥下着。刘燕和毕晓宏在坎坷崎岖、布满泥泞的乡间小路上展开了激烈的争夺。刘燕率先领跑，毕晓宏穷追不舍。汗水、雨水顺着两人的脸颊往下流。刘燕领先31秒5跑完全程，扳回155分，出现了胜利的曙光。

险闯"华容道"　马术定乾坤

马术是现代五项的"华容道"，历次大赛，许多前四项的优胜者至此落马，功亏一篑。果然，17日上午马术比赛，前四项总分第一的解放军队毕晓宏败下阵来，得0分。11点钟，刘燕骑性情暴烈、难以驾驭的20号奥洛夫杂交马上场。只见她拉缰绳右转，旋风般地向18个一米多高的障碍奔去。马上起身，前立，提缰绳，20号马腾空而起，闪电般越过。成功了！刘燕马术得1040分，最后以总分5320的成绩夺冠。

下场后，刘燕俊美的脸庞如绽开的鲜花，在北京晴朗的秋日下显得那么明丽。她告诉记者："我今年23岁，还要干下去，到世界锦标赛中争先。"

愿从中原大地上起飞的燕子翱翔万里长空。

（原载1987年10月19日《河南日报》）

气势恢宏　风姿绰约
——国家奥林匹克体育中心巡礼

"建筑是凝固的音乐。"从元明清以来，古都北京无数流光溢彩、辉煌壮丽的建筑奏响纵贯古今的一支雄浑的交响曲。20世纪90年代的第一个金秋，采访亚运大赛前，我看过由33个场馆组成的星罗棋布的亚运建筑群落后，一种跨越时空的感觉，一种民族自豪感油然而生。

在距亚运村南面约1公里的地方，国家奥林匹克体育中心两座具有对称美、在蓝天丽日下闪着银光的游泳馆、体育馆，呈现在人们面前。那突兀而起的两个70米高的塔筒直插云天，伸出一根根斜钢索，拉起银灰色的双坡大屋顶，既表现出浓郁的民族风格，又以简洁、力度显示出时代特征。转身进入游泳馆，则见两池碧水清澈见底。这里具有三个世界之最：室内有各种高度的跳台、跳板共22个，为世界最多；升降跳台可升高至6.5米，为世界最高；拥有各种先进、完善的比赛和训练设备，为世界最全。踱进综合体育馆，可见5700多个各种颜色的座椅组成的美丽图案，场内可进行篮球、排球、手球、乒乓球、羽毛球等多种项目的比赛。

出综合体育馆往南，走上高架平台极目远望，绿树红花环抱中的中国兴奋剂检测中心、电子信息中心、中国武术研究院、中国体育博物馆、曲棍球场、练习场馆各具风姿，错落有致，又浑然一体。从奥林匹克体育中心东门，沿5个层次台阶拾级而上，便到了宽阔的田径场。场内，2万张玻璃钢座椅在阳光下显得光彩夺目。更令人心旷神怡的，是红色400米塑胶跑道怀抱的如茵绿草，宛如盆地里的绿洲。西直道又分10条分道，周围设有跳高、跳远、撑杆跳高、铅球、标枪、铁饼、链球等场地。场地南端装置的大型电子计时记分牌、终点摄像设备、若干活动式小记分牌，这一切都符合国际标准，可满足各种竞赛的要求。田径场外的停车场，采用特制的九孔砖铺砌草坪，每个孔内均种有绿草。倘草坪灯开放，五彩灯光点缀其间，人们便恍如置身仙境。

啊，伟岸、恢宏的中国奥林匹克体育中心，你不仅是一流的体育训练竞赛中心，更是一座美丽的体育公园！

（原载1990年9月23日《河南日报》）

沧海横流方显本色
——邓亚萍夺隘记

当朝鲜男队以5∶1的浩波倾覆中国男队后，多少人把焦灼的目光投向中国女乒的小将们。28日晚,进行女团决赛的北京工人体育馆座无虚席,人声鼎沸。

晚上7时整,战幕拉开。挟半决赛获胜余威的韩国新秀洪次玉出人意料地以2∶1胜了世界冠军乔红。着红短袖运动衣的邓亚萍在万众的呼喊声中出场,和韩国直板快攻加弧圈的世界名将玄静和对垒。她一上手便和玄静和展开了猛烈的对攻。然而玄静和用漂亮的反手推挡顶住了邓亚萍的扣杀,并且以快制快,以攻对攻,以21∶19先胜一局。年方17,却胆略过人的邓亚萍豁出去了。第二局一开始,她反手快拨加重扣,变线莫测;正手拉出强烈前冲的弧圈球,伺机连续大板扣杀,丝毫不给对方喘息之机。球似暴雨般地向对方台面倾泻。在她水银泻地似的攻势面前,玄静和只有招架之功,以两局12∶21的比分败下阵来。第三盘双打开始,双方仍排出这4名单打的主力阵容角逐。第一局,双方穿梭似的跑动换位,轮番向对方发起攻击,韩国选手占了上风,21∶19。第二局,邓亚萍、乔红顽强反击,以25∶23险闯难关。此时场上欢声雷动,加油声此起彼伏。第三局,双方攻势如潮,比分交替上升,乔红反手4次击球下网,邓亚萍每每以果断的正手扣杀将比分扳平。你追我赶,一直到28平,近万人的北京工人体育馆几回沉寂只听见清脆的击球声。最后乔红攻球失误,以28∶30输掉第三局。局势又变得严峻起来。但乔红不愧为世界冠军,第四盘她冷静地调整动作和战术,控制住了玄静和的进攻,以21∶17、21∶6连下两城,使双方战成2平。决胜第五盘,邓亚萍意识到肩上的重任,只见她扎紧梳作小刷子的头发,活动一下关节,又英姿勃勃地上场,同洪次玉一较高下。第一局,邓亚萍以多变的发球、闪电般的抢攻占了上风,以21∶16旗开得胜。第二局,她坚持快、准、狠、变的风格,左右开弓,又一路领先,比分出现20∶16的局面。险境面前,洪次玉冷静、顽强,瞅准邓亚萍的空当,4次偷袭成功,将比分扳为20平。好一个邓亚萍,处惊不乱,侧身抢攻得手,21∶20。双方对攻4个回合后,洪次玉攻球出界。中国队终于以3∶2夺冠。体育馆沸腾了,观众们打出"祖国人民谢谢你们"的巨幅标语。

(原载1990年9月29日《河南日报》)

让希望之星升起

——省七运会开幕式大型文体表演侧记

"来吧，朋友，用青春的梦，用友谊的手，去编织未来的绚烂；来吧，朋友，用拼搏的意念，用进取的步伐，迎接美好的明天……"在省七运会嘹亮的会歌声中，一万余名焦作儿女推出的六场大型文体表演《希望之星》，展现了中原人民拼搏、崛起的形象画卷。

锣鼓敲得震天响，战旗舞得呼呼生风。一条百余米长的巨龙吞云吐雾，忽而昂首似上九天揽月，忽而低回如下五洋捉鳖，象征着省七运会上聚集了龙的传人。此刻，运动员都在枕戈待旦，他们用五年多的心血和汗水孕育的技艺之花将在省七运会上展现。他们将以拼搏精神，激励中原人民到世界经济竞技场上去角逐。

是从天宫中降下来一千只可爱的小金猴，还是从森林中蹦出来一千个快乐的小天使？他们在阳光下嬉戏，在草地上撒欢，给人带来吉祥和欢乐。噢，他们是省七运会焦作赛区的吉祥物猕猴"乐乐"！看到他们，人们仿佛看到了美丽的大森林和其中的蘑菇、小房。这些小精灵蹦跳着登上主席台，将吉祥如意的鲜花作为欢乐礼物献给尊贵的宾朋们。

悠扬的古乐声中，一千名身着白色练功服的风华正茂的大中专学生，打起了刚柔相济的陈氏太极拳。时而，拳似缠丝连绵，犹如一片悠悠的白云；时而，拳似雄狮勃发，雄劲刚烈，使广大观众陶醉在一种高雅艺术的氛围之中。

星星、火炬、队鼓、号角……场上一队队不断变换队形的少先队员生气勃勃，如喷薄欲出的朝阳，把场上许多观众带到了充满梦幻的少年时代。当年，这队鼓、号角曾引导着他们刻苦学习，努力成才，奔赴工厂、田野、军营等祖国最需要的地方。如今，这队鼓、号角声更加响亮，催人奋进，如同千万名少年在呼喊：申办奥运，振兴中华。

是红花盛开，还是火炬在跃动？一群少女在铿锵有力的旋律中，跳起了青春健美操。弯腰、舒臂、扩胸、昂首……跳吧，用火一样的热情去拥抱每一天都是崭新的太阳;跳吧,用蓝天一样广阔的胸怀收四海风云,去把祖国未来创造。青春在燃烧中才能变得耀眼、火红、瑰丽、多彩。

扇舞、花环、小天鹅舞……表现了焦作人民对美的追求和欢迎四方朋友的诚挚心愿。那背景台上的"希望之星"画面,寄托了焦作和全省人民对体育健儿和全省青少年的深情厚望。希望像蓝天上的朵朵白云和碧海间高扬的风帆,无限美妙,令人向往。然而让希望变成现实,需要执著的信念和艰辛的拼搏,需要用青春的热血去开拓。

看,摩托车、彩车开进了场内,车辆飞旋叱咤风云,象征着中原人民在振兴中华的大业中百折不挠,踏平坎坷,拼搏奋进。沿着改革开放这强国富民的道路走下去吧,中原人民的未来如霞似锦,更加光辉灿烂!

(原载 1992 年 9 月 24 日《河南日报》)

奔向光辉灿烂的未来

——省七运会平顶山赛区开幕式团体操写意

10 日下午,热情豪放的平顶山人民推出四场大型团体操,欢迎省七运会的体育健儿和各界朋友。

突兀而起、气势恢宏的平顶山体育场呈现出勃勃生机,奏响了一曲铿锵有力的时代交响曲。

置身于这个有 3 万座位座无虚席的巨大体育场内,举目远望,心旷神怡,一种中原要崛起的自豪感油然而生。体育场旁,平顶山电厂那高耸入云的烟囱和冷却塔映入眼帘,耳边不时传来列车汽笛的长鸣,使人感受到平顶山这个新型工业城市的经济脉搏是那样有力地在跳动。

庆典锣鼓是中华民族一项源远流长的古老民俗。如今这乡情浓郁、气势磅礴的古老民俗经过艺术加工,登上现代竞技场的大雅之堂,欢迎四方宾朋。400 名中原汉子摇动 400 面锣鼓,响遏行云,声震九霄;400 名青年男女敲响 400 个腰鼓,欢腾跳跃,并不断翻新动作,变换队形,鼓人合一,如痴如醉。这情烈如火的风格,这粗犷豪放的艺术,这雄浑壮观的场面,使观众心潮难平,受到强烈的感染。人们从鼓声中，听到了平顶山人民的心愿和祝福，也听到了中原人民渴望崛起的强烈呼唤。

是谁采撷心田的玫瑰，集成鲜艳的花束，汇成花的海洋？是谁用心血和汗水描绘出中原大地改革开放的美丽图画？看，那千余名亭亭玉立的绿衣少女，手持粉红色绸扇在体育场上摇曳生姿，翩翩起舞。少女们落扇，举扇，抖扇，动作轻盈柔美，忽而鲜花吐蕊，忽而绽芳怒放。花浪在起伏，在回旋，生生不息，连绵不断。花香蝶自来，22名蝴蝶仙子从场外飞来了，张开那五彩斑斓的美丽翅膀在花丛中翻飞流连，徜徉。海内外的朋友们，到河南来，到平顶山来，开发这古老而又神奇的土地吧。这里物华天宝，人杰地灵，花团锦簇，春深似海。

绿茵茵的芳草地，青春在这里欢腾跳跃；红彤彤的跑道，力量和速度在这里向前延伸。千余名男女青年表演的现代徒手操和模拟体育项目，展示出体育的魅力。臂绕环、侧弓步、叠罗汉、手倒立……一系列人体动作的巧妙组合，刚健清新，给人以力的震撼、美的享受。接着，表演者移步换形，全场出现篮球、排球、足球、赛跑、游泳、举重、摔跤、武术等诸多项目激烈角逐的精彩场面。体育运动扬国威、健体魄、悦身心、聚民魂，是一项朝气蓬勃、万古长青的事业。工余闲暇，大家都来投身体育锻炼吧，这里有健康，这里有欢乐。

"咱们工人有力量，每天每日工作忙……"在这雄壮的歌声中，千余名煤矿工人用生动的造型，展现出沸腾的矿山生活。高高的蓝色井架下，天轮飞转。采煤机、输送带……日夜轰鸣，穿梭繁忙。啊，可敬的平顶山10万采煤工人，是他们从地下采掘出如山的乌金，给祖国和人民送来电火、光明和温暖。在劳动创造的征途上，他们洒一路艰辛，谱写出辉煌的乐章。祖国"四化"建设的绚丽花冠上，镶嵌着他们的青春和生命。他们无愧是共和国顶天立地的钢铁脊梁。夜幕降临了，深深的矿井下，千万盏矿灯在闪烁；晴朗的夜空里，千万颗星星在眨眼。我们的矿工就像那天空中灿烂的群星，永放光明。

"日月之行，若出其中；星汉灿烂，若出其里。""四化"建设的热潮犹如浩瀚大海波澜壮阔。让我们用矿工那样充满力度的劳动节拍，奔向未来，奏响中原崛起的凯歌吧。迎接我们的将是21世纪云蒸霞蔚、朝阳喷薄的清晨。

（原载1992年10月11日《河南日报》）

杨斌勇挑大梁

——东亚运动会首枚金牌诞生记

"力拔山兮气盖世！"

10日下午，上海闸北体育馆内，记者们的摄影、摄像机如大炮林立，聚焦于4米见方的木制举重台。2时30分，比赛铃声响起，日本选手渡边博上场，利索地抓举起107.5公斤重的杠铃，拉开东亚运动会首枚金牌54公斤级举重比赛龙虎斗的序幕。

杠铃重量增加到110公斤，曾夺第25届奥运会铜牌、夺冠呼声甚高的中国选手林启升第一次试举失败，似乎给中国夺金投上了阴影。18岁的中国小将杨斌出场了，只见这位今年全国举重锦标赛的"新科状元"稳稳地站在杠铃前，深吸一口气后，两手抓住杠铃。顷刻，他犹如勃发雄狮，陡然发力，将杠铃快速提起，连续动作，画一半圆，两腿伸直，两臂将杠铃高举过头。裁判随即为他亮起绿灯。韩国悍将高光九来者不善，也轻松地将110公斤重的杠铃抓起。接着中国选手林启升第二次试举110公斤失败。看来，中国夺取首枚金牌的千斤重担落在了小将杨斌肩上。按照教练部署，当日本、朝鲜选手在112.5公斤重量上较量时，杨斌养精蓄锐。当杠铃加到115公斤时，杨斌又顺利抓举成功。韩国高光九虎视眈眈在后，也抓起这个重量。杠铃加到117.5公斤，决战的关键时刻到了。杨斌胆气豪壮，一个漂亮的发力，又将杠铃抓举过头，获得满堂彩。尽管韩国高光九也在这个重量抓举成功，但他体重超过杨斌。结果，杨斌抓举名列第一，为夺冠打下了基础。

挺举比赛开始，杨斌在试举140公斤、145公斤杠铃时，"下蹲翻"动作一气呵成，上挺杠铃干脆利索。韩国选手高光九仍穷追不舍，两次获得成功，与杨斌战平。最后在试举147.5公斤时，杨斌和高光九都未成功。结果杨斌以262.5公斤的总成绩夺得东亚运动会首枚金牌。

"芳林新叶催陈叶"，杨斌挑起了大梁！

(原载1993年5月11日《河南日报》)

骁勇异常　实力不凡
——中国女篮胜朝鲜女篮记

11日晚，中国女篮在上海杨浦体育馆首战朝鲜女篮，格外引人注目。场内满员，等退票的球迷们成群不忍离去。

开场锣响，只见朝鲜队得球后快攻至篮下，2米03的高大中锋11号李景淑转身投篮命中，首开纪录。中国队以牙还牙，快速反击，10秒内由8号郑冬梅回敬一个三分球。之后，朝鲜队高快结合的打法奏效，6号、9号、14号三个1米70左右的小个子队员满场奔跑，快速穿插，不断在跑动中寻找机会，或突破，或跳投得手。中国队则以13号、7号、9号、8号、15号等新手为主的阵容相抗。打至8分钟时，中国队仅以15∶12领先。为了扩大战果，中国队"少帅"李亚光遣4号丛学娣、5号柳青上场。只见中国队场上灵魂、1米66的丛学娣控制球后，快攻一浪高过一浪。丛学娣两次远射中鹄，比分很快拉开。上半时结束，中国队以45∶30的比分领先。

易地再战，中国队4号丛学娣、10号彭萍、12号郑秀琳、13号李冬梅、6号刘军等一上场，便坚持快攻。朝鲜队以快对快，场上双方队员快速穿插跑动中或急停跳投，或过人上篮，好球连连，观众为之喝彩。中国队高中锋11号郑海霞上场后，紧防朝鲜队高大中锋11号李景淑。郑海霞篮下频频投中。朝鲜队换下11号李景淑，中国队也很快换下郑海霞。中国队队员轮番上阵，攻防兼备，愈战愈勇，几次迫使朝鲜队30秒违例。下半场，丛学娣又两次远投，两次命中，真是弹无虚发。最后，中国队以91∶58大胜朝鲜队，首战告捷。

（原载1993年5月12日《河南日报》）

斗志旺　打硬仗
——中国女羽东亚运动会上问鼎记

12 日下午，中国羽毛球女队在上海黄浦体育馆力克颇具实力的韩国女队夺冠，使人们看到中国羽毛球走出低谷的希望。

第一盘中国队新手王晨出战韩国金志贤。第一局，王晨压后场，吊短球，伺机大力劈杀，打得条理清晰，以 11∶8 先下一城。第二局，韩国金志贤抓住王晨体力下降的机会，在后场正手连续发动强力扣杀，11∶6 扳回一局。第三局，金志贤与王晨多次打成平局。10 平后，金志贤中场劈杀得分和王晨扣球出界，才以 12∶10 险胜。

先输一盘的中国队临危不乱。中国第二单打胡宁上阵后，动如脱兔，攻守兼备，从容不迫，打得韩国李宙炫只有招架之功。只用 23 分钟，胡宁便以 11∶2、11∶1 的比分轻取对手。

第三盘双打，是双方抢占制高点之战。中国队吴宇红、陈颖一低一高，配合默契。陈颖后场正手跃起劈杀，力大势沉，吴宇红网前平推更为出色，比分一路领先，以 15∶6 和 15∶9 的比分连胜韩国孙希朱、金信英两局，中国队 2∶1 领先。

决胜之战第四盘双打开场。只见中国队秦永春、郭晶在和韩国队金美香、张惠玉对阵时，利用身高的优势，在发球后，轮番发起进攻，屡屡撕破对方的防线，以 15∶7 先声夺人。斗志顽强的韩国队第二局开始后又扣又吊，活跃异常，先以 6∶1 领先。此后韩国队 1 米 60 的张惠玉频频扣杀，打得十分火爆。而中国队则显得急躁，以 2∶15 失掉第二局。第三局，双方拼死争夺，4 平、5 平、6 平……一个球往往要打几十个回合。6 平后，中国队秦永春、郭晶打对方追身球和反拍压对方底线相结合，抓住机会，变线扣杀，比分扶摇直上，以 15∶8 赢得胜利。此时中国队实际已经 3∶1 夺冠。按规则打满五盘，最后，中国队张宁又以 2∶1 取胜。

(原载 1993 年 5 月 13 日《河南日报》)

龙腾虎跃
——记东亚运动会田径首场决战

得田径者得天下。首届东亚运动会田径项目 13 日下午开赛，并决出 10 枚金牌，中国选手一举夺得 6 枚，全场观众皆大欢喜。

全力拼争　开局良好

赛前中国田径队副总教练阚福林曾透露，中国田径队要拿下东亚运动会田径项目 41 块金牌中的 20 块左右，13 日下午的目标是最少 5 块。事实证明他的预言是正确的。

下午 2 时开赛不久，闵春凤雄姿英发，奋力一掷，铁饼飞出 63 米开外。她和邱巧萍先摘女子铁饼金、银牌后，喜滋滋地跑到观众台上坐到阚福林教练跟前。

接着，2 时 40 分，女子 1500 米鸣枪开赛，人们便发现，中国队的刘东和曲云霞冲在最前面，朝鲜队的崔玉善紧随其后。到第三圈后，刘东、曲云霞越跑越快，把崔玉善甩下近 20 米远。最后 300 米，曲云霞加速冲刺超越刘东夺冠。

中国队见状士气大振。尽管是逆风，张连标在第二次标枪试投时，投出 77 米 56 的好成绩。日本、韩国选手虽奋力追赶，但都未超过 70 米，只能眼看金、银牌落在中国的张连标和陈俊林之手。女子跳远中国队杨娟面对朝鲜和中国台北选手的激烈竞争，放开手脚，加速助跑，准确踏跳，跃出 6 米 45 的好成绩，夺得金牌，朝鲜李英爱穷追不舍，仅以 12 厘米之差屈居亚军。男子撑杆跳高中国队葛云跃过 5 米 20 的高度夺金，令日本选手俯首称臣。女子 10000 米比赛中国队两位名将钟焕娣、王秀婷一路领先，跑得潇洒。特别是最后 300 米，钟焕娣强有力的长距离冲刺令观众叹为观止。靠实力，她们二人披金挂银如囊中取物。

东亚高手　奋力争雄

山外青山楼外楼，强中更有强中手。日本、韩国、中国台北田径好手们沙场竞技中的高水平角逐也令观众大饱眼福。

在男子 1500 米的决赛中，开始中国队王达领跑，韩国队金顺亨、中国队林军、韩国队金奉猷紧跟其后。最后 300 米林军奋力冲刺超出，韩国队金顺亨、金奉猷还是紧跟其后。只到最后 100 米，金顺亨、金奉猷才全力冲刺，最后金顺亨仅以一肩的优势夺金，可谓经验老到。男子 10000 米赛，日本队更显示了其雄厚实力，福岛正、佐保希在 25 圈的比赛中一马当先，始终势不可当，领先第三名韩国选手 200 余米。最后 300 米佐保希大步流星地超过一直领先的福岛正夺冠，博得万余名观众叫好。

男子 100 米决赛，更是精彩。鸣枪后，7 名选手如离弦之箭，风驰电掣似的狂奔。人们渐渐发现在 50 米后，第 6 道韩国陈善国、第 4 道中国林伟、第 7 道中国陈文忠开始从几乎并驾齐驱的行列中超出，终点冲刺时人们肉眼无法判断伯仲。还是电子记分设施裁决，陈善国以 10 秒 24 的战绩问鼎，中国林伟仅负 0.01 秒次之。

名将相约 再破纪录

中国台北队 23 岁的大学生王惠珍女子 100 米项目潇洒夺冠后，显得更加英气勃勃。在赛后新闻发布会上，她面对众多记者侃侃而谈。她开诚布公地说，她只准备了一个星期，临时决定参赛的。赛前，她抱着平常心，把比赛当练习，争取跑出好成绩，结果跑得较好，顺利夺冠。但她说，这不是她的最好成绩。她还想在 200 米项目比赛时再夺金牌，在今年 7 月世界大学生运动会上争取再创新纪录。曾经赢过王惠珍的中国选手肖业华因腿伤训练不系统，途中跑未跑好，而在这次 100 米比赛中只得银牌。不过在新闻发布会上，她仍豪气满怀，和王惠珍相约在今年全国七运会上打破有"亚洲羚羊"之称的纪政保持 20 多年的女子 100 米 11 秒 22 的亚洲纪录。

东亚运动会田径开场锣鼓敲响，好戏还在后头。

（原载 1993 年 5 月 14 日《河南日报》）

靶场新秀一小丫

　　淡蓝色的顶，乳白色的墙，四川陆上运动学校射击馆内氛围如水一般轻柔。18日上午，身穿白绿相间运动短袖衫、18岁的河南小将蔡素芝站在4号靶位上，如同中原大地上一株沐浴阳光的小白杨。全国七运会射击决赛第一枚金牌，女子气手枪决赛的争夺战就要在这里打响。

　　在刚刚举行完的有30名选手参加的资格赛上，去年10月到省队集训，首次参加国内大赛的小蔡全无负担，枪打得快捷洒脱，竟以第4名闯入决赛。此刻，她要和辽宁王丽娜等8名国内一流高手同场竞技，加打最后10枪，倒也显得平静。10时18分，裁判员发令声刚落不到5秒，她瞄准后就压枪击发，打出8.9环。成绩不理想。她沉思了一会儿，调整了动作和击发时间再发。10.1环、9.9环、10环……成绩一直稳定在10环左右。但由于场内夺牌沉闷气氛的重压，其他好手打出的成绩有的不时在9环以下。只剩最后一枪了，和射手一样，在场的人们都屏住气息。"砰"一声枪响，由于紧张，决赛前9枪成绩居首位的辽宁王丽娜提前扣扳机，脱靶。而小蔡却仍是自然而连贯地举枪击发。10.1环，她最后一枪成绩是8名选手中环数最高的。她终于以482.3环的总成绩夺得铜牌。下场后，她告诉记者的第一句话就是感谢漯河市体校启蒙教练陈雪荣。

　　场外音乐声起。当她登上领奖台，接受人大常委会副委员长秦基伟的颁奖和祝贺时，淌着汗水的脸上，绽开灿烂的笑容。

（原载1993年8月19日《河南日报》）

敢拼善搏捷报传
——张新东飞碟夺冠速写

　　张新东1米75左右的个头，一双炯炯有神的射手眼睛，总是闪着沉静的目光。22日上午8时许，晨雾空蒙的成都射击场内，他面壁不时做举枪击发动作，以减轻赛前紧张气氛的重压。这位曾参加过第25届奥运会的射坛后起之秀顶晨星，披夕阳，汗洒靶位8年余，却从未尝过当全国冠军的滋味。

比赛开始，他紧随资格赛第一名、辽宁王忠华之后打，前8发，他微蹲双膝，枪响碟碎，红色的碟花在空中飘散。第9发，王忠华未击中，他却不受影响，旁若无人，目光专注，又连续5发击中。但第14发，他也未击中。此刻，决赛进入白热化。第18发、第20发，场上竞争激烈的态势使王忠华不堪承受，两次未中。聪颖冷静的张新东敏锐地发现对方慌神了。他一反击发间隙枪口朝下、放在脚上的习惯动作，把枪扛在肩上，悠闲踱步，仿佛金牌已收囊中，和对手打起心理战。果然，这一招稳定住了自己的情绪，从第14发后，他弹无虚发，枪枪命中，博得观众一阵阵喝彩声。他打出24中，以一中的优势夺魁。"全国冠军终于拿到了！"下场后，一向稳重的他面带微笑，激动地向祝贺的人们发出由衷的感叹。

（原载1993年8月23日《河南日报》）

冷静搏杀进四强
——记河南女乒力挫江苏之战

6日晚，首都工人体育馆内，全国七运会乒乓球决赛正进行得如火如荼。激烈的战况使各省的啦啦队分外投入，加油声此起彼伏。按照规程，预赛成绩带入决赛。河南女乒由于预赛中已战胜决赛同组的广东队和浙江队，6日上午又以3∶1力克辽宁队，只要6日晚能顶住江苏队两名有战胜过邓亚萍纪录的年轻国手邬娜、李菊的冲击，就能进入四强。

战幕拉开。河南队黄智敏首战江苏队第一号主力邬娜。右手横握球拍、两面拉打的黄智敏中台相持球十分稳健，占有优势。左手横握球拍的邬娜发球抢攻凌厉，常常先声夺人。双方实力接近，头两局战成一平。第三局双方比分咬得很紧。12平后，黄智敏打得沉着，扬己之长，无论是发球还是接发球后，都将球拉起，中台两面起板拉弧圈球和对手对攻占得便宜17∶13领先。岂料锐气十足的邬娜背水一战,连续5个发球抢攻得手,反以18∶17超出。24岁的老将黄智敏久经沙场,此刻镇定自若,拿到发球权后,果断反手发上旋球突击对方空当成功,18平。之后,只见她忽而发近网上旋,忽而发远台急球,伺机便是左右开弓抢拉抢冲,连得3分,以21∶18为河南队先拔头筹,功不可没。

第二盘,邓亚萍对江苏国手李菊。邓亚萍放下了世界冠军的包袱,去拼对方。只见她快中有稳,快中有变,那迅如闪电的抢拉抢攻,那变幻莫测的反手大角度快拨,都令场上包括江苏啦啦队在内的观众击节赞叹。她以两个21∶15击败对手,赢得第二盘。然而第三盘由于刚和邓亚萍配双打的李宏还跟不上邓亚萍的快节奏,配合不够默契,双打以1∶2告负。

决战的第四盘开始。观众席上,刚刚喝完饮料的江苏数百人啦啦队"邬娜加油"的喊声不绝于耳。邬娜拼得十分凶狠,往往得到发球权后,便发出长短结合的转与不转球,球稍高,便快速扣杀,而且命中率极高。邓亚萍坚决顶住。双方常展开激烈对攻,比分交替领先至20平、21平。关键时刻,邓亚萍往地上拍两下球定了定神,发出近网上旋球后,就是一记力大势沉的抢冲直线弧圈球得分,22∶21。邬娜此刻紧张得手有些发抖,发球抢冲出界。23∶21,邓亚萍再定乾坤,保持着七运会不败的纪录。

(原载1993年9月7日《河南日报》)

骐骥奋蹄领风骚
——洪波七运会5000米夺魁记

蓝天丽日,9日下午国家奥林匹克体育中心田径场上聚集着一群我国优秀的田径健儿。那红彤彤的跑道仿佛是他们火辣辣的青春和力量的延伸。

16时30分,当全国七运会男子5000米决赛发令枪响划破赛前宁静气氛的瞬间,15名飞毛腿冲出起跑线在跑道上飞奔。第一圈甘肃韩宗敏、辽宁张福奎抢先领跑,河南小将洪波不显山不露水地夹在当中偏后的位置,跑得轻松而有节奏。看得出来,他镇定自若心里有底。他从1987年进省体校,1990年进省田径队,7年系统训练中,洒下了成吨的汗水。今年6月北上河北兴隆爬坡,7月飞赴青海高原训练,一天数十公里越野跑和场地变速跑所铸就的实力使他敢于向国内顶尖高手挑战,一争高下。一圈又一圈过去了,他那明亮的眼睛越来越兴奋得发亮。最后一圈铃响,只见他从弯道处就开始加速,连超 5 名选手。然而就在还有 300 米处,一名为掩护同伴夺冠故意少跑一圈的某省选手开始干扰和阻挡他的加速。他宽厚地从侧面多跑两步仍坚决赶超。到最后 100 米冲刺时,他已和某省这两位选手并驾齐驱。对手似乎要采取关门战术,此时的洪波如奋蹄的骏马不可阻挡,在离终点 30 米处终于脱颖而出,率先冲线。观众的欢呼声中,跑道上的他举起胜利的双手……

(原载 1993 年 9 月 10 日《河南日报》)

"远南"报春花

——第一枚金牌诞生记

"春江水暖鸭先知",敏锐的记者们根据综合信息判断,一名中国巾帼将极有可能成为"远南"运动会赛场上第一朵报春花。5 日上午 8 时许,记者们便捷足先登,抢占了国家奥林匹克体育中心练习馆举重赛场的有利地形,"大炮"林立,如临实战。紧接着坐轮椅、挂拐杖的北京残疾人啦啦队也拥进场内,一脸汗水,一脸企盼,一脸真诚。

9 时整,第一个项目女子举重 44 公斤级比赛开始。第一个出场的中国胡淑英、第二个出场的中国台北卢丽华第一次试举分别举起 40 公斤和 62.5 公斤。20 岁的内蒙古包头姑娘边建欣第三个出场了。摄像机的镜头和人们深情的目光一下聚焦在这位坐轮椅的年轻姑娘身上。她眉宇间英气勃勃,眼睛里透出坚毅的目光。她摇着轮椅到举重台面前,平躺在上面。工作人员用皮带固定住她那上肢健康而双腿萎缩的身体。裁判长发令后,只见她将 70 公斤重的杠铃稳稳举起,先声夺人,显示出雄厚的实力。第二次试举,胡淑英、卢丽华成功地举起 45 公斤和 67.5 公斤。而边建欣又干净利索地举起 75 公斤的杠铃,平了她今年 4 月在世锦赛上创造的世界纪录。第三次试举,胡淑英举起 47.5 公斤,卢丽华举 72.5 公斤杠铃时失败。此时,金牌实际上已被边建欣夺得。好一个边建欣,她在第三次试举时要了77.5公斤，勇敢地向超世界纪录的目标冲击。只见她平躺在举重台上，面向苍穹聚集着全身的力量。片刻，她把杠铃放在离胸20厘米左右的位置，一次如雷电般的力的爆发，杠铃高高举起，铃声大作，显示成功的裁判灯同时亮起。40.3公斤重的她又一次创造出奇迹，残疾的躯体又铸就了生命的辉煌。

馆内，国歌高奏，五星红旗冉冉升起。她胸佩金牌，手举鲜花向欢呼的观众致意，那挂着泪花的美丽面庞上，绽开迎春花那样的温馨笑容。

(原载1994年9月6日《河南日报》)

英雄泪　师生情

英雄有泪不轻弹。6日下午6时许，当进行完"远南"运动会一天中第6项1500米比赛后，疲惫至极的赵学恩仰面躺在跑道上，胸脯剧烈起伏，胜利和遗憾的泪水如泉水般涌出。指导他的原亚洲三级跳远纪录保持者、我国著名教练田兆钟望着他也热泪盈眶，周围的记者们都为之动容。深知夺冠艰辛的田教练只说了一句话："他赢得太不容易了！"

男子五项全能只赢了第二名17分，这是极小的差距。为了这17分，赵学恩简直是在咬牙拼命。6日上午9时，赵学恩先参加五项全能之一的跳高比赛。经过几轮的较量，他以1米86的成绩居该项第一位。休整不到半个小时，他又要参加全能项目之一标枪的拼争。这是他的弱项，只投了41米多，比该项第一名差了十几米。

紧接着他的主项跳远在上午11时要开赛。他在赛前本不想报全能，倒是想冲一下跳远的世界纪录，但为了顾全大局，他服从了这一安排。跳远在该级别他是第一个跳。只见他逐渐加快助跑，猛地踏板发力，空中飞行动作也很漂亮。可能是第一跳先要成绩，他跳得谨慎，成绩为6米45。紧随其后的646号选手第一跳爆发力较好，跳出6米47。这时他仍显得自如，在休息处踱步，准备第二跳冲击世界纪录。

然而，五项全能的比赛此刻又急令他去跑200米项目。当他消耗极大的体力在 200 米跑中夺得第一名，回到跳远项目处只有免跳一次。对这种竞赛安排他内心极为焦虑，但还是一项一项努力拼。跳远的后面几跳，他助跑时由于其他项目的体力消耗，速度减慢，再没超过 6 米 45，获得银牌。可他平时的最好成绩是 6 米 62 呀。主项冠军丢了，从没搞过全能项目的他感到一种从未有过的压力。

已经快下午 1 点钟了，他还在赛场没有吃饭。而下午 3 点，还有全能两项比赛等着他去拼。他是条硬汉子，暂时失利并未影响斗志。下午 3 点他在铁饼比赛中又抖擞精神，掷出 34 米 96，又居第一位。但居第二位、专攻全能项目的选手只差他 110 多分，而最后 1500 米又是其强项。他下决心拼了。在最后 1500 米比赛时，对手耐力好，越跑越快，他紧随其后，竭力缩小差距。人们发现，他的嘴上已干燥脱皮，发软的双腿全靠意志支撑去做最后的拼争。

一圈、两圈、三圈……他冲线后便摇摇晃晃地走了几步倒在跑道上。艰苦卓绝的努力终于获得了报偿。他夺得了全能这枚极珍贵的金牌。他很动情地告诉记者，田兆钟教练对他像儿子一样，只有以好成绩来报答他。我们为他庆幸，有这样的好教练，他还会再铸辉煌。

（原载 1994 年 9 月 7 日《河南日报》）

向奥运会进击
——记侯占静

7 日傍晚，在"远南"运动会 A8 级女子标枪比赛中，我省残疾人运动员侯占静终于在第五次试投中，将标枪掷出了 27 米 62，以此成绩夺得了该项目的银牌。赛后，她认为这次比赛自己的发挥基本正常，但不满意，因为第二投如果不犯规，会掷得更远些。

18 岁的侯占静是濮阳市实验中学的学生。3 岁时，因打面机击伤左手而左手腕截肢，造成终身残疾。她和赵学恩同是濮阳南乐县人。赵学恩身残勇攀体育高峰的事迹对她的影响很大。在体育老师的启蒙下，她从 1991 年开始接触标枪、铁饼、铅球等运动，学校操场、家里的打麦场都成了她的训练场地。由于肢残，训练时有时掌握不好身体平衡，经常是满身的摔伤、淤肿。但这个倔强的姑娘从不退缩。去年她便在省和全国残疾人分区赛中崭露头角。

在"远南"运动会标枪项目中夺得银牌后，她向记者透露了她的远大目标，就是争取到1996年美国亚特兰大残疾人奥运会上和世界级强手一争高下。她表示回校后，要继续刻苦训练下去。通过大赛，她知道山外有山，天外有天，强中更有强中手，要达到更高水平，除自己的努力外，还希望有高质量的训练场地和高水平的教练。她希望有关方面能在训练方面对她给以关注和帮助。她的教练丁凤华也告诉记者，和侯占静一起集训了三个月，这个姑娘给人的印象就是肯吃苦，听话，有一股子拼劲，就是训练时间短，技术差一些。集训中，她的助跑技术已经得到一些改进。丁教练认为，只要训练得当，她在今后大赛中会有所作为，因为她还年轻。她才18岁。

（原载1994年9月8日《河南日报》）

男儿当自强

——记"远南"运动会铁饼冠军王文彦

8日，"远南"运动会男子铁饼A6A8级的比赛在中午12时30分时已趋于白热化。当630号选手在最后一投只掷出38米72远时，成绩为40米18的我省选手王文彦知道自己夺冠了。此时，只见他仰天长啸一声，在跑道上翻了一个跟头坐起。这个失去小臂的25岁硬汉眼睛湿润了。近十年来，他没有职业，自费艰苦地进行体育锻炼的酸甜苦辣一下涌上心头。

王文彦3岁时，年幼无知玩雷管炸掉了左小臂。但是当他混沌初开，上了小学后，操场里从事各项体育活动的同学们生龙活虎的身影对他产生了极大诱惑。开始锻炼后，一些人有偏见嘲笑他。他伤心地哭过许多次，但还是坚定地走上充满艰辛的体育锻炼之路。每天清晨在他家住的沁阳火车站站台、体校操场……人们都可以看到他顽强的晨练身影。他极有个性，看准了目标就矢志不渝地去追求，勇敢地自荐到焦作市体校教练郑梅英的门下，自费训练近4年。较正规的训练给他插上了一双有力的翅膀，到全国大赛上去叱咤风云。1990年，他获得全国残疾人田径游泳锦标赛A6A8级铁饼第4名；1992年，在广州举行的第三届全国残疾人运动会上，他又更进一步，勇夺A6A8级银牌，被《中国体育报》誉为"来自中原的黑色骏马"。今年6月他入选"远南"运动会中国队到北京集训。尽管盛夏持续高温，晚上经常热得睡不着觉，他仍然是运动场上练的时间最长、训练量最大的一个。靠实力，他顶住了一些复杂因素的干扰，在中国队站住了脚。

汗水孕育着收获。在这次"远南"运动会上，他说，没有退路了，该为中国和河南家乡父老争光了。他如从山林草莽间呼啸而来的猛虎，势不可当。上场热身，他慢跑，弯腰拉腿，要做20多分钟，让身体活动到最佳状态，还未交手，气势先压人一头。铁饼第一投，他便掷出39米78，居领先地位。他却说，第一投没感觉，要在下面几次试投中冲过40米。之后，他每投一次，便大喝一声，并且投后不停地在跑道上慢跑，身上好像憋足了多年积蓄的能量，非爆发不可。终于在第四次试投中，他弯腰曲腿，一个速度极快、极漂亮的360度全身旋转后，铁饼从他手中飞出，在天空中划过一条漂亮的弧线，落在40米的标志外边。看台上的观众都为这有力的一掷向他举手欢呼。他以近1米50的优势夺冠，登上了他运动生涯中的又一个高峰。

人生的价值在于不断追求，向新的高度攀登。夺冠后的王文彦又把目光投向了1996年第四届全国残疾人运动会。他说他要花两年时间，提高5米的成绩，争取在全运会上超46米的世界纪录，向亚特兰大残疾人奥运会挺进。

（原载1994年9月9日《河南日报》）

豪气冲天缚苍龙
——世乒赛男团夺冠记

第43届世乒赛男团夺魁大战8日晚在天津万人体育馆打响。中国、瑞典男队龙争虎斗，万众瞩目。

首盘，中国队王涛又打头阵向当今世界乒坛顶尖高手、瑞典的瓦尔德内尔挑战。开球，二人各施绝技，对冲对拉，火爆异常。瓦尔德内尔在7平后，逐渐以旋转落点变化无常的发球创造出机会，正反手频频扣拉冲出质量极高的弧圈球，占据了场上的主动，以21∶16先下一城。第二局，王涛虽以21∶15扳回一局，但第三局终因关键时刻的两次失误，以19∶21失掉决胜局。第二盘，中国队马文革勇斗瑞典队佩尔森。马文革开局没抓紧以2∶5落后，之后虽以其横板快攻加弧圈球的打法和佩尔森大斗中台对冲弧圈球，仍以22∶24告负。第二局、第三局马文革发挥其两面拉攻的优势，近台快冲快拉，中台反冲反拉，抑制住了佩尔森的攻势，以21∶18、21∶18的相同比分战胜对手。第三盘，中国队削中反攻的小将丁松作为奇兵上阵。他首局便以转与不转的削球和突如其来的削中反攻、发球抢攻战术4∶2、15∶11一直占据主动地位，搅得瑞典队的卡尔松急躁起来。而他则是越打越轻灵，手中好像是一根魔杖，攻守转换自如，令卡尔松凶猛的拉冲弧圈球不是下网就是出界，一筹莫展。21∶14、21∶11，他将自己的球技发挥得淋漓尽致，以较大优势战胜卡尔松。第四盘，马文革与瓦尔德内尔苦斗三局，终以1∶2失利。双方迎来了决胜盘。在关键的第五盘，又是王涛出阵和佩尔森对垒。王涛此刻身知肩上担子的分量，激发起一股冲天的豪气。他在首局中，便以正反手凌厉的攻势压住佩尔森的反手和中路，打得有板有眼，以21∶14的比分先胜。第二局王涛更是气势如虹，发球抢先上手，反手弹击、正手拉冲几乎弹无虚发，很快又以21∶13的比分告捷，定了乾坤。

（原载1995年5月19日《河南日报》）

凯旋之后话拼搏

8日上午，河南教育出版社二楼会议室里欢声笑语，气氛热烈。人们怀着喜悦的心情为该社荣誉职工邓亚萍举行庆功座谈会，分享胜利的喜悦。

2日晚刚刚抵郑的邓亚萍穿着蓝白相间的青年套装，扎着两束短发，坐在圆桌旁，脸上全无赛场上的杀气，一直荡漾着清纯的微笑，文静得像个大学生。省新闻出版局局长刘海程、省委宣传部秘书长王世民、教育出版社社长周常林的欢迎讲话热情洋溢，教育出版社编辑们的提问更是亲切幽默，妙趣横生。

一位老编辑问邓亚萍："在比赛紧张的时候，你老是用手在乒乓球台上按三下，这时你心情如何？"邓亚萍回答说："一是习惯动作，二是比赛中出汗较多，只好往台子上抹，同时也考虑一下战术，考虑后边的球该怎么打。还有人问我为什么吹手，这都是因为比赛出汗比较多，吹吹好一些。现在全世界都把我研究透了，技术上已经没有什么秘密可言，因此在气势上压倒对手的同时，还要多动脑筋，打出对手不适应的技战术来。一场球打下来，脑子比身体还累。"

一位老编辑问："为什么许多场次比分在19∶20落后的情况下，你总能反败为胜？"邓亚萍笑着说："自己要相信自己能赢，关键球就能处理好。平时在场下考虑得非常多，真是到场上的时候，就只考虑技战术。处理关键球，一般来讲，谁心理状态稳定，谁胆子大一点，谁就能赢。缩手缩脚，适得其反。当然，还要靠平时练就的扎实基本功。"

一位编辑问："你的身体状况如何？还能打几年？萨马兰奇总是来给你发奖，是不是对你有偏爱？"这个提问勾起了邓亚萍和萨马兰奇忘年交的思绪。她说："萨马兰奇先生年轻时也爱打乒乓球，是乒乓球列入奥运会项目的积极倡导者。中国乒乓球项目30多年来一直保持优势，我相对突出一些。他可能喜欢我打球的气势和风格吧。我身上伤病较多，从脖子到脚都有，在女队员中最重，是超负荷造成的职业病。训练一天下来，肌肉发硬，要靠医生做一个小时左右的按摩治疗才能维持训练。关于打到什么时间，至少明年奥运会我要参加。"

一位年轻的编辑热情地表示，教育出版社全体职工将是邓亚萍忠实的啦啦队。她微笑地表示感谢。社长周常林把2万元奖金和聘她为该社"名誉顾问"的证书颁发给她，送出一片心意，一片真诚。

（原载1995年6月4日《河南日报》）

民族团结的画卷
——民运会开幕式侧记

5日下午，能容纳近5万人的昆明拓东体育场花团锦簇，彩球高悬，欢歌笑语，人们置身于第五届全国少数民族传统运动会开幕式上，耳听"五十六个星座五十六枝花……"那一首首悦耳动听的民族乐曲，环视场内56个民族所崇拜的古老图腾，不由得随着音乐轻声吟唱，心中便鼓荡起中华民族大团结的春风，产生许多美丽的遐想。

在这喜庆的日子里，全国55个少数民族欢聚在这里，赛马、射弩、武术、摔跤……尽展民族体育之风采。同时，他们又弹竹弦、打手鼓、吹芦笙……歌飞扬，舞翩跹。民族传统体育的奇葩和民族歌舞相交融，激动人心，色彩斑斓，折射出民族风情、体育技巧，闪耀着中华民族文化之光。尤其是那些少数民族在长期与自然搏斗中所保留的谋生手段如今已走向现代体育竞技的天地，更是奏响了从古老文明走向现代文明之歌。

带着雪山的哈达，草原的金风，江南的帆影，竹楼的柔情……全国55个少数民族体育代表团在入场式上各具特色的表演，铺开了一幅既豪迈粗犷又绚丽多彩的民族画卷。内蒙古代表团那身着跤服的彪形大汉，在行进中做着"搏克"摔跤表演，招招着力，显示着马背民族的剽悍；吉林省代表团的朝鲜族姑娘小伙们在《延边人民热爱毛主席》的乐曲声中，手敲长鼓，头摇彩带，舞姿优美，热情奔放；"少林、少林，有多少英雄豪杰把你敬仰……"这刚健清新的歌声令全场观众精神为之一振，河南代表团的回族姑娘、小伙子跳起了亦舞亦操的"回族民间串铃操"，扔起了强身健体的石锁，或热情奔放，似彩云飘过，或石锁空中翻花，令人目不暇接，勾勒出回族人民健康向上的生活画卷；还有新疆维吾尔族、台湾省高山族、海南省黎族、广东省瑶族等表演都分别展示了雄鹰一样的矫健、岩石般的坚韧、鲜花一样的热情。55个少数民族在祖国的蓝天白云下享受着劳动所创造出来的生活欢乐。

以本届运动会吉祥物大象走进体育场向全国各族人民祝福为序曲，东道主云南人民向大会奉献出一台大型文体表演《创造辉煌》。云南省是一片美丽、富饶而又神奇的土地。那盛开的百花、常绿的森林、和煦的阳光、奔腾的江河养育着居住在这里的52个民族。圣洁的少数民族姑娘敲响了太阳鼓，威武的汉子敲响了铜鼓，让太阳和月亮为中华民族大家庭而歌唱。那大型木鼓上站立的佤族少女甩动美丽的长发，把民族欢聚的喜悦甩出来，继而小孩子们点燃花炮，踩着高跷的小伙子抽打彩色的陀螺，姑娘们手挥"七彩花球"，这些民族体育项目充满了健身的情趣。金花和阿鹏坐着响着铃铛的彩车在蝴蝶泉边的相会，阿黑和阿诗玛在长湖的对唱，表达了云南各族人民火一般的热情和对幸福生活的向往。改革的浪潮更唤起了他们冲出高山大川的封闭，到蔚蓝色的大海中搏风击浪的强烈愿望。这愿望同样也激荡着56个民族的心潮，从而走向新的辉煌。

（原载1995年11月6日《河南日报》）

点球之争　扣人心弦
——民运会木球赛豫队力克湘队记

作为一名采访过多次大型全国比赛的记者，目击7日下午在昆明海埂训练基地进行的民运会河南队对湖南队的一场木球比赛8∶7点球获胜后，从内心感受到这项激烈对抗运动的魅力。

木球是回族的传统体育项目，源于宁夏回族青少年放牧时开展的"打篮子""赶毛球"活动。在一块25米宽、40米长的长方形场地里，有中线禁区、球门。两个队各有5人出场。每人手持一个一米左右长的击球板，运用传、接、运、抢、射门等技术，击一个长约8厘米、直径2厘米的小胶木球，展开时间长达40分钟的比赛。这项运动类似曲棍球和冰球，40分钟打平后再打10分钟延长期，若延长期内再次战平，则最终以互击点球决出胜负。

这是河南队第一次参加全国大赛。6日首仗虽负安徽，但挫而不馁，斗志旺盛。7日下午对6日刚刚战胜东道主云南队的全国第三名湖南队，毫无惧色，一上场5名队员便在不停的快速奔跑中，或拦截中反击，或强攻对方门前，多次射门，对方门前险情不断。而湖南队强有力的攻势也一次次被快速回防的河南队队员瓦解。攻防中，双方队员经常在激烈贴身对抗中，快速挥板击球，场面精彩纷呈。40分钟结束，双方0∶0战平。延长期10分钟，双方又战平。最扣人心弦的点球大战开始。河南队10号、队长李宏伟挥板击球入网，首开纪录。湖南队2号也一记击球破门，还以颜色。在第二次和第三次射门中，河南队8号和湖南队2号分别将球击飞失误，场上队员和几百名观众、啦啦队都紧张得透不过气来，一片静寂。之后，湖南队1号又有一次将球击偏。而河南队众将却个个弹无虚发，尤其是10号李宏伟冲头收尾，三次击点球三次破门，立下头功。此仗，作风顽强的河南队点球8：7胜湖南队，打出了信心和水平，令其他队刮目相看。

（原载1995年11月8日《河南日报》）

石锁翻花健身乐

蓝天白云下，4个身穿回族表演服装的小伙子将8.5公斤的石锁抛向天空，上下翻滚，左右穿梭……电视摄影记者们敏捷地将这些具有浓郁民族特色而又让人赏心悦目的健身画面收入镜头。8日下午，河南运动员在民运会云南民族学院场地上精彩的石锁表演，令人叹为观止。

石锁是一种强身健体的传统体育器械。传说早在宋朝时，汴梁城就有人习练石锁。古往今来，这项运动已从抓举或简单的空中传接发展到有40个花样和套路，是中原回族人民喜看乐练的体育活动。

河南运动员古国彬、杨柯、郑明亮、铁梁先后上场单练。他们有的将石锁从腿中间抛出在空中旋转720度后，在胸前稳稳接住；有的将石锁从腰的一侧抛出，在另一侧接住；有的将石锁从裆下抛出越过头顶在胸前接住；有的将石锁从后面抛出在前面接住；有的将石锁平拉向上翻720度后接住……套路连贯，技艺娴熟。接着，4个人分四个角站定，或对角抛接，或直线抛接，或转体抛接，石锁在空中翻花滚动。还有双人别膀抛接，四人齐抛共练，三指接石锁，拳头停石锁，只看得观众们目不暇接，喝彩声此起彼伏。矫健的身形，灵巧的腾挪、躲闪的步法，熟练的抛接技巧也使裁判们打出了高分。结束后，新华社和北京、上海等地电视台的记者也争相采访，并和拿着石锁的运动员合影。

汗水换来了成功。这些来自河南开封顺河回族区的运动员为了迎接全国民运会，在教练满金生的指导下，在早晚的工余时间进行了艰苦的训练。有的手指、手背上老茧累累，伤痕斑斑。人们在观看他们出色的表演时，也感受到了他们为河南人民争光的责任感……

(原载1995年11月10日《河南日报》)

拉力赛的魅力

20日晚，在北京市怀柔县举行的555中国汽车拉力赛中西合璧的开幕式上，当满天绚丽的礼花和深蓝色夜空一轮皎洁的明月交相辉映，一辆辆精美的赛车从发车台上启动，在人们的欢呼声中奔驰而去的时候，记者就在遐想，拉力赛的魅力何在？两天来，采访拉力赛的见闻，已使遐想变为切切实实、令人回味的感受。

这次首届中国拉力赛是由9个国家和地区包括前世界冠军参加的亚太锦标赛第二站，从车手的水平到赛车的档次都与国际接轨，是一场高水平国际赛事。

车手们驾车在景色秀丽而又山势险峻的怀柔山区奔驰，时而沿着崎岖迂回的公路加大马力轰鸣盘旋而上，时而在平坦的山谷风驰电掣般地一掠而过。一个个悬崖峭壁的转弯处，车手们不减速的侧滑动作转弯，惊险异常，令人叹为观止。车手们渴望的胸挂胜利者花环、手拿香槟酒瓶向空中喷洒的机会极少，更多等待他们的是失手撞山或跌入山谷后的人仰车翻，甚至有可能受伤或付出生命的代价。21日，比赛第一天就有13辆赛车撞山或撞石退出比赛。22日，日本车手田鸠伸博的赛车在右转弯时冲出赛道，领航员格林受伤入医院。那伤痕累累、惨不忍睹的高档赛车旁边，常陪伴着失利的车手。懊丧者极少，车手们的眼睛里更多的是透出不屈的目光。中国27岁的车手任志国就是败而不馁的车手中的一个。也许有人认为，赛车胜利者奖金丰厚。然而此次参赛的麦克雷、埃里克松等著名车手所拥有的金钱和财产已是终生享用有余，有的已过不惑之年，犯不着用生命来冒险。日本车手小西重辛的领航员苏金比在第二天比赛前说："我们会轻松应战，还有享受这个赛事的乐趣。"险中有乐，险中有奇。显然，向大自然和困难挑战这些拉力赛所具有的魅力在吸引着车手们奋不顾身地参与。

奥迪、福特、起亚、三菱、波顿、富士、铃木、丰田等八家世界著名赛车组队参赛。其中555富士世界车队只派两名车手参加，但联络员、机械师、新闻官员、医生等辅助人员多达50余人，维修后勤等车辆十余部，投入是巨大的。但是，由于新闻媒介对拉力赛的大量报道，夺冠或获得名次的厂家所获得的质量信誉等无形资产的回报也是巨大的。还有在拉力赛苛刻工作条件下厂家可取得许多对汽车提高质量极为重要的数据，更为珍贵。河南赊店老酒厂组队参赛，意在通过拉力赛表达使自己产品飞驰中国的雄心。拉力赛的赛场也是汽车及其相关产品厂家的赛场，魅力是巨大的。

拉力赛在人类精神和经济领域内所具有的价值，自然就产生其新闻魅力。数十家各国和地区的新闻媒体的记者来采访中国拉力赛，就是来挖掘其丰富的内涵。尽管采访拉力赛也很危险，许多记者仍以采访拉力赛为专业，乐此不疲。拉力赛的魅力可见一斑。

（原载1997年6月23日《河南日报》）

五、概貌通讯

巴蜀京都携浦江风云

上海云生霞
——采访东亚运动会见闻

"和平、团结、友谊、进步""欢迎东亚地区的朋友""办好东亚运动会，繁荣振兴新上海""为北京争办 2000 年奥运会做贡献"……下车伊始，从上海火车站广场旁一座座高楼上似飞瀑直泻而下的标语和满街盛开的鲜花使人强烈地感受到这座国际大都会的活力。

温文尔雅的迎宾小姐在汽车上如数家珍似的向我们谈起上海这几年改革开放所带来的变化：浦东开发、南浦大桥、地铁建成、棚户区拆迁改造……不知不觉，记者下榻的虹桥宾馆到了。站在这座 30 层高的四星级宾馆门口，举目远望蓝天丽日下虹桥开发区一座座直插云天的摩天大厦，一种上海要崛起的感觉油然而生。

在宾馆大堂内，彬彬有礼的工作人员不到十分钟便办完手续。这边，服务员把行李用小车推到房间，接着迎宾小姐一束欢迎的玫瑰花便送到记者手中，记者们不约而同地发出"真想不到""真好"的感叹。"来得早，不如来得巧"，我和许多在上海安营扎寨多天的中央新闻单位记者一起，竟也顺利地拿到 4 日晚在虹口体育场进行的东亚运动会开幕式预演票。晚 8 时，我准时坐在记者席上用望远镜一览无余。那造型绚丽、热烈祥和的大型团体操，那别出心裁、宛如彩龙、载歌载舞、充满 9 个国家和地区民族特色的入场式，那波澜壮阔、万船齐发、百舸争流、显示中国人民改革开放进取精神的文艺表演等隆重、热烈、壮观。许多采访过亚运会、奥运会开幕式的记者对东亚运动会的开幕式也刮目相看，赞誉有加。

上海这条巨龙一旦昂首向云天，定会前程似锦，一片灿烂……

(原载1993年5月5日《河南日报》)

上海之石　可以攻玉
——采访东亚运动会见闻

正如举办奥运会那样，上海举办首届东亚运动会的经济社会效应将远远超出体育本身。

本届运动会组委会精心组织，盛邀先期抵达的记者参观采访上海改革开放出彩的单位，不失为聪慧之举。记者们争先恐后前往。

5日上午，上海金属交易所大厅里一群穿红马甲的经纪人，盯着电脑屏幕，按动键盘，紧张交易。此情此景，使记者感受到了市场经济脉搏的跳动。据介绍，交易所开业10个月，已成为全国期货交易的龙头市场，成交额1190亿元，居世界同类交易所第三位。记者们聚精会神地听了两个多小时，颇为兴奋，受益匪浅。

下午1时，记者们又乘上大轿车直奔外滩上海证券交易所。这里两个数百人的交易大厅内，人们更为紧张繁忙。该交易所副总经理刘波称，才诞生两年的交易所目前已有了除西藏以外的所有省市500余家会员，今年1至2月成交额便达到500多亿元人民币，超过1992年该所全年的成交额。他从该交易所的创业过程谈到发行股票证券在市场经济中所发挥的作用、股票交易的基本常识等，又使记者们大长见识。记者们叹道，上海在发展社会主义市场经济中创造和积累了许多好经验，上海之石，可以攻玉！

紧张采访了一天的记者们，登上邓小平同志曾乘过的友好游轮观赏上海外滩附近江面的夜景。江风拂面，吹散了一天采访的疲劳。

(原载1993年5月6日《河南日报》)

协办七运　巴蜀机遇

——七运会四川赛区走笔之一

　　相隔六年的全国七运会四川赛区决赛在即，记者为河南体育代表团呐喊，反映七运盛况义不容辞。8日晚赶稿，准备资料到深夜，9日凌晨不到5时便起程上路，虽身居省会，也有"鸡声茅店月，人迹板桥霜"的旅途辛劳之感。我们坐上上海至成都的191次列车的最后一节加车，有硬卧，但28个小时的行程却无人供水供饭，只好花钱买沿途商贩送上来的"开水"泡方便面充饥，立竿见影肚疼一夜，很快腹泻，不由得对此行的困难要多估计一些。车过秦岭以后，"连峰去天不盈尺，枯松倒挂倚绝壁"的景象令人目不暇接，使人对诗人李白"蜀道之难，难于上青天"的浩叹有了更深的理解。

　　10日10时许下车后，无人接站。好在大会安排的住处成都大酒店就在附近，很快便去办完食宿手续，领到证件，倒也顺利。侦察地形，乃是体育记者行装甫卸后的必做之事。我和同行的李中华便爬上酒店23层的平台眺望，成都雨后初霁，远山含黛、白云缭绕，使人好像置身于一幅清新的山水画之间。近处高楼林立，各种巨大的广告牌令人眼花缭乱……改革开放气息甚浓。不过，两个"555"的巨大香烟广告牌矗立在火车站的正厅之上，未免让人感到有些过分。

　　四川赛区共有15项决赛，除先期进行完的三项外，8月10日至24日还有女排、武术、技巧、羽毛球、棒球、花样游泳、跳水、水球、射击、射箭、蹼泳、航空模型等12项决赛。此间权威人士估计将有近5000名教练员、运动员赴川参赛，还有近30万人次会聚四川参观旅游和进行商贸活动。四川省省长肖秧认为协办七运是巴蜀的荣誉、四川的机遇，全省当全力以赴。这样，四川既为我国申办奥运做贡献，也通过七运会这个窗口，让人们了解认识四川，更快地走向全国和世界。于是"协办七运会，当好东道主"的标语成都到处可见，也在四川发展的深特金鹏股份有限公司向四川赛区新闻中心捐资180万元。成都的七运会气氛渐浓。

　　河南代表团在四川先期举行的赛艇、皮划艇决赛中一举夺得四枚金牌，众人瞩目。8月10日后四川赛区的射击、航空模型、武术、散打等项目仍是全团预计夺分拿牌的重头戏，能否如愿以偿，事关七运全局成败。11日航空模型开战，尽管竞争激烈，但愿河南健儿交好运！

（原载1993年8月11日《河南日报》）

蓝天竞翔　一比高下
——七运会四川赛区走笔之二

采访全运会等大型比赛的省报记者，一开赛就像上满发条的陀螺一样，不停地转。11日上午8时许，本报和中国新闻社、贵州、新疆等单位的新闻记者一起乘车穿越市区，直奔离成都约50公里远的七运会航空模型赛场新津机场。交通管制还未开始，不时堵车，加上司机跑过了一段路，折回到赛场竟用了2个半小时。不过出市后，车在川西平原上行驶，那一望无际绿如绒毯的稻田上点缀着翠竹环映的大小村落，真乃天府田园，美丽富饶，使人心旷神怡。

来到有几千亩大的新津机场，11个省的数十名队员正在进行F1A项目的第四轮放飞。河南队的后起之秀徐俊芳手持的一米多长、一米多宽的飞机模型一出手，便直冲蓝天。一幅"晴空一鹤排云上，便引诗情到碧霄"的诗情画意境界便呈现在人们眼前。河南队的刘杰、徐俊芳、张勇团结奋战，放飞牵引，忙而不乱，方保上午前五轮居前3名的领先地位。竞争是激烈的，河南老将刘杰上午离满分只差0.5分而被淘汰，而实力颇强的内蒙古队也在下午第七轮中差5秒没有飞满滞空时间而惨遭出局命运。第七轮，一向从容镇定的河南队的徐俊芳在选气流时失误，飞机升空后49秒高度下降一半，面临被挤出前6名的险境。许多队员紧张得不忍目睹，徐俊芳也急得汗流满面。好在徐俊芳飞机设计制作都有独到之处，盘旋半径较大，最后又巧遇一股较强的上升气流，终于飞满180秒时间，得到满分，使河南队开局良好。省航校南雍校长告诉记者，由于省航模队在今年飞机模型的室内制作、外场调整方面都有严格的量化指标保证，加上成都的适应性训练正常，目前全队人和设备都已处于较佳的竞技状态。他认为F1、F2、F3这三个项目都有夺金摘银的实力，关键就看临场发挥。

省体委副主任祖德昭、秘书长梁士林也亲临现场督阵，鼓舞士气；队员的言谈举止都显得信心十足,但头脑冷静,是个好兆头。然而"水无常势,兵无常形",赛场如战场,风云莫测,胜败乃兵家常事。运动员只要充分发挥出自己的水平,赛出风格,人们就会给以充分理解和支持。

(原载1993年8月12日《河南日报》)

憧憬和企盼希望

——七运会四川赛区走笔之三

生命在运动中燃烧,闪耀着时代的光芒。6年来,有多少运动员汗洒春秋,刻意追求七运会上那瞬间希望的辉煌；6年来,1亿四川人民以协办七运会为己任,为全国运动健儿在蓉城竞技场上相聚,搭起了一座多么恢宏的舞台。12日上午,承蒙大会组委会的精心安排,我们到成都各赛场先行观察、探营,一睹健儿备战和场馆的丰采。

一进四川省游泳馆,节奏明快、优美铿锵的音乐令人精神为之一振。广东、江西、四川、湖南等省的花样游泳的姑娘们正在练入场和水中的队形排列变换。那整齐的水上雁阵,那灵巧洒脱的碧池芭蕾……给人以现代体育美的享受。游泳馆的游泳池、跳水池、跳台和电子计时记分、输入电脑设备等都是一流的并已调试完毕。羽毛球馆里,四川队和先行到达的其他省队也在做最后的有针对性的训练。运动员那专注的神态、有力的扣杀,使人感到赛前备战的紧张气氛。平均年龄不到19岁的河南棒球队进入全封闭的国际标准金牛棒球场训练有一种极强的求战渴望。他们知道自己才建队3年,还年轻。但3年风霜雨雪、酷暑严寒的磨砺,使他们敢于和高手较量一番。还有那新建不久、造型独特的近万人体育馆内,来自北京、重庆、成都的60余名模特正在进行表演的最后组合。15日开幕式上,她们将一展技艺。至于新建的四川体育场、水上运动场,格调清雅的猛追湾游泳场……都具有国内先进水准。看来,七运会四川赛区一切准备就绪,只等健儿登场竞逐,四川人民的希望也就实现了。

12日航空模型进行了F1C项目的比赛,河南队个人决赛第五,已达到了预期目标。三名队员中，李安新进入决赛。但康庄差0.04秒没飞够规定的240秒。第一名和第五名只差7秒钟，争夺之激烈使队员和教练把心都提到嗓子眼。行家预测13日进行的F1B项目，河南队三名队员实力较强，F1项目团体保银争金问题不大。为了争这块金牌，患感冒的省体委主任迟美林12日抵蓉后，即到空模赛场和教练员共商13日比赛方案。他认为四川赛区射击、空模、武术、散打等是河南的优势项目，但由于各省竞争激烈，均是有希望，没把握。目前全团准备工作充分，情绪稳定，但愿老将雄风犹在，新秀脱颖而出，希望能变成现实。

（原载1993年8月13日《河南日报》）

人杰地灵　才俊辈出
——七运会四川赛区走笔之四

行家称，大型运动会开幕式若成功，运动会就办成功了一半。此话言重了一些，但有其道理。作为七运会协办赛区的东道主，四川人推出的欢迎晚会和开幕式构思精巧，立意新颖，颇具匠心，既展现巴蜀风情又充满现代感，使人们在艺术欣赏中，思想受到启迪，产生许多美丽的联想。

14日欢迎晚会上，成都话剧院演出自己编导创作的无场次大型话剧《死水微澜》，这在戏剧不太景气的今天，足见其对艺术的自信心。该剧具体展现了晚清末年四川闭塞时期，死水一潭的社会中隐含的深刻危机及北京义和团运动对四川社会激起的反帝反封建的种种微澜。舞台场是四川的，对白是四川的……这台极富四川风俗特色的方言剧，演员们充满生活气息，栩栩如生、极有个性的表演，至始至终抓住观众，使我们这些外地人领略了"麻、辣、烫"味的四川艺术魅力。

开幕式15日晚在四川省体育馆举行，投资少，演出人数少，足可说明四川人务实的素质。"山不在高，有仙则名"，开幕式推出的大型文艺表演《体育颂》以其磅礴的气势、英雄主义的基调，艺术形象地再现了体育的本质，撼动人心。幕启在沸腾的生命之火中，少女和少男激情四溢，奔腾跳跃。生命在于运动的内涵尽在其中。还有那铜头和尚拳势刚劲，青衣道姑剑闪寒光，源远流长的中国武术展现在人们面前。体育还是健、力、美的组合，人类激情的涌动，时装模特们轻舒慢展，变换红、白、蓝、绿、紫等各色时装，配以足球、篮球等体育器材，告诉人们中国体育的光荣、挫折与梦想。还有那古风醇厚的老少《对弈》，自由欢畅的儿童嬉戏《童趣》，残疾人、台湾歌手郑智化高唱的引起人们强烈共鸣的歌曲《水手》，都使人们感受到了体育健体魄、悦身心、磨意志的底蕴和奋发向上的精神。"让星辰点燃青春，让血液烧红苍穹，让极限超越生命，奥林匹克卷起大风……"一曲《地球在脚下滚动》，把摇滚歌手的强烈节奏和激情引进庄严的体育盛典中，令人耳目一新。最后在李玲玉、景岗山等众歌手的引吭高歌中，巨大的五环从空中落下，象征着人类凝聚在奥林匹克的旗帜下和中国争办奥运会的决心。法国人顾拜旦的诗篇《体育颂》曾名垂奥林匹克史，而中国四川的这台大型文艺演出《体育颂》融汇了体育的历史与未来，立体地塑造出体育的面貌和神韵的雕像，也是中国对奥林匹克运动的贡献。

艺术和体育是相通的。具有浓郁地方特色的话剧《死水微澜》和充满现代色彩的大型文艺演出《体育颂》艺术上反差极大，但都不失为成功之作。巴蜀的确人杰地灵，文化昌盛，才俊辈出。

(原载1993年8月16日《河南日报》)

由老队员担纲想到的……
——七运会四川赛区走笔之五

16日，全国七运会四川赛区的角逐全面展开。女排、羽毛球、水球、棒球、花样游泳等项目的健儿们登场较量，一展技艺。成都大酒店新闻中心巨大的电视屏幕上金牌、团体总分的数字在闪烁，牵动着人们的心。

在女排赛场上，北京和上海两队的激战引人注目。人们很快注意到，上海队上场队员除现役国手王怡外，还有3名退役国手——李国君、李月明和许新。不过退役国手最大的年龄才27岁，发挥余热，最后一搏，尚属正常。而北京队的场上主力二传贺平32岁，主攻手李文秀36岁，结合排球项目的特点，年龄确实大了一些。联想到羽毛球赛场上，如杨阳、田秉毅、李永波、史方静等一批早已功成身退的世界冠军代表各省又重新亮相，更发人深思。人们知道，七运会是为明年亚运会、1996年亚特兰大奥运会选拔人才，那么，这些老运动员是否还会重返亚运和奥运赛场？回答是否定的。那么又有多少有潜力的新秀们脱颖而出的机会被剥夺？话又讲回来，各省输送、国家培养一名优秀运动员实属不易，挖掘其最大的运动能量，在全运会上夺牌拿分也在情理之中。而且一些老运动员的确雄风犹在，还能闯关夺隘。没有他们，一些运动队就会名落孙山，奖金泡汤，体委领导也不好向家乡父老交代。显而易见，全运会赛制和规程上确有不足之处。全运会应从全国一盘棋和有利于年轻运动员成长出发来考虑问题。否则，弄虚作假、君子协定等不择手段夺取金牌的现象就会产生。我们更应该看到，全运会上夺取金牌并不是唯一目标，创造亚洲、世界水平的好成绩，锻炼和发现可造就的后起之秀，才是最好的收获。由此看来，今后全运会的金牌观念应该淡化一些，应以创造好成绩、向国家输送优秀人才为目标，创造出一个各省运动员发挥最佳水平、创造最佳成绩的良好环境。望有关部门明察之。

（原载1993年8月17日《河南日报》）

报捷声中的思考

——七运会四川赛区走笔之九

巴山蜀水好像格外垂青中原体育健儿。在7月至8月七运会四川赛区角逐中，河南选手共夺得赛艇、皮划艇、武术、航空模型、射击项目中的10枚金牌、5枚银牌、7枚铜牌，总分201.5分，超过了预定目标。外省代表团的赞誉、当地和中央新闻单位颇高的评价、我省代表团一些同志的欢声笑语……颇有"稻花香里说丰年，听取蛙声一片"的气象。

但是，体育是有规则限制的战争，同样是知己知彼，方能百战不殆。只要审时度势，仔细分析一番就不难发现，河南代表团现在仍是前有强敌，后有追兵，全面超过六运会金牌、总分13名成绩的目标，仍要付出艰苦的努力。应该说，我省的拳头项目已基本在四川赛区登场完毕，该拿的奖牌和分数已尽收入囊中。

而在北京决赛的大部分项目都是有希望、没把握，搞好了还会有一些奖牌冒出来，搞不好就有多米诺骨牌效应的危险。例如，安天下项目之一、有36枚金牌的游泳项目，我省就基本无拿奖牌的可能。而六运会排在我省前面的十二强，许多都是"老鼠拉木锨，大头在后面"。六运会排在我省后面的安徽、黑龙江、吉林等省更是虎视眈眈，全力拼争，伺机超越。对此，我省代表团领导和许多有识之士已有较清醒的认识和对策。当前，关键是要把北京决赛的准备工作做细，在赛前把运动员的心理、体能和技战术调整到最佳状态，保证决赛中能正常或超水平发挥，闯关夺隘。

从七运会四川赛区还可以看到，五运会结束后为了扭转我省体育在全国排名第24位的落后局面，我省在项目布局上，对射击、空模以及新兴的赛艇、皮划艇项目给以较大的投资，重点发展，六运会、七运会上已收到了显著成效。从历史的角度看是正确的。但是，这些项目的机械性导致的水平不稳定性确实令代表团领导、教练员、运动员大伤脑筋，有如临深渊、如履薄冰的感觉，稍有不慎，便功败垂成。君不见，辽宁、上海、广东等强省在田径、游泳等靠实力型的项目上纵横驰骋，何等潇洒。他们这些项目心中有底，赛前敢说牌，赛中敢拿牌，稳当得很。显而易见，在我省体育已具有全国中上游水平的今天，在继续抓好军体、水上项目的基础上，要有抓田径、游泳等运动之母项目的气魄，抓出全国一流水平来。只有这样，我省体育才能以更坚实的脚步向全国体育强省迫近。

四川赛区已近尾声，笔者为准备北京决赛报道，已提前踏上归程。"桃花潭水深千尺，不及汪伦送我情"，半个月在成都的采访，笔者和来自全国的许多同行，都感受到了四川人民协办七运，争办奥运，真诚待客的深情厚谊。临别时道一声祝福，天府兴旺，川人安康。

（原载1993年8月23日《河南日报》）

火炬·七运会·奥运会
——京都纪行之一

这是历史的焦点。

9月2日下午，象征中华民族古代文明的"文明之火"和象征改革开放的"进步之火"在北京天安门金水桥前实现了超越时空的汇合，在火炬传递的队伍中，有工人、科学家、解放军、运动员……他们手中高擎七运会的火炬，同时也共同举起中华民族崛起的希望。七运会火炬是体育精神的升华，从某种程度上看，也体现了一种"敢上九天揽月"的民族精神。当运动员们赶超一个又一个世界纪录的时候，他们的拼搏进取精神给中国的改革开放大业注入了多么强大的活力。

七运会将是解放以来，我国历史上一次规模最大、水平最高的体坛盛会，也是全国一次盛大的庆典。全国43个代表团将在北京争夺23项比赛的207枚金牌。9月的北京，长城伸开臂膀，北海、昆明湖……扬起欢波，欢迎来自全国的体育健儿们。"七运在北京，微笑在北京，友谊在北京""迎七运重燃圣火，盼奥运再度辉煌"等标语和彩旗在北京街头到处可见。36个宾馆接待来自全国各地参加七运会的万余名宾客。一块热手巾，一杯香茶，给人以宾至如归的温馨之感。出租车司机的文明待客，商店"迎七运，创三优"的文明服务，卫生防疫人员对食品的严格检验，志愿人员无私的奉献……显示了北京人讲文明的大家风范。亚运会之后又修缮一新的28个体育场馆也给体育健儿提供了施展才华的大舞台，还有那创意不凡、梦幻一般的开幕式，各种体育文物、诗画、集邮、艺术展览和中西合璧的文艺晚会，更使七运会置身于一种古代和现代文化融汇的氛围之中，令人流连忘返。七运会使古老的北京变得年轻，朝气蓬勃。

"扬起七运风帆，驶向奥运彼岸"，在举办七运会的过程中，在北京还可以感到举国上下争办奥运的热切愿望。9月23日确定2000年奥运会举办国的投票更是令人关注，成为人们言谈中的一个热门话题。的确，从"东亚病夫"到傲视亚洲体坛群雄，第25届奥运会摘取16枚金牌满载而归，从恢复国际奥委会中的合法席位到成功地举办第十一届亚运会，中国和中国体育界走过了一段很长的奋进之路。当前改革开放的中国政治稳定，社会安定，经济发展。因此，伟大的中国敢于和许多先进国家的先进城市站在申办奥运的同一起跑线上全力拼争，这本身就是令全世界炎黄子孙心潮激荡的壮举。为了争办奥运我们已付出很多，很多。一分耕耘总会有一分收获。

(原载1993年9月3日《河南日报》)

沙场秋点兵
——京都纪行之二

燕赵天高云淡,北京健儿争雄。

在申办2000年奥运城市投票前夕,中国第七次体坛大阅兵在北京举行。一时老将新秀云集京都竞技,龙腾虎跃,跌宕起伏,气象万千。

由于和奥运会接轨,本次全运会的奖牌大战,更为激烈。邓亚萍在第25届奥运会上夺得女子单打、女子双打冠军。于是还未开赛,河南代表团账上便记上1.5枚金牌。在四川赛区角逐中,中原健儿踏平蜀道坎坷,一举夺得10枚金牌,令各路健儿刮目相看。北京新闻界有人惊呼:"中原好汉河南军团,亦在三强背后开弓放箭。河南人在蜀中力斩10金,其黑马之姿已挫动诸侯。"中原健儿的确在四川集中优势项目,先声夺人,打了一场漂亮的歼灭战!

得蜀望京,要想超过六运会第13名的位次,中原健儿势必要在北京最后一搏,打一场艰苦的攻坚战。举目四望各路健儿,大多将遣精锐之师驰骋于北京赛场。且不说辽宁、广东、上海将在各个项目中全面开花,争金夺银,也不说四川、湖北、北京、山东等十强中的劲旅都有拳头项目争雄,湖南、解放军、浙江、江苏、河北、福建等实力派都是中原健儿上新台阶的强劲对手。不过据行家分析,河南七运军团在北京发挥正常也会有所作为。邓亚萍和老将黄智敏率李宏、赵茜、张辉等青年国手在女乒4项比赛中摘取一金还是有希望的,以老将酒尚选、新秀黄庚领衔的田径队有可能在男子5000米、10000米、1500米、3000米障碍、20公里和50公里竞走、跳远以及女子跳远、三级跳等项目中争夺到2至3枚金牌,男子举重54公斤级、体操男子跳马、柔道、古典跤、海模、跳伞、拳击等项目都有捧金、夺银、摘铜的实力,关键要看运动员能否以最佳精神和技术状态出现在赛场上,正常或超水平发挥。"浓绿花枝红一点,动人春花不须多。"河南军团只要能在北京主赛场上拿到5枚以上金牌,各项得分正常进账,那么超过六运会第13名的成绩还是大有希望的。

"预则立,不预则废。"应该说,河南军团为备战七运会北京主赛场做了极大的努力。进京前的夏训，体工大队进行了全封闭训练。下午2点关大门，晚上8点半关大门，很少有人违犯纪律。公认的全国一流的伙食，使运动员的营养有了一定的保证；卡拉OK、录像等丰富多彩的文化生活，有助于运动员疲劳后的恢复；在科研人员辅助下进行科学训练，外出高原训练，给运动员炖补品，解决运动员的家庭后顾之忧……体工大队领导尽力做细做好工作，使运动员全身心投入了七运备战。

是玫瑰总是要开花的，尤其是春风化雨，给它施足了底肥以后。但愿中原健儿在京都沙场比赛中高唱《大风歌》，闯关夺隘，得胜而归。

(原载1993年9月4日《河南日报》)

五星邀五环
——京都纪行之三

我参加过六运会、亚运会、东亚运动会等许多大型运动会开幕式的采访，每一次心灵都受到一次神圣的"洗礼"，爱祖国的感情都有一次新的升华。在申办奥运城市投票确定的前夕，改革开放的中国在相隔6年以后又举办的七运会开幕式，是否像一瓶贮存6年感情和力量的美酒，浓烈醇香使人沉醉呢？我期待着。

4日晚7时许，我来到即将举行七运会开幕式的北京工人体育场。8万余名观众在等待这一庄严庆典时刻的到来。偌大的体育场数不清的华灯齐放，如同白昼。长160米、宽70米的巨大背景立体舞台上，中国古老和现代建筑在繁星辉映下，令人在对中华民族古老文明产生无比自豪的同时，也对中国现代化的未来充满憧憬和向往。开幕式前，由一辆载着国旗和奥运火炬，但车身上又挂着"健力宝——国际饮品"广告的彩车领头，数十辆载着各种体育项目造型和企业广告的彩车绕场穿行。联想到这次七运会不交通管制，不限制进京人数，中外记者自由采访……使人感到开放和宽松的气氛。

这一刻终于来到了。8时整，北京市常务副市长张百发宣布开幕式开始。在《爱我中华》的歌曲声中，一面巨大的五星红旗在8个仪仗队员的托举下，从巨大的背景立体舞台上缓缓飘移到场内。这面代表伟大祖国的五星红旗，激起多少人感情的浪花。裁判员、运动员队伍从北门入场。这简直是一场个性张扬、热情奔放的入场式。解放军入场运动员身穿白西装、蓝西裤（裙）、小白帽，显得潇洒自如；辽宁代表团则是蓝西装、白西裤、白色和蓝色的时装帽，加上队伍中升起的画有东北虎的气球，剽悍而又勇武；河南代表团着蓝西装、白西裤，走得整齐，朴实无华中透出勃勃英气；内蒙古、云南代表团身着鲜艳的民族服装；西藏代表团手捧洁白的哈达……运动员们入场后满面微笑，频频挥舞花束向观众致意。观众则不时报以掌声和喝彩声。场上场下，热情交融。入场式后，江泽民总书记宣布"中华人民共和国第七届运动会开幕"的宏亮声音，久久在夜空中回响，使人感到中国巨人充满自信的力量。当经过传递，邓亚萍和杨文意两位奥运冠军手持文明和进步的火炬点燃两条金色钢龙的龙尾，火龙吐出火珠将巨大火炬台上的圣火点燃时，全场一片欢腾。

  大型文体表演开始。幽暗的蓝色灯光，粗犷的音乐，使人们仿佛进入远古的洪荒时代，700余把火炬组成了一条巨大的火龙，在场上游动，500余名原始人装束的红衣女郎甩动长长的黑发起舞，表达远古人类对火的崇敬，对图腾龙的祭奠。突然间，千余名类似兵马俑的古代将士拥着隆隆战车出场，那拙朴而奇妙的动作使人们感到是兵马俑在复活。人们感受到两千多年前的统一中国的辉煌。瞬间，服装变换，兵马俑方阵消失，盛唐武士集群逝去。表演场又成了一个巨大的围棋盘，继而棋盘又收缩成八卦图，东方文化智慧的光芒、辩证的思索体现了黄土地的神韵。灯光又复灿烂，"嘈嘈切切错杂弹，大珠小珠落玉盘"，在悦耳动听的琵琶声中，场上少女轻舒广袖，背景台上缓缓行走的中外客商骆驼队艺术再现了大唐开放包容、邦交四海的风貌。色彩浓烈、抽象而又具有冲击力的现代舞蹈《浪潮》，敢于在时代浪潮中搏击的青年、企盼中华体育和整个民族腾飞的《摇篮曲》都使人感到开放的中国在迎接现代化的明天。最后一场，朝霞中，巨大的五星红旗变幻出巨大的奥林匹克五环，在少年儿童的欢呼、主题歌的旋律、天空怒放的礼花声中，五环气球冲天而起，这壮丽的场面使世界知道总人口为世界之最的中国人申办奥运的梦想。

  啊，动人心弦的七运会开幕式之夜。

（原载1993年9月5日《河南日报》）

"海外兵团"及其他

——京都纪行之七

七运会乒乓球开赛以来，人们在赛场上发现许多曾在中国和世界乒坛上叱咤风云的人物，如郭跃华、陈龙灿、陈志斌、许增才、张雷、耿丽娟等。他们当中许多人已经在欧洲、日本等的俱乐部队打了多年的球，都是三十好几的人了。由于融汇了国外的一些先进打法，中西合璧，他们有的人比赛起来恐怕更为老辣些。这些被人称为"海外兵团"的选手在七运会代表各省市的前三天比赛中的确雄风犹在，陈志斌、张雷等竟将现役国手王涛、刘国梁及一些国内新秀斩于马下。

国家乒乓球队副总教练张燮林坦率地认为各省市召回这些在海外打球多年的选手是因为国内乒乓球水平这几年提高不快，年轻选手技术、战术、心理上不太成熟，令人不放心。这些"海外兵团"选手在国外为生存而激烈竞争，基本功和比赛经验都较好。各省市召他们回来打全运会，增强实力，不是一件坏事。一些年轻队员通过和他们比赛交流，开阔一下视野，感受一些新技术，并非无益，他们当中的一些人如郭跃华此次回来绝口不谈报酬之事，也算报效一下养育他们的父老乡亲吧。笔者认为，对于这些在海外打球的选手应该给以理解。他们到世界各国打球也应该算中国对世界乒乓球运动水平的提高作出了贡献。

然而还有一个概念，也就是体育没有国界，运动员却有祖国。海外选手到了一定时间和阶段，就要代表所在国和祖国选手对垒。这是一个严峻的事实。在今年第42届世锦赛上，邓亚萍和乔红就败在"海外兵团"选手的拍下。历来，国内的世界级选手在全国比赛中很难有绝对优势，正所谓"内战"比"外战"更难打。如今"内战"已延伸到海外成为一股势力。更何况由于乒乓球项目进入奥运会和奥林匹克商业化、职业化的倾向，"海外兵团"的国际市场存在将不会是一个短期现象，竞争将更加激烈。所以，我们在备战世界大赛时，就要对如何应付"海外兵团"有所准备，再不可轻敌。

在第42届世界乒乓球锦标赛上，我国派出的年轻选手无一冒出来，最好的在 16 进 8 时就被淘汰；而这些年轻选手在七运会比赛中表现较为出色的也是凤毛麟角。这就需要我们在延长老运动员寿命的同时，采取多种手段培养有新打法的高水平选手，特别是要在创新发球绝招、打追身球等高难技术中发现和造就领导世界新技术潮流的凶狠快速型选手。还要在提高实战能力的身体、心理、技战术等综合训练方面下大功夫。曾有过辉煌战绩的中国乒乓球界还应再度崛起。

（原载1993年9月9日《河南日报》）

亚萍，辛苦了！
——京都纪行之十二

有明星闪烁，才有历史辉煌。

13日晚，北京工人体育馆内，七运会乒乓球决赛正在激烈进行。当一路闯关夺隘、呼啸进击的邓亚萍以狂飙式的进攻击败最后一个对手，在七运会比赛中也未输过一场的老将、全国冠军樊建欣时，这个场上满脸杀气的姑娘脸上露出欣慰而又甜甜的微笑。

第42届世锦赛，邓亚萍失手以极小的差距输给"海外兵团"选手后，有的人对邓亚萍的信心有所动摇，尽管她仍是无可争议的世界一号选手。她没有任何解释，只是以更刻苦的训练在更高难度的出神入化的乒乓球道路上求索。她自立自强，独立前行，视坎坷如坦途。七运会是对她的又一次严峻考验。行家们认为，国内一流选手水平接近，七运会从第一轮开始就会拼争激烈，比世界比赛更难打。的确，笔者目睹，许多内战内行的选手在七运会将世界冠军乔红、刘伟等斩于马下。但邓亚萍就是不同凡响。在七运会预赛中，她拍马鏖战，和队友一起夺得女团、女单、女双、混双4项决赛权。在七运会决赛中，她连续7天，平均每天都要上场打十几局球。面对十余名新秀、老将们十八般兵器、各种打法的冲击，她犹如战场上横刀立马的骁将，左劈右砍，不失一盘全胜而归。无怪国家队领队姚振绪在决赛前就对笔者说，邓亚萍正手快、准、狠、灵的状态又入佳境，目前无人可以匹敌。七运会冠军一定会归她夺得。果然，邓亚萍仍然具有雄厚的实力、稳定的心理状态、强烈的求战渴望。她仍然砥柱中流，笑迎激流险浪。不过这里要向读者报告的是，7天比赛中，邓亚萍每天所打十几局球中，至少要汗湿两套运动衣裤、两双鞋袜。汗水浇开了胜利花。应该向挥汗拼杀的她道一声：您辛苦了。

七运会上，邓亚萍除了赛场上摘金夺银，在和队友相处中，关心他人，共同拼搏，有一种真诚友爱的人格魅力。比她还大的队友感到和这位没有一点架子的大明星配双打是一种幸运。赛场上她丰富的经验、昂扬的斗志、高超的球技常常感染队友和她一起顽强拼杀。赢了，她不狂，输了她从不埋怨队友。比赛如此紧张，她还要乐呵呵地参加七运会点火、申奥等各种社会活动。这不，单打决赛刚结束，中国奥申委让她出国准备活动的日程表已送至还在赛场擦汗的她的手中。她还要用英语代表中国代表团在摩洛哥申办大会上发言，表达中国运动员的热望，之后又要赴台湾地区访问比赛……

她像一只蜜蜂那样辛劳繁忙。决赛结束，中国女乒主教练张燮林竟笑盈盈地和我握手道贺。从这位功勋教练的脸上，我看到了邓亚萍更加灿烂的前程。

（原载 1993 年 9 月 14 日《河南日报》）

七运成功　众盼奥运
——京都纪行之十四

龙争虎斗的七运会 15 日在北京降下帷幕。然而友谊和微笑、盼望奥运的热望却将长留在人们心头。

这是一次激动人心、高潮迭起的风云际会。中华体育健儿赶超世界纪录、刷新亚洲和全国纪录的壮举令国人扬眉吐气，撼动了五洲四海。人们难忘，辽宁"马家军"在田径场上三破世界纪录的铿锵脚步；人们难忘，碧池大小"金花"搏，万紫千红春又来；人们更难忘，冯英华负伤顽强跨过 100 米栏的身影……七运会上体现出的崇高的体育精神给北京金色的秋天又增添了丰收的喜悦和俊美的丰采。还有那看台上无数面飘扬的五星红旗，使人们那么强烈地感到，体育那高昂的旋律与中华民族的崛起是那样合拍。的确，不断超越，才能进步；

不懈追求，方有灿烂的文明。

作为河南的记者，我也感受到中原体育健儿的脉搏在赛场上是那么有力地在跳动。邓亚萍攻如狂飙、横扫千军如卷席的锐气，河南女足绿茵场上争抢突传胜似男儿的豪情，老将酒尚选舍命万米冲线的拼争，小将黄庚壮志凌云的跳跃……都那么潇洒风流。七运会，正是中原体育健儿竞争夺冠的好时候。曾几何时，经济落后制约体育的观念，使河南体育界有的人悲观畏缩，不敢向全国体育强省挑战。此刻，一枚枚拼搏而来的金牌，使人们的思想大解放，想起"你觉得伟大高不可攀，那是因为你跪着，站起来吧"这充满辩证的格言。只要思想冲破牢笼，河南经济文化也会像河南体育一样攀上高峰。

在七运会赛场上，在人们的言谈笑语中，办好七运、争办奥运的愿望令人感动。当七运会闭幕式上，上千名少年儿童组成巨大的五环，为中国申办奥运代表团送行的时候，笔者在遐想，奥林匹克姑娘终会垂青亚洲东方的巨龙。到那时，世界五大洲的朋友们在古老而又年轻的北京聚会，那将是一个多么霞飞云涌的吉日良辰。

还应该报告的是，本报几位年轻的记者在七运会采写的日日夜夜中受体育健儿拼搏精神的熏陶，也向千千万万的读者上帝倾诉了一片真诚。他们为了采访到一个个感人的细节，为了拍摄到一幅幅精彩画面的瞬间……也是废寝忘食，忘我苦干，为的是，让七运的火炬照亮人们勇敢前行；让健儿的拼搏之歌在建设四化的大军心中产生强烈的共鸣。亲爱的读者，你能感受到他们的真诚吗？但愿情相连，心相通。

（原载 1993 年 9 月 16 日《河南日报》）

角逐上海谁风流
——浦江八运速写之一

又是四年一度的全国体坛"沙场秋点兵"。

1997 年 10 月 12 日在上海开幕的全国八运会给各省体育健儿提供了本世纪最后一次竞技角逐的大舞台。以报效祖国和家乡父老为己任，长年把心血和汗水洒在训练场上的运动员焉能不放手一搏。作为一名体育记者，不管有多大困难，此时也只有横下一条心来，在八运会的新闻赛场上再搏它一回。

为了采访先期决赛的男排、赛艇、乒乓球等项目和打前站，我于6日下午乘机抵沪。一下飞机便碰上了北京、解放军等代表团英姿飒爽的部分运动员。虹桥机场大厅内，为参加全国八运会人员所设的专用通道旁，"办好八运会、迎接新世纪"的红字大标语赫然入目。八运会紧张而又热烈的气息扑面而来。

《大连晚报》《香港明报》的两位记者和我差不多同时到达。面带微笑的接站人员很快开车把我们送到航天大厦暂住两天，待8日新闻中心正式开始运转后，再搬到旁边的富豪大厦。手续快捷，记者证很快办好。晚饭时，在餐厅里碰到了湖北、江苏、广东、湖南、四川等省报界的朋友们，相见甚欢时，都谈到了各自代表团的实力状况。晚饭后，东道主《解放日报》记者也闻讯到我的房间探访，介绍了不少八运会的背景材料。于是，入夜后，我在桌前沉思，各种积累使各代表团的形象愈来愈清晰地浮现在脑海中。

1983年，全国五运会首次在北京以外的上海市举行。自此，连续四届称雄前三名的北京体育代表团被挤出三甲。广东、辽宁、上海三强鼎立之势形成。"第二集团"北京、江苏、山东、解放军、湖北、四川雄踞前十名，位置不易动摇。湖南、河南、浙江、河北偶有佳作，也能突入十强之列。七运会后，经过三年多实力的重新组合，除内部名次可能有变外，以上格局基本未变。但是由于冬季项目成绩计入全运会，吉林已夺得10金、6.5银，加上射箭等优势项目，八运会上其成为跻身十强的一匹黑马也有可能。而七运会前15名的个别省份，在八运会上由于平时训练水平不高和其他复杂因素，位置后移不足为奇。

八运会上引人注目的是上海欲拔头筹和北京力拼三甲。上海历来就是我国体坛名列前茅的一支劲旅。在五、六、七届全运会中曾夺得金牌数两次第二、一次第三名。但是，集全国经济、金融、科技中心于一身的上海人从来没有放弃过对全运会金牌数第一目标的追求。据一份资料介绍，上海在1995年和1996年两年的全国大赛中都取得了金牌和总分全国第一。在上届盟主"东北虎"辽宁因师徒反目等原因而在田径、游泳等安天下项目上受挫严重的这三年，上海内引外联，游泳等"拳头"项目好手如云，势头如日中天。行家们预言，仅游泳一项，上海就有夺取15枚金牌左右的实力。还有田径、击剑、男女足球、赛艇、乒乓球、网球等强项，登顶有望。

七运会金牌第四位、近三年实力日渐雄厚的北京体育代表团一位副团长赛前放言，在金牌、团体总分上全面超过七运会。这极有底气的宣言是以手球、棒球、垒球、体操、跳水、武术、游泳、自行车、射击、乒乓球等项目中一些具有全国、亚洲甚至世界水平的选手实力做后盾的。八运会预赛中，该团就摘取21金、24银，其决赛冲击三甲的能力当刮目相看。

体育是一种文化，在某种程度上体现了一个国家和地区的物质文明和精神文明水平。全国八运会事关各省的形象，一场激烈的竞争难免。不过，体育大赛的魅力就在于临场复杂因素引起的变幻莫测。分析归分析，水落石出只有到比赛结束之后。

（原载1997年10月8日《河南日报》）

中原健儿当力搏

——浦江八运速写之二

7日，全国八运会男排决赛鸣笛，河南男排3∶1力克劲旅北京队，开局良好。包括邓亚萍在内的河南男女乒乓球队已在离上海市近100公里的嘉定迎园宾馆下榻。在适应场地训练之余，他们还进行一些小型娱乐活动，显得气定神闲。看得出他们是在对心理和竞技状态进行最后调整，以迎接9日晚开始的团体赛搏杀。河南赛艇队则在离上海市50公里左右的青浦淀山湖畔"安营扎寨"，铆足了劲的队员都盼望着9日在美丽的淀山湖赛道上一展身手。有备而来的中原体育健儿已是箭在弦上，一触即发。

在4年前举行的全国七运会上，河南体育健儿以20.5枚金牌、总分457分，列金牌第六位、总分第十位的赫赫战绩，崛起于首都北京。全国体坛为之震动，中原父老乡亲为之骄傲。之后四年，许多朴实而又顽强的河南体坛健儿从"零"开始，又朝着全国八运会和更高的体育高峰登攀。然而，随着经济和高科技的快速发展，当今体坛优胜劣汰的竞争之势愈演愈烈。现在，面对八运会上许多强劲的对手，河南体育健儿如同又一次面临"大考"，状况如何？会交出一份怎样的答卷呢？

人们最近注意到，六年排名世界第一、为祖国和家乡屡立战功的乒坛名将邓亚萍在今年9月上海举行的女子世界杯单打比赛和珠海举行的中国公开赛中均未露面。脚伤、腰伤严重的她放弃这两次有数万美元奖金的大赛是为了更好地备战八运会，回报家乡人民的养育之恩。由于预赛中负于湖北队而成绩又带入决赛，所以河南女乒在决赛小组循环中，不能再有大的闪失。而小组辽宁、山东、河北等强队中有王楠、乔红、刘伟、乔云萍、樊建欣、满丽这些新老国手和世界冠军担纲，过哪关都非易事。团体决赛更难打。至于女子单打，李菊、王楠、王晨、邬娜、乔红、刘伟都曾胜过邓亚萍。女双和混双项目中的高手更多。乒乓球运动员普遍认为，全国比赛比世界比赛更难打。对邓亚萍来说，也是如此。

国家田径队跳远教练冯树勇曾说："今年八运会跳远竞争会十分激烈。"根据是男子跳远全国过8米的选手至少有9名，是一个群体。我省跳远名将黄庚的亚洲纪录今年已被广东劳剑锋打破。黄庚脚上也有伤，夺冠之路上隐藏着风险。被人们看好的今年全国冠军、我省女子1500米选手阎巍在八运会上肯定会遭到新"马家军"的夹击。冲出重围，她要付出极大的努力。

尽管我省射击项目中拥有张冰、张新东、程东杰、赵贵生、李金豹、张锐敏等世界和全国一流选手，但行家们预测前景时仍十分谨慎。因为射击系机械项目，对器材和运动员的心理要求特别高。王义夫、王丽娜等奥运和全国冠军都有因最后一靶成绩失常甚至脱靶而功亏一篑的纪录。所以，一位权威人士说，我省射击项目在八运会上夺2至3枚金牌正常，剃光头也正常，并非危言耸听。

知己知彼，方能百战百胜。成众矢之的优秀选手，大赛前将困难想得多些，也许能使头脑更为清醒。但是，我省在赛艇、皮划艇、武术、自行车、拳击、摔跤、散打等项目中潜伏着一股生气勃勃的力量，一旦正常或超水平发挥，喷薄而出，摘金夺银并非天方夜谭。保住我省体育代表团在八运会上前十名的地位，"有希望，没把握"这句话符合实际。关键是坚韧顽强，斗智斗勇，临场发挥！

(原载1997年10月9日《河南日报》)

新思路　大手笔
——浦江八运速写之三

有人说，中国2000年的历史看西安，1000年的历史看北京，而100年的历史要看上海。从经济和发展的角度来看，这种看法确有其道理。我曾参加过1993年在上海举行的首届东亚运动会，对东道主全靠社会集资举办体育盛会的许多做法有极深的印象。当时，上海陈旧的虹桥体育场在不到一年的时间里就被改造得焕然一新，成为能举办开幕式和田径比赛的主场地，使人们看到了主办者的魄力和胆识。

岁月如梭。4年过去了，8日，记者按大会组委会安排到上海体育中心内富豪东亚酒店入住。我乘车在徐家汇附近的高架路上行驶，不一会眼前便出现了一幅气势宏伟的画面：一座呈马鞍形，顶为乳白色的巨大体育场在阳光下银光闪闪，如同一只欲飞的大鹏，同两旁的上海体育馆、上海游泳馆成掎角之势。一种感叹油然而生，上海人终于用自己的智慧和汗水精心建造了一个属于自己的奥林匹克中心。为中国经济发展做出过巨大贡献的上海人民也应该有与之匹配的体育文化设施。

走了几个新建的体育场馆，又听了组委会有关人员的介绍，才知道上海为承办全国八运会筹资56亿元，新建改建了38个体育场馆，其规模和数量为我国城建史所罕见。而国家拨款才8000万元。没有开阔的新思路，主办者是很难下如此决心的。"抓住机遇，加快改革"是上海人下决心用一流水平承办八运会的大背景。他们敏锐地意识到，这是把上海建设成现代国际大都会的机遇，内涵丰富，意义深远。于是决策者们承办八运会的思路和过去有了质的区别。他们一改过去靠政府拨款、行政摊派集资和个人集资相结合的做法，利用体育事业的有形和无形资产，走适应社会主义市场经济的体育产业化道路。新的思路产生了新的政策和做法，用"大手笔"写出了承办八运会的新篇章。

"大手笔"首先体现在规模大、质量高。尤其是新建的上海体育场可容纳8万人，并设有600人的主席台和300人的记者席。其上方覆盖着半透明的膜结构顶面，面积达3.6万平方米，超过了亚特兰大奥运会主会场的膜结构面积，并有三层全天候环形看台。这个体育场广泛采用各国先进建筑材料和电子技术，被誉为"万国技术博览会"。不仅仅是上海体育场，设施具有超一流水平的上海长宁国际体操中心、浦东的游泳馆、上海卢湾体育馆……所有的体育场馆从设计到材料都达到国内一流、国际先进水平。

　　政策新促使许多改革做法和机制出台。八运会场馆开发建设资金采用土地置换、级差地租、境外投资以及出售建成后的包厢、宾馆客房、冠名权等办法筹集。这样，所建的体育设施除了竞赛和全民健身活动用，许多都具有商场、宾馆、休闲娱乐场、展览等多方面的功能。1993年，上海市政府决定利用承办首届东亚会盈余的2.6亿元人民币成立上海东亚（集团）有限公司。这个公司筹建的能够容纳8万人的上海体育场完全按市场经济规律运作，通过销售包厢、土地和股份经营，在八运会前已收回金额超过5亿元。上海大型体育场馆建成后，不仅不会成为负担，而且会一馆多用，以馆养馆，取得良好的社会效益和经济效益。

　　上海人认识到承办八运会在建设物质文明的同时，也孕育着精神文明。上海市副市长龚学平曾披露心迹说："用上海原来的老场馆，也能勉强地把八运会办下来。之所以要新建改建这么多场馆，是想利用这个大好时机，为广大市民提供更多的健身场所。"人民政府为老百姓着想，那么上海成千上万个志愿者用各种形式为八运会作贡献就很容易理解了。

　　上海用新思路和大手笔有声有色地承办了八运会，辐射效应不可估量。

（原载1997年10月10日《河南日报》）

祖国万岁

——浦江八运速写之四

　　12日晚，在上海体育场举行的全国八运会开幕式上，东道主继首届东亚运动会、全国农民运动会之后，又推出一台有18000余人参加、主题为"祖国万岁"的大型文体表演。

入夜，华灯齐明。在暗蓝色天幕和大片绿地的映衬下，上海体育场就像一朵盛开的白玉兰花，香飘在人们心头。在这里，人们面向新世纪放飞希望，尽情赞颂伟大的祖国。"祖国万岁"是今天中国的主题，也是奋进中的中国人民从内心里发出的呼喊。

历经五千年沧桑的中华民族，山可移，海可填，勤劳勇敢，百折不挠。那么，什么最能象征中华民族的魂魄呢？在开幕式文体表演第一篇章"伟大的民族"中，上千青年身着古代人的装束，奔放起舞。忽然一只精卫鸟从远方飞来，衔起西山的石头，一次又一次地飞向东海，最后因力竭沉入海中。继而精卫鸟化成一只红色的精灵引来九天之火，燃起所集香木，火焰熊熊。她鸣叫着，盘旋着，在激昂的歌声中勇敢地投身烈火。俄顷，一只斑斓的金凤凰在烈焰中升起，在雷电中飞翔，呼唤霞光。凤凰涅槃，获得永生。黄河九曲，泰山百折，在历史长河烈火的冶炼中锻铸永生的新中国又何尝不是如此呢？上古神话中，精卫和凤凰这两只美丽的精灵确是中华民族魂魄的象征。她不屈的神采，敢破敢立的风骨，将伴随中华民族进行建设四个现代化的新长征。

第二篇章"奋进的时代"开始便出现红旗的海洋。两千余名穿红衣、舞红旗的男女青少年以变换的队形组成巨大的五星红旗。春光里，笛声中，儿童、青少年跳跃、劈叉、叠罗汉、做健美操，那欢快有力的动作寓意着朝气蓬勃的祖国一日千里。

第三篇章"腾飞的巨龙"起首便向人们展示出祖国大家庭百花盛开，万紫千红，春色满园。在牡丹国花仙子的率领下，32个省市的花仙子翩翩起舞，迎来了回归祖国后的香港紫荆花。这风雨中飘去、阳光下飞回的紫荆花与牡丹花相拥而舞，分外妖娆。在《掀起你的盖头来》等一首首亲切优美的民族音乐中，各民族跳起了欢快的民族舞，一派民族大团结的动人景象。一条金色巨龙游弋而来。32个省市的火炬手也手持火炬跑进场来。于是巨龙从龙尾处被点燃，火焰直达龙头。龙首向天，喷出一颗耀眼的火珠，划破夜空，将场外高高耸立的主火炬点燃。无数礼花射向天幕，火树银花，璀璨夺目。"黄河挽着长江，昆仑向着太阳……万岁，万岁，中华民族屹立东方"的激昂会歌声响起，人们心头升起一阵阵热爱祖国、建设祖国、保卫祖国的满腔豪情。沸腾之夜，爱国主义的洗礼令人心中的坐标更明，精神振奋。

呵，此时，此景，此夜，我明白了在祖国岁月与年轮的记载上，有耻辱，更有光荣。只有大气磅礴、自强不息的精神，才能给子孙留下奋进的魂魄、不断的根。我明白了，祖国是永不干涸的大海，我们每个人都是浪花一朵。只有做大海的赤子，才会有阳光下的碧浪清波。《祖国万岁》确实是一首世世代代唱不尽的歌。

（原载1993年10月13日《河南日报》）

胆气豪　心如水
——浦江八运速写之五

奥林匹克运动会创始人皮埃尔·德·顾拜旦在《体育颂》中说："取得胜利的关键，只能是体力和精神融为一体。"的确如此，当今高水平的体育竞技比赛一个显著特点就是水平接近，实力相当，竞争激烈，运动员的心理状态已成为决定胜负的关键因素。

从八运会第一天的射击比赛可以看出，我省选手贾占波赢就赢在坚定的信念和稳定的心理状态上。他在资格赛中就打得迅捷洒脱，偶尔一发发挥不好环数下降，旁边对手的击发声响，场上观众的来回走动，他都视而不见，充耳不闻。他的击发动作和节奏自始至终都不走形和有规律。他第一个打完资格赛60发后小憩，仍是神态自若地和队友交谈，对资格赛中两发不应有的小失误记得清清楚楚，表示要在最后10发的决赛中再把资格赛中不应有的失误补回来。言谈间，他那双炯炯有神的眼睛闪出坚定的光芒。果然，他在决赛中除第四发子弹击中9.8环外，其他9发子弹击发成绩都在10环以上，而且越打越好，最后一发竟打出10.3环。他和记者谈道，他选择了攀登射击事业高峰这个目标，平时就要不惜力气，善于动脑，苦练和巧练。而到赛场上就要什么条件都能适应。不管顺手不顺手，抓自己的动作，扎扎实实地打。早上资格赛时，有雾，能见度低，但他很快调整自己的心态，没受太大的影响。夺冠后他表露心迹说："我准备了四年，相信自己，应该拿到这个冠军。"

而在这天赛场上，有些名气比他大得多的国手却显得心事重重，有的甚至大失水准。和贾占波同一项目,在国家队集训多年,八运会预赛第一名,赛前训练成绩也最好的我省一位名将,在资格赛中和4年前的七运会一样,打得缩手缩脚,以较大的差距被挤出决赛。赛后,他感叹地说,没办法,当时就想,怎么不能连中10环?显然,贾占波是只注重过程,以平静的心态认认真真做好每一个动作,适时击发每一发子弹。好成绩便是技术发挥的正常结果。相反,这位名将在比赛中太看重成绩,反倒搞乱了自己的心态。水平发挥不出来,败走麦城也是顺理成章。大名鼎鼎的奥运冠军王义夫虽然实力十分雄厚,也久经沙场,但他前两届全运会中未能拿到金牌,而这次又拿牌心切压力太大。在13日男子气手枪比赛时,他有两发子弹没打好,便显得心情不稳,下来休息一会儿,教练也未指导。而大多数运动员在这种大赛中为了保持动作的连贯性和感觉极少下场休息。结果,他在决赛中最后一发子弹只击中9.4环。而资格赛位居第三的吉林徐丹决赛最后一发子弹却打得坚决果断,击中10.2环,领先0.7环夺冠。王义夫又一次痛失全运夺冠大好机会,赛后面对记者们的发问,他只说是太疲劳了。大概也有心理疲劳吧。

八运会战幕刚刚拉开。许多老将、新秀在平时的艰苦训练中也都具备了冲击奖牌的能力。谁能在心理状态的调整上"战胜自己",以平常心对待比赛,谁就能在胜负的天平上投下举足轻重的砝码。不知诸君以为然否?

(原载1993年10月14日《河南日报》)

党和人民心中有杆秤

——浦江八运速写之六

党和人民心中有杆秤。

14日上午,全国群众体育先进表彰大会在上海展览中心友谊会堂隆重举行。人们挥动花束,敲起锣鼓欢迎那些没有金牌,但长年在基层默默无闻,为了全民族的健康,埋头苦干,洒下心血和汗水的群体先进模范。河南等12个省市榜上有名。

这是继八运会开幕前,江泽民总书记和其他中央领导同志亲切接见全国群体和先进个人代表并发表重要讲话，合影留念后，又一次高规格表彰会。中央政治局委员、国务委员李铁映和国务院有关方面负责同志专程赶来祝贺和颁奖。厚待奉献者，这是心中有群众的一个善举，更重要的是体现了党和政府对全民健身这一功在当代利在千秋，事关民族伟业根基工程的拳拳之心和高度重视。

先进典型确实具有自身魅力和推广价值。

广东省汕头市新乡小学代表介绍，该校提出"树体育特色，促全面发展"的办学思路并付诸实践。他们在优化体育教学上认真做到"一抓三落实"。"一抓"是抓好体育组。从提高体育老师专业思想、教风和业务水平上做文章。"三落实"：一是按部颁标准，落实每个年级的体育课节数；二是按照《体育教学大纲》落实各年级的体育课教学计划；三是落实集体备课制度，优化课堂教学。这样做的结果是学生除了上好体育课外，还在课外锻炼中选择自己有兴趣的一项体育活动，有了终生体育锻炼意识。体育带了头，文化课教学等综合素质也明显提高，校园一派朝气蓬勃。做得实实在在，讲得言简意赅，听者受益匪浅。

光靠国家拨款，县级体委确实日子不好过。1990年成立的我省辉县市体委当时只有七八个人，两间办公房，一个荒芜的体育场和一个半拉子工程下马的游泳池。体委干部们达成了发展体育产业，走体育社会化路子的共识。他们发动干部自找项目、自筹资金、自建厂房，自力更生，艰苦奋斗，使该市体育产业发展迅速。几年来，体育产业上缴利税79万元，实现利润376万元。于是加上市政府的支持，该市田径场、游泳场、带看台灯光球场、综合训练房、体校、乒乓球训练中心等设施都逐渐建成。全市群体和竞技体育水平都上了新台阶。

中信重型机械公司（原洛阳矿山机器厂）是有近2万名职工的大企业。该公司把体育工作当成企业精神文明建设的重要组成部分去下大力气抓，探索出职工体育以"健身为主、竞赛为辅；基层为主、公司为辅；分散为主、集中为辅和突出重点、带动一般；上下结合、横向交流"的模式，并在职工体育趣味化、大众化方面做出了有益的尝试。他们购置体育器材到班组，以班组和车间为单位，除经常组织跑步、游泳、做操、登山、下棋、打球等活动外，还举办趣味运动会、水上运动会和公司运动会。运动会自创的趣味项目，如青年组的高台拔河、中年组的裹足飞驰、老年组的勤俭节约等大受欢迎。参与活动和比赛的职工达90%以上。体育活动的开展，增强了职工体质和企业凝聚力，公司出现了爱企业、爱集体、团结向上的新风貌。

24年如一日，呕心沥血进行"一条龙"业余训练的开封市女子小排球训练中心教练吴桂彦的事迹也使人不由得对那些众多基层的体育教练员油然产生敬意。推动全民健身活动开展，促进民族体质的增强，群体工作者们功不可没。

（原载1997年10月15日《河南日报》）

汗水孕育着金秋
——浦江八运速写之七

看了15日举行的八运会公路女子自行车69.72公里个人赛后觉得自行车运动很壮美。那50个车手同时从起点出发，如车涛滚滚涌向公路。继而远处起伏的公路上掠过一条蜿蜒的亮带。瞬间这亮带又从站在虹梅路立交桥上赛场终点的观众身边风驰电掣呼啸而过。

看了这自行车公路赛后，又觉得自行车是项勇敢者的运动。选手们下几百米大坡飞骑奋勇争先，有的选手被挂倒，后腿、手、脸大面积擦伤……这都使人感到自行车运动奖牌的获得是运动员用血汗乃至生命换来的。

清晨8时许，1米73的个头，今年才24岁，身姿矫健的我省选手马慧珍已经在练车架上做了好一会儿的赛前骑车准备活动，黄豆大的汗珠从脸上滚落。她告诉记者，尽管前两天两个项目激烈竞争，已骑了70公里，体力消耗很大，但20公里只差2秒的那枚银牌太令人遗憾，今天还得拼。出发后不久，她曾试着领骑一段，很快她自己感觉由于前两天比赛拼得凶，身上没劲，极限来得早。而上海队57号陆静、河北队16号郭杏红、上海队59号唐泉由于不兼项来势很猛，于是机灵的她放慢速度，保持在前十名左右的队伍中不让落下，终于在第四圈后机智地抓住机会脱颖而出，最终夺得银牌。一路上，前两天被她的风采折服的观众为她加油的声音不绝于耳。冲过终点后，她骑行放松一会儿，微笑着下了车。长年野外训练因曝晒变得黑红的脸上，此刻由于缺氧呈紫灰色。记者们问她此时的感受，比赛时作风顽强火爆的她语气显得格外柔缓。她感谢教练、队友和领导对她的支持，认为取得好成绩是运动员应尽的责任。她说，自行车运动是一项又苦又累又危险的运动，但一旦选择了它，便要当成一项事业，全力以赴地去干。而且成功的关键是按照教练的安排，每一堂训练课都要不惜力气去完成。言谈间，一阵风吹起她那一头秀发，刚毅而真诚的脸庞显得格外生动。

　　昨天，为马慧珍50公里项目夺冠而情不自禁紧紧拥抱、热泪滂沱的体工大队副大队长韩时英、教练谢海峰这两条汉子谈起马慧珍以及其他队员也很动感情。是啊，这么激烈的比赛，三天赛三个项目，竭尽全力地骑139.72公里，并夺得一金二银，需要多么坚强的意志和毅力！中国自行车队总教练延丰也高度评价她们：河南姑娘特别能吃苦。韩队长补充：岂止姑娘们，河南自行车队的小伙子也一样能吃苦。记者在赛前曾到过河南自行车队，在自行车赛场看台下冬冷夏热的宿舍采访，知道这些年轻的姑娘小伙子们大运动量训练一天后，仍能在室温高达37℃的宿舍内酣然入睡；知道他们每年有七至八个月在野外跋山涉水地训练，历经艰辛，长年不能和家人团聚；知道4年来，摔断锁骨和其他部分骨折的运动员有二十余人次，大面积擦伤是常事，但无人退却；知道运动员每天上百公里骑行后，巴掌大的车座磨破裤裆，脓血和裤子粘在一起，时间长了成为鸭蛋大的囊肿……危险和艰苦在锤炼着他们年轻的运动生命。但是苦尽甘来，才比三项，河南自行车队便得到一金二银和其他名次共46分的回报，而大部分比赛项目还在后头。可以说，目前从实力和精神状态看，河南自行车队已经达到历史最高水平。汗水孕育着金秋。八运会上，他们会有一个好收成。

（原载1997年10月16日《河南日报》）

挫而不馁真英雄

——浦江八运速写之八

　　木秀于林，风必摧之。

　　高踞世界乒坛排名第一位、曾夺得130多枚全国、亚洲、世界、奥运冠军的邓亚萍早就成为众矢之的。无论老将、新秀都在研究她，和她对阵就是放手拼。输了，极自然；赢了，很风光。再加上她已是积劳成疾，伤病缠身，宽宽的护腰带常常扎在身上。这不，在全国八运会乒乓球比赛中，她在团体赛中负于山东刘伟、香港王晶，混双比赛中负于山东刘伟、郭刻历，已经受挫。但是，她就是那种能从失败中爬起来的最可怕选手。在很快调整情绪后，她全无失败的畏缩和心理阴影，又从零开始，在女单和女双项目比赛中纵横驰骋，打进决赛。

16日上午，邓亚萍在女单半决赛和今年世界杯女单冠军王楠对垒时，就打得扣人心弦。左手横拍弧圈加快攻打法，实力雄厚的王楠常常和邓亚萍快对快、攻对攻，毫不示弱，虽先失二局，第三局又扳回。第四局，王楠紧咬比分不放，10平、13平、16平、20平，气氛紧张，场上鸦雀无声。如果这局再扳回，19岁的王楠更会打得放开，局势将很难控制。邓亚萍深知这一点，20平后，只见她发球时想了一下，发一个高抛近网急上旋球，接着便是果断的正反手两个大角迅如闪电般的扣杀得分。最后一个球，王楠都是对攻七至八板后，才下网和出界。比赛结束后，老教练张燮林走到我面前说，邓亚萍身上有伤，训练不系统，今天比赛心里虚。但控制比赛节奏等经验让她占了上风。

国际乒联技术委员会主席、中国乒协副主席姚振绪素有乒坛诸葛之称。4年前，在全国七运会女单决赛前，他在场上就对我说，邓亚萍正手攻球恢复得又入佳境，七运会女单冠军非她莫属。果真被他言中。16日晚8时许，八运会女单决赛前，我又在场上遇见这位诸葛先生，便让他预测女单决赛结果。他微笑思索一下说，还是邓亚萍夺冠，不过要比上届决赛打得艰苦些。的确是这样，决赛对阵，19岁的新秀王辉去年就在这个嘉定体育馆，把国家队李菊、王楠、杨影等主力一个个悉数拿下，夺得全国女单冠军。这次八运会，她又大发神威，在进入前八名后，又淘汰了王晨和李菊。嘉定是她的福地，骄人战绩使她士气如虹。然而，邓亚萍就是不同凡响。她和王辉对阵，在发球抢攻和稳拉伺机下重板突击时，长拉短吊和变线得心应手。特别是拉球有转有不转，使一向削球稳健的王辉削球常常下网、扣出界。当她祭出削中反攻、发球抢攻的杀手铜时，又被反应敏捷的邓亚萍打回头顶回。虽然有时也削上十几板和反攻出几个好球，但旺盛的士气锐减。邓亚萍又以高超的球技，在八运会上征服了对手和观众。

在近晚上10时举行的新闻发布会上，邓亚萍面对众多记者，侃侃而谈。她说：我和其他队友都经过许多失败和挫折。我的态度是不管胜败，比赛打完后就要总结经验，从零做起。团体输球后，她和队友一起打牌娱乐放松，玩得开心。但准备会上，她不仅对自己，对队友的备战方案也抠得细而又细。挫而不馁真英雄。邓亚萍就是如此。

(原载1997年10月17日《河南日报》)

乒坛扬雄的思考
——浦江八运速写之九

具有世界先进水平，包含世界乒坛各种各类打法的全国八运会乒乓球比赛，17日晚近10时，随着乒坛老将王涛的男单夺冠而在上海嘉定体育馆降下帷幕。经过8天激烈角逐，7项金牌各归其主。硝烟散尽之后，留给人们许多思索。

中国乒乓球运动自60年代崛起后，三十余年来长盛不衰，自有其规律。从八运会乒乓球比赛来看，百花齐放的打法、不断创新的技战术是一个重要原因。看一下男女单打前8名的选手，各有6名是横拍弧圈加快攻或快攻加弧圈的打法。此种打法从欧洲学来，已成为一种国际潮流。但是令人欣喜的是，闯入男单前四名的冯喆、马琳皆是直板反胶近台快攻加弧圈的打法。而这种中国传统打法由于39届世乒赛中国男队的多项失利前几年被一些人认为已经落后而该淘汰。如今反手横打和创新的发球使这种中国传统打法又获得新生。联想到冯喆、马琳二人在前不久珠海中国大奖赛上战胜了瓦尔德内尔、萨姆索诺夫这二位世界冠亚军，更令人欣喜。

新秀王辉持一柄横柏，坚持传统的削中反攻打法，但因其削中旋转有变化，削中反攻打得准而击败了包括李菊、王晨在内的一些横板弧圈加快攻的世界冠军。正如中国乒乓球队总教练蔡振华所说，武器没有优劣，大刀长矛各有优势。百花齐放的打法使这位总教练对付外国选手更有信心了。

"长江后浪推前浪，流水前波让后波"，重视培养新人是中国乒乓界制胜的法宝。在八运会乒乓球比赛中，北京女队教练敢于让只有15岁的小将张怡宁场场出战，在团体赛中场场拿两分，不失一局，并打败了李菊、杨影这样的世界冠军。广东男队依靠17岁的马琳和刘国正这两位小将充当一、二号主力挫败各路劲旅，夺得团体冠军。这种不怕输球、让小将在大赛中担纲的做法使小将成才期大大缩短。忆当年，13岁的邓亚萍还是被河南队主教练关毅在乒协杯团体赛中充当主力出阵，击败了世界冠军戴丽丽而信心大增，踏上了夺取世界冠军之路。把国内大赛作为小将们练兵的舞台，极可能使小将们的潜能在大赛中有一次质的飞跃。如果能把八运会上大胆起用新秀的做法坚持下去，对于促进中国乒乓球运动发展肯定将起到一个极大的推动作用。

由于香港回归，八运会集纳了包括80年代中期、90年代初期、90年代中期的20名世界冠军前来参赛，是历届全运会乒乓球比赛水平最高、争夺最激烈的一次。这种凝聚力得益于1994年中国乒协成立管理中心以来推行的一系列改革政策，比如派主力队员到外国俱乐部打球和在国内实行运动员具有双重身份，打俱乐部比赛、全国锦标赛、乒协杯赛和各种大奖赛的做法。这样以赛代练的做法，既提高了运动员的水平，又增加了运动员的收入，还留住和吸引了人才。还有球员注册制、人才交流管理办法……"稳住一头，放开一片"的做法使中国乒坛充满生机。从八运会可以看出，改革提高了中国乒乓球运动的水平，还要不断深入。

"响鼓要用重槌敲"，在八运会上，世界冠军孔令辉不尊重裁判的不文明举动受到乒乓竞委会仲裁委员会的严厉处罚，并被新闻界曝了光。这说明具有光荣传统的中国乒乓界并不护短。这种"风止于青萍之末"的做法值得赞赏。给有些名气见长、脾气见长、派头见长的大牌明星敲敲警钟有利于他们的成长，善莫大焉。

（原载1997年10月18日《河南日报》）

公正竞赛　以诚相待
——浦江八运速写之十

这是令人极不愿意看到的一幕。

18日下午3时40分，八运会女子1500米决赛在近8万名观众的呐喊声中鸣枪。当12名选手跑到约250米处时，处在中间偏后位置、辽宁赫赫有名的世界冠军曲云霞身体突然前倾，一条腿先跪，斜着横倒在跑道上。处在她身后的河南选手阎魏、王春梅被绊倒地。阎魏顽强地爬起来往前追时，已被落下来十几米远，而王春梅则因脚部受伤当即被抬到场外。结果，前6名尽是辽宁"马家军"的弟子。坚持跑下来的阎魏经医生检查两个膝盖部都有较大面积的磕伤，有体液渗出，而王春梅则是左脚踝部伤口被缝两针，右脚韧带受伤。在场的一些田径界资深人士感慨，这种事故大赛罕见，防不胜防。阎魏是近几年多次获全国田径锦标赛、冠军赛1500米项目的全国冠军，是"马家军"的一个强劲对手。这次针对辽宁"马家军"有7人进八运会1500米项目决赛的事实，为了避开对方的包围，采取了第一圈不紧追，第二圈站好位置，第三圈追上，第四圈冲刺拼实力的战术。遗憾的是这次被绊摔倒受伤使阎魏失去了一次公平竞争的机会，而且对她下一个800米项目的比赛极为不利。而王春梅则因伤根本无法参加下一个5000米项目的决赛。曲云霞这位世界冠军有丰富的比赛经验，犯这种"低级"错误是无意，还是战术安排，这需要她和教练用体育道德和自己的良心来讲话。客观结果是阎魏、王春梅和她们的教练4年来的心血和汗水毁于一旦。

1993年全国七运会，辽宁"马家军"除了破世界纪录外，女子项目包揽了从800米到10000米项目所有的金牌，气势之盛、水平之高令一些省市女子中长跑项目的教练和运动员认为不可超越。河南女子中长跑老教练李培立和她的队员阎魏等全无"既生瑜，何生亮"的感慨，为了这项事业的发展激流勇进，和"马家军"展开较量，在七运会之后的全国锦标赛，紧紧咬住"马家军"夺得两项亚军。这种对强手紧咬不放的精神，《中国体育报》发表评论给以盛赞。4年来，河南女子中长跑教练和选手的执著追求给了"马家军"一种压力，促使其不断提高自己的水平。至少让"马家军"知道，中国田径界还有人敢叫板，不至于太寂寞。这次八运会女子1500米决赛12名选手中，新"马家军"和原"马家军"选手共8名，河南选手3名，就是明证。如果有风度的话，"马家军"应该欢迎这种竞争。强大的"马家军"完全可以靠雄厚的实力，坦坦荡荡地夺冠。否则就会让对手寒心，不利于中国田径运动水平的提高。

联想到14日八运会女子公路自行车50公里角逐中，一名极有实力夺冠的河北选手被人撞倒，脸、胳膊、腿大面积受伤而影响成绩，伤心大哭的事实，使人不得不大声疾呼：竞技场上，要把公平竞争的口号喊得更响些。运动员要讲体育道德，裁判公正执法应该成为体育竞赛中的基本准则。真正优秀运动员荣誉的赢得要公正无私。做手脚，暗算对手的行为无疑要遭到人们的唾弃。体育比赛除了竞争外还有友谊，但愿运动场上的对手能成为运动场下的朋友，以诚相待！

（原载 1997 年 10 月 19 日《河南日报》）

不坠青云之志
——浦江八运速写之十一

碧池浪花飞溅，健儿击水争雄。7 天来，八运会游泳健儿争创佳绩，名将贺慈红、单莺、乐敬宜、蒋丞稷雄风犹在；陈妍、宁波、甄迎娟一批小将也勇敢弄潮。世界纪录、亚洲纪录、全国纪录屡被刷新，预示着中国泳坛又一个春天的降临。新秀陈妍连夺 4 枚金牌，破两项世界纪录，表明中国游泳女队又进入了世界先进水平的行列。

设有 32 枚金牌的八运会游泳项目，对各省代表团而言，举足轻重，是"安天下"的项目。19 日晚比赛结束，东道主上海这个中国泳坛上的超级劲旅，夺得了 15 枚金牌。其他金牌走势是解放军 5 枚、辽宁 4 枚、广东 4 枚、山东 3 枚、广西 1 枚。参加游泳比赛的 26 个代表团，其中有 5 个代表团一项名次没拿，被"剃了光头"。面对游泳项目中的超级大省，一些中下游省市教练认为拿一项名次都很不容易。因为八运会游泳比赛规程规定，只有一项进决赛的选手可以任意兼项，每个项目又不限单位参赛人数，造成了超级劲旅"包打天下"的局面。

体制合理，高度重视，高投入、高科技是游泳先进水平省市八运会上摘金夺银的根本原因所在。据悉，上海业余体校游泳教员就有百余名。几十个游泳场馆，从早到晚训练排得满满的，普及率高。全市业余体校小队员一入队，身体形态、体内微量元素等数据便储存进电脑，进行动态科学监测。训练系统科学，该什么时候出成绩就什么时候出成绩，绝不拔苗助长。专业队则是科研保障手段先进，信息灵，不断跟踪世界先进的训练理论、手段和方法，为我所用。为了备战八运会，在进口陆上训练器材等方面舍得投入。还拥有耗资不菲、高科技的兴奋剂检测中心。广东、辽宁等省也有类似的做法。无怪这些省市的选手在八运会上成绩进步神速。去年奥运会 100 米蝶泳银牌得主、湖北国手刘黎敏八运会决赛被挤出前8名，当时她的教练就泪流满面。而今年八运会预赛200米蝶泳第一名、黑龙江潘立松也被挤出决赛。国家队副总教练张雄所带的江苏几位高手也和金牌无缘，他幽默地说："不是我们无能，而是'鬼子'的炮火太厉害。"

我省游泳项目全国四、五、六届全运会上被"剃了光头"，七运会一个第六名、一个第七名。这次八运会有13人参赛，只得了一项第七名，成绩确实令人担忧。采访省队的教练员、运动员，他们感到压力很大。讲老实话，省游泳队的运动员、教练员常年一天坚持5至6个小时的大运动量训练，也付出了心血和汗水。这次比赛也出现了被国家队看好的苗子。面对这种困难局面，他们振兴河南游泳之心还是火热。从言谈中可以看出，他们对河南游泳项目在九运会上的崛起有许多很好的建议和看法。比如，集中人力、物力、财力抓好八运会上拿到名次和接近拿名次队员今后4年系统训练；完善游泳中心的管理体制，在科研、训练设施、后勤保障等方面给以保证；从政策上促使全省形成业余体校训练以向省队输送人才为主的一条龙训练体制，打好后备人才基础；"走出去，请进来"，采取有力措施，提高我省专业队和业余体校教练的训练、管理水平……敬业精神溢于言表。"穷且益坚，不坠青云之志"，河南泳坛齐心协力，还是会有希望的。

（原载1997年10月20日《河南日报》）

艰难困苦　玉汝于成
——浦江八运速写之十二

八运会上，听一些行家说，奥运会第五名、安徽拳击选手江涛十分了得，往往三局之内就能把对手打趴在地。有的选手碰到他，由于胆怯便挂"免战牌"弃权。我省19岁的小将杨大湖20日下午闯入-91公斤级项目决赛中恰恰要遇上这名悍将，于是记者便前往观战。

中午12时30分从上海徐汇区八运会新闻中心坐车起程，一个小时左右便到了宝山区宝宸体育馆八运会拳击赛场地。一看那用栏杆围起来的高高拳击台和准备上场戴着头盔和拳击手套的选手，心中便有了一种"醉卧沙场君莫笑，古来征战几人回"的感觉。开局，江涛便频频打出一连串爆发力极强的直拳，似猎豹扑食，直冲杨大湖而来。聪明的杨大湖虽一开始便居于下风，但似狸猫似的左躲右闪，伺机给对手以勾手拳回敬，顶住一局。第二局，杨大湖全无一点畏惧，反倒敢于和江涛对拳，不时以迅捷的直拳和勾拳组合，突袭对手。最后打满五局，江涛虽以击中点数多的较大优势取胜，但杨大湖自始至终敢斗敢拼，屹立拳台到比赛结束。二人争斗十分精彩。场边观赛的省航校校长戴文俊、书记吴永健激动地冲着不畏强手的小将杨大湖高喊："好样的！"我省拳击健儿确实是"好样的"，他们在八运会比赛中共夺得一金二银一铜和两个第五名，超额完成了预定目标。

我国现在开展的业余拳击运动目的是强身健体，和国际职业拳击赛的区别是要戴头盔、穿背心和戴重4盎司的拳套，技术、规则、安全措施较完备。但是高水平的业余拳击手真比赛和训练起来，出拳力量大，打伤眼、脸，手指骨折，脑震荡也是常事。因此常年进行这项训练也是对运动员体力、技术、意志和思想作风的艰苦锤炼。

我省拳击队的训练场地在人称"西大荒"的郑州上街区西北角郊野省航校一所1957年建的旧房子里。就在这里，他们几乎和外界隔绝，冬练三九，夏练三伏。练体能10000米长跑，那些80公斤级以上的胖子也得咬着牙一圈一圈地跑。那100米折返跑冲刺12趟，等于是无氧训练，有的跑下来一头栽在地上。带技术练体能打沙袋，一组30次，一打就是连续6组。对抗性强的技战术训练，一对二，一对三，练下来心跳260次以上。强化训练，早上、上午、下午、晚上一天四练，有的累得瘫倒在拳台上，半天起不来。队员们几乎人人都有伤病在身，但没人打退堂鼓。24岁的赵建设今年八运会预赛右手指骨折。开完刀后，右手不能练，练左手，练腿部力量，硬是拼到八运会夺冠。也是24岁的王立晓去年比赛被对手击中，眼底骨折，治疗后眼睛看东西重影，还坚持练，八运会决赛获第5名。和拳击类似的散打项目训练也是同样艰苦。至于省航校所属的棒球队、垒球队、曲棍球队练起来也是一身汗水一身泥。特别是冬天握棒的虎口常常被冻裂。艰难困苦，玉汝于成。4年来，省航校这些运动队经受住了艰苦训练和比赛的锤炼，汗水浇开了八运会夺得一金三银三铜，总分136.5分的胜利花。

健儿们在拼搏的同时，也在作着奉献。拳击队主教练谷锦华家在开封，但他一心扑在队上，很少回家。两岁多的孩子见他竟不叫爸爸。已退役的垒球队老队员王晓燕一听队里备战八运会召唤，便给不到一岁的小孩断奶，归队后和新队员一起苦练。散手队杨志强、刘亚、张顺才18岁左右，身体和技术条件上乘，外省一些体院以上大学等优厚条件邀其加盟外省。这些小伙子一心为中原父老乡亲争光，不为所动。他们身上体现出来的河南人民吃苦、顽强的精神难道不应该受到礼赞吗？

（原载1997年10月21日《河南日报》）

健康发展　走向奥运
——浦江八运速写之十三

由于和奥运会接轨，在八运会28个比赛项目中，有27个是奥运项目。只有一个非奥运项目，那就是武术套路比赛，设有12枚金牌。地地道道的国粹项目，其竞技和健身的功能可见一斑。

八运会武术套路比赛荟萃了中华武林各种流派、各种风格，全国前12名的武林高手同场竞技，4年一次，不能不看。21日上午，八运会武术套路比赛开始，上海虹口体育馆内一块巨大的绿色地毯上，身着颜色各异武术赛服的男女选手进行了枪、拳（南拳、长拳）、刀、剑、棍六个项目的较量，令人大饱眼福。

过去曾有一个误解，认为武术比赛动作缺乏规范，裁判不好量化裁定，再加上缺乏技击性，乃"花拳绣腿"表演而已。一看八运会武术比赛，绝非如此。首先是八运会武术比赛规则规定，规定动作和难度创新动作组成套路参赛，综合评分，可比性极强。在规定时间内，每个队员做同样的规定动作，几个招式下来，不要说裁判，就连观众都能根据其动作是否舒展、刚劲有力，落地是否稳定判断高下。至于创新动作难度，裁判、观众也看得明白。在女子枪术比赛中，北京刘清华在做完规定动作后，忽然腾空跃起，一个飞旋脚转身劈叉落地。这个做得极为精彩的创新动作使她得了9.23的全场最高分。参赛选手和观众都心服口服。而有几位选手由于做动作落地后脚跟稍微晃动或时间不够而被扣分。

我省优秀选手陈静在刀术比赛中，一柄横刀被她舞得缠头裹脑，虎虎生风。那劈、砍、转、撩、扎、挂、戳、刺的刀法和奔腾跳跃的步法有机结合，势若激烈奔腾的江河水，令人叹为观止。但就是一个落地动作小小的晃动，被扣掉 0.1 分，对夺冠影响极大。八运会武术竞赛规则量化和可比性的增强为提高武术竞技水平和使武术走向奥运会奠定了一个坚实的基础。

不过武术和体操项目一样，由于对成绩裁定不能完全量化，仍有印象分和打分伸缩性的存在。所以，过去在赛前，教练员、运动员要拿出相当大的精力，以各种形式对裁判和官员搞"公关"活动。赛风不正，严重制约了武术运动水平的提高和发展。国家体委武术管理中心下了大决心，采取各种措施，以求裁判员"心正、哨准"。比赛期间，主办者对裁判员实行了封闭管理，和运动员分开吃住。裁判员一到会，呼机和手机便被收缴，房间电话被掐断；不许喝酒，不许外出，不许以任何形式进行串联，赛前禁止议论排列名次；临场裁判赛前公布……确实收到了一定成效。记者因为是中国武术新闻委员会的委员，虽是文字记者也给黄证下到了场内，就坐在运动员入场口旁边。场内除裁判外，无闲杂人员。看得出，运动员神清气爽，专心比赛，怕裁判偏袒对手的压力不大。在八运武术散打比赛中，有两个裁判给本省的队员打高分，仲裁委员会便给他们亮出黄牌，取消裁判资格。动真格的抓赛风，保障了武术运动的健康发展。

博大精深的武术源于中国，走向世界。目前国际武联已有 70 多个会员，竞技武术进入奥运不是没有希望。虽然第一天我省陈静在女子刀术棍术套路比赛中只得了第 4 名，但是男选手刘海波在长拳比赛中表现尚可。他和女子对练闪明、唐文漪以及其他 5 名选手属一流水平，会在夺金的角逐中有所作为。

（原载 1997 年 10 月 22 日《河南日报》）

中流击水争上游

——浦江八运速写之十四

22 日早上 7 时许，和《中国体育报》、河北几家新闻单位的记者一起乘班车前往上海青浦淀山湖水上运动场。连日来，每天发完稿，研究安排好第二天的报道，躺到床上时，已是凌晨两点多。体能仿佛已到了一种极限，头脑也是昏沉沉的。司机说需要一个多小时的时间才能到目的地。片刻，大家便不约而同地在车上打起盹来。

8时40分，一下车，大家便被眼前的美景陶醉了，睡意顿消。极目望去，100余米宽、2500米长的水面上，9条标准泳道伸向远方，烟波浩渺。岸边，树影婆娑，杨柳依依，鲜花盛开。置身于这水上公园似的运动场上，看选手们驾舟飞划，如果不是进入企盼本省选手夺牌的角色，真是一种享受。

在上午半决赛中，我省又有三条皮划艇进入下午决赛。其中名将张光在500米划艇单人项目半决赛中远远落在后面。播音员在广播中说，这位名将是在保存实力，准备下午在双人项目中力拼金牌。也许是期望值太高，压力反倒大；也许是辽宁和上海这两个代表团金牌大战已到了关键时刻，下午，这两个代表团选手在划艇500米双人双桨项目比赛中不知使出了什么"招数"，划得极快，以至最后一只艇冲过终点后翻入水中。张光、张磊兄弟在这个项目中与金牌无缘，获得第三名。省水上运动学校的校长陈新顺、书记何黎东显得有些遗憾，似乎壮志未酬。4年来，省水上运动学校的教练员、运动员付出的辛劳和汗水回报应该更丰厚些。但是，他们已夺得了二金二银六铜、203分的好成绩，无愧于中原父老。

观赏赛艇、皮划艇比赛似乎有诗情画意，然而常年从事这项运动的水上健儿却是在异常艰辛的训练条件下，执著追求。3年来，省赛艇队的运动员在主教练许久亮的率领下，每年有7个月都在四川简阳沱江上一个偏僻的水电站大坝水道上和外地进行艰苦的训练。一天三节大课，两节水上，一节陆上。一下水就是30公里的耐力加强度训练，队员们常常汗如雨下。陆上卧推、下蹲杠铃的力量练习更使队员们如牛负重。面对铁面无私显示桨频和计时的测功仪，队员们只有竭尽全力地去完成训练指标。如此枯燥而又严酷的大运动量训练，朴实的队员们都是按照教练的安排自觉去练。这次在八运会上首夺赛艇女子双人双桨金牌的刘丽娟、赵娟平时练得最苦。赛艇队八运会夺得二金二银四铜，17条艇进入前八名，获团体亚军，功不可没。

皮划艇主教练悦保旗在七运会曾率队夺冠，立过战功。3年来，他也是和队员一起封闭在信阳南湾水库边一个山上的码头边训练。食宿条件极其艰苦，但训练起来比赛艇等项目又多了一番辛苦。因为皮艇的选手一年四季必须穿线衣光脚上艇，光着脚能敏感地掌舵。夏天日晒倒也罢，冬天光脚在艇上挨冻，桨飞起来的水花溅到脸上，头发上结成了一串冰溜子。八运会皮划艇队没有拿到金牌，但他们历经奋斗拼搏，无牌亦风流。

如今，我省水上健儿已成为全国水上运动项目中的一支精锐之旅。对自己高标准、严要求的省水校领导、教练员、运动员4年来已经尽力。重要的是，励精图治，再创大业。

（原载1997年10月23日《河南日报》）

自豪吧，中原健儿
——浦江八运速写之十五

面向21世纪，举国瞩目的全国八运会28个项目的所有比赛23日晚10时许全部结束。在这高水平的角逐之中，中华民族自强不息、奋发向上的精神和"更快、更高、更强"的奥林匹克精神高扬。这是一场和平时期瑰丽战争的模拟，又是现代社会文明、竞争、友谊、进步的一种充满激情而又和谐的竞赛。中华体育健儿在八运会上超10项奥运会项目世界纪录、数百次超33项非奥运项目世界纪录，奏响了一曲高昂的拼搏之歌。

勇敢顽强、坚忍不拔的中原体育健儿在八运竞技中，力争上游，取得了14.5枚金牌、总分1089.5分，分别排名全国第十位和第八位的好成绩。虽然金牌较七运会下降4个位次，但总分却上升2个位次，仍处于全国先进行列。作为一名已采访过三届全运会的记者，为朴实无华，特别能吃苦、特别敢拼搏的中原体育健儿而感到骄傲和自豪。

射击场上，枪声响亮。曾在全国六运会、七运会都夺得过2枚金牌的中原射坛高手八运会上又勇夺3枚金牌，平一项世界纪录。为此，耗费大半生心血的省体委副主任封励行也情不自禁地泪洒赛场。看到射击健儿常年不管严冬酷暑，耐住寂寞和枯燥重压的艰辛努力得到报偿，看到老将雄风犹在，新秀脱颖而出的喜人局面，他百感交集啊。如今，布局合理，严格管理，科学训练的省陆上运动学校已经有了训练有素、准备九运会的苗子。这个曾经培养出巫兰英、冯梅梅、邵伟萍、李莉、张冰、李金豹、张新东等世界冠军、全国冠军的光荣集体，在未来的征程中，大有希望百尺竿头，更进一步。

在八运会自行车比赛中，国家队总教练延丰曾感叹，河南姑娘特别能吃苦。我要引申一下，这就是，河南的运动员都特别能吃苦。你看，在八运会夺金的拳击、摔跤、赛艇、自行车、田径等项目都是向人类体能极限挑战，耗费体能极大，危险而又易出伤病。运动员绝大多数是从山区和大平原的农村挑选出来的姑娘和小伙，泥土一样朴实，大山一样刚强。教练让他们怎么练就怎么练，从来不惜力气。在他们心中，自己从事的是为祖国、为中原父老乡亲争光的事业，情愿挥洒汗水，再苦再累也心甘。拳击预赛骨折后又苦练、决赛夺金的赵建设，双膝受伤还敢于和辽宁女子中长跑队拼争的阎巍……还有不知多少抛家舍子，常年在外卧薪尝胆，砥砺自奋的教练员、运动员，他们吃苦奉献，无愧是中原的脊梁。

从八运会可以看出，全国竞技体育目前的态势是瞄准亚洲和世界先进水平，千帆竞发，百舸争流。全国七运会后，我省体育界有识之士就提出要有抓田径、游泳这两个运动之母项目的胆魄。4年过去了，令人遗憾的是在全国八运会田径、游泳这两大项75枚金牌中，只有我省在国家队训练的黄庚夺得男子跳远金牌1枚。严峻的形势，再次给我省体育界敲起了警钟。进入全国先进行列后，我省体育如何持续发展的问题又历史地摆在面前。八运会使我省体育界许多有识之士眼界大开。比赛刚结束，他们便对照先进找差距，转换机制，突出重点，加大科技投入，一条龙训练……自我解剖，坦诚相见。八运会，我省体育界不仅夺得了金牌，与收获金牌同样重要的是，得到信息，更新观念，再展宏图。八运圣火即将熄灭，但八运精神将在人们心中长留。

(原载1997年10月24日《河南日报》)

乒坛劲旅开津门鏖战

新老相拼好戏多
——亚乒赛观战记之一

从最近世界乒协公布的排名榜看，前20名中，亚洲女选手占了16名，男选手占了10名。鉴于此，亚洲乒坛在世界乒坛上有举足轻重的地位，特别是亚洲乒乓球锦标赛女子比赛堪称世界顶尖水平的比赛。所以亚乒赛还是有看头。

从1990年采访北京十一届亚运会到现在已有4年没有现场看过亚洲乒坛劲旅角逐了。20日清晨7时30分，记者便第一批乘班车来到天津市人民体育馆，端坐在看台上。8时许，来自中国台北、蒙古、哈萨克斯坦、新加坡、印度尼西亚等国家和地区的女选手便上场练球。上午、下午、晚上都在比赛。新加坡、中国台北、韩国、日本、中国香港、中国等队都上场亮了相，给人的印象是，亚洲的许多队比赛中发挥出较高水平，发球抢攻、打相持球、相持中反攻等项技战术比十一届亚运会时进步了一大截。就拿印度尼西亚女队对菲律宾女队一战看，打得紧张而又精彩。印尼的哈西布安和菲律宾的塔亚格二人都是横板快攻加弧圈的打法，二人都力争打在前面，往往对攻或对拉七八个回合才能得一分。双方在打成一平后，第三局比分仍咬得很紧。直到最后，哈西布安才以几个凌厉的发球抢攻以21：18结束战斗。

一天比赛看下来，中国、韩国、日本、中国台北以及中国香港女队都轻松过关，虽然亚洲一些国家的水平有提高，但是不出意外，中国、韩国、日本、中国台北男队将坐上4个小组的头把交椅。中国香港、中国女队将获A、B组第一名。只是C组，由在世乒赛中曾淘汰过邓亚萍的原中国国手井俊泓领衔的新加坡女队会向新秀担纲的韩国队挑战。D组中国台北女队，虽未派原中国奥运冠军陈静、原中国国手徐竞上阵，但崔秀里、陈秋丹也是高手，和日本队也要力拼一下才能分胜负。因为第二阶段比赛是打淘汰附加赛，谁得小组第一名，抽签肯定占便宜，各队都会全力以赴去拼争。

从出场名单来看，除马文革因肩伤不能出战外，中国男队派出王涛、吕林、刘国梁、孔令辉、林志刚，女队派出邓亚萍、乔红、刘伟、乔云萍这4位世界冠军等全国最好的选手参赛。目的很明确，把这次大赛当作广岛亚运会练兵的好机会。男队蔡振华主教练还是当运动员时那股冲劲。他说，要力争夺取每一枚金牌，要拼，要搏，不能等着金牌从天上掉下来。中国女队实力明显高出对手一筹，派出顶尖高手，为的是压住阵脚，夺回亚乒团体桂冠。而中国香港队派出齐宝华、陈丹蕾两名世界级高手则是志在卫冕。"螳螂捕蝉，岂知黄雀在后。"韩国、日本、中国台北这次均派出一批新秀冲锋。她们在比赛中表现出良好的基本功和强劲的冲击力，不可小视。对此，中国女队主教练张燮林认为，中国女队整体实力是强一些，但绝不能轻视对手而铸成大错，亚乒赛不能有任何闪失。看来，中国女队、中国香港女队在明处，日本、韩国、中国台北等队一批小将在暗处，一保一冲，亚乒赛女团冠军争夺会好戏连台。

（原载1994年9月21日《河南日报》）

从库戴尔上场看"一招鲜"

——亚乒赛观战记之二

俗话说，一招鲜，吃遍天。在赛场上，技术全面的选手如果有了克敌制胜的一招鲜，那便如虎添翼，纵横驰骋。所谓一招鲜就是人无我有，人有我精，充满改革和创新内涵的特长。21日上午，沙特阿拉伯男队和韩国男队角逐的第二盘，便是一场以己之长攻彼之短的范例，仔细琢磨，令人茅塞顿开。

是役，实力强劲的韩国选手以较大的比分，首盘告捷。观众席上许多人认为沙特阿拉伯队和韩国队不在一个档次，不可同日而语。谁知第二盘沙特阿拉伯选手库戴尔上场后，形势便有了戏剧般的变化。只见他手握横拍，频频发出下蹲式变幻莫测的旋转球。韩国选手李有填接他的发球不是出界，就是下网或回球过高出台，遭他的正反手扣杀，陷入被动。李有填在发出质量很高的高抛球后，侧身正手一记弧圈球，然后强攻。但库戴尔或近台对攻，或中台对拉，虽然看起来动作不太潇洒，但是节奏感极强，根据对方站位，或加力或减力，球往往有时又急又刁，有时又慢又软地落在对方的台面上。看得出来，1.8米多高的李有填体力充沛，手握横拍正反手能冲能扣，极有实力，但此时，却像陷在烂泥塘里，一筹莫展。很快李有填便以0：2的比分败下阵来。其实，下蹲式发球60年代便有人发明用之。不过，在高抛发球流行的今天，他的下蹲式发球在站位和旋转、落点方面，有了创新，便又发挥了威力。加上他在实践中在加力或减力攻杀和推挡这一招又有过人之处，取胜就是很自然的结果。

这场很耐看的球，确实给人以启迪。纵观我国全运会、全国锦标赛、省市级的许多比赛，绝大多数运动员的动作好像从一个模子里刻出来的一样，许多高水平运动员的拉、攻、推、削、削中反攻、发球等基本功也很扎实，但就是很难冒出像李富荣所讲的帅才、将才、有用之才那样的世界顶尖高手。原因就是这些高水平运动员到了一定层次后，缺乏个性，缺少一招或几招鲜，缺乏置对手于死地的杀手铜。特长突出，技术全面，才能更有效地进行技术战术组合，跨越障碍，力挫劲敌去夺取胜利。乒乓球如此，其他行当的成功者的道理也是如此！不知行家们以为然否？

（原载1994年9月22日《河南日报》）

中国乒坛现状不容乐观
——亚乒赛观战记之三

22日，第十二届亚洲乒乓球锦标赛已开战三天。中国男女队一路过关斩将进入前4名，是否能顶住韩国、日本、中国香港等强队的冲击、堵截而夺冠，23日晚便可见分晓。认真看了三天中国队的比赛后，感到即使中国队亚乒赛双双团体夺冠，中国乒坛的现状仍不容乐观。

看一下亚乒赛中前4名的几个队的出场阵容，都有两名或至少有一名直板快攻选手充当主力。而中国女队邓亚萍、乔红、刘伟、乔云萍4员大将是清一色的横拍拉扣结合的快攻选手。男队出场的王涛、孔令辉、林志刚也是横拍快攻选手，只剩一个直拍横打的刘国梁显得有些孤单。这不禁使人要问：中国曾引以为骄傲，独步世界乒坛数十年的传统直拍快攻打法到底怎么了？自从1989年第40届世界乒乓球锦标赛以江嘉良、陈龙灿为代表的中国直板快攻选手败给瑞典三名横拍选手之后，中国乒坛就出现了一股直拍打法落后的思潮。学习欧洲横拍打法在中国乒坛成为一种时尚。据悉，今年8月在江西举行的全国乒乓球锦标赛上，不得不硬性规定团体赛必须有一名直板快攻选手出场，但担当单打主力者甚少。这几年，我国乒乓球的各级训练已让直拍打法坐了冷板凳。君不见，在今年的一次中国大奖赛上，退役多年的江嘉良竟让风头正劲的直拍横打国手刘国梁败在自己的拍下。这说明这种恶性循环已到了何等严重的地步。已经三届了，男子单打和团体世锦赛冠军还在欧洲人手里。直板打法真的不行了吗？一些行家们认为，非也。现在世界乒乓球运动的发展趋势是技术全面、速战速决。直拍快攻的打法关键是要创新，要从一种单一的左推右攻的正胶打法的模式中解放出来。如撕下正胶贴反胶，加强反手攻、反面攻、反手位的技术训练，加强发球抢攻和前三板技术的训练，加强拉打结合、前后结合、快慢结合等技术的训练，使直拍易于抢攻的速度特长得到发挥，实现直拍的速度与旋转的完美结合，那么中国的直拍快攻打法还会再显威力。欧洲横拍加弧圈的打法吸收了中国直板快攻发球好、站位近的优点而成了世界上最先进的打法之一。中国的直拍快攻打法选手是否也要从欧洲横拍打法中学习一些优点呢？不要丢掉传统，而是要取其精华，去其糟粕，博采众长，甚至是超前设计，这才是正路。

从比赛和各种信息看，中国队参加亚乒赛、亚运会和明年第43届世乒赛的男女队主力除邓亚萍和孔令辉、刘国梁等小将外，乔红、刘伟、乔云萍、马文革、王涛等26岁、27岁身上有伤病的老将仍然是绝对主力。这说明我们的后备力量心理素质和技术水平都不成熟，还不足以在世界大赛中担纲。可是韩国、朝鲜、日本等亚洲强国女队都已完成了"大换血"，欧洲的世界级年轻男选手也在不断地成批冒出来。因此，中国乒乓球界应有"食不甘味，寝不安席"的危机感，在管理、训练、竞赛体制的改革上下大功夫。比如，业余体校训练可搞收费，但对有潜力而无钱训练的少年儿童也要制定政策；省队搞俱乐部，赛练结合，恢复教练的敬业精神，推行竞争机制等。如是，振兴国球，大有希望。

（原载1994年9月23日《河南日报》）

邓亚萍的大将风度

——亚乒赛观战记之四

在第十二届亚洲乒乓球锦标赛上，凡属邓亚萍出场，观众就会发出欢呼。同时，在她比赛场地的挡板外，一架架精密的摄像机对准球台，把她的一个个动作摄录下来，回去破译，研究对策。其实，1990年在日本举行世界杯比赛刮起"邓亚萍"旋风时，摄像机就已对准了她。已经5年了，她作为世界女子第一号选手，立于世界女子乒乓球运动的巅峰，当然要被世界透彻分析，当然要接受新秀、老将们的冲击。这不，在这次亚乒赛上，模仿她打法的日本17岁的小将冈崎惠子第一次和她对阵，就拼得很凶，在第二局中就以多变的发球和正手猛力劈杀，胜得这一局。邓亚萍最后靠实力赢了，但是也赢得艰苦。人们发现由于对手们的制约，她的球也不如过去那样火爆。然而，在这次亚乒团体赛上，她还是一盘未输，决赛时力挽狂澜，25日晚进行的单打比赛上又闯过头关。

面对世界乒坛各路高手们的对抗，邓亚萍又一次表现出了她不同凡响的大将风度。她在亚乒赛团体决战获胜后说：我的压力很大，但敢于面对现实就很坦然。你是世界第一号，人家就要拼你。因此，索性面对现实去解决思想、心理和技术问题。她相信中国队实力是最强的，更相信自己的打法和"狠、快、准、灵"的风格仍有优势。她在坚持大运动量训练的同时，不断丰富自己的战术套路，技术上也增加一些新东西。她很有悟性，特别看重训练和国内大赛。国内大赛有可能输球，即使输了也要很快找出原因和对策，从而完善自己的技战术。她坚信，只要坚持和完善自己的风格和打法，在世界大赛上正常发挥就能赢球。

关于即将在日本举行的亚运会和明年在天津举行的第43届世界乒乓球锦标赛，邓亚萍表示要尽全力去搏杀。她没有忘记自己所定下的让所有世界大赛的奖杯上都刻上中国人名字的目标，要竭力在第43届世锦赛上有所突破。她非常感谢爱护她、给她以极大支持的全国人民。她会用心血和汗水去报效祖国和人民的。

（原载1994年9月26日《河南日报》）

前程广阔的刘国梁

——亚乒赛观战记之五

刘国梁在赛场上十分引人注目。团体中澳之战，他对阵名不见经传的兰利，首局他一阵猛攻，对方还未明白过来，就告结束。然而第二局，他18∶12领先时放不开手脚，相持时又显得紧张，竟以21∶23告负。第三局，他又是抢先上手，果断对攻，21∶9报捷。水平较高的中韩团体夺冠决战也是如此。在26日进行的三场单打比赛中，他上午以两个3∶0战胜对手，晚上又3∶1胜了韩国风头最劲、对中国队威胁最大的朴相俊。他打得顺手时，动如脱兔，攻如狂飙，无人可敌；可心理紧张时，水平就会大打折扣。中国队的教练们从他的霹雳火爆球风和独特的快攻技术中，看到了他巨大的潜力，已把他放到了举足轻重的位置上。

令人引以自豪的是，18岁的刘国梁是继张立、葛新爱、黄亮、邓亚萍之后，从中原大地进入中国队主力阵容的一员骁将。他也是"门里出身"，加之他脑子灵，反应快，肯吃苦，在1992年中国乒乓球大奖赛上便光华四射，连克韩国姜熙灿、金泽洙，瑞典林德、瓦尔德内尔，朝鲜金成熙，"世界第一削球手"李根相等世界冠军和世界一流高手，夺得团体冠军。他和"直拍横打"这一创新打法一举成名，并首次进入国际乒联优秀选手排名第22号的行列。现在他已是世界团体亚军，亚洲团体冠军，世界双打第三名，全国团体、双打冠军，全国单打亚军和许多国际比赛奖牌获得者。今年他在国际乒联优秀选手排名榜上的位置已列马文革、王涛之后，居第15位。

人们常常发现，在亚乒赛上，刘国梁打完比赛后，往往托腮静静地坐在挡板后面，观看将要遇上的对手的比赛。记者在和他的交谈中，感受到他充满自信，能很有深度地思考和分析问题。他认为，现在打直拍正胶快攻的人少了，对自己反倒是一种机遇。同时，要特别注重心理素质的训练。"师傅领进门，修行在个人"，他懂得这个道理。他说蔡振华主教练对他的要求既严格又开明。自己琢磨的技术只要有道理，教练就帮他完善，鼓励他练，给他创造了一个大展身手的好环境。作为中国队"直板横打"走向世界乒坛的第一人，他的前程还很广阔。

（原载 1994 年 9 月 27 日《河南日报》）

大幕将启话乒乓
——天津世乒赛风云录之一

一走进新落成的天津万人体育馆，映入眼帘的便是那一个个黄皮肤黑头发、白皮肤黄头发、黑皮肤黑头发的乒乓球选手们在主馆和配馆的数十张球台前挥汗苦练的景象。来自 115 个国家和地区的选手汇聚在这里，仿佛形成一个浓缩的世界。扑面而来的紧张备战气息使人们感到一场和平时期的"世界大战"即将打响。

马文革、王涛、邓亚萍、乔红等中国队的战将们在这里对练。可以看得出他们平静自如的神色中蕴含着坚定的信念和强烈的求战渴望。是啊，从 1959 年容国团夺得第 25 届世乒赛男子单打冠军开始，中国乒乓健儿心中便升腾起胜利的希望。在 18 届世乒赛中，中国乒乓健儿共夺得 64 枚金牌。女队 8 次蝉联世乒赛团体冠军，还夺得了奥运会冠军、世界杯冠军。在中国体育史上，他们保持了最长的长胜纪录，夺得了最多的无敌桂冠。于是，一提到乒乓球，国人就扬眉吐气，把它誉为"国球"；一提到乒乓球，国人就会感受到乒乓健儿们那种发愤图强，不屈不挠，勇攀高峰，不断进击的巨大精神力量。夺取冠军难，保持冠军更难。尽管中国乒乓健儿保持 30 多年的优势，但由于成了众矢之的和近几年来欧洲的崛起、海外兵团的冲击……世乒赛中男团、男单冠军从第 40 届开始，已有三届和中国队无缘。女团冠军第 41 届旁落朝鲜联队，虽然第 42 届中国队失而复得，卫冕路上仍是刀光剑影。1961 年，北京举办第 26 届世界乒乓球锦标赛，中国队勇夺男团、男单、女单三项冠军的佳音传遍神州大地，曾给全国人民带来巨大的精神鼓舞。在改革开放的今天，第 43 届世界乒乓球锦标赛又在中国天津举行，为了保持"国球"的光荣，为了报答祖国的养育之恩，中国乒乓健儿已表示，此时不搏，更待何时？

瑞典男队瓦尔德内尔、卡尔松、佩尔森、林德、阿佩伊伦这5员夺取世锦赛团体"三连冠"的骁将在这里对练。稳健的两面弧圈球、刁钻的发球使人们看到了他们的雄厚实力。瑞典队主教练通斯特罗姆直言不讳，希望能包揽男团、男单金牌。其主力队员瓦尔德内尔也认为，瑞典男队有信心战胜中国队。

比利时的塞弗兄弟、卡布雷拉、波德平卡等也在这里对练。塞弗拉出的一板板前冲力极强的旋转弧圈球，极有气势。中国队主教练蔡振华不时驻足观看他的练球，似乎在认真考虑对策。不过比利时男队教练王大勇是中国的外派教练，他教出了塞弗，也应该是中国人对世界乒乓球运动作出的贡献。

参加第43届世锦赛中国队男女9名团体主力队员中，邓亚萍、刘国梁（新乡业余体校启蒙）、刘伟（范县业余体校启蒙）都是从中原大地起飞的。联想到从1972年开始，河南输送到国家队的主力队员张立、葛新爱、邓亚萍、黄亮都曾为中国夺得过男女团体冠军，特别是河南三员女将入选过7次世锦赛团体阵容，差不多撑起了中国女队的半壁江山，人们有理由期待这三员河南小将在第43届世锦赛上有上佳的表现。

（原载1995年5月1日《河南日报》）

群英竞逐谁争先？
——天津世乒赛风云录之二

翻开第43届世界乒乓球锦标赛的秩序册，男队塞弗（比利时）、王涛（中国）、瓦尔德内尔（瑞典）、马文革（中国），女队邓亚萍（中国）、乔红（中国）、齐宝华（中国香港）、刘伟（中国）等世界最新排名前13位的顶尖高手们绝大多数都赫然在目。在乒乓球技术发展到更快、更转、更主动的今天，一场恶战势在难免。

综观本届世锦赛的7项赛事，观众和运动员最关心的当属男女团体赛。因为男女团体赛属整体系列作战，能发挥运动员的最大潜能，代表了该项运动的综合实力和最高水平。加之团体赛是世锦赛的第一项比赛，旗开得胜，就能鼓舞全队士气去打好5个单项比赛，其作用不言而喻。

知己知彼，方能百战不殆。中国外派教练王大勇已在比利时男队当了5年教练，对于这届世锦赛男团比赛形势的分析也许较为客观。他认为，瑞典男队实力平均，凶稳结合，经验丰富，关键球好，虽技术在走下坡路，仍然是世界最强队之一。但比利时男队对瑞典队熟悉，去年塞弗两次战胜瑞典瓦尔德内尔，心理和技术上均不惧怕瑞典队，反倒希望能碰上一拼。中国男队近两年实力回升，阵容整齐，一批小将去年访欧比赛战果不凡，令欧洲乒坛震惊，这次冲顶有望。但是中国男队要特别注意法国队这匹"黑马"。因为法国队以第42届世乒赛男单冠军盖亭领衔，并拥有希拉、勒古、埃卢瓦等优秀选手，以"不讲道理"的抢攻著称，可谓代表了当今世界乒坛技术发展的潮流。新秀勒古左手持横拍，发球比盖亭好，打得更凶更快。这匹"黑马"有可能成为中国、瑞典男队夺冠路上的"拦路虎"。他认为，从整体实力看，瑞典、中国、法国是男团冠军的有力角逐者。

中国男队主教练蔡振华展望男团前景，认为，从整体实力评估，中国队实力略低于瑞典队。在近6年两队多次交锋中，中国队负多胜少。但是他也看到这次比赛中国队有马文革、王涛两员老将压阵，新秀刘国梁、丁松、孔令辉也日趋成熟，实力比上届世锦赛有所增强，特别是在去年第三届世界杯团体赛上，中国队刘国梁、丁松、林志刚三员小将决战中3∶2战胜瑞典队夺冠，令人信心倍增。至于法国男队，他认为去年欧洲锦标赛法国男队3∶2力克瑞典队绝非偶然，乃是实力坚强的表现。中国队对法国、比利时、韩国、德国等队都不能等闲视之，要一关一关地去闯，要准备场场打硬仗。他认为只要中国男队能拼字当头，正常或超水平发挥技战术水平，打翻身仗夺冠并非没有可能。

"大赛之前，少说为妙"的中国女队主教练张燮林在记者们的追问下，对世锦赛女团大战的形势也有分析。他认为，中国女队会遇到中国香港、韩国、日本和中国台北这几支亚洲强队的有力挑战。中国香港队是第42届世锦赛女团第4名，现拥有世界排名第三位的直板怪拍手齐宝华、横板弧圈加快攻的大将陈丹蕾、削球手郑涛，技术水平已进入巅峰状态，令人刮目相看。去年9月亚洲乒乓球锦标赛、10月亚运会的女子团体决赛都是在中国和中国香港两队之间进行，中国队赢得十分艰苦。韩国队由于玄静和、洪次玉等世界名将退役，实力打了折扣。但金茂校、柳智慧、金芬植、朴境爱等新手斗志顽强进步很快，去年就有战胜中国乔红、刘伟、王晨等佳绩，不可小觑。以上两队是中国女队卫冕的强敌。至于欧洲队，张燮林认为在整体实力上尚不足以和中国队抗衡，但爆出冷门也不足为怪。中国女队排出邓亚萍、乔红、刘伟、乔云萍这4位威震当今乒坛的世界冠军出阵，看来是"稳"字当先，力保卫冕成功。至于男女五个单项比赛则是群英竞逐，战况扑朔迷离。按照既定目标，中国队要夺取3至4项冠军。主场作战，中国小将们只要变压力为动力，还是能搏出希望来。

(原载1995年5月2日《河南日报》)

团体赛胜负难料

——天津世乒赛风云录之三

第43届世锦赛于2日打响，一时天津万人体育馆及配馆的数十张球台上硝烟弥漫，杀声四起。一天战罢，给人一个总的感觉是瑞典、中国男队、中国、中国香港女队虽以雄厚的整体实力筑起较坚固的堤坝，但是欧亚其他强队潮水般的冲击，随时都有决堤漫顶的可能。

2日上午，中国男队和上届团体排名第17位的荷兰队在小组赛中首轮交战。一开场，中国排出世界排名第2的头号主力王涛出阵，对手是名不见经传的荷兰选手基恩。交手之中，手持横拍的基恩无论是发球还是接发球，一概抢冲抢拉，打得异常活跃。相比之下王涛却显得拘谨，失误较多，比分多次打成平局。双方各胜一局后，在第三局，王涛利用发球抢攻和压对方反手稳住阵脚，最后以21∶19的两分优势险胜。令人高兴的是中国队派出能削善攻的新秀丁松出阵第一主力。他在第二盘中，削球转与不转结合，时而发球抢攻，时而削中反攻，打得潇洒自如，以2∶0的悬殊比分直落二局，使人们看到了一个能对付欧洲选手的骁将。马文革最后以2∶0战胜实力较弱的对手。从今天的表现看，行家们认为，中国男队有望夺冠，但不能过于乐观。

中国女队邓亚萍、乔红、刘伟2日出战两场，以两个3∶0胜法国、斯洛伐克队。开始，邓亚萍、乔红球打得不顺时都有急躁情绪，但是能很快调整情绪。她们的心理状况，对于今后打硬仗至关紧要。瑞典男队、中国香港女队今天都是两战两胜，有时比分咬得也很紧，但是均有惊无险。

2日赛场上，代表意大利男队的原中国上海选手杨闵、代表德国的原中国运动员施婕表现出冷静顽强的斗志，成绩不俗。32岁的直板快攻选手杨闵在上午对韩国比赛中，正手攻势凌厉，能发球抢攻又能打弧圈球，反手推挡高角变线，又稳又狠，伺机便是一记反面突击，竟在观众的喝彩声中，连克韩国刘南奎、金泽洙这两名排名世界第7、第19号的主力。晚上意大利和瑞典队相遇，杨闵在和世界排名第4的瑞典卡尔松角逐中，虽以1：2失利，但最后的比分是17：21，足以显示其实力。中国台北的崔秀里也是亚洲一流水平的选手。而曾在第42届世锦赛单打比赛中淘汰过乔红的施婕竟在和崔秀里的第二局比赛中以21：0大胜。施婕是名削中反攻的横拍选手，其不急不躁良好的心理素质令人叹为观止。

一斑窥全豹。显而易见，世锦赛团体赛争夺将会更加激烈，极有可能爆出冷门。至于五个单项鹿死谁手，不排除"黑马"驰骋，好戏连台！

（原载1995年5月3日《河南日报》）

抢先与应变
——天津世乒赛风云录之四

3日上午，团体比赛进入第三轮，强队开始相遇，有些场次比赛精彩激烈，令人回味。不难看出，同一级别的队伍，谁有很清醒的抢先上手和应变意识，谁就能掌握场上胜利的主动权。

中国男队在与英格兰的团体赛中派出刘国梁和英格兰40多岁的老将道格拉斯对阵。刘国梁世界排名第12，而70年代就在世界乒坛上角逐的道格拉斯，目前不在世界排名前50名之列。不料一交手，横板两面拉弧圈球的道格拉斯抢先上手，正反面又拉又冲直逼刘国梁的反手，又准又狠。求胜心切的刘国梁在正手攻球失误较多的情况下，不知应变，反倒以快对快，跟着对方的节奏打，很快以12：21先负一局。第二局，刘国梁扳回。第三局决战中，刘国梁打得更为急躁，最后在道格拉斯适应其发球的情况下，盲目抢攻，连连失手。而道格拉斯则是发球抢攻，压反手变正手打得有板有眼，竟以 21∶11 的比分取胜。第三盘，世界排名第 2 的王涛和世界排名第 32 的英格兰选手普里恩对阵，一开始也是被对方抢先上手时，和对方以快对快，结果正反手失误多，14∶21 先输一局。第二局又打成 19 平，最后凭经验，两记抢攻，才以 21∶19 险胜。第三局，王涛才打出威风，令人虚惊一场。世界排名第 2 的女队乔红在和世界排名前 50 名之外的瑞典彼得森比赛时，也被对方的抢拉抢冲和中台稳健的相持球搞得十分被动。双方打成 1 平后，在第三局关键时刻乔红才稳住阵脚，大胆中台对攻，以 3 分的优势险胜。从这三场比赛来看，只有抢先上手，并且加强战术的变化才能确保主动，以求制胜。

韩国男队 3 日上午以 3∶2 力克被新闻媒介誉为夺冠"黑马"的法国队，在显示问鼎实力的同时，也使人看到一种不可低估的反潮流的精神力量。当今世界乒坛，以第 42 届世乒赛单打冠军、法国选手盖亭为代表的"蛮不讲理"横拍全攻打法，以其更凶、旋转更强、速度更快、相持能力更好的优势成为一种有主导力量的新潮流。然而盖亭在 2 日负于日本削球手松下浩二后，3 日又负于韩国直板快攻好手刘南奎。这说明盖亭的新打法并非像有些人说的那样无懈可击，甚至谈虎色变。韩国刘南奎用灵巧的步伐、极旋转的发球、中近台力量极重的正手扣杀抢先压住盖亭的反手，抑制住了其侧身正手拉冲的特长。特别是他那一板一板咬住死拼的精神，给盖亭以震撼，削弱了盖亭的攻击力，令人敬佩。韩国的直板快攻好手金泽洙也战胜了法国队 2 号主力、横拍弧圈加快攻的希拉。由此可见，直板快攻打法仍有其生命力，重要的是要创新，给它注入新的技术内涵。

邓亚萍已开始进入角色。她在 3 日对阵瑞典头号主力斯文森的比赛中，正手劈杀凶狠，反手敢拨，敢发力冲，打得火爆，以 21∶12 的同样比分直落两局轻取对手。

（原载 1995 年 5 月 4 日《河南日报》）

用实力铸就胜利之剑

——天津世乒赛风云录之五

高手相搏的比赛常常具有一种特殊的魅力。4日晚,不到7点钟,四面八方的人流便拥入天津万人体育馆。这是因为被有的新闻媒介誉为第43届世乒赛提前进行的半决赛的两场比赛中国男队和比利时队、瑞典男队和法国队之间的比赛将在小组赛第六轮展开。中国、中国香港女队也要进行第六轮搏杀。然而一开赛,行家们便发现,比利时队为了在第二阶段比赛中能碰到他们胜多负少的瑞典队,而没让世界排名第一的塞弗上场。法国队为了保存实力,也让第42届世乒赛单打冠军盖亭场下观阵。尽管如此,邓亚萍、乔红、齐宝华、王涛、马文革、瓦尔德内尔、佩尔森等世界超一流选手出战,仍使人们欣赏到一种高超的乒乓球艺术,悟出了只有实力才能铸就胜利之剑的道理。

邓亚萍说过,靠实力说话最硬气,你不服球场上见。这话确有道理。你看,中国女队小组赛中已是六战六胜,每仗均以3∶0闯关,靠的就是邓亚萍、乔红、刘伟、乔云萍这4位世界冠军超群的整体实力。

瓦尔德内尔也屡屡上场亮相,无论碰到什么对手,无论领先或落后,他都是神态自若,平静的神态中透出刚毅和自信。在4日晚对法国队2号主力埃卢瓦的搏杀中,他发球站在反手位,用正手同一个动作发出一个个极隐蔽而旋转、长短变化多端的球来,对方不是失误,就是放出机会球,继而遭到他正反手左右开弓的前冲弧圈球和大力扣杀。遇到对手发球抢攻或接发球抢攻,他更是或迎上前去,或退守中台,在对攻或对拉弧圈球中,求得主动,伺机反击。他球路极刁,线路落点变化莫测,结果两局只让对手得24分。他把那高质量的发球、势大力沉的正反手拉冲、攻守自如的技术融为一体,运用起来如行云流水一般,令人击节赞叹。

4日晚在中国队对比利时队的比赛中,中国王涛也显示出他的大将风度。他一上场便闯头阵,勇擒骁勇善战的小塞弗。只见他频频发出旋转多变的高抛球,对手一回球便遭到他的正反手拉冲,特别是那迅如闪电的反手弹击,常常打得对手猝不及防。即使对手发动攻击，他也常常在近台固守，那快速的对攻和快带弧圈球、对冲弧圈球，如一阵阵排炮在对方台面上倾泻，为此，当他获胜后，观众们向他发出欢呼，主教练蔡振华和队友们在和他击掌致贺时显得格外动情和有力。

中国女队主教练张燮林曾说过，只要练就自己的实力，我们就不惧怕任何对手。愿中国队的选手们用智慧和汗水，锤炼更雄厚的实力，到世界赛场上去叱咤风云。

（原载1995年5月5日《河南日报》）

巾帼力战捧杯还

——天津世乒赛风云录之六

人们常把"过五关，斩六将"者称为英雄。在第43届世乒赛的拼争中，以邓亚萍领衔的中国乒乓女将们一路呼啸进击，7日晚终于力闯雄关，以3：0击败最后一支劲旅韩国队，第十一次将女子团体冠军考比伦杯捧回祖国，堪称世界乒坛的一代天骄，盖世英豪。

赛场上的硝烟尚未散尽，回望崎岖坎坷的历程，历历在目；巾帼女将们充满锐气的吼声仍在耳边回响。在小组比赛中，中国女队实力超群，七战七捷。然而，也遭到欧亚强队的冲击。第二阶段淘汰赛是强队相遇，场场恶战。6日晚中德女队交战，乔红首战施特鲁泽。二人都是横拍快攻选手，都力争抢先上手。施特鲁泽在先负一局后，第二局放手一搏，抢攻十分凶狠，曾以7：3、13：6的比分领先。乔红凭着一股韧劲，一分一分地扳，硬是以23：21险胜。7日上午，中国女队遭遇到罗马尼亚队的坚决阻击。第一盘乔红和乔苏对阵。乔苏是罗马尼亚的一员悍将，曾战胜过刘伟、王楠等中国选手。开球后，手持横拍的乔苏反手频频发出近网上旋球，乔红回球稍高，反手便狠击一板。乔红发球时，她则敢拉敢冲，正手一有机会就下重板，常打得乔红措手不及，极为被动，结果乔红以1：2惜败。在严峻的形势下，邓亚萍丝毫不受首盘乔红失利的影响，用雷鸣电闪般的正手劈杀、迅如闪电的反手快拨和弹击，以21：14、

21∶19 的比分 2∶0 战胜罗马尼亚的一号主力巴蒂斯库，遏制住罗马尼亚队咄咄逼人的攻势。继而在第三盘双打中和乔红合作，2∶0 战胜对手。在第四盘比赛中，邓亚萍越发神勇，发球抢攻，正反手或冲，或扣，或磕，变化莫测，常常对方刚回球过来还没弹到最高点时，她便抢先出手，球在对手台面上爆响。她以 21∶7、21∶9 的比分大挫乔苏的锐气，令观众欣喜若狂。7 日晚和锐气正旺的韩国队决战时，乔红首战朴境爱，第一局以 19∶21 告负。但是她不愧为一员世界冠军级老将，在二、三局稳住阵脚，胜得第一盘。第二盘邓亚萍以凶狠、稳健而又准确的快攻，以两个 21∶16 直落两局，击败韩国朴海晶。第三盘，邓亚萍、乔红经验老到，以 2∶0 取胜，终于夺得了团体赛的全胜。这里，我们可以欣慰地告诉读者，邓亚萍在团体赛的十次闯关中，一盘不失。之后的五个单项比赛，相信她定会有所作为。

（原载 1995 年 5 月 8 日《河南日报》）

归来兮，斯韦思林杯！
——天津世乒赛风云录之七

这是一个渴望已久、激动人心的时刻。

8 日晚，中国男队和瑞典男队争夺第 43 届世乒赛团体冠军的第五盘。20∶13，中国选手王涛领先，当他最后正手一记漂亮的抽杀，瑞典选手佩尔森回球下网时，天津万人体育馆里顿时爆发出惊天动地的欢呼声。6 年了，中国男队终于以 3∶2 力克"三连冠"的瑞典队，为祖国捧回了金光闪闪的斯韦思林杯。王涛，这员中国队的虎将此刻情不自禁地躺在球台旁的地板上，壮怀激烈。刘国梁、丁松、孔令辉、马文革等冲进场内，继而，他们 5 个团体主力队员又和冲进场内的主教练蔡振华抱成一团，泪流满面。这是中华民族的好儿子报效祖国母亲如愿以偿的英雄泪啊，面对此情此景全场观众为之动容，齐声高呼："祖国人民感谢你们！"

颁奖仪式开始了。蔡振华手捧斯韦思林杯和他的 5 个主力队员王涛、马文革、刘国梁、孔令辉、丁松站在冠军的领奖台上。真不容易啊。6 年了，为了夺回这尊久违了的斯韦思林杯，他们卧薪尝胆，练就了一身绝技、一腔信念，在第43届世乒赛上形成了惊人的爆发。在小组循环赛中，他们经受住了德国、比利时等强队的冲击，7战7捷，打出了威风，打出了信心，调整出了最好的竞技状态。在前8名的淘汰赛中，刘国梁、马文革、王涛先是以3∶0淘汰了表现顽强的日本队。接着，王涛、马文革、孔令辉又和拥有刘南奎、金泽洙等悍将，刚刚战胜比利时队，士气正旺的韩国队力拼。中国头号主力王涛充当先锋，首战状态极好的韩国刘南奎。只见他一把横板"大刀"使得虎虎生风，长冲短吊，声东击西，遏制住了刘南奎的侧身攻后，以21∶17、21∶9的两局比分先拔头筹。肩部有伤的马文革，压力过重，在第二盘和第四盘中分别负于了韩国的刘南奎、金泽洙。第三盘，中国队小将孔令辉，手执横板以发球抢攻和接发球抢攻的凌厉攻势，以两个21∶18的比分战胜韩国队李哲承。好一个王涛，既敢冲头又敢收尾，勇挑决定胜负的千钧重担。在第五盘和金泽洙的决战中，他那凶狠的近台快冲弧圈球和反手横扫千军般的弹击，打得金泽洙防不胜防，疲于奔命，以21∶14、21∶18的比分再胜，扫除了通向决赛的最后一个障碍。在和瑞典队的决战中，中国王涛、马文革、丁松都敢拼善搏，和对手打出了许多令人叫绝的好球。整个战局跌宕起伏，令人回肠荡气。中国男队以3∶2力擒包括瓦尔德内尔、卡尔松、佩尔森在内的瑞典世界超一流高手，在世界乒乓球运动史上，写下了光辉的一页。

（原载1995年5月9日《河南日报》）

重要在于参与

——天津世乒赛风云录之八

"重要在于参与"，这是著称于世的奥林匹克精神。

9日，第43届世乒赛五个单项的预选赛在天津万人体育馆及配馆里的数十张球台上热火朝天地进行。世界各国及地区的600余名男女运动员争夺正式比赛资格。其中男子48名，女子32名，男双24对，女双16对，混双32对。要获得正式比赛资格，这一天要连胜三场方可。即使取得正式比赛资格，还要再连闯七关才能夺得冠军。显然，一名一般选手要从几百名世界高手中夺取冠军，希望是渺茫的。而他们却是那么认真地对待每一个球，竭尽全力地去取胜。赢了，他们欢愉之情溢于言表；输了，他们也坦然自若，甚至和对手切磋技艺，热情地交谈。

原中国世界冠军葛新爱作为埃及队的女队教练率两名14岁、16岁的少年运动员来参加比赛。她说，我们队员还小，这次她们来参赛的目的是学习、锻炼、提高。原中国世界冠军张立这次以美国女队教练身份来参加世乒赛。美国女队选手参加的预选赛，她都在挡板后面静静地观赛，给队员进行场外指导。她说，美国女队水平不高，世乒赛是队员们向优秀选手学习新技术的好机会。南亚七国乒协主席、巴基斯坦的沙赫先生说，对于比赛结果，我们并不在意。参与比结果更重要，参与是友谊和进步的开始……的确，许多运动员不远万里来到中国天津参加世乒赛，极其珍惜这次难得的相聚，进行比赛和交流，以实际行动促进世界乒乓球运动向前发展。"重要在于参与"的精神，体现了体育运动悦身心、健体魄的宗旨。没有"重要在于参与"的精神，体育运动将是无源之水、无本之木，魅力无存。

在这次世乒赛上，我们也感受到，除了白热化的竞争外，也有珍贵的友谊弥漫其间。它告诉人们，金牌并不是比赛的唯一目的，更重要的是和平、友谊、繁荣、发展。在比赛场馆，在展销大厅，在运动员驻地，许多国家的运动员通过比赛结成了好朋友。他们探讨乒乓球技艺，互赠纪念品，引吭高歌，翩翩起舞……沉浸在友谊的氛围之中。他们喜欢购买为世乒赛赶制的中国工艺品、集邮册、球拍，更通过组委会安排的各种参观活动，从天津这个窗口看到了一个改革开放、欣欣向荣的中国。过去曾有过"乒乓外交""小球转动大球"的佳话。今天，乒乓球汇五洲宾朋，传四海友谊，成了促进世界各国人民友好的使者。天津世乒赛的角逐是短暂的，但它传播的乒乓球精湛技艺和真诚的友谊将在人们心中长留。

（原载1995年5月10日《河南日报》）

虽败犹荣亦风流

——天津世乒赛风云录之九

  竭尽全力拼搏的失败者是值得尊敬的。

  10日上午，天津第43届世乒赛单打第一轮比赛中出现了一场悲壮而又感人至深的场面。

  27岁的韩国老将刘南奎在和中国小将冯喆进行着鏖战。看得出来，以快速的正手长抽、凶狠的反杀搏杀而著称的刘南奎正在前后奔跑，竭力抵抗着对手凌厉的发球抢攻、快速推挡和扣杀。但是由于团体赛的全力拼搏以及多处伤病，他在对抗中已明显处于下风，原先那迅捷灵活的步伐已显得有些迟缓。在先失二局的情况下，他依然顽强地角逐，一分一分地拼争，又扳回二局。决胜第五局，他已极度疲惫，但仍紧紧咬住比分，和对手进行着殊死的搏杀，经常打出十余个回合的精彩对攻。最后，他以19∶21败北，惨遭淘汰。失利后，他脱掉湿透的运动衣，坐在挡板旁的椅子上沉思，显现出拼搏者特有的冷峻。

  也许正因为失败，更展现出刘南奎这位老将的优良品性。他是第一个奥运会男子单打冠军获得者，还获得过第40届世乒赛混双冠军、世界杯男双冠军。自1986年首获亚运会冠军至今已十年，功成名就，伤病缠身，本应激流勇退。然而为民族、为国家，他依然活跃在世界乒坛。在这次天津第43届世乒赛团体赛的抗争中，他手执直板，作为主力队员，场场力拼，多次闯关夺隘。特别是在和第42届男单冠军盖亭的决斗中，刘南奎果断抢先上手，压着对方的反手猛烈扣杀，抑制住了对方代表当今潮流的"蛮不讲理"的凶狠打法，取得了胜利。他那一板一板死咬硬拼的精神，给对手以震撼。他在九场团体赛中，几乎耗尽了体力，仍兢兢业业孜孜以求。这种精神有一种巨大的感召力，使得韩国男队能在第二阶段击败拥有当今世界排名第一的选手塞弗的比利时队和法国队，取得第三名的历史最好成绩。事实上，当他身心俱疲地站在单打比赛球台前时，命运之神已为他选择了失败，但他还是义无反顾，拼到最后一分失利的时候。球打到这个份上，已进入到人格自我完善的崇高境界。多么可敬的老将！

长江后浪推前浪。第43届世乒赛后，刘南奎等一些老运动员也许在不久的将来挂拍。然而他们燃烧自己，照亮别人的业绩永存。人们会记住这些激流勇进，以失败而告终，充满牺牲精神和悲剧色彩的强者。

（原载1995年5月11日《河南日报》）

"旧瓶"装"新酒"
——天津世乒赛风云录之十

在高水平竞技体育的较量中，最令人兴奋的是从斜刺里杀出一匹黑马，纵横驰骋，把名将掀翻在地。

在第43届世乒赛男团决赛中，人们欣喜地发现中国队丁松就是这样一匹黑马。他在关键的第三盘和瑞典名将卡尔松的对阵中，刚一接火，就使对手的拉球频频下网。之后，他那刁钻的发球和抢攻，稳健多变的削球，突如其来的削中反攻，令卡尔松那凶狠的拉冲弧圈球不是下网就是出界，打得他不知所措，无名火起，很快便以0：2的比分败阵。在11日单打第三轮比赛中，丁松又和世界排名第一的比利时队塞弗交手。塞弗堪称当今世界乒坛主导潮流横拍全攻打法的代表，以凶狠、快速、旋转的风格著称。开局丁松拿到发球权就时而发球抢攻，时而发球直接得分，很快以4：0领先。他横握那正手反胶、反手正胶的球拍，用同一手形削出转与不转的球来，常让塞弗摸不着边际，回球失误。即使对手谨慎地拉攻几板，也常遭到他在削中突然起板对冲的反击。他把球和拍子贴近脸，用同一动作发出旋转方向不同、长短不一的球来，抢攻犀利无比。又是一个3：0，他以悬殊的比分将塞弗拉下马来。此时，许多行家对他独特创新、攻防自如而又技术全面的打法不由得刮目相看。

在五六十年代曾风靡一时的横拍削球打法在直板近台快攻、横拍两面弧圈打法占主导地位后，日渐衰退，几乎被人遗忘。单纯的削球打法弱点就是抵挡不住快攻和弧圈球的冲击，常常在被动中失利。丁松的成功就在于将直板近台快攻选手的发球抢攻、横板削球手转与不转的稳健防守和伺机反攻、横板两面弧圈选手的爆冲和反冲弧圈球有机地结合起来，形成一种攻守平衡的崭新打法，也就是在"旧瓶"里装入了"新酒"。而塞弗、卡尔松这些当今乒坛的超一流高手往往由于有攻守不平衡的弱点,在攻势受到抑制时,缺乏应变,从而栽在丁松这类选手的拍下。丁松成功的精髓是更新了削球单纯防守和伺机削中反攻的观念,赋予了抢攻、强攻意识和新的攻守转换自如的打法。这无疑是横拍打法上的又一次革命,将使横拍打法成为当今乒坛最先进的打法之一,在世界大赛上争奇斗艳,大放光彩。横拍新打法的崛起,也给直板快攻和横板弧圈加快攻打法的选手们一个启示。这就是如何将凌厉的快攻和稳健的防守更高质量地结合为一体,创造出内涵更为丰富的新打法。各种打法只有不断地创新,才能使乒乓球运动朝着更高水平的方向发展。存优汰劣,此消彼长,是事物发展的一条客观规律。乒乓球如此,其他各项事业也概莫能外。

(原载 1995 年 5 月 14 日《河南日报》)

王者风范邓亚萍

——天津世乒赛风云录之十一

会当凌绝顶,一览众山小。

14 日晚,邓亚萍手捧女子双打波普杯,又站在第 43 届世乒赛冠军的高高领奖台上。神采奕奕的国际奥委会主席萨马兰奇第三次给她佩戴金牌,一老一少紧紧握手,互致问候,脸上都绽开了灿烂的微笑。至此,她已在第 43 届世乒赛上不失一盘,夺得女团、女单、女双三项冠军,加上原来所夺得的 8 个世界冠军,共夺得 11 个世界冠军。这个纪录超过了庄则栋、郭跃华所创造的夺取 8 个世界冠军的最高纪录。她已无可争议地成为当代最杰出的乒乓球运动员之一。

邓亚萍从 5 岁起就把生命和乒乓球运动融为一体,一步一个脚印,洒下了无数心血和汗水。当她搏向世乒赛、奥运会、世界杯这三大赛的巅峰后,便感到猛烈的八面来风,全世界的同行都在研究自己。特别是在去年广岛亚运会女单决赛中负于日本小山智丽后,她更深知在高水平竞技体育比赛中,稍有闪失,就会被淘汰。但她敢于直面任何对手的挑战,敢于正视赛场上的残酷搏杀。笔者去年冬训中赴国家体委河北正定乒乓球训练基地采访,曾目睹她全台跑动猛扣陪练发来的多线路来球，一对二的高强度对攻……在挥汗如雨中，她有针对性地提高自己攻球准确性和相持能力，在向自己体能极限的挑战中把实力锻铸得更坚强。在心理上，她也深刻反思，进入一个冷静而又充满辩证法的世界。她说，今后要以"平常心"去认真对待每一位对手。她更加趋于成熟，凶狠中透出稳健，又横刀立马，所向披靡。

在第43届世乒赛中，邓亚萍又开始追求一种超越自我和对手的快乐，如同一只飞越战火硝烟的鸽子翱翔蓝天。赛前她平静而又刚毅地告诉笔者，要想在天津再夺世乒赛冠军，就必须打败所有对手。团体赛，在小组赛中，她7战7捷。在第二阶段四分之一决赛中，她和曾战胜乔红的德国名将、削球手施婕相遇，时而长拉短吊，时而发力扣杀，如一代名将举杯信步，2∶0淘汰对手。半决赛中，在乔红先负罗马尼亚队二号选手乔苏一盘后，她又力挽狂澜，在第二盘迎战罗马尼亚一号主力巴蒂斯库时，以多变的发球和果断的抢攻，打得对手无招架之力，2∶0胜之。继而第三盘双打她和乔红力克对手。第四盘她又以21∶7和21∶9赢了乔苏。在决赛中，她牢牢把握比赛节奏，遏制住韩国小将朴海晶咄咄逼人的攻势，以更加猛烈的炮火连胜二盘，为中国女队夺冠担当了扛鼎的重任。单打比赛她一路过关斩将，英气勃勃，在半决赛对刘伟、决赛对乔红的决斗中，更显出了王者风范。面对极其熟悉自己球路，同是世界超一流选手的队友，她斗智斗勇，经常打出多达十余板的猛烈对冲和对攻，为乒乓世界奏响了一曲高亢激越的拼搏之歌。14日下午，在女子双打决赛中，她又和乔红一起夺得金牌。

世乒赛闭幕式后，一位新闻界同行如此评价邓亚萍：她是令中国观众"可以联想炎黄，联想黄河，联想长江，联想天安门红砖高墙的金身龙女"。多么形象贴切的评价！愿龙的女儿在世界乒坛赛场上，叱咤风云，再展风采。

(原载1995年5月15日《河南日报》)

曼谷亚运看健儿风流

先睹亚运村

俗话说:"不入虎穴,焉得虎子。"

国际综合性运动会有个惯例,就是运动员、教练员和代表团官员住地实行特级保卫。奥运会、亚运会运动员住地奥运村、亚运村戒备森严。不过,"魔高一尺,道高一丈",以完成新闻采访任务为天职的记者们有时也要鼓足勇气,闯一闯"龙潭虎穴"。

1日晚,我到达曼谷,入住带里斯梯(皇朝)酒店。2日上午,驱车40分钟左右到办证中心办记者证后,便又和《南方日报》等几家记者一起搭乘班车近2小时到位于塔玛赛特大学体育中心附近的亚运村采访。1日才开村的亚运村门口已是军警林立,安全门虎视来者,显得格外森严。我们一行5名记者到亚运村时已是当地时间下午2时左右,冒着室外35摄氏度以上的高温和火辣辣的太阳在方圆数公里的亚运村国际区内快步急走巡视,寻找进运动员居住区的"突破口"。

有26幢红顶白墙高楼的亚运村,运动员区绿草如茵,四周一排整齐的铁网环绕;铁网外,护村河水缓缓流动,给人一种莫测高深的神秘感。机会终于被发现。我们看到有些人挂一种黄色工作证,便几经打听,找到了一个换证处,要求换证。经过交涉,用记者证换到黄色工作证,但被办证人员告知,此证只能在国际区内采访而不得进入运动员区。拿到黄色证件后,我们一商量,开村伊始,有机可乘,便镇定地来到运动员区入口处。不一会儿,中国体操队张津京、黄旭等几名队员训练归来进村。见状,我们一行即尾随其后,"脸不变色,心不跳"地接受十余名警察的目光检查和安全门检查,竟被放行。

一进村,我们几位面带喜色,心情豁然开朗,坐上一辆村内带车厢座位的三轮摩托，直达中国体育代表团居住的 4 号楼，便进入体操队几位男队员的宿舍采访。带卫生间的运动员住房约 34 平方米，摆两张床，有壁挂式空调，条件比想象的要好。张津京告诉我们，他们也是 1 日到，2 日上午便坐车 1 个小时到训练馆训练。训练馆里没冷气，热得很。嘴唇旁粘着创可贴、腿上碰破点皮的黄旭说，今天训练不太顺，但没内伤就没关系。就是天气太热，不管屋内屋外，坐下来就有蚊子。走廊里，我们看到有两个房间门上贴着写有国家体操队前线指挥部、国家体操队司令部字样的告示，还有一张 2 日男队全天训练计划和作息安排。之后，我们又到三楼采访了国家射击射箭管理中心主任冯建中。大赛前，运动员楼里很安静。我们感受到这是大赛前的寂静。一场智与力的激烈较量将要开始。

从楼里出来，来到中国体育代表团先遣组所在的代表团平房办公室。几位代表团工作人员一脸惊讶，连声问我们是怎样进来的。他们说，按规定，不提前申请，代表团团部有关负责人不签字，是进不来采访的。中国体育代表团副秘书长张淑英接受了我们的采访。她告诉我们，自行车、射击、体操、马术、男足、女足、10 个网球选手都已先期到达曼谷。他们先遣组也是 1 日进亚运村。目前，他们已办完中国体育代表团 800 余人的食宿等各种手续。住房钥匙已领到。中国体育代表团将于 3 日乘两架包机分别从北京和广州飞抵曼谷，4 日下午将在亚运村升国旗……

从亚运村出来，我们都很兴奋。因为，我们是第一批进入亚运村的记者，不仅采访成功，而且又和中国体育代表团取得了联系，对今后采访极为有利。看来，当记者该闯当闯。

（原载 1998 年 12 月 3 日《河南日报》）

幸会冯建中

一个月前，记者在郑州省陆上运动学校采访了前来督察国家飞碟队亚运集训的国家射击射箭管理中心主任冯建中。我们曾经有约在曼谷见面，请他提供国家射击队队员个人资料，各项射击世界纪录、全国纪录及主要对手情况。今天一到亚运村他的房间，他便如约拿出装有这些资料的资料袋，里面连外国队员的名字都翻译得清清楚楚。我内心叹服，真乃君子风范。

他是位学者型的领导，在郑州期间和每个国家飞碟队员都谈了半个小时，对队员的心理和技术状况了如指掌。今年来，在我国一些运动项目成绩下滑的情况下，射击项目成绩却有了喜人的提高。这和射击界调查研究、科学管理、科学训练是分不开的。他介绍，男子手枪慢射和气手枪两项目亚运会上我国面临的主要对手为日本选手中重胜。他曾在第12届亚运会上战胜包括王义夫在内的各路强手，夺得男子自选手枪个人冠军。还有在今年世锦赛中两个项目均打入过前三名的乌兹别克斯坦选手埃克哈米多夫等。在男子步枪卧射、3×40和气步枪项目上，我国将遇到哈萨克斯坦的贝利耶夫，韩国的李垠澈、车忠裴、林永烁，日本的柳田胜等世界级选手的挑战……34个项目中对中国选手有威胁的外国选手，他一一加以评述，其技战术风格和成绩已烂熟于心。见他对记者工作如此支持，我便"得寸进尺"，希望他在亚运会期间，以记者需要的方式提供新闻和评述，他欣然应允。

出门后，一行前来采访的记者不由得对这位体委官员大加称赞。他得"体育需要宣传，宣传离不开体育"之真谛也。

（原载1998年12月3日《河南日报》）

泰国，向亚洲人民展示自己

12月6日至20日，亚洲40余个国家和地区的约8000名运动员将参加在泰国举行的第13届亚运会角逐。记者有幸赴泰国采访这届亚洲体坛盛会，自感肩上工作担子的沉重。1日下午3时50分，从广州白云国际机场登上泰国航空公司的班机，经过2小时50分钟的飞行，班机抵达泰国廊曼国际机场。偌大的机场有数十个出关口，在通道墙壁上，不时可看到第13届亚运会的各个项目宣传画，使人感到了一种亚运气氛。

出了机场，已是残阳夕照。暮色中，坐在酒店前来接机的旅行车上眺望，只见在莽莽的原野上，零星或成片的二层或三层白墙红、蓝、绿瓦顶的小楼在不高的热带树林中时隐时现，形状有从中国西双版纳吊脚木屋脱胎而出的痕迹。车进市区，街道两旁的商店里以及路边用鲜花或烧香形式供奉佛像和泰国王像之景随处可见。人们对佛和国王信仰虔诚，似乎这样做能保佑国泰民安。

泰国为了承办第13届亚运会，在场馆建设上做出了很大努力。2日上午，我们一行记者，乘大会班车前往孟通他尼体育中心探路。在近百幢高楼的掩映下，台球、拳击、体操、橄榄球、网球、排球、举重等场馆不时展露雄姿。其中可容纳10000名观众的拳击馆，可谓颇具规模。亚运会的主新闻中心也设在这里。这是一幢新建的大厦，新闻中心占了第九层和第十层，有的房间还在刷漆和铺地毯。现在新闻中心里没有电视大屏幕，数十台电脑里资料也很少，记者所需的"指南"一类资料更是没有。中国新华社、日本读卖新闻等新闻媒介已在新闻中心租用工作间，开始采编运转。

离开孟通他尼体育中心，驱车快到塔玛赛特大学体育中心时，人们发现各种体育场馆都呈乳白色，但形态各异，设计极具个性，大的如大鹏展翅，中小的如飞鸟凌空，都给人一种翩翩欲飞的动感。该中心可用于田径、篮球、手球、柔道、乒乓球、游泳等16个比赛项目，有1个能容纳20000人的主体育场、1个有5000名观众席位的水上运动中心及7个室内体育馆。中心还和亚运村毗邻，只有1公里远，是这次亚运会竞赛项目最多的场地。

至于举行开、闭幕式的华目体育中心是泰国官方体育机构管理的体育中心，主体育场可容纳60000名观众，包括1个标准足球场和400米跑道。泰国观众喜爱的藤球比赛室内体育场可容纳观众12000名，还有自行车赛车场和射击场。在三十多摄氏度的烈日下，泰国青少年在这里举行开幕式文体表演排练，热汗流淌，十分辛苦。他们是在用泰国最美的文化向亚洲人民展示自己。

亚洲体坛的雄风又将在泰国这美丽的国度卷起。但愿亚运会能托起亚洲体育的太阳，冉冉升起。

（原载1998年12月4日《河南日报》）

准备不足出意外

——亚运首日射击比赛侧记

"天有不测之风云。"

6日中国女选手冲击第13届亚运会女子马拉松比赛金牌未果，人们便把中国代表团夺取亚运会首枚金牌的希望寄托在7日上午9时在曼谷华目体育中心射击馆进行的男子50米自选手枪60发个人和团体决赛及女子10米气步枪40发立射个人和团体决赛这几个项目上。比赛枪声刚响，中外记者便蜂拥而至。不久，中国奥委会主席伍绍祖也到射击馆督阵。

人们看好这几个项目自有其道理。男子自选手枪项目领衔者王义夫大名鼎鼎，系参加过亚运会的"五朝元老"，曾夺得北京亚运会射击项目5金，又夺得奥运会冠军和多次世界冠军。今年，他虽是中国射击队的副领队，但仍兼队员，在7月巴塞罗那举行的世锦赛上力夺男子手枪慢射和男子气手枪的团体和个人4枚金牌，以586环打破了男子气手枪资格赛世界纪录，为中国队拿下了这两个项目的悉尼奥运会入场券，"老枪"再显神威。女子气步枪项目则由20岁的射坛新秀王娴担纲。她在今年巴塞罗那世锦赛上不仅取得一金两银的佳绩，还以584环打破了小口径步枪3×20的世界纪录，行家对其前景十分看好。男子自选手枪项目谭宗亮、吴辉，女子气步枪项目赵颖慧、单红也有较强实力。这几个项目，正常发挥，应有夺冠希望。

然而团体资格赛开始后，记者观察到王义夫打得有些急躁，击发较快，第一组前8枪均是9环，到9、10两枪才出现两个10环。第一组10发92环的成绩，应该说是开局中平。之后，他虽几经调整节奏，不时持枪下垂低头沉思，但6组60发子弹射下来，成绩为559环，居第5位，显得信心不足。而哈萨克斯坦选手弗拉基米尔、朝鲜选手金钟洙则明显动作快捷、击发果断，分别射出567环和563环的团体资格赛成绩。而另一名中国选手虽打出560环的成绩，但由于朝鲜另外一名选手也发挥较好，结果朝鲜队获团体冠军，中国队获亚军。女子10米气步枪40发立射中国女队也同样没打好开局。资格赛王娴和赵颖慧分居第七、第八位。中国女队获该项女子团体第三名，而冠亚军分别被赛前不被看好的泰国和韩国女将夺走。

下午1点，个人决赛开始。这既是比运动员的技术，更是比毅力和顽强品质。在男子50米自选手枪60发个人决赛中，比第一名差8环的中国老将王义夫显示了逆境中善拼的丰富经验和良好的心理素质，一枪一枪咬着打。到第10发子弹最后一枪时，朝鲜选手金钟洙、哈萨克斯坦选手弗拉基米尔分别以649环和648.3环的成绩居第一和第二位，而王义夫则以645.4环的成绩仍居第五位。最后一枪击发，电子屏幕上出现令人惊呼的意外情况。除居第二位的哈萨克斯坦选手弗拉基米尔射出9.5环的成绩外，居第一、三、四位的选手的成绩分别为5.5环、9环和8.5环。而王义夫最后一发子弹却射出10.1环的佳绩而夺得银牌。在女子10米气步枪40发立射个人决赛中，中国年轻选手赵颖慧也是越打越好，后来居上，最后夺得铜牌。

中国射击队原定7日要确保二枚金牌，争取三枚金牌，结果一枚金牌未得。总教练张恒对此坦言准备不足，队员打得急躁，也有天气热、综合性运动会队员压力大等原因。他认为，中国射击选手如果能及时总结经验教训，开局不利并不影响原定16枚金牌任务的完成。国家射击射箭管理中心主任冯建中和教练员、运动员们一起在赛后总结经验，表示要以平常心打好今后比赛，发挥水平。

(原载1998年12月8日《河南日报》)

放手搏出精气神

"比赛应该是运动员的节日。"8日上午，在曼谷华目体育中心飞碟射击场上，一位老教练看着比赛情绪反差极大的不同国家运动员，不由脱口道出了体育竞赛的真谛。

多次夺得飞碟世界冠军的科威特选手拉什迪在飞碟比赛场上快乐而又活跃。他穿着红色短袖运动服，戴着墨镜，下场后就去成绩公报栏上看看熟悉选手的比赛成绩，不时又和熟悉的选手交流一番。不管是哪位选手比赛，他只要看到裁判判罚不当，便要去"打抱不平"，谈出自己的看法。他把比赛看成一个快乐的朋友聚会，到处和人打招呼，人也显得神清气爽。在这种愉悦的氛围中，他一上场比赛，持枪、举枪、击发的动作格外潇洒，往往是枪响彩靶碎。在 8 日比赛中，哈萨克斯坦选手雅辛·谢尔盖发挥出色，打出 149 中的出色成绩。但拉什迪毫不紧张地往前赶，最后一靶和一名成绩相同的对手再加打一靶争银牌，他信手举枪命中，而对手则由于紧张而脱靶。

然而，有的平时训练成绩很好的选手在比赛前紧张得一句话也不愿说。快开赛了，仍旧要面壁持枪再练练感觉。而一到比赛场上脱靶时，则又心慌意乱。我们有位选手在飞碟团体赛第五组比赛中竟连脱 4 靶，结果团体成绩仅差一靶而屈居亚军。队友在团体赛中打出的较好成绩也由于他的失误而付之东流。难怪有位射击界行家说这位运动员"认真"得有些过头了。

中国射击选手在 8 日 6 枚金牌的争夺中，仅在女子 10 米气手枪 40 发团体决赛中夺得一金，还有两银两铜进账，和赛前制定的 16 枚金牌目标有较大差距。因为两天已进行完 10 个项目，要在今后 24 个项目中夺取 15 枚以上的金牌，绝非易事。今天，中国女选手蔡烨青在女子 10 米气手枪项目比赛中仅以 0.8 环微小差距屈居亚军，假如心态能放松一些，结果极有可能会改变。已经面临这种严峻局面，中国选手倒真不如放松心态，放手搏出精气神！当选手们搏出水平，进入心旷神怡境界时，取得好成绩就是很自然的事情了。

（原载 1998 年 12 月 9 日《河南日报》）

挫而奋起

9 日，曼谷华目体育中心射击馆内枪声阵阵。中国射击选手奋力扭转前两天比赛的颓势，夺得三金二银。

挫而不馁真英雄。王义夫、谭宗亮、徐丹这三位骁将并未因为 7 日男子自选手枪个人和团体比赛失利而失去信心。王娴等小将也不因 7 日女子气步枪个人和团体比赛的夺金受挫而失去锐气。9 日上午，他们走进赛位时均显得很有信心。比赛枪响，奥运冠军王义夫这杆"老枪"击发得不快不慢，很有节奏。当身边的外国选手打完6组子弹时，他还有两组没打。但最后，他还是克服皮肤过敏的困扰，打出了578环的成绩。而谭宗亮、徐丹这两位年轻选手更是锐气逼人，不仅击发快，而且表情轻松，动作协调。由他们三人组成的中国队终以1742环，领先亚军日本队19环的优势夺得冠军。在下午的个人决赛中，三人互相鼓励，较着劲打。曾经领先的乌兹别克斯坦选手最后也被谭宗亮超过。徐丹、谭宗亮、王义夫最后个人决赛10发子弹成绩分别为103.0环、101.6环和100.9环。徐丹以685环的成绩夺得个人冠军。行家们盛赞这是多年未见的高质量、有气势的决赛。

20岁的姑娘王娴在今年世界锦标赛上夺冠，气势正盛。这位新秀具有一种自信和不服输的气质。在9日女子50米运动步枪卧射60发项目比赛中，她平卧在射击台上，瞄准时自控能力极强，身体一动不动，扣动扳机，快而稳健。随着她手中枪声响起，10环、10环的报靶声此起彼伏，场上赞叹声一片。最终电子屏幕上显示出她的成绩为589环。个人冠军落在这位敢于搏击的姑娘之手。人们向她祝贺时，她脸上毫无得意之色，只是向记者扔下一句话：后面项目我还有戏。强烈的求战渴望溢于言表。看来，她的目光看得很远……

（原载1998年12月10日《河南日报》）

自我超越扛大梁

"杨威，挺住！"9日下午，在曼谷孟通他尼体育中心亚运会体操男子全能项目进行到第六个项目时，中国体操队领队钱奎朝着正做单杠大回环转体动作的中国18岁选手杨威大喊。小伙子真争气，在喊声中，他奋力摆动身体挺过单杠，做了一个直体后空翻旋下的漂亮空中动作，落地纹丝不动。他的个人全能总分已居首位。

杨威的成功，使男子个人全能的金牌已落在中国人手中。接下来做最后一个跳马动作的中国19岁的主力队员黄旭如释重负。他放手一搏，助跑速度快，起跳有力，空中动作又高又飘，一气呵成，稳稳落地，获得9.725的高分。结果黄旭、杨威分别以57.825分和57.600分夺得男子个人全能冠、亚军，为中国体育代表团又增添了一枚金牌、一枚银牌。

亚运会男子体操全能项目竞争得十分激烈。获得1997年世界体操锦标赛男子全能第三名的日本选手冢原直野，哈萨克斯坦世界级体操选手迪莫琴科、弗多尔岑柯等的参赛，更使几名高手的差距直到最后一轮还在0.1至0.2分之间。这就意味着每一位选手都不能有失误。中国体操队头号主力张津京就是在跳马和自由体操中落地晃动、脚步移动分别被扣去0.5分和0.3分而退出前三名的竞争行列。然而第一次参加亚运大赛的小将杨威顶住了赛场上的巨大压力，单杠、双杠、自由体操、鞍马、吊环、跳马六项动作都做得漂亮，干脆利落，获得成功。一名体操新秀在亚运大赛的竞争中脱颖而出。

杨威下场后，教练和队友都上前向他祝贺。领队钱奎盛赞他出色发挥了自己的水平，为中国男子体操个人全能夺冠立下大功。完成了一次自我超越的他，擦了擦脸上的汗，舒心地笑了。那青春的脸上，朝气蓬勃，使人感到"年轻，真好"！

（原载1998年12月10日《河南日报》）

"目标，瞄准奥运会"

——记丁红萍

坐落在曼谷华目体育中心的射击飞碟靶场就像一个美丽的小公园，绿树环抱绿草如茵，小桥流水，环境倒是优雅。不过，丁红萍却认为，靶场正前方围墙外住人的楼房和树木干扰视线，她不太适应。和队友一起夺得飞碟女子双多向团体冠军后，她和记者一起坐在草地上聊天，脸上表情全无夺金的兴奋，显得很平静，有一种为集体荣誉做出了自己的努力后如释重负的感觉。

丁红萍告诉记者，从去年12月到现在，打比赛较多，训练一般，人有些疲劳。对今天自己比赛的表现，她认为开局不利，但和韩国、日本等对手咬着打越打越好，整体还可以。她坦言自己还有一点遗憾，就是一枪决出决赛权，最后只剩一名对手时，跑了一靶，而未进个人决赛。不过，这遗憾的表情仿佛只在脸上一瞬间，"这都过去了。从头开始。"从遗憾的心境中淡出。她是有实力的，去年全国八运会夺金，以113中平了该项的世界纪录。

丁红萍从1993年到省队，后来到国家队，至今专项训练才5年时间。教练评价她的综合素质和专项素质较好，是可造就之才。她训练很刻苦，每天专项训练有4至5个小时，而且长跑、跳绳、打篮球等体能训练也从不甘落后。枯燥的训练，难言的重压，冬练三九、夏练三伏的艰辛，20岁的她感受很深。从事这项为国争光的事业，她青春无悔。辛勤的付出，也获得了丰硕的回报。在1998年3月埃及举行的世界杯射击比赛上，她获得团体冠军。她还两次获得全国冠军，三次获得世界亚军，个人多次进国内外大赛前六名。教练说，丁红萍的心很高。对此评价她不否认。她说，明年飞碟世界锦标赛上，希望能拿到冠军。当然，她表示也要打好明年全国城市运动会，为三门峡市人民增光。至于2000年悉尼奥运会，她认为，既然今年巴塞罗那世锦赛她拼得了一个奥运席位，那么理应由她到奥运会上去搏一回。为此，她将更加刻苦努力。

不要以为射击运动员都很冷峻。丁红萍也有感情单纯而又丰富的一面。当36岁的队友高娥夺得该项个人冠军时，她由衷地说："该她拿了。"并立即上前拥抱表示祝贺。当听说领队冯建中今天生日时，她把别人送她的花篮转送给领队，也是一脸真诚。有对崇高目标的追求和对友谊的渴望，她的人生之花将会开得更加灿烂。

（原载1998年12月11日《河南日报》）

"老枪"的追求

——记张冰

用"老牛自知夕阳短，不待扬鞭自奋蹄"来形容已有14年射坛生涯的"老枪"张冰较贴切。29岁的他在曼谷亚运射击赛场上的比赛中很珍惜自己有限的运动生命，仍是那么兢兢业业。第一组50靶，他只打了40中。看得出来，腰伤和肩伤使他不断的举枪击发有些不顺手，额头上冒出汗珠。但他毫不懈怠，每打完一枪后，总是要凝神思索一番，稳住情绪，再打下一枪。第二组41中，第三组42中，他终于顶了下来。下场后，他对记者说："尽力了，总算没拖全队的后腿。"男子团体赛，科威特、新加坡、韩国、日本、哈萨克斯坦等高手实力强劲，他打得很艰苦。

谈起自己运动生涯的酸甜苦辣，张冰感慨良多。不过，从交谈中，我得知他参加过第24届、第25届、第26届奥运会，第11届、第12届、第13届亚运会，第6届、7届、8届全国运动会，眼前不由一亮。这种令人骄傲的经历，起码在河南体育界是第一人。于是，我不由得翻开随身带来的有关资料进行核实，发现眼前这杆"老枪"获得过奥运会铜牌，一次第五名，一次第八名。从1994年到现在，他获得过一次世界冠军，两次亚洲冠军，三次全国冠军和多次世界亚军、第三名等。对这些成绩，他一言以蔽之，付出很多，得到很多，也失去很多……对人生，也有许多感悟。

已近而立之年的张冰在自己的射击事业上建树颇丰，但射击运动以外的精彩世界对他也很有诱惑，更何况他有良好的自身素质和丰厚的无形资产，也想在事业上再开拓一片新天地。然而他深知，目前中国队还需要他，射击事业还需要他。他对记者说，后天亚运会飞碟多项比赛他还有戏。至于2000年悉尼奥运会，他决心明年努力，亲手在世界大赛上夺一奥运席位。看来，在人生和事业的大局上，他知道孰轻孰重，还要继续再搏。

（原载1998年12月11日《河南日报》）

乒坛巾帼仍风流

如果说世界乒坛男子是欧亚平分秋色的话，那么世界乒坛女子的优势在亚洲。中国、韩国、日本、中国香港、中国台北等队都有世界顶尖的女乒高手。而近几年来极少露面，去年一露面便获曼彻斯特世锦赛亚军的朝鲜女队更是一匹"黑马"。

如今这匹"黑马"在曼谷亚运会女子乒乓球比赛中，又闯进11日晚在塔玛赛特（法政大学）体育中心进行的团体决赛，和乒坛"梦幻之旅"的中国女乒对阵。

国家体育总局局长伍绍祖、国际乒联主席徐寅生等都前来观看这场比赛。

也许是中国和朝鲜女队主教练均谙熟"田忌赛马"的故事,都在团体赛的布阵上费尽心机,将自己第一主力排在第三主力的位置上,以期取得赛前心理上的优势。谁知第一主力碰个正着,那么只好拼整体实力了。中国队首派王楠这位左手横拍弧圈加快攻的实力型选手出阵。朝鲜则派出第三号主力杜真实相抗,想冲一冲。无奈王楠实力高出一等,发球抢攻和接发球抢攻都频频得手,没给杜真实留下大的破绽。尽管杜真实竭力发球抢攻和相持中打对攻,还是很快以13:21、11:21连折两阵。

第二盘,朝鲜队的第二主力金英姬对中国队的杨影。金英姬是位左手横拍快攻加弧圈的选手,年轻有冲劲。而杨影则是中国直拍快攻打法。两人相遇,金英姬抢先上手机会多,而杨影刚开始打得有些拘谨,多用反手推挡变线,以求主动。结果,双方在战成17平后,金英姬大胆反手拉冲,正手发力扣杀,以21:17先胜一局。

第二局,金英姬仍是坚持打在前面。而杨影的打法仍然有些保守,快速凶猛的发球抢攻和打相持球的技术都发挥不出来,又以17:21败阵。

由于金英姬的胜利,双方前两盘战平。朝鲜队的士气大振,第一主力又是左手横拍快攻加弧圈打法的韦福顺,在第三盘首局正手抢攻,反手加力和减力推挡的球路十分刁钻,控制了比赛节奏,以21:14先胜一局,占据了上风。此时,胜利的天平好像向朝鲜队倾斜。不过中国队横拍两面弧圈加快攻打法的李菊乃是世界乒坛排名在邓亚萍之后的二号选手。她那男子化的两面拉打一旦施展,还是颇具威力。第二局、第三局李菊逐渐适应了韦福顺的打法,那一面横拍"大刀"两面拉得虎虎生风。不管韦福顺球路如何多变,她都是用那锐利的弧圈加扣杀,横扫来球。她以21:18、21:14连胜两局,反败为胜。

中国队在前三盘以2:1领先使第四盘出场的王楠充满信心,对朝鲜队金英姬的比赛完全占据主动。金英姬的发球抢攻往往在王楠厚实的相持球功夫中被化解。稳中带凶的王楠最后以21:14、21:10的比分锁定胜局。中国女队以3:1的比分战胜朝鲜登上亚运冠军领奖台。"黑马"冲击未果,中国乒坛巾帼仍然风流。

(原载1998年12月12日《河南日报》)

雪耻之后不居安

曾长期在世界羽坛叱咤风云的中国羽毛球队，由于在上届广岛亚运会未获7枚金牌中的一枚而蒙羞。圈内人都戏称从广岛亚运会带回来一堆"废铜烂铁"。4年来，这成了中国羽毛球界人士的一块"心病"。在赛前，中国乒羽管理中心副主任杨树安曾对新闻界发表谈话，中国羽毛球队要在第13届曼谷亚运会上力争多拿金牌。

在曼谷亚运会上，中国羽毛球女队一路冲杀，进入决赛，11日下午，这场代表世界水平的决赛在曼谷塔玛赛特（法政大学）体育中心羽毛球馆内拉开战幕。中国世界冠军叶钊颖作为先锋，迎战韩国骁将金志贤。比赛开始，叶钊颖果然身手不凡，时而过头顶漂亮而有力地大力劈杀，时而网前轻吊中又一个推底线，很快以5∶1领先。爆发力好、柔韧性强、速度快的韩国金志贤毫不示弱，在对攻中，加强防守，频放底线高球，使叶钊颖几次扣球出界或下网，把比分追成7平。之后，双方你来我往，往往一分球的争夺要打几十个回合，白色的羽毛球在蓝色场地上飞快穿梭，全场观众看得如痴如醉，加油叫好声不断。第一局叶钊颖以11∶9险胜。第二局，斗志顽强的韩国选手金志贤抓住叶钊颖开局后的稍许松懈，奋力劈杀，迅速将比分差距扩大为10∶5。关键时刻，叶钊颖显示出临危不惧的大将风范，在顶住对手劈杀后，加强反击，稳健防守，硬是一分一分往回扳。比分落后下，她的表情仍是那样坚毅和沉着。她终于连胜7分，以12∶10赢了第二局，为中国女队夺得了首盘胜利。

第二盘，由中国女队葛菲／顾俊这对双打对阵韩国的罗景民／郑在喜。葛菲／顾俊这两年来在国内外大赛中没有输过球，是一对配合默契的"黄金搭档"。赛前舆论认为她们双打这一分是铁定要拿的。赢球不是新闻，输球是新闻。而韩国这对年轻的双打选手她们并不熟悉。开局，韩国罗景民／郑在喜拼得很凶，面对葛菲／顾俊一前一后、灵活换位的劈杀、吊近网和推底线这种稳中带凶的打法，她们"以牙还牙"，大有兵来将挡、水来土掩之势。比分由6平、

7平、8平、11平、12平，一直到13平。最后，葛菲/顾俊凭经验，多次网前快速平推得手，才以15∶13先拔头筹。第二局，葛菲/顾俊打得顺手，很快以15∶11取胜。

前两盘的胜利，大挫韩国队的锐气。第三盘，中国队的小将龚智超充分发挥了自己攻守平衡、球路多变的优势，以11∶4、11∶1的比分直落两局战胜韩国第二单打李宙泫。中国女队以3∶0的比分已取得这场决赛的胜利。按规则，剩下两盘还要继续打。但龚智超下场后，队员和教练互相击掌庆贺这来之不易的胜利。

赛后，有记者采访中国羽毛球队总教练李永波，问中国羽毛球女队上届广岛亚运会0∶5负于韩国女队，这一次是不是为"复仇"而来。李永波笑答：大家是来争冠军，不要把话说得那么"狠"。中国女队已经在今年5月夺得了尤伯杯，她们有实力。这次亚运夺冠是我们意料中的事。不过韩国队这对年轻的双打选手年龄都才20岁左右，水平很高，很有潜质，将是中国女队今后主要的对手。年轻的总教练"雪耻"后，仍居安思危，令人欣慰。

（原载1998年12月12日《河南日报》）

正是橙黄橘绿时

"长江后浪推前浪，流水前波让后波。"这是自然界不可抗拒的规律，但有一个能量积蓄的过程。

由孔令辉、刘国梁、王励勤和李菊、王楠、杨影等年轻一代为主力组成的中国男女乒乓球队分别于12日下午和11日晚在曼谷塔玛赛特体育中心乒乓球馆内夺得了第13届亚运会乒乓球男女团体冠军。这是在王涛、邓亚萍等领军人物和老将没参加比赛的情况下收获的硕果。小将们多年来苦练所积蓄的能量得到了释放。孔令辉在赛后答记者问时讲的一句话很有豪气："我们年轻一代已经能肩负起祖国交给我们的重担。"看着小将们汗流满面而又生机勃勃的脸，"正是橙黄橘绿时"的诗句跃上心头。

冠军的桂冠从来是用荆棘编成的。小将们亚运夺冠的道路一波三折，并不平坦。在女子团体决赛中，"黑马"朝鲜女队的金英姬在第二盘胜杨影后，第三盘李菊首局负于朝鲜队的韦福顺。如果李菊顶不住，再输一局，那么中国队就会处于1∶2落后的不利局面，冠军就有旁落的危险。关键时候，李菊豁出去，两面弧圈冲拉得很有气势，连扳两局，使局势转危为安。还有王楠在第四盘连下两城，球始终打得稳中有凶，让人心中踏踏实实。中国男队闯关的形势则更为凶险。在11日晚的半决赛中，日本队的伟关晴光、游泽亮在头三盘中战胜中国的王励勤和刘国梁后，就以2∶1领先。所幸的是孔令辉和王励勤临危不乱，连胜第四、五盘才以3∶2险胜对手。而12日下午决赛对韩国队，刘国梁首盘负于金泽洙。第三盘王励勤也是2∶1胜李哲承。好在孔令辉技术全面，在第二盘、第四盘力胜韩国吴尚垠和金泽洙，中国男队才涉险过关。每局比分都是紧紧咬住，差距很小。显然每个队打中国队都在拼，往往有超水平发挥。风浪里练出好水手。高水平的对手、综合性大赛压力的考验会使中国乒乓小将更快成熟起来。

"成功之后找不足"，这是中国乒乓球队的光荣传统。赛后，总教练蔡振华对刘国梁中盘正手进攻发力不够、打不出来的问题进行了剖析，指出中国男队的发球和相持球技术仍要强化磨炼。而且要摆正位置，今后面对任何一个对手都要去拼，而不能保，要做最坏的准备，向最好处努力。刘国梁把团体赛两次失利的原因归结为没打出自己快速多变的风格，反手没处理好。但他表示，单项比赛他还有单打、双打、混双三项很重的任务，将全力以赴地去打。孔令辉则很坦然地承受第一主力所承受的压力，表示今后在技术全面的基础上，要有创新，勇挑重担。亚运会乒乓球单项比赛还没开始，明年世锦赛、后年奥运会……小将们前面拼搏之路还会很长。只要在蓝色球台旁挥汗耕耘，科学训练，就会有金灿灿的收获。

（原载1998年12月13日《河南日报》）

泰国"亚运热"的反差

曼谷亚运会已开赛7天。由于新闻媒介的大规模报道，亚运比赛已成为曼谷市民和国外游客的谈看热点。记者所在的皇朝酒店就入住了一批又一批观看亚运的外国旅游团。

12日早上8时许，泰国最大的曼谷华目体育中心内外已是万头攒动，周围街道的交通出现堵塞。脸上画着或贴有泰国国旗的男女球迷们都面带焦灼，渴望排队买到一张下午4时在该中心足球场上进行的泰国队对卡塔尔队的比赛门票。据询问，有的球迷为买球票已排了一整夜队。6万张门票此时已是"僧多粥少"，以至于平时信佛、待人和颜悦色的曼谷市民，不断同执勤的警察发生冲突，有些妇女儿童被挤伤。其实，在此之前的每场足球比赛，都是人满为患，很远便能听到声浪震天。

亚运游泳项目决赛都在晚上，比赛场馆在塔玛赛特体育中心，往返一趟要近4个小时，记者由于截稿时间限制，冷落了这项金牌大户。12日晚，是游泳项目最后6枚金牌的决赛，记者赶往游泳馆，进馆一看，能坐8000至1万人的游泳馆已爆满，尽管泰国游泳参赛选手不多，水平也不太高，但观众席上的喝彩声浪此起彼伏。这几天记者在拳击、排球等项目看到的也是观众踊跃，气氛热烈。

而举重、垒球等项目虽然组委会采取了免票观看或实行低票价等措施，观众仍没有运动员、裁判和工作人员多。尽管政府号召青少年"远离毒品，走近体育"，亚运会期间大中学校放假，可冷门项目就是吸引不了观众。有些泰国市民为了看场馆扶老携幼，进来看一下，很快便又离去。组委会对"亚运热"中冷门项目的遭遇，确实很伤脑筋。由此可见，今后，大型综合运动会在设项和组织观众上还要下些功夫。

(原载1998年12月13日《河南日报》)

自强不息的进击者

13日中午1时40分,在射击馆采访完中国射击队的领队和教练,记者便一路小跑,匆匆搭上从华目分新闻中心始发到塔玛赛特体育中心田径场的班车。一进车厢,眼睛便一亮。走道上,一辆黄色赛车旁的座位上所坐的小伙,正是中国河南的自行车选手马亚军。这真是"踏破铁鞋无觅处,得到全不费功夫"。

20岁的马亚军去年获得全国八运会1公里个人计时赛第三名,年底被选入国家队。谈到亚运会,他说自己参加的项目是14日开始的4公里计时团体赛,中国队的水平和哈萨克斯坦、韩国等队差距较大,夺取奖牌希望很小。但他话锋一转,很朴实地说,正是因为水平不高,才要去和强手比赛,去拼,去提高水平。水平不高,赛前更要好好训练,认真准备。为此,他12月1日到曼谷后,天天坐近1个小时的班车从亚运村到华目体育中心自行车赛场进行高强度的赛前训练,皮肤晒得黝黑。他对自行车这项危险而又艰苦的运动的感受是乐在其中。他渴望严格的训练和激烈的比赛。谈及每天13公里左右的大运动量训练,他言语很轻松。他告诉记者,在省队他们一星期要从郑州到安阳骑自行车三个来回呢。他的运动人生态度启示人们,重要的绝非只是凯旋,而是自强不息的奋斗!

(原载1998年12月14日《河南日报》)

田径角逐有看头

蓝天、白云、红色的塑胶跑道……在曼谷塔玛赛特体育中心田径场上观看首日亚运会田径比赛,心胸顿觉开阔。13日下午一到田径场,便听到中国的于国辉在男子20公里竞走项目夺冠的捷报,觉得中国田径队亚运夺20金兆头不错。但随后看女子跳高决赛,男子1500米、男女100米预赛后,又感到亚运田径场上的鏖战将格外激烈。

原认为女子跳高亚洲纪录保持者、中国的金玲夺冠有优势。但由于风大，今年下半年才恢复训练的金玲速度起不来，1米88的高度第三次才过。而弹跳力好的日本太田阳子却是第一次就越过1米88的高度。到1米92高度时只剩她们两人，虽两人都未过，但由于太田阳子第一跳过1米88的高度而夺冠。有人戏称，大风刮跑了金玲的金牌。其实不然，太田阳子今年跳过1米97的高度，而金玲今年越过的高度是1米92。已经32岁，身为一个孩子母亲的金玲，实力下降是事实。

男子1500米，中国选手程兵、宋明友分别以3分51秒13和3分59秒91的成绩进入决赛，但在他们前面有4名选手，最好成绩为3分50秒43。女子100米预赛，中国头号选手李雪梅在超风速的情况下跑出10秒99的佳绩。斯里兰卡的贾雅辛格跑出11秒30，但她最后没有尽全力冲刺。看来这位去年世界田径锦标赛200米亚军和李雪梅有一争。男子100米预赛，日本的伊东浩司在超风速的情况下跑出10秒的成绩，而中国唯一进决赛的周伟仅排名第六，成绩为10秒34……

设有45枚金牌的田径项目，中国队参加40项。电子计时屏幕是公正的。中国田径健儿能夺20金，完成任务固然好，但只要发挥水平，完成对自身和纪录的超越，也是胜利。

（原载1998年12月14日《河南日报》）

"大意失荆州"

中国选手阎魏、王清芬是参加亚运会女子1500米跑项目夺冠的"双保险"。赛前中国队教练对此充满信心，认为"双保险"的成绩和实力高出对手一截。他们哪里知道，两名虎视眈眈的印度选手已是该项目斜刺中杀出的黑马，"大意失荆州"的教训又在14日下午曼谷亚运女子1500米跑项目中重演。

鸣枪开赛。只见788号王清芬一马当先领跑，759号阎魏紧随其后，速度极快，竟以1分03秒跑完第一圈，比预定的1分06秒快，大有舍我其谁的夺冠之势。而1055号、1056号两名印度选手吉·西克德哈尔、苏·拉妮和1373号选手、日本的永山育美则跟在后面，咬住不放。到600米处，这两位印度选手和一名日本选手已追上阎魏和王清芬，互相超越，混战一团。直到最后一圈铃响，阎魏和王清芬才冲出重围，又处于第一、第二位置。谁知风云突变，两名顽强的印度选手后劲十足，在离终点200米处和王清芬、阎魏较劲冲刺。离终点50米处时，阎魏因体力不支被她俩超过。到离终点20米处时，只见印度选手吉·西克德哈尔疾奔超过居第一位的王清芬，抢先几步冲过终点。结果印度选手吉·西克德哈尔以4分12秒82的成绩夺冠，王清芬以4分13秒19的成绩屈居第二，阎魏只获第五名，成绩为4分20秒34。

赛后，谈及此次失利，阎魏归结为在广州亚运集训时天气凉，强度不够，到泰国后，体能一直不太好。她不知道印度还有这么两位颇具实力的对手。对印度选手这次夺冠的成绩，她不服气。的确，她是今年中国亚运选拔赛的第一名，1500米最好成绩为4分1秒，今年也跑出过4分3秒。然而一个国家拔尖运动员，在国内跑得再好，到国际大赛不能发挥出来，就不能算数。中国田径队原定可以确保的女子1500米跑项目金牌丢了。信息不灵，赛前准备不够，麻痹大意，有超群实力而不能夺冠的教训，值得她和教练认真汲取。

（原载1998年12月15日《河南日报》）

芝麻开花节节高
——记亚洲男飞人伊东浩司

"不把基础打牢，很难提高。只有冲出亚洲才有可能跻身世界水平。"这是日本短跑名将伊东浩司常挂在嘴边的话，也是他备战曼谷亚运会的目标。

12月14日下午4时10分，伊东浩司实现自己目标的时刻到了。他站在曼谷塔玛赛特体育中心田径场亚运会男子100米决赛的跑道上，1米81的个头，精干而又强健。他反应敏捷，起跑恰到好处，前50米跑时支撑腿蹬伸有力，摆动腿折叠紧而放腿迅速，摆臂轻捷，动作给人协调流畅之感。前50米处，他在几乎并驾齐驱的8名决赛竞争者中已稍稍领先。后50米,他如奔腾的骏马,发力狂奔,把所有对手甩在身后2米左右而率先撞线。不到3秒钟,电子计时屏幕打出他的百米成绩为10秒05,获得冠军。而该项目第2名的成绩为10秒31。13日,他的百米预赛成绩为10秒(超风速),看来水平较稳定。赛后,他在终点处挥手向欢呼的观众致意,阳光下兴奋的脸庞汗水涔涔。

"如果连亚运会都不能夺冠,怎么能谈得上向世界水平冲刺?欲夺亚运会金牌本身就要克服很大压力。"教练高野进的一番话,28岁的伊东浩司牢记心头。师徒俩从去年冬季就开始紧张地备战亚运会,他们的目的就是让人们知道,曼谷亚运会100米、200米金牌非伊东浩司莫属。为此,他们把竞技水平的高峰调整到年底。严格而科学的训练结出硕果。今年10月,在日本全国田径锦标赛上,伊东浩司以20秒16的成绩刷新亚洲200米纪录,该成绩列为今年该项目世界第7名。在100米比赛中,他也同朝阳宣治一样,以10秒08的成绩打破亚洲纪录。芝麻开花节节高。今年12月,他在亚运会上的100米比赛中成绩又有突破。让亚洲人在世界短跑的领先位置中有一席之地,伊东浩司还要为之奋斗!

(原载1998年12月15日《河南日报》)

基本接班　还须努力
——亚运会女乒比赛观感

曼谷亚运会是中国乒乓球女队90年代首次没有邓亚萍领衔参加的大型综合性运动会。由李菊、王楠、杨影、邬娜、张怡宁等年轻选手为主力征战亚运会的中国女乒夺得团体冠军后,只能有李菊、王楠这两名选手参加的女单比赛,又是被行家认为中国女乒能否接班的一块试金石。

15日晚,在亚运会女乒单打半决赛中,李菊3:1战胜中国台北的陈静,王楠3:1力克韩国骁将柳智慧,双双闯入决赛。她们二人在单打中"过五关,斩六将"的战绩和团体夺冠的事实表明,中国女乒年轻选手已经靠实力基本接班,能经受住国际大赛的考验。但只能用"基本接班"来进行评价,原因是团体夺冠打得很艰苦,单打半决赛中又暴露出技术、打法和思想上的许多不足。

在李菊对陈静的半决赛首局比赛中，两人比分紧紧咬住，从5平到20平有8次打平。20平后，陈静由于对攻中两次攻球下网而失去胜机。这一局李菊的两面弧圈加快攻和陈静的左手横拍快攻加弧圈的打法相抗，并没有占多大便宜，而是运气较好。第二局李菊以21∶19又胜。第三局陈静的快攻加弧圈就遏制住了李菊的攻势，以21∶11扳回一局，明显占了上风。在第四局，李菊才依靠训练水平高、相持球好的优势和陈静展开对攻，并在对攻中扩大优势，才以21∶18取胜。其实四局算小分，李菊还输陈静3分。一位行家看完这场球评论说，不是李菊打得好，而是陈静备战亚运集训才3个月，球技没有恢复到最佳状态。如果陈静拿出1996年奥运会女单决赛打邓亚萍的水平来，李菊恐怕难过关。此言有一定的道理。从比赛中看出，李菊打得还是有些拘谨，战术打法变化不多，只是靠相持球拼基本功。如果万一半决赛第一局、第二局，陈静的攻球多打上两个球，是什么结局还很难说。半决赛王楠对韩国柳智慧也是13∶21先输一局，后胜三局的比分是21∶19、21∶13、23∶21，比分也很接近。由此看来，不管是原中国队出走的"海外兵团"，还是韩国、朝鲜等劲旅，仍然对中国乒乓女队构成严重的威胁。中国女乒的年轻选手目前对付她们还没有明显的优势。

　　然而令人欣慰的是，从李菊和王楠在团体和单打半决赛的表现可以看出，中国年轻选手在18∶20、19∶20、20平等最后关键球的处理上，表现出临危不乱、敢于相持的气势，有一种坚持到最后取得胜利的韧劲和信念。王楠在女单半决赛第四局就以16∶20落后，硬是沉着冷静，靠发球抢攻和打台内小球一分一分扳回而最后以23∶21取胜。在大赛的关键时刻，顶住了巨大压力，中国年轻选手从气质和心理上得到锤炼，变得成熟起来。这种宝贵精神财富的积累，会使她们逐渐步入"艺高人胆大，胆大艺更高"的境界。中国女乒年轻选手已基本接班，保持中国女乒在世界乒坛盟主的地位仍需努力。

（原载1998年12月16日《河南日报》）

强攻不强，二传仍弱

15日下午1时，能容纳3000余人的孟通他尼体育中心排球馆爆满。中韩两国的国旗在观众席上挥动。中国留学生们打起数幅"中国必胜"的标语。而韩国啦啦队则大都集中到一个区域，手击气球棒，敲锣打鼓，气氛热烈。中国女排的姑娘们不负众望，以3∶1战胜韩国队，夺得冠军。在之前的亚运会小组赛中，中国女排也以3∶1击败韩国队。中国女排这两次胜利，报了今年世锦赛负于韩国队的"一箭之仇"，显示了自己亚洲领先的实力。

在第一局比赛中，中国女排遣赖亚文、李艳、孙玥、邱爱华等主力上阵，充分贯彻了赛前教练"拦防要更快，进攻更敏捷"的战术意图，打乱了韩国"音乐排球"的节奏，以15∶6拿下首局。然而在第二局中国女排却陷于韩国队的节奏中，一传被破坏，二传不到位，战术也鲜有漂亮的组合，球扣到对方场地，往往打不死而被对方救起。而平均身高低于中国女排的韩国女排却打得有声有色。只有1米70的12号主攻手竟在中国高大队员的拦网中，扣球频频变线，落地开花。这局中国女排以13∶15败北。第三局中国女排发挥较好，以15∶8拿下。但第四局又陷于第二局的泥淖。若不是关键时刻孙玥、李艳的强攻奏效，以15∶13险胜，打到决胜局，还不知会有什么麻烦。

赛后，中国女排主教练郎平对比赛场面和结果基本满意，特别是对队员走出今年世锦赛负于韩国的心理阴影感到欣慰。她认为，韩国女排的防守和快攻均属世界一流，很顽强。中国女排为这场比赛进行了充分的准备，打得也很耐心和顽强。同韩国队这样的对手交锋，达到了锻炼队伍的目的，增强了打大仗恶仗的能力。谈起比赛中暴露出的问题，她指出，中国女排主要是技战术比较单调，队员场上应变能力不强，缺少一锤定音的主攻手和灵活的二传手。

亚运会不过是"中考"，备战明年世界杯和后年奥运会，中国女排还要对自己提出更高的标准和要求。战胜古巴、巴西、俄罗斯等世界强队，再展中国女排"五连冠"的雄风，才是中国女排奋斗的目标！

（原载 1998 年 12 月 16 日《河南日报》）

男足铩羽话实力

有人曾在赛前评论，在曼谷举行的第 13 届亚运会上，包括 7 名优秀国脚的中国足球队将有一次圆亚洲冠军梦的绝好机会。然而比赛就是那么残酷无情。16 日下午 2 时，在曼谷华目体育中心有 6 万名观众观战的中国队对伊朗队的亚运会男足半决赛上，中国队又以 0∶1 败北。至此，中国男足从去年亚洲十强赛开始，第四次负于伊朗队。前三次中国男足所负的比分分别是 2∶4、1∶4 和 1∶2。

如果双方实力相当，输球是由于现场发挥和"运气"成分的话，那么输球的结果，应该是"事不过三"。但中国男足连续四次负于伊朗，那就不是实力相当的问题了。严峻的事实告诉中国足球界和所有关心中国足球的人们：中国足球不仅和世界先进水平有着巨大的差距，而目前和伊朗等亚洲强队比较，整体实力的差距也是十分明显。16 日下午的中伊之战，再明白不过地印证了这个结论。

足球是圆的。说老实话，采访亚运会的中国记者中尽管有不少人认为亚运会足球半决赛中伊之战中国队取胜的机会不大，但仍有相当多的人去曼谷华目体育中心采访这场比赛。有的人还心存侥幸，以为保不准中国队"吉星高照"超水平发挥，能赢这场球，同时也能为中国队喊几嗓子"加油"。上半时开始，中国队在 8 号马明宇的中场策动下，17 号李玮峰从边路突破传中，前锋李金羽、杨晨中路插上接应，加上 7 号肇俊哲的冷射……还有些攻势。但很快，中国队就感到了压力。伊朗队 6 号球星巴盖里从中场频频穿针引线传出好球，发动攻势，而 10 号球星代伊和 11 号穆萨维则在禁区附近扯动穿插，获得几次破门机会。无论从场面和进攻的威胁上来看，伊朗队都占优势。上半时双方 0∶0 踢平。下半时，伊朗队的攻势更盛，1∶0 领先。之后，中国队大举压上进攻，但给人一种感觉是攻势凌乱，在伊朗队的紧逼下，几乎没有一次像样的配合。而伊朗队虽只留代伊一个人在前场游移，其他人都很快回防后场，但其防守几乎无懈可击。而一有机会打反击，伊朗队兵力便很快推过中场，利用简洁的直传球攻入禁区造成威胁，踢得有声有色，中国队最终没能将比分扳平。

看完比赛，记者认真回味，悟出一些看法。中国队和伊朗队、韩国队都是讲究快速拼抢，风格有些相似的球队。凭心而论，论个人技术，论整体配合的技战术水平，论体能，论球星作用，中国队都不如伊朗队，而且关键时候守不住，攻不上。不过在老将范志毅、马明宇的带领下，一帮小将拼到最后只输一个球，也算不容易。更何况参加亚运会的伊朗队是以世界杯赛班底为主的人马。输在实力不济上，应该心服口服。

他山之石，可以攻玉。球输了，要找出不足，学习别人的长处。伊朗队理性稳健而又充满韧性的踢球风格值得学习，巴西个人技术娴熟的艺术足球值得学习，德国战车磅礴的气势值得学习……中国足球要学习的东西还很多。不断学习就是一个不断提高实力的过程。中国足球界在提高实力的过程中还要更新观念，转变机制，增强紧迫感。

（原载1998年12月17日《河南日报》）

时不我待　一致对外
——亚运会女子中长跑项目失利的思考

历史往往有惊人相似的一幕。

1997年10月18日下午3时40分，中国选手王春梅就是被人绊倒，当即抬出场外。而在1998年12月18日下午3时30分在曼谷塔玛赛特体育中心开赛的第13届亚运会女子5000米跑的比赛中，极其类似的情况又发生在王春梅身上。一圈、二圈、三圈……前八圈王春梅始终在领跑的日本选手后面居第二位，进行跟随跑。她后面还有9个国家的9个选手。突然在第八圈弯道处，处在第三位的一位选手在超越王春梅时将其撞倒在地。王春梅虽立即爬起直追，在第十一圈时又赶至第二位，无奈因绊倒后追赶十几米，体力消耗过大，在最后100米冲刺时先后被日本和印度选手超过，仅得第四名。人们替她惋惜，更替中国女子中长跑项目在亚运会上的表现感到忧虑。因为在第13届亚运会上，中国选手参加的女子800米、1500米、5000米、10000米等4项中长跑项目未得一金，成绩也都比去年全国八运会有退步。

赛后，许多记者采访中国田径队领队段世杰，一提到女子中长跑失利的问题，他就顾左右而言他。倒是中国田径队副领队尚修堂说中国女子中长跑承受着巨大的压力，失利原因是多方面的。除赛前刘世香、张健两人缺阵，直接影响800米、5000米、10000米三项夺金计划外，女子1500米跑失利纯粹是选手压力太大的原因。中国选手阎魏今年还跑出4分3秒左右的成绩，高出印度选手一截。按正常情况，中国选手根本不存在安排战术的问题。还有一些教练的心理负担也很大。自己是根据"公开、公平、公正"的原则选拔上来的。没让马俊仁来，一旦比不好，回去不好交代。这种压力使参赛选手思想包袱过重，比赛中没有发挥正常水平。尚修堂表示出"谋事在人，成事在天"的无奈。

人们不禁要问，在去年全国八运会上包揽女子中长跑项目金牌的辽宁女子中长跑队，为什么不参加亚运选拔赛而丧失参加亚运比赛的资格？究竟是谁在拿国家荣誉赌气？明知选手有压力，赛前却不解决好思想和适应高温的技战术准备问题……亚运会田径女子中长跑项目的教训是深刻的。"国内练兵，一致对外"，握紧拳头的问题已摆在中国田径界面前。中国田径界当三思，有关领导也该拿出对策，正确的态度是：正视矛盾，解决矛盾，时不我待。

（原载1998年12月19日《河南日报》）

中原健儿任重道远

第13届亚运会的圣火20日在曼谷华目体育中心熄灭。中原体育健儿在这次亚洲体坛盛会上，奋力拼搏，共夺得11枚金牌、5枚银牌、3枚铜牌，为中原父老乡亲争了光，为中国体育代表团作出了贡献。他们的实力基本上反映了我省竞技体育的水平。在肯定他们的成绩、弘扬他们的精神同时，通过亚运认真分析一下我省竞技体育的现状不无益处。

在上届广岛亚运会上，我省选手夺得 11 枚金牌、13 枚银牌。其中有 3 人获 4 项个人冠军。而在曼谷亚运会中，我省选手金牌数和上届持平，但银牌却少了 8 枚，只有郑坤友 1 人获散打个人金牌。应该说从整体水平上看，我省竞技体育水平略有退步，不容乐观。

从我省夺金项目的实际情况看，除女垒、女足等团体球类项目外，赛艇队在国家队有 11 员骁将，共夺 5 金，是我省竞技体育的顶梁柱，而散打、跆拳道等项目在量化成绩上有许多人为因素，射击项目因其机械性能所产生的偶然性都令人有不踏实之感。真正靠平时实力，比赛能正常发挥的田径女子中长跑项目，这次亚运会却意外失常。还有，除女足外，群众喜爱的篮球、排球、足球、乒乓球以及金牌大户游泳项目，我省无一人入选亚运会……我省体育界应该认真分析一下我省竞技体育的现状，找出对策。其实，我省体育界许多有识之士早已看到，我省竞技体育在第六、七、八届全运会上翻身和跻身全国先进行列，取得历史性突破，是和我省体育界从 1983 年五运会后，定下"三、五、十"体育发展规划，狠抓业余训练和后备人才的培养分不开的。回顾一下六、七、八届三届全运会我省选手所夺金牌，大多数都是参加 1985 年全国一青会和参加 1989 年全国二青会小将们的扛鼎之作。而近些年来，由于种种原因，只顾抓全运会金牌，我省业余训练工作明显薄弱。目前，在大多项目后备力量严重不足的情况下，我省体育界按照竞技体育规律，大抓后备人才和年轻选手的培养乃是当务之急。当然，在社会主义市场经济的条件下，如何搞好训练、竞赛和管理体制改革，对于提高我省竞技体育水平也是至关重要的。中原体育界任重道远。

（原载 1998 年 12 月 21 日《河南日报》）

悉尼奥运展华夏风采

五环梦想
——遥看悉尼（一）

千年奥运，风云际会。

2000年9月15日的晚上，聚集全世界绝大多数体育精英的第27届奥运会开幕式在悉尼撩开了神秘的面纱。华灯璀璨，激光飞曳，运动健儿那一张张欢乐而又动人的脸上似乎都有一种对美好未来憧憬的向往。他们的向往和追求不就是"更快、更高、更强"的五环梦想吗？不同的是，在2000年新世纪的开端，五环的梦想，又有了新的起点，新的目标。

从古代奥运会开始举行时希腊各城池宣布的"神圣休战"，到现代人类追求的世界大同，都凝结着人们企盼和平友谊、公平竞争梦想。这个美丽的五环梦想就是奥运精神的主旋律，历经百年而不衰，仍在时代的苍穹中发出轰响。其公平、公正、公开竞赛的原则仍被政治家、企业家、法学家等各界人士推崇，而被当今社会各行各业广为效仿。

一个人醒来，梦想就变为理想。有理想就有了人生的航标，就要付出坚忍的努力、泪水和血汗。"世纪之星"、中国夺得奥运金牌最多的女乒选手邓亚萍就是因为在不同阶段，树立起一个又一个的奋斗目标，夺得一个又一个冠军，从而让"所有奖杯都刻上中国人的名字"而名垂史册。悉尼奥运会上，又有许多体育精英要圆梦。无论胜利或失败，作为观众，我们都可以在他们的才华横溢、顽强进击、向极限挑战中，感受到一种强烈的震撼，从而把他们作为自己人生中的楷模，去奋斗，去超越。

体育也是浓缩了真善美的一种文化。在同一时间、同一场地、同一规则条件下去公平、公正、公开竞赛就是一种真。这是在其他领域有时无法比拟的。运动员场上是对手，场下是朋友，"四海之内皆兄弟"，奥运会就是他们共同的家园，五环象征着五大洲的团结。他们为缔结世界和平友谊而交流，也是一种至情至爱的善举。至于美，参加奥运会的体育精英们将做出最好的形象诠释。当中国伏明霞等跳水健儿似凌空飞燕直插碧波时，当美国女飞人琼斯在跑道上风驰电掣般向终点冲刺时，当俄罗斯骁将波波夫在游泳赛道上劈波斩浪时……如果定格，那矫健的身姿当是一座座充满运动形体美的雕塑。足球、篮球、排球……因此，体育精英们在奥运会上的表现通过电视直播能让世界数十亿观众受到真善美的熏陶，真可谓善莫大焉。

"仁者见仁，智者见智"，有光明就有黑暗，有善良就有丑恶。曾经是纯洁、健康的奥林匹克精神经过百余年的变迁后，在如今确实有了一些异化和阴影。不断更新的兴奋剂手法，申办奥运中的贿赂丑闻，越来越带有经济目的的物欲熏染……也让一些人感到忧虑和厌恶。不过，要相信，笼罩在奥林匹克运动上空的阴云经过有志于投身奥林匹克运动健康发展的人们的努力，应该会逐渐变淡和消散。"重在参与""更快、更高、更强"的奥林匹克运动当会长盛不衰。

（原载2000年9月16日《城市早报》）

莫急躁　放胆搏
——遥看悉尼（二）

"年年岁岁花相似，岁岁年年人不同。"

记得在16年前，在新中国第一次派大军团参加的第23届奥运会上，从供销社化肥营业员岗位上闯入射坛不久的许海峰，抓住千载难逢的机会，放胆一搏，夺得这届奥运上的首枚金牌，实现了中国运动员在奥运会上金牌零的突破。此举震惊世界，神州笑颜。赛后，他谈道："当时我脑子里只有我和枪，只要打好每一枪，胜利就会属于我。"稳定的心态、自信和拼劲使这位名不见经传的小伙子在奥运会上发挥出自己的高水平，成就了大业。

2000年9月16日上午，16年后的第27届悉尼奥运会开赛第一天，夺取首枚金牌的难得机遇又落在中国射击健儿身上。不过，这次任务落在少年得志，

16岁便夺得全国八运会冠军，这几年又多次夺得女子气步枪项目世界杯冠军，去年又两次打出400环满环的超世界纪录成绩的20岁的姑娘赵颖慧身上。由于这几年她的训练和比赛成绩一直是高水平且稳定，方方面面和舆论都看好她。奥运会开赛前两天，中央电视台播出的对射击运动员专访就只有鼎鼎大名的中国参加奥运会的五朝元老，金、银、铜牌获得者王义夫和她。许多报刊的预测都是她冲首金，好像奥运射击夺冠的第一朵"红花"非她莫属。声誉日隆和过高的期望值使她的心态有点失衡。在16日上午开始的资格赛前的试射中，可以看出她抢打出10.3环时，还在琢磨动作，有点过于苛求。在正式打资格赛后，第二发子弹出现9环，过早影响了她的发挥，以致失去了决赛资格。夺冠心切的心理失控，使她不由自主地陷入一种缺乏信心、击发不甚果断的保守状态，自己平时训练和比赛的高水平成绩自然打不出来。仔细分析，奥运会上和她水平相当的选手有十余名之多，她的失利主要原因就是想保住自己平时训练和比赛的好成绩，定位过高，同时对奥运大赛的紧张气氛缺乏足够的心理准备，因而比赛中找不到一种"感觉"、一种境界，达不到最佳状态。当然，这种奥运大赛的心态失衡，不仅表现在她身上。随后上场打男子气手枪的王义夫尽管资格赛打出590环的自己最高成绩而名列第一，但决赛却也有些紧张，击发过快导致第五枪出现8.9环而冲金功亏一篑。中国射击队一老一少两员实力超群的选手痛失夺首金和冲金的机会，不能不说是一种过高估计自己的压力而使比赛缺乏一种拼劲的结果，教训和遗憾令人回味。

其实，参加奥运大赛，再有经验的选手也难免心理紧张，而心理作用影响每一块肌肉的运动，很大程度上，决定着胜负。越是实力相当的高水平运动员在大赛中越是如此。关键是如何消除过度紧张带来的负面影响。应该摆正位置，调整心态。和赵颖慧同在女子气步枪项目，在这届奥运会上并肩作战的队友高静在赛前被人们看成是这个项目夺金的"绿叶"。高静在平时比赛和训练中的成绩比赵颖慧有一定差距。但是，她在资格赛中神色平静，击发果断，打得不急不躁，以最后一名闯进决赛。在决赛中，她虽然也在开赛后打出一发8.6环，但仍然不乱阵脚，调整好了心态和瞄准击发动作，在最后3枪打出10.8环、10.9环、10.6环的出色成绩，后来居上夺得铜牌。虽然没夺金，但在奥运会第一个项目的发奖台上，也升起了五星红旗。而该项目夺得金牌的美国选手赛前名气也不大，没想到决赛中冷静击发，超水平发挥，获得了金牌。而16日上午在女子铁人三项的角逐中，今年世锦赛上6枚金牌中夺得4枚金牌的澳大利亚选手意外地只拿到一枚银牌，而金牌和铜牌却被两名瑞士选手所占有。这都意味着心理状态和意志品质在奥运等大赛中是何等重要。

在16日比赛中，中国两对沙滩女排选手和5名游泳选手均遭淘汰。笔者认为中国奥运健儿今后要把困难想多些。尤其是在比赛中要认真准备，力求进入一种既敢为人先，拼出气势，又逆境不乱，力挽狂澜的状态。生活中笑比哭好，比赛中拼比保好。

（原载2000年9月17日《城市早报》）

巾帼不让须眉
——遥看悉尼（三）

有人说，女人是一缕轻柔的风，叩启着世人的心扉；有人说，女人是一首优美的歌，展现着人间的丰姿；有人说，女人在旋转着生活的年轮。

但是，看到了2000年9月17日中国奥运女杰陶璐娜、孙雯、高红……所代表的射击、女足、女垒、女子曲棍球选手在悉尼奥运会上奋勇拼搏的英姿，感受到了她们泰山崩于前而色不变的气质，许多观众会和笔者一样，浑身热血涌动。她们的壮举丝毫不逊色于古代的巾帼英雄花木兰、穆桂英、梁红玉……令许多男儿相形见绌，自愧汗颜。

16日奥运开赛第一天，中国极有实力和希望的两位射击骁将以及自行车等项目选手冲金未果。然而，首次参加奥运会、17日角逐女子气手枪项目比赛的26岁姑娘陶璐娜就能顶住巨大压力，镇定自若，充满自信地举枪击发于赛场。她那双光彩熠熠的大眼是如此聚焦，力透黑暗，伴随着冷静的思维、娴熟的动作，将子弹一次次准确地射中靶心。资格赛她尽管在第二组打出两个9环，第三组打出一个8环，仍然是阵脚巍然不动。接着便是连打11个10环，锐气逼人。资格赛打出390环暂居榜首后，决赛更显英雄本色，除打出一个9.3环外，其他9枪均在9.5环至10.4环之间，继而以1.7环的优势夺金，平了该项目奥运会纪录。赛后，她袒露心迹："昨天队友没打好，我不受影响，认为自己有实力取胜。比赛中，别人打出好成绩，观众鼓掌，我也充耳不闻。我只想自己跟自己比，闷着头打。所以果断击发，打出了气势。"下领奖台后，她回答记者接着要做的第一件事便是写训练日记，把这次比赛那种宝贵的记忆和感觉记下来。她认为射击项目压力大，有偶然性，要克服许多心理和意识等方面的人性弱点，但一定要在不断克服弱点中前进。何等的敬业、虚怀若谷和大气。这位进区队后就要打进市队、进市队后就要打进国家队的上海姑娘有一股"敢上九天揽月"的冲劲，看来还能"会当凌绝顶，一览众山小"。

17日下午，世界上有亿万双眼睛盯住了在墨尔本举行的第27届奥运会小组赛中的中美女足大战。行家和许多观众认为，这是奥运会真正冠军之战的提前预演。当然对于去年在美国本土举行的第三届世界杯上屈居亚军的中国姑娘来说，这次比赛是决定命运、荣誉和"复仇"之战。战幕拉开，面对身高体壮、风格硬朗、技术过人的世界冠军美国队，中国女足姑娘没有丝毫的退让和怯懦。前锋孙雯巧妙的盘带过人，门将高红一次又一次准确的扑救，前卫刘爱玲坐镇中场组织进攻的妙传，还有温莉蓉、范运杰稳健的防守，赵利红、白洁犀利的边路进攻突破……组成了一幅幅攻守自如、扣人心弦的激战画面。观众不由得为之呐喊、为之惊呼、为之赞叹、为之陶醉。尤其是孙雯在中国女足先失一球后，不急不躁，一记30米左右的任意球劲射，球划过一条漂亮的弧线挂远角入网。这记球在男足比赛中也是极为少见的经典之作。还有一个英雄高红，面对美国队员射来的势大力沉、角度刁钻的点球，判断极准地飞身扑住。继而在一分钟内又扑住美国队员突入禁区施射、势在必进的球。此刻在观众眼中，高红确实是"扶大厦于将倾"、如一根擎天大柱般的英豪。虽然这场球1：1踢平，但中国女足队员大气磅礴、刚柔相济、团结拼搏的魅力和风采将一个朝气蓬勃、自强不息的新中国形象如此鲜明、形象而又深刻地展示在世人面前。她们不愧是祖国人民的骄傲和光荣。

女垒、女子曲棍球队在17日也战胜了意大利、荷兰等强劲对手。她们在场上带伤力搏、敢于胜利的气概也令人击节叫好。国家体育总局局长袁伟民对中国体坛一度"阴盛阳衰"的现象一语道破天机：因为中国女运动员训练更能吃苦。此言极是。巾帼不让须眉。美丽的凤凰已经在奥运叱咤风云，那么群龙起飞还会远吗？

(原载 2000 年 9 月 18 日《城市早报》)

我爱你，中国
——遥看悉尼（四）

祖国母亲荣誉高于一切。

在 1896 年举行的第 1 届奥运会上，希腊牧民斯波利东·卢易斯夺得了世界第一个马拉松长跑冠军。7 万名雅典观众像对待英雄那样向他欢呼，鲜花、礼物、金钱把他簇拥……但他却说："我所做的，既不是为了荣誉，也不是为了金钱，而是为了希腊——我的祖国。"

2000 年 9 月 18 日晚，在悉尼举行的第 27 届奥运会体操男团决赛中，第一次夺冠后的 6 名体操健儿所做的第一件事就是在总教练黄玉斌的带领下拉起了一面鲜艳的五星红旗，眼含热泪挥手向全场观众欢呼。走上领奖台，当国歌奏响、国旗升起时，他们又唱起国歌，湿润的眼睛是那么明亮和深情。人类爱祖国的感情超越时空，是那么相通。

奥运会体操男团金牌是 1984 年新中国第一次参加奥运会以来，继中国女排后夺得的第二枚团体金牌。这不仅是中国体操队参加 5 届奥运会夺得的梦寐以求的第一枚男团金牌，也是中国奥运男子汉的第一枚团体金牌。和乒乓球、跳水项目齐名，在前 4 届奥运会上曾夺得 9 枚单项金牌的中国体操健儿为什么如此看重这枚团体金牌呢？在去年天津举行的世界体操锦标赛新闻发布会上，笔者就亲耳听到中国体操队总教练黄玉斌和队员发出誓言："我们一定要在 2000 年悉尼奥运会上，夺得代表国家水平和荣誉的男团金牌。"悉尼奥运会前，黄玉斌和队员在接受中央电视台采访时又说："今年是新千年。我们一定要在悉尼夺得男团冠军，完成中国体操界几代人的夙愿。我们决不能把奥运男团夺冠的任务带到下一个千年。"为祖国荣誉而搏，这是一种崇高的信念。于是，观众们可以看到在 18 日晚的奥运体操男团决战中，中国体操队的小伙子们一个个士气是那样的高昂。每一个队员上场前后，教练、队友们都要击掌鼓劲。动作做完后，队员们也都兴奋地挥起拳头。他们在鞍马、单杠、双杠、跳马、吊环、自由体操6个项目的角逐中，龙腾虎跃，一个个高难动作完成得惊险飘逸。在气氛这样紧张的奥运决赛中，他们除一个队员有一次小失误外，竟然都是正常和超水平发挥，成功率极高。行家和舆论界评价他们在决赛中是"近乎完美"的表演。这种表演就是中国体操男子汉在赛场上发出的报效祖国的呼喊。报效祖国是一切善良的人们心中最真诚、圣洁的感情，与天地同在，与日月同光。

体操是一项力与美的结合，但又有一定危险性的运动。1998年在曼谷举行亚运会时，笔者曾到体操赛场和运动员入住的亚运村采访，目睹了他们训练比赛的艰辛和受伤打着绷带的脚和手。但是他们谈到自己胸前的国徽时总是充满自豪感。他们说为国争光是有压力，但这种压力往往成为一种动力，化成一股平时刻苦训练、比赛敢于拼搏的一种强大的精神力量。总教练黄玉斌是中国第一个吊环世界冠军，1987年执教中国体操队后培养出李小双等十余名世界和奥运冠军，然而他的夫人和孩子已在国外多年。十余年来，他放弃了多次国外待遇优厚的执教条件，忍受着亲人长期两地别离的相思，是为了什么呢？奥运男团夺冠已说明了一切。

这一夜，悉尼奥运会体操比赛馆的灯光格外明亮。这一夜，中国男子体操健儿为国争光、勇攀巅峰的情怀分外浓烈醉人。祖国母亲，为你英雄的体操健儿骄傲吧。

（原载2000年9月19日《城市早报》）

坚韧不拔真英雄
——遥看悉尼（五）

"如果还有可能，奥运冠军是每个运动员追求的目标……"王义夫在接受中央电视台记者采访后，平静地淡出荧屏。这是他结束在19日悉尼奥运会个人最后一个手枪慢射比赛项目取得第六名后所发出的心声。

今后，40岁的老将王义夫是否退役尚不可知。但是，他已经在五届奥运会上夺得一金二银一铜，16年来一直跻身世界射坛的第一阵营，赢得了人们的尊敬。

在他身上"重在参与"和"更高、更快、更强"的奥林匹克精神得到一种结合，有一种楷模的力量。

不容易啊。王义夫在射击训练场上一干就是20余年。体能训练的艰辛自不用说，20年来单和寂寞为伴就是常人不能忍受的事。尤其是一个动作成千上万次地重复，精神又要高度集中。训练场上各自为战，沉闷的重压在锤炼着他和队友们的神经。盛夏酷暑难熬，为了保证射击的稳定性，身穿厚厚的裤袜训练，汗流满面寻常事；寒冬，滴水成冰，还得像雕像般牢牢钉在靶位上。年复一年，日复一日，他身上的肩伤、腰伤已非常严重，但训练的认真投入和艰苦却是始终如一。

他深爱他的妻子、队友张秋萍，但为了国家荣誉，妻子生女儿时，他却征战在遥远欧洲挪威的国际赛场上。他性格直爽、外向，喜欢足球、文艺……但是为了全身心地训练，爱好又常被舍弃。20余年来潜心铸就实力，使他积累了丰富的大赛经验，对射击运动有了极为独特的感受。因此，他大都能在特定的关键比赛中把握住优势，在进入射击自由王国的道路上进行了成功的探索。英雄惜英雄。与王义夫在国际赛场上争霸多年的意大利枪手迪·唐纳说："和王义夫比赛充满了乐趣和挑战。他是我最大的对手。"这是一个很中肯的评价。在世界射坛上，他的水平、气质和风范已感染和折服了对手。中国射击界应该为有这么一位世界级的优秀射击手而感到自豪。

王义夫令人称道的还有他那成名后的拼搏，目光永远向前方。射击是一项极不确定、极具偶然性的机械性运动。不管是再高水平的射手，哪怕是呼吸，甚至下意识思维有那么一种微乎其微的波动，都会在关键甚至最后一刻，功败垂成。在1996年亚特兰大奥运会10米气手枪60发的比赛中，已在第23届、第25届奥运会上夺得一金一银的王义夫还在一丝不苟地和意大利枪手迪·唐纳进行较量。决赛只剩最后一枪时，他还领先居第二位的迪·唐纳3.8环。但意想不到的是，由于脑供血不足的病突发，击发时他眼前一黑，扳机扣动后只打了6.5环，以0.1环的微小差距，失去了金牌并即刻昏倒在地。这是多么刻骨铭心的悲壮一幕啊。但是，他是不向厄运屈服的男子汉。沉重的打击没有击倒他。4年后，他又站在悉尼奥运会比赛的靶位上，而且还在这个项目的资格赛中打出590环的个人最好成绩，为祖国夺得银牌。这种坚韧不拔、尽心尽力、奋发进取的精神不就是一种真正强者精神的再现吗?

见好就收是有的成功者明智的选择。但更让人们钦佩的是那些有可能倒在赛场或战场上而一直角逐和冲锋的斗士！王义夫乃真英雄也。

(原载2000年9月20日《城市早报》)

玫瑰绽放待来年
——遥看悉尼（六）

胜与败是运动场上的永恒主题。

20日下午，笔者心里有说不出的惆怅。看中央电视台第27届奥运会直播，中国女足和世界冠军挪威队经过90分钟鏖战，以1∶2惜败，小组未出线。转播结束后，中国姑娘们在赛场上拼搏的英姿却还一直在脑海中闪现。她们是经过艰苦奋斗后的失败者，虽败犹荣。

在悉尼奥运会的分组和比赛中，中国女足受到了不公正的对待。作为上届奥运会亚军、去年世界杯赛亚军的中国女足却被作为非种子队分在美国队、挪威队世界最强两队所在的"死亡"之组。在和美国队的比赛中，美国队员在禁区内的明显犯规却不见罚点球，而中国队在禁区内的一个无意手球，裁判点球的哨声却一刹那间尖厉地响起……当然，在比赛中，中国女足的技战术和教练的指挥艺术尚有可商榷之处，但相信中国女足姑娘的风采和神韵仍如"铿锵玫瑰"香飘在中国和世界亿万观众的心头。

何以成败论英雄？在经济、待遇极其困难的条件下，80年代中期才起步不久的中国女足已经获得6次亚洲杯冠军、亚运会冠军、第26届奥运会亚军和第三届世界杯亚军，在为国争光的征程上树立起了一座座丰碑。此次参加悉尼奥运会，她们的平均年龄已经28岁。几位30余岁的老队员都是新婚不久，没度蜜月，便回队常年征战在绿茵场的训练和比赛中。赛前，队长孙雯的膝伤严重，但在比赛场上，人们看到的是她那腿上打着厚厚的绷带、顽强施射的矫健身影。而主力队员刘英在热身赛中被撞断了几根肋骨，可奥运绿茵场上仍是那么快速跑动，拼抢堵截。又何止她们两位呢？范运杰、赵利红、白洁、金嫣、刘爱玲等许多队员身上也是伤痕累累，奥运会比赛一上阵来便是骁勇异常，从不惜力。记住她们的名字吧。此役过后，她们当中的一些老队员也许会告别足坛。当人们在绿茵场上再也看不到给他们带来兴奋激动、骄傲自豪的"铿锵玫瑰"的身影时，会思念她们的。笔者想，人们不会责怪在悉尼奥运失利的中国女足姑娘们，让我们用微笑和关爱为她们送行。

说实话，这几年，如果没有中国女足姑娘们在国际体坛上的出色表现，中国体育的天空将会失去一抹绚丽的朝霞。大家应该钟爱这些"铿锵玫瑰"，尤其是在她们接连两次冲击世界巅峰未果，有可能大伤元气的时候。不能否认，身高不足的中国女足姑娘们在今年奥运热身赛和奥运会比赛中三负人高马大、已基本完成新老交替的挪威队，显示出对力量型球队的隐忧。上半场攻势如潮和下半场后20分钟奔跑进攻速度的明显放慢，暴露年龄偏大体能不足的问题。中国女足在不降低水平的情况下，如何完成高质量的人才培养选拔和新老交替的任务摆在中国足球界和有关领导及社会各界面前。要紧的是中国足协和企业界能加大对全国女足联赛及俱乐部的投入和支持，使之竞技水平越来越高；要紧的是，中国女足的教练和队员们在个人及全队技战术打法上，敢于和善于创新，独辟一条冲顶的蹊径；要紧的是，在青少年中广泛开展女足运动，使之后备力量愈来愈雄厚⋯⋯每一个关心中国女足前途和命运的人们都应该有一个急迫感。

花落自有花开日，蓄芳待来年，中国女足的精神犹在。中国女足这株"铿锵玫瑰"花落叶犹青，是不会长久凋谢的。我们希望大家都来施肥浇水，共同迎来它枝繁叶茂、芬芳怒放的春天。

（原载2000年9月21日《城市早报》）

拼出锐气和才华
——遥看悉尼（七）

男儿有泪不轻弹。21日下午，小将张军、高崚在悉尼奥运会羽毛球混双决赛中以2∶1击败印尼老将特里库斯、许一敏后，总教练李永波接受记者采访时，未语声哽咽。他为年轻小将连闯三道世界最强选手所扼守的雄关所展示的顽强意志、拼搏风采所感动。

峰高无坦途。在中国羽毛球队悉尼奥运会混双冲金征程中，世界冠军刘永、葛菲开赛意外失利。赛前默默无闻的小将张军、高崚便勇敢地顶了上去。击败一对德国选手后，他们面对被称为世界"黄金搭档"、上届奥运冠军韩国金东文、罗景民毫无惧色，以凌厉的攻势，较大的优势，降服对手。继而又在半决赛中，鏖战到决胜局最后一分，拼掉世界排名第一的丹麦选手索加德、奥尔森。决赛逐鹿，他们虽在第一局由于战术不对头，而以1：15败北，但在第二局中毫不气馁，紧紧咬住，以接近的比分扳回一局。第三局，他们更是"气吞万里如虎"，始终压住对方而制胜。在比赛中，人们最爱看拉吊结合中，张军后场高高跃起，如霹雳闪电般地大力连续扣杀，也爱看高崚奔鹿一样敏捷地网前高压和救球……他们的表现在奥运会羽毛球赛场一次又一次地掀起令人惊喜而又激动的高潮。技战术并非世界第一的他们，拼出了中国历史上第一个羽毛球混双奥运冠军。他们在拼搏中显示了小将最可宝贵的锐气和才华。这给人们一个重要的启迪：勇气和拼搏有时能扭转命运的乾坤，要在哪怕天大的困难面前挺起胸膛。

耐心、灵活和持久胜过激烈和狂热。你想成功吗？就要有智慧的头脑和团结拼搏的剑。在悉尼奥运会决赛第一局中，小将张军、高崚打得节奏太快，缺少变化而陷入对手防守反击的泥潭。失利后，他们很快调整了节奏，快慢结合，攻防兼备，在和老将周旋中很快便占了上风。失球了，他们互相鼓励：不就一个球嘛，这不代表咱们的整体水平，继续咬住打就能取胜。凡到场上关键时刻，就可看到场上他们互相信任地磋商战术，常常收到继续拿分的好效果。他们在落后的情况下，脸上从来就是那种坚定、沉稳的神色。此时，人们常能看到张军鱼跃般地救球。对手被这种永不言败的气势所震撼，而斗志大减。赛后，张军说，只要球不落地，不管怎样，我都要把球接过去。他们相信，拼尽全力，往往会有一个好的收获。

青年，人生之华也。

20岁左右的小将张军、高崚和许多奥运新秀都是"望断天涯路"的青春年华。青春壮丽为酬国。他们的青春一定会在拼搏中燃烧，更加灿烂。

(原载2000年9月22日《城市早报》)

奥运卫冕 从"0"开始
——遥看悉尼（八）

英雄也会使历史重演。23日，悉尼奥运赛场有两位中国奥运冠军成功卫冕。上届奥运会夺得10米移动靶冠军的杨凌以0.1环的优势登顶后，一手举枪，一手有力地挥动拳头。而上届奥运会举重70公斤级夺冠的占旭刚这次77公斤级夺冠表达感情的方式却和上届夺冠一样，以胜利者的姿态向观众飞吻。4年了，征程充满欢乐和痛苦的英雄们再度以个性鲜明的方式向世人坦露情怀。

夺冠军难，保冠军更难。杨凌在上届奥运会夺冠后，金牌的荣耀和鲜花的簇拥曾使这位24岁的小伙子一度失去了奋斗的目标，松懈了斗志而使成绩长期处于低迷状态，陷入困惑之中。但是，对于射击事业的热爱使他没有放弃自己的追求，而是在思索和汗水中找回了一个真理，那就是要想创造新的辉煌，必须从"0"开始，奥运冠军概莫能外。于是，他从1997年开始，从下滑的成绩中一点一点往上打，屡遭大赛挫折而不馁。直到2000年2月的亚洲射击锦标赛上最后一个机会中，获得冠军，夺得悉尼奥运会入场券，把握住了自己的命运。在23日悉尼奥运会的赛场上，人们看到的是一个沉稳、自信而又洒脱的杨凌。他打得放松果断，丝毫不受为照特写离自己很近的电视摄影镜头和观众的影响。从资格赛领先0.9环，到决赛还有最后一枪领先0.2环，他旁若无人，自己和自己较着劲打，终于把一枚自认为比上一届沉得多的金牌挂在胸前。他创造了中国奥运史上第一个射击项目卫冕冠军的纪录。经过风雨的洗礼，青松才会变得更加挺拔和滴翠。从挫折中锤炼，再度崛起的奥运冠军展现的更是成熟和坚强。

"背水一战""破釜沉舟"是古代将士不留后路、誓死取胜的壮举。23日悉尼奥运会77公斤级的举重赛场上，占旭刚临危不惧，关键时刻以"死也死在举重台"的英雄气概，挺举起他从未举起过的207.5kg的重量，夺得金牌。这位上届奥运冠军由于伤痛困扰、改成大级别后成绩一度下滑，也曾萌生退意。在教练的帮助下，他也是从"0"开始，在举重台上一步一个脚印，在刻苦而又科学的训练中找回了自我。奥运决战，抓举时由于带着压力和杂念，165kg这平时能举得起来的杠铃显得格外沉重，他没能举起。而在形势危如累卵、金牌即将旁落的时刻，他挺身以命相搏，有了石破天惊般的一举，打破世界纪录而最后制胜。"明知山有虎，偏向虎山行"，他以英雄的气质和胆略，再度谱写一支高亢的拼搏之歌。不断超越自我，才会迎来人生的再度辉煌。

大海有浪峰又有浪谷。勇敢的水手就是一次次在浪峰和浪谷中穿行搏击而达到胜利的彼岸。人生不就是如此吗？奥运冠军的卫冕，让人们领悟了很多，很多……

（原载2000年9月23日《城市早报》）

复出是需要勇气的
——遥看悉尼（九）

人们终于又看到了第25届、第26届的奥运冠军伏明霞，曾在两届奥运会上夺得三枚金牌，创造人生辉煌的"跳水女皇"伏明霞。她和队友在第27届悉尼奥运会23日女子3米板双人项目的比赛中动作仍然那样舒展矫健，清秀脸庞上的表情像蓝天白云般明净。

不过，在这次复出后新增项目女子3米板双人的比赛较量中，伏明霞没有拥有金牌的风流，而只夺得银牌。赛后，她在接受记者采访时微笑如旧，言语中透出一种成熟和真诚。她说：我尽力了，发挥了水平，但俄罗斯夺金的那对选手确实比我们跳得好。她找出了自己和队友规定动作协调性仍有些差距、还有一点点失误等夺金未果的原因。当然，裁判的印象对她们打分也有所影响。

即使是体育巨星，在奥运会辽阔天幕上划过，留下一条明亮的轨迹后，也要消失在岁月的星空中。这是一条不可抗拒的人生规律。1996年亚特兰大奥运会后，在跳水事业上达到人生极致的伏明霞突然感到一种茫然。长年训练比赛的极度疲劳和心理压力使她对跳台碧水感到一种厌倦。这对于一位18岁的少女来说，是可以理解的。毕竟跳台之外的青春世界也充满着多彩而又诱人的魅力。她幸运地在清华大学上了两年学，知识的乳汁滋养着她的头脑和心灵。上大学两年后，她在业余训练中，忽然又有了一种复出的冲动。尽管她明白复出后，体育竞技比赛对任何昔日的明星不会有任何特殊和照顾，很有可能拼尽全力后，只能充当新的明星成功之塔的基石。体育巨星复出后又成功者，的确是凤毛麟角。但她还是勇敢地复出了，表明了一种过人的勇气。这种勇气对于体育巨星来说是难能可贵的。更何况她在复出后的两年中，克服了更多的困难，洒下了甚至比年轻运动员更多的汗水。她不是抗拒人生规律，而是想让自己的青春和运动生命在奥林匹克运动场上延伸得更长些……中国的跳水事业也还需要这位体育巨星。

伏明霞在接受记者采访时，还讲了耐人寻味的一番话：复出是对自己人生的一种挑战；参加奥运会是一种经历，对今后的人生有好处。这番话使人大受裨益。注重追求过程带给人生的愉悦和积累，注重追求过程中将自己融入国家和集体事业中而并非只是一种辉煌的结局。这种追求所达到的人生境界是值得推崇的，具有一种更高层次的道德和美学价值。然而，她又说，3天以后，在单项比赛中还会努力。让我们以理解的目光，关注一位体育巨星在奥运会上的也许是"绝唱"的表演吧。

一个优秀运动员的运动生涯比人生更为有限。国家培养一个优秀运动员要付出和投入很多。第27届悉尼奥运会上，奥运冠军伏明霞、张山的复出令人钦佩。比比她们，如果事业需要，一些退役的年轻冠军们该复出时就复出。

（原载2000年9月24日《城市早报》）

刘国梁为何三连败？
——遥看悉尼（十）

1999年年底在广东举行的世界杯乒乓球赛结束后，34岁的世界乒坛"常青树"，世界杯、世锦赛、奥运会"大满贯"获得者瑞典老将瓦尔德内尔接受记者采访。他极自信地说："尽管我多次（6次）输给中国选手刘国梁，但我没有任何心理障碍。也许我就能战胜他，并从此保证全胜。只要接好刘国梁的发球，胜率就大。"

果然，2000年，瓦尔德内尔在世锦赛团体决赛、中瑞对抗赛和9月24日举行的悉尼奥运会男单半决赛3场比赛中3次战胜刘国梁。而且除了世锦赛团体赛中，他是在决胜局17∶20落后的情况下，反败为胜，在后两场比赛中都分别以2∶0和3∶0的比分轻取。十几年来不知看了他多少次比赛了，不管输赢，每次都是打得快速、灵活、变化多端。每次比赛，表情上都看不出什么"杀气"，但和对手镇定的交锋中，却都显示出让对手难以逾越的实力。赢了他从不"欣喜若狂"。笔者在天津采访第43届世乒赛时看到，他由于轻敌，在2∶0领先的情况下，连输刘国梁三局，反胜为败，但下来后表情仍然那么平静。他被世界乒坛公认为发球高手，但他从不放过每次向中国选手学习发球和技战术的机会。他承认，他的多变发球和技战术很多方面是在看中国选手比赛、和中国选手对阵中学来的。善于观察和学习，善于总结教训使他一直受益匪浅。今年和刘国梁的三次比赛对阵，如果说首次取胜还有些运气的成分的话，那么，后两次的比赛轻取则真正显示了他的实力。他破解刘国梁的发球后，正手发两条底线长球结合反手发近网旋转变化球后的弹打和突击，确实令刘国梁苦无应对良策，相持球处于下风，反手挤压推挡更是频频出界。在十来年乒坛的搏杀中他形成了雄厚的实力。"宠辱不惊"、临危不惧又在他身上聚合了一种王者之气。比他小十岁左右的中国队诸位主力战将，应该放下架子，认真从他身上学习一些东西。

在24日下午悉尼奥运会另一场男子单打半决赛中中国选手孔令辉战胜瑞典老将佩尔森。孔令辉在赛后接受记者采访时道出，刘国梁今年对瓦尔德内尔比赛已经犯了两次错误，想必不会犯第三次，应该和他在决赛中会师。从概率上讲，实力相当的选手一般在接连的比赛中不会连续输三次，也叫事不过三。这反映了中国队从队员到教练的一种心态。今年年初，在世锦赛团体赛中，刘国梁负于瓦尔德内尔、佩尔森连丢两分使中国队告负丢掉团体冠军后，总教练蔡振华也心存不服，认为如果刘国梁第一盘决胜局20∶17领先拿下来的话，中国队就可能以3∶0结束这场决赛。可是竞技场上哪有"如果"这种假设？刘国梁也不认为瓦尔德内尔琢磨透了他。这种心态导致今年6月，天津中瑞对抗赛刘国梁又负于瓦尔德内尔。之后，刘国梁尽管在国内外数次比赛中接连败阵，仍然削发明志，要在悉尼奥运会上打败瓦尔德内尔。据报道，在封闭集训中，他还针对瓦尔德内尔练了一些新的技战术。然而，他在悉尼奥运会上还是以0∶3

的比分落败了。急于求胜的沉重思想负担，发球和前三板这些"杀手锏"被遏制后，他在悉尼奥运会对战瓦尔德内尔和上一场中瑞对抗赛一样，缺乏以我为主的灵气和激情。一年连输三场的教训应该使刘国梁和他的教练及队友头脑清醒一下。骄兵必败，兵家之大忌也。

中国、瑞典两雄在世界乒坛上数年对峙，是世界乒坛的一件幸事。广大乒乓球爱好者今后希望看到的是刘国梁锐气犹在，瓦尔德内尔宝刀不老，角逐相长，打出更多精彩的比赛来，以饱眼福。

（原载 2000 年 9 月 25 日《城市早报》）

"国球"奥运逞英豪
——遥看悉尼（十一）

有英雄之光闪耀，历史才会变得更加辉煌。

25 日晚上，中国英雄的小将孔令辉在悉尼奥运会男单决赛中，以 3∶2 力克瑞典 35 岁功勋卓著的老将瓦尔德内尔，从而使中国队继 1996 年亚特兰大奥运会夺得 4 金后，又一次囊括该项目所有的 4 枚金牌。在世界乒乓球运动广泛开展、群雄并起、技艺日新的今天，这个胜利预示着长盛不衰的中国乒乓球运动将会迎来一个百花齐放、万紫千红、群芳争艳，更加美丽的春天。

由于中国乒乓球选手长期雄踞世界乒坛，世界研究中国，各国选手冲击中国选手的局面已经形成。他们都以击败中国选手为目标，悉尼奥运会上一碰上中国选手，都是竭力搏杀，来势十分凶猛。夺得女子两枚金牌的王楠在单双打中都曾经"死里逃生"。在女子单打八分之一决赛中，王楠曾以 1∶2 落后于新加坡李佳薇，第四局又以 17∶20 落后。此时，她表现了非凡的勇气和大将风度，一分一分扳，最后以 23∶21 险胜，才有了第五局决胜的过关。在双打半决赛中，她和李菊在前四局和韩国选手金茂校、柳智慧 2∶2 打平后，第五局决胜又经受住了两次输一球就要被淘汰的险境，关键时刻毫不手软，24∶22 反败为胜。孔令辉在男子单打决赛和瑞典瓦尔德内尔这个世界第一个大满贯冠军 2∶2 打平后，也是在决胜第五局中放开一搏才告捷……可以说，中国选手在悉尼奥运会的一些重要场次中都是走钢丝走过来的。逆境中，他们在外国选手看来咬不住的时候咬住了。在千钧一发的决胜时刻，他们在外国选手看来顶不住的时候顶住了。他们搏得惊心动魄，他们搏得精彩绝伦，他们搏得气贯长虹……1959年，中国第一个世界冠军容国团"人生能有几回搏"的精神在他们身上得到延续，他们的心中洋溢着千难万险都不怕的壮志豪情。木秀于林，风必摧之。他们智勇双全的拼搏精神才能使自己"千磨万击还坚劲，任尔东南西北风"。人们想成功吗？要将中国乒乓小将的拼搏精神融入自己的奋斗之中。

乒乓球是中国值得夸耀的"国球"。从1961年北京承办第26届世界乒乓球赛至今，中国选手已经在这个领域领风骚40年，不知道拿了多少项世界冠军。中国乒乓球运动员和教练员也因此被邀请到许多国家去打球和执教，受到世界的尊重。悉尼奥运会各单项的前八名运动员中，有相当多的中国人。一些代表外国的原中国选手和教练虽然入了籍，但他们的根还在中国。他们将中国不断创新和发展的乒乓球技艺传播到全世界，推动这项运动在全世界的普及和提高，也就是中国这个泱泱大国在这项运动上对世界作出的贡献。中国"国球"走向世界，他们功不可没。当今世界乒乓球优秀选手中的榜样、瑞典的瓦尔德内尔就曾在少年时期来中国训练，近二十年来由于和一茬又一茬的中国优秀选手同场较量而使今天技艺几乎到了炉火纯青的境界。他说：我感谢中国。人类文明愈来愈共享是人类进步的表现。人类文明也只有在共享中才能得到互相促进和提高。

艺无止境，从"0"开始。这是中国乒乓球健儿从领奖台上走下来后所想到的。更何况代表世界乒乓球运动最高水平的世乒赛男团冠军的奖杯还在瑞典瓦尔德内尔、佩尔森等强劲对手的手中。开拓未来的问鼎之路，中国乒乓健儿仍需自强不息，生生不已。

(原载2000年9月26日《城市早报》)

向命运挑战的强者
——遥看悉尼（十二）

　　胜利往往在最后时刻的坚持之中。26日晚，参加过四届奥运会的中国跳水老将熊倪勇夺悉尼奥运会男子跳水三米跳板项目的金牌。他比赛顺序排在最后，在决赛曾落后世界名将、俄罗斯的萨乌丁30多分，夺金几乎无望的情况下，一个动作一个动作咬着拼。在最后一个动作萨乌丁跳"砸"之后，他抓住最后的机会，扼住了命运的咽喉，跳出近乎完美的高难度动作，以0.3分的优势登顶。

　　这最后1秒钟的最后一个动作解开的夺金悬念给观众带来的巨大惊喜是平常情况下取胜不可比拟的。人们完全可以这样认为，在赛前被看好的"梦之队"中国跳水队开赛来最有希望夺金的3枚金牌失落后，是熊倪挽救了中国跳水队，甚至有可能扭转中国跳水队今后命运的乾坤。他夺得赛前被行家认为只有微弱夺金希望的三米跳板项目金牌，应该点燃那些有实力的优势项目中国选手的争金夺银之火。他的最后一跳，成就了中国第一位参加四届奥运会、连续四届夺得奖牌的英雄。他的骄人战绩是二金一银一铜。

　　历经坎坷，不懈追求乃是强者的本色。熊倪就是这样的强者。1988年，他还是一位14岁的少年，首次参加汉城奥运会跳水决赛，无论从动作的难度、质量都超过了美国的"空中英雄"洛加尼斯，却因名气不大，被裁判判为银牌。这是美国跳水名将米切尔和广大观众认可的事实。他从银牌领奖台上下来后，对记者说：我要夺得奥运冠军。虽然在1992年巴塞罗那奥运会只得铜牌，但在1996年亚特兰大奥运会上圆了冠军梦。悉尼奥运会赛后他接受采访时沉静地说：我不相信种瓜不得瓜，种豆不得豆。自己战胜自己最重要。这掷地有声的铿锵之言和他4年前参加亚特兰大奥运会出征时的话语如出一辙。当时，他接受采访认为：上两届我的命运是取得一银一铜。但我敢于向命运"叫板"。一个人只有不屈服命运，才能有所为。熊倪的跳水之路和对命运的挑战精神给那些在逆境中认命的人一种启示：矢志不渝地追求，不畏艰辛，没有过不去的沟坎。命运就掌握在自己手中。

和跳水名将伏明霞一样，熊倪在1996年亚特兰大奥运会后，也是上了两年大学于1998年复出。虽然他是一位训练竞技水平、经验都曾非常出色的跳水选手，但离开世界大赛两年，裁判印象分已不占什么优势。更何况跳水项目大赛成功的一跳是靠平时成千上万次的积累而成，他停训两年，要恢复和提高自己的水平要比别人吃更大的苦，同时也要面对最后有可能的失败。他敢于复出就是一位大智大勇者。于是就有了复出后，他一周有时要进行60个小时的训练，有了5154B这样高难度动作的创新，有了比过去更坚韧顽强的拼劲和咬劲……今年备战悉尼奥运会在济南进行的3个月封闭训练，他全力备战，光体重就减轻了10斤。悉尼奥运会，他在最后关头夺冠看似偶然，实则是他近20年勤学苦练，磨砺意志，勇敢向命运挑战的必然结果。他的成功，是在血汗中孕育的。

冰心老人曾说："假如生命是无味的，我不要来生；假如生命是有味的，今生今世已经足够了。"熊倪的跳水竞技生涯今生今世已经不仅是有味，而且是有声有色，有一种激励人们搏击命运的力量。从某种意义上讲，他向命运挑战的精神比金牌更为宝贵。

（原载2000年9月27日《城市早报》）

女排，已没有退路
——遥看悉尼（十三）

小组赛负于美国、克罗地亚、巴西后，以小组赛第四名出线的中国女排，26日又负于悉尼奥运会至今全胜的俄罗斯，跌出主教练胡进预定的前四名目标已成定局。中国女排只有在下一轮战胜韩国队才能跻身前六名。这应该是最后的防线。由主教练胡进带队，1992年巴塞罗那奥运会跌入第七名、令全国人民扼腕的一幕至今仍历历在目。郎平带队曾夺得奥运亚军的中国女排现今滑落为二流球队，是放手一搏、找回最后一点尊严的时候了。

曾经夺得五连冠、雄踞世界排坛的中国女排具有爱国拼搏、勇攀高峰的光荣传统。为了赶超世界先进水平，60年代中国女排队员所进行的超过日本的"极限训练"艰苦卓绝，英勇悲壮；70年代，"不图别的啥，就图女排翻个身"的主教练袁伟民根据国际排坛动向和发展趋势，独创了一套适合自身条件的科学训练体系，带领女排姑娘长年在运动场上攻防摔打，硬是在1981年登上第三届世界杯赛冠军的领奖台。当时，中国女排在世界大赛中强攻、双快、短平快、背飞等技战术组合运用得如行云流水、出神入化一般，打得人高马大的欧美劲旅防不胜防，令人何等畅快。受女排姑娘精神感染，大学生喊出的"团结拼搏，振兴中华"心声引起神州大地多么强烈的共鸣。现在的中国女排应该一脉相承地从老女排身上汲取一种爱国、拼搏、创新的精神力量。丢掉光荣传统，倒退是不可避免的。

反观悉尼奥运会上的中国女排，上届夺得奥运会亚军的绝大部分主力队员都在，然而在场上的表现却令人有些压抑。碰上克罗地亚这样从未输过的二流队，居然也以1∶3告负。第一局23∶21领先时拿不下来，士气竟大受影响，导致最后失利。对同在一个档次的巴西队更是拼争的气势全无，很快就稀里糊涂以0∶3惨败下来。和近年胜过数次的俄罗斯队对阵，中国女排虽有些起色，但在对手高快结合、后排扣杀、网上强拦的立体攻势面前，仍显得有些被动，0∶3败阵也在情理之中。在场上，已看不到中国女排"铁榔头""怪球手""天安门城墙"的身影。强攻不奏效，快攻被拦死，后排乏进攻，网上处劣势的中国女排在技术风格上已落后于世界排坛高快结合、进攻立体化和多维化的发展趋势。场上领先时缩手缩脚，落后时也鲜有奋起直追，精神上的畏缩更令人担忧。不可能设想，一支缺乏斗志的队伍能有多大作为。

一个人、一支队伍最怕自己打败自己。一个人、一支队伍只有战胜自己才能赢来胜利的曙光。悉尼奥运会女排比赛还没有结束，从哪里跌倒就从哪里爬起来。中国女排从失败阴影里走出来，重振雄风，夺取第五名还有机会。关键是要放下包袱，打出风格，发挥水平。

(原载2000年9月28日《城市早报》)

队有一老　胜似一宝
——遥看悉尼（十四）

悉尼奥运会，在中国体育代表团跻身金牌排名三甲的最后冲刺时刻，中国跳水队 28 日夺得三枚金牌举足轻重。而这三枚金牌有两枚是由老将熊倪、伏明霞获得的。加上熊倪在三米板单人比赛中已获一枚金牌，这二位老将共为中国跳水队夺得了三金一银，占了中国跳水队夺金数的四分之三。二位老将在中国跳水队已不再是举足轻重，而是担当起了扛鼎的重任。

扛鼎担纲是需要实力的。参加过四届奥运会，夺得过三金一银一铜，已经 26 岁的熊倪是中国男子跳水项目中的佼佼者。近二十年在跳水碧池中铸就了他雄厚的实力、丰富的经验，往往在奥运大赛这种关键时刻，屡建奇功。悉尼奥运，他在队友前三个项目失利的情况下，顶住了极大的压力，在最后一个动作战胜了强大的对手、俄罗斯的萨乌丁。中国跳水队领队周继红深知此枚金牌的巨大精神感召作用，激动得在跳水池边紧紧拥抱熊倪，失声痛哭。

笔者当时撰文预言，他此举挽救了中国跳水队，重新点燃了中国跳水队夺金之火。幸运言中了。这里要着重说明的是，他 1998 年复出后，不是靠名气，而是靠自己的恢复训练水平，靠一系列国际比赛和国内选拔赛的出色战绩，拿到奥运入场券的。

参加过三届奥运会、夺得过四枚金牌一枚银牌的伏明霞也具有超人的实力，当今女子跳水项目尚无人与之比肩。她 1998 年 7 月重回跳水池，2000 年 3 月应召进了国家队。她在年龄偏大、伤痛较多的情况下复出，并在高强度的训练中坚持下来，恢复和提高了自己的实力。她的奥运会入场券也不是靠名气，是靠国际国内大赛硬碰硬的角逐取胜拿到的。

和实力同样重要的是熊倪、伏明霞这两位老将在中国跳水队的偶像感召力和"主心骨"作用。

熊倪在悉尼奥运会夺得第一枚金牌后接受记者采访时说："我的信心从来没有动摇过。从复出到现在，虽然经历了艰难曲折和辉煌时刻，我一直以一颗平常心对待一切。"经历了风雨沧桑后的他具有一种遇险不惊、笑看风云的气质。这种气质默默感染着队友。肖海亮这位和他一起夺得三米板双人项目金牌的队友对他十分敬重，他说，是老大哥熊倪的平静自信使他在比赛中头脑冷静，发挥水平。

伏明霞明白，参加三届奥运会是幸运的，所以，在复出后，她把握住了训练的每一天，一点一点地挖掘自己的潜能。训练和比赛中，她那甜甜的微笑、平静的神态、舒缓而又深含人生体验的话语、坚忍的追求也在潜移默化中影响着队友。一个复出的老将敢于在技术含量极高的跳水项目中再度向自己和世界巅峰挑战，其勇气和胆略在全队所起的示范作用是不言而喻的。

队有一老，胜似一宝。熊倪、伏明霞二位老将在悉尼奥运会上起到了扛鼎冲金和精神支柱作用。应该感谢中国跳水队出于公心，相信和起用了老将。中国跳水队有这二位老将加盟悉尼奥运会也是中国跳水队之福。因此，各行各业在认真培养德才兼备的新秀时，也要以事业为重，尊重和发挥"伏枥老骥"的作用。这就是二位老将给人们的启示。

（原载 2000 年 9 月 29 日《城市早报》）

教练礼赞
——遥看悉尼（十五）

托举冠军的教练是值得礼赞的。

当男子体操团体夺金时，体操队的小伙子们把总教练黄玉斌抬起抛向空中；当伏明霞在悉尼奥运会上夺得她人生第四枚金牌后，她从内心里流出感激的语言：我的教练是最优秀的……他们知道，他们的金牌也融入了教练们的心血和汗水、奉献和牺牲。中国教练们燃烧自己、传承人类竞技体育之花的"红烛"精神，在悉尼奥运会上得到体现和升华，放射出灿烂的光辉。

"青出于蓝而胜于蓝"，有"少帅"美誉的乒乓球队总教练蔡振华、体操队总教练黄玉斌、羽毛球队总教练李永波是一代年轻有为教练中的佼佼者。他们指导的这 3 支队伍就拿到了 11 枚金牌，其中还有一枚几代体操人梦寐以求的男子体操团体金牌。乒乓球项目上届奥运会囊括所设项目全部 4 枚金牌，悉尼奥运会，中国乒乓球队的目标，便是集体卫冕。总教练蔡振华为此承受着巨大的压力，难度之大，令常人生畏。但他却说："必须要有压力，必须挑战困难，才能击败所有的力量。"经过四年艰苦卓绝的奋斗，他带领中国乒乓球队又在悉尼奥运会上夺得全部 4 枚金牌。这不能不说是个奇迹。他的胆略、魅力和指挥艺术令人倾倒。联想十年前，中国乒乓球队陷入低谷时，他携夫人放弃意大利的优厚待遇回国执教，其敬业精神和爱国情怀令人称道。带出 21 人次世界冠军和奥运冠军的黄玉斌执著追求的坚忍和顽强，率领羽毛球健儿在悉尼奥运会上摘取 4 项桂冠的李永波勇打翻身仗的"风风火火"……使世人看到了中国一代年轻教练的才华和风采。他们称自己拼搏夺冠的运动员是伟大的运动员，那么他们何尝不是伟大的教练呢？他们当运动员时都曾获得世界冠军，都才 30 多岁，都已经在自己从事的竞技体育项目上成就了一番伟业。他们是中国体坛持续发展中的一股生机勃勃的力量。

许海峰、于芬等一批年逾不惑的中年教练应该说是中国奥运军团夺冠中的中坚力量。射击队首日最有夺金希望的两个选手失利后，第二天上场的陶璐娜场上心无旁骛、冷静击发的气质和风度让人们想起了 1984 年第 23 届奥运会上为新中国夺得第一枚奥运金牌的功臣许海峰。在赛后她接受记者采访时道出，她的教练许海峰在平时训练和奥运这样的大赛中思想和技术上是那么"润物细无声"地言传身教。她对教练的敬佩使之心悦诚服地接受教练的指导。对事业认真、投入、沉稳的许海峰当教练后，带出李对红、陶璐娜这两位奥运冠军，但从不喜形于色，居功自傲。他确实是教练中一位虚怀若谷、谦和自强的智者。伏明霞所感激的教练于芬，是位为了跳水事业认真钻研、敢于直言而又牺牲了许多个人利益的开拓进取者。她在国家跳水队当副总教练时，就把 14 岁的伏明霞送上巴塞罗那奥运会的冠军领奖台。接着，她又精心雕琢，伏明霞才有了亚特兰大奥运会上获得两枚金牌的殊荣。之后，她调到清华大学跳水队，开拓一条和国际接轨、从大学培养高水平运动员的新路。伏明霞今年 3 月才从清华大学应召入国家队，悉尼奥运会再摘金牌，她应是功不可没。伏明霞是世界女子跳水项目中唯一夺得 4 枚奥运金牌的巾帼英豪。尽管于芬因一些众所周知的原因没能去悉尼奥运会现场指导，但是，有谁能说她不是居功至伟的呢？

"老马识途。"60年代就享誉国际羽坛、年过花甲的汤仙虎等老教练也还在悉尼奥运会上进行着极为老到的指挥。在男子单打比赛中，他为新秀吉新鹏制定了战胜排名世界一、二、三位的外国选手的"锦囊妙计"，在比赛中收到奇效。吉新鹏在夺得悉尼奥运会单打冠军后，称赞汤仙虎的指导切中要害、十分管用。看看汤仙虎等老教练所起的作用，谁又能说"廉颇老矣，尚能饭否"呢？

　　中国奥运会军团由老、中、青三代组成的教练队伍功勋卓著，值得信赖。中国体育的希望还会在他们手中放飞，中国体育的幼苗还会在他们的培育下长成参天大树。人们还会看到，中国体坛桃李芬芳时，他们在丛中笑。

（原载2000年9月30日《城市早报》）

举起胜利的酒杯
——遥看悉尼（十六）

　　一位诗人写道："生活真像这样的浓酒，不经三番五次的提炼呵，就不会这样可口！"

　　9月30日晚，脸上充满青春、阳光、活力的中国跳水队员田亮以优雅舒展的动作完成最后一跳，为中国体育代表团夺得第28枚金牌。本届奥运会上，中国体育健儿顽强进击，赛出国威，第一次跻身奥运会金牌榜前三名，写下中国奥运史上最辉煌的一页。在新中国成立51周年之际，他们用历尽艰辛拼搏的心血和汗水酿成了一杯胜利的美酒，是如此浓香、醉人。他们在万里之遥的悉尼奥运赛场上，为祖国的更加繁荣和富强举杯！

　　拿破仑说过，中国当他行动起来时，整个世界将为之震动。截至30日，中国体育健儿已在悉尼奥运会夺28枚金牌、16枚银牌、15枚铜牌，创8项世界纪录、8项奥运会纪录……炎黄子孙为之开怀，世界为之尊重中国。人们不会忘记悉尼奥运会中国乒乓球健儿攻势凌厉，囊括4金的矫健身手；人们不会忘记中国跳水健儿逆境奋起，勇摘5金的豪情；人们不会忘记，中国女子举重的姑娘，赛场上顶天立地，力超对手，全取4金的气势；人们更不会忘记，中国羽毛球队的姑娘、小伙不畏强手，"虎口拔牙"，搏得4金的壮举。中国射击好手冷静击发，神射中的，夺得3金，位居该项目世界第一；中国体操队在体操馆里翻腾跳跃，在力与美的较量中获得3金，展示了精湛的技艺……靠实力，最硬气。艺高人胆大，胆大艺更高。中国体育健儿在悉尼奥运会上追求更快、更高、更强的拼争中所迸发出来的力量让世界看到东方雄狮的崛起。

奥运金牌犹如长在高山之巅悬崖峭壁上的鲜花，只有勇敢者以一种百折不挠的攀登精神去采摘，才有可能历尽艰险得到它。中国体育健儿在悉尼奥运会上表现了一种强烈的进取精神和一种永不言败、坚持到最后一刻夺金的坚强气质。中国男子体操队在开局失误的态势下，横下一条心也要在男子团体项目上夺冠的冲劲；中国羽毛球混双小将张军、高崚一路厮杀，在决赛第一局1∶15失利的情况下，后两局力擒奥运会头号种子印尼选手的闯劲；乒乓名将王楠屡屡在危若累卵的险境中，大胆抢攻，涉险过关的气概；举重铁汉占旭刚以"死也要死在举重台上"的决心，最后关头力举千钧夺金的壮烈……他们在奥运夺金的道路上，展示出了一个民族复兴、向现代化强国目标挺进的那种自强不息、不畏千难万险的精神风貌。把中国奥运健儿的精神融入中华民族在21世纪奋进的洪流之中，那么，"我们的目的一定要达到，我们的目的一定能够达到"。

然而，成绩面前找差距，中国体育健儿也会发现我们在田径、游泳、篮球、排球、足球等事关全民健身、影响较大的项目上仍和世界强国有较大距离。我们奥运会上获得的一些金牌也亟待增添亮色。我们一些高水平竞技体育项目的科技含量只能望世界体育强国的项背。我们的真正实力，还只能说处在世界第二集团中，后面仍有群雄竞追。笔者在想，中国体育健儿会在报捷声中冷静思考，找出对策，不断进取，还会在推进中国体育持续发展中再创奇迹。

"谁不爱自己的母亲，用那闪亮的美妙青春……"中国体育健儿在悉尼奥运会上奋力夺魁，让五星红旗在赛场上一次又一次地升起，在领奖台上一次又一次地高唱国歌，向祖国母亲献上了一片赤诚。这种赤诚就是一面爱国主义旗帜，将永远飘荡在我们每一个人心中。让我们与中国体育健儿同行，一起去迎接21世纪祖国阳光明媚的清晨。

(原载2000年10月1日《城市早报》)

高扬奥林匹克旗帜
——遥看悉尼（十七）

1日晚，当"希腊女神"高举象征和平友谊的橄榄枝将奥林匹克会旗从悉尼闭幕式上接回它的诞生地的时候，人们知道，一次人类共同的奥林匹克盛会落下了帷幕。

199个国家和地区的一万多名运动员在16天追求"更高、更快、更强"的角逐中，打破了一批世界和奥运会纪录。其中的出类拔萃者赢得了301枚金牌、299枚银牌、328枚铜牌。他们在奥林匹克理想旗帜的指引下，在向人类极限的挑战中，登上了世界竞技体育的巅峰。

射击小将蔡亚林、喀麦隆足球选手"于无声处听惊雷"，异军突起夺冠，让人们看到什么是"黑马驰骋"；"飞人"琼斯在田径跑道上像一团火那样奔腾，夺得三金二铜仍旧英雄盖世；霍根班德100米自由泳游进48秒以内，告诉世界没有哪项纪录不能破，没有哪座山峰不可攀；连续三届蝉联奥运冠军，摘得4项桂冠的伏明霞征服了世界……他们在百年更替、世纪之交的奥林匹克星空中，闪烁着明亮的光辉。当然，英雄也有失意的时候，布勃卡三次撑杆跳高未过，永远告别赛场的背影依然那么高大，竞选国际奥委会委员票数最多，这就是世界运动员对他的尊重。至于已过而立之年的"举重神童"苏莱曼诺尔古在悉尼奥运会上首次遭到失败，那敢于复出的勇气，受到的是人们更多的称颂。奥运会没有失败者，能参加者都代表了所在国和大洲的最高水平，都有莫大的荣誉。他们力争上游，公正竞赛的技艺通过新闻媒介传播到世界每一个角落，示范奥林匹克精神功不可没。

人类本来就应该是一个和睦的大家庭。在1日晚的悉尼奥运会闭幕式上，世界各国选手，不分国籍，不分肤色，不分种族，携手拥入场内，欢歌笑语，这忘记战争、忘记仇恨、和平友谊的时刻是多么令人难忘和感动。他们站在一起时，就象征着整个世界。世界也应该为他们骄傲和激动。场上与对手角逐的汗水还在流淌，场下与对手的握手和拥抱犹如朋友般的真诚。朝鲜、韩国这同一民族的选手心心相通，联合出场，包括萨马兰奇主席在内的许多人都认为这是一次促进民族和解的伟大联合举动。"血浓于水"的海峡两岸同胞，只要看到中国选手出场，呐喊加油声总是那么响亮，有一种发自内心的冲动。奥运会给人类带来和平、友谊、团结，促进世界向美好未来的发展和进步。国际奥委会主席萨马兰奇将奥林匹克杯授予悉尼人民。人民将赋予奥林匹克精神永恒的生命。

"绿色奥运""科技奥运""经济奥运"，悉尼奥运会给人们留下的思索还有许多。澳大利亚人能将昔日的垃圾场变成今日能同时举行18个大项比赛，鲜花盛开，绿色宜人的奥林匹克体育城，能将太阳能广泛应用于供电和供热中……解决了这届参赛者最多的奥运会面临的严峻环境保护课题。赛场上，游泳运动员的"鲨鱼皮"服装，田径运动员的"快速运动服"和总重量只有150克的"旋风"能量跑鞋，齐全的保健配餐和营养恢复……都显示着高科技的激烈竞争。澳大利亚的奥运会组织者在社会各方面的商业运筹，阿迪达斯、耐克、可口可乐、三星等国际大商家借奥运之机开展的促销和竞争，都给他们带来了可观的经济收益。这些都诠释着现代奥运的内涵，蕴藏着巨大的商机。

世上没有不散的宴席。悉尼奥运会已经成为历史。我们期望，北京申办2008年奥运会能够取得成功。到那时，来自全世界的优秀选手都到古老而又充满现代活力的北京相会，中国也将努力向全世界做出一个精彩的展示。别了，悉尼，雅典再见。

（原载2000年10月2日《城市早报》）

中部崛起立改革潮头

大江东去唱浩歌
——中部发展走笔之一（湖北）

2000多年前，楚国诗人屈原长吟"魂兮，归来"，他是在为他的国家和人民呼唤一种精神力量的回归。

中部大省湖北曾是新中国重要的工业基地之一。然而改革开放以来，在新型工业化进程中，湖北各项经济指标在全国的位次不容乐观。

重振雄风争朝夕。在当前中部崛起的机遇面前，湖北上上下下更新观念，开放带动和培植内源性经济增长的举措并举，一种自信和自强的精神力量勃然而生。

体制创新显活力

发展为大，创新为先。

在全球经济一体化的今天，中国二汽人在世界行业竞争和资源配置中深谙体制创新、合作双赢之道。

1992年，中国第二汽车制造厂更名为东风汽车公司。同年5月18日，由中国东风汽车公司和法国雪铁龙公司为主合资兴建的神龙汽车有限公司成立。至此，与其联手的跨国汽车公司还有标致、日产、本田……资产在开放、重组中形成的混合制经济越做越大。

2003年度，东风公司年销售收入突破900亿元，已符合进入世界500强的标准。资产规模也从国家原来投入的16.7亿元，发展到2003年年底的638.8亿元。

走进神龙汽车公司武汉分厂总装分厂的巨大厂房看到，不同型号的雪铁龙、标致牌轿车在通过一道道工序后，不停地开下生产流水线，分外壮观。

总装分厂的党支部书记林处非告诉记者，合资公司的一期工程已经形成年产15万辆轿车、20万台发动机的生产能力。自2004年开始，神龙公司推出的东风雪铁龙（富康）和东风雪铁龙两大品牌、5大车系、47个品种同时上线生产，在国内是独此一家，具有强大的竞争力。

在东风汽车公司的带动下，从武汉到随州，从襄樊到十堰，一条长达400公里、年生产能力100万辆的汽车工业长廊已经形成。

何止东风汽车公司呢？世界上最大的水泥制造厂商之一的瑞士豪西蒙集团成了被誉为"远东"第一的华新水泥股份有限公司的第二大股东，宜昌三峡黄牛岩旅游区发展集团开发"三峡人家"等大旅游项目……湖北在以产权制度改革为核心、发展混合所有制经济的进程中迈出了坚实的步伐。

结构调整出效益

手有"硬通货"，卖出好价钱。

从今年3月中旬起，我国主要钢材品种价格连续回落，部分钢材价格降幅超过1000余元。

武汉钢铁集团却由于手有"硬通货"，引领钢铁高端产品市场而"逆风飞扬"。今年上半年，武钢产钢429.15万吨，比上年同期增长3.14%；而上半年实现的利润为30.62亿元，比上年同期增长186.97%。

春华秋实。

着眼于抢占市场竞争的制高点，武钢不在扩大规模上做文章，而是把结构调整的着力点放在增加高附加值和高科技含量的钢铁产品上。

11年间，武钢自筹资金350多亿元，进行高起点的技术改造，形成了"桥、管、箱、容、军、电、车、线"八大系列名牌产品；从2002年起，"双高"产品产量超过全年钢材总量的50%以上，形成了名牌产品的方阵。

花香蝶自来。

如今，武钢的新型工业化和过硬的高端产品得到理性客户的信赖。今年6月份，比利时贝卡尔特公司要求增加钢帘线的订货量，主动提出每吨加价500元人民币。加价的理由是，它有科技含量和品质的保证。

在结构调整中发展壮大、提高效益的不仅仅是大企业。湖北宜化集团有限责任公司经过20年的拓展，由当年的小合成氨厂变为产品涵盖化肥、化工、热电三大领域十余个品种、利税3亿元的大型企业。由一个小酒厂改制的大冶劲牌公司调整结构，错位研发，主攻保健酒，现在已发展成为以中国保健酒第一品牌劲酒为龙头，涉及蒸馏酒、发酵酒、饮料等四大类八十多个品种的科技先导型企业，2004年上交税收超亿元。

他山之石，可以攻玉。湖北企业在技术改造、结构调整上的经验值得借鉴。

梧桐引凤春意闹

来到宜昌经济开发区采访，记者惊喜地发现宜昌双汇食品有限责任公司的现代化厂房格外醒目。

宜昌双汇食品有限责任公司潘广辉总经理面对家乡来的记者侃侃而谈："在一些省份，双汇集团的生鲜肉的市场准入问题由于地方保护主义还没有得到解决。但是去年我们在宜昌建厂时，湖北省委、省政府的领导都到厂里现场办过公。之后省政府下了一个文件，允许我们在全省各地建立连锁店。我们在湖北投资很放心。"

的确，沿途看到许多高新技术开发区和经济开发区都在创造一种政策优惠、服务真诚的良好投资环境。一大批知名企业、海内外客商落户。到2003年年底，已有33家全球500强企业到湖北投资。

湖北正在改革中奋起，湖北正在奋起中超越。

(原载2004年12月15日《河南日报》)

"郡县治，天下安！"
——中部发展走笔之二（湖北）

县域经济薄弱和民营经济发展乏力是中部几个农业大省的心腹之患。

对此，湖北省委、省政府为发展县域经济开出良方："一主三化"，即坚持以民营经济为主体，加快推进农村工业化、农业产业化和农村城镇化进程；"三改一培育"，即改善环境、改革体制、改进作风，培育市场主体。

这为湖北县域经济的发展指明了方向。

认识对路　政策先行

湖北省省委书记俞正声说，发展县域经济，首先要激活、发挥县市自身加快发展的积极性和创造性，增强县域经济自主发展能力。

去年，湖北省对20个县市下放239项审批权限。近日，湖北省委、省政府出台《关于促进县域经济发展的补充意见》，即对全省52个县市实施"省直管县"财政体制，省对县实行信息直达、项目直达、资金直达、财政直管；对20个扩权县市，在项目审批、办事程序等经济和社会发展管理等方面，赋予与省直管市相同的权限；拿出1亿元建立扶持中小企业发展专项资金。

体制改革的攻坚战，增强农民在市场经济中的主体地位。农民种什么，产品卖给谁，卖什么价钱以科技和市场为导向，生产经营权有了较大保障，不科学的行政干预基本缓解。县乡精简机构、分流人员也使农民负担有效地降下来。

湖北省把推进工业化作为发展县域经济的核心，有三个重大举措：一是对武汉周边及江汉平原等产业基础较好的市县重点开发，形成支持武汉提升工业现代化水平的产业密集带；二是以26个省级以上开发区为重点，进行体制、机制和管理创新，打造现代制造业密集区；三是发挥大工程、大项目的带动作用，形成新的加工密集区。

政策已经破题，希望正在显现。

招商带动　统筹发展

在湖北，连续十年综合经济实力居全省县市之首并跻身全国百强县市行列的仙桃市（沔阳县）走出了一条强力招商引资、发展民营经济、统筹城乡协调发展的奔小康之路，为人称道。

一进入仙桃开发区，映入眼帘的是纵横交错的宽阔马路围绕着一片片现代化厂房，生机盎然。在福建亲亲集团的厂房里，厂商一边介绍着企业引以为荣的各种果冻产品，一边对仙桃市的投资环境给以盛赞。

仙桃市市委书记马清明将仙桃招商引资的经验概括为，对外来的投资者承诺六个字："安全、赚钱、开心"；对内要求四句话："外商无小事"，"人人是环境"，"诚信打动人"，"变通是个宝"。其实，最根本的是仙桃市委、市政府言而有信，在政策扶持、基本配套设施的超前建设上让外商看到了在仙桃投资发展的潜在发展前景。对于引进的每一个重点项目都实行"五个一"的工作机制：一个市里领导挂帅，一个专班服务，一个会议协调，一份《纪要》管总，一个中心运作。目前，仙桃市"四大园区"落户企业近140家。仅工业园区年销售收入就近10亿元，税收1000多万元，提供就业岗位1万多个。

在仙桃市的城区街道上，丝宝集团投资1亿多元建设的高品位文化步行街和四星级酒店，武汉好邻居集团投资1.5亿元新建的可容纳6000多人的一流学校……格外醒目。

凡是民营能办的事情一律交给民营去办，凡是能进入市场运作的事情一律推向市场运作，是仙桃市发展县域经济的一大特色。体制的转换使民营经济在仙桃占到90%以上，成为就业、纳税和投资的主体。

在招商经济的带动下，仙桃市还统筹城乡发展，在减轻农民负担、拓宽农民增收渠道、加大对农业的支持力度诸方面做足文章。

今年1月至9月，仙桃全市工业增加值同比增长30.5%；协议引资72.7亿元，实际到位23.58亿元……

仙桃依靠体制的优势正在中部崛起中一马当先。

根本出路在自己

应当注意这样一个态势：中部大部分地方的县域经济要达到沿海地区那样的外资引进程度，不太现实。

中部地区发展县域经济在招商引资的同时，根本出路在于引导激发千千万万的老百姓成为创业的主体，实现"小河有水大河满"。

在宜昌点军区车溪以田园风光和土家民俗文化为特色的风景区有民俗村、农家博物馆、水车博物馆、地质和植物奇观……人们欣喜地看到农民投身旅游创业的激情。

《宜昌日报》的同行们还告诉我们一些新闻故事：宜昌夷陵区鸦鹊岭镇37岁的农民史光权，近几年把一批批生猪贩往沿海城市，其购销网络遍及全国20多个省市，去年，他销售生猪40万头，销售额达2亿多元。王友江，宜昌枝江市农民，在他的160亩园林基地里，育出了三峡坝区的雪松、北京亚运村的盆景、宜昌世界和平公园的白玉兰……已带领40多户农民实现富裕；权威部门评估，其1000多个品种的苗木资产高达560万元。农民王兵组建的天蓬养殖有限责任公司，推行"专家＋法人＋农户"的产业化模式，今年可出售1万头商品猪。

在中国，在中部，农民富了才是真正的富，农村小康了才是真正的小康。

我们期待着经过改革大潮洗礼的新型农民，引领县域经济向前快速发展。

（原载2004年12月17日《河南日报》）

启动的武汉城市圈
——中部发展走笔之三（武汉）

"大武汉"在做大

在中国的城市发展史上能冠以"大"字的，只有上海和武汉。

但两个城市的差距让武汉人深深感到，要重振大武汉，成为区域中心城市，就必须把城市做大做强。

以特大中心城市武汉为圆心、100公里为半径的"1+8（黄石、鄂州、孝感、黄冈、咸宁、仙桃、潜江、天门）"城市圈在"市场主导，政府推动"的模式下已经启动。

自我加压，力争突破。在武汉的三天采访中，我们了解到以钢铁和石油化工为主体的青山板块、以汽车及零部件为主体的经济技术开发区板块、以光电子信息和生物医药为主体的东湖开发区板块，实现销售收入占全市制造业的65%，实现利税占全市的70%。武汉现代制造业基地的宏伟规模、深厚底蕴和发展前景令人震撼。

规模出效益。2003年，武汉全市共有150户销售过亿元的大企业。其中两户销售过百亿元的武钢、神龙汽车分别为266亿元、112亿元。武钢硅钢片及系列钢材、神龙富康轿车、长飞光纤光缆、丝宝化妆品、健民系列中成药等一批"武汉制造"的产品，已是在国内外市场上叫得响的品牌。

武汉——中国光谷，这个国家光电子产业基地位于东湖新技术开发区的青山绿水中。这里有国内最大的光纤光缆生产基地、国内最大的光电器件生产基地、国内最大的光通信产品研发基地、全国最大的激光产业基地，包括三井、NEC、通用电气、飞利浦、西门子等世界著名大集团在内的 7000 多家企业在这里落户。光谷张扬着雄厚而又日新月异的实力。

"货到汉口活"，商业网点 12 万多个，社会消费品零售总额在全国 19 个副省级以上的城市中居第五位，武商、中百集团连续两年进入中国零售连锁企业 30 强……武汉大商业已是货畅其流。

大产业、大企业、大项目、大品牌正在铸就着大武汉。

先行规划　协调对接

规划是最大的无形资产。

推进武汉城市圈建设，必须突出产业一体化、区域市场一体化、基础设施一体化、城乡建设一体化。政府在发挥市场机制主导作用的同时，还要统筹规划，精心组织。

以武汉市交委为主的交通基础设施协作专题组，制定了武汉城市圈交通建设"三步走"发展目标。今年以来重点加快了与 8 城市对接的 7 条高速出口路的建设，总投资 10.3 亿元。

据《楚天都市报》2004 年 11 月 17 日报道：在 11 月 16 日武汉与黄冈建设城市圈现场签约会上，一份构建武汉城市圈产业布局的规划（征求意见稿）出炉。

根据规划，武汉是轴心，形成以东风、神龙为主体，向孝感、黄冈推进的汽车及零部件制造产业群；以武钢为龙头向鄂州辐射的冶金、建材产业走廊；以光谷为中心连接鄂州、黄石和孝感的光电子产业群等 7 大产业链。武汉以超群的实力，辐射和带动周边城市经济发展的局面将逐渐形成。

经济纽带　交流互动

一个不容忽视的现实是，城市圈的 9 个城市并没有行政隶属关系。在市场经济的大环境下，优势互补、互惠互利、风险共担的利益分享机制乃是城市圈互动发展的基础。

黄石市市长肖旭明接受采访时说，黄石作为老工业基地，加工能力较强，武汉的品牌、武汉的大型企业可以利用黄石为基地。武汉有些产业转移，黄石可作为第一梯队来对接。最近2年，黄石和武汉已经有30多个项目、20多亿元的投资，互动已在进行。

武汉城市圈建设启动后，周边城市互访互动来往频繁。不仅是黄石，孝感、潜江、仙桃等城市都在项目交流中表现出一种争当"武汉后花园"的冲动，一种自觉靠拢武汉、接受辐射的姿态。

武汉城市圈在市场导向下萌生的互动共赢效应，将会愈来愈强。

（原载2004年12月19日《河南日报》）

软环境见证着硬道理
——中部发展走笔之四（武汉）

软硬环境在相互作用互为因果的发展中，促进着社会的进步。

以全力改善促进经济社会发展的法制环境、服务环境、信用环境、社会环境为标志，近几年，武汉市在改善软环境方面下了大功夫。

高效亲和的"阳光政务"

在江汉区政务服务中心大楼的各层大厅里，设有工商、公安、建设、规划、房产、税务等26个局"窗口"，工作人员都在和蔼地接受询问，办理着企业和个人来办的各种事项。中心13.5平方米超大显示屏和4个触摸屏及时为办事人员提供信息和相关资料查询服务。一切都是那样有条不紊。

各行各业的审批事项公示牌上，审批项目法律法规和规章依据、承办主体、申办条件、办理程序、承诺时限及收费项目、收费标准、收费依据等都写得清清楚楚。从源头上防止暗箱和随意操作，接受社会监督。

行政提速，7个工作日办结的工作标准，群众普遍称好。区工商分局将办理工商登记由法定的30个工作日提速到7个工作日；区房产局办理个人交易房屋土地使用证原来需要20个工作日，区城管局办理占道许可证原来需要7个工作日，现在工作窗口均改为当日办理。

"地税窗口有位工作人员，不愿报姓名，工作负责，百问不烦，我轻松地办完申报手续，特留言感谢！""江汉区人防办在办理公司建设工程项目的审批过程中，及时冒雨到工地现场察看，令人佩服。"……一条条个人和企业的赞叹留言从一个方面表现了武汉软环境的效率和亲和力。

据悉，武汉市下放审批权限，在全市13个区和两个开发区都设立了政务服务中心，提高效率，规范服务。

以人为本　全民受惠

在汉口已建成的江滩一、二期工程，已经形成了一条长3.44公里、宽160米的水景岸线。

夜幕下，江滩华灯灿烂，江风习习，人们在这里散步、起舞。音乐喷泉，玉柱凌空；欧式花园，树影婆娑；千米健身平台，人们在各种器械上强健体魄……好一幅秀美、壮观的楚天人文风景画卷。

汉口江滩是武汉市建设丰富多彩、绿色生态人文环境的一个缩影。近年来，武汉市把一部分适合做商业的地段拆后建为公共绿地，在各中心城区相继建成了洪山广场等13个风格各异的市民广场、28个城区中心公园。全市绿化覆盖率达34.16%。市民、投资者和游客有了众多休闲、健身的好去处。武汉市也因此有了更大的凝聚力。

"把最微不足道的事情做得完美无瑕。"这一脍炙人口的话语体现了武商集团武汉广场的文化理念。于是就有了武汉广场为退货顾客完美服务而又感动退货顾客成为"回头客"的一段佳话；有了"和气"对"火气"，即使顾客错了，也尊重顾客的微笑；有了不以衣帽取人，诚信周到服务，能将一枚价值高达14万元的钻戒卖给一对"衣着朴素"夫妇的营业员……他们用企业文化这商品以外的价值来增加商品本身的价值，在工作中找到效益和快乐，使温馨和信任在顾客心中留驻。

有谁说，他们不是武汉软环境的创造者呢？

文明孕育着发展

近年来，创文明社区，做文明市民的活动的深入开展，使武汉城市和武汉人的精神面貌都有了新的变化。

钢都花园社区是武钢和武汉青山区委联办的一个文明社区。楼与楼之间有花坛绿地，整洁干净，空气清新。社区广场里，人们在健身、休闲，风筝在蓝天中放飞；社区文体活动中心内，图书馆、健身馆、乒乓球室、排练厅、各种学习场所……给社区的在职和退休职工及家属提供了一个美好、文明的生活环境。

社区负责人介绍，以"讲社会公德，做文明钢都人"为主题的教育活动形式多样，常办常新；象棋协会、京剧协会、乒乓球协会、木兰拳协会等14个协会组织，经常开展丰富多彩的文体活动；组织劳动技能培训、安置再就业、帮助孤寡老人和残疾人等活动经常有组织地进行……钢都花园社区热爱生活，互助、祥和的文明社区气氛逐步形成。

目前，武汉市有2000多家各级文明单位都与社区结成了对子，推动着全市"883文明社区行动计划"的实施。

百万市民看武汉，激发着全市人民热爱和建设武汉的自豪感和责任感；百万人进课堂，提高市民的思想道德和科学文化素质；百万人讲礼仪，塑造良好的武汉人文明新形象；百万人献爱心，促进全社会形成扶弱济困、关心他人的良好道德风尚。这些活动的举行，唱响了武汉全市群众性文明创建活动的主旋律，塑造着文明城市的灵魂。

文化软环境改善了，武汉的崛起将是一种必然。

（原载2004年12月21日《河南日报》）

"芙蓉国"里看发展
——中部发展走笔之五（湖南）

毛泽东、刘少奇、任弼时、彭德怀、贺龙、罗荣桓……古往今来，三湘四水陶冶了多少风流人物？

当年，湖南一代伟人曾"问苍茫大地谁主沉浮"；现在"心忧天下，敢为人先"的湖南人面对中部崛起的历史机遇，已在"芙蓉国"里卷起经济潮，仍是"到中流击水，浪遏飞舟"。

以民为本大智慧

范仲淹在《岳阳楼记》中写下了"先天下之忧而忧,后天下之乐而乐"的千古名句。我们在岳阳采访时,从工厂到街道,从领导到市民,言谈和行动中都使人感到有一种以民为本、发展岳阳的氛围。

岳阳市市委书记易炼红在接受记者采访时,开诚布公要追求"先天下之忧而忧,后天下之乐而乐"的思想境界。他坦言,要把"民本岳阳"作为一种形象来塑造,在岳阳这块土地上,百姓利益高于一切。把"民本岳阳"作为一种品牌来打造,就是要使岳阳真正成为"产业兴旺、城市优美、文化繁荣、民生殷实、社会和谐、走势强劲"的强市;把"民本岳阳"作为一种文化素质来发展,就是要传承、丰富和弘扬"先忧后乐、团结求索"的岳阳精神。

近3年来,岳阳市民营经济生产总值年均增幅为11.4%。这记录着"民本岳阳"前进的脚步。

不仅是易炼红,在之后对湖南的许多领导干部进行采访时,他们都有一种"执政为民"并通过新闻界向社会公开公布施政目标和举措的开明心态,显示出一种激发老百姓参与改革和建设的政治大智慧。如果这样,岳阳和湖南的发展将势不可当。

国企振兴大文章

中国南车集团株洲电力机车厂素有"中国电力机车之都"的美誉。在其厂房高大宽敞、设备优良的流水线上,一列列天蓝色、流线型的电力机车在通过一道道工序紧张装配着。

厂办负责人接受采访时介绍,该厂始终坚持自主开发和引进、消化、吸收国外先进技术相结合,打造电力机车总体技术优势,已具备年产300台以上机车的能力。进军地铁、城轨产业,扩大经济增长点,该厂1978年以来,连续25年销售收入年均增长超过10%。

株洲市人民政府对此进行的总结认为,国企要痛下决心抓改革。株洲市国企得益于改革起步早,是全国"三项制度"改革试点城市、首批优化资本结构试点城市,跨地区资本营运股份制改造及股票上市、企业股权结构调整、增盈扭亏重奖制和经营者年薪制试点等工作均走在全省乃至全国前列。

现在，株洲市继续触及产权这个核心，提出2005年完成市属国有企业改革的总目标，把体制转变这篇大文章做得更加有声有色。

"长株潭"写大手笔

目前，在中部地区，除武汉市外，还没有一个区域中心城市具备辐射和带动应有的规模和实力。

对实力相差不大，距离相距不远的几个区域强势城市进行规划和资源整合，因地制宜地构建具有辐射和带动作用的"城市圈"是区域经济发展的一个大课题。"长株潭"城市圈的构建在进行有益的探索。

株洲是湖南的工业重镇，湘潭拥有独立核算的工业企业1700多家，30万职工，人称是湖南工业的脊梁，而长沙则是全省的政治、经济、文化、商贸中心……三市相距均在50公里左右，是湖南经济崛起的"金三角"。

湖南省对"长株潭"城市圈构建的调研和规划早几年就已起步，现已基本完成，三市的城市基础设施建设、产业结构调整等都在按规划进行对接，省政府有专门机构进行协调。以长沙市为中心，抓城市圈的科学规划无疑是"长株潭"经济圈的一大特色。

"长株潭"城市经济圈的规划做得很大气，实施起来便有了一个又一个的大手笔动作。最近，湖南省政府机关集体大搬家，从长沙市中心的五一中路南移15公里，迁入长沙城南的"长株潭"城市群核心区；2005年，长沙、株洲、湘潭之间的城际大公交也将启动，三城市的电话区号也将统一；三市还在清理文件，清除政策壁垒……

"长株潭"城市圈的构建动了真格，期待着它创出经验，得到收获。

（原载2004年12月25日《河南日报》）

文化产业写风流
——中部发展走笔之六（湖南）

在计划经济下，文化是一项公益事业。许多人认为应该由政府"包下来"。

在社会主义市场经济下，一些地方和一些人却把文化当作一项产业来做，而且做出了社会和经济效益。广电湘军、出版湘军、演艺湘军……就是其中不同凡响的劲旅。

政策引导　市场机制

近几年，湖南省委、省政府把文化产业的发展作为新的经济增长点。《中共湖南省委、湖南省人民政府关于加快文化产业发展若干政策措施的意见》和《湖南省文化产业发展规划(2001—2010年)》等文件，提出"四轮驱动、两翼齐飞"（旅游业和会展业为"两翼"，广电、出版、报业、娱乐为四轮）的文化产业格局。

入夜，散布于长沙许多街道的演艺、酒吧、宵夜文化场所的确是门庭若市。在音乐和笑声中，人们在这里排遣一天的工作和生活的压力，松弛一下紧张的神经，倒也是悠闲自得。省委常委、长沙市市委书记梅克宝如此评价："长沙歌厅"和"长沙演艺"现象已成为娱乐文化行业的亮点。据统计，2002年，仅琴岛、华天大剧院等6家歌厅就接纳观众160多万人次，营业额达1.2亿元。

湖南省出台的政策还鼓励社会各界包括个人、企业、社会团体创办国家政策许可的各类文化企业。起步较早的长沙民营书刊业成为长沙文化产业的六大主导产业之一。仅定王台书市就有300多家书刊经营户，上交税费近1000万元。

新的文化产业，更广泛、更好地满足了人民的精神文化需求。

一业为主　多种经营

"出版多劲旅，无湘不成军"，这是全国同行对湖南出版集团实力的形象诠释。

集团组建后，产业规模迅速扩张，总资产由2000年的31亿元增加到2003

年的50亿元。其主要做法是改革体制，创新机制，整合存量资产，优化资源配置的同时，实施了"一主两翼"的产业发展战略。

在出版集团的样书陈列室，我们见证了集团"一主"（坚持以图书出版为主）的骄人战绩，精品图书分外抢眼，其中有12项中宣部"五个一工程"奖、32项"国家图书奖"、40项"中国图书奖"……

"两翼"是加快向报刊、电子音像等相关产业的扩张和向以生物技术、新材料技术为代表的高科技产业的发展，构建具有多元经济的产业体系。创刊三年的《潇湘晨报》2003年发行量已突破40万份，实现利润超过1000万元。国家歼-7、歼-8战斗机使用了集团高科技产业的纳米材料。产业体系催生的集团高科技园区经过3年的建设，目前已有光盘加工、网络出版、生物工程等9家公司在此注册投产。

2004年9月，湖南出版集团已整体转制为湖南出版投资控股集团有限公司。其投资控股的绿色生态普瑞酒店已经建成开业。公司的发展空间将会更加广阔。

转变体制　资本运作

以湖南卫视《快乐大本营》《玫瑰之约》《晚间新闻》《真情》等一批名牌栏目为标志的电视节目品牌，以上市的电广传媒为标志的资本运作运营品牌，以金鹰影视文化城为标志的产业经营品牌，以中国金鹰电视艺术节为标志的节庆活动品牌……湖南广播影视集团早已声名远播。

据统计，2003年，湖南广播影视集团电视节目年生产能力达8031小时，生产电视剧每年近1000集，年创收9亿元，集团总资产超过68亿元。

广电湘军何以如此了得？体制改革使然。

1995年以来，通过组建湖南经济电视台，不断改革人事分配制度，推行制片人制，激发了内部的竞争活力。

经过深入采访得知，当时的湖南经济电视台台长是面向全社会招聘的。副台长由台长提名，全台实行全员聘任制。"赛马不相马"，节目按收视率排名，实行末位淘汰制。好栏目在竞争中不断出现。

抓栏目、抓广告、抓节庆……湖南广播影视集团每年都有新的突破口。而以资本运作运营方式发展广播影视产业的经营实体，则具有质的突破。1999年

3月，由集团控股的湖南电广传媒股份公司在深圳挂牌上市，"电广传媒"成为"中国传媒第一股"，两次募集资金21.5亿元。这为集团的发展提供了巨大资金支持，之后所有投资项目均效益良好。

湖南广播影视集团用体制改革、资本运作的钥匙打开了事业发展的大门，前景令人看好。

（原载2004年12月27日《河南日报》）

"暂作牛尾" 蓄势后发
——中部发展走笔之七（江西）

进入新世纪以来，江西从现阶段欠发达的现实出发，确立"三个基地，一个后花园"的战略定位，对接长珠闽，融入全球化。

"暂作牛尾"的明智选择，使江西进步提速。

交通先行 融资改革

"三个基地，一个后花园"的定位内涵是，把江西建设成为沿海发达地区产业梯度转移的承接基地、优质农副产品加工供应地、劳务输出基地和沿海地区群众旅游休闲的"后花园"。这就要求江西的交通畅达，尤其是高速公路必须先行。

"吴头楚尾、粤户闽庭"的江西，2000年年底高速公路通车里程仅有421公里。但是仅用了3年多的时间，江西无数筑路人挥汗如雨，风餐露宿，便把全省的高速公路通车里程延伸到1422公里，创新世纪初全国高速公路建设优质工程速度之最。

目前，江西省已全面打通和上海、浙江、广东、福建、湖南、湖北、安徽的高速公路，实现出省主通道和省会南昌至各设区市通高速公路，形成省内"四小时经济圈"和"省际八小时经济圈"。

1000公里高速公路的建设需要资金200多亿元。钱从何处来？省交通厅厅长自豪地说，除两条国干线争取交通部的补贴外，其余的钱是靠投资体制改革，用上市、扩股、合资、转让经营权、银行贷款等手段从市场上融集而来。他还透露，目前高速公路运营效益良好，3年即可归还银行的100亿元贷款。

思维出新，融资体制出新，使江西高速公路建设上演了一台大戏。日后，还会有好戏连台。

做大平台　梯度承接

近3年来，江西全省实际利用国外、境外资金翻了两番，2003年达到16.46亿美元，居中部地区第一位。去年1至10月，全省利用外资15.98亿美元，仍居中部六省第一，且全省规模以上工业增加值同比增长25.8%，也居中部六省首位。开放带动，梯度承接的平台越做越大。

"成本最低""效率最高""信誉最好""回报最快"是江西龙头南昌市梯度承接国内外投资项目的一张王牌，而且是目光长远，妙手迭出。

只要项目好，政策跟着项目走。在南昌经济技术开发区，记者看到了世界空调巨子格林柯尔已建成投产的15.8万平方米亚洲最大厂房。而这个项目谈成时，开发区是亏本的。但是开发区人看到，如果项目3年后形成400万至500万台空调生产能力的话，那么给开发区的利税就会持平，之后就是净收益。

事实是，由于经济开发区的诚心服务，格林柯尔开发商第一年就加大投资，形成150万台空调生产能力，使得开发区第一年便在此项目上从亏损变为持平。

格林柯尔的进入，又引来奥克斯、台湾东元等名牌空调企业落户开发区，产生集聚规模效应。2004年，经济开发区工业总值1至10月已达150.2亿元，财政收入3.3亿元。

新上任的贵溪市市委书记通过浙江媒体寻找因被敲诈而从贵溪出走的浙江客商，帮助破案，整顿环境。在政府的诚信和承诺感召下，浙江客商又纷纷返回贵溪工业园区创业。这里投资环境好的口碑，已在客商中广为流传。

政策科技促丰收

11月下旬，深秋时节的江西大地传出喜讯。据省农业厅的预测数字：今年全省粮食作物播种面积达5300万亩，粮食总产逾181.5亿公斤，农民人均纯收入可达3000元，增幅均超过20%。肉类、水产品和经济作物产量均超过历史最高水平。

惠农政策落实调动了农民种粮的积极性。全省早稻、中稻、晚稻的直接补贴、良种补贴全部按时到位。调减农业税和粮食最低收购价政策也逐户兑现。农民禾还没栽下去，就知道赚多少钱，心里踏实。政策使许多农民加大投入和扩大粮食作物种植面积。一些过去因种种原因荒着的湖田，2004年全都种上了水稻。省农业厅厅长毛惠忠说，在政策和市场的双重引导下，2004年全省能种水稻的田地一分都没闲着。

科学种田也给农业丰收增添了助推力。农业科技人员送农业科技下乡。高产、防病、抗倒伏的杂交新组合得到大面积推广。省农业厅的预测数字表明，仅早稻增产总量，江西就占全国早稻增产量的近三分之一。

江西省委、省政府制定的"山上办绿色银行，山下建优质粮仓，水面兴特色养殖"的战略，使江西成为沿海发达地区优质农副产品加工供应基地变得更加名副其实。加上经过培训，有组织的劳务输出，江西的经济总量在涵养中增大。

江西已呈后发之势。

（原载2005年1月3日《河南日报》）

人杰地灵"红土地"
——中部发展走笔之八（江西）

"中国革命摇篮"井冈山、"八一起义英雄城"南昌、"中国工人运动发源地"安源……昭示着江西这块"红土地"曾经有过的壮丽革命史诗。

而今，这块"红土地"上仍然是人杰地灵，"井冈山精神""泰豪模式""江铜现象"又作为一种榜样告诉人们：江西又在进行着与时俱进的新开拓。

"井冈山精神"代代传

当年，毛泽东在井冈山带领中国工农红军，走出了以农村包围城市，武装夺取政权的中国革命之路。在江西，坚定信念，敢闯新路被人称为井冈山精神的核心。井冈山市委书记吴敏说，现在井冈山已是一个辖21个乡镇和街道办事处的县级市。全市要以"旅游牵百业",热忱欢迎有识之士来井冈山投资兴业,做优做强工业经济,加快基础设施建设,把井冈山建设成为功能齐全、形象独特,集革命传统教育、观光避暑、度假休闲、会议中心为一体的旅游胜地。

今日的井冈山,大小五井、茨坪、茅坪、黄洋界等革命胜迹仍在;今日的井冈山,天街、井冈山学院、中小学、体育场馆、医院、电视台、广播站……城市日新月异;今日的井冈山,龙潭、仙口、湘洲、主峰等风景区杉树挺拔,楠竹青翠,绿水青山;今日的井冈山,再也不是只有羊肠小道,至南昌、到广州、达长沙、去萍乡都有高速公路相连。山下更有即将通航的飞机场,京九铁路的"井冈山站"。

江西井冈山是充满灵气和走向胜利之山。它正在向世界开放,生机盎然向明天。

泰豪模式"技术+资本"

在南昌高新技术产业开发区,泰豪科技股份有限公司格外引人注目。它从16年前几个人持有2万多元的资本"打天下",以"技术+资本"的发展模式,做成了拥有上千人、数亿资产的上市公司。

实干兴业。泰豪科技股份有限公司是以清华大学为背景,产学结合、体制创新的范例。它成功地兼并了国有大型企业三波电机厂,铸就了上市公司的实力。2002年7月3日,泰豪科技股份有限公司的股票成功在上海证券交易所挂牌上市,成为国内行业领域首家上市公司。自此,它通过资本市场的运作,把优势资产输入到股份公司,规模扩大,价值倍增。

它加大自主知识产权高科技产品的研制与开发,引领国内建筑电气产业的发展,拥有军工电源领域唯一荣获国家发明奖的产品。它在63个城市设有庞大的销售服务网络,朝着国际化高科技产业挺进。

共和国的脊梁

到江西铜业集团公司采访,公司总经理何昌明话一出口,掷地有声:"国有企业有兴衰成败,民营和外企也有。我们的体会是国企迎难而上,不断改革,也能做好!中国国企目前仍是共和国经济的脊梁。"

说出这种充满力度的话语是需要底气的。江铜这个在国内规模最大、现代化生产水平最高的铜生产基地可谓底气十足。25 年来，江铜累计为国家做出贡献 141 亿元，取得了"建设一个江铜，上缴一个江铜，再造一个江铜"的骄人业绩。

江铜发展靠什么？靠改革创新，靠可持续发展之路。

近年来，江铜提出了"销售收入年均增长 23%，到 2007 年达 200 亿元以上，建成世界一流铜业公司"的战略目标。

为此，江铜成立上市公司，合资引进资金 5.02 亿元，分别于 1997 年、2002 年在香港、伦敦、上海挂牌上市，两次共募集资金 22 亿元，开辟了境内外两条融资渠道。

产权制度改革、灵活利用期货市场、赶超世界一流技术、用世界一流企业标准规范内部管理……江铜运用各种市场经济手段，在改革中稳步发展。

江铜企业文化的核心理念是"用未来思考今天"，企业精神是"同心、同创、同进"，经营理念是"与顾客共创价值"。而企业党建、思想政治工作被江铜人认为是自己最大的政治优势和法宝。

江铜所代表的国企正展现着蓬勃的生命力。

（原载 2005 年 1 月 11 日《河南日报》）

六、风貌通讯

白山黑水牵戈壁奇观

冰·雪·火

"冬天我们不怕大雪和风霜,夏天里不怕火热的太阳,我们滑冰,我们游泳……"记得小时候,老师曾教唱这首歌曲,把锻炼身体的思想那么形象地刻在我们的心头。5日,当我们全国日报体育采访团一行十余人漫步在哈尔滨松花江的冰面上,目睹成千上万人进行冬泳、雪爬犁、冰帆、冰橇等冰雪体育活动时,更是感到一股人和大自然抗争、奋勇搏击的坚韧不拔精神震撼人的心灵。

元月,站在已封冻的松花江主航道上,极目远望,"千里冰封,万里雪飘",一片"惟余莽莽"的景象;近看,1500米左右宽的松花江已是冰冻尺余,真乃"大河上下,顿失滔滔",有几十人的哈尔滨冬泳队的表演,更是令人瞠目。你看,绝大多数是50岁以上的男女冬泳队员身着泳装,在零下30℃的严寒下,稍许跑动,便跃入破冰而开的松花江水中,劈波斩浪,悠然自得。那泳姿,那神态,充分显示了一种战胜大自然的强者豪情。

此情此景,给人的思考是多方面的。无论是一个民族还是一个人,没有一种自立自强的强悍民气和士气是不行的。然而要铸造这种民气和士气绝不是一蹴而成的,需要数年如一日的坚持和向严寒和困难挑战的韧劲。哈尔滨冬泳协会主席范学坤在接受采访时说得好,冬泳贵在坚持,对人的身体健康大有益处,但是又要实事求是,因人而宜,循序渐进,逐步适应,量力而行,切忌蛮干。这又充满了辩证法。

由此想到,哈尔滨零下三十多摄氏度,而中原大地冬季平均最低温度仅零下几摄氏度而已,我们大家能否在冬天进行跑步、打球、做操、习武……这些充满生活情趣的体育活动,去强健体魄,努力工作,振兴河南呢?我想,这是应该又是能够做到的。

5日,哈尔滨市政府又专门放假一天,数十万人来到冰雪大自然中,尽情地滑雪、滑冰……何其壮观乃尔。我以为,哈尔滨市政府是在培养一种民气,高瞻远瞩,大家风度。受这种气氛感染,我和采访团的一些记者又坐上狗拉爬犁和冰橇在松花江的宽阔江面上纵横驰骋,虽朔风扑面,颇有惊险,但个个心旷神怡,喜气洋洋。

5日,又恰逢哈尔滨第二十届冰灯节和第十届冰雪节隆重开幕,全国政协主席李瑞环等欣然在兆麟公园为开幕式进行剪彩,显得格外隆重。我们在缤纷开放的礼花夜空和玉洁冰清、晶莹剔透的兆麟公园中的天坛、圣保罗教堂等冰雕艺术群中览胜,如在一个神秘的童话世界中穿行。加上健力宝、长春一汽等一些大企业的产品广告也以冰雕形式出现,中外客商踊跃进行经贸洽谈,更感到冰雪节正朝着主题经济化、目标国际化、经营商业化、活动群众化的方向发展,充满活力。

黑龙江省的冬天是寒冷的,但黑龙江省的人民正以其豪爽、纯洁、火一般的热情去改革开放,去创造未来,那么,这块祖国的"黑土地"将会再现风采!

(原载1994年1月6日《河南日报》)

冬亚会与开放潮

当今世界,体育的内涵在深化,外延在扩展。特别是大型国际运动会已从健身竞技演变为带有经济与政治多重含义的有效载体,其功能已远远超出了它本身。1993年12月2日,哈尔滨申办1996年第三届冬季亚洲运动会取得成功,令四千多万黑龙江人民为之欢欣鼓舞。一到黑龙江采访,记者便感受到黑龙江人民正在抓住举办冬亚会的机遇,加快全方位改革开放的步伐。

6日,全国日报采访团一行参观了哈尔滨的冰雪体育设施。其具有五千和四千座位的两座冰上比赛馆、两座冰上训练馆、一座标准人工制冷速滑场和三座身体训练馆确实气势恢宏,具有适应国际比赛的较高档次。但是为了办好冬亚会,该省在对现有设施进行维修、标准化,再上高档次的同时,还要再兴建一些新场馆和索道。届时,该省的冰雪设施就会更上一层楼,达到国际一流水平。

举办冬亚会,从哈尔滨到亚布力高山滑雪场将修建一条投资10亿元的高速公路,1995年竣工。之后,这条高速公路将继续延伸修到绥芬河口岸,黑龙江省的对外贸易将会受益匪浅。举办冬亚会,哈尔滨借机经国务院批准将扩建国际机场,新开到韩国汉城、日本新泻、独联体新西伯利亚这几条国际航线,也是扩大国际交流的有效举措。

举办冬亚会,亚布力高山滑雪场将与周围的原始山、水、森林融为一体,建成一个既能滑雪,又能狩猎、观赏动物的国际度假村,一年四季,都将会吸引大批中外游客。还有加快市政和电信建设、新修涉外宾馆……举办冬亚会确实使哈尔滨在现代化进程中迈上一个新台阶。许多冬亚会工程都是由承建单位建设和管理,完全按市场经济管理办事,也令人耳目一新。

举办冬亚会也极大振奋了黑龙江人民的精神,增强了全省的荣誉感和凝聚力。为迎接冬亚会,黑龙江省政府和社会各界又出钱出力将"百万青年与冰雪"的活动推向一个新高潮,既增强了全省青少年的体质,又给冬亚会的举办创造了一个良好的氛围。当我们看到成千上万的青少年在校园、体育场和辽阔的松花江江面上一块块冰场如春燕展翅似的飞滑时,都感到这块黑土地及人民充满了生机。举办冬亚会的筹备工作已经拉开序幕,带给黑龙江人民的将是改革开放的大潮……

(原载1994年1月7日《河南日报》)

雪山仙态亚布力……

"无限风光在险峰",作为一个记者,能够在零下30摄氏度左右的严寒冬季,去我国最高最险最标准的黑龙江亚布力高山滑雪场采访,乃是人生一件快事。7日上午11时许,当我们乘上去亚布力的火车在茫茫雪原上行驶时,心就飞向了神秘莫测的亚布力……

　　经过近 5 个小时火车和汽车的路途，我们全国日报体育记协采访团一行十余人来到了位于山谷的亚布力高山滑雪场的场部。一下车，尽管天色昏暗，朔风凛冽，空气冷得发辣，大家还是被眼前的景象给迷住了。只见四周山头白雪皑皑，微微发蓝的夜空中挂着一轮幽幽的弯月。万籁俱静中，场部一座欧式建筑的小楼矗立在雪地上，人们好像置身于琼楼玉宇的广寒宫之中，大有超凡脱俗、飘飘欲仙之感。

　　热情的滑雪场张主任把我们迎进国家南极考察委员会建立在这里的滑雪训练基地楼中，给我们侃起了亚布力。他说，按照满语，亚布力是丁香花盛开的地方。亚布力高山滑雪场则位于哈尔滨东南 195 公里张广才岭大锅盔山北麓，山高 1374.8 米。解放前，这里就是小说《林海雪原》中所说的土匪许大马棒出没的地方，有许多原始森林，人迹罕至。这就更引起大家上山采访高山滑雪运动员的浓厚兴趣。

　　第二天一早，大家便坐上全长 2496 米的高山索道上山了。这条由日本引进的单人吊椅式空中索道架在高山滑雪道一侧，速度为每秒 2 米多，最高处离地面高度 13 米。张主任再三劝身体不好的人和老同志不要坐索道上山，但是除了两个身体实在不行的老记者，大家尽管都是望而生畏，还是都鼓足勇气，果敢坐上吊椅。

　　索道启动了，全身上下冬装武装的我们，很快被"飕飕"的山风吹了个透心凉。左边，一个个身着红、绿、蓝、紫等颜色滑雪装的运动员们如天兵天将一般从 3000 多米长、平均坡度 22.6 度的滑雪道上飞驰而下。那 70 米长的高台滑雪道上，运动员们从高台上飞出后，沿着 30 多度的大坡掠过 80 多米，真是"雪上大侠"，令人叫绝。右边，绿色的塔松树枝上挂着橙黄色的松子，和一棵棵直冲云天、闪亮的白桦树相互辉映，加上灌木丛丛和自然倒伏的高大树木，呈现出浪漫灿烂的层层原始森林。这美不胜收的画面顿时使大家把恐惧感丢到了九霄云外，不禁对着群山兴奋地大喊起来。

　　索道快到山顶时，我们下来，开始了近 20 米对顶峰的攀登。大雪深过大腿，一不小心陷入雪窝子，有齐腰深，一步一滑上到山顶个个大汗淋漓，气喘如牛。但"会当凌绝顶，一览众山小"，在纷纷扬扬的雪花中，站在高高的雪峰上，一种心情极度舒畅的自豪感油然而生。啊，雪山仙态的亚布力……

(原载1994年1月8日《河南日报》)

干打垒·场馆群·新大庆

提起"干打垒"，许多40岁以上的人都知道这是60年代初，大庆人在艰苦创业初期所住的类似地窖又稍高出地面的土房子。而体育场馆群则是一个现代化城市的重要标志之一。大庆从"干打垒"到体育场馆群，从一个千里荒原矿区到一个有230多万人的现代化的中型城市，昭示着奋斗者的足迹、历史的沧桑巨变。

没去大庆前，大庆在我们全国日报体育记协采访团许多人的心目中，都是荒原上"干打垒"一排排、钻机轰鸣的景象。10日，大家乘坐的汽车一驶入哈尔滨至大庆的高等级公路不久，大家都在一眼望不到边的浩瀚雪原上去寻找"干打垒"的痕迹。但是一个也看不见了，只是车行一个多小时，临近大庆市时，看到了星罗棋布的油井泵站旁边，一台台打油机在愉快地欢唱。

因为我们是体育记者，大庆市政府的领导同志便着重让我们参观了他们引以自豪的体育设施。首先参观的是拥有4000多个座位、电子记分牌、自动升降篮球架、暖气融融的现代化大庆体育馆。大庆市体委杨主任告诉我们，全市有看台的体育馆12座，篮排球训练馆20余个。他的话在我们参观大庆石油化工总厂具有3000个座位的龙凤体育馆时得到了证实。该厂体协负责同志说，全厂有3万多职工，3000个座位的体育馆两座，且体育馆24小时都有热水，运动员打完球后随时可洗澡。该厂3所高中、6所初中、14所小学都有室内训练馆。他的介绍，不禁使大家对这家全国排名第14位的特大型企业的领导重视体育、舍得投资的做法表示钦佩。

我们来到共有25米宽、50米长、8个泳道的游泳池和准备活动池，暖如夏日的游泳馆里观看运动员们各种泳姿的训练，都不由得发出由衷的赞叹。这样高等级的游泳馆大庆就有三座。而包括我省在内的许多内陆省份，全省却连一座这样的游泳馆都没有。当我们来到大庆中国乒协训练基地综合大楼时，更是不由得叹为观止。这座大楼简直就是一座高档次宾馆，里面有两人一房、带卫生间的运动员宿舍，舞厅、音响、餐厅、室内音乐喷泉、长70米高大宽敞的3个训练馆和身体训练馆，以及医疗、科研、桑拿浴等设施，各种装修材料都是一流的。讲老实话，我到过中国乒乓球队的训练馆，无论从哪方面都和这里差着几个档次。能坐25000人、带塑胶跑道的大庆体育场，带塑胶跑道的室内田径馆，体操馆，举重馆，射击馆，6层体校教学大楼……简直令我们一行人目不暇接。内地一个大省的体育设施也比不上大庆。所以，大庆人不仅群体活动得到蓬勃开展，还培养出李双红、李对红这样的世界冠军来。

只有勇于开拓、艰苦奋斗者才能尝到胜利的甘甜。大庆人从"荒原一片篝火红"到"让大草原石油如喷泉"，经过30多年的苦战，为国家创利税1200亿元，才有了今天漂亮的公路、学校、医院、商厦、影剧院、公园和人均8.8平方米的宽敞居民住宅。大庆已经成为一座美丽的现代化城市，明天将会更美好！

（原载1994年1月12日《河南日报》）

万里征战胆气豪

——省男篮访哈萨克斯坦散记之一

9日下午，参加哈萨克斯坦国际篮球邀请赛，在外征战跋涉一个月的河南省男篮荣捧亚军奖状而归。站台上，回家的喜悦也掩盖不住运动员、教练员脸上极度的疲惫。十余天旅途火车、汽车的颠簸，饮食的不适，连续比赛的压力和消耗……酸甜苦辣尽在其中。记者应邀随团出访，深知此行的艰辛，回想起来，别有一番滋味在心头。

如今，能有机会出访，到国外开阔视野，增长知识，确实令人神往。5月10日晚，河南省男篮代表团一行18人乘坐郑州至乌鲁木齐的98次列车西行。对于广大读者来说，河南男篮确实是久违了。这支曾驰骋在国内篮坛前12名的甲级劲旅由于1987年全国六运会预赛"马失前蹄"而惨遭解散，老队员悉数离去，元气大伤。眼前，这支队伍由原青年队组成，去年全国七运会预赛才打过几场成年比赛，"初生牛犊"敢到国际篮坛闯荡，还算有胆量。团长张建勋、主教练李国卿、资深教练马双安等的主导思想就是"弄斧到班门"，和国外强队碰，锻炼队伍，积累经验，提高水平。平均年龄22岁，平均身高1米94的省男篮小伙子们第一次出国参赛，自然是兴高采烈，谈笑风生。交谈中得知，为了这次万里学艺，省男篮几位教练做出了极大的努力并得到汝州焦化厂的鼎力相助，将下半年的赞助款提前到位。该厂党委书记陈兴现应邀出任副团长随访，自然大受欢迎。

车到嘉峪关，荒漠中古长城尽头遗址的一段段残墙颓垣映入眼帘，人们在浩叹万里长城的雄奇时，一股"羌笛何须怨杨柳，春风不度玉门关"的苍凉之感不由袭上心头。经费短缺，队员们在旅途中吃自带的方便面、黄瓜和火腿肠，倒无怨言。只是坐两天火车后，夜里旅途沉闷孤寂的重压使人们焦躁得胸腔好像憋闷得透不过气来。难熬之夜过去后，人们时而看到"飞鸟不敢来"幻如魔境的10余米高剥蚀戈壁一望无际，面目狰狞；时而看到辽阔的冲积戈壁上风卷黄沙如倚天之柱冲天而起，长长的河流消失在无尽的荒漠之中。还有那落日、晚霞、响沙……构成了"大漠孤烟直，长河落日圆"那一幅幅奇丽壮美的塞外自然景观画卷，令人的胸怀好像也宽广起来。坐三天三夜的火车后，全团抵达乌鲁木齐。

仅休整一晚，便又坐20多个小时的汽车，在良田、雪山、戈壁……中穿行。路况甚差，山崩、雪崩的痕迹依稀可见，人们经常被掀起来，头碰车顶，又重重地跌下去。团长张建勋座席的角钢被颠撞断，主教练李国卿被颠起后门牙折断……来回汽车三次爆胎，一次坏发动机，半夜截过路车，回想起来令人不寒而栗。然而沿路看到那些数百里的林带环绕着一片片雪水灌溉的良田，人们不禁对那些五六十年代就在新疆屯垦戍边的解放军战士、知识青年报以无限的敬意。至于被人称为"奇绝仙境"而又蜿蜒起伏、道路艰险的果子沟，和雪山相依、海拔2073米、面积450平方公里的赛里木湖，都使人爽心悦目。那"牛羊散漫落日下，野草生香乳酪甜"的景象在天山牧场随处可见。旅途也是苦中有甜。

到霍尔果斯海关入哈萨克斯坦国境后，仍然要坐十几个小时的汽车穿越戈壁荒滩，于17日凌晨2时许到达该国首都阿拉木图。五天五夜的近万里的火车、汽车确实令人艰苦备尝，但是那"无限风光"却是那些拿美元坐国际航班的人无法领略到的。疲劳已极的男篮小伙子们饿着肚子洗漱后很快入睡。他们知道要养精蓄锐，准备搏杀。

（原载 1994 年 6 月 15 日《河南日报》）

"初生牛犊"不怕虎
——省男篮访哈萨克斯坦散记之二

哈萨克斯坦国青队教练萨沙把我团安排在近于市郊的国家奥林匹克学校招待所内住下后，告诉翻译，以后全团到该校学生食堂就餐。第二天上午，哈国青队主教练巴利斯又送来赛程安排。此外，就再也看不到哈方有什么陪同和接待人员。这种外事活动很简明务实。

这次"共和国"杯国际男篮邀请赛有哈萨克斯坦、中国、吉尔吉斯斯坦、土库曼斯坦等四国八支球队参赛。其中哈中央军人俱乐部队有多名该国国家队队员，实力强劲。前年，在有 30 多支队伍参加的独联体国家甲级队比赛中，该队夺冠。哈国青队、吉尔吉斯斯坦比什干队水平都与我国甲级队相当。这些队人高马大，哈中央军人俱乐部队有时上场队员就有 4 名高度在 2.05 米以上。他们大都是典型的欧式打法，进攻内外结合，以内为主，技战术简洁实用，作风硬朗。而严格地讲，河南男篮还没形成自己的技战术风格，但有一定的高度，能在推进中组织快攻，打得顺手时，中远投也有一定的命中率。

从赛程安排看，东道主颇具匠心，将河南男篮和哈国青队分在 B 组，哈中央军人俱乐部一、二队，吉尔吉斯斯坦等队分在 A 组。他们大概一厢情愿，不出意外，哈中央军人俱乐部队和哈国青队将争夺冠亚军。不过，河南男篮表示，既来之，则拼之，绝不拱手称臣。他们深知在国外打球，事关祖国荣誉，要全力以赴地去搏。

开球，河南男篮采取半场扩大盯人，篮下二三联防的战术并频频发动快攻，2 分钟即以 6∶0 领先。哈国青队很快稳住阵脚，在 13 号后卫的组织下，利用 11 号、14 号两个身高 2.05 米以上的高中锋内线强攻得手，比分反倒一度领先 10 分之多。河南男篮及时叫停，换上身高 2 米的 15 号刘云峰和 7 号李敬波，加强防守中的反击。7号李敬波几次跳投命中，比分逐渐扳回，并在上半时结束时以45：42领先。

易地再战，河南男篮和哈国青队拼得更凶，比分咬得很紧。最后3分钟时，比分打成80平。此时，河南男篮反倒放开手脚，13号李建新、14号王军大胆运球突破上篮，造成对方犯规，罚中4分，加上10号韩强等的偷袭成功，最终以87：80拿下首场硬仗。接着河南男篮又一鼓作气，连克本组两个哈萨克斯坦地方队，取得B组第一名，获决赛权。

5月22日，河南男篮和哈中央军人俱乐部队争夺冠亚军之战，虽实力悬殊，但河南队打得顽强。哈中央军人俱乐部队4名身高2.05米以上的队员明显占了高空优势，无论内线强攻，还是外围投篮和个人技战术都明显高出一筹。竭力抗争的河南男篮小伙子们为有能和强队交手的学习机会而兴奋。输了，他们明白自己起点还低，还要苦练。不过，他们毕竟是首次在国外参加国际比赛。当他们从组委会官员手中接过亚军的奖状时，年轻人的脸上露出了欣慰的笑容。

（原载1994年6月16日《河南日报》）

赢得友谊和尊重
——省男篮访哈萨克斯坦散记之三

体育比赛，优胜者自然要受到人们的尊重。

河南男篮靠一定的实力、敢搏的锐气，夺得"共和国"杯哈萨克斯坦国际男篮邀请赛的亚军，令参赛各队刮目相看。于是，由于分组不同，在比赛中没有相遇的一些强队要和河南男篮打几场友谊赛。正式比赛结束后已回国5天的吉尔吉斯斯坦队又专程返回阿拉木图和河南男篮较量一下。这对不远万里前来学艺的河南男篮来说，正中下怀。尽管只有面包、黄油和较少不适口味的熟肉，几乎没有蔬菜的伙食使连续比赛的河南男篮小伙子们的体力得不到很好的恢复，但是他们全队还是尽力打好每一场比赛。结果，河南男篮和哈国青队两场比赛一胜一负，1分之差负于哈中央军人俱乐部二队，负于吉尔吉斯斯坦队19分。

综观河南男篮在哈萨克斯坦的7场比赛，5场都打得很艰苦。从比赛中可以看出，河南男篮和哈国青队还能对抗，但是在和哈中央军人俱乐部队、吉尔吉斯斯坦队这些欧式打法的成年队角逐时便暴露出防守漏洞太多、进攻点少面寡的缺陷，显得章法较乱，招数不多。这些强队的一些高手在河南男篮的防区内简直可以随心所欲地运用各种简明、实用的技术动作投篮得分。其单兵作战和运用二三人局部配合战术的能力更是明显高于河南男篮，而这些恰恰是他们得分的主要手段。

看来，河南男篮的每个队员都要在个人技术和局部战术配合的训练上下大功夫。没有娴熟高超的个人技术作基石，全队的默契配合和战术也就等于无源之水、无本之木。这就需要教练员们更新一下观念，全队的技战术要简明、实用，着重提高队员单兵作战的能力，要培养出本队有丰富想象力、创造力和应变能力的球星。而河南男篮现在就是缺乏个人技术出类拔萃的球星。河南男篮的小伙子们还年轻，只要刻苦磨砺，善于学习，成为球星还是大有希望。这次出访，河南男篮教练们从实战中，也看到了自己和强队相比在技术发展上的明显差距，增强了新的篮球意识。这也是收获。

友谊是世界各国人民交往中的一个永恒主题。河南男篮代表团在哈萨克斯坦共和国的14天出访中，也感受到该国人民和运动员的真诚友谊。这些天，河南男篮和哈萨克斯坦共和国奥林匹克学校的学生们朝夕相处，校园和林荫道上，经常可以看到他们打着手势，说着一个一个俄语或英语单词，进行亲切的交谈，青春的欢笑声常常在人们耳边荡漾。该校还专门为河南男篮代表团组织了两次宴会和舞会。人们互赠纪念品，为友谊而干杯，为友谊而翩翩起舞，心情愉快而又欢畅。该校老校长触景生情，即席发表充满友谊的谈话。面对东道主的盛情，团长张建勋也答辞致谢。河南男篮教练刘克明一曲《莫斯科郊外的晚上》唱得声情并茂，博得一片掌声。东道主还专门组织河南男篮代表团到举办过冬奥会的阿拉木图高山滑雪场、总统府、红军烈士墓等处参观和游览市容。树木茂盛、绿草如茵、公园式的阿拉木图市给人们留下了美好的印象。5月30日晚，在和东道主教练们的道别声中，河南男篮代表团离开阿拉木图回国。教练们互约，适当时候，在中国河南再会！

（原载1994年6月17日《河南日报》）

七、工作通讯

榜样示范导崛起之路

星火灿烂
——密县第二耐火材料厂腾飞记

1988年12月13日下午3时许，在北京人民大会堂举行的首届国家星火奖授奖大会上，李鹏、田纪云、周谷城、严济慈等党和国家领导人把"国家星火示范企业"的金匾、金质奖章、奖杯授予河南省密县第二耐火材料厂党委书记、星火示范企业设计师朱国平，并给他戴上大红花。国家星火示范企业全国有16家，我省仅此一家。那么，他们是如何从"山重水复疑无路"的绝境中奋起，迈入"柳暗花明又一村"的新天地的呢？

人才领先

密县第二耐火材料厂（以下简称"二耐"）到1983年，已连年亏损47万元，人心思走，工厂处于风雨飘摇之中。

1985年，国务院号召中小企业推行星火科技计划。这犹如春风扑面，吹开了二耐人紧锁的愁眉。二耐的决策者朱国平、孙兆青等眼界陡然开阔。他们经过对同行业的考察，又结合本厂实际进行缜密论证后，响亮地提出：引科技进厂、创办"星火科技示范企业"，再展宏图。随着书记、厂长等办公室数日彻夜不熄的灯光，22项59条标准化创建"星火示范企业"的基础方案制订出来了，人才培训、产品换代、质量管理、技术辐射……他们开始了有目标的向科学进军。

按照方案，科技兴厂需人才先行。二耐不惜耗费巨资，用"请进来、送出去"的方式，开始对职工进行文化补课、技术深造。1985年在资金紧张的情况下，投资18万元，购买课桌、书籍、教具，兴办了一座能容纳百余人的工人夜校，要求45岁以下的职工都必须参加每天2小时的文化课学习。厂里各级领导来上课了，中青年工人来上课了，就连有小孩的女工也克服困难踊跃前来。每堂课都是座无虚席。"一分耕耘，一分收获"，1986年全厂大部分工人通过郑州市成人教育委员会的考核，拿到初中毕业证书，还有200余人达到高中文化水平。

之后，耐火材料专业、全面质量管理、设备维修保养、生产工艺、安全生产操作规程等讲座在厂内长年不断。厂里还聘请郑州大学教授、讲师等来厂为班组长以上管理人员办"现代企业管理知识"学习班，引得县直机关和左邻右舍企业也派人前来学习。

与此同时，从1985年开始，二耐通过考试，择优推荐，出巨资选派21名工人、干部到武汉钢铁学院、鞍山钢铁学院、西安冶金建材学院等高校进行专业培训，使之成为厂里高层次技术人才。

掌握了科学文化基本知识的二耐人开始在科学技术的新天地中纵横驰骋。他们当中的佼佼者，在科研和生产中很快展现出才华。

年轻的机修工人周四辈参加了厂办的设备维修学习班后，运用学得的知识搞技术革新。去年初，他发现储料斗装置不合理，制砖的质量受影响。于是，他花20天时间自己设计、制图、备料，将储料斗革新改造。结果，砖的合格率由原来的60%—70%上升到85%—90%。他提议并动手把3号机的研磨套换成轴承，使该机寿命延长一倍。后来，他被任命为车间主任。

更令人欣慰的是，当工程师、厂长孙兆青调离该厂后，厂里以师带徒培养的24岁的朱明亮自学机械制图、材料力学等大专教材后，竟扛起了全厂机械设计的大梁，成为获省科技进步三等奖的"机立窑内衬设计"项目四名主要设计者之一。

36岁的副厂长文清连原是一名临时工。他在设备的拆装和检修中，多次表现出良好的管理者素质。党委书记朱国平慧眼识人，上下呼吁，不拘一格将其提拔为生产副厂长。上任后，他抓紧学习企业管理知识，很快熟悉业务，抓住关键问题不放，月月年年都超额完成生产计划，受到全厂职工的称赞。

和文清连、周四辈一样，25名文化技术出众的工人都被安排到班组、车间、科室等领导岗位，成为二耐崛起的支柱。

二耐为科技兴厂打下了坚实的人才基础。

科学管理

二耐人在创办星火科技示范企业的迈步之际，开始运用科学的战略目光，适时更新产品，强化全面质量管理机制，进入科学管理的良性循环之中。

他们首先淘汰了该厂生产30年之久、市场饱和的民用陶瓷产品，果断决定转产本地原材料充足、水泥行业急需的耐火材料——磷酸盐砖。厂领导挑选一批精兵强将日夜奋战，很快掌握了磷酸盐砖的8种配料比例，在没有成套设备的情况下，坚持质量标准，人工"抠"出60吨产品。经武汉水泥厂验收，全部合格。

首战告捷，二耐的决策者们不失时机地组织工人土法上马自造设备。当时的机修工文清连等一批能工巧匠大显身手。他们从废料堆里拣来材料，修旧利废，自造了小型球磨机、湿碾机，买来了廉价的旧压力机，迅速形成了机械化成批生产能力。到1986年，磷酸盐砖年产量已达8000吨，税利达182万元。产品市场迅速扩大，税利逐年见涨，使二耐人的信心、魄力大增。1987年，他们筹款450万元，开工建设一条包括76台主体设备在内的年产2万吨磷酸盐砖的半自动化生产线和隧道窑。

在"厂兴我兴，厂衰我耻"口号激励下，许多党员干部身先士卒，出谋献策，义务劳动，许多工人为工程集思广益，关键时刻，不计报酬，加班加点地干。由于经过论证，全厂上下又齐心协力，终于使这条生产线当年设计，当年施工，当年见效益。磷酸盐砖产量达11000吨，创税利202万元。1988年，二期配套工程竣工，产量达19000吨，税利305万元。真是"芝麻开花节节高"，一年更上一层楼。

"用户就是王，质量就是命，制度就是法，工厂就是家"，这是二耐的办厂宗旨。他们牵住产品质量这个牛鼻子，全厂形成了以产品TQC全面质量管理为中心的科学均衡生产管理体系。

"让工厂的产品像太阳当空永不落。"这是二耐人追求产品不断更新，在市场竞争中处于不败之地的一个形象比喻。脑子里有了科学这根弦的二耐人通过和天津、鞍山、西安、武汉等地大专院校、科研单位4年的密切技术协作，共研制开发出11种新产品，已经投产的产品在国内外市场畅销不衰，把这种追求变成了现实。

1986年,该厂成立了新产品开发科,制定了三至五年新产品开发规划。决策者们选派经过大专院校培训的副厂长李银发、开发科科长王战省负责去攻下一个又一个新产品开发的山头。

这是一场又一场紧张、艰苦而又充满乐趣的战斗!

1986年,他们和鞍山钢铁学院科技人员一起研制隔热陶粒砖,大胆构思,缜密试验,4个月便研制成功。新产品的问世给他们带来了喜悦,打破了科研的神密感。1987年,他们又向难度较高的P-MEN高强度耐火泥项目进击。试验进行了200多个日日夜夜,王战省含辛茹苦,吃饭、睡觉都在车间,连最忙的割麦季节也一次没回过离厂仅十几里路的家。耐火泥项目又成功了,他人却瘦了一圈。

接着,钢纤维浇注料、磷酸盐复合砖、不烧镁铬砖等11种新产品相继问世。其中4种投产后,产生了巨大的经济效益。仅P-MEN高强度耐火泥一项销售利润就占1988年全厂利润的30%,达60万元之巨。还有7种新产品贮存起来。二耐的新产品开发形成了"生产一代,研制一代,预研一代"的可喜局面。

科学的管理结出了丰硕的果实。1987年,二耐磷酸盐砖被评为省优产品,畅销全国,其各项指标均超过部颁标准,而煤、电、铝钒土吨消耗量却大大低于省一级企业,成本低廉,在全省同行业中领先。但是二耐人在顺境时头脑格外冷静,他们从磷酸盐砖在水泥行业目前畅销的现象后面,看到了这种产品到一定时期有被淘汰的可能性。今年,一条为钢铁工业生产耐火材料的生产线又在迅速施工,工地热火朝天,水泥钢筋柱子直插云天,真乃棋高一着。二耐人依靠科技进步,又为自己开辟了一条广阔道路。

星火燎原

"一花独放不是春,百花齐放春满园。"二耐人懂得,科技成果应该造福桑梓,有益社会。

20世纪50年代以来,国内水泥机立窑内衬砖有20余种,造价高,寿命短。原二耐厂长孙兆青等以振兴我国水泥工业为己任,到40多个水泥厂调查研究,进行了水泥机立窑内衬砖标准化新设计,填补了国内空白,并获1987年省科技进步三等奖。这种新设计用2种砖代替原来20余种砖,造价低,寿命长。这2种砖二耐均能生产,水泥厂每台窑炉用这2种砖可节约1.8万元。截至1988年底,经全国百余家水泥厂采用,创社会经济效益5000多万元。更为可贵的是,当30余家耐火材料厂闻讯登门求教和要求技术转让时,二耐人热情接待,并为这些厂家培训一批技术人才。二耐还和6家耐火材料厂搞横向经济联合,使一种新产品多家生产,多家受益。

1986年,密县二耐的磷酸盐砖在国内外市场畅销后,便主动同巩县海上桥、密县苇园、赵寨等13家乡镇企业联营,进行扩散,并从资金、技术等方面进行扶持,使一些企业迅速扭亏为盈。1987年,联营企业实现产值936万元,税利260万元。其中二耐为密县袁庄村投资办了一个小耐火材料厂,仅一年使该村人均收入提高170元,基本上摆脱了贫困。现在,二耐技术科有专人骑摩托车到联营厂进行巡回技术指导,使这些乡镇企业生产稳步发展。

1989年3月,二耐又联合巩县、登封、密县百余家耐火材料厂在本厂共商筹备"郑州市耐火材料新技术开发集团"之大业,欲更大规模地扩散科技成果,振兴地方经济。值得祝贺的是这项扩散科技成果大业于1989年8月得到国家科委的批准,并在资金上大力扶持。

愿他们播下的科技星火燃遍辽阔大地。

(原载1989年9月5日《河南日报》)

体育产业天地宽

——新乡市体育中心改革纪实

编者按

当前如何深化体育改革,使原来适应计划经济的体育逐步转移到与社会主义市场经济相适应、符合现代体育运动规律的轨道上来,这个新的课题已经摆在人们面前。长期以来,许多地方花费巨资建设的大型体育场馆,大部分时间闲置不用,不仅收不回成本,而且还要继续较大投入进行维修,造成极大资源浪费。令人欣慰的是,新乡市委、市政府正确决策,使1996

年建成、耗巨资1.5亿元、占地183亩的新乡市体育中心理顺体制,转换机制,走上了体育为主、多种经营的体育产业之路,在两个文明建设中发挥着越来越重要的作用。今天,我们推出新乡市体育中心改革纪实,意在给已经建成或即将建成的大型体育场馆的改革提供一个示范,促进体育改革健康发展。

改革是强国之路,也是强体育之路。

岁末,作为一名曾经采访过1996年新乡省八运会和1997年上海全国八运会的记者,又站在人头攒动的新乡市体育中心电子大市场交易大厅里,强烈感受到上海体育产业蓬勃发展的大潮和新乡体育产业萌发的春讯正在遥相呼应。集体育竞赛、训练、休闲、游乐设施和电子市场、小商品市场于一体的新乡市体育中心,自今年4月1日向全市人民开放以来,在取得良好社会效益的同时,已创经济效益近200万元,走上了一条依托社会,自我发展,自我完善,充满活力的新兴体育产业之路。

更新观念　理顺体制

有人说:"世界上只有两种力量,一种是剑,一种是思想,而思想最终总要战胜剑。"观念、思想的转变更重于资本的力量,对管理和经济效益起着重大作用已成为现代社会不争的事实。

1993年,善于经营的上海人承办首届东亚运动会盈利了2.6亿元人民币。上海市政府以这2.6亿元投资建立了上海东亚集团公司。此后,该公司运用银行贷款,出售经营权、包厢等多种市场经济运作手段筹足高达13亿元人民币资金,建成了能容纳8万名观众的全国八运会主赛场——上海市体育场。这个庞大的体育场四周看台建成了四星级宾馆、商场、游乐设施……回报丰厚。上海市副市长龚学平一语中的地说:"上海承办八运会的过程,其实就是在市场经济条件下,逐步建立体育产业化新思维的过程。"而八运会后的上海体育场由上海东亚集团公司进行独自经营,滚动开发,成为一个体育产业实体。

占地183亩、耗资近1.5亿元的新乡市体育中心是新乡市人民1996年为承办省八运会而兴建的。其主体建筑中心体育场有国际标准的400米塑胶跑道,国内一流的绿茵足球场和能容纳32000名观众的看台。场内装有电子记分系统、大屏幕、扩音设备和具有亚洲一流水平的高杆照明灯，能满足夜间高水平足球比赛和大型文体广场表演的需要。先进的设施，全省独此一家，全国也居先进行列。但由于设计上单一的竞赛功能，也给多功能利用、多种经营造成了先天不足。省八运盛会后，人去场空。面对这笔巨大的国有资产，尽管新乡市委、市政府领导在兴建体育中心之初，便有利用体育场四周看台的建筑空间和四周临街营业房建成电子市场的设想，但是在谁来管、怎样管等一些复杂问题上举棋未定。市政府只好在省八运会结束后暂时关闭体育中心。一段时间，紧闭的大门、冷清的临街门面房在群众中引起了较大反响。有人向市人大反映，有人上书新闻单位，要求体育中心尽快开放、发挥作用的呼声越来越强烈。这促使新乡市委、市政府领导进行了大量调查研究，冷静思考和充分论证。他们突破了在计划经济体制下，把体育场单纯作为精神文明载体的思想局限，看到了体育场也是物质文明载体的巨大潜力。

思想观念上的可贵转变，使他们在1996年底做出了成立新乡市体育中心这一副处级事业单位，领导体制隶属市政府办公室管理的决定。新乡市政府给体育中心明确了4项基本任务：一是管理好体育场馆，服务体育运动，开展全民健身活动；二是招商引资，办好新乡电子大市场及有关专业批发市场；三是行使市政府授予体育中心的国有资产经营管理权，确保财产保值增值；四是把体育中心办成新乡市精神文明的窗口。

国家体委主任伍绍祖把体育改革的目标和基本措施归纳为"六化、六转变"：体育组织形式从行政性向社会性转变，体育事业单位从事业型向经营型或企业型转变……那么积极探索适应社会主义市场经济和本地条件的体育管理体制和运行机制，以改革推动发展也就势在必然。于是新乡市组织部门按程序在全市进行了体育中心主任公开招聘工作，一位当过工人、业务员、厂长、总经理、党支部书记的38岁年轻人成为体育中心的首任当家人。

当然，对于体育中心新管理体制和运行机制，新乡市有的单位和一些人持不同意见和看法，有的也是出于公心，从事业出发，也有其道理。实践是检验真理的唯一标准。是非曲直，实践和时间会做出公正的回答。

体育为主　多种经营

　　体育场馆应该以组织开展体育活动为主，向广大群众开放，为体育事业的发展服务，其性质不容改变。新乡市体育中心一成立就以文件形式明确提出完善体育设施，开放各类场馆，服务运动员训练，开展全民健身活动，为新乡市两个文明建设服务的指导思想，并迅速实施，当成头等大事来抓。

　　翻开成立不到一年的新乡市体育中心的大事记可以看到，中心相继对外开放了露天篮球场、小足球场、田径场、羽毛球场、网球场、棋牌室、健身房、乒乓球室等15个场馆；夏秋两季每天接待前来健身娱乐的群众3000至5000人；为18家企事业单位到体育中心开运动会和开展集体体育活动提供了场地、器材服务；为省女子标枪运动员封闭训练备战全国八运会，为河南师大田径队备战全国大学生田径运动会，为新乡环宇足球俱乐部迎接省少年足球赛免费提供场地进行训练；承办了越南同塔队与河南建业队足球对抗赛、香港明星队与河南红灯队足球表演赛；举办了5期少年足球训练班、乒乓球训练班、形体健美班，为体育培养后备人才。

　　他们根据市政府"以场养场"的要求和"服务为主，适当收费"的原则，专门制定了《体育场馆管理规定》。其中经市领导批准的全市重要集会和市体育主管部门组织的市以上体育比赛、训练本市运动员，体育中心免费提供各种服务。《体育场馆管理规定》执行后，得到了市领导的肯定、群众的好评。

　　如今虽然是冬季，但早上在体育中心散步，跑步，打篮球、羽毛球，练太极拳的人们坚持不懈，为体育中心这宏伟的建筑增添了勃勃生机。而体育场看台下的各种场馆内，暖气已经开通。乒乓球室内银球飞舞；健身房内，热爱形体美的姑娘和小伙或做健美操，或上器械，练得热气腾腾，显得春意盎然；1200只和平鸽已在体育中心广场与游人友好相处。四季常青、三季有花的体育中心已成新乡人民锻炼休闲游乐的最佳去处之一……体育中心的职工们确实在用汗水一步一个脚印地创建全民健身基地、精神文明窗口。

　　据不完全统计，新乡市体育中心每年正常开支需250万元左右，其中不算折旧，光是用于场馆维修、增添各类基本设施的经费需近百万元。已进入事业经营型运转的中心领导班子认识到，必须多种经营，创造良好的经济效益，才能更好地为体育事业发展增添后劲。中心公关广告科成立了，下属的新乡奥搏实业有限责任公司成立了……在市政府直接领导下，经过培育已初具规模的电子专业批发零售市场更是其多种经营的华彩之笔。他们大力宣传市政府为电子大市场制定的优惠政策，公开竞租中心临街和体育场看台下万余平方米的商业用房。通过公开招商，目前已有来自全国各地，包括TCL、海尔、创维、三星电子、美乐在内的上百家电子集团公司、厂商入驻电子市场。电子大市场的带动，使体育中心的商业用房升值并全部租了出去，为体育中心多种经营进入良性循环打下了一个坚实的基础。

新乡人民集资兴建了体育中心，体育中心理应心中有人民。电子大市场形成商业氛围后，体育中心报请市政府批准，利用体育中心院内和周边空闲场地，在今年9月为下岗及特困职工开设了小商品市场，提供便利条件和一系列优惠政策。截至年底，小商品市场已有1000多家商户入场经营。走到小商品市场，大门两边"下岗不失志，市场争自强"的标语格外醒目。市场内，服装、鞋帽、百货等各种小商品品种繁多，成交日趋活跃。目前，他们经过努力和谈判，和台商联办的"台湾流行广场"已经开工建设，前景看好。

转换机制　现代管理

"不以规矩，不能成方圆。"今年3月才成立启动的新乡市体育中心，10月全体职工便人手一册《新乡市体育中心制度汇编》。竞争和激励机制成了《新乡市体育中心制度汇编》高扬的主旋律。每个职工都签订了目标责任书。这里的工作充满机遇和挑战。只有勤奋工作，不断超越自己，才能跟上竞争与发展的时代步伐，否则将自己打倒自己，进入劣汰之列。

建章立制，有章必依，违章必究，严格管理是体育中心转换机制的一个重要标志。《新乡市体育中心制度汇编》包括体育中心32种工作制度和48个岗位的岗位责任，奖惩条件尽在其中。体育中心虽是一个事业单位，但它的考勤制度却像企业一样严格，且制度面前人人平等。

每天早上7时50分上班签到后，集体做操。中心领导7时30分便上班打开签到本，职工们也严格按时上班签到。制度规定，工作失职，造成损失者受罚。动力设备科工作人员看错表，少收电费，中心主任先罚自己500元以后，对当事者和动力设备科也给以500元罚款。制度规定任人唯贤，能者上，庸者下。于是中层一律实行聘任制，12个科级岗位竞争上岗。中心成立十个月三次调整中层干部。干得好的6名职工被提拔为中层干部，而一名广告科负责人不称职，被调换工作后仍不出成绩，便回办公室待岗。十个月，中心对严重违犯规章制度的5名保安人员予以除名，对4名工作失误的职工进行通报罚款，对6名纪律性差的职工进行点名批评，而对五分之一工作作出突出贡献的职工给以奖励。

到体育中心采访，办公室、楼道、厕所打扫得干干净净，报纸挂得整整齐齐，职工们在小事上也都养成了遵守卫生制度的习惯。从中层干部每周交班例会表可以看到，各个科室和个人绝大多数都能按时完成每日每周的工作计划。派车单、文印单、事由、份数、种类……都写得清清楚楚。事业单位企业管理的竞争机制，使中心的领导、职工人人有工作任务和目标，人人有压力和危机感。而领导的以身作则，规章的合情合理，个人价值在工作岗位上的体现和肯定，又使竞争机制、压力和危机感造就了中心人对事业执著追求的艰苦奋斗精神和认真负责、一丝不苟的工作态度。这些恰恰是中心工作顺利开展的有力保证。

翻一翻《新乡市体育中心制度汇编》，看一看中心工作总结、大事记和重要活动录像，听一听中心领导、职工对自己工作充满激情和责任感的话语，都体现出一种以人为中心，以企业价值观为标准，追求创新、个性与和谐人际关系的现代管理模式。在中心领导心中，职工是中心的主人翁。在职工心中，中心事业的兴旺就是自己的追求，中心是一个大家庭。重大体育比赛，重要集会和活动，中心干部职工都是早来晚走一齐上，脏活、累活抢着干。夏天晒脱皮，冬天冻裂手，也毫无怨言。为了节省资金，中心主任拿起焊枪自己焊小足球门，极其正常。干部清理场地、做杂活也很正常。"平时是干部，忙时是工人"已成了中心干部的自觉行动。而"领导叫干啥就干啥，干就一定要干好"已成为中心职工对自己的起码要求。因为干部和工人都把自己的工作价值和中心事业的最高利益融在了一起。于是就有了值班人员深夜听到滴水声，翻身起床去拧水龙头，为中心节约一滴水、一度电；就有了职工100余条合理化建议；就有了体育中心令人振奋的三年发展蓝图。中心"我爱体育中心诗歌朗诵会"上朗诵的都是职工自己创作，从心头流出的爱的诗篇，朗诵得是那样动情；中心组织的"体育中心基本知识竞赛"又显示出职工对中心及自己岗位责任的熟悉，充满自豪感。在这里,中心领导公平竞争,量才用人,职工个性和创新精神得到鼓励和尊重。

在这里,有利于中心发展的原则至高无上,人们都明白,中心价值实现之时,也就是自我价值得到体现之日。中心人的斗志和智慧已形成了一种强大的凝聚力,显得如此意气风发,斗志昂扬。因此,不难想象,中心人用心血和汗水开拓的体育产业具有多么强大的生命力。面对新乡市体育中心的发展,那些具备条件,迟早也要向经营型、企业型转变的事业单位,是不是也要在理顺体制、转换机制、深化改革上解放思想、更新观念、有所作为呢?

(原载 1997 年 12 月 30 日《河南日报》)

八、事件通讯

峥嵘岁月录时代新闻

情比海深
——抢救"6·18"食物中毒大学生纪实

友爱是中华民族的传统美德。

"这是心的呼唤,这是爱的奉献,这是人间的春风,这是生命的源泉……"不久前,一首爱的赞歌传遍神州大地,曾引起多少善良的人们的共鸣。

6月18日中午,当省财税高等专科学校不幸发生一起涉及700余名大学生和他人的食物中毒事件以后,这首歌又以更加优美高亢的旋律从郑州飞向北京、上海……莘莘学子的安危牵动着无数人的心。从总理、国务委员、部长、省市各级领导到社会各界人士都向中毒的大学生们捧出一颗颗爱心,抚平着他们身心的创伤……

食物中毒事件发生以后

公元1992年6月18日中午12时30分,省财税高等专科学校。午餐后的大学生们开始感到身体不适。饭后7分钟,有一位同学便将吃下去的卤面吐了出来。而后数百名同学相继发病,出现了程度不同的呕吐、腹痛、头晕等中毒症状。校卫生所里,呻吟、呕吐声不绝于耳。校系领导和教师们耳闻食物中毒事件立即赶到现场,看到越聚越多的中毒学生,忧心如焚。他们立即决定将中毒较重的学生送往附近的解放军信息工程学院门诊部。一场动人的情景出现了。只见教师们有的背身,有的怀抱,有的用自行车送……爱生心切,汗流浃背。个矮体弱的女教师赵晓冬发现一位身材高大的学生剧烈呕吐,脸色苍白,瘫倒在地。她奋不顾身咬紧牙关连背带拖,将这位同学送上汽车到医院抢救。她本人却累得晕倒在车上。省财政厅、省税务局等单位的10余部车辆迅速赶来，加入抢救的行列。省财政厅厅长胡树理18时许赶到中毒现场，做出不惜任何代价，全力抢救学生等五项紧急工作安排。

军民鱼水一家人。解放军信息工程学院接到报告后，李鸿林副政委、高元科副院长当即指示：要不惜一切代价，克服一切困难，全力抢救中毒学生。14时，第一批送到的学生被迅速送到病房给予洗胃、催吐、输液，对症抢救……学院门诊部还派两名主治医师、两名主管护师到财专帮助就地诊治。这个医院从14时到16时30分共急救学生300余人，对冲淡毒物、避免虚脱起到了重要的作用。

可是随着毒物被人体吸收，出现食物中毒症状的学生人数急增。信息工程学院医院已无法承受。情况十分危急！17时45分，郑州市卫生局局长王有川接到报告赶赴现场。他观察现场和听取汇报后，部署向郑州市第五人民医院输送中毒学生。此时，时针已指向18时20分。五院总值班同志向全院发出立即回岗的命令，已经下班走到半路的医护人员又立即返回医院的岗位上。从18时45分开始至19日晨，五院各病区最多时收治中毒学生200余人，已达严重饱和程度。但是医护人员忙而不乱，为中毒学生输上了解毒的液体。然而继续送来的中毒学生有增无减！省市卫生系统领导又很快决定，于19日凌晨2时开始，将600余名中毒学生分流到郑州市一、二、三人民医院，省人民医院，河南医科大学第一、第二附属医院进行抢救治疗。

食物中毒分为生物性和化学性两种。此次"祸首"究竟是谁？最有权威的手段是食品卫生检验学的定性分析。抢救中毒学生的战斗又在另一个战场上打响。18日17时40分，郑州市防疫站卫生监督、监测（细菌、理化）两科组织10名技术人员赶到中毒现场。他们对13份可疑食物进行了采样，并对信息工程学院医院里的中毒学生进行了个案调查，还提出封存中毒现场二食堂的暂时处理意见。19时10分，他们回站后即分秒必争地对13份采样进行了化验。时间就是生命！终于在22时50分，从第一份样品（捞面条、生面条）定性试验初步检查出三氧化二砷。同时，打电话向市卫生局报告结果。23时50分向信息工程学院医院通知检验结果，提出抢救原则和特效药物。19日零点20分向财专通报检验结果，要求校方负责通知在二食堂就餐人员进行登记。19日2时，8份采样均检出三氧化二砷。19日4时许，省卫生防疫站马云祥站长接到报告后，选派副主任技师、主管医师等和市防疫站检验人员共同进行毒品复检工作，要求不仅定性，还要定量。19日9时半，抽检的13份样品全部测出三氧化二砷，且含量很高。他们立即向省卫生厅、卫生部有关部门作了报告。省市防疫站工作人员及时、准确地查出肇事祸首，为科学抢救治疗中毒学生提供了依据。同时，省市公安系统调集最优秀的检验人员也采样做出更详细的结果，为案件的侦查进展做出了贡献。

人民政府爱人民。19日凌晨3时许，省政府副秘书长亓国瑞召集郑州市市长张世英、省卫生厅厅长刘全喜、省财政厅厅长胡树理、省医药管理局局长韩文星等领导同志赶赴郑州市第五人民医院，立即成立省抢救领导小组，统一研究部署抢救工作。从此，抢救工作开始更加有条不紊和有成效地进行。

——3时30分，省医药管理局有关工作人员立即将206盒特效药二巯基丁二钠胶囊交付医院抢救使用，同时电告中国医药公司、上海医药站求购二巯基丁二钠胶囊。

——5时，成立了由7位专家组成的专家小组，制订了治疗抢救方案，及时下发各抢救医院和省财税高等专科学校。领导小组和专家小组成员分别到各抢救现场和学校指挥、参与抢救工作。

——7时至8时，许多医院把牙膏、牙刷、毛巾、肥皂、卫生纸等日用品和热腾腾的牛奶送到住院中毒学生的床前。

——8时以后，省委副书记吴基传、副省长胡笑云、省委秘书长张文彬、省政府秘书长胡树俭以及省财政厅、卫生厅、教委、高工委、医药局等部门负责同志分别赶赴抢救现场，指挥抢救，看望中毒学生。省委副书记吴基传做了"全力抢救，尽快缓解，稳定情绪"的指示。

——"详察形候，纤毫勿失；判除针药，无得参差"，经过一天的观察，18时30分，省卫生厅厅长刘全喜召开省市有关医疗卫生单位负责人紧急会议，要求尽快对所有住院病例进行心、肝、肾等主要脏器功能的全面检查，当晚一定要把重病人的尿化验结果做出来。

——省职业病防治所雷厉风行，19日晚奋战通宵，完成首批重症患者190人份的尿砷测定，20日又连续作战，对全部住院中毒学生都进行了尿砷测定，为密切观察患者病情，及时采取治疗措施提供了重要依据。

还有交通民警对抢救学生的大小车辆一路绿灯；医药部门做好准备，药品随时供应；防疫部门随时取样随时化验；公安部门很快进驻学校维持秩序，夜以继日，历尽艰辛，进行破案，稳定人心……他们把爱洒向这些祖国未来的栋梁之材……

抚平创伤的春风

一个哲人说过，没有友爱，世界上仿佛失去了太阳。

党和政府爱人民，更爱年轻的大学生。

6月19日下午，刚刚归国的李鹏总理得悉省财专学生食物中毒的消息后非常关心，立即来电对中毒学生表示慰问并指示抓紧抢救治疗大学生，抓紧查办中毒事件。国务院秘书长罗干也多次电话问候中毒学生并做出指示。中共中央政治局委员、国务委员兼国家教委主任李铁映派专人赴郑带着慰问品到医院、学校看望中毒学生。国务委员、财政部部长王丙乾委托财政部办公厅副主任廖晓军等也专程赴郑慰问看望学生并和省财政厅领导同志一起到学生食堂排队买饭进餐，和学生们亲切交谈，稳定了学生情绪。卫生部部长陈敏章也来电慰问学生，对抢救工作做了指示。中央和国务院领导及有关部门负责同志的亲切关怀，温暖着全校师生的心。

刚从外地回来的省委书记侯宗宾到医院看望中毒学生时，一一询问他们的病情，嘱托他们耐心接受治疗，早日恢复健康，好好学习，早日成才，振兴河南。他平易近人的作风深深感染了大学生们，同学们纷纷请侯书记签字留念。

省长李长春视察黄河回来后，闻讯即到医院慰问中毒学生，并到省财专听取汇报，做出贯彻李鹏总理指示等5条意见。

省委常委、宣传部长、高工委书记于友先刚从外地赶回郑州也马上到医院看望中毒学生。他走到韩斌同学床前，俯身向她介绍房间里的几位专家，亲切地说："有这么多专家关心你们，什么病毒也不用怕，鼓起勇气，治好疾病，好好学习。"一席话如暖流，感动得韩斌同学热泪流淌到枕头上。

25日，省委副书记林英海，省委常委、副省长胡悌云到省财税高等专科学校看望师生并慰问为破案日夜奋战的公安干警。

在我们的社会主义大家庭里，亿万人民团结友爱，互相帮助，情比海深。

当19日凌晨省医药管理局电告上海求购解毒特效药以后，上海市药供站立即行动，派专人专车装运好抗毒特效药巯基丁二钠胶囊，但是，当天上海市没有飞往郑州的飞机。药供站龚总经理迅即向上海市副市长谢丽娟打电话报告。上海市领导立即制订出周密的救援计划。东方航空公司破例将10时50分上海飞往西安的班机延迟起飞，改道中途降落郑州机场。怕路上交通堵塞，贻误时间，上海市政府派出警车一路警笛长鸣开道。4箱药品免去一切登机手续，在中午11时许送上飞机。银燕穿云破雾，13时许降落在郑州机场。早已等候在机场的省医药公司和郑州市的同志们立即将运来的特效解毒药品送往有关医院，也带去了上海人民的深厚情谊。社会主义大协作的精神把上海和河南人民的心紧紧地联系在一起。

患难见真情。18日中午在省财专二食堂就餐的还有个别该校学生的亲朋好友、民工外出回家未归。省财政厅夏清成副厅长即指示用电话和电报联系，用车接他们尽快回郑，决不能漏治一个人。学校用专车将有可能中毒的外单位人员23人全部接回，其中19人已住院，1人留校观察。财政系学生赵军18日下午回家，学校通知平顶山市政府值班室，于次日凌晨4时用专车送回郑州住院。赵军回郑后即发高烧，得到了及时的治疗。其父感动地说，学校真负责啊！

中央财政金融学院和一些外省市金融院校也派人或致电向省财专的中毒同学表示慰问。中财院慰问团专程赴郑到医院慰问了中毒同学，并向省财税高等专科学校党委书记鲍怀谦递交了凝聚着财院师生情谊的1万元人民币。

省人民医院职工们也自愿拿出自己一部分奖金，购买西瓜、鲜桃、鲜橘汁、矿泉水等，每天都送到学生床前，给他们增加营养，盼他们早日恢复健康。内科、妇产科两个科室的医生、护士每人联系一个学生，一对一做心理治疗，解除同学们的后顾之忧。

中毒的大学生们在患难中，感受到了人间最美好的真情，认识到了自己真正的良师和益友。

一片冰心在玉壶

悬壶济世是中国医生源远流长的医德。毛泽东同志"救死扶伤，发扬革命的人道主义精神"的题词更使这种医德升华到一个新的境界，焕发出一种崇高、圣洁的美的神采。

　　河医一附院在这次抢救中毒大学生的战役中，在技术上担负着扛鼎的重任。他们不仅在本院组织了7人专家组进行抢救，还向郑州市各医院派出8位专家。第一天抢救时，就有包括副教授、副主任医师20多人在内的近百名医护人员参加。内科副教授闫文泰是在清晨买菜途中闻讯便丢下菜篮，赶到急救现场进行抢救的。老教授们或俯身或蹲在地上抢救中毒大学生，那额头上滚落的汗珠凝结着他们的一片深情。

　　河医二附院李风良副教授负责全院的抢救治疗工作。他每天要跑十几个病区，上下十层楼几十次，一天工作下来，腰酸腿疼，身体疲惫到极点，但是他无怨无悔，因为中毒大学生早日康复是他的心愿。

　　郑州市第一人民医院院长孙文英风风火火又心细如发。尽管从抢救开始后她两夜一天没休息，但是认真执行专家制订的治疗方案却是那么严格，一丝不苟。她针对部分中毒轻的大学生对病情认识不足的状况，规定医护人员必须送药到手，看服到口，不服不走。多么高度负责的工作态度。

　　郑州市第三人民医院功能科主动配合治疗，工作精益求精。他们在收治病人24小时之内，全力以赴，为99人做了心电图，其中23人有心电图改变。功能科丁主任连续工作16小时，及时写出心电图报告，为抢救中毒大学生，防治心脏并发症，做出了贡献。专家组对此举给以高度评价。

　　啊，不知有多少护士输液打针手腕肿，不知有多少医护人员累倒在抢救之中，不知有多少医护人员为抢救废寝忘食，不知有多少医护人员顾不上孩子正在进行考试……他们把中毒大学生当成了自己的亲生子女、兄弟姐妹，忘我奉献，一片深情。

　　终于，医护人员晶莹的汗珠、闪光的智慧获得报偿。24日下午，动人的场景在省人民医院出现了。经过专家组反复检查、讨论，认定4位同学症状消失，功能完全恢复正常，可以出院归校了。医护人员送上一束束鲜花，道出一声声祝福……情深深，意切切。4位同学热泪盈眶，向为他们康复而日夜操劳的医护人员深深地鞠躬致谢，踏上了回校勤奋学习的路程。

　　友谊是不朽的。真诚的爱将在人们心中长留。

（原载1992年6月26日《河南日报》）

坚忍图成

——河南建业足球队两度重返甲 B 的思考

强者需要汗水的孕育，更需要意志的钢铁。

1998 年秋季，收获的日子，也是在天津。由于整个赛季自己的失误和卑劣者的暗算，河南建业足球队在这里负于天津队后，已被降级的阴影笼罩。后来，他们降为乙级队，收获的是挫折、教训和苦涩。队员、河南球迷和观众满面泪水和悲怆的呼喊至今历历在目。

1999 年秋季，也是收获的日子，还是在天津。这个赛季，挫而不馁的河南建业足球队的健儿们在挫折与胜利中磨砺，在汗水与苦累中拼争，"冲回甲 B，为中原人民争气"的愿望一直在心头轰响。他们踏平坎坷，争得小组第一，进入天津决赛。在决定命运的角逐中，他们五胜一平一负，气势如虹，锐不可当。他们在天津又打回甲 B，收获的是在雄关和悬崖上摘取的不屈和韧性，河南球迷、观众喜庆的鞭炮和欢笑。

挫折是一种财富

对于坚忍图成的奋斗者来说，挫折是一种财富。

1994 年 8 月 28 日，河南建业房地产开发有限公司与河南省体委共同组建河南建业足球俱乐部。但是当年赛季结束，河南建业足球队这支刚刚完成新老交替还不成熟的队伍便降为乙级队。

以宋琦、聂磊为代表的一批新队员通过参加全国甲 B 联赛，视野大开。他们在受挫中看到了自己和甲 B 劲旅中优秀选手的实力差距，没有沮丧、消沉和失望，再度崛起的雄心反而越来越强烈。全队众志成城，横下一条心再返甲 B，在训练和 1995 年乙级联赛的征程中付出了更多的艰辛，洒下了更多的汗水。于是就有了这年全国乙级联赛中河南建业队这支突起的狂飙，当年冲入甲 B。消息传开，当时正在南京采访全国第三届城运会的河南记者联合向球队发出贺电。之后，河南新闻界对建业这支家乡子弟兵给予了更大的关注和支持。

刚刚踏上职业化进程的河南建业足球俱乐部在开局不利的困难条件下，也没有止步。他们继续加大投入，加强球队训练和俱乐部的经营管理，明确提出了球队在1995年重返甲B的目标。这些改革中的弄潮儿敏锐地感受到足球对企业及全社会的综合效应及广泛的发展前景而对参与足球改革不遗余力。河南建业足球俱乐部董事会在挫折面前果断决策并付诸实践的进取态度对河南建业足球队在1995年打回甲B起到了至关重要的作用。1996赛季，河南建业足球俱乐部董事长胡葆森送给时任河南建业足球俱乐部总经理戴大洪一本中国足坛名宿年维泗所写的书《欣慰与悲怆》。书中扉页上胡葆森写有一句话：当我们不再搞足球时，我们只要不为搞足球而后悔。要多些欣慰，少些悲怆！这句话对戴大洪有一种振聋发聩的警示作用。他明白董事长的一片苦心，要汲取历史教训，在理性思考和实践中进行足球职业化的探索。当年俱乐部和球队上下齐心，克服了许多困难，在甲B队伍中站住了脚跟。

前进的道路不平坦。1996年河南建业足球队保住甲B席位，1997年只差一步冲上甲A，1998年又陷入降级的泥潭。1998年俱乐部和球队内部管理的失误，队员没有明确的目标和不能摆正自己位置的心态，全国足球甲B联赛中出现不公平竞争的倾向让河南建业足球俱乐部和河南足球付出了降级的沉重代价。降级之后，河南建业足球队这个河南足球的龙头何去何从的问题摆在河南省体委和河南建业集团有限公司的决策层面前。值得庆幸的是，双方在河南足球遭受重大挫折时，都有一种承担责任，以河南足球发展的大局为重的务实态度。河南省体委现任领导对体育改革的新形势有了更清醒的认识，在把某些可以推向市场的体育项目推向市场的问题上，有了一种新的观念和很高的姿态。河南建业集团有限公司则在河南足球再次跌入低谷时，反而买断河南省体工大队所持有的河南建业足球俱乐部40%的股份，使河南建业足球俱乐部成为集团下属的全资企业，足以表明该集团向挫折和困难挑战的坚忍态度，一种敢于承担风险的改革精神。他们认为，继续搞足球是对企业的一种新的考验。双方在友好、坦诚、谅解的气氛中完成了足球俱乐部的股份转让，理顺了足球俱乐部的体制，提高了足球俱乐部的决策和工作效率。河南建业集团有限公司董事长胡葆森认为，建业集团完全拥有俱乐部的股份后，仍然离不开体委的支持，这次俱乐部股份转让是双方合作关系的重新调整。应该说，双方在河南足球遭受挫折时，所做出的改革与发展的果断决策之举，为河南足球龙头的重新崛起，创造了良好的外部环境，奠定了坚实的基础。

从失败中爬起来的选手是最值得尊敬的选手。河南建业队饱受挫折，但他们在挫折面前不是怨天尤人，自暴自弃，而是把挫折当成财富，从中汲取营养，增强自己的实力。1999年全国乙级联赛决赛中的残酷场面，连久经战阵，在甲A比赛中执教和比赛过的主教练王随生和队员钟俊也没遇到过。河南建业队在全国乙级联赛中开局并不好。在决赛小组首仗中，他们又负于极有冲击力的辽宁三元队，若顶不住就有小组出不了线的危险。他们受挫后，更加冷静，认真总结教训，连胜四川绵阳丰谷队和武汉雅琪队，而且在决赛八进四时，又力克辽宁队。其不受挫折影响的顽强斗志和善变的技战术，为中国足协人士所称道。在对青岛海利丰队决定晋级的格斗中，宋琦在加时赛中的一粒金球，并非偶然。这场比赛，裁判在大部分判罚中对河南建业队是不利的。但是，河南建业队没有一个队员和裁判发生争执，而是以更加猛烈的进攻展示自己的实力，直至取胜。

行家认为，从比赛中看，河南建业队训练抓得好，精神状态好。在挫折中成长起来的河南建业队的汉子们的良好素质还表现在他们晋级后的心声。宋琦说，建业队从哪里跌倒就从哪里爬起来；聂磊说，我找到了感觉，我找回了自信；毛建伟说，虽然青岛海利丰队两度领先，但是我对建业队最终取胜坚信不移；老队员陈文杰说，不服输是咱中原人的秉性……难道说，这不是在挫折和失败中造就了一群中原足坛的刚强铁汉吗？

一位清代智者曾有一副自勉联：有志者，事竟成，破釜沉舟，百二秦关终属楚；苦心人，天不负，卧薪尝胆，三千越甲可吞吴。这正是河南建业足球健儿及决策者百折不挠、愈挫愈奋精神的形象写照。这种精神是勤劳、勇敢而又充满智慧的河南人民自强不息精神的一种展现。我们河南人只要发扬这种精神就一定能够踏平坎坷，创造奇迹，增辉中原。

在改革创新中前行

现代意识的精髓是竞争。具有开拓和竞争的观念，奋斗前行才能立于不败之地，而改革与创新则是开拓和竞争观念的灵魂。

河南建业足球队和河南足球俱乐部已在职业化改革的路上走过了6个年头。

改革与创新则伴随着他们前进的脚步。1995年,河南建业足球队一组建,俱乐部便引进了现代企业的激励约束机制,签订工作合同,对主教练聘任后,实行主教练负责制。合同中有运动员服从俱乐部要求,参加俱乐部训练和比赛的条款,也有运动员应有的经济待遇、医疗保险等条款。而过去在计划经济体制下的运动员是不签合同的。合同里没有按资历的大锅饭,而是按选手的能力、在队里的作用分配收入。除老主力队员外,一些年轻的主力队员的训练费等待遇也有了大幅度的提高。因为俱乐部在初创时期就舍得出较多资金给运动员买保险,因此一些运动员受伤就被送到北医大三院给予最好的治疗。机制上的改革和创新给球队和俱乐部的发展增添了生气和活力。

大胆而又合理引进外援的做法不但使全队的实力增强,而且吸收了先进技术和打法,对球队风格朝好的方面发展起到了积极的作用。1996年,河南建业队尝试引进了俄罗斯谢尔盖、伊格尔等外援。伊格尔在战胜劲旅辽宁队时起了一定的作用。虽然从全年看,外援的整体效果不太明显,但积累了经验,这才有了1997年三个罗马尼亚外援尤里安、波尔乌、安德列库茨的成功引进。他们三个分居前锋、中场、后卫三条线,可以说使1997年河南建业队的水平上了一个台阶。河南建业队在本赛季克辽宁、擒松日等强队,只差半步冲进甲A的战绩令人刮目相看。他们影响了全队的技战术风格。有人认为,河南建业队个人技术粗糙,技战术上不好打配合的弱点,在1997年得到了克服。中场渗透,前场在快速扯动中的配合,一直到今年全国乙级联赛决赛中仍在有效地运用。中国足协的官员和全国新闻界普遍认为,河南建业队1997年引进三个罗马尼亚外援是成功的。

搞足球俱乐部就是要在自主经营、自负盈亏、自我发展的职业化道路上探索。这也是市场经济的要求。1996年后,俱乐部在球队冠名权、广告牌、服装赞助等经营项目上的运作,可以说开了河南体育产业化的先河。他们看到了足球职业化的商机,和企业合作互利互惠。广州裕新文体公司赞助全队的"锐克"服装已经四年,掉入乙级队照样支持。郑州联大矿泉水已成了河南建业队的指定矿泉水。队里什么时候需要,就什么时候供给,在掉入乙级队没有广告牌的情况下,也不讲什么条件。新乡体育中心去年对建业队的主场经营进行了总承包,在今年建业队掉入乙级队的情况下仍提供了优惠的主场承包经营。戴大洪在今年建业队重新冲进甲B后感慨地说，新乡体育中心今年无条件地提供训练场地和住宿以及提供价廉质高的伙食对建业冲击甲B起到了非常关键的作用。用现代商业的眼光去对河南建业足球俱乐部进行操作，这是河南建业足球俱乐部在5年职业化进程中取得基本成功的一个重要原因。

当然，河南建业集团有限公司董事长胡葆森、董事长助理戴大洪，河南建业足球队主教练王随生的不服输和责任感，追求卓越的个性和风格在河南建业足球队5年来的职业化进程中所起的作用是无可置疑的。胡葆森在1999年10月18日发给晋级甲B的河南建业队贺电中说道：此时此刻，我和集团全体员工与你们一起分享这巨大的喜悦并要求你们全力打好后天与对手的最后决赛，争取战而胜之，以雪惠州惨败之耻，更申去年所蒙之冤，以决胜的战绩捍卫我们的尊严。这就是河南建业队之所以不屈不挠的一个重要诠释。

众人拾柴火焰高

实事求是讲，以河南建业队的实力、后备力量和经济条件，两度降级两度崛起在全国是前所未有的。它的影响和震撼力对于河南人来说绝不亚于大连万达队在全国足球甲A联赛中的四连冠。它崛起的成功应该归功于具有"乡土情结"和强大凝聚力的河南广大观众和球迷，也归功于关心河南足球的各级领导和社会各界。

1999年9月25日，在河南建业队北上天津决赛的前夕，副省长陈全国为之壮行，并对5年来河南建业集团有限公司对河南足球改革的支持给以充分肯定。这对于即将踏上征程的建业队是一个激励、鞭策，是一种强大的精神力量，在决赛中鼓舞中原足球骁将们去放胆拼搏。省体委党组书记张振河、省体委主任封励行也亲赴天津，在关键场次参加准备会并临场观看比赛。

中央电视台在1999年10月全国乙级联赛决赛期间所做节目中评论道，河南建业队拥有全国最多的观众和球迷。去年建业主场爆满的新乡"金牌"球市，1996年、1997年河南观众和球迷赴四川、广东建业队客场的"球迷专列"，今年乙级联赛中客场苦苦追寻建业的上千名河南观众和球迷……他们的真情和呐喊感人至深。

河南建业队为河南人民荣誉而战的精神也得到了河南和全国新闻界的广泛

支持和赞誉。河南新闻界不仅在平时不管胜负都对河南建业队给以中肯的评价、分析和鼓励，而且在这次建业队晋级之战获胜后，都以较大的版面和篇幅给以报道。就连《天津日报》也在河南建业队晋级后的第二天发了《俺们又回来了》的通讯和四张河南建业队的照片。天津《今晚报》对河南建业队晋级的报道也是图文并茂。许多外地新闻单位也在建业队晋级后四处查找反映建业队晋级之战场面的照片。许多人表示为河南建业队的胜利而高兴。新闻界的支持，促进了河南建业队的重新崛起，也意在发扬河南建业队拼搏向上的精神财富。

但是，我们还应该看到，辽宁把足球当"民心"工程来抓，大连、上海、四川等省市的领导对足球这一凝聚人心、给广大观众和球迷带来欢乐和启迪的体育文化载体也给予了足够的重视，而他们的经济条件、足球设施和后备人才基础是河南暂时无法相比的。河南建业队尽管今年又重返甲B，但后备人才匮乏、基础薄弱等基本现状仍待全省上下的鼎力支持去改变。河南足球要持续发展，还有许多工作要做。但愿众人拾柴，把河南足球发展之火燃得更旺些。

（原载1999年10月20日《河南日报》）

九、舆论监督

激浊扬清举公平正义

一颗盲目施工的苦果
——郑州市黄河饭店工程调查报告

郑州市人民政府决定对违背基建程序、成倍追加投资、一再拖延工期、损失浪费严重的黄河饭店工程停工整顿，并派工作组进驻工地查清问题，总结教训，以结束这项工程的恶性循环。

据施工单位郑州市第一建筑公司原始记录，黄河饭店工程于1979年9月17日定位放线动工，预定1981年6月1日竣工。如今三年多时间过去了，现状又如何呢？记者走进黄河饭店工地，只见杂草丛生，一座结顶不久的10层大楼面前，门可罗雀，大楼内外还未粉刷，水、暖管道和电路还未安装，而脚手架却已拆除大半。

事实上，这项已经持续三年半的工程，自去年9月1万平方米的主楼结顶以来，一直处于停工半停工状态，而餐厅、会议室等4000平方米的附属设施连图纸还不全，地基还未挖，甚至锅炉房等设施的地皮至今还没有着落。这项预算300万元的工程，实际上已经花进去400多万元，按全部工程量计算，只完成了26.5%。

一位多年从事基建工作的同志说，黄河饭店工程得了综合征。计划、基建等部门的内行们初步"会诊"认为，造成黄河饭店工程目前状况的主要原因和教训，有以下几点：

——"钓鱼"工程，后患无穷。1977年郑州市将黄河饭店旧址转让，得款169万元，该市有关人士便打算重建一座1000个床位、建筑面积14000平方米的新饭店。省计委批准总投资为300万元，要求余下的130多万元由市里自筹解决。但实际上到1979年9月份开工时，这笔钱仍未落实。当时力主黄河饭店上马的人心里自有主意：只要造成开工事实，钱不够花，国家就得拿。果然，1980年市财政拨款150万元，1982年银行又贷款125万元，前后444万元投资，到1982年底基本用完。于是，这项工程资金捉襟见肘的局面很快出现，工程预付款支不出，材料没钱买，工期只好一拖再拖。1983年4月，黄河饭店又打报告说，这项工程还要追加360万元才能建成交付使用，但这笔钱至今仍无出处。

——违反基建程序，造成浪费。按照基建程序，一项新的工程，必须在全部设计完成后，在通过设计图纸会审，作出施工预算，材料基本备齐的前提下才能开工。黄河饭店却不然。当时市里某些负责同志为了不使169万元逾年"作废"，凭设计人员临时画的一张基础开挖范围草图，便强令施工单位于1979年9月作了象征性的放线，就算破土动工了。主楼结构图到同年11月才设计完毕。由于图纸不全，后又多次更改设计和随意提高设计标准，拖延了工期，造成了浪费。

黄河饭店的主楼工程于1982年9月结顶，随即应进行外装修工序。然而，由于主建单位要求变更设计，施工单位在停工待图三个月之后，将脚手架大部分拆除运往其他工地。1983年4月外装修图纸送到后，又重新立脚手架。这一拆一装，造成很大的人力、物力浪费。

——合同没订，扯皮无穷。黄河饭店工程一开工，"扯皮"之战就打响。遇到问题，主建、施工、设计三方各说各的理，问题不能顺利解决，白白浪费了时间和金钱。这个工程自兴建以来，主建、施工和设计三方，竟连一份经济合同都没签订。设计图纸没有按时完成，拖延了工期，但设计单位不负经济责任；主建部门任意要求修改设计，不受任何契约约束；施工单位则是"老牛赶山，走着瞧"，来一部分图纸，要一部分钱，干一部分工程。外装修用的面砖就是一个三方扯皮的典型事例。主建单位要求由面砖改为水刷石，设计单位则坚持要用面砖；而面砖的采购，主建单位和施工单位又互相推诿，扯皮近半年之久。

——领导外行，吃尽苦头。值得注意的是，主持这项工程的竟是一位对基建一窍不通的饭店经理，而他所领导的基建班子，没有一个懂基建的技术人员。他们在工程刚刚破土的时候，就盲目购进了电梯、电话总机、锅炉等大型设备，长期占压资金达60多万元；并舍近求远从外地购进价值5万元、不合设计规格的暖气片；更为严重的是，主建单位破坏整体设计，在原锅炉房的位置上，盖了一幢家属楼，要设计部门另外设计锅炉房，又说不清具体要求，白白花了4000元设计费，如此等等。

本来，黄河饭店1981年6月即应交付使用，每年可以收入70万元，十年后即可收回全部投资。而今，三年半时间过去了，不仅花进去的400多万元投资未见效益，仅贷款利息已达8万元；1977年以来还用基建款支付饭店职工工资20多万元。

郑州市有关方面已决定对黄河饭店建设工程进行整顿，但这个烂摊子怎么收拾？能不能少花钱多办事？能不能早完工早收益？人们正拭目以待。

（原载1983年5月21日《人民日报》）

附：《一颗盲目施工的苦果》发表以后

5月21日，本报刊登《一颗盲目施工的苦果》一文，批评了河南省郑州市的黄河饭店工程。对此，郑州市有关部门立即着手研究解决问题的办法，这种态度是可取的。

但是，提高认识，端正态度，仅仅是解决问题的开始，真正解决问题还要有一个过程。造成黄河饭店这颗"苦果"的有关方面今后如何动作，如何尽快把"苦果"变成"甜果"，还要拭目以待。

在郑州，黄河饭店那样的"苦果"，不是个别的；其他地方，也并不是没有。希望各地以此为鉴，对基本建设战线及时地进行整顿和改革，开创一个新局面。

——编者

接受批评 吸取教训

读了《人民日报》对我市黄河饭店违背基建程序，盲目施工造成严重后果的批评后，震动很大。5月25日下午，市政府召开市长办公会，专题讨论研究了黄河饭店工程问题。与会者在发言中认为批评完全符合事实，对我们是一次非常深刻的教育。会议决定，对黄河饭店工程要迅速加以整顿，彻底查清问题，总结教训。同时，把纠正黄河饭店工程建设中存在的问题作为突破口，对全市基建项目普遍进行一次检查，认真解决存在的问题，逐步改革基本建设战线的混乱局面和吃"大锅饭"的落后体制，开创我市基本建设的新局面。

为把黄河饭店工程整顿好、建设好，这次会议研究决定：

1. 加强领导。由一名副市长负责领导这项工程，对重大问题及时拍板定案。市政府赴黄河饭店工作组，同时又是工地现场指挥部，对工程具体负责到底。

2. 立即组织设计力量，实行现场设计，提高设计水平，按时完成设计任务。

3. 抓紧落实工程所需资金和材料。工作组会同市计委、财政局本着节约的原则，实事求是地对所需资金和材料进行详细计算，并提出具体落实的办法。

4. 检查整顿工作力争今年7月底结束，8月初开工，整个工程力争一年完工。但是一定要准备好。不准备好，决不盲目开工。

郑州市人民政府办公室

基本建设战线亟须整顿改革

《人民日报》《河南日报》批评了黄河饭店工程之后，郑州市广大干部和群众议论纷纷，认为基本建设战线问题很多，急待整顿改革。

郑州市计委的一些同志对全市基建情况最了解。他们说，类似黄河饭店这样的工程，郑州市何止一个！他们认为，黄河饭店所以成了"胡子"工程，问题在下面，根子在上面，反映了某些领导干部缺乏综合平衡观念，不会聚财、理财、用财，甚至不要计划部门参加，不听取有关部门的合理意见，就自定项目，滥拨资金，自行其是，以致"苦果"甚多。

市建委、建工系统的同志们看了报道后说，黄河饭店工程是一个少、慢、差、费的典型，说明基本建设上战线长，管理混乱，吃"大锅饭"等弊病十分严重，也说明了基建战线体制急需改革。

市财政局的一些同志说，黄河饭店这类"钓鱼"工程，破坏了国家财政的收支平衡。我们搞财政工作的，今后要吸取教训，加强财政监督、严肃财经纪律，把钱用到刀刃上，对违反基建程序的"钓鱼"项目，再不能盲目给钱。市组织、人事部门通过黄河饭店工程认识到，今后，选派基建战线的领导干部，不仅要思想好、作风好，而且要具备专业知识，懂行。

省、市建筑行业的工程技术人员看了报道后，更是感慨万分。六届人大代表、著名土建专家左明生教授说："党报说出了我们早就想说的心里话。过去，一些工程设计人员明知违反程序，也不得不违心去设计，因为顶不住上、下、左、右的压力。今后，我们搞科学的人，要尊重科学，健全设计管理制度，对那些不按基建程序办事的工程，压力再大，也要顶住，不予接受。"几位建筑工程师对记者说，黄河饭店工程搞成这个样，当事者应该从中吸取一些有益的教训，学得一些知识，下决心改进工作，不要就事论事，不了了之。他们还列举了许多违反基建程序的在建项目，也有惊人的浪费。并且指出，现在正筹备建设的几个重点工程，仍有不少在走着黄河饭店工程的老路，很值得有关方面注意。

《河南日报》记者　高　山

主建单位的认识

黄河饭店工程成为"胡子"工程，原因尽管是多方面的，但我们主建单位，有不可推卸的责任。饭店职工讨论认为，造成这种情况的原因：一是饭店领导班子极不团结，当面争吵，背后拆台，各行其是，致使工程建设不能形成一个强有力的领导核心。二是主持饭店工程的主要领导人，对基建业务一窍不通，又不能听别人的意见。三是不少职工缺乏主人翁的责任感。

黄河饭店

设计单位的责任

由于管理制度不严，我们接受黄河饭店工程设计时，只考虑是支援项目，没有与主建单位签订合同，因而使得施工中随意提高标准、任意修改方案不受约束。我们承担的主楼工程施工图，在主建单位及其主管部门的一再要求下，没有坚持原则就将部分施工图纸交付施工，这是不符合基建程序的。我们在设计中，工作不够细致，使图纸出现了一些差错。今后我们要弥补损失，追回时间。

黄河饭店工程设计组

施工单位的责任

《人民日报》刊登黄河饭店工程调查报告——《一颗盲目施工的苦果》后，我们公司党委为此召开了扩大会议和队、厂领导干部座谈会。

黄河饭店工程一拖再拖原因是多方面的，作为施工单位，我们的主要问题一是经营作风不端正，为用户服务的思想太差；二是盲目开工，不按施工程序办事；三是对工程抓得不紧、组织不力；四是管理混乱，责任不明，检查不严，工程质量差，浪费大。从开工到现在，工地上没有合理的平面布置，现场乱堆乱放，施工中缺乏严格的责任制和检查制；施工班子三次调整，谁都不了解全面情况，出了问题无法追查。

我们决心向先进单位学习，抓整顿，搞改革，在提高质量、缩短工期、节约原材料上狠下功夫，挽回前段造成的不良影响，使黄河饭店工程早日交付使用。

中共郑州市第一建筑公司委员会

（原载1983年6月10日《人民日报》）

全国赛车场自行车冠军赛
河南队全军覆没

24日在郑州结束的全国赛车场自行车冠军赛上，曾经数十次跻身全国前三名的河南省代表队，以未录取一项名次的零的纪录，彻底失去了该项目长期在全国名列前茅的优势地位，爆出本次比赛的一大新闻。

这次比赛，有来自全国19个省、直辖市、自治区代表队的120多名运动员参加共11个项目的角逐。北京队王琮在男子争先赛预赛200米行进出发比赛中，以11″655的成绩破全国纪录；在女子争先赛预赛200米行进出发比赛中，山西队周素英、北京队申桂芹分别以12″03和12″285的成绩也打破全国纪录。每项取前六名，北京队、山西队成绩比较突出。

中国自行车协会教练委员会和本省的一些行家们认为，河南自行车队这次失败是由于近几年来管理混乱、信息不灵，故步自封、科学训练水平低等原因造成的。在全国第二届青运会上就暴露出河南自行车队训练水平已明显低于先进省份，刘茂等极少数尖子队员独木支撑已显得力不从心，青运会和六运会都未完成预定任务。六运会后，刘茂退役，该队没有认真总结教训，6名主力队员冬训不系统，导致这次全军覆没。他们尖锐地指出，河南耗资450万元建成了现代化赛车场，这样的赛车场在全国仅有8个，经费设施在全国也居中上游，但河南自行车水平每况愈下，不能只怪运动员，有关领导和教练员当负主要责任。

（原载1988年5月25日《河南日报》）

以"河南足球"的名义，我们呼吁：
为河南足球留下"火种"

22日，记者从省足协召开的新闻通气会上获悉，在中国足协21日新闻通气会对甲B联赛最后一轮比赛认定为正常之后，河南省足协当即向中国足协发去一份传真（全文附后），呼吁甲B扩军，保留河南建业队甲B资格，以支持河南足球运动的发展。

省足协认为：虽然甲B联赛已经结束，按照"游戏"规则，河南建业队降级，但事情不能不了了之。中国足协应就所谓的"隋波事件"继续调查、取证，并尽快给予说法。因为如果云南红塔、陕西国力两队果真"假打"，根据《全国足球比赛纪律规定》第六条第三款之规定：凡打假球的俱乐部队停赛一年，一律降为乙级队，由此造成全国足球甲级队A、B组联赛参加队所空名额，按联赛名次顺序递补。同时，省足协还提出为了中国足球改革的健康发展，为了支持河南的足球运动，按照全国足球工作会议曾提出过的精神——甲B扩军，以保留河南建业队甲B资格的折中方案。据悉，省足协还将派人与河南建业足球俱乐部负责人一起，再次进京面见中国足协乃至国家体育总局有关负责人反映情况，争取在即将召开的1998年全国足球工作会议上为河南建业队争得一线生机。

19日，河南建业足球俱乐部也曾经向中国足协发过一份传真，传真中写道：

1998年全国足球甲B联赛某些直接影响到降级形势的比赛虽然通过中央电视台现场直播，在全国观众亿万双眼睛的关注下，仍然再次出现与赛前种种传闻惊人吻合的结果。河南建业队成为1998年甲B联赛最后数轮不正常比赛结果的直接受害者，对此我们在强烈愤慨之余，感到万般无奈。

长期以来，河南足球由于经济和历史的原因发展缓慢，水平落后，与河南作为全国人口第一大省的地位极不相称。足球职业化改革以来，在九千四百万中原父老和全省社会各界的热情支持下，经过河南建业足球俱乐部及整个河南足球界的艰苦努力，河南足球在极其困难的条件下取得了来之不易的成绩和进步。河南足球已经成为我国中西部一支不容忽视的新兴力量。对此，全国足球界、舆论界、球迷给予了充分肯定，贵会在工作中也给予我们以更多的关注和支持。

面对今天发生的事实，我们拿不出确凿的证据，事实上我们也不可能拿出确凿的证据。如果数万球迷面对自己的球队高呼"假球"不算证据，如果消极比赛不算"明显迹象"，我们不知道何时才有"铁证如山"的那一天。但是，我们相信，失去了公正、公平、信任的中国足球面临全面危机将为时不远。

如果河南足球屡屡遭受不公正对待却依然讨不回公道，面对中国足坛的现状，我们既感到愤慨，也感到无奈，同时，我们无法相信我们生存的可能性。

我们相信，中国足协面对今天的现实，能够做出公正的裁决，以告慰九千四百万河南人民和全国球迷。

此言坦诚磊落，然而并未收到预期的效果。21日，中国足协职业部主任马克坚在新闻通气会上宣布，第22轮甲B联赛正常，特别是赛后引起较大争论的云南红塔对成都五牛一战，双方没有消极表现，仅有观众的"假球"喊声不足为凭，因为他们没有证据，所以结果不会更改。

22日，一直密切关注事态发展并不断从中斡旋的河南省足协首次就此事召开了新闻通气会，通报了他们发给中国足协的传真内容并阐明自己的观点。

省足协秘书长鲍巨岑说："对甲B联赛最后几轮出现的不正常现象，我们感到气愤，毕竟比赛有失公允。足球改革进行了五年，把观众请回了赛场，激活了球市；足球改革的大方向是正确的。河南建业队降级原因是多方面的，但与最后几轮不正常现象有直接关系。"他说："既然中国足协承认第21轮云南红塔对重庆红岩、成都五牛与辽宁天润的比赛消极，但处罚结果并未对河南建业队保级产生影响，而又认定造成河南建业队降级的成都五牛与云南红塔队的比赛完全正常，那么，我们提出折中方案——甲B扩军。"

省足协副秘书长张建勋表示："中国足坛的腐败现象使河南建业队深受其害。随着足球改革的深入，一些不健康的因素随之而来。现在就看中国足协敢不敢碰硬。否则，一旦发展到如东南亚足坛那般乌烟瘴气，中国的足球改革也就完了。"他建议：必要的时候，应由司法介入。

意大利足坛的"泽曼事件"正是由于泽曼的一番讲话，意大利足协以此为线索进行调查取证，在司法部门介入下使案件很快水落石出；而目前我国在打击贪污腐败斗争中，不也正是由群众举报后，由纪检和司法部门搜集证据而使一个个"硕鼠"落入法网的吗？我们等待着中国足协手中的那盘录音带的内容公布于众。

就在22日晚中央电视台《足球之夜》正在播出之时，河南各地以及其他省市的球迷仍不断打电话到本报编辑部询问："河南建业队还有没有希望保级？"从1995年河南建业队返回甲B，河南球迷就创造了蜚声全国的中原球市。奔韶关、赴西安、远征成都，一列列球迷专列装满了他们纯情的寄托；战辽宁、拼国力、力擒红塔，一个个火爆的主场洒下了他们或兴奋激昂或痛苦沮丧的泪水……在决定河南建业队命运的1998年甲B联赛最后一场比赛中，他们表现了极强的克制与理智，使得比赛顺利结束。可等待他们的又是什么？！两次赴京请愿，两度黯然而归，他们要的仅仅是同情吗？面对他们，我们能说些什么？

新乡市体育中心主任李超，一条40岁的血性汉子，在河南建业队惨败津门之夜嚎啕大哭。正是他带领一班富有创业精神的年轻人在短短一年时间内创造了令全国同行瞩目的"新乡模式"，使河南建业队顺利完成了主场转移，继续保持了火爆的中原球市。为此他们付出了多少心血和汗水。新乡市委、市政府在每次主场比赛前都要召开有关部门的联席会议；新乡市警方每次主场比赛都调动一切可以调动的警力维持秩序；新乡宾馆——河南建业队下榻之地，每次都是以最优质的服务为河南建业队营造"家"的感觉……每次比赛新乡市都如过年一样热闹。17日，在萧瑟秋风中，面对送别的新乡人那一张张真诚的面孔和一双双无奈的眼神，我们不知道还能说些什么？！

正如17日甲B联赛最后一轮结束后新华社播发的综合消息中所说：甲B联赛了犹未了！

真诚而又善良的河南人以河南足球的名义期待着……

中国足球协会：

中国足球运动改革五年来，在中国足协的领导下，我国足球运动普及与提高，体制、内部机制转换，竞赛体制的运行，足球产业的开发等方面都取得了明显的成绩。

河南建业足球队在职业化改革的进程中,在球队的体制改革、训练、管理方面克服了许多困难,做了大量的工作,对河南足球运动的发展起到了很大的推动作用,同时激活了河南的球市,为精神文明建设作出了一定的贡献。

为了搞好今年甲B联赛河南建业队主场的比赛工作,河南省、新乡市党政军警民做出了大量深入细致的工作。球市非常火爆,而且秩序良好,较好地完成了中国足协交给的任务,推动了河南足球运动的发展。

但甲B联赛后几轮比赛中,出现了一些不正常现象,使河南建业队深受其害。此事引起了有关部门及省体委和广大群众密切关注。为了巩固和发展足球改革的成果,进一步巩固和培育河南已经形成的火爆球市,更好地解决甲B联赛所出现的问题,达到安定团结,稳定社会的目的,我们建议:1999年扩大甲B联赛队伍,给河南建业队一个机会,保留建业队甲B资格,以支持我们河南足球运动的发展。

河南省足球协会
一九九八年十月二十一日

(原载1998年10月23日《河南日报》)

水能载舟,亦能覆舟

热心足球的企业,热爱足球的广大观众和球迷犹如深深的江河湖海,载浮着中国足球改革之船鸣笛起航。他们用企业的资金、自己的工资和一颗颗真诚的心托起了兴旺的球市,他们那一双双雪亮的眼睛是对绿茵场公平竞争的最好监督。因此,他们的意志和呼声,他们用心血、汗水和泪水所表达的对中国足球崛起的纯情寄托,理应受到珍视和尊重。民心不可违,任何一个无视他们的愿望、践踏他们的尊严的人,尽管权势显赫,最终都会陷入灭顶之灾。每一个理智的足球圈人士对此都应该有一个清醒的认识。

也许是足球改革路不平所致，今年足球赛季可谓是多事之秋。从陕西国力队主教练贾秀全在新闻发布会上公开指出场外不正常因素和自己队员不正常表现到第21轮重庆红岩、辽宁天润队消极比赛而被中国足协处罚，从22轮云南红塔队在特定时刻负于成都五牛而在自己主场被自己的球迷高喊"假球"到新乡体育中心人头攒动的看台上那书写"冤"字的巨大标语……都显示出在绿茵场已出现了不公平竞争的"明显迹象"。而河南建业队已是这种"明显迹象"的直接最大受害者。为此，他们已付出掉入乙级队的惨重代价。这是极不公平的。当足球改革作为中国体育改革的突破口，刚向纵深发展的时候，是什么人、什么力量在搞不公平竞争，给中国足球改革抹黑？有关部门应该进行监督，司法部门应该介入，一切有道德和良知的知情人应该提供证据，把一切不正常现象的内幕置于光天化日之下。

人心是秤。兢兢业业、团结拼搏的河南建业队所蒙受的不白之冤已获得全国舆论界和广大观众、球迷的同情和声援。河南各界所营造的火爆异常而又秩序良好的球市已被中央电视台称为"新乡模式"而在全国享有盛誉。河南绝大多数球迷在自己球队屡遭不平乃至降级后所表现出来的理智和大度更是使中国足协的工作人员和领导为之赞赏。更何况省足协向中国足协提出的公正客观而又能为各方所接受的扩军建议和尽快调查处理不正常现象的合理要求，不仅代表了中原广大观众和球迷的愿望，还能对中国足球运动的稳定健康发展起到积极的作用。因此，有关方面应该亡羊补牢，从善如流，用公平、公正竞赛原则的春风吹散绿茵场上空的乌云，再现朗朗晴空。若是，中国足球幸甚。否则，企业萌生退意，球迷离开看台，那局面，有关部门才不可收拾呢。

（原载1998年10月23日《河南日报》）

十、社论、评论、述评、随笔

理性见解融浪漫情怀

从李开景夺魁说开去

没有参加预选赛、刚刚到省体校集训不到两个月的洛阳市 16 岁运动员李开景，昨天出手不凡，以 47 米 08 的优势夺得女子乙组铁饼金牌。这一出人意料的喜讯传来，人们格外兴奋。然而高兴之余，却引起我的深思。

李开景连预选赛都没有参加，并不是她的实力不佳。预选赛后不久，在邢台九省市协作区比赛中，她以 44 米 56 的好成绩获第一名，就是证明。然而由于有关领导部门工作中的失误，差点让这样一个人才与青运会失之交臂。如果不是她的教练——一位可敬的"伯乐"的力荐，如果河南不是东道主，那么李开景就不可能参加这次青运会，这颗新星的光辉可能长久被遮没。

河南七千万人民中间，英才济济，尤其是青少年运动员中，更不乏"千里马"。可是，有不少青少年运动员，在他们艰难地破土而出的时候，往往不被本地区所重视。可是到了外地，到了外队，却常常出类拔萃，颇多建树。这是很值得深思的。李开景的例子再一次提醒我们，发现人才、培养人才是进一步发展河南体育事业的一件大事。希望我省有关部门制定一项制度，对那些发现、培养、输送人才有功的人员进行奖励，特别是对发现人才的"伯乐"，给予特别的表彰，同时还要经常为选拔人才提供机会。

有这样两句话："橘生淮南则为橘，生于淮北则为枳"，"千里马常有而伯乐不常有"。这些都说明培养人才的环境和发现人才的人是多么重要。愿河南的土地多产蜜橘，愿河南的领导者都当伯乐，愿河南的新星接二连三地升起。

(原载 1985 年 10 月 15 日《河南日报》)

奋勇拼搏　再展宏图

——热烈祝贺省六运会开幕

喜迎收获的金秋季节，我省第六届运动会在洛阳开幕了。我们向为中州体育崛起而奋斗的体育健儿们表示热烈的祝贺！

从上届省运会以来的四年里，我省体育战线的同志们瞄准"三年初见成效，五年改变落后面貌，八年进入全国先进行列"的宏伟目标，顽强拼搏，在国内外体育比赛中，先后夺得十三项世界冠军、十一项亚洲冠军、七十九项全国冠军。去年，我省圆满地承办了第一届全国青少年运动会，金牌数排在全国第五位，取得了运动成绩和精神文明双丰收，全省人民欣喜地看到了中州体育崛起的曙光。

文明孕育了体育，体育推动着文明。体育事业的发展规模和水平，人们在体育活动中表现出来的精神风貌，是衡量一个国家、一个地区精神文明水准的重要标志之一。最近几年，我省体育活动遍布城乡，社会办体育事业方兴未艾；不同战线、不同阶层举办的各种小型运动会如雨后春笋。群众性体育活动广泛深入的开展，增强了人民的体质，给古老的中州增添了生机和活力。我们预期，这次省六运会必将对全省社会主义精神文明建设起到积极的推动作用。

体育比赛的宗旨在于相互促进，共同提高，增进友谊，加强团结。我们提倡运动员彼此既是互不相让的对手，又是情同手足的兄弟姐妹；裁判员对参赛的运动员、运动队应一视同仁，公正严明；观众要做热情礼貌的文明观众，反对起哄闹事等和社会主义精神文明格格不入的恶劣作风。让我们在省六运会上创造力争上游、友好和谐、热烈欢快的气氛，使赛场成为传播社会主义精神文明的重要阵地。

应该看到，我省的运动技术水平和先进省市相比还有较大的差距，游泳、田径这些基础项目尤为薄弱，作为战略重点的学校体育在提高方面抓得还不够扎实，体育科研、科学训练还没有被摆到应有的位置上来。体育领导部门要在管理体制、训练竞赛体制的改革方面进行大胆的探索，逐步总结出贯彻革命化、科学化，从难、从严、从实战出发训练的规律，努力从理论和实践的结合上推动我省体育的发展。

省六运会的战鼓已经擂响，全省体育大军又站在一条新的起跑线上。愿全省人民喜盈盈地看到健儿们献上的金色果实！

预祝省六运会圆满成功！

(原载1986年9月16日《河南日报》)

河南体育代表团能进前十五名吗？
——六运会决赛的回顾与展望

自9月六运会先期决赛以来，我省体育健儿佳绩颇多，已夺得5枚金牌、5枚银牌、7枚铜牌，共计27个名次110分，名列辽宁、北京、广东、上海之后，暂居第5位，可说是开局良好。

当此时刻，我们千万不可忘记，从二届全运会到五届全运会，我省体育水平均排全国第24位。而六运会上先期进行的飞机跳伞、现代五项、航海模型、航空模型、自行车等项目都是我省的强项。因此在六运会决赛即将全面展开之际，实事求是地分析形势，做到知己知彼，对于我们是有益的。

先期决赛的回顾

9月中旬，在安阳市举行的飞机跳伞四人造型比赛中，河南跳伞二队丁建平、藏春强、张宏伟、谢勇首先蓝天夺魁。

10月中旬，在广州、上海进行的航空模型、自行车决赛中，健儿们尽了很大努力，夺得2枚银牌，但预计有望的金牌失手。然而，现代五项健儿在北京一举夺得3枚金牌、1枚银牌、1枚铜牌、1个第六名，令全省体育界振奋。接着，10月下旬，以名将王勇为首的我省航海模型健儿征战广东肇庆星湖，又夺得1枚金牌、1枚银牌、1个第五名。孰料11月上旬刚刚结束的无线电测向项目，又全军覆没。

综观整个先期决赛，真是一波三折。但仔细分析，有的项目所以能夺冠，根本原因是全队上下一心，既有夺冠的斗志，又有对付各种复杂局面的详尽方案和有力措施。相反，有的项目有实力夺得好成绩，就是由于准备工作不充分，对手情况不明，或心理负担过重，或麻痹轻敌，而痛失建功良机。

全面决赛的展望

11月20日六运会开幕式在广州举行，27个项目的决赛将在广东省全面展开。

根据预赛分析和多渠道得来的信息，广东、上海、北京、辽宁、山东、湖北、河北、四川、江苏、浙江属于"十强"，实力确实高出一筹。我省要想闯进前10名，多数项目都要超水平发挥，可能性不大。

那么和我省争夺金牌或总分进前15名的都有哪些代表团呢？

解放军、安徽、湖南拥有朱玉清（女子七项全能）、许海峰（射击）、陈翠婷（女子体操）等一批优秀国手，有的1人能拿2至3块金牌，估计金牌数在8至10块，总分在300分上下。以上3个代表团是我省的强劲对手。广西、云南有李宁（男子体操）、张国伟（男子长跑）等一些全国首屈一指的明星为中流砥柱，将能夺金牌6至8块，总分达到280分上下，挤进前15名的可能性也较大。至于内蒙古、陕西和山西三个代表团，因有摔跤、武术等强项，可能拿6到8块金牌，总分250分左右，也不可忽视。

我省体育代表团全面决赛还要再拿3到4块金牌和170分以上的分数，才有可能进前十五名。这些成绩从何而来？行家们估计，田径项目有夺近70分的实力。其中男子标枪裴学良预赛第一，夺标有望。女子中长跑侯菊花、王红霞则要和山东王秀婷等数名亚洲和全国纪录保持者力拼；男子长跑酒尚选也要到云南张国伟的虎口上"拔牙"；女子标枪辛小丽是全国四强之一，要想卫冕，须拼掉其他"三强"；刘爱存（女子1500米）、李燕（女子铁饼）挤进前三名也须发挥高水平。除此之外，参赛队员人人都要添砖加瓦。9次全国太极拳冠军获得者丁杰，只要不出意外，还会摘冠。赛艇、皮划艇项目发挥得好，有可能拿到30分以上。双向飞碟名将巫兰英、冯梅梅、邵伟萍三人卫冕，保险系数较大。其余19名射击选手则要在各自项目中奋力拼搏。射击队完成50分的目标绝非易事。男子围棋团体、摔跤、女篮也不能放过跻身前8名的机会。

综上所述，解放军、安徽、湖南、广西、云南、内蒙古、陕西、山西都是全运会金牌或总分进入 11 至 15 名的有力争夺者。我省体育代表团跃入前 15 名的道路是不平坦的。

一鼓作气　斗智斗勇

到六运会赛场上去经风险，攀高峰，是许多运动员神往的壮举。参加决赛的我省体育健儿应该珍惜这次难得的机会。

我省许多优秀运动员多年来不知洒下多少辛劳的汗水，已经具备夺取好成绩的实力。关键是要在赛场上把水平正常发挥出来。如何发挥？首先是要有"不破楼兰誓不还"的气势，其次是坚信成绩是技术正常发挥的结果，既要按原定方案实施，又要在风云突变时，善于应变，化险为夷。我省优秀运动员樊兵在现代五项夺冠的最后时刻，在马拒跳的情况下，沉着镇定，看准机会，策马再跃的佳作，堪称楷模。

将贵在谋。教练员在双方运动员实力接近之际，更是要胸怀全局，精于运筹，敢于决策，及时指示制胜之路。我省航海模型教练员王钟秀在最后二轮决赛时，敏锐发现帆船压载过重，导致航速减低的危险局面。他果断决定让队员换上最轻压载。结果，加上运动员王勇漂亮的操纵，立竿见影，最后两轮都夺得第一而使总成绩夺冠。从某种程度上说，教练员的临场正确指挥，往往可以挽狂澜于既倒。这就需要教练员牢牢掌握住运动员思想和技术的脉搏。

面对全国 37 个代表团激烈竞争的局面，我们祝愿河南参赛的体育健儿敢于拼搏，善于拼搏，力争好的成绩，不负全省人民的厚望。

（原载 1987 年 11 月 12 日《河南日报》）

赞"中原硬汉"精神

一位足球权威在看了河南足球队的比赛后说，对他们闯入全运会八强无惊奇的必要，因为他们是一支朝气蓬勃的队伍。

综观河南队在六运会决赛中的表现，确实有一股遇强不怯、团结拼搏、敢于争胜的阳刚之气。尽管他们和辽宁、广东等强队相比，个人技术还较粗糙，整体配合也欠熟练，传球失误也较多，但是，他们场上的快速攻防，充沛的体力，剽悍的拼抢，如虹的士气，在很大程度上弥补了这些不足。后卫王玉平腰部受伤，疼痛难忍，打上封闭针，继续上阵；前卫袁志新、周延岭的脚部和腿部受伤，药物处理后上场，仍像尖刀一样迅猛穿插，撕破对方防线；后卫乐敬忠常用血肉之躯，挡住呼啸而来的攻球……他们以顽强拼搏的"中原硬汉"形象，使广州的数万观众折服，在绿茵场上奏响了一曲激昂的拼搏之歌。

壮哉！豪气冲天的河南足球队，只要继续发扬这种百折不挠、勇于进取的"中原硬汉"精神，定能在今后的比赛中扬帆猛进，再创佳绩！

（原载 1987 年 12 月 4 日《河南日报》）

立志振兴中原

体育作为展现一个国家和地区政治、经济、文化的窗口，敏锐的人们透过它看到了广阔的天地。

我省体育健儿在举国瞩目的全国六运会上飞跃 11 个台阶的壮举，掀起了全省人民自豪、奋进的感情波涛。人们从体育健儿的胜利中听到了中原人民前进的脚步声。

数百年来，由于历史的原因，中原大地的经济文化落后了。一种人家瞧不起自己、自己也瞧不起自己的情绪，压抑着许多人。在这些人看来，赶超全国和世界先进水平，是难以企及的事情。然而，有一支队伍，却率先从这种无所作为的氛围中冲决出来，这就是河南体育健儿。他们不怨天尤人，也不妄自菲薄，而是卧薪尝胆刻苦练，历经坎坷不气馁，终于从二、三、四、五届全运会的下游，奋进到了中上游。

现代意识的精髓，在很大程度上是竞争，是存优汰劣。体育比赛的竞争机制，促进纪录刷新、人才辈出。各级领导要善于把竞争机制引入各条战线，使每个单位、每个人都增强竞争意识，定出一定时间内进档次、上台阶、上水平的切实计划，拿出实施的得力措施。这样，我们就有可能创造更高的劳动效率和工作效率，使生产力以更高的速度发展。

其实，在广阔的中原大地上，有许许多多像体育健儿那样智勇双全、锐意进取、献身四化的创业者。他们有的正在破土而出，有的已经在国内领先，有的冲出亚洲，走向世界，表现出了中原儿女不甘落后、敢拼敢搏的英雄气概。完全可以预料，如果全省人民都能发扬无畏的拼搏和创造精神，又有一个科学的态度，那么古老的中原大地将会重新焕发出青春和活力，在不太长的时间内，迎头赶上，跻身于全国先进之林。

（原载1988年1月15日《河南日报》）

敢拼善搏　　后来居上
——我省健儿参加全国第三届大运会述评

人们曾经记得，在大连举行的第二届全国大学生运动会，我省运动员没有夺得一枚金牌，总分处于全国中游水平。仅仅两年的时间，形势却发生了令人喜悦的变化。8月下旬，在南京举行的全国第三届大学生运动会的激烈角逐中，我省运动员一举夺得7枚金牌，金牌数排全国第5位，进入全国上游的行列。实在可喜可贺。

有备而发

全国第二届大学生运动会后，我省学校体育界不甘落后，在战略上采取进攻姿态，首先是建立小学、中学、大学"一条龙"课余高水平训练试点，并使之尽快扩散，形成网络。高校体育教师日复一日，锲而不舍，对从中学经过层层选拔送到大学的运动员进行了系统而严格的训练，定期进行"技术会诊"。长期科学的训练，孕育了我省大学生体育健儿的坚强实力。叶歧云、牛新祥、万文华、陈文伟等我省优秀大学生运动员，在全国第三届大学生运动会上生气勃勃，超水平发挥，勇摘桂冠的壮举，对刚刚起步的我省高校高水平运动队试点的科学训练，作出了令人满意的注解。"预则立，不预则废。"我省学校体育界通力合作，有备而发，是在第三届全国大学生运动会上获得突破的关键所在。

敢拼善搏

在这次运动会上，我省大学生体育健儿坚韧不拔、敢拼善搏的精神是取胜的另一关键。乒乓球比赛高手云集。我队杨忠、王建华、肖万平三人首战劲旅北京队，便前三板抢打在先，以迅雷不及掩耳之势，连下五城。之后，连战连捷，在和夺标呼声极高的上海队争夺前4名的激战中，在先失2局的危急形势下，三员虎将镇定自若，愈战愈勇，最后连扳5局，反败为胜。这次，我省乒乓球男女队团体都闯入前8名，靠的就是旺盛的斗志。

我省女篮平均身高仅1.70米，和许多有退役专业选手、平均身高1.80米的强队相比，被人称为"土八路"。但是她们精于计算，逐队分析，佯攻强队，主攻弱队，每球必抢，每分必争。8月份，武汉赛区预赛，她们硬是以5胜2负闯入南京决赛。南京十强鏖战，又力克河北、山东，夺得第7名。主力队员刘艳滨、李继红多处受伤，仍坚持上场打快攻。全队作风之顽强，可见一斑。

田径场上，我省运动员以强烈的集体荣誉感参赛，高潮迭起，扣人心弦。叶歧云靠平时苦练的实力，26日、28日勇摘女子甲组跳远、100米栏2枚金牌，一时全场轰动。28日，牛新祥在男子乙组1500米跑和3000米障碍赛的竞争中，又连夺2枚金牌。万文华和陈文伟更是凭着一股拼劲，分别夺得女子甲组跳高、男子甲组110米栏冠军。刘华芹参加100米、200米、4×100米接力、4×400米接力等五项比赛，连续5次出场，4破全国大学生纪录……高昂的士气、顽强的拼搏，使我省田径项目取得女子甲乙组团体总分第6名，男子甲组团体总分第10名、男子乙组团体总分第11名的好成绩，在全国30个省市中名列前茅。

再接再厉

综观这次比赛，我省学校体育界由于正视现实、有备而发、敢拼善搏，已经完成了一次历史性的飞跃。但是，还应该清醒地看到，和先进的省市相比，仍有较大差距。保持已经取得的荣誉，仍需再接再厉、花大力气。我省学校体育界应从零开始，准备第4届全国大学生运动会，永远攀登，奋进不息。还要在广泛开展学校群众体育运动，增强学生体质的基础上，使愈来愈多的大中小学校因地制宜、选定项目在"一条龙"办高水平的运动队上下大功夫,为我省、我国培养出更多的有文化、高水平体育人才。

我省大学生运动员顽强进击,后来居上,为教育界振兴作出了榜样。他们的拼搏精神将进一步激励全省教育界适应社会生产力发展的需要,在教育体制、教材内容、教学手段和方法等诸方面深化改革,为四化建设多出人才,出好人才。

(原载 1988 年 9 月 13 日《河南日报》)

播科技之火　　兴四化大业

信息技术、空间技术、生物技术广泛采用,新能源、新材料和海洋被大力开发……新技术革命的浪潮迭起,带来了生产力的巨大飞跃。当今世界,科学技术已成为影响国力的主要因素和国际竞争的重要手段。

邓小平同志依据马克思主义的基本原理,在深刻总结第二次世界大战以来,特别是七八十年代以来世界经济发展的新趋势、新经验的基础上,英明地提出了"科学技术是第一生产力"的科学论断,从而丰富和发展了马克思主义关于生产力的学说。科学技术渗透于生产力三要素,即劳动者、劳动资料和劳动对象之中。三要素中的科技含量愈多,生产力就愈发达,愈进步。社会主义现代化建设的首要任务就是发展生产力,而发展生产力首先必须重视发展科学技术这个第一生产力,创造出比资本主义更高的物质文明和精神文明。因此,实现四个现代化的关键是科学技术的现代化。邓小平同志关于"科学技术是第一生产力"论断的丰富内涵,是我们从事社会主义现代化建设的重要指导思想。党中央、国务院决定把发展科学技术放在经济和社会发展的首要位置,作出了把经济建设转移到依靠科技进步和提高劳动者素质的轨道上来的战略部署,这就给我们指明了科技兴豫之路。我们要认真学习、深刻理解、努力宣传"科学技术是第一生产力"的科学论断,认真学习和宣传党中央、国务院有关发展科技事业的一系列重要方针、政策、法律、法规,全面把握"科学技术是第一生产力"理论的实质,在新时期的各项工作中去扎扎实实加以落实。

各级党委和政府的领导同志要把科技宣传和提高自身科技意识放到重要议事日程上来。各级领导要确立"科技是第一生产力"这个"第一"意识，切实解决科技宣传中的问题，克服发展科技事业中的困难，及时总结科技工作中的新经验。有关部门要采取多种形式，有针对性地向领导干部普及科技知识，帮助他们掌握科学方法，养成科学态度，提高科学决策和管理水平，使他们成为发展新生产力的宣传者、组织者和实践者。现在，省委、省政府坚决贯彻中央决策，结合省情，动员全党、全社会搞好科技宣传，号召全省人民向新技术革命进军。各级领导干部理应以极大的热情和责任感，为科学技术的普及和发展做卓有成效的工作。

宣传工作作为党的工作的一个重要组成部分，从来都是服从和服务于党的路线和中心工作的。要使"科学技术是第一生产力"的思想成为全党的共识，被广大群众理解和接受，并变成每个人的自觉行动，离不开科技宣传。各级宣传和科技部门，都要充分认识科技宣传的积极性，把加强科技宣传、增强全社会的科技意识，作为宣传思想战线的一项重要任务，把它放在同政治宣传、形势宣传、理论宣传等工作同等重要的地位。由于科技宣传工作过去比较薄弱，当前宣传部门应下大气力对科技宣传作些专门的研究，努力探索和掌握科技宣传工作的特点和规律，制定在新形势下搞好科技宣传工作的规划。同时，也希望更多的科技工作者，在努力搞好科研的同时，成为科普作家和宣传家，用深入浅出、通俗易懂的语言，生动活泼的形式，把科技成就和科学知识传播给人民大众。大家共同努力，密切配合，把我省的科技宣传工作搞得有声有色。我省是一个人口较多的农业大省，由于历史的原因，人民群众接受教育的水平和文明程度与先进省相比，有较大差距。不但文盲的比例大，科盲的比例也比较大。因此，对我省来说，搞好科技宣传，提高全民的科技素质，任务尤其繁重。我们应对增强全省科技意识的艰巨性、长期性有一个清醒的认识，深入持久地搞好这项工作。

科学技术只有为最广大的人民群众所掌握，才能变成认识和改造客观世界的强大物质力量。因此，科技宣传的根本任务就是提高全民科技意识和科技思维能力，用科学技术去武装人民，让劳动者学会新的生产方式和生活方式。这就要最广泛地宣传科技新成果、新技术，使其成为亿万劳动者提高劳动生产率和经济效益的锐利武器。还要让劳动者在掌握新的生产技术的同时，也了解将来科技进步的发展前景，从而使劳动者目光远大，既成为先进科技的接受者，又成为科技进步的自觉参与者。在职培训、脱产进修、业余自学等是传播科技文化知识，培养具有较高科技素质劳动者的有效途径，应该坚持和完善这项工作。全省人民要自觉地投入新技术革命的行列，尽快学习并掌握科技知识，积极参加科技实践，为实现我省"一高一低"战略目标，振兴中原而努力奋斗！

（原载1991年12月6日《河南日报》）

奥运赛场竞风流

——为中国奥运健儿壮行

当中国奥运军团"沙场秋点兵"，即将在巴塞罗那第25届奥运会上放胆一搏之际，笔者送上几句肺腑之言，以壮行色。

有幸参加奥运会的中国体育健儿，经过四年卧薪尝胆，砥砺自奋，挥洒汗水，许多已经具备了和世界级优秀选手抗衡的实力，已到了收获的季节。然而，世界冠军的桂冠是用荆棘编成的，在没把握、有希望的形势下，只有认识清醒，敢拼善搏，方能踏平坎坷上坦途。

夫战，勇气也。此时，一个优秀运动员要有"黄沙百战穿金甲，不破楼兰终不还"的气势，以和高手竞争闯关夺隘为快事。在奥运会这样高水平的竞技场上，许多优秀选手实力旗鼓相当，决胜往往在极微小的差距之间。"两军相逢勇者胜"，只有勇于拼搏，才会心理稳定，才能正确运用技战术。

"养兵千日，用兵一时。"运动员都希望自己平时训练洒下的心血和汗水化成奥运比赛中金光闪闪的奖牌。但要真正夺取胜利，还必须把自己从"求胜心切"的精神桎梏和想赢怕输的思想压力中解放出来，进入一个豁达的思想境界。射击骁将许海峰"每临大赛有静气"的大将风度就很值得效法。竞技就包含着胜败，胜固可喜，败亦正常。因此，人民对运动员虽寄厚望，又给以充分的理解。中国奥运健儿只要轻装上阵，敢拼善搏，不管胜负，全国人民都会在电视机前为他们喝彩加油的。

"兵无常势，水无常形。"赛场风云诡谲，胜负难测，因此，审时度势，斗智斗勇，合理而又巧妙地运用技战术至关紧要。胜利的大厦只能建立在运动员自己能力的正常或超水平发挥之上。先声夺人，一上场就打出顺境，直至取胜固然好。稳住阵脚，伺机反击，后发制人取胜亦可贵。水平接近，敢于相持，动员精神和物质的一切能量，拼至最后取胜，更应提倡。世界乒坛女杰邓亚萍在国内外重大比赛中，技战术运用往往佳作迭出。她的能力经常能正常或超水平发挥，因而屡屡登上冠军的领奖台。

有些颇具实力的运动员战绩不佳，除心理上的原因之外，技战术运用失误应是重要原因。

在奥运赛场上，运动员除了夺金摘银，更多的应是展示各个国家的民族精神和潜在力量。中国是一个有五千年文明史的泱泱大国。中国运动员在奥运赛场上同各国运动员的接触中，要展示良好的修养和质朴优雅的气质，要让世界人民从自己身上看到中国青年朝气蓬勃、欣欣向荣的气象。

（原载1992年7月21日《河南日报》）

坚持改革　　振兴体育
——祝贺省七运会隆重开幕

正当中原大地改革开放呈现出勃勃生机的时候，省第七届运动会隆重开幕了。我们向大会致以热烈的祝贺。

省六运会以来，我省体育事业又有长足发展。特别是第25届奥运会上实现了金牌零的突破，展现出我省体育健儿团结奋进、一往无前的精神风貌。他们自立自强、竞争进取的可贵品质，已经成为激励我省人民的巨大精神力量。

体育要发展，必须走改革之路。首先要转变机制，形成一种依托社会，取之于民，用之于体，为民服务，自我发展，充满生机的体育体制和良性循环的运行机制，使体育更加生活化、普遍化、科学化、社会化。通过改革，逐步做到人民体育人民办，办好体育为人民。省七运会让行业系统组团参加，就是一项旨在使群众体育和竞技体育更加协调发展的重大改革。其次要重点抓好多数人喜闻乐见和易于普及的健身、娱乐体育项目,促使群众体育活动向小型化、经常化、多样化发展。有了雄厚的群众体育活动基础,才能涌现出更多高水平的"希望之星",再经过严格管理、科学训练,他们就可成为进军全国体育强省的有生力量。

竞赛是体育运动的杠杆。一个大型运动会举办得成功与否,一看是否出成绩、出人才,二看是否有良好的赛风。各代表团在比赛中要坚持公正竞赛、团结拼搏的体育道德,严格按规则规程办事,要真正赛出各市、地青少年的运动技术水平。所有参赛运动员都要讲文明、讲礼貌、讲道德、守纪律,表现出良好的精神面貌。要做到在赛场上既要勇猛顽强,敢打敢拼,又要尊重对手,尊重裁判,尊重观众。我们期望省七运会上纪录刷新,人才辈出,赛风端正,取得运动成绩和精神文明双丰收。

(原载1992年9月24日《河南日报》)

还有青山在前头

河南足球队的硬汉们挟着青岛胜前卫、克福建、挫云南之勇又在太原附加赛中力擒国内甲级劲旅天津队,从而昂首挺胸进军全国七运会北京决赛,可喜可贺!

这是充满自信、团结奋战的胜利。河南足球队在七运会预赛中,不管对方多强,从不怯阵,拼劲十足。他们有一句名言:出水才看两腿泥,谁强谁弱,踢完球再说。因而,他们无论对山东、天津这样的强队,还是对前卫、云南这些能使强队翻船的"黑马",都是满场跑动,互相补位,能逼善抢,敢突敢射。故他们往往能抓住瞬间即逝的战机,克敌制胜。一往无前、决战到底的气概使他们扬起了胜利的风帆。

这是运筹帷幄、斗智斗勇的胜利。河南队缺乏球星,个人技术并不出色,加上主力前锋、前卫临阵受伤,比起强队,实力稍逊。但是他们知己知彼,多谋善断,扬己之长,击他之短。对天津这支刚从荷兰留学半年归来的强队,他们硬是不急不躁，稳守反击，磨其锐气，后发制人，战而胜之。正确的战术决策使他们由弱为强，力挽狂澜。

这是报效中原、拥有集体荣誉感的胜利。河南队在全国甲级足球劲旅中，待遇较低，某些强队的收入是他们的数倍以上。但是人总是要有一点精神的。中原的荣誉、父老乡亲的期望高于一切。他们为此拼搏奉献，流血流汗，神勇无比。

山外青山楼外楼，河南健儿争上游。闯入决赛开局良好，还望决赛场场力拼，更上一层楼。

（原载1993年8月2日《河南日报》）

煮熟鸭子飞了的断想

七运会射击比赛角逐两日，国手辽宁王丽娜、河南张冰都是决战领先至最后跑一靶，功亏一篑而丧失夺冠良机。人们戏称，煮熟的鸭子又飞了。

全运会国手参赛往往成为众矢之的。舆论和各省代表团对他们的期望值甚高，以及奖金、房子……往往形成一种压力。以平常心对待比赛者，往往能把压力变成动力，敢于相持，拼至最后取胜。否则，这种压力就会变成患得患失的包袱，关键时刻，自乱阵脚，把人压垮。平常心就是选手在比赛中名利皆忘，全力投入的一种出神入化的境界。这就要求名将平时要加强自己思想、道德、文化的修养。看得出来，王丽娜和张冰最后都是因为压力过大、紧张，造成动作变形而失手。因此，名将们关键时要排除杂念，心静如水，才能顶得往。

赛场风云诡谲，胜负难测。名将们还要把自己从求胜心切的桎梏中解放出来。俗话说，"行百里者半九十"。越是决战至最后，越是选手们体能、精神和技术的最后较量，越要头脑冷静，动员自身一切潜能去战而胜之。任何紧张急躁求胜心切的情绪都有使即将到来的胜利毁于一旦的危险。要相信比赛胜利是技术正常发挥的结果。在决赛最后一刻，也能沉着镇定，正确运用技战术，和旗鼓相当的对手决胜于极微小的差距之中。胜利往往出自最后的坚持之中。

(原载1993年8月20日《河南日报》)

找个明白　从头再干

继0∶2负于辽宁队、1∶4负于吉林队之后，7日下午潇潇冷雨中，河南足球队在北京海淀体育场又以1∶3败在八一队脚下，三战皆北，被摒出前8名之外。输球不可挽回，重要的是找出差距，弄个明白，从头再干。

输在哪里？首先是进决赛已达到目的思想在作怪，没有更高的目标和追求。诚然，河南足球底子薄，能冲进决赛难能可贵，毕竟是进了前12名，已算进入了全国先进行列。但是既然进了决赛，就应全力拼争，哪怕只有一线希望。首场，河南对全国冠军辽宁队的上半场比赛就拼得好，守得住。然而之后对吉林、八一队比赛的水平简直降了一个档次，不堪对手一击。队里有伤号是事实，关键是未打先认输，不图进取。

体力不足，技不如人。河南队在和甲级B组队比赛中，还是有拼劲的。但是和甲级A组队一打，拼劲就受制约。那是因为，像辽宁、吉林、八一队的队员在足球意识、脚下控球能力、传切技术等方面均高出一筹。好的战术是通过个人技术来实现的。所以河南队进攻就显得无章法，少威胁。还有，和这些强队比，除后卫外，其他队员身材体格也不占优势，也就不太积极地进行贴身拼抢和合理冲撞得球。看来，河南队要想经受住大赛和强队抗衡的考验，今后科学选材和提高个人技术水平至关紧要。"艺高人胆大"，艺高才能出气势，出拼搏精神。

通过七运会决赛，河南足球界有识之士确实看到了和强队的差距。河南足球基础差，要想保持和提高足球水平，非综合治理不可。比如要在青少年中更加广泛地开展足球活动，从小抓起，改变河南足球队员仅来自洛阳、郑州二地的局面。青少年业余体校和足球传统学校、省队都要有机配合，科学选材和训练，使河南队员个人技术和整体战术水平上一个新台阶。要尽快改革足球管理体制，办足球俱乐部，以取得有关领导和社会更多的物力和财力的支持……如是，河南足球才会大有希望。

（原载1993年9月8日《河南日报》）

一柱难擎天

12日晚，邓亚萍又在七运会女乒单打比赛中3：0战胜北京咄咄逼人的新秀王晨，进入前4名。团体比赛关键场次，她场场赢两盘；配合时间极短的双打、混双她也携队友夺得第四、第五名。她是河南队一根擎天的大柱。

然而"独木不成林，一柱难擎天"，河南女团半决赛失利原因就在于此。从七运会比赛看，河南队其他队员虽然是国青队员，但和国内顶尖高手相比，差距甚大。实际上从70年中叶，张立、葛新爱、黄亮退役后直到邓亚萍出现，河南具有传统优势的乒乓球项目一直处于低谷状态，男队尤甚，七运会男团、男单全军覆没，至今仍在谷底爬行。有的队员甚至有这么一种情绪，和邓亚萍同时代是一种悲哀，怎么练也轮不到自己上场，大有"既生瑜，何生亮"的感慨。可这些队员是否有邓亚萍那样的鸿鹄之志？付出她那么多血汗了吗？困难是磨刀石，迎头搏击才能前进。弱者要想改变现状就应"穷且益坚，不坠青云之志"，全力向逆境抗争。强者需要汗水的孕育和钢铁般的意志。

有关领导还应看到，河南乒乓球运动广泛开展。省体育场、各市地业余体校和乒乓球传统项目学校的教练和老师们长期辛勤耕耘，已培育出不少在全国青少年比赛中名列前茅的好苗子。关键在于改变乒乓球项目的管理训练体制，真正做到庸者下，平者下，能者上，像"马家军"那样科学选材，科学训练，严格管理，那么我省乒坛的沉闷局面就会有所改观。当然，社会各界人士能有河南教育出版社那样的远见卓识，对我省乒乓球队在物力财力上鼎力相助，则更好。我们期望河南乒乓球界再出英才，和邓亚萍携手并肩攀高峰。

（原载1993年9月13日《河南日报》）

河南人民的骄傲

雄关漫道真如铁,而今迈步从头越。

经过坚韧不拔的努力,凝聚智慧和汗水,河南体育健儿在全国七运会上敢拼善搏,大展雄风,闯进全国十强。胜利的捷报传来,8000多万父老乡亲为之欢欣鼓舞。我们向取得辉煌成就的河南体育健儿表示热烈祝贺。

金牌由体育健儿的理想和实力铸成。在1987年的六运会上,河南体育实现了第一次飞跃。那时,体育健儿和体育工作者立下雄心壮志,向全国体育强省的目标迈进。他们把迎战七运会纳入"团结奋进,振兴河南"的大目标中,思想统一,政令畅通,精心组织,准确指挥,真抓实干,严格管理,科学训练,培育出一支特别能战斗的队伍。这支被称为"黑马"的队伍,在高手云集的七运会上,闯关夺隘,披金挂银,展现出中原人民不畏险阻、勇于搏击的美好形象。他们不愧为河南人民的骄傲!

人是需要有一点精神的。河南体育界在设施不够先进、经费不太宽裕的情况下,坚持艰苦奋斗,坚持无私奉献,用一流的工作创造了一流的成绩。许多干部废寝忘食,抱病工作;许多教练舍弃家小,率队南征北战;许多运动员战胜自我,带伤上场,一拼到底,谱写出撼人心魄的拼搏奉献之歌。他们崇高的思想境界,值得全省人民学习。

从七运会比赛中可以看出,我省的拳头项目不突出,田径、游泳项目太弱。金牌不少,二至八名的名次不多,基础不够稳固,还有一分未得的项目。所以体坛健儿还要认真总结,调整战略,着眼未来,夺取更大的胜利。

(原载1993年9月16日《河南日报》)

谱写振兴河南的新篇章

胜科之花为英雄开放。在全国七运会上闯进全国先进行列、为全省父老乡亲争了光的我省体育健儿戴上红花，接受省委、省政府和全省人民的祝贺和奖励，当之无愧！人们从胜利中不光看到了奖杯和金牌，更看到了闪烁在运动员身上的豪情壮志和拼搏精神。这种精神是最为宝贵的精神财富。它必将激励全省人民更加意气风发，斗志昂扬，为河南的崛起做出贡献。

胜利来之不易，启迪发人深省。由于历史的原因，我省经济文化和发达的省区相比有差距，体育经费和设施也难望其项背，困难重重。但是我省体育界经过10年的艰苦奋斗，终于在全国七运会上取得了重大胜利，实现了重大突破。我们应该学习体育健儿的拼搏精神，使全省人民来一次思想大解放。中原物华天宝，人杰地灵。全省人民只要破除迷信，敢于创新，艰苦奋斗，瞄准先进目标，河南就一定能自立于全国先进之林。

胜利的桂冠是用荆棘编成的。和林县人民创业史一样，自力更生，艰苦创业，敢拼善搏，埋头苦干，也是我省体育健儿通向成功的必由之路。体育健儿们数年如一日，吃大苦，耐大劳，高标准，严要求，科学训练，用心血和汗水孕育出成功。他们把对事业和人民高度负责的精神同科学态度相结合，也给全省各行各业树立了榜样。全省各条战线的干部群众都要学习他们严谨、务实的作风，按照社会主义市场经济的要求，深化改革，严格管理，练好内功，善于竞争，提高劳动生产率，把我省的经济搞上去。

人心齐，泰山移，团结就是力量。和林县人民建造红旗渠一样，每一枚金牌都凝结着许多人的智慧和奉献。干部、教练、运动员、科研后勤人员等，都有一个明确目标：七运会上为国争光，为中原父老争气。他们心往一处想，劲往一处使，同心同德，顾全大局，互相理解，互相关心和支持。这体现了爱国主义、集体主义和革命英雄主义相融汇的崇高美德，在发展社会主义市场经济的今天，这种美德和精神尤显珍贵。这也证明，建设有中国特色的社会主义只有坚持物质文明和精神文明两手抓，才能相辅相成，卓有成效。

黄河之滨，集合着一群中华民族的优秀子孙。我省体育健儿的出色战绩犹如春雷在中原大地滚动。全省人民只要像体育健儿那样有一种精神，有一股干劲，抓住机遇，真抓实干，开拓进取，团结奋进，无私奉献，中原大地改革开放、欣欣向荣的春天就一定会到来。

(原载1993年10月15日《河南日报》)

关于人道和爱的断想

在第六届"远南"残疾人运动会的开幕式上，7万名观众对42个国家和地区近2000名残疾人运动员入场后发出的动情欢呼，分明就是中华民族对残疾人充满爱心的呼唤。这预示着爱的甘霖将更加淋漓地洒向全国5000多万残疾人同胞们。

一位哲人说过，如果春天没有花，世界没有爱，那还成什么世界？长期以来，由于种种偏见，占全国人口5%的残疾人曾一度处于孤独、无助的氛围中，失学、失业、贫困的厄运常和他们如影相随。他们有太多的痛苦和悲壮，往往在自我封闭中艰难地跋涉人生。新中国成立以后，救死扶伤，救济失业……革命的人道主义曾使许多残疾人感到人间的温暖。但这还远远不够，当改革开放的中国高扬起社会主义人道主义旗帜的时候，残疾人才备感全面解放，看到与社会同行的曙光。

残疾人和普通人一样都有人的权利、价值和尊严。许多残疾人在实现人生价值的追求中，历经坎坷，战胜残疾，成就大业。司马迁受宫刑后著述皇皇大作《史记》，贝多芬耳聋创作《欢乐颂》，华罗庚腿残成为一代数学宗师……当今的许多残疾人在勇敢地走出封闭和与社会沟通的过程中，已不再是简单地要求救助，更多地希望提供平等参与社会主义建设的机会，建功立业，共享文明成果。这就需要形成一个残疾人自立自强、全社会扶残助残的良好环境，在一个和谐的人际关系中，推动社会的进步。

因破碎而追寻完整更具美好。残疾人在运动场上向命运挑战的壮举撼人心魄，催人奋起，显示了不屈的抗争力量和人格美。如果我们更多培育和学习这种美，那么我们的祖国就会出现爱和美的春天。

（原载1994年9月6日《河南日报》）

开拓者的光荣

众人瞩目的首届中国（郑州）恒运杯汽车拉力赛在中国汽联的指导下，经过河南有识之士和企业家的共同努力，终于举办成功，可喜可贺。

汽车大赛是和现代工业及相关行业相连的体育运动。虽然在欧美等国已经风行多年，但在我国却是刚刚起步。举办这项全国比赛因其投资多、难度高、风险大而令许多大企业家望而却步。而生产高级润滑油的河南恒运集团却有远见、有魄力，果断斥巨资独家举办了这次比赛。它开创了中国汽车运动史上的三个第一：第一次由中国人自己举办，第一次全部用国产轿车和国产润滑油，第一次由国内企业独家赞助。这显示了开拓者的胆略，在中国汽车运动史上翻开了崭新的一页。其意义和影响是深远的。

首先这次大赛的成功举办对中国赛车界是一个极大的鼓舞。这次大赛所积累的宝贵经验将有利于中国汽车运动逐步走向既和国际赛事接轨，又适合中国国情的良性发展轨道。中国汽联负责人称，这次大赛证明中国人完全可以自己办好汽车拉力赛，明年将举办更大规模的全国汽车拉力赛。无疑，这次大赛起到了中国汽车拉力赛奠基石的作用。这次大赛也引起了中国汽车厂家的极大关注。他们或派出维修队，或派出观察员……纷纷表示今后要参与赛事的强烈愿望。这就证明汽车拉力赛也是一个汽车、润滑油及其相关行业产品的赛场。各家产品通过拉力赛平等竞争，提高产品质量，推出国产名牌，这必将推动民族工业更快地发展。和现代工业紧密相连的汽车运动前景光明，充满希望。

河南恒运集团起步不久，便依托自己的高科技产品——高级润滑油祭出了如此大手笔，抢占了展示自身形象的制高点，令国内一流大企业刮目相看，这是河南人的光荣。他们以汽车拉力赛为载体，推出中国名牌润滑油，和"洋油"一争高下，令人鼓舞。振兴民族工业，不尚空谈。难道我们不应该从恒运人身上学习一些东西吗？

（原载1996年4月24日《河南日报》）

浩然之气

近3万名观众自始至终的呐喊，河南建业足球队自始至终气势如虹的冲击，2∶0力克辽宁队……使身临其境的人们感到一股浩然之气在鼓荡着心胸。这是被压抑许久的中原民气呀，一旦仰天长啸，便会激发出山呼海啸、排山倒海般的力量。

作为中华民族的摇篮，具有5000年悠久历史的中原大地曾经孕育出光辉灿烂的古代文化。如今在这绿茵场的观众和球迷身上，人们又看到了中原人民对现代竞争意识的认同和追求21世纪现代文明的渴望。足球是一个运动美和精神美相融汇的精灵。中原观众和球迷在垂青于它的过程中，奉献出炽热的情怀、坚韧的等待。4场主场，他们乐于解囊，踊跃购票，场场爆满；3场客场，许多球迷千里相随，他乡助威。河南队失利了，他们送去的是深情的目光和鼓励的话语；河南队胜利了，他们喜而不狂，给队员们的谆谆嘱托是向前看，拼出希望来。他们是全国一流的观众和球迷。他们身上所体现出来的中原民气赢得了全国足球界人士的交口称赞和由衷的尊重。

河南建业队在战胜辽宁队一役中，表现出过人的勇气和胆略，面对曾是全国"十冠王"的对手，始终昂起不屈的头去拼搏。他们在激烈的对抗中，战胜了自我，发现了自己巨大的潜能，从而踏入一个令人奋发的精神境界。他们那种以我为主、积极拼抢的风格在这场以弱对强之役中发挥得淋漓尽致。两个前锋敢于穿插，表现出极强的进球欲望，均有建树。以依格尔为中心的4个中卫在中场争夺中，占了上风，发起一次又一次的攻击。4个后卫那坚毅的身影，显得如此自信，在助攻的同时，牢牢守住了自己的防线。流畅的进攻，严密的防守，确实令人赏心悦目。在不忘失败的同时，也要牢牢记住这场胜利的启示：艺高人胆大，胆大艺更高。

（原载 1996 年 5 月 26 日《河南日报》）

呼唤英雄

高扬"和平、友谊、发展"和"更快、更高、更强"旗帜的现代奥林匹克运动迎来了充满活力的百岁华诞。1 万多名不同肤色、不同民族、不同地域、不同国家的运动健儿欢聚在亚特兰大第 26 届奥运会，在盛大的庆典中，感受着节日般的欢乐，呼唤着奥林匹克英雄又一次在拼搏中脱颖而出。

现代奥林匹克运动孕育了许多无畏进击的英雄。他们在平等参与中用意志、智慧和汗水去向人类体能、精神的极限挑战，从而在一次一次的奋斗中，踏平坎坷，享受到了胜利的欢乐。他们的业绩就是一部优秀的人生教科书，净化人们的心灵，激励人们自立自强，向逆境抗争，踏上成功的坦途。人类的进步和理性在奥林匹克运动中得到回归。

拿破仑说过："中国，当她行动起来，整个世界将为之震动。"在第 23 届奥运会上，中国射击运动员许海峰夺得首枚金牌的枪声，洗刷了中华民族被人称为"东亚病夫"的耻辱。此后，中国运动员在奥运会上夺得一枚又一枚金牌的壮举令炎黄子孙为之振奋。他们身上那种生气勃勃的精神展示了中华民族自立于世界民族之林的力量和信念。他们也应是中华民族彪炳史册的英雄。我们期待中国运动员在第 26 届奥运会上发扬奥林匹克精神，摘金夺银，英雄迭出。

（原载 1996 年 7 月 21 日《河南日报》）

悲壮的美

有人说，体育是和平时期的战争。拥有战士情怀的中国运动员在奥运会第一天的比赛中，像战士般地冲锋陷阵。不管胜利还是失败，都是那样撼人心魄，悲壮激烈。他们进入了人格自我完善的崇高境界。

大病未愈、功勋卓著的射击老将王义夫是坐着轮椅登上飞机，又是背着氧气瓶走上赛场的。在压力巨大而又令人窒息的射击比赛中，他顽强坚持，一路领先，却在最后一枪因头晕眼黑而失手，以0.1环之差，痛失金牌。最后，他晕倒，被抬出赛场。然而，在电视前观看这动人一幕的许多观众不禁对这位四次参加奥运会，曾夺得金、银、铜不同颜色奖牌的老将之壮举油然而生敬意。因为，他就像倒在战场上的战士，为祖国战斗到了最后一刻。

举坛健儿张祥森断臂冲金牌的一举更是使人想起了舍身炸碉堡、堵枪眼、冲山头的战士。他面对土耳其实力雄厚的世界纪录保持者，不屈不挠地抗争，咬着牙将杠铃一次又一次举过头顶。最后一次机会，他为了夺金牌，义无反顾要了比对手多2.5公斤的重量，就在举过头顶，即将成功的瞬间，巨大的重量折断了他的手臂。此刻，他那坚毅的身影就好像一尊战士舍身取义的雕像，给人们留下了许多超越体育竞赛的人生价值的思考。他们没有失败！因为他们赢得了比胜利更为宝贵的人类奉献精神，激励后人，留传久远。

（原载1996年7月22日《河南日报》）

"小花"未开的思考

奥运赛场，胜负难测。今年上半年世界排名比较靠前，赛前被人们寄予厚望的中国泳坛四员小将在前两天的比赛中竟无一人进入决赛。教练员赛后总结她们发挥失常的主要原因是缺乏奥运会比赛经验……这引起行家和许多观众的思考。

一般来说，技术、战术、体能、心理和精神状态是决定比赛胜负的重要因素。小将们只有在比赛中表现上佳，才有世界排名靠前的位置。这说明她们在技战术、体能方面都具备了在奥运会上向名将冲击的潜力。冲而未果，首先是心理和精神未进入最佳状态。据悉有的小将未赛先怯阵，背上了世界排名靠前的包袱，想赢怕输，患得患失。这就导致思想保守，战术失调，体力分配不当，比赛失利。显而易见，缺乏比赛经验仅仅是小将们发挥失常的一个原因，关键是在思想上自己的位置没摆正，没有"拼"字当头。

其实，如果把我们的小将比作一棵棵施足水肥的小花，在奥运会的阳光下，她们完全有可能蓓蕾初绽或者含苞怒放。问题是，水肥是否施足。在奥运会游泳比赛中劈波斩浪，连夺金牌的15岁左右的外国少年选手也不乏其人。因此，我们的教练，那些栽花的园丁要在今后给小花把优质水肥适时施得更足些，使之根深、干壮、叶茂。也就是平时把她们的技战术练得更精些，体力练得更壮些，敢上九天揽月的气势练得更足些，那么，蓄芳的小花终会怒放。

（原载1996年7月23日《河南日报》）

多米诺骨牌现象析

在奥运会体操男团决赛中，中国队头号主力李小双在第二天的规定动作比赛中便出现失误。在第三天比赛中，又有3名主力选手在单杠比赛中接二连三地掉下来，丢掉了冠军。这种失误让人想起了多米诺骨牌效应。

所谓多米诺骨牌效应就是头牌倒了后，其他牌也随着倒下来。这就提醒我们，打头炮的选手对鼓舞士气，取得全场胜利有着多么重要的作用。因此担负首先出场任务的选手要有沉稳、自信、果断的大将风度。他要让自己的头脑像蓝天一样明净，怀着必胜的信念去战胜哪怕是一丝一毫的彷徨和怯懦，充分发挥自己平时千辛万苦练就的技术水平，去打开胜利的突破口。这就要求教练和打头炮的选手赛前准备工作要做得细而又细，否则极小的疏忽都将会影响整个战局，导致终生的遗憾。

赛场风云变幻，马失前蹄的现象也会发生。打头炮的选手失利后，再接着上场的选手要坚决顶住压力，以挽狂澜于既倒的气势战胜自己，战胜对手，把失去的优势一步一步夺回来。切不可因前面队友的失误而影响自己的情绪，一个又一个稀里糊涂地败下阵来。在这届奥运会比赛中，中国举坛健儿已经做出了前赴后继的榜样。张祥森等在54公斤级项目冲击金牌失利后，59公斤级的唐灵生再次发起冲击，超水平发挥，夺得金牌。正反两方面经验教训，都值得记取。体操单项决赛在即，"亡羊补牢，犹未为晚"。

（原载1996年7月24日《河南日报》）

举坛三赞

奥运会举重比赛角逐四天来，中国举坛健儿夺得二金一银一铜，捷报频传。那"力拔山兮气盖世"的风采，那奋勇向前的冲天豪气，令人击节赞叹。

一赞举坛健儿不避风险，冲击金牌的锐气。在稳扎稳打很有可能拿到铜牌的情况下，54公斤级的兰世章冒险也要争一争金牌。虽然冲击未果，得了第4名，但是他和同级别的队友张祥森伤臂也要争金牌的锐气极大地激励了队友们再冲金牌的斗志。竞技体育的魅力就在于，一些具备夺冠实力的选手要想夺冠也要在崎岖的小路上披荆斩棘、冒险攀登。知险而上的选手无疑是体育界未来的脊梁。

二赞举坛健儿敢于超越，登临绝顶的豪气。一般来讲，由于比赛时要降体重，许多选手比赛成绩都低于训练成绩。然而59公斤级的唐灵生就是在奥运会决赛中敢于解放思想打破常规，生气勃勃地举起307.5公斤这高于平时训练一大截的优异成绩，打破世界纪录而又夺得金牌。冠军之花为这位战胜自我、力压群雄的勇士而开。

三赞举坛健儿舍我其谁、志在必得的王者之气。70公斤级的占旭刚平时比赛、训练成绩全在世界水平之上。虽然今年4月日本亚锦赛曾功败垂成，但他相信自己的实力。这次奥运决赛中他把队友的成功当动力，以气吞山河的气势，打破三项世界纪录而夺冠。在他身上，人们看到了中华民族自立于世界民族之林的气概。壮哉，搏击风云的举坛健儿！

（原载1996年7月25日《河南日报》）

挫而奋起真英雄

"啊，体育，你就是勇气！肌肉用力的全部含义就是敢于搏击！……"这是现代奥林匹克运动创始人顾拜旦《体育颂》中的一段名言。中国体操运动员李小双挫而奋起，用钢铁般的意志和力量勇夺奥运会男子个人全能金牌，为这段名言做了最好的注解。

沧海横流方显英雄本色。李小双是去年世界锦标赛男子全能冠军、征战本届奥运会中国队的头号主力。他在争夺男团金牌比赛中首先在吊环中失误，丢掉了团体冠军，可谓压力巨大。而他的对手是体操"梦之队"俄罗斯队的名将，但他把压力和挫折化为前进的动力。尽管他在全能比赛首轮自由体操比赛中出师不利，尽管他在最后第六轮最不稳定的单杠比赛前仍处于落后地位，却冷静、果断，咬着牙一项一项拼，最终夺得胜利。他是把困难和挫折踩在脚下，向着太阳奔去的勇士。奥运会的历史将留下他百折不挠、创造辉煌的一页。

经过奥运赛场风雨的洗礼而夺得的金牌弥足珍贵。李小双虽是上届巴塞罗那奥运会自由体操金牌得主，但他这次摘取的男子全能金牌是体操赛场上的王冠，中国奥运历史上第一个，意义更为重大。他用行云流水、出神入化般的整套高难动作征服了裁判，展示了中国运动员的拼搏精神和风采。赛后，他那"勇敢有机会，胆怯没机会""往前走，不后退"的铿锵话语，掷地有声，振聋发聩。人生的道路是不平坦的。逆境拼搏的道路更是荆棘丛生。那么，就让我们学习李小双的精神，不怕挫折，知难而上！

（原载1996年7月26日《河南日报》）

找差距图超越

奥运会开赛第六天，中国选手无人问津奖牌。而中国代表团具有冲击奖牌实力的田径、乒乓球、跳水、羽毛球等项选手即将进入决赛的拼争。中国选手应该审时度势，善于总结，以利再战。

哀兵必胜，骄兵必败。中国男篮把自己摆在一个弱队位置去拼每一个对手，既顽强防守，又抓住时机发动快攻。结果，反而战胜安哥拉、阿根廷等劲旅，使其闯进前八名的前景一片光明。没有包袱，敢于碰硬，战术灵活，扬己之长是中国男篮制胜的主要原因所在。反观中国女篮背上了亚洲冠军、上届奥运亚军的包袱，年龄老化，战术陈旧，打得缩手缩脚。特别是其主力郑海霞被对手看住、比分又接近时，队伍更暴露出心理脆弱、束手无策的弱点，连败于意大利、日本这两个相对较弱的对手，出线前景不容乐观。因此，今后有望去争夺奖牌的选手应该摆正位置，轻装上阵，从容出战。只有这样，才能正常或超水平发挥，取得佳绩。

战术也是比赛取胜的一个重要因素。在刚举行过的奥运游泳决赛中，中国游泳选手刘黎敏、蒋丞稷分别以0.01秒、0.04秒之差和金牌、铜牌失之交臂。假如在战术和体力分配上稍加正确调整，这二位选手的战绩就可能改写，唾手可得的胜利就不会变为遗憾。吃一堑，长一智。中国教练和选手要多谋善断，在赛前把战术和策略想得更合理、周到些。如果战术对头，在势均力敌的角逐中，胜算面就会更大一些。

（原载 1996 年 7 月 27 日《河南日报》）

小将挑大梁

27日，奥运会上屡建功勋的中国射击队几乎在捍卫自己荣誉的最后关头，由小将李对红、杨凌、肖俊用响亮的枪声摘取两枚金牌一枚银牌，在亚特兰大奥运会上续写了辉煌。比金牌更重要的收获是，年轻选手已挑起大梁，堪当重任，中国射坛大有希望。

技术实力是运动员赖以取胜的基础。李对红、杨凌在这届奥运会比赛中一路领先，最后分别以领先亚军3.1环、6环的较大优势取胜，显示了雄厚的实力。这种实力在奥运会前的其他世界大赛中已有所显示。他们中有的人曾创造过新的世界纪录。可见他们这次获胜决非偶然，是青春岁月和勤学苦练的汗水所孕育的实力换来了这次成功。你想成功吗？那就用天赋、勤奋和灵感，一步一步地去铸就实力。这是最科学的成功之路。

在强手如林的奥运赛场上，具有实力的选手还需要有稳定的心理状态和强烈的求战欲望。由于中国射击队头号选手、上届奥运冠军王义夫首日比赛因病最后一枪成绩不佳，导致痛失金牌，使许多队友心头都笼罩着沉重的心理压力的阴影，以致战绩不佳。但这三位小将就是与众不同。他们精神饱满，斗志昂扬，以我为主，旁若无人地射出每一发子弹，充分发挥了自己的技战术水平，很自然地圆了自己的冠军梦。排除干扰，镇定自若，泰然处之的心态是他们胜利的保证。小将们已经走向成熟，可喜可贺。

（原载1996年7月28日《河南日报》）

竞争·执法·活力

亚特兰大奥运田径赛场上金牌分量最重、富有传奇色彩的男子百米大战28

日上演。赛场上的8万余名观众和电视机前的亿万全球观众目睹了这样一个事实，那就是在决赛中，上届奥运百米冠军、英国选手克里斯蒂因两次抢跑犯规而被取消比赛资格。"平等参与，公平竞争"的奥林匹克精神令人信服地在这里得到充分的体现。

运动场上，人人平等。体育的魅力就在于竞技者在公正的规则之下，进行优胜劣汰的竞争。而且这种公平竞争在当代电子计时及声像技术的监控之下，分秒毫厘不差。站在同一个起跑线上，每一位选手经过努力拼争，都有可能夺得金牌。这里不管是谁，哪怕是再有权势或者声名显赫，如果是违犯规则或者发挥不好、技不如人，那么等待他的便是以失败而告终。因此，在某种程度上，体育就是正义，它体现了社会生活中很难追求到的公平合理。无可置疑，体育的公平竞争精神如果在各项事业中发扬光大，那么社会的进步就会加快。

克里斯蒂按照规则被罚掉了。观众们将看不到一位世界名将的出色表演。他4年训练所付出的汗水也付之东流，令人惋惜。但是人们也看到了体育竞赛执行规则的坚决和铁面无私。而这种公正严格执法才使体育竞赛有一种凝聚力，吸引千千万万人到赛场上去拼搏、奋斗，现代奥林匹克运动才如此蓬勃发展、充满生机。否则体育竞赛就会丧失它的生命力。社会其他各项事业是否也应该从体育的公正严格执法中得到一些有益的启示呢？

（原载1996年7月29日《河南日报》）

坚忍不拔的象征

29日，在亚特兰大奥运会田径赛场上，中国选手王军霞如同一片五彩云霞在跑道上飞。她跑得气势磅礴，快捷有力，以领先第二名30多米的优势冲过5000米比赛终点，向世人一展中国人一往无前的风采。她代表中国运动员在百年奥运史上写下光辉的一页。

中长跑是一项异常艰苦的运动。王军霞这位从大连乡村跑出来的少年，多年来在教练的指导下，和队友们一起将成吨的汗水洒在那无穷延伸的跑道上，洒在祖国的辽阔大地和崇山峻岭中。在科学的苦练中，她完成了一个优秀中长跑运动员应该具备的体能、思维和技术的飞跃。于是便有了1993年斯图加特世界田径锦标赛上勇夺金牌的"中国旋风"，有了全国七运会上超世界纪录的辉煌。她在勤学苦练中磨砺意志，培养作风，战胜自己，战胜对手，百炼成钢。

体育也是人生。成功后的王军霞也经历了跑道上的风雨。她面对昔日队友分离的孤独和寂寞，成绩跌入谷底，一度萌生退意，但最终又坚强地站在起点处。再度崛起的她又瞄准奥运会的目标，在云南、青海高原训练基地……用信念和艰辛积蓄起巨大的能量，在奥运赛场上实现惊人的爆发。她的过人之处、成功之道就是中国女性那坚忍不拔的拼搏精神。特别是功成名就后的拼搏，更为可贵。胜利之门已经打开，愿她在10000米拼争中，再创佳绩。

（原载1996年7月30日《河南日报》）

锲而不舍凌绝顶

站在亚特兰大奥运会男子跳板冠军的高高领奖台上，性格坚强的熊倪也禁不住热泪盈眶。八年来，历经三次冲击奥运金牌的韧性战斗，熊倪今天终于如愿以偿。他夺得了奥运金牌，更以不屈服命运的浩气，奏响了一曲锲而不舍，登临绝顶的英雄赞歌。

命运有时是如此不公平。八年前，少年的熊倪如同一轮朝阳，以蓬勃的朝气、精湛的技艺在汉城奥运会跳台上和美国"空中英雄"洛加尼斯一起，上演了一场令人难忘的经典之战。尽管他动作优势明显，裁判的不公却使他屈居亚军。但他却成了观众公认的无冕冠军，赢得了世界跳水界的尊重。四年前，在巴塞罗那奥运会上，他又因身体不适未能问鼎，陷入事业的低谷之中。是屈服于命运的安排，还是向命运挑战？强者和弱者的回答是不同的。他要做强者，用意志、智慧和汗水去战胜命运的不公，去圆奥运冠军梦。

风雨总无端，壮志度关山。此后，他又由跳台改为专攻跳板，立志打破欧美选手在这个项目上长期称霸的局面。为此，他平时刻苦训练，精益求精，练就一身高难度的绝技，从而在奥运会上征服了裁判，令同场竞技的美国顶尖高手输得口服心服。他的胜利启迪人们，要想取得成功，就要在困难和挫折面前，不坠青云之志。同时要发愤图强，埋头苦干，锻造获得成功的实力，使自己强大起来。一个人只有高举不屈的旗帜，紧紧掌握自己的命运，向着目标知难而进，才会有所作为，走进一片新天地。

（原载1996年7月31日《河南日报》）

向邓亚萍学习

不断进击、勇攀高峰的我省优秀运动员邓亚萍又在亚特兰大奥运会上"拼"字当头，敢闯险关，和队友乔红一起，蝉联奥运会女双冠军。这是她为祖国夺得的第12个世界冠军。捷报传来，人们无不欢欣鼓舞。

"光荣的桂冠，从来都用荆棘编成。"邓亚萍经历了顺利和挫折、胜利和失败的严峻考验。她一次又一次登上冠军领奖台，向世人展示搏风击浪的英雄风采。她一次又一次走下领奖台后便告诫自己，从零开始，再创佳绩。失利了，她从不低头，而是卧薪尝胆，在困难面前挺起胸膛。她身上始终有一种自立于世界民族之林的锐气，有一种为国争光的堂堂正气。

夺冠不易，卫冕更难。邓亚萍从1989年夺得世界冠军开始，已经八年了。八年来，她勇敢地站在世界乒坛之巅，笑迎八面来风而不倒。这是因为她有创一流业绩的鸿鹄之志。她说过，要让所有世界冠军的奖杯上都刻上中国人的名字。为此，她以超人的毅力，脚踏实地，从一板一球做起，用心血和汗水铸就了辉煌。她从不因暂时的胜利而自满，而是不断瞄准新的目标，以"咬定青山不放松"的韧性，去夺取胜利。她不愧是中国人民的骄傲，更是我们河南人民的骄傲。

中原大地，人杰地灵。全省人民在党中央和省委、省政府的领导下，正在四化建设的大道上，团结奋进。最近省委提出"学习先进找差距，抢抓机遇上台阶"的号召，更是发人深省，催人向前。让我们学习邓亚萍等体育健儿自强不息，勇于进取，敢创大业的精神，在各条战线上为振兴河南做出新的贡献。

（原载 1996 年 7 月 31 日《河南日报》）

误判及其他

在 31 日举行的亚特兰大奥运会中国女垒对美国队的决赛中，电视镜头显示：美国队一个关键的本垒打超过黄线，却被判为界内。联想到一些裁判在体操、篮球等项目中的屡次明显偏袒误判、漏判，人们不禁要大声疾呼，某些裁判要深刻反省，自觉地吹起道德和良心的号角。

裁判是赛场上的法官，对维护"平等参与，公正竞赛"的奥林匹克精神，保证比赛有秩序地顺利进行，有着不可替代的重要作用。所以除了水平以外，裁判的公正廉洁至关紧要。偶尔的误判是允许的，也是被人理解的。但是一些裁判多次明显偏袒的误判，绝逃不过运动员、教练员、观众和赛会组织者的目光。他们的低下人格和丑行也同时要暴露于光天化日之下，被观众的目光和电视画面定格。也许，他们会得到偏见的满足和一些利益，但是他们的良心在被误判运动员、教练员含着愤怒和泪水的目光注视下，会感到不安、忏悔和颤抖。因为他们一声声误判的哨声，使一些优秀运动员、运动队多年奋斗的汗水，付之东流。这些裁判当受到制裁和舆论的谴责。

当然，运动员要尊重裁判，服从规则。然而对于明显和屡次有意的误判，也要按程序申诉，据理力争。更重要的是要积累实力，以高超的技艺、良好的气质、大度的风范去征服裁判。应该把清除一些裁判有意误判之风提到体育竞赛重要的议事日程上来了。

（原载 1996 年 8 月 1 日《河南日报》）

乒坛雄风扬

在去年天津第 43 届世界乒乓球锦标赛上，中国选手夺得全部 7 个项目的金牌，此时有的国家的世界名将认为这成绩占了天时、地利、人和之利，他们不服，放言在美国亚特兰大奥运会上一决高下。

历史出现了惊人的相似。在亚特兰大奥运会上，中国男女选手又是所向披靡，气冲霄汉，囊括全部四枚金牌并摘取三枚银牌、一枚铜牌，创下难以赶超的奥运纪录，令放言者折服。这表明雄踞世界前列 35 年，长盛不衰的中国乒坛仍然是百花盛开，生机一片。由此胜利所激发的全国人民的爱国主义热流，必将以极大的力量，创造有中国特色的社会主义美好明天。

中国乒乓球队是一支由爱国主义和集体主义精神孕育，不断勇攀世界乒坛高峰的劲旅。他们用青春和汗水谱写了一曲壮丽的史诗。这史诗包含着他们开放包容，大海一样的胸怀，显示着他们继承传统，不断创新，战胜自我，追求卓越的锐气和才华。"人生能有几回搏"是他们留给社会的宝贵精神财富。敢于搏击风云使他们犹如海燕一样，在暴风雨中高傲地飞翔。

威震寰球的中国乒乓健儿证明，中华民族有着坚忍不拔、一往无前的铮铮铁骨。现代史上内忧外患所造成的贫穷落后面貌将会在改革开放的大潮中得到根本的改观。是炎黄子孙，都有报国之志，那么就应像乒乓健儿那样发愤图强，瞄准世界先进水平，迎头赶超。

(原载 1996 年 8 月 2 日《河南日报》)

拼搏生辉

看了中国女足在奥运会比赛中连克瑞典、巴西等欧美劲旅的出色表现后，人们不禁想起了巾帼英雄花木兰、穆桂英、红色娘子军……尽管在2日决赛中小负美国队，但人们的崇敬之情仍是油然而生。

在亚特兰大灼热阳光的暴晒之下，她们在气温高达38度以上的绿茵场上，一路闯关，进入决赛。良好的个人传、控球能力，娴熟的技战术配合，平衡的整体攻防，充沛的体能，使观众眼中出现了一道道令人赏心悦目的足坛风景线。然而人们可曾知道，这具有世界先进水平的风景线是这支在参赛队伍中平均年龄最大、几位主力已是近30岁老将的队伍用女性的柔韧和刚强、泪水和汗水编织而成的。勤学苦练，锲而不舍，锤炼技术，勇攀高峰的进取精神和实干态度开辟了她们的成功之路。在较短的6年时间内，她们完成了中国女子足球从处女地到世界强队的历史性突破，所起的示范作用是不言而喻的。

比比女足，已经30余年了，现在仍未冲出亚洲的中国足坛男儿应该感到汗颜。全国女足仅有10支队伍，经费很少，观众不多，却在寂寞和自立自强中前进。反观男足，球市火爆，奖金剧增，倒是水平未见实质性的提高。相比之下，男足最缺乏的就是女足乐业敬业，为事业鞠躬尽瘁的献身精神。为此，中国男足应该放下架子，老老实实地向中国女足学习。学然后才能知道不足，才能立志赶超。若是，中国男足还会有所作为。

（原载1996年8月3日《河南日报》）

赢要赢得公正

赢要赢得公正无私。在奥运会的新闻发布会上，屈居10000米亚军的中国选手王军霞平静地说，她在8天左右参加的5000米和10000米这两个项目4次预决赛上，都受到了一些选手推、挤、绊等手段的困扰和袭击。她呼吁一些世界级的体育名将要有体育道德。这是对奥林匹克公正竞赛精神的呼唤。

一位哲人说过："美德有如名香，经燃烧或压榨而其香愈烈。"质朴、大度而又顽强的王军霞在遭到一些对手不正当的干扰时，表现了中国选手不以牙还牙，堂堂正正，靠实力竞争的体育美德。她赢得的是纯正的银牌、光彩的名次。

而有的选手在赛场上搞一些见不得人的小动作和阴谋诡计，就是一时得逞，所得的名次也是不干净的名次。他们的体育道德如果还没有完全泯灭，那么会受到良心的谴责。联想到奥运比赛中有的选手不仅场上互相口出秽言，场下还大打出手，这更反衬出中国运动员优良的体育道德和风度。赛场上真正的强者应该是雄厚实力和崇高人格的和谐统一。王军霞是奥运赛场上真正的强者。

公正竞赛不仅仅是运动员的事情。组织者也要在竞赛规程的制定上做到公正无私。这次亚特兰大奥运会的组织者为让美国田径选手约翰逊拿200米、400米金牌，专门修改了赛程，以保证其养精蓄锐，有充足的休息时间。而有实力的中国选手王军霞竞赛项目时间安排得竟是如此紧凑，体力无法得到完全恢复。组织者有失公允，应该反省。

（原载1996年8月4日《河南日报》）

权力与权威

亚特兰大奥运会比赛中，人们惊喜地发现，中国女排一反上届奥运会暮气沉沉的状态，轻装上阵，团结协作，敢拼善搏，闯入决赛。虽然决赛由于经验不足，急于求成，没有抓住机会而让强劲的对手卷土重来，打顺手而取胜，但是年轻的中国女排无疑已经走出低谷，重回世界强队行列。

赛前，袁伟民曾分析，中国女排有夺奖牌的可能，但很艰难。的确，要想把一支上届奥运会第7名的队伍带入决赛，谈何容易。这需要让这支队伍恢复信心，提高技战术水平，积蓄能量和与世界强队抗衡的实力。谁能当此重任？郎平这位原中国女排的老队长满腔爱国热忱地回来执教了。她之所以执教一年余便获得成功是因为她不仅有丰富的比赛经验，而且有经过大学深造后的理论知识和执教国外高水平队的实践。还有，她把老女排从每堂训练课做起，兢兢业业，顽强拼搏的作风带回来了。因此，她的言传身教就极具权威性，全队很快就有了凝聚力。再加上上级对她不施加硬指标的压力，赋予主教练的充分权力，那么众志成城的局面一形成，比赛的结果便是顺理成章，水到渠成。

这就告诉人们一个道理，选好一个带头人对于一支队伍、一个单位和企业是何等的重要。这样的带头人在拥有权力的同时，必须拥有权威，有良好的品德和真才实学。否则让一些不学无术的人莫名其妙地上台，光靠权力来领导工作，早晚是会贻误事业的。这是中国女排重新振兴给人的启示。

（原载1996年8月5日《河南日报》）

百折不回勇争胜

"人生能有几回搏"是体育竞技者的一句格言。但能否搏出水平、搏出精神，却又是另外一回事。在法兰西世界杯足球赛前二轮比赛中，实力平平的奥地利队两度在终场前一分钟奇迹般地抓住机会，攻球破门，分别逼平劲旅喀麦隆队和智利队，不由得令人击节赞叹。

其实分在B组的奥地利队和同组的意大利、智利、喀麦隆三队相比，既无出色的前锋，又无强大的中场，更无固若金汤的后防，实力可谓弱矣。然而人们可以看到，奥地利队的全体队员每次都是在先失球的情况下，全无萎靡不振之气，仍兢兢业业地去拼、去抢，极力做好每一次配合，发动哪怕只有一丝希望的进攻。也许是坎坷的磨刀石把他们的拼搏之刃打磨得更锋利，也许是机遇之神被他们的坚忍不拔精神所感动，他们终于两度在和世界足坛劲旅搏到最后一刻时将比分扳平。奥地利队主教练普罗哈斯卡也因此在赛后自豪地宣称：我们应该赢得平局，我们的球员像狮子一样拼搏到底。的确，普罗哈斯卡和奥地利全体队员应该感到骄傲和自豪。因为他们的身上体现了一种百折不回、一拼到底的英雄精神。

世界杯征战历史中也有巨大的反差。1989年世界杯亚洲区预选赛，中国足球队在对卡塔尔队的生死之战中，却在最后3分钟大门两度失守，痛失进军罗马的机会。之后，中国足球队又在两次冲击世界杯决赛圈的角逐中败走麦城。人们不难看出，中国足球队缺乏一种像奥地利队那样一种钢铁般的意志和众志成城、永不服输的团队精神。这种精神上的差距当用汗水和责任心去尽快弥补。

"不经历风雨，怎能见彩虹。"中国足球队应该从世界杯劲旅角逐中汲取一种挫而不馁、勇往直前的精神力量。因为这种精神力量和体能、技术、战术同样重要。

（原载 1998 年 6 月 20 日《河南日报》）

冷门爆得好

5 日凌晨，0∶3，德国队惨败于克罗地亚队。踢过 60 场步入收尾阶段的法国世界杯终于爆出了亿万球迷期待已久的大冷门。

人们不禁欢呼：冷门爆得好。世界足坛新生力量的崛起给老牌传统强队以有力的冲击，打破了他们主宰世界杯的旧格局。德国战车的出轨，宣告了包括原英格兰队在内的陈旧的长传急攻、忽视中场打法的破产，也标志着以中场为核心的新式打法的开端。

现代足球要求以中场为生死线，防守以中场堵截为重点，力求将对方的进攻化解在中场。德克之战，克罗地亚队的中场是真正的进攻火力点。他们利用娴熟的个人技术、良好的身体素质在大部分时间里控制住中场，为己队前锋创造了许许多多的机会。那一浪高过一浪的进攻，把老迈的德国军团踢得溃不成军，显示出激情澎湃的青春活力。失去了中场的德国队，队员心态更加失衡，强弩之末的态势使他们难以组织起有效的进攻。而福格茨在比分落后时用两名前锋换下两名中场球员更是令人不可思议的败笔。

继美国世界杯后，德国队又一次被拒于四强门外。如果年龄老化、打法陈旧的德国队再次跻身决赛，那将是亿万球迷的不幸，更是足球的不幸。踢球也如逆水行舟，不进则退。世界冠军德国队应该从两次世界杯的失利中悟出一些刻骨铭心的教训，顺应潮流，以图再兴。克罗地亚队的崛起给法国世界杯增添了一个最迷人的亮点。人们欣喜地看到了绿茵世界杯的希望所在，犹如看到了东海喷薄欲出的朝阳。

（原载 1998 年 7 月 6 日《河南日报》）

雏凤清于老凤声

如火如荼的世界杯足球赛在进行了整整一个月后已进入尾声。新秀脱颖而出已成为这次绿茵群雄角逐中的一道亮丽风景线，大有"江山代有才人出，各领风骚数百年"之势。

本届世界杯 704 名参赛队员中，25 岁以下的年轻选手有 140 人，约占 20%。这个比例在一定程度上体现了年轻球员在各队中的分量。而且事实上一些年轻球员的表现也证明了"新生代"的实力。同时，他们的才华和朝气给球队和比赛带来的活力和变化也使本届世界杯赛更为精彩。

18 岁的英格兰队小将欧文无疑是本届世界杯赛中最耀眼的新星。他在小组赛对罗马尼亚队一役中的出色表现使老将谢林汉姆过早地坐到替补席上，同时另一位世界级的前锋希勒也因为他的优异表现而显得黯然失色。24 岁的罗马尼亚队前锋伊利耶赛前并不为更多的球迷所熟知，老将哈吉才是罗马尼亚队的焦点。但岁月催人老，哈吉低迷的状态几乎使罗马尼亚队失去了主心骨。正是伊利耶用娴熟的个人技巧、超乎寻常的稳定心态确立了自己在中前场的核心地位，才使罗马尼亚队顺利打入第二轮。

新秀"敢与强手争高下"的锐气和才华与老将的经验和智慧相映成辉。事实表明，以欧文、伊利耶为代表的一批优秀年轻球员已经向本队的老将发起了有力的挑战。他们为球队注入了活力，这种活力在比赛中转化为很强的战斗力。新人的出色表现一方面是他们自身天赋和努力的结果，同时也是教练员不拘一格用人才的结果。所以任何时候新秀挺立潮头都离不开伯乐的慧眼。

无论是年轻球员令人耳目一新的表现，还是教练员对他们的大胆使用都是促进足球发展的动力。新秀能否有出色的表现在很大的程度上取决于他们的勇气，教练对新秀的使用同样需要勇气和出于公心。相对于用人的保守、战术的保守，勇气显得弥足珍贵。

（原载 1998 年 7 月 11 日《河南日报》）

一座新的里程碑

在法国世界杯足球赛决赛的较量中，敢于进取和标新立异的法兰西绿茵骁将们用非凡的气质、高超的技艺完胜巴西队，展示了勇于搏击的魅力。

足球这项世界第一运动以其紧张、激烈，充满运动美、人性美以及个人英雄主义和集体主义的完美结合而得到世界亿万人的垂青。法兰西世界杯比赛更使足球这种特有的魅力，得到空前张扬。巴西、阿根廷、尼日利亚等队优秀球员出神入化的个人盘带突破，如行云流水般的娴熟配合和法国、荷兰、意大利、英格兰等队简洁、明快、充满阳刚之气的整体进攻相融会，构成了世界杯赛场上一幅幅波澜壮阔的史诗画卷。罗纳尔多、苏克等世界顶尖球星心悦诚服地使个人打法适应集体战术配合。那不就是人类奋力开拓，团结进取精神的象征吗？人们应该从足球健儿身上汲取精神力量，在充满竞争的当代社会大赛场上，用汗水和智慧写下自强不息的新篇章。

综观法兰西世界杯，人们还欣喜地看到，从英格兰队以猛烈的攻势击败打法缓慢的哥伦比亚队到四支技术型进攻型打法的球队进入四强，进球数增多，昭示着攻势足球又开始成为世界足球发展的主流，前景呈现一片光明。国际足联为鼓励进攻，作出了严惩背后铲球犯规球员和"金球"死亡法的决策，功不可没。这种决策促使苏克、欧文等球星在绿茵场上脱颖而出，光彩照人。比赛也因此而冷门迭出，"黑马"驰骋，高潮不断，更精彩纷呈，令人赏心悦目。法兰西世界杯又因在世界足球发展的进程中，树立起一座具有重大改革意义的里程碑而载入史册。

沧海观澜，以赛为镜。亚洲和中国足球界应该从欧洲、南美洲、非洲等强队的出色表现中看到被拉大的实力差距，从而找准问题，找出有针对性的解决办法，奋起直追。欧洲足坛，海纳百川，门户开放，其较完善的足球体制和足球市场吸引了世界群雄在这里竞争立足，确定身价，可供亚洲和中国足坛学习和借鉴之处甚多。问题是要因地制宜，学得其精髓。特别是中国足坛的开放、引进、交流不能目光短浅，陷入着眼于一队一时比赛成绩的实用功利主义，而应该学习人家的先进体制、技战术和顽强斗志，从儿童少年培养人才抓起，搞系统工程，提高整体水平。若是，则"乘风破浪会有时"。

没有友谊，世界上仿佛没有太阳。各国足球健儿公正坦率的比赛和友好精神通过电视现场直播，在世界人民心中架起了和平友谊的金桥。许多运动员在场上全力拼争时，又面带微笑地拉起冲撞倒地的对手。比赛结束时，胜负双方也大多都亲切拥抱或握手致意，使人们看到了场上是对手、场下是朋友的美好情谊。世界杯绿茵场上有规则、有节制的技艺较量，已成为高尚而又和平的竞争，全世界人民从中感受到应该互相学习和尊重。绿茵公平竞争所结下的友谊地久天长。

（原载 1998 年 7 月 14 日《河南日报》）

解不开的"乡土情结"
——中原绿茵球市话题之一

编者按

春天，大地复苏，溪流淙淙，桃红柳绿。那绿茵场上滚动着的足球，犹如一个充满生机和活力的精灵又在对广大观众发出诱人的呼喊。火爆的中原球市还会继续吗？日臻成熟的河南球迷将以怎样的心态面对已降入乙级联赛但仍继续不屈征战的河南建业队？如何看待 27 日在新乡主场首次亮相的八一金穗队？……这些问题令人关注。当此新赛季来临之际，本报从"乡土情结""美学欣赏""鱼水情深"这三个角度提出对今年中原球市的一些看法，意在从更高层次上去对观看和欣赏足球比赛方面做些探讨，使之陶冶性情，启迪人生，和读者共勉。

积 5000 年文化积淀的中原人民有着爱祖国、爱家乡的美德。这种美德在每场有数万人观看，几乎爆满的中原足球看台上，表现得尤为浓烈和酣畅淋漓。去年，在河南建业队处于 12 轮不胜的困境中时，主场新乡体育中心看台上那一幅"建业，胜也爱你，败也爱你！"的标语袒露出中原球迷浓浓的"乡土情结"，感人至深。

　　足球比赛的核心是激烈竞争，最能表达现代意识的精髓。而这种竞争由于其体现了爱家乡的强烈地域性而更放射出瑰丽多姿的个性色彩。意大利甲级联赛有米兰双雄、佛罗伦萨；英格兰超级联赛有曼联、利物浦；中国足球联赛有四川全兴、上海申花……而河南建业队则是河南足球的龙头和代表。每个队都有自己固定的"乡亲"观众群。而这些观众群绝大多数总是和自己的球队"风雨同舟"，同享胜利的欢乐，分担失利的痛苦。这种感觉上的共鸣给人一种强烈的精神震撼。曾记否，当河南建业队在主场两次击败十冠王辽宁队时，那全场三万人山呼海啸般的欢呼声不就是久被压抑而要奋起的民气的自然流露吗？河南足球在全国六运会、七运会打入决赛，夺得青运会冠军，不是令全国足球界刮目相看，让有些人摘掉河南贫穷、落后……的有色眼镜了吗？河南足球健儿在场上那种生气勃勃的进取精神，河南球迷和观众企盼家乡球队崛起从而激起一种建设家乡的自豪和热望是如此和谐地构成了一种对家乡深切的爱。这种爱就是一种"乡土情结"，在当前两个精神文明建设中显得弥为珍贵。

　　"自己的孩子自己爱"。我国足球联赛甲级队联赛和乙级队联赛差别很大。今年的全国乙级队联赛在第一阶段是主客场制，而到决赛则是集中一地的赛会淘汰制，风险和机遇并存。今年降入乙级队联赛的河南建业队截至目前主场还没落实，经营上更是举步维艰。当此困难之际，社会各界和广大观众应该对自己的球队"雪中送炭"，给以实际而有成效的支持和帮助，共闯难关。河南建业队则应以去年失利的教训为戒，审时度势，砥砺自奋，刻苦训练，科学创新，在训练和比赛中众志成城，踢出中原男儿的阳刚之气，搏出希望来。尤其是要树立比赛和经营并重的新观念，河南建业足球俱乐部在体制理顺后，要建立竞争和激励机制，严格管理，勤奋工作，对合作者以诚相见，互惠互利，风险共担。

　　人们企盼，河南建业队和河南建业足球俱乐部能在新赛季训练、比赛和管理中拿出卓有成效的新举措，展示出务实求真、勇于进取的新形象。若是，河南建业队幸甚，河南足球幸甚，河南广大球迷和观众幸甚！

（原载 1999 年 3 月 24 日《河南日报》）

慧眼识得足球美

——中原绿茵球市话题之二

去年，蒙比利埃的一位女中学生的画在1998年世界杯赛招贴画竞标时，被组委会选中。这幅画的主题是普遍的娱乐价值、生命的激情和分享欢乐，正是组织者所提倡的。一位少女纯真的天性对足球运动的内涵做出了透彻的诠释，让人们悟到了足球丰富的文化美。

足球是什么？归根结底是一种浓缩了深厚文化底蕴的一种体育项目。绿茵场上，两个队22条生龙活虎的男子汉如同五线谱上一个个跳动的音符，汇成一首气势磅礴的雄浑交响曲，引起广大观众内心强烈的共鸣。那激烈直接的身体对抗，那令人眼花缭乱的战术变换，那偶然而又变幻莫测的胜负悬念……就是一种充满激情的深层次文化的凸现。体育、艺术、哲学甚至战争的文化要素尽含其中。一位女球迷谈论足球的文章颇有见地："我看足球比赛不管输赢。我关注的是场上那22个男人凭着勇气和智慧进行惊心动魄的较量，欣赏的是他们在门前射门时那种灵感突现和配合的绝妙。"这位球迷显然是一位有独特的文化视角、讲品位、会欣赏的观众，看球成了她的一种文化和精神享受。她的感觉和理解足以说明，足球比赛不仅使观众得到一种感官上的娱乐，而且也潜移默化地接受了足球文化的熏陶。广大观众应该从这位球迷的视角和理解中受到启发，得到胜负之外的文化真谛。

追求真善美是人类精神的最高理念之一。人们在观看足球比赛时，如果投入地体验和想象就不难发现，足球这一体育文化载体透射出多种美的光华。当足球健儿在绿茵场上奔跑冲突、争抢传射时，那矫健的身姿如果定格，无疑就是一座座充满运动形体美的雕塑；当不同流派球队娴熟高超的个人技术和行云流水般的战术配合呈现在观众面前时，智者脑海里会出现一种协调美的意境；当用微笑征服粗野的"志行风格"在国际赛场上大放异彩，被当地媒体盛赞为中国运动员在绿茵场上吹起道德与良心的号角时，人们感受到了一种崇高的人性美；去年，当河南建业队在甲B联赛最后一轮艰难地战胜对手，但仍被人暗算而降级时，那萧瑟秋风中，教练、队员和观众的眼泪和愤怒所产生的氛围，不就是一种悲壮美吗？……"外行看热闹，内行看门道。"喜爱足球的广大观众如果能在观赛中不断提高自己的文化修养和审美情趣，那么就会怡情悦目，受益匪浅。

如今，当广大球迷和观众在绿茵看台上聚会，欣赏自己喜爱的球队，尽情为之呐喊加油时，不知是否意识到自己和运动员一样，也是精神文明和美的传播者。某种程度上，足球看台已成为展示一个地区和国家公共道德、公民素质的一个窗口。去年到法国观看世界杯足球赛的各国球迷和观众中，尽管出现德国和英国足球流氓打人骚乱的劣迹，但苏格兰人悠扬动听的风笛、巴西人风情万种的桑巴舞……给人们留下世界人民友好和睦相处的难忘记忆。日本和韩国的球迷和观众为保持赛场清洁，每人自备卫生袋，已成为赛场佳话。而去年，在新乡市体育中心主场观看甲B联赛的中原球迷不管在什么情况下，热烈而又理智的文明看球风度，更是在全国享有盛誉。观众心灵美和绿茵文明同在。

一位学者说过，生活中不是缺少美，而是缺少发现。愿中原广大球迷和观众都有一双慧眼，在发现和创造绿茵文化美的过程中，得到欢愉的精神享受，留下隽永的人生思考。

（原载1999年3月25日《河南日报》）

我们的队伍向太阳
——中原绿茵球市话题之三

带有强烈地域性的胜负观使绿茵角逐对广大球迷有一种磁铁般的吸引力。今年河南建业队降级了。在全国足球甲B联赛新乡体育中心主场上，将出现八一金穗队健儿征战的身影。中原球迷和观众的"乡土情结"没了着落，还会在看球时产生那种刻骨铭心的激情吗？

令人欣慰的是，讲礼仪、有文化、热情纯朴的广大中原球迷和观众已经用喜庆的鞭炮，"得劲、得劲、真得劲"的欢呼，热情洋溢的晚会……把八一金穗队迎进了新乡。日前在新乡体育中心八一金穗队对韩国尚武队及青岛海牛队的义赛中，可以看到看台上仍然几乎爆满的观众。那浓浓的"乡土情结"和深深的"鱼水情结"已经开始融汇在为八一金穗队"加油"的呐喊声中。

说起"鱼水情结"，人们会产生多少爱的联想。"我们的队伍向太阳……"在硝烟弥漫的战争年代，人民子弟兵战胜暴虐和侵略者，用鲜血和生命托起新中国的朝阳；当和平建设的阳光洒满祖国大地的时候，又是子弟兵为祖国的安全站岗放哨，"八一"军旗在边疆海防哨所高高地飘扬。洪水、烈火、抗震、救灾，哪里有艰险，哪里就有子弟兵挺身而出，捍卫人民利益的原则至高无上。子弟兵和人民"同呼吸、共命运、心连心"的骨肉之情山高水长。一位中原球迷说得好："我们爱建业是出于乡情，爱八一队是在喜爱之中，又添感激之情。""鱼水情结"在观众心中有其特殊的分量。我们有理由相信，中原广大球迷和观众会用宽阔的胸怀，热情期待和支持八一金穗队在新乡体育中心主场踢出军威，完成冲击甲A之举。

其实，八一金穗队实力雄厚，极具潜质。这支有着48年光荣历史的军队劲旅曾以名列前茅的显赫成绩享誉全国足坛，近几年又一直在甲A联赛的赛场上磨炼摔打。虽然由于军队体制不适应甲A联赛等原因，八一队降入今年甲B联赛，但其去年12月仍有3名队员入选国家队征战亚运会和今年有6名队员加盟国奥队的事实，表明了该队不同凡响。而在今年对韩国尚武队的四场对抗赛中，八一队又取得三胜一负的战绩，成为今年舆论看好的冲A热门。江津、黄勇、张然、隋东亮、李蕾蕾、张永海、潘毅、胡云峰等国脚或主力一个也没走。这些队员充沛的体能、上乘的个人技术和日臻默契的配合、顽强的战斗作风应该会让他们喜爱的新乡主场好戏连台，中原观众可一饱眼福。年届花甲、置个人功利于身后的中国足坛"儒帅"刘国江曾带领八一队两次获得全国冠军。90年代初，他应邀赴青岛队执教，以9胜1平的优异成绩带队冲进甲A。这次他以高度的敬业态度和责任心重执八一队教鞭，广大中原球迷和观众可一睹其"势猛、腿勤、心静、智开"强攻严守的用兵丰采。当然，由于八一金穗队不能引进外援，使他们在某些位置的对抗中可能处于劣势，甚至影响全局。这更需要中原球迷和观众在主场给以强大的精神力量。今年八一金穗队新乡主场比赛有看头。

八一金穗队主场移师新乡给中原球市带来了兴旺和活力，对河南足球的发展也有利，其积极影响是多方面的。新乡市是座全国双拥模范城，有着八一队盛赞的全国"金牌"球市、足球氛围和改革活力。双方的珠联璧合是件大好事。27日八一金穗队首次主场比赛将在新乡体育中心举行。赛前，解放军总政治部派出阎维文、白雪、刘斌、郭达四位艺术家和新秀到场鼓劲，对中原观众进行慰问演出。而新乡体育中心截至25日套票和甲级票已销售一空。看来，八一金穗队在新乡体育中心再展雄风大有希望。

（原载1999年3月26日《河南日报》）

融入"晨光" 强健体魄

当代中学生是跨世纪的一代，国家的未来，民族的希望。当此世纪之交，把一个什么样的中国教育带入21世纪，把一代具备怎样素质的青少年带入21世纪，历史要求我们做出无愧于民族和后人的回答。

长期以来，由于受应试教育的影响，一些学校片面追求升学率，只重视智育，轻视德育，忽视体育，影响了学生的全面发展。不少有识之士指出，和发达国家相比，我国一些青少年学生在竞争意识、抗御挫折、意志品质等方面已经有了明显差距。这些都和他们不够强健的体魄有关，应该引起全社会的高度重视。

最近，我们欣慰地看到，河南省中学生"晨光"体育活动的启动和开展，使中学运动场上又出现了龙腾虎跃的身影。校园文化升华出集体主义美的风采，一阵阵清新健康而又朝气蓬勃的气息扑面而来。

"晨光"活动，好在创新。这项活动好就好在把竞技体育训练中探索出的一些规律和指导大面积青少年学生群体活动相结合，使增强全体学生身体素质和发现培养体育人才交相辉映；"晨光"体育活动好就好在使青少年学生在潜移默化中有了体育意识，学会自己喜爱的体育项目的科学锻炼方法，终身受益；"晨光"体育活动好就好在让青少年学生"野蛮其体魄，文明其精神"，克服惰性和软弱，在困难和挫折面前挺起胸膛，自强不息，迎接人生的挑战！把"晨光"体育活动广泛、深入、持久地开展下去，必将使中原人以文明、强健、进取的姿态挺立于华夏大地，中原大地也必将出现科技进步、兴旺发达的崭新景象。

"晨光"活动，贵在落实。对于"晨光"活动这项利国利民的善举，有关部门和全社会都应给予实实在在的支持。增强学生体质是教育部门和学校的天职。过去轻视体育的一些教育部门和学校的领导当尽快转变观念，亡羊补牢，做出成绩。体育部门则应尽可能在业务指导培训和开放体育场馆等方面鼎力相助，把实事办好。新闻媒体和共青团要在宣传和思想发动方面扬其所长等。我们期望"晨光"体育活动之花在全省盛开，香飘云天。

（原载 1999 年 4 月 23 日《河南日报》）

光荣啊，中国乒坛健儿

瑞雪兆吉祥。2002 年 12 月 20 至 22 日，三天纷纷扬扬的大雪给北京披上银装，古老凝重中似乎又透出青春和活力。

这三天恰逢中国乒乓球队成立 50 周年纪念的喜庆日子。50 年来，在奥运会、世界锦标赛和世界杯上共获得 125.5 个世界冠军的 80 多个乒坛骄子以及他们的教练、领队和各行各业为此做出过贡献的人们从五洲四海会聚到北京，重忆那一幕幕训练的艰辛、夺冠的辉煌、集体的温暖、战友的深情……

中国队夺得第一个男子团体冠军——1961 年第 26 届世乒赛男团冠军的五虎上将中的 4 人王传跃、庄则栋、徐寅生、李富荣来了。人们忘不了，1961 年 4 月 9 日晚，在这场中国男队以 5：3 战胜日本队的激战中，庄则栋气势如虹、左右开弓、直捣黄龙、连胜两盘的洒脱；人们忘不了，徐寅生智勇双全，变化多端，力扣日本高手星野展弥 12 大板的乒坛佳话；人们更忘不了，在连挫两盘后定乾坤的第八盘，1959 年在第 25 届世乒赛上为中国夺得第一个世界冠军的容国团赛前发出"此时不搏，更待何时"的冲天浩叹。这声英雄的浩叹成了必胜的信心和勇气，使他在第八盘决胜的激战中力胜劲敌星野，和队友们一起登上世界男团冠军的顶端。在这次 50 周年的聚会中，徐寅生、庄则栋、邱钟惠、张燮林等老将们都深情地回忆，是容国团开启了他们夺取世界冠军的信心之门。"人生能有几回搏？此时不搏，更待何时"已成为一代又一代乒乓球国手刻在心头的格言，鼓舞着中国乒乓健儿们一次又一次地搏向世界冠军的巅峰。

大打女子翻身仗，中国夺得第一个女子团体冠军——第28届世乒赛女团冠军的4名主力队员林慧卿、郑敏之、梁丽珍、李赫男都来了。在1965年南斯拉夫卢布尔雅那举行的第28届世界乒乓球锦标赛中，由梁丽珍、李赫男作为开路先锋，闯关夺隘，而深藏不露的林慧卿和郑敏之却在决赛中以奇兵出现，以3：0的比分战胜由关正子、深津尚子组成的日本队，吹响了中国乒乓球女队在世界乒坛上17次夺得团体冠军的号角。梁丽珍、李赫男画龙，林慧卿、郑敏之点睛，此役由于出奇制胜已成为中国乒乓战役中的经典之作。而画龙点睛的主帅、第一次作为中国女乒主教练的容国团又一次对中国乒乓球运动做出了开创性的贡献。这次4员女将在北京重逢时，热情拥抱，亲切地交谈。但已近花甲之年的她们在回忆过去辉煌的一幕时，仍是那么虚怀若谷。林慧卿诚恳地说，我们只是拿了一届团体冠军，而后来的许多年轻选手比我们贡献大得多。她丝毫没有开山鼻祖的自傲，不禁令人肃然起敬。

中国第一个女子单打世界冠军邱钟惠身着红色喜庆唐装出现在人们面前，大家眼前一亮。这位1952年进中国乒乓球队的元老如今已是白发苍苍。在第26届世界乒乓球锦标赛中，她在前4局和匈牙利选手高基安打平，在决胜的第五局又以14：17落后，关键时刻，她临危不惧，果断改变战术，变稳为凶，发力抢攻，最后以21：19胜出。回首往事，她心绪难平："41年了，第26届世乒赛夺冠那场比赛，每一局球、每一个关键球的处理历历在目，好像比赛就在昨天。获胜后站在冠军领奖台上，汗水和泪水在脸上流淌，心潮激荡。我想可以回报我的祖国和人民了。"这位67岁的老将退役后一直都在从事乒乓球科研工作。退休后，她又创办了"邱钟惠"体育用品商店和国际乒乓球俱乐部。为了乒乓球事业，她仍是那么风风火火，忙忙碌碌。

有"魔术师"之称，在中国乒坛功勋卓著的张燮林和搭档王志良由于不时被人们围住签字而显得引人注目。他们1963年在匈牙利布拉格举行的第27届世乒赛上为中国队夺得第一个男子双打世界冠军。尤其是张燮林，他不仅在第27届世乒赛男团决赛中以那变幻莫测的削球加突袭进攻打得日本骁将三本和木村晕头转向、束手无策而建奇功，更在任中国女队主教练期间，以其智慧、正直的人格魅力，率领中国女队10次捧回女团考比伦杯，三届五次夺得奥运会单打和双打金牌，三次登上世界杯女团冠军领奖台……在世界乒坛上，他的名字如雷贯耳，功绩彪炳显赫，可在生活中他却从不以名人自居。"对党、对国家要忠心，对事业要有责任心，赛前要静心，比赛开始要有自信心，遇强者要有挑战心，遇弱者要谨慎小心……"他那融世界观、人生观、乒乓球技战术、科学管理、心理学理论于一体的"28个心"报告更是令全国乒乓球教练们深表叹服。这次50年欢聚是他最开心的日子。邓亚萍、乔红、陈子荷、焦志敏、童玲、张德英、朱香云等一拨又一拨的世界冠军弟子们簇拥着他合影留念，亲切交谈，诉说师恩，吐露心曲。面对姹紫嫣红的乒坛桃李，已过花甲的他可以畅怀了。

第一个女子双打世界冠军郑敏之／林慧卿、第一个混双世界冠军张燮林／林慧卿……除了"文革"中英年早逝的中国第一个世界冠军——1959年第25届世乒赛男单冠军容国团外，为祖国第一次夺得男团、女团、女单、男双、女双、混双的乒坛英豪们，笔者都有幸一睹其风采并与他们合影、签名。这些乒坛英豪是包括笔者在内的无数中国人心中的偶像。

20世纪50年代末60年代初，面临三年困难时期，帝国主义又对新中国实行经济封锁，这些乒坛英豪在25届、26届世乒赛上一举夺得四项冠军，给全国人民带来了催人奋进的巨大喜悦。笔者那时还是少年，和黑压压的人群一起，驻足在操场的广播喇叭下面，通过中央人民广播电台播音员张之激昂而又精彩的现场解说分享乒乓赛场那激动人心的场面仍历历在目，记忆犹新。乒乓英豪们确实令炎黄子孙精神振奋，扬眉吐气，给中华民族带来了崛起的希望。之后，一代又一代的乒坛英豪们在一次又一次登顶的自豪中，又创造出为国争光、顽强拼搏、锐意创新等一系列有丰富内涵的乒乓精神和乒乓文化。

早在1965年1月12日，毛泽东同志就对当时的中国乒乓男队主力徐寅生在中国乒乓女队的《关于如何打乒乓球》的讲话中做出过批示：徐寅生同志的讲话和贺龙同志的批语，印发中央工作会议同志们一阅。并请你们回去后，再加印发，以广宣传。同志们，这是小将们向我们这一大批老将挑战了，难道我们不应该向他们学习一点什么东西吗？讲话全文充满了辩证唯物论，处处反对唯心主义和任何一种形而上学。多年以来，没有看到过这样好的作品。他讲的是打球，我们要从他那里学习的是理论、政治、经济、文化、军事。如果我们不向小将们学习，我们就要完蛋了。

领袖用哲学家高瞻远瞩的目光，对徐寅生和中国乒乓球事业给予了褒奖和称赞。他号召总结和弘扬乒乓球精神，使之在中华民族崛起的进程中发扬光大，意义是十分深远的。乒乓小将们也没有辜负老一辈革命家的期望，不仅50年来战绩辉煌，在外交上"小球推动了大球"，还在勇攀高峰的实践中孕育出"胸怀祖国，放眼世界，为国争光""人生能有几回搏""胜了从零开始""输球不输人""我是代表集体领奖的""打出风格，打出水平""创新才有生命力""这一板你不要，全国人民还要"等一系列蕴含丰富人生和事业哲理的格言，成为脍炙人口、代表先进文化发展方向的中华民族精神瑰宝。继承自强不息、拼搏向上的中华民族精神而又勇于开拓创新的中国乒乓英豪和中国乒乓文化已经成为一种精神能源，激励了几代中国人，还会在与时俱进中展现出更加灵动的智慧、蓬勃的生机和活力。

在三天的欢聚中，重回中国乒乓球队训练馆，和老队友们及新秀们一起重拿球拍捉对"厮杀"，是许多世界冠军们十分惬意的事情。

22日上午，这些老冠军们重回能放60张乒乓球台的中国乒乓球训练馆显得十分激动。已经52岁的梁戈亮一到场内，便脱得只剩短衣短裤，迫不及待地和国家队小将对阵。只见他时而发球抢攻，时而稳削防守，变化多端的攻削球线路，灵活扑救的矫健身手，常常获得老队友和小将们的齐声喝彩。他在抹汗时告诉笔者："我这个年龄，能和小将对抗，顶下来就有收获，就是胜利。关键是一上来就要当20平咬着打，一个球都不能松懈。"还是当年勇夺6次世界冠军那份认真和执著。

22日是中国的第一个女子世界单打冠军邱钟惠67岁的生日。她拉着中国第一个女子团体世界冠军主力队员李赫男一上场就开练。两个人无论是对攻还是推挡，一打就是几十板。邱钟惠满头白发而又身着红色运动衣的身影在人们眼前跃动，"岁老弥坚"而又炽烈的生命激情给人以强烈的感染。60年代中国男乒团体"五虎上将"之一的王家声，中国第一个女团世界冠军主力梁丽珍，老国手郭仲恭、韩忠悌、马光泓……都一一挥拍上阵，就连原中国乒乓球队总教练许绍发也在安排赛事、现场点评之余得空挥上几拍。

50年一聚，多不容易啊！这些为国争光的老将们在挥汗对垒和场下亲热交谈、交换名片中，好像又回到了几十年前自己那乐观、热情、豪放、进取的青春岁月。馆外，是雪花飞舞；馆内，却是春意盎然。这些老将们退役后，或从教，或经商，或从政……几十年的峥嵘岁月从没有虚度，生命的春水也从没有枯竭。此次相聚，他们生命的春水仿佛又汇成一股奔泻着的春流，在欢畅中继续高唱"革命人永远是年轻"的生命赞歌。

参观中国体育博物馆内举行的"中国乒乓球50周年"成就展，那珍藏的7座银光闪闪的世乒赛奖杯，历届中央领导对中国乒乓球队的多次批示，中国乒乓球队征战的典型战例照片和录像，张燮林60年代屡立奇功的"魔拍"……使这些欢聚的乒坛有功之臣又沿着历史的足迹，重温昔日征战的艰辛和辉煌。

笔者在此次展览和中国乒乓球队冠军榜上发现，由河南启蒙、输送到中国乒乓球队的奥运冠军、世界冠军邓亚萍、刘国梁、刘伟、张立、葛新爱、黄亮等共夺得46次奥运和世界冠军。这在各省的"功劳簿"上名列前茅。而且河南省培养并输送的邓亚萍夺取18枚奥运和世乒赛、世界杯赛金牌，创造了女将中夺得奥运冠军和世界冠军最多的"中国之最"；由河南省启蒙培养的刘国梁11次奥运会、世乒赛、世界杯比赛折桂，创造了乒乓男将中夺得奥运冠军和世界冠军最多的"中国之最"，更是中国乒乓男将中第一个"大满贯"冠军得主。刚刚从英国诺丁汉大学获得硕士学位，正在英国剑桥大学攻读博士学位的邓亚萍这次专程从英国赶回来参加这次50年盛典。她走到哪里，哪里就成为签名中心，仍然是众星捧月，堪称英豪中的英豪。几代乒坛英豪们都盛赞她征战的辉煌和求学的佳绩。和许多队友相逢，她更是掩饰不住内心的兴奋和激动。

哦！是中原人民5000余年文化的积淀造就了这些乒乓奥运冠军和世界冠军；中原人民勤劳勇敢，坚韧顽强，傲雪凌寒的风骨造就了这些乒乓健儿；中原人民目光远大，善于继承又勇于创新的品质造就了这些乒乓健儿……中国乒协副主席、中国乒乓球队功勋教练张燮林曾当面向时任河南省省长的李长春表示敬意，通过《河南日报》向全省人民致敬，感谢河南省为中国乒乓球队输送优秀人才。有谁说河南省不是中国乒乓球运动的摇篮之一呢？邓亚萍的"杀气"和果敢、刘国梁的凌厉和洒脱、刘伟的沉稳和拼劲、张立的球艺和人格、葛新爱的智慧和顽强、黄亮的认真和执著都让曾经采访过他们的笔者产生许多遐想。他们的拼搏和奉献精神，他们在奋斗中处处闪现的哲思之光，他们踏平坎坷后的豪情和风采，都将化成一座座超越时空的雕像矗立在中原和神州英雄人物的画廊之中。这次他们及他们的河南教练关毅、李凤朝、郑方德又获得中国乒协颁发的50年杰出贡献奖、贡献奖，笔者为这些中原乒乓英豪们感到骄傲和自豪！

笔者忘不了张立在笔者去北京采访时给笔者设家宴亲自盘的一大盆饺子馅；笔者忘不了葛新爱在1975年夺得33届世乒赛团体冠军后，毫无明星架子到笔者当时所在的工厂打球，吃工厂食堂的家常饭……一待就是一天的少年体校学友之间的纯真友情；笔者忘不了1990年邓亚萍夺得北京亚运会三金一银后，伸出的那双布满血泡、厚厚老茧的脚板和大眼里盈盈的泪光；笔者更忘不了已阴阳两隔的黄亮在笔者家中关于河南乒乓球如何崛起的促膝长谈……笔者作为20世纪60年代郑州市乒乓集训队的业余选手、70年代工厂职工代表队的选手、70年代末郑州大学乒乓球队选手、80年代后的《河南日报》体育记者，和这些中国乒乓英豪有着40余年的不解之缘。徐寅生、李富荣、张燮林、许绍发、郭跃华、江嘉良、张立、葛新爱、邓亚萍、黄亮等许多乒乓英豪都接受过笔者的采访，许多已经见诸报刊。他们的言谈举止常在笔者脑海中闪现，他们的豪情常常注入笔者的笔端。笔者因在采访中汲取他们的精神清泉和人格力量而受益终身。

乒坛英豪自然会受到党和人民的推崇和尊重。22日下午，全国政协主席、中国乒协名誉主席李瑞环在北京人民大会堂和一些杰出的乒坛英豪进行座谈，他在讲话中向为祖国为人民做出突出贡献、赢得巨大荣誉的中国乒乓球队和50年来为我国乒乓球事业辛勤工作、不懈努力的广大运动员、教练员、科研人员及各方面人士表示热烈的祝贺并致以崇高的敬意。他希望中国乒乓球队成功的经验对其他运动项目、其他各项工作能起到借鉴、帮助、推动的作用。中国乒乓球协会于22日下午在人民大会堂宴会厅举行盛大的招待会。荣高棠、李梦华、李志坚、李富荣、徐寅生等和240名有功之臣及有关人士济济一堂，共庆中国乒乓球运动50年的辉煌。22日晚上，国家体育总局和中国乒协领导参加了在全国政协礼堂召开的名为"祖国荣誉高于一切"的颁奖文艺晚会，全国政协主席李瑞环等亲自为50年来为乒乓球事业做出贡献的单位和个人颁奖。

鲜花、掌声、赞誉……光荣属于为国争光、勇攀高峰、长盛不衰的中国乒乓健儿！

(2003年2月《河南画报》特稿)

母校不老　永远年轻

怀念是对生命的一种美好体验和眷恋。

1963年，我从农村初中毕业，通过中考，有幸踏入郑州市重点高中——十一中的大门。三幢高大的教学楼、办公楼中间的花园，树影婆娑，香气袭人；宽阔操场边的小树林，枝繁叶茂，洒下片片绿荫；操场的东南角还有一个小小的绿色水塘……那时，在我的心中，十一中是一首优美动人的诗；在我的眼中，十一中是一幅色彩斑斓的画。

教书先教人，育才先育人。做报告、看展览……师长们以多种形式对入校新生进行十一中校史、校训、校风、教风、学风等方面的教育，讲做人的道理，如春风化雨般地滋润着同学们的心田。当时的十一中不仅高考升学率在全市名列前茅，体育、文艺等项比赛成绩也在全市名列前茅。校长冯英南、副校长赵景祥、教导主任赵汉章等教育专家，物理老师马文志，数学老师李鸿让，化学老师陈建华、穆仲涛，语文老师温建华、王克起，生物老师邢本位，体育老师荆体健……名师的形象逐渐在同学们的心中高大起来。名师当中有些是清华大学和复旦大学毕业的，有着厚重的学养。

十一中专家治校、名师执教的环境，往届同学们在学业上取得的骄人成绩，使入校不久的我们这些新生在备感自豪的同时，也产生对理想的憧憬和追求。进了这样的学校，现在为祖国而努力学习，将来成为建设和保卫祖国的有用之才，很快就成了许多同学心中的奋斗目标。流逝的岁月昭示，母校潜移默化地为我们确立的人生观、价值观和不断奋斗的目标成为我们一生开拓前进的不竭动力。理想之光一直在我们心头闪耀。

将奋斗目标变为现实，要有严格有序的管理和科学的规章制度。记得每天早晨5时30分，在急促的铃声中，只要10分钟，全校学生就迅速起床，列队站立在学校的操场上，像解放军战士那样准时。哪位同学迟到了是要受到严厉批评的。因为不怒自威的教导主任赵汉章和体育老师荆体健、董应萱、马春喜等早已在操场上静候，他们容不得半点懒惰和散漫。在荆体健老师"向右转，跑步走""一、二、一"的口令声中，全校18个班的同学们迈着整齐的步伐晨练。之后，学生们开始了早自习、上午和下午的课程、课间操、课外活动和晚自习、熄灯就寝，按严格制度作息的一天。

制度是他律，但躁动和不能自控也使包括自己在内的一些同学上课注意力不集中，甚至违反课堂纪律。当时我高一所在的66届2班班主任贺笑冰老师在班上苦口婆心地讲自律对于求学成长的重要性，对于不同的同学更是在课下有针对性地循循善诱。她在我的周记上批道："你不能因为年纪小的理由而管不住自己。入学以来，你为此付出了学习成绩下降的代价。要自律！在这个问题上，谁也帮不了你……"并在课堂上讲了这段话，在全班对我进行了不点名的公开批评。

这逆耳忠言使我有如芒刺在背。知耻而后勇，我逐渐改正错误，成绩也开始上升。已阴阳两隔的贺笑冰老师在九泉之下应该笑慰了。您的教导已成为我的座右铭，伴随着您的学生克服了学习上的一个个困难，迈过了人生的一道道沟坎。后来，我悟到，十一中的严师们其实内心里都有一种对学生深沉而又炽烈的爱，他们对学生那坦率而又真诚的严格要求甚至批评，都是一种心灵与心灵之间的沟通。当他律与自律、和谐的沟通已成为一种良好的习惯，当师生们都进入"学而时习之，不亦说乎"的境界时，十一中的教学实践不时出现一条条亮丽的风景线，就是一种历史的必然了。

"授之以鱼，不如授之以渔。"十一中老师引导学生们掌握学习的规律，注重独立思考和举一反三、运用知识能力的提高。当时教授66届2班语文课的陆嬿仙老师刚刚从复旦大学中文系毕业。她明白，提高学生的写作能力应该是语文教学中学以致用的重要一环。于是，她在每周两节的当堂命题、当堂交卷的作文课上出了一些题材广泛的作文题目。这些作文题目的体裁又涵盖了写人、状物、叙事等记叙文体和观点鲜明的议论文体。她在每次作文课上都要对上一次作文课上一些同学的优秀作文进行讲评。联系这些优秀作文，讲紧扣主题，让思绪在想象和联想中纵横驰骋，迸发灵感；讲"文似看山不喜平"，要有节奏和跌宕起伏；讲文章"虎头、豹尾、熊腰"的整体感；讲"以情带文"……在反反复复的练习和讲评中，她让同学们掌握了一些基本的写作之道，进入了喜欢写作的大门。上了大学中文系之后才知道，陆老师是将艰深的文艺理论中有关文学创作过程中的形象思维理论用通俗易懂的语言，讲授给我们这些高中生听。真是导之有法，匠心独运。讲老实话，我后来当记者快速写作的基本功就是在十一中作文课堂上练习出来的。教过我生物课的邢本位老师、化学课的穆仲涛老师、体育课的荆体健老师……在讲授中也有许多寓含学习规律的"神来之笔"、掌握知识的正确途径。"十年树木，百年树人。"为了给祖国的未来建设者打好知识的根基，十一中的老师们在教学中不断进行创新，对学生们进行理智的雕琢。当同学们鼓起知识的风帆，在无涯的学海中奋力划桨的时候，老师总会在学生心中点亮指路的灯。就是离开学校后，同学们也受惠于老师的指路之恩，一次又一次品尝智慧之果，都会从心头喊出"感谢您，老师"这肺腑之言。

那时的十一中校园真可谓桃李芬芳，青春飞扬。刻苦学习是校园的主旋律，求知若渴，聆听教诲，笔声沙沙，书声琅琅，青春在吮吸知识的乳浆中飞扬；锻炼身体，强健体魄，课间操、课外活动时间，操场上、球场里龙腾虎跃，条条跑道上，青春在这里延伸飞扬；单纯向上，朝气蓬勃，课余时间，在《我们走在大路上》《学习雷锋好榜样》《革命人永远是年轻》……的歌声中，青春在追求真善美中飞扬；夏收割麦，秋种运肥，师生们每年都定期到农村劳动，思想和技能上有了新的收获，青春在汗水中飞扬。

我记得，当时有一条硬性的标准，一门功课不及格不能参加市一级比赛。令人欣慰的是，我和十一中校乒乓球队的队员们都达到和超过了这个标准，并在郑州市中学生乒乓球比赛中蝉联了男团冠军，自己还选入了郑州市乒乓球集训队。毕业后，十一中校乒乓球队的同学大部分都考上了大学。学校还成立了篮球队、足球队、田径队、体操队、航模队、文艺宣传队……德智体美劳诸方面的熏陶使校园里充满了灵动和欢笑。真的感谢母校，给了同学们良好的综合素养和健全的人格，使我们日后能在人生的大海上不惧风雨，笑迎波涛。

岁月如梭。一转眼，我从十一中毕业已近40年了，但在十一中求学的那个充满真诚、激动和纯真友谊的时代在我心中仍然是一个美好的春天。我怀念66届2班及整个66届的同学们在学习雷锋活动中先人后己、互助友爱的一幕幕动人情景；我怀念66届2班及整个66届的同学们舍我其谁、为中华崛起而读书的激情；我更怀念和敬佩在毕业时带头报名去西藏的66届2班团支部书记苗素佩及上山下乡的许多同学，"到农村去，到边疆去，到祖国最需要的地方去……"他们在历史的抉择和考验面前，是那样义无反顾，对祖国和人民满腔忠诚。

由于历史的原因，66届还有以后的67、68届的同学们毕业时，没有获得通过高考上大学的机会。但是，他们像"一颗永不生锈的螺丝钉"一样，不管是当工人、当农民、当解放军、当教师，还是在服务行业……都是干一行，爱一行，放在哪里就在哪里发光闪亮。66届2班当过解放军战士的张健民同学复员到郑州国棉三厂后，在生产岗位上善于钻研，通过上电大深造，成为万人大厂负责技术工作的栋梁。他们把个人的命运和祖国的命运紧紧联系在一起，敬业奉献，无尚荣光。母校在为培养出许多国家干部、教授、工程师、作家……而骄傲时，也会为66、67、68这三届特殊时代毕业的学生和许许多多在普普通通的工作岗位上尽职尽责、辛勤劳作、历经磨难而又自强不息的学生们感到自豪。

做人不能忘恩，更不能忘本。母校过去融入我们血液的爱国、团结、勤奋、文明、善良、正直的品质已积淀为中华民族优秀文化传统的重要精神内涵，在祖国和人类的历史中永存。当我们进入21世纪，与时俱进，面对世界吹来的海风时，这些品质是如此的珍贵，令我们清醒，在继承中开拓前进。母校的惠泽和生命将在一代又一代的学生身上得到延续。

啊，母校不老，永远年轻！

(2004年1月，《郑州十一中校志》)

高扬时代主旋律

——跟踪采访邓亚萍的回忆与思考

有一句歌词写得好："在时代的长河中，永远奔腾的就是我。"这个"我"，也有急流勇进的中国体育健儿。

1999年12月18日，邓亚萍被中国奥委会、霍英东基金会、中国体育新闻工作者协会授予新中国体育"世纪之星"的称号，成为华夏体坛唯一获此殊荣的女运动员。

颁奖仪式后，邓亚萍告诉我，她只是中国运动员的一个代表。这个称号有她个人的努力，更有祖国的培养、集体的支持。朴实的话语中包含着中国体育健儿爱国奉献、团结拼搏、自强不息的丰富内涵，高扬着爱国主义、集体主义、革命英雄主义的时代主旋律。

我作为《河南日报》一名体育记者，有幸跟踪采访了邓亚萍近15年，写出了有关她的数十篇报道。1995年9月底，撰写了由国际奥委会主席萨马兰奇作序、近20万字的纪实文学《邓亚萍》一书。时至今日，许多采访的场景和内容还历历在目。

1990年9月27日晚，邓亚萍和队友闯入了北京亚运会女乒团体决赛，对手是世界劲旅韩国队。可能由于中国男子乒乓球队在团体半决赛中失利于朝鲜队的缘故，女团决赛场内观众民族气氛非常强烈。"邓亚萍，此时不搏更待何时？""万里长城永不倒！"看台上的巨幅标语格外醒目，座无虚席的工人体育馆，观众呐喊加油声和掌声不绝于耳。

因邓亚萍是河南籍选手，我这个《河南日报》记者特别关注这场决赛，当时就在决赛现场——工人体育馆采访。

"初生牛犊不怕虎。"在这场关键的女团决赛中，年轻的邓亚萍单打连胜两场，双打比赛和乔红一起，拼到了胜利。她的搏击英姿令赛场目击者和亿万电视观众为之倾倒。

17岁的邓亚萍在北京亚运会上夺得三金一银。赛后，她向我坦露心迹："小时候，为国增光，我感到是很遥远的事情。现在，我感到为国增光就体现在比赛一板一板的击球声中。亚运会上，我登上了领奖台，听奏国歌，看升国旗时，眼里总是含着激动的泪花……"为国争光的意识在她的脑海中确立，并且成为她训练和比赛的一种原动力。

亚运会后，我翻阅了邓亚萍收到的上千封信件和电报。其中，上海华东计算技术研究所一页信笺上赫然写着6个大字："好样的，中国人！"温州发来的一封电报："冠军属于您，伟大属于中国。"江苏澄西造船厂的一位工人来信写道："你为国争光，我感到中国人民站起来了。"北京科技大学、郑州工学院、西南政法学院等院校的大学生纷纷来信，一封信中写道："你拿下团体赛定乾坤的一盘，同学们都为你欢呼，为祖国欢呼，达到忘我的境界。"

这些话语、场景、细节表明，邓亚萍表现出来的报国情怀、拼搏壮举，在全国人民心中产生了多么大的反响，神州大地形成了一股爱国主义热流。同时也通过体育竞赛这个窗口，让世界看到了一个正在崛起的新中国。

后来，第41届世乒赛、巴塞罗那奥运会、第42届和第43届世乒赛……邓亚萍在赛场上气势如虹，叱咤风云，夺得一个又一个世界冠军和奥运冠军，新闻媒体对她进行了充满激情而又公正的报道。记得第43届世乒赛邓亚萍女单夺冠后，《天津日报》刊载的《青春少女样样红》一文写道："邓亚萍是穿越火焰的鸽子，是潜心面壁的高手，是举杯信步的名将。邓亚萍是中国观众的一杯喜酒，是可以联想炎黄，联想黄河，联想长江，联想天安门红砖高墙的金身龙女。好看还是邓亚萍。"

黄河、长江、天安门……是中华民族的象征，能让人们联想到黄河、长江、天安门的中国体育健儿，无疑是中华民族的优秀子孙。从他们身上，可以看到中华民族一种不可战胜的力量。20世纪的中国体育健儿的确为振兴中华做出了历史性的贡献。

"没有祖国的培养，没有中国乒乓球队这个优秀的集体，也就没有今天的邓亚萍。""我是代表集体来领奖的。"这些是我为撰写《邓亚萍》一书，集中4天时间采访邓亚萍本人，多次听到她讲的肺腑之言。她向我深情地谈到张燮林教练对她思想和做人的教诲，训练场上"三从一大"的严格要求；谈到队友的集思广益，特别是男陪练们提出的"你们要打好，我们就得陪好""你输球，我失职"的陪练口号和随叫随到的无私奉献；谈到了队医关大夫、崔大夫医疗上无微不至的关怀；谈到了祖国从少年体校到国家队给她提供了良好的训练、比赛、食宿条件……感恩之情溢于言表。

"中国乒乓球队是一个集体，团结就是力量。"邓亚萍把自己和这个英雄团队融为一体，把自身的价值和奋斗与祖国的崛起和强大联系在一起，她认为祖国的培养和人民的支持是她取得胜利的动力和源泉。

我曾经多次到国家乒乓球队训练场馆、训练基地和许多国内外大赛上采访邓亚萍及其教练、队友，目睹了邓亚萍艰苦训练和赛场上让人荡气回肠的搏杀。

1995年，我在河北正定国家乒乓球训练基地采访看到，邓亚萍一天要进行超过6个小时的高强度训练，而且始终精神饱满、专注如一。由于运动量大、强度高，有的运动员训练2个小时后就开始走神，训练质量下降，特别是下午训练快结束时，快到身体极限的队员们几乎全部收拍。但是，已打了8筐球（一筐球200多个）的邓亚萍还要陪练加打两筐球。打完这两筐球，只见她面色苍白，汗如雨下。张燮林教练对我说："邓亚萍每天都要比别人多练40分钟。有的运动员，我怕她们练得不够。但是，邓亚萍我是怕她练过了头。"

这样日复一日，年复一年，练出实力、练出意志。邓亚萍和一些运动员拉开差距就是一种必然。有一次我问她，这样训练累不累？她沉默了一会儿，脱掉自己的鞋袜，一双布满了血泡、磨成铜钱厚的老茧的少女脚板呈现在我的面前。明亮的大眼睛还饱含着晶莹的泪花。此刻，我的内心受到极大的震撼。我明白了，不仅是邓亚萍，所有杰出的中国体育健儿们的光荣都是用血汗凝成的。他们除了有天赋外，还要忍受常人无法忍受的疲劳和痛楚，当然还有挫折和失败。

邓亚萍由于个子矮，曾多次被省队和国家队拒绝。她曾经历了第41届世乒赛团体决赛失利、在广岛亚运会单打决赛中负于加入日本籍的原中国运动员何智丽等坎坷和挫折。但是她不服输，从失败中爬起来，认真研究对手，总结得失，再战则胜之。她被许多外国运动员称为"最可怕的对手"。

邓亚萍的追求和梦想是让所有奖杯刻上中国人的名字。在实现奥运会、世锦赛、世界杯、亚洲锦标赛以及全运会等乒乓球女子项目冠军大满贯后，她对我说："作为一个运动员，平时你应该刻苦训练，比赛就应该挺身而出，奋力争胜。特别像我这样的运动员，承担着打团体，为国争光的重任。教练和陪练为我付出的心血也大。所以自己理所应当去冲锋陷阵，夺取胜利，为国争光。"

邓亚萍和所有杰出的中国体育健儿一样，把自己的追求和担当与祖国的荣誉联系在一起。以邓亚萍为代表的一批杰出的中国体育健儿们在赛场上表现出的那种舍我其谁的斗志，那种精彩、智慧而又充满悬念和美感的竞技状态，那种让人心潮起伏的感染力，那种踏平坎坷、催人奋进的精神，已经成为人们开拓前行的一种力量，闪烁着革命英雄主义的光辉。

我多年跟踪采访邓亚萍，从其辉煌、坎坷的人生经历中深深感到：20世纪中国体育健儿高扬的爱国主义、集体主义、革命英雄主义的时代主旋律，在全国人民心中产生共鸣，也必将穿越时空，达到永恒。

（摘自中国体育记协主编《体育新闻眼》一书）

诚信与制度

——关于职业体育俱乐部的思考

今天俱乐部的领导介绍我和大家见个面，认识一下，让我讲点什么，权当是一次和大家的沟通和交流。

和年轻人在一起是很惬意的事情，我仿佛又年轻了许多，得实话实说。

首先我要说的是，河南建业足球俱乐部的职业定位：公益性的体育产业。职业目标：打造一支具有国内一流实力、优秀企业文化的中超俱乐部和球队。

方向就是力量。只要方向和目标对，踏踏实实一步一步走下去，就会走向光明。

19世纪，英国人查理·达尔文创立生物进化论。进化论的核心是优胜劣汰，这是残酷的，也是客观的；竞技体育的核心也是优胜劣汰，这是残酷的，一般来讲也是公平的。我的阅历使我看到，不管是哪个行业，特别是以公开、公平、公正竞争为基本原则，进行优胜劣汰竞争的竞技体育行业，要想获得堂堂正正的成功，要靠人品立身，靠实力说话。而实力就是靠艰苦奋斗、智慧创新、拼搏向上的精神和实践去铸成。

"靠人品立身，靠实力说话"，这就是我今天和大家沟通的主题。我认为健全的人品是诚信、敬业、勤奋、自强，把追求责任心和职业道德的完善作为人生的目标，把追求真、善、美当作自己一生的追求。

诚信，拆开字讲，诚是诚实、善良、不说假话。信是信用，一诺千金。诚实就是老老实实做人，干干净净做事，自觉接受法律和道德的约束，那么从本质上来讲你是自由的、宁静的、坦荡的、踏实的。善良就是与人为善，互助合作，"赠人玫瑰，手留余香。"亲人之间、同事之间、朋友之间不说假话是最起码的做人准则。应该相信，一个用人机制逐渐规范的俱乐部不会总让投机钻营、说假话者得利。如果让投机钻营、说假话者得利，那么老实正派、埋头苦干、廉洁奉公、开拓进取的人就会受到伤害，就会阻碍俱乐部的发展并使其充满风险。这是俱乐部正义的主流力量所不能允许的。

这里要提到，俱乐部的管理人员、教练要以身作则，弘扬正气，以好的作风选人，选作风好的人，照章办事，增强选人的公开性和透明度，对任何人都是"以德为先，业绩好坏，水平高低"这一把尺子。

这里还要讲一点的是，俱乐部的工作安排，包括一些问题的处理很可能有不公平、不尽如人意的地方。教练、队员、员工对自己的工作条件和待遇有意见完全可以诚实坦率，按制度程序向俱乐部领导提出来。通过沟通、协商，换位思考，求得问题合理解决，达到和谐共赢。千万不要一时冲动，采取既不利人又不利己的方式。要相信凡是不公平的都无法长久的历史规律。

信就是信守承诺。对于职业足球俱乐部的教练员、运动员、员工来说，信守承诺就是履行自己和俱乐部的工作合同，遵守俱乐部的规章制度。

要注意，经过双向选择认可的工作合同是一份具有法律效用的契约。"国有国法，家有家规""无规矩不成方圆"。一个社会、一个单位只因为有了规章、制度才能规范、有效地运转。客观上讲，制度和规则是了不起的东西，我们要学会尊重它。而且一个单位发展到一定规模，必须有制度建设、文化建设做保障。否则靠打擦边球、潜规则，企业很脆弱，很危险。

讲到这里我提示一下，足球俱乐部是一个体育产业，也要有科学的运转机制。这个机制包括：（1）分级申报审批决策机制；（2）规范操作流程机制；（3）重大项目论证机制；（4）特批机制；（5）岗位管理机制；（6）监督、监察机制。而且由于俱乐部是股份制公司，我们的工作机制应该是运动员、员工——教练、中层管理干部——俱乐部高层领导——董事会——股东大会。我们每个运动员、教练员、员工、管理干部都要明白这个机制，都要回去重新学习俱乐部的章程和制度、自己的岗位责任条例、自己签订的工作合同，明白自己的责、权、利，该做什么，不该做什么。

对于职业足球教练和运动员、俱乐部的员工，我认为他们应该恪守职业道德。他们在工作合同中的承诺也体现了职业道德，你拿了工作合同规定的工资和奖金，你就应该按照合同的规定，兢兢业业，拿出你的全部智慧和力量去训练和夺取比赛的胜利。特别是比赛，就要有解放军的那股"枪一响，上战场，老子下定决心，今天就死在战场上"的英雄气概。否则，你对不起股东和广告商们的投资，对不起球迷和观众买票的血汗钱，对不起社会方方面面的支持。你不能以良好的精神面貌和技艺给观众以愉悦，你不能给你所代表的城市乡村以美誉度和凝聚力，你的人生价值体现在什么地方？你的自我感觉会好吗？

俱乐部的员工也一样。你不能为俱乐部增加经济效益和"造血功能"，不能较好地为一线队和梯队提供良好的后勤和服务保障，不能促进俱乐部硬环境和软环境的发展，那么你能心安理得吗？还有，俱乐部的高管人员应该有较高的思想境界和高度的事业责任感。如果你做不到这些，由于你的责任感缺失，不注意调查研究和科学决策，甚至是懒政和渎职，造成决策失误，给俱乐部带来较大损失，你还能坐得住吗？对得起你拿的工资和奖金吗？

再者，俱乐部的教练员、运动员、员工要明白，从本质上讲，自己也是企业的主人而不单单是打工者。因为俱乐部好了，大家都好。你是为俱乐部打工，但你也在为自己打工，为你和你的家庭衣、食、住、行打工，为实现你的人生价值和事业打工。你完全可以在打工中以诚实的努力和灵动的智慧，为你的职业生涯添上一笔笔华彩。如果是这样的话，工作与生活也会厚待你。有几个杰出的管理人士和专家不是经过底层奋斗，靠业绩崛起的呢？那时，你的人生和社会价值会得到充分的显现。

完成工作合同，遵守俱乐部的规章制度是俱乐部教练员、运动员、员工最起码的职业道德。如果境界再高一些的话，你要把你从事的职业当作事业来做。有句话说得好："事业的价值在于奉献，财富的价值在于创造。"要努力把每一件简单的事情做好，把每一件平凡的事情做得不平凡。

今天会议有教练员、运动员和俱乐部中、高层管理人员参加。我还要讲一些俱乐部体制、机制和管理问题。

我以为一个企业、一个俱乐部、一个运动队靠几个"清官"和"酷吏"是解决不了工作低效、失误，甚至腐败的。看看世界和中国历史，"清官"和"酷吏"能够挽救一个朝代的衰败吗？当代发达企业、成功企业又是靠什么成功的呢？我以为是靠科学的管理体制、运转机制和规章制度。好的体制、机制和制度，使好人上去干好事，坏人上去不能干坏事，就能堵住工作低效和失误，甚至腐败的漏洞。体制、机制不科学，规章制度不完善，好人上去也会办坏事。因此，足球俱乐部要在管理的体制和机制以及规章制度上科学创新，要更新观念，有紧迫感，要不断探索和追求。

还有管理，拆开字讲，管是一种刚性约束，而理是道理之谓也，是一种软约束。而这个刚性约束就是靠制度，规范行为，统一方向，提高效率。对于不按制度程序办，甚至破坏制度，与制度对着干的，制度的刚性就会处罚他。而理是软约束，要以人为本，动之以情，晓之以理，要靠先进的企业文化。如果管理的双方能心相通，理相连，那么同心同德、共同奋斗的局面就能形成。我觉得先进的企业文化的一个理念就是以人为本。俱乐部要把教练员、运动员、员工当成俱乐部的主人，俱乐部发展的基本动力。要注意，你不以教练员、运动员、员工为本，他们能以你为本吗？

做好管理，出工作效率，出企业文化。俱乐部和球队的管理者要认真思考。

现在已近晚上10时，希望合同、制度融入大家的工作方式之中。由于时间关系，关于健全人品中的"敬业""勤奋""自强"，把追求责任心和职业道德的完善作为目标，把追求真善美当成人生的诉求的内容，今天只能简述一下，只有在今后大家认为有必要的情况下，再抽时间进行交流。今天上午俱乐部领导才定下来一定要我讲，盛情难却，下午梳理了一下思路，晚上便来讲。即兴讲话，不当之处，还望大家指正。

（2008年6月14日）

敢拼善搏，一切皆有可能
—— 关于竞技体育的思考

四年一次的全运会即将开幕。

作为一个老体育新闻工作者，我和许多河南人一样，对出征第十一届全运会的中原体育健儿有着许多期盼和牵挂。国庆节前，省体育记协的袁军同志嘱我给即将出征的代表团写点什么。于是，我拿起笔来，和大家作一次沟通交流。

体育运动的本质是运动美和人性美。要从体育美这个窗口展示河南人的形象，我以为每一个参与者都要在赛前净化一下自己的灵魂。

这就不能不谈到理想。理想是什么？是人生奋斗的目标，是实现个人价值、奉献集体和社会的统一，是一种崇高的目标和信念。奥林匹克运动会创始人皮埃尔·德·顾拜旦在《体育颂》中说："取得胜利的关键，只能是体力和精神融汇一体。"让我们从理想、信念、道德、文化中汲取拼搏精神的力量。

第十一届北京亚运会后，一封来自温州给邓亚萍的电报只有11个字："冠军属于您，伟大属于中国。"所以，面对你为谁参赛、怎样参赛的问题，中国乒乓健儿"祖国利益高于一切""人生能有几回搏"的理念和格言已经做出了清晰的回答。中国体育健儿的目标和追求也尽在其中。

祖国和家乡有着天然的相通。家乡是什么？家乡就是美丽的中原大地和居住在这片土地上勤劳勇敢的父老乡亲。

作为中原体育健儿，就应该在全运会赛场上为中原人地和人民争光添彩，不负人民养育之恩。同时，也实现自己体育人生的理想和价值。这是历史赋予中原体育健儿的历史责任，要挺直腰杆把它扛起来；这是你人生理想追求的原动力，一旦激发，会变成一种强大的精神力量。

全运会的目标在前，责任在肩。仔细想想，我们需要一种充满阳光的心态：众志成城、同甘共苦、殚精竭虑、沟通合作、务实奉献、科学闯关。中原人民要求只能这样做，而不是其他。

你这样做了，能对中原人民说出"问心无愧"这四个字，就会有一种坦然、宁静的心态。还有什么比这种心态更令人释怀的呢？

和许多行业一样，竞技体育制胜的首要因素是自信。也就是说，要自己认识自己，给自己准确定位。我认为，任何一名能登上十一届全运会赛场的中原体育健儿都具备了不同程度的竞争实力，只要满怀信心地去力争，都有可能在强手如林的赛场上闯关夺隘。

这里，还是要借鉴一下邓亚萍的自信。她说："我从来没有对自己失去信心或者想放弃。不管你说我怎么样，我总能找到自己行的理由。我有我个子矮的好处，你有你个子高的好处，没关系！"那么，就和邓亚萍神交吧。用自信发挥自己的优势，掌握自己的命运，创造自己的奇迹。

当我们拥有自信以后，一种敢于"亮剑"的勇气便会油然而生，不管面对多么强大的对手。这种"亮剑"的勇气应该成为中原体育健儿的"军魂"。

在1986年全国乒协杯的比赛中，河南女队一名主力队员因病缺阵，时年13岁的邓亚萍有了第一次上场和世界冠军戴丽丽对阵的机会。少年的邓亚萍以"初生牛犊不怕虎"的勇气，充分发挥了自己"正手快，反手怪"的技术优势，战胜了对手。此后一连串的世界冠军纷纷败在她的拍下。

"初生牛犊不怕虎"的勇气，"两强相遇勇者胜"的勇气，"置之死地而后生"的勇气，"扶大厦之将倾，挽狂澜于既倒"的勇气，向困难甚至绝境挑战的勇气——愿中原体育健儿们以不惧怕一切困难和艰险的勇气，敢拼善搏，夺取全运会的胜利。

但是，还要看到敢于挑战的人往往要冒很大的风险。这就需要掌握信息，分析论证，"两利相权取其重，两害相权取其轻"，进行科学的风险管理。不过，该冒险的时候，还是要有进击的勇气，否则，胜利难取得，比赛不精彩。

有了理想和目标，不能坚持的话，就和没有一样。而毅力总是伴随着目标而生。正像我省奥运冠军、世界冠军、全运会冠军邓亚萍所说的那样："我不比别人聪明，但我能管住自己。我一旦设定目标，绝不轻言放弃。"而胜利就出自最后的坚持之中。

记得在全国六运会航海模型F5级帆船比赛中，我在广东肇庆星湖赛场对我省名将王勇跟踪采访。4天27轮的紧张角逐，他操纵的帆船模型经历了多次船底挂草减速、裁判误判、对手几只船夹击等困难，夺冠几乎无望。然而最后两轮，他手握遥控器，令他的帆船模型快速起航，漂亮绕标，鼓帆疾进，最终以0.3分的微弱优势夺冠。他的毅力和对目标坚持到最后一刻的精神，令在场的许多人为之倾倒。

截至20世纪末，王勇8次夺得世界航海模型锦标赛这个项目的冠军，是我省夺得世界冠军次数最多的男选手。刚毅自信的他在比赛中有一个座右铭："这一轮落后了，下一轮再赶上去。"这也许是他成功的秘诀。

全运会的许多项目在赛程、激烈程度、体力和精力消耗上对中原体育健儿都是一场严峻的考验。"天才就是耐心"，让我们也和王勇神交，分享他的毅力、斗志和成功的秘诀，不屈不挠，抓住战机咬牙坚持到胜利的一刻，切不可"为山九仞，功亏一篑"。

赛前名不见经传的中国体操小将邹凯，在北京奥运会上勇夺3枚金牌。他的比赛体会是"不去想结果，继续努力"。这种想夺冠就先忘了冠军，一场场打好比赛的心态，成就了赛场上许多胜利者。

著名乒乓球运动员徐寅生在《关于如何打乒乓球》的讲话中说："比赛中往往是你怕对方，对方也在怕你，这是思想。战术上也是如此，你怕对方侧身攻，对方也怕你变线而不敢侧身……怕来怕去，一个有经验、善于分析、透过表面现象看到实质的运动员就能占便宜。"这段充满辩证法的讲话对运动员在比赛中的心态变化分析得如此透彻，发人深省。

无疑，比赛中的健康心态往往是成功的关键。那么，就让我们排除比赛中患得患失的一切个人杂念，心中有如一轮明月那么宁静，从容不迫地融入比赛中。比赛有了良好的心态，再巧妙运用辩证法去力争，胜利就会水到渠成。

"水无常势，兵无常形。"比赛中知己知彼，运用技战术，驾驭对手，出奇制胜的战例并不少见。技术是战术的基础，是平时苦练出来的。而战术在比赛中十分重要，尤其是在双方旗鼓相当的时候。"田忌赛马"的战术内涵，在现代体育比赛中就运用得多而有成效。

在第七届全运会女足比赛中，我省女足是赛前不被许多业界人士看好的队伍。但是，我省女足却有出色的门将邓君霞，为此制定了防守反击、点球决胜的战术。靠此战术，河南女足力挫辽宁，克北京，闯入决赛。在决赛中，也是靠此战术，把攻守俱佳，尤其是进攻犀利的广东女足拖入点球大战；最终河南女足5∶4点球取胜。战术的重要性可见一斑。

在许多比赛项目中，战术的确可以弥补不足，以弱胜强。"预则立，不预则废"，一个运动员或一支运动队要在赛前制定几套战术，才能在比赛中随机应变，具有针对性而取胜。

"长江后浪推前浪，流水前波让后波。"新秀拼出锐气和才华，脱颖而出，一直是历届全运会上一道亮丽的风景线。这也是体育赛场上的一条规律。对此，一切有潜力的体坛新秀们要有强烈的自信心和使命感。

练习自行车不到5年的我省时年20岁小将马慧珍，一登上全国七运会赛场，便夺得女子3公里个人追逐赛的金牌，并打破这个项目的全国纪录。当时，她把这个成绩归功于"比妈妈还亲"的黄桂英教练。但是，赛场上她冲劲十足的活力，却让人感到一种青春的气息扑面而来。之后，她在训练中灵秀而又吃苦耐劳，全国八运会上又有了1金2银的佳绩。朝阳在海面上喷薄而出，是任何力量也压制不住的。

"会当凌绝顶，一览众山小。"在许多比赛项目中，二十三四岁年龄的选手正是当打之年。进入当打之年的选手，参加全运会意味着什么？就是在体能、技战术、经验、文化修养等方面逐渐成熟的条件下，超越自己、超越他人，夺取成功，不给自己人生留遗憾。要牢牢抓住机遇，相信自己是赛场上主宰沉浮的主流力量。

"明天，我还想再拿一枚金牌。"这是时年24岁的我省射坛骁将李金豹在全国六运会上力压奥运冠军许海峰、奥运季军王义夫等名将，夺得男子自选手枪慢射项目金牌后，现场对我说的悄悄话，轻轻的话语中透出一种坚定的信念。果然，在第二天男子气手枪项目比赛中，他又是信心百倍，顽强沉着，再夺金牌。四年后的全国七运会上，他又蝉联全运会气手枪项目冠军。应该从他的敏锐、自信、豪气和战绩中得到一些领悟和启示。

用"老骥伏枥，志在千里；烈士暮年，壮心不已"来形容运动场上珍惜和延长自己运动青春的老将们是再形象不过了。他们明白运动场比的是实力。而当他们在岁月中凝成的经验、智慧和实力依然有冲击顶峰机会的时候，有的是用生命作最后的冲刺。何其壮美！

这是一幅令人泪下的拼搏画面。全国七运会男子万米长跑比赛，时年33岁的我省老将酒尚选，在最后两千米比赛中，几乎是用生命去冲刺。他拼尽最后的气力领先冲过终点后，一头栽倒在跑道上，当时，他站都站不起来。他赢得了自己体育生涯中的全运会金牌，赢得了掌声和尊重。

"队有一老，胜似一宝。"不可否认，有实力的老将在队伍中起着榜样的感召作用。他们在比赛中还能够斗智斗勇，拼一拼，闯一闯。那么就信任他们吧，该启用时就启用。

燃烧自己，照亮别人。运动员背后的教练员也是值得礼赞的。没有他们在训练场和赛场上的运筹帷幄，哪有领奖台上运动员站立的荣光？大赛在即，我们尤其要拜托和倚重他们。领先时怎么办，相持时怎么办，落后时怎么办，决胜时怎么办，希望他们在对运动员思想引导、心态调整以及战术制定、临场指挥等方面做得更好一些。

是比赛就会有胜负。我省参加全国十一届全运会的形势，有好的一面，也有风险潜伏、许多因素不可确定的一面。我们代表团每一个干部、教练员、运动员、科研后勤人员都要充满信心,做好自己的每项工作,打好一场又一场的比赛,争取胜利,避免失误。

敢拼善搏,我想一切皆有可能。

以上想法,意在和大家碰撞出智慧的火花,为参赛健儿添把火。不当之处,还望指正,并拿出更好的办法来。

(2009年10月6日,摘自省体育局内部通讯)